Nikola Vertidi
Gefährliches Kreta

Nikola Vertidi lebt mehrere Monate im Jahr auf Kreta. So hat sie auch Land und Leute kennengelernt, insbesondere jedoch den kretischen Genuss. Gerne schlemmt sie sich durch Tavernen und Restaurants, trinkt auch mal einen Raki und tanzt Sirtaki.

Nikola Vertidi

Gefährliches Kreta

Kommissar Galavakis ermittelt

PIPER

Mehr über unsere Autorinnen, Autoren und Bücher:
www.piper.de

Wenn Ihnen dieser Krimi gefallen hat, schreiben Sie uns unter Nennung des Titels »Gefährliches Kreta« an empfehlungen@piper.de, und wir empfehlen Ihnen gerne vergleichbare Bücher.

Triggerwarnung:
Dieser Roman behandelt explizit das Thema Angststörung.

ISBN 978-3-492-50489-8
3. Auflage Juli 2026

Für direkten Kontakt und Fragen zum Produkt
wenden Sie sich an: *info@piper.de*
Redaktion: Julia Feldbaum
Satz auf Grundlage eines CSS-Layouts
von digital publishing competence (München)
mit abavo vlow (Buchloe)
Covergestaltung: Traumstoff Buchdesign traumstoff.at
Covermotiv: Bilder unter Lizenzierung von Shutterstock.com genutzt
Printed in the EU

Intro

Herz in der Strömung

Jede Welle bringt Kraft
Birgt große Leidenschaft
Wir sind umgeben
Vom Leben
Spürst du es auch?

Die Farbe des Himmels ändert die Farbe des Meeres
Ändert sich auch deine Liebe?

Wir gehören zusammen
Wie der Strömung Fluss und die Gischt auf den Wogen
Unsere Herzen schlagen im Gleichklang
Nie haben sie uns je belogen

Der Ozean ist immer konstant
Auch wenn er sich mal gegen uns hat gewandt
Am Ende ist er wieder spiegelglatt
Zeigt, welche Bedeutung unsere Liebe hat
Sie ist für immer

Die Farbe des Himmels ändert die Farbe des Meeres
Ändert sich auch deine Liebe?

Wir gehören zusammen
Wie der Strömung Fluss und die Gischt auf den Wogen

Unsere Herzen schlagen im Gleichklang
Nie haben sie uns je belogen

Die Farbe des Himmels ändert die Farbe des Meeres
Ändert sich auch deine Liebe?

Ich gehöre für immer zu dir
Ich gehöre für immer zu dir

Callistus Ariakis

Personen

Hyeronimos Galavakis – Kriminalkommissar
Penelope Demostaki – leitende Pathologin der Insel

Athina Galavaki – Galavakis' Mutter
Anatolis Galavakis – Galavakis' Vater
Ekaterini, genannt Titika – Galavakis' Yaya (Großmutter)
Kassia – die Frau, die Hyeronimos liebt

Stelios Mentakis – sein Chef
Zacharis Zentakis – sein Mitarbeiter
Christos Papadakis – sein Kollege
Maria – Stelios Mentakis' Assistentin
Eleni Pentulaki – Influencerin, T-Shirt-Designerin

Familie Ariakis

Callistus Ariakis – Sänger mit Weltruhm
Zenia (Mathoudaki) Ariaki – seine Frau und Pressesprecherin
Athanasia Ariaki – seine Schwester und verantwortlich für Bühnenoutfits und Maske
Silenus Ariakis – sein Bruder und Manager

Familie Sklaventakis

Sofia Sklaventaki – Mutter
Nereos Sklaventakis – Sohn
Evangelina Sklaventaki – Tochter
Teris Sklaventakis – Evangelinas Sohn

Familie Kapetanakis

Stephanos Kapetanakis – Vater
Myron Kapetanakis – Sohn
Katherina Kapetanaki, geb. Drakiaki – Mutter
Etna – Vorzimmerdrache

Weitere Personen

Arion – Bodyguard der Ariakis'
Koula – Christos Papadakis' Frau
Giannis – Restaurantbesitzer aus Chania
Manos – aus dem Restaurant Thigaterra in Ammoudara
Chrysoula Strompouli – Evangelinas Lehrerin

Und noch viele mehr …

Die 1. Strophe

Prolog

Niemand bleibt heil, egal, was das Leben für ihn bereithält. Es spielt einfach keine Rolle, ob man reich ist, Ruhm erntet, in einer Villa am Meer lebt oder arm ist, die Straße fegt und in einer Steinhütte in den Bergen haust. Das Leben ist einfach so, es hat die Macht, zu erschaffen und zu zerbrechen. All die Liebeslieder, mit denen der Planet überschwemmt wird, wollen den Menschen weismachen, dass es möglich ist, einmaliges Glück, vollkommene Erfüllung und tiefe Verbundenheit zu erleben. Wie hoch der Preis jedoch tatsächlich ist und wie viel Hass dadurch entstehen kann, das bleibt häufig unerwähnt. Nur in den traurigen, von der Lyra begleiteten Gesängen in den kleinen Tavernen hoch oben in den Bergen kommen sie zu Wort. Jedoch ist es etwas völlig anderes, eine Melodie nur mitzusingen oder ein Teil des Liedes aus Eifersucht, Wut und Zerstörung zu sein.

Das Haar des Mannes schwamm, einem Schleier gleich, auf dem Wasser. Eine der aufgeweichten Brotscheiben, mit denen manche die Fische im Hafenbecken fütterten, hatte sich darin verfangen, und sein aufgeblähter Körper schlug immer wieder leicht gegen die Kaimauer. Der Abend war kalt, trüb, regnerisch und die Promenade menschenleer. Vielleicht würde das Meer ihn wieder mitnehmen, denn es hatte ihn schon einige Tage umfangen, bevor Strömung und Wellen ihn hierher gebracht hatten. Die Nacht würde es zeigen.

1. Kapitel

Der Himmel war grau, und als er nach draußen schaute, hatte er das Gefühl, genau zu wissen, was mit der Redewendung »es gießt wie aus Kübeln« gemeint war. Die Stühle auf der Terrasse schimmerten feucht im Regen, und der böige Wind zerrte an der Schutzplane über den Lounge-Möbeln. Der Sommer war unwiderruflich zu Ende, und selten hatte das Wetter das so deutlich unterstrichen. Es regnete schon seit fast einer Woche, und die Temperaturen waren nahe dem einstelligen Bereich. Er mochte diese Jahreszeit nicht, Sonne war sein Elixier, und er brauchte sie gerade mehr denn je.

Er hörte, wie sich die Tür zum Wohnzimmer öffnete, und er war sich sicher, dass sie vorwurfsvoll aufging. Er unterband ein Seufzen. Hatte er es denn nicht verdient, glücklich zu sein? Er wusste, dass er dazu neigte, unfair zu werden, wenn er sich in die Ecke gedrängt fühlte, doch er war es leid, Rücksicht zu nehmen und auf sein Glück zu verzichten, nur damit sein Bruder seinen Status behalten konnte, seine Schwester sich nie um ihren eigenen Kram kümmern musste und Zenia sich an etwas festklammerte, was es schon sehr lange nicht mehr gab. Oder vielleicht sogar einzig in ihrer Fantasie gegeben hatte.

»Du meinst es wirklich ernst«, sagte sie, und er hörte die Verbitterung in ihrer Stimme, »wann wolltest du mir sagen, dass du ausziehst?«

»Zenia«, er drehte sich nicht um, hielt den Blick auf das regengraue Meer gerichtet, das er über einen kleinen Zugang hinter der weitläufigen Grünanlage seines Anwesens direkt erreichen konnte. »Ich habe dir gesagt, dass ich nicht mehr hierbleiben werde, und ich weiß nicht, was daran unverständlich formuliert war.«

»Warum tust du das?« Sie wurde lauter und ihr Tonfall schriller. »Warum wirfst du unser Leben, mich, weg wie einen alten Lappen, den du nicht mehr brauchst?«

»Es ist dieselbe Antwort wie gestern, vorgestern und an all den Tagen davor.« Es war ihm bewusst, wie beißend er klang. »Unser Leben macht mich krank. Unser Leben ist eine einzige Publicity-Lüge, und das weißt du ebenso gut wie ich.«

»Dreißig Jahre Lüge also? Wo wärst du heute ohne mich? Du würdest in einem Loch hausen und würdest, ja, was würdest du eigentlich tun? Nichts wahrscheinlich, denn ich wüsste nichts, was du könntest.« Nun war es an ihr auszuteilen.

Es war immer dasselbe Muster. Er wollte nicht mehr streiten, er wollte nur fort von hier, und er würde liebend gern in einem Loch hausen, wenn dort jemand auf ihn wartete, für den er ein Mensch war und nicht eine Geldmaschine oder eine Fahrkarte zum Erfolg. All das war er leid. Drei Jahrzehnte konnten rasch vergehen, waren aber eine unendlich lange Zeit, wenn man sie in einem Käfig verbrachte. Egal, wie golden dieser war, ein Käfig blieb ein Käfig. Die Tür hatte sich für ihn geöffnet, als die flammende Liebe in sein Leben getreten war, und nun wollte er diese Chance nutzen und hinausfliegen in ein wundervolles, glückliches Leben.

»Zenia«, setzte er an, doch sie unterbrach ihn rüde.

»Spar dir alles, was du sagen willst, denn ich bin es nicht wert, Respekt von dir zu erhalten. Du ersetzt mich, tauschst mich aus und glaubst allen Ernstes, dass du einfach so ein neues Leben anfangen kannst. Du nimmst mich überallhin mit, Callistu. Vergiss niemals, wer dich gemacht hat – und dass du gar nicht weißt, wer du ohne mich bist. Ich kann es dir sagen, denn ich weiß es: ein Nichts! Und das wirst du rasch merken und dein Flittchen auch.«

Er begann mit dem Unterkiefer zu mahlen, es war schwer für ihn, sich nicht umzudrehen und ihr deutlich zu machen, dass er derjenige mit dem Talent war, egal, wie sehr sie darauf bestand, ihn gefördert zu haben und ganz allein für seine Karriere verantwortlich zu sein. So, als hätte sie auch eine Ziege aus dem Garten ihres Vaters nehmen und auf die Bühnen dieser Welt stellen können. Ganz so einfach war es jedoch nicht, denn es war *seine* Stimme. Sie gehörte ihm, und sie war sein Kapital.

Er konnte hören, dass sie näher kam. Wenn er schwieg, wurde sie rasch noch angriffslustiger, aber er wollte einfach nicht mehr immer wieder dieselben Argumente, Beschwörungen, Beleidigungen und Verletzungen ertragen. So hatten sie ihn all die Jahre stillgehalten. Silenus und sie. Sein Bruder war keinen Deut besser als seine zukünftige Ex-Frau. Auch er bestand darauf, dass sich an seinem Leben nie mehr etwas ändern durfte, und dass er, Callistu, drauf und dran war, ein Imperium in Schutt und Asche zu legen, nur weil er dran glaubte, dass es hier um Liebe ging.

»Die Schlampe will nur dein Geld«, war noch eine der nettesten Beschimpfungen gewesen, ganz unabhängig von der Tatsache, dass sein Bruder ihm die Fähigkeit absprach, ein Groupie von einer liebenden Frau zu unterscheiden.

Die zwei hatten eine Welt um ihn herum gebaut, die ihm die Möglichkeit nehmen sollte, jemals daraus zu entfliehen. Er wusste, dass es im Interesse seiner Familie war, wenn er diesen Kokon nicht aufbrach oder gar verließ, doch die Zeit war reif. Er wusste genau, dass das Schicksal dieses wunderbare Wesen geschickt hatte, um ihn zu retten. Er war bereit dazu, ganz egal, was Zenia sagen oder tun würde.

Langsam wandte er den Blick von dem grauen Novemberhimmel, drehte sich um und erschrak.

2. Kapitel

»Denkst du, es wird den ganzen Winter über so nass und kalt sein?« Penelope klapperte theatralisch mit den Zähnen, während sie ihm einen Becher Kaffee reichte.

»Titika hat gesagt, dass so ein Regen im Dezember darauf hindeutet, dass es bis Ostern so bleibt.« Hyeronimos spürte, dass ihm bei dieser Erläuterung ein Schauer über den Rücken lief. Er war für regnerisch kaltes Wetter einfach nicht gemacht. Das war einer der Gründe gewesen, die ihn dazu gebracht hatten, Deutschland für immer zu verlassen.

»Und deine Großmutter weiß, was sie sagt«, die Rechtsmedizinerin seufzte, »denn schließlich ist sie fast hundert Jahre alt.«

Hyeronimos nickte bestätigend, trank einen Schluck des heißen Gebräus und reichte Penelope ein cremiges Törtchen mit Schokoladensplittern obendrauf, während er seines mit einer Gabel in mundgerechte Stücke zerteilte.

»Was ist los mit dir?«, fragte seine beste Freundin, und ihre Stimme klang jetzt leicht beunruhigt.

»Titika hat auch gesagt, dass dieses Wetter Unglück mit sich bringt.«

»Aberglaube oder Wahrheit?«, fragte sie, und er spürte ihren aufmerksamen Blick.

»Du kennst mich gut. Ich habe tatsächlich überprüft, ob die regnerischen Winter mehr Unheil bringen, und siehe da, meine Yaya hat recht. Wenn es zu lange kalt und grau wird, ist das nicht gut für uns. Wir werden depressiver oder angriffslustiger, je nach Persönlichkeit«, erklärte er und schob sich eine Gabel voll Kuchen in den Mund.

»Köstlich, nicht wahr?«, fragte Penelope kauend. »Also gibt es mehr Selbstmorde und Übergriffe, richtig?«, fasst sie das Gehörte zusammen.

Er nickte bestätigend.

»Dann haben wir zumindest was zu tun«, unkte sie, »und ich weiß, dass das makaber klingt.«

»Es geht mir ähnlich«, gab er zu, »wenn ich zu lange in diesem Büro sitze, werden meine Eigenheiten stärker, und ich brauche dann wirklich viel Energie, um sie im Zaum zu halten.«

Sie hob ihren Blick und sah ihn fragend an.

»Es ist okay, Penelope, ich komme zurecht.«

»Ich bin für dich da«, sagte sie, und er wusste, dass es ihr ernst war.

Im Job waren sie voneinander abhängig, denn ohne Penelopes Hilfe war es für ihn, den Kommissar der Mordkommission, kaum möglich, ein Verbrechen aufzuklären. Das hatte sie schon oft unter Beweis gestellt, und nachdem sie im Frühjahr einen spektakulären Mehrfachmord gemeinsam aufgeklärt hatten, hatte sich herausgestellt, dass sie auch als Ermittlungsteam wirklich gut funktionierten. Gleichzeitig brauchte sie als leitende Pathologin der Insel auch ihn, um dem Einerlei klinischer Obduktionen entfliehen zu können. Sie waren echte Freunde geworden und unterstützten einander, wo immer es möglich war, gleichzeitig waren sie beide auf ihre Art auch besonders. Hyeronimos war als Kriti in Deutschland großgeworden, das hatte ihn in Bezug auf seine Gründlichkeit geprägt, auch ganz besonders, da er im schwäbischen Tübingen aufgewachsen war, das ihn in Bezug auf Ordnungsliebe, Fleiß und die Fähigkeit, sich in ein Problem zu verbeißen, geformt hatte. In der Kombination mit dem kretischen Credo »Siga-siga« – was so viel wie »immer langsam, immer mit der Ruhe« bedeutete –, war dies ein Verhaltensmix, der ihn zu einem außergewöhnlichen Ermittler geformt hatte.

Penelope war auf der Insel aufgewachsen, hatte sich dann aber von den Fesseln der Tradition befreien müssen, um sich selbst treu zu bleiben. Lange hatte sie auf dem Festland gearbeitet, doch ihre Art zu leben und zu lieben hatte ihr auch dort Stöcke zwischen die Füße geworfen, und sie war über eine Beziehung gestolpert und danach wieder auf der Insel gelandet. Ihre humorvoll sarkastische Art und ihre ehrliche Offenheit hatten dafür gesorgt, dass Hyeronimos ihr vertraute, und das wiederum hatte auch ihr Vertrauen in ihn wachsen lassen. Obwohl er sich sein ganzes Leben lang schwergetan hatte, Freundschaften zu schließen, und ein Einzelgänger gewesen war, verband ihn mit der Pathologin etwas Außergewöhnliches.

»Hast du in letzter Zeit etwas von Eleni gehört?«, wechselte er das Thema. Die junge Bloggerin und Influencerin war ihnen beiden sehr ans Herz gewachsen.

»Wir haben gerade gestern geskypt«, sagte Penelope lächelnd, »sie hat wirklich einiges bewegt in diesem Jahr, und es läuft gut mit der T-Shirt-Kollektion, aber auch mit ihrem Blog. Sie hat viel Aufmerksamkeit bekommen und nutzt das außerordentlich sinnvoll.«

»Du klingst stolz«, bemerkte Hyeronimos und fügte mit einem Augenzwinkern hinzu: »Wie eine Mutter!« Er wusste, dass das etwas provokativ war, denn das, was sich zwischen den beiden Frauen entwickelt hatte, war weit entfernt von einem Mutter-Tochter-Verhältnis. Doch wer war er, dass er über andere urteilen durfte. Er saß mit seiner Beziehung schließlich auch im Glashaus, und dann warf man nicht mit Steinen. Doch so intensiv seine Verbindung zu Penelope auch war, er bewahrte dieses Geheimnis für sich.

»Iiiiih!«, reagierte sie auch sogleich, »das klingt furchtbar. Klar bin ich stolz auf sie. Sie ist mutig und geht ihren Weg. Eleni ist ein echtes Vorbild für all die jungen Frauen, die etwas aus ihrem Leben machen und dem Patriarchat den Rücken kehren wollen.«

»Hört, hört!«, er war ganz ihrer Meinung, und doch zog er sie gern etwas auf, denn sie hatte ihn gelehrt, Scherze nicht nur zu verstehen, sondern auch zu machen. Es gelang ihm nicht leicht, doch er gab sich redlich Mühe. Normal zu erscheinen war recht anstrengend, denn man musste intensiv an sich arbeiten, und bei dieser Tätigkeit hatte man quasi nie frei.

»Du hast vollkommen recht«, er nahm einen weiteren Bissen Kuchen, »sie ist ein Vorbild, und sie ist wirklich clever und tough, aber sie kommt nicht zurück, oder?«

»Nein«, seufzte Penelope, »das ist wohl der Tribut, den man dem Ruhm zollt. Sie bleibt erst einmal weiter in Athen, und dann macht sie tatsächlich eine kleine Europatour. Sie soll die Kollektion in Mailand, Berlin und Paris präsentieren, und sie will sich dort auch für die LGBTQ-Szene einsetzen.«

Hyeronimos nickte erstaunt und kaute zufrieden, er hatte nicht gewusst, dass es so gut für das Mädchen aus Chania lief, und er gönnte es ihr von Herzen. Ihr Knochenfund in der Samaria-Schlucht vor einem Jahr hatte sie zusammengebracht und ihr tatsächlich einen Karriere-Push verschafft.

»Ich habe schon überlegt, mit ihr zu kommen, doch eine alternde Begleiterin ist wahrscheinlich eher hinderlich. Also bleibe ich hier bei dir.« Sie grinste schief.

»Klingt eigentlich mehr nach Beleidigung als nach einem Kompliment.« Er zwinkerte ihr verstehend zu.

Es klopfte leise an die Tür, und kurz darauf streckte Giorgia, Penelopes Sektionsassistentin, den Kopf durch den Spalt: »Wir bekommen Besuch.« Sie deutete mit dem Zeigefinger nach oben. Es kam also ein ungeklärter Todesfall aus dem Klinikum, in dessen Kellergeschoss sich das rechtsmedizinische Institut befand, zur Klärung zu ihnen.

Er konnte sehen, wie Penelopes Augen zu leuchten begannen. Sie war mit Leib und Seele Pathologin, und daher hatte man ihr die Leitung für die Insel übertragen. Doch auf eine gewisse Art war es auch eine Bestrafung, denn es gab wirklich nicht viel zu tun auf Kreta. Das Eiland zählte rund 625.000 Einwohner, da war es nicht an der Tagesordnung, komplizierte Todesfälle zu sichten, und auch die Patienten aus dem Krankenhaus, die starben und obduziert werden mussten, hielten sich im Rahmen. Man konnte deshalb manchmal wirklich in Langeweile vergehen. Daher war es eine Art Segen für sie, dass sie die Möglichkeit bekommen hatte, den Kommissar immer wieder bei seinen Ermittlungen zu unterstützen. Ihre Behörde unterstand in gewisser Weise der Polizei, und doch arbeitete sie eigenverantwortlich und konnte sich daher als Chefin die Freiheit nehmen, mit ihm rauszufahren. Das half ungemein gegen das dröge Abarbeiten von Papierkram im Büro, das ihr regelmäßig ein Gräuel war.

Hyeronimos ging es auch oft so, und allzu viel Büroarbeit gab es nicht, sodass man in ruhigen Zeiten täglich acht Stunden zu tun hatte. Stelios Mentakis, sein Chef, war zudem ein großer Penelope-Fan, auch wenn er nie bei ihr landen würde, und unterstützte die Zusammenarbeit zwischen den beiden Behörden nur allzu gern.

»Nun hau schon ab«, scheuchte er sie davon, »ich räume hier rasch auf, und dann gehe ich schwimmen.«

»Du spinnst, Galavaki«, sagte sie munter, während sie schon halb auf dem Flur stand, »dir ist hoffentlich nicht entgangen, dass es saukalt ist und regnet.«

»Nass werde ich eh«, gab er zurück, »und ich bin eben kein Weichei, das nur im Sommer ins Wasser geht.«

»Ja, und ich weiß, dass du deshalb auch quasi nie eine Erkältung bekommst und so ein stahlharter Bursche bist.« Sie winkte ihm mit breitem Grinsen zu, warf sich ihren weißen Kittel über und verschwand in Richtung Sektionssaal.

Bevor er Penelope gekannt hatte, hätte eine solche Aussage ihn zutiefst getroffen, und er hätte sich vollkommen in sich zurückgezogen, doch nun konnte er den frechen Kommentar grinsend abtun. Er schnappte sich die Überreste des Nachmittagssnacks, packte sie in den kleinen Kühlschrank und räumte die Tassen in die schmale Spülmaschine.

Gerade als er seine Jacke überzog, klingelte sein Handy, und überrascht stellte er fest, dass seine Mutter am Apparat war. Einen Augenblick zögerte er, dann nahm er das Gespräch an.

3. Kapitel

Sie schaute hinab auf den Säugling, der sich an sie schmiegte und sich an ihrer Brust labte. Eben hatte er noch mit zittrigen, fahrigen Bewegungen gekräht, und nun lag er still und zufrieden in ihren Armen. Er war perfekt. Seine fein geschwungenen Lippen umschlossen ihre Brustwarze, saugten gleichmäßig, und sein gieriges Schlucken ließ sie lächeln. Dieses Kind der Liebe war ein wundervolles Geschenk, und es krönte die Verbindung zwischen ihr und dem Mann, der seit fast vier Jahren ihr Ein und Alles war. Nichts würde ihr ebendieses Glück rauben, denn sie waren eine Familie. Er hatte es endlich geschafft, ein Haus zu finden, das er als passend empfand, und in Kürze würden sie dort gemeinsam leben und ihren Sohn großziehen. Sicher würde mindestens ein weiteres Kind dazukommen, denn sie wollte eine richtige Familie haben. Lange Zeit hatte sie befürchtet, dass das mit ihm nicht funktionieren würde, doch er hatte seinen Worten Taten folgen lassen, und bald schon würde er seinem jetzigen Leben den Rücken kehren.

Sie streichelte sanft über die Wange des kleinen Kerls und bewunderte sein Öhrchen. Wie konnte es sein, dass ein Wesen so perfekt war? Niemals hatte sie eine Vorstellung davon gehabt, dass man jemanden so lieben konnte – und das, obwohl sie schon seinen Vater so liebte, wie es sonst nur in Seifenopern und schnulzigen Liebesfilmen vorkam. Das hier war etwas komplett anderes. Er war in ihr entstanden und gewachsen, sie würde alles für ihn tun. Nun, das war die Aufgabe einer Mutter. Ihre Gedanken glitten ab zu ihrer eigenen, sicher war deren Reaktion auf ihre Beziehung und die Schwangerschaft nur einer Art Schutzmechanismus zu verdanken gewesen, doch sie hätte niemals mit solch harscher Ablehnung gerechnet. Ihre Mutter war vollkommen ausgeflippt, als sie ihr ihren Zustand voller Glückseligkeit gestanden hatte, es war so etwas wie der Dritte Weltkrieg ausgebrochen. Alle hatten sich gegen sie gewandt, und ihr Bruder hatte ihr sogar nahegelegt, das Kind abtreiben zu lassen. Nereos schämte sich für seine Schwester, und er warf ihr Egoismus vor und dass sie seiner politischen Karriere durch ihren liederlichen Lebenswandel Schaden zufügte.

»Wir leben im 21. Jahrhundert«, hatte sie fassungslos entgegnet und Hilfe suchend zu ihrer Mutter geblickt, doch Sofia hatte den Blick abgewandt und ihr so verdeutlicht, dass sie Nereos' Ansinnen unterstützte. So, wie sie es immer tat. Ihr Sohn war ein aufstrebender Politiker, und das würde der Familie Macht und Einfluss verleihen. Das wollte Sofia mit aller Kraft, und die uneheliche Schwangerschaft ihrer Tochter stand ihrem konservativen Bestreben ganz klar im Weg.

»Wir leben auf einer Insel, auf der Werte noch zählen«, hatte der Bruder mit erhobenem Zeigefinger doziert.

»Verschone mich mit deinen politischen Parolen«, hatte sie genervt entgegnet, »das ist ein Lebewesen, und ich töte keinen Menschen. Das gehört nämlich auch zu den fundamentalen Werten unserer Gesellschaft.«

Sie hatte sich aufgerichtet, ihrem Bruder in die Augen gestarrt und gewartet. Er hatte seine Arme gehoben und wie früher geschrien: »Du machst alles kaputt!«

Dann war er Türen knallend aus dem Haus gerauscht.

Sofia hatte sich umgedreht, ihr Blick eiskalt und bohrend: »Wenn er dich nicht heiratet, gibst du das Kind zur Adoption frei!«

Dann war auch sie aus dem Raum gestürmt.

Das hämische *Wenn er dich nicht heiratet*, hatte in ihrem Kopf widergehallt wie ein dunkles Unheil bringendes Echo. Er würde sie heiraten, aber ganz sicher nicht, bevor das Kind zur Welt kam, das war ihr vollkommen bewusst gewesen. Er brauchte noch etwas Zeit. Doch sie würde ihr Baby beschützen und alles tun, damit es ein wundervolles und glückliches Leben bekam und sie bald eine richtige Familie sein konnten.

Während sie die flatternden, fast durchsichtig erscheinenden Lider ihres Kleinen betrachtete, machte sie sich wie schon oft Gedanken darüber, warum sie nicht einfach ihre Sachen gepackt und sich eine Wohnung in der Stadt gesucht hatte. Ihr Freund hätte das ohne Probleme finanziert. Doch irgendwie hatte sie es nicht über sich gebracht, ihrer Familie vollends den Rücken zu kehren, obwohl das selbst in ihren Ohren vollkommen unverständlich klang. Vielleicht hatte sie aber auch einfach nicht allein sein wollen mit diesem Leben, das da in ihr heranwuchs, denn er hatte noch nicht oft genug bei ihr sein können. Jetzt war das gemeinsame Heim zum Greifen nah, und Mutter und Bruder hatten sie in den Tagen nach der Geburt tatsächlich in Ruhe gelassen.

Ein Lächeln glitt über ihr Gesicht, und ein wohliges Glücksgefühl schwappte wie eine Welle durch ihren Körper. »Teris«, flüsterte sie, und der Kleine rekelte sich behaglich in ihrem Arm.

Er war ein Wunder, ein Geschenk Gottes an sie. Er nuckelte nur noch reflexartig, und sie löste seinen Mund sanft mit einem Finger von ihrer Brust, ohne ihn dabei zu wecken. Dem Lehrbuch zufolge müsste er nun aufstoßen und dabei überflüssige Luft herauslassen, doch sie wollte ihm nicht den Schlaf rauben, und auch sie brauchte dringend Ruhe, denn der kleine Mensch musste seinen Rhythmus wohl erst noch finden. Vorsichtig erhob sie sich, trat ins Nebenzimmer und bettete ihn in seiner Wiege zum Schlafen. Ein Milchfaden lief aus seinem Mundwinkel, und er schlummerte selig schmatzend, während sie wieder zum Sofa ging und sich seufzend darauf niederließ. Kurze Zeit später war auch sie eingeschlafen.

4. Kapitel

Athanasia beugte sich über das schwarze Hemd mit den Troddeln an den Ärmeln und setzte einige Stiche, um es auf Maß zu bringen. Wie immer, wenn sie konzentriert arbeitete, kaute sie auf ihrer Unterlippe herum. Dieses Bühnenoutfit würde der Hammer werden: Der leichte, fast seidige Stoff absorbierte Schweiß und sorgte dafür, dass es dem Träger so nicht auf der schwitzigen Haut klebte. Es zeigte an den richtigen Stellen die Körperformen – ihr Bruder hatte schließlich kein Gramm zu viel auf den Rippen und einen durchtrainierten Körper – und war dennoch so bequem, dass es genügend Bewegungsfreiheit bot. Die schmale Bundhose war, genau wie das Hemd, den traditionellen Trachten nachempfunden und endete kurz unter dem Knie mit einem wolligen Bündchen. Callistus trug weiche, schwarze Lederstiefel dazu und als Hommage an die Insel einen leuchtend blauen Gürtel. Hemd und Hose stammten aus ihrer Schneiderei, seine Gürtel ließ er mittlerweile von einem Designer in Athen herstellen. Sie waren zu einer Art Markenzeichen für den gefeierten Star geworden, und seine Fans zahlten bereitwillig viel Geld dafür. Alles, was Callistus tat, brachte Geld ein, und das war gut so, da er so ihrer aller Leben finanzierte. Doch schon seit langer Zeit nagte es an ihr, dass sie für ihn nicht mehr als eine bessere Garderobiere zu sein schien, denn genau so kam sie sich mittlerweile vor. Nicht wie eine Künstlerin, die die Bühnenoutfits eines Stars entwarf und fertigte, sondern wie jemand, der ihm lästig war und der hinter ihm aufzuräumen hatte, wenn er sich in den

Pausen eilig umzog. Er hatte sich verändert und sprach davon, sich zur Ruhe zu setzen. Was für eine Schnapsidee!

Er füllte schließlich Stadien, und die Menschen kamen Tausende von Kilometern angereist, um ihn zu sehen. Wie konnte er es nur in Erwägung ziehen, keine Konzerte mehr zu geben? Einerseits wäre es eine Chance, nach so vielen Jahren in seinem Schatten frei zu sein und sich entfalten zu können, und andererseits war sie starr vor Angst, wenn sie daran dachte, ihn als Einnahmequelle zu verlieren. Sie hatte kein Händchen für Geld und nichts auf der hohen Kante. Erschwerend kam noch hinzu, dass sie ein Faible für teuren Alkohol entwickelt hatte und ohne mit der Wimper zu zucken einen Tausender für eine Flasche Whisky hinblätterte. Es wäre also keineswegs verwunderlich, wenn sie ohne Callistus bald arm wie eine Kirchenmaus war. Er musste zur Vernunft gebracht werden, doch das war nicht allein ihre Aufgabe. Zenia und Silenus mussten das Ihrige dazu beitragen.

Kaum hatte sie den Gedanken zu Ende gedacht, als sich die Tür öffnete und Silenus hereinstapfte. Er blickte sauertöpfisch drein, wie immer, und all seine Versuche, dem attraktiven Callistus nachzueifern, misslangen. Er war nicht konsequent genug beim Sport, aß und trank zu viel, und sein langes Haar begann schütter zu werden.

»Was wird das?«, schnauzte er. »Was sollen diese verdammten Bommeln an dem Hemd?«

»Das geht dich gar nichts an. Das ist meine Arbeit.« Athanasia hasste es, wenn er sich überall einmischte und davon überzeugt war, dass er das als Manager auch durfte.

Prompt reagierte er: »Ich muss über alles informiert sein, und das weißt du ganz genau. Warum muss ich dir das beinahe täglich sagen?«

»Silenu, lass mich einfach in Ruhe. Musst du nicht irgendein Interview oder ein Shooting organisieren oder eine der

Tänzerinnen für das neue Video flachlegen?«, schoss sie giftsprühend zurück.

»Halt einfach die Klappe, Atha. Du musst nicht neidisch sein, nur weil dich keiner flachlegen will.« Er wusste, wie er sie treffen konnte.

Wann hatten sie nur begonnen, so miteinander umzugehen? Verdarb der Ruhm wirklich den Charakter, oder war es die Sorge um ihr gewohntes Leben, die sie alle ausflippen ließ?

»Du musst ihn davon abbringen«, sagte sie nun bewusst ruhiger, »er darf uns nicht einfach ablegen wie ein altes Hemd. Wir haben ihm mehr als zwei Jahrzehnte zur Seite gestanden, er kann nicht so egoistisch sein.«

Sie sah ihn tief einatmen, bevor er den Mund öffnete: »Giorgos Lanthimos hat angerufen.«

Sie schlug sich überrascht die Hand vor den Mund: »O mein Gott! Will er den Film etwa machen?«

Er nickte, und seine Gesichtsfarbe wurde noch dunkler: »Er schon ...«

»Das ist nicht dein Ernst. Hat Callistus wirklich Nein gesagt, oder zickt er nur ein wenig herum, um zu zeigen, wer der größere Star ist?«, fragte sie mit hochgezogener Augenbraue. Sie war es so leid, von diesen beiden Dummköpfen abhängig zu sein, aber sie hatte sich in eine Falle manövriert und zappelte nun wie ein dummes Insekt in einem klebrigen Spinnennetz um ihr Leben.

»Ich weiß nicht, was ich tun soll, um ihm zu verdeutlichen, dass ein Film mit einem so begabten Filmemacher den Zenit seiner Karriere bedeutet, und wenn er unbedingt abtreten will, dann eben nach dem Film. Er macht mich so wütend«, gab er schnaubend zu.

»Ja, das kann er wirklich hervorragend.« Athanasia wusste, wovon sie sprach.

Callistus konnte bei ihnen allen auf den richtigen Knopf drücken, und er genoss es anscheinend, sogar wenn sie sich am Ende wie tollwütige Hunde aufführten. Nicht selten klatschte er sogar mit spöttischem Gesichtsausdruck Beifall, wenn sie einander fast an die Kehle gingen.

Als Kind war er ihr Lieblingsbruder gewesen. Sie war das mittlere Kind, und der zarte Callistus konnte sich ihrer immer sicher sein. Sie beschützte ihn vor Gemeinheiten, half ihm, wo immer es nötig war. Dann begann er traurige Weisen mit der Lyra zu singen und wurde im Dorf so ein gern gesehener Gast bei jeder Feierlichkeit. Einige Jahre später trat Zenia in sein Leben. Sie kam aus gutem Hause, hatte Geld, und noch wichtiger: Einfluss. Sie war es, die ihn *entdeckt* hatte, darauf bestand sie grundsätzlich, sie kannte die richtigen Leute, und durch ihre Kontakte nahm seine Karriere Fahrt auf. Ihr war es tatsächlich zu verdanken gewesen, dass das Talent des jungen Mannes über die Dorf- und dann sogar über die Insel- und die Landesgrenzen hinaus bekannt wurde. Zenia war eine wundervolle, großherzige Frau. Noch dazu war sie bildschön. Sie hatte nicht verdient, was ihr Mann ihr antat, und würde durch sein idiotisches Handeln nicht nur ihren Lebenspartner, sondern auch ihren Lebensstil verlieren.

Sie saßen alle im selben Boot, und Callistus hatte nun ganz allein beschlossen, dass es an der Zeit war, es untergehen zu lassen. Er ging entspannt von Bord und ließ sie ersaufen. Wenn er sich da mal nicht täuschte. Athanasia verscheuchte die Gedanken, wandte sich wieder dem Bühnenkostüm zu, und Silenus setzte sich auf den Hocker neben ihrem Arbeitstisch. »Was sollen wir tun, Atha? Wir müssen einen Plan B haben für den Fall, dass er das wirklich durchzieht. Ich hätte diesem Flittchen schon vor Jahren Geld bieten sollen.«

»Oder ihr den Hals umdrehen«, ergänzte sie sarkastisch.

Er hob provokativ den Blick. »Was für eine kreative Idee, Schwesterherz!«

»Immer zu Diensten«, gab sie schnippisch zurück, »aber jetzt brauche ich meine Ruhe. Diese Bommeln nennt man übrigens Troddeln, und sie sind der traditionelle Aspekt des Outfits.« Sie wies mit dem Kinn auf die Tür, und tatsächlich erhob er sich und ging schwerfällig hinaus.

Wütend schob sie die Nadel in den Stoff, so, als könne sie Callistus damit treffen.

5. Kapitel

Eigentlich wollte er das Telefonat aus Deutschland nicht annehmen, denn er hatte seinen Eltern, im Speziellen seiner Mutter, noch immer nicht so recht verziehen, dass sie ihn über die Rolle seines Großvaters im Zweiten Weltkrieg auf der Insel im Dunklen gelassen hatten. Und noch weniger, dass der Alte ihm als Kind stets von seinen Gräueltaten berichtet hatte.

Hyeronimos hatte den Stempel, sonderbar zu sein, er konnte menschliche Auren als Farbschattierungen sehen, erstarrte zur Salzsäule, wenn seine Ordnung gestört wurde, und dass er an jedem Dreizehnten eines Monats von einer Panikattacke heimgesucht wurde, die ihn vollkommen aus dem Leben riss und ihn als Verrückten stigmatisierte, nahmen seine Eltern einfach hin. So wie seine Hand-Ticks: Immer wieder versuchte seine rechte Hand sein Haar zu glätten, und es hatte ihn extrem viel Mühe und Selbstbeherrschung gekostet, das einigermaßen in den Griff zu bekommen. An allem anderen arbeitete er noch, und es war mühselig und kräftezehrend, und oft hatte er das Gefühl, einen Schritt nach vorn zu machen und zwei zurück. Selbst das Asperger-Syndrom, das ein Psychologe nach der ersten Aura-Episode diagnostiziert hatte, hatten sie stillschweigend hingenommen und dann ignoriert. Für sie war er immer nur ihr Kind gewesen.

Doch seine Eltern waren nicht mehr die Jüngsten, und seine Yaya hatte ein gutes Wort für ihre Tochter bei ihm eingelegt. »Maki«, sie nannte ihn noch immer beim Kosenamen aus Kindertagen, »sie wollten dich nur beschützen. Das machen Eltern so, und manchmal ist es eben einfach die falsche Wahl, aber das ist menschlich.«

Hyeronimos stimmte seiner Großmutter gedanklich zu – wieder einmal – und nahm das Gespräch an.

»Hallo, Mutter«, er versuchte, seiner Stimme den leichten Klang zu geben, den sie noch eben beim Plaudern mit Penelope gehabt hatte.

»Junge«, sagte sie, und ihr Tonfall machte ihn sofort nervös.

»Was ist passiert, geht es euch gut?«, wollte er wissen, und an der Pause, die sie machte, hörte er, dass dem nicht so war. Athina war nicht leicht zu erschüttern, daher musste etwas Schlimmes geschehen sein. Er wappnete sich innerlich.

»Dein Vater ...«, sie machte eine Pause, und er rief erschrocken: »Ist er tot?«

»Nein, nein«, beeilte sie sich nun zu sagen. »Er«, wieder machte sie eine Pause, und Hyeronimos drehte sich der Magen um, »er hatte wahrscheinlich einen Herzinfarkt. Er ist auf dem Golfplatz zusammengebrochen.«

»Was hat er zu dieser Jahreszeit auf dem Golfplatz verloren?« Er wusste nicht, warum ihm gerade diese Frage nun wichtig erschien, aber vielleicht war es einfach nur seine Unsicherheit.

»Das ist doch unwichtig, er ist im Vorstand und hat irgendwas aufgeräumt, was weiß ich. Er liegt im Krankenhaus, er lebt, aber er ist schwach«, erklärte sie mit leiser Stimme, was ihm deutlich zeigte, dass es nicht gut um seinen Vater stand und wie besorgt seine Mutter war. Die toughe Geschichtsprofessorin war normalerweise durch nichts aus der Ruhe zu bringen.

»Ich nehme den nächsten Flieger zum Festland und komme«, stieß er atemlos aus und rannte zur Tür, um den Krankenhauskeller zu verlassen.

»Das ist gut«, sagte sie schlicht und schluchzte leise.

Es war lange her, dass er sie hatte weinen sehen, und nun konnte er hören, dass sie voller Furcht Tränen vergoss. Er bekam es mit der Angst zu tun. Ob er seinen Vater noch lebend antreffen würde?

In seinem Kopf begannen die Gedanken zu rasen, und es war nie gut, wenn das geschah, denn dann geriet er in die Gefahr, Fehler zu machen. Das war ihm vollkommen bewusst, jedoch hatte er noch nie eine ähnliche Situation erlebt. Sein Großvater war gestorben, als er noch ein Kind gewesen war, und die Eltern seines Vaters waren ebenfalls schon sehr lange tot. Die Verletzlichkeit eines Menschen, der ihm so nahe stand, machte ihn dünnhäutig.

Kurz bevor er den Ausgang erreicht hatte, machte er wieder kehrt. Er musste mit Penelope sprechen und dann seinen Chef um Sonderurlaub bitten.

»Ich rufe dich sofort zurück, wenn ich gebucht habe. Du brauchst mich nicht in Stuttgart abzuholen. Ich nehme einen Leihwagen«, sagte er hastig und verabschiedete sich von seiner Mutter, bevor er atemlos den Sektionssaal erreichte.

Penelope blickte erstaunt auf, als er die Tür mit Schwung aufstieß und in ihre Obduktion platzte. »Ist dir schon langweilig?«, begann sie, doch dann bemerkte sie seinen Gesichtsausdruck und verstummte abrupt.

»Es tut mir leid«, entschuldigte er sich, »bitte ... hast du kurz einen Augenblick für mich?«

Sie kam sofort hinter dem Tisch hervor, übergab die Instrumente, die sie in der Hand hielt, an Giorgia und ging mit ihm in den leeren zweiten Saal. »Was ist los?«, fragte sie besorgt.

»Mein Vater hatte einen Herzinfarkt, meine Mutter hat furchtbar geweint, ich muss sofort nach Deutschland fliegen, ich glaube, er stirbt«, sprudelte er ohne Pause hervor.

»Hyeronimo«, sagte sie voller Mitgefühl, »kann ich etwas für dich tun?«

»Ich weiß nicht. Ich will nur nicht«, er schaute sich kurz um und senkte seine Stimme, »ich will nicht erstarren. Ich will stark sein.«

»Hast du das Gefühl, dass dich das triggert?«, fragte sie geradeheraus, ganz so, wie es ihre Art war.

»Nein, eigentlich nicht, aber ich war noch nie in einer solchen Situation, daher rechne ich irgendwie mit allem.«

»Ich kann hier gerade nicht Schluss machen«, erklärte sie betroffen, »kommst du zurecht, oder soll ich einen Kollegen anrufen, der hier für mich übernimmt?«

»Ich komme zurecht«, sagte er und straffte sich. »Ich wollte nur, dass du Bescheid weißt und dich nicht wunderst, wenn ich so kurz nach unserem Kaffee in den Flieger steige und verschwinde«, versuchte er es mit der Medizin, die er von ihr gelernt hatte: Humor.

Sie legte ihre Hand leicht auf seine Schulter und lächelte ihm zu: »Soll ich mich um deine Yaya kümmern, während du fort bist?«

Er lächelte zurück. »Das würdest du machen? Danke, Pen!«

»Das ist doch selbstverständlich, und ich tue das nicht nur für dich. Ich mag Titika sehr«, sie grinste, »und sie wird mich bekochen.«

»Das wird sie ganz sicher«, gab er zurück, denn obwohl sie auf die hundert zuging, ließ sie es sich nicht nehmen, in ihrer Küche zu werkeln und die köstlichsten traditionellen Gerichte zu zaubern. Er war sich sicher, dass die Alten über eine besondere Magie beim Kochen verfügten, denn er erlebte es auch bei seinen regelmäßigen Ausflügen in die Berge, dass die Tavernen, in denen die fast zahnlosen Großmütter kochten, immer die leckersten Speisen auf den Tisch brachten.

»Ich muss los«, unbeholfen beugte er sich vor und umarmte sie. Körperlicher Kontakt war nicht seine Stärke, aber er wollte seiner Freundin zeigen, wie dankbar er war, und ihre tröstliche Erwiderung tat ihm gut.

Rasch verließ er die Pathologie, klärte mit Stelios Mentakis seinen Sonderurlaub und fand einen Flug nach Athen, den er noch heute erreichen konnte. Der Koffer war schnell gepackt, und als er an dem im Winter fast menschenleeren Flughafen in Irakleio stand, kam ihm ein Gedanke, denn er würde über Nacht in der Hauptstadt bleiben müssen. Doch er verwarf die Idee gleich wieder. Er wollte sie nicht in Schwierigkeiten bringen. Nichtsdestotrotz würde er ihr eine Nachricht schicken. Sie hatten ein kompliziertes System vereinbart, das es ihnen ermöglichte, sich auf ein Telefonat zu verabreden, ohne dadurch in Gefahr zu geraten. Kassia war die Frau eines hochrangigen Politikers, und obwohl es ganz und gar nicht seiner Art entsprach, sich in bestehende Beziehungen zu drängen, war es doch einfach um ihn geschehen gewesen, als er sie bei seiner Ehrungsfeier vor einigen Jahren in Athen das erste Mal getroffen hatte. Er hatte den Blick nicht von ihr wenden können, ihre Aura umgab sie wie ein goldener Schimmer, und er hatte so etwas noch nie zuvor gesehen. Ihre Augen hatten sich ineinander versenkt, und von jenem Moment an hatten sie nicht mehr voneinander lassen können. Nur wenige gestohlene Stunden waren ihnen seither gewährt gewesen, und doch liebten sie einander mit tiefer Innigkeit. Sie war es, die ihn immer wieder aus seiner eigenen Dunkelheit errettete. Sie spürte sogar, wann er sie am meisten brauchte, und nach jenen furchtbaren vierundzwanzig Stunden, die ihn an jedem Dreizehnten eines Monats plagten, ging sie immer das Risiko ein, ihn in den frühen Morgenstunden des Vierzehnten anzurufen, um sich zu vergewissern, dass es ihm wieder gut ging.

Er schickte ihr eine Nachricht und bat um ein offizielles Statement zu irgendeinem Blödsinn, den er sich gerade ausgedacht hatte. Hatte sie die Möglichkeit, ungestört zu sprechen, würde sie einen Termin vereinbaren, wenn nicht, kam ein sachlicher Verweis auf die Pressestelle. Während er auf das Boarding wartete, rief er kurz seine Mutter an. Der Zustand seines Vaters war weiterhin kritisch, und Hyeronimos schaffte es einfach nicht mehr, seine Hand davon abzuhalten, mehrfach sein Haar zu glätten. Vom Gate aus hatte man einen Blick auf das Meer, und er konzentrierte sich auf das Wasser, das durch den Regen und die aufziehende Dunkelheit grau und düster schimmerte.

»Ich atme, also lebe ich«, flüsterte er tonlos jenen Satz, der ihn durch seine Panikattacken geleitete.

Sein Handy zeigte eine eingehende Nachricht, und er seufzte erleichtert auf: Er würde Kassias Stimme hören dürfen.

6. Kapitel

Sie stöhnte erwachend und richtete sich langsam auf. Schon lange hatte sie nicht mehr so tief geschlafen, seit Teris' Geburt hatte sie das Gefühl, dass bereits der Flügelschlag eines Schmetterlings sie aufwecken würde. Sie streckte sich ausgiebig und lauschte, doch im Nebenzimmer blieb alles still. Der Kleine schien wirklich müde gewesen zu sein. Ein Blick auf die Uhr verriet ihr, dass sie fast vier Stunden im Land der Träume gewesen war. Sie hatte wirklich wundervolle Bilder gesehen: Wie sie als Familie ein schönes Heim bewohnten, sich an den Händen hielten oder sich strahlend über das Bettchen ihres Sohnes beugten. Fast zu schön, um aufzuwachen und festzustellen, dass es noch nicht so weit war. Sie erhob sich leise und schlich auf Zehenspitzen nach nebenan; der Kleine sollte nicht aufwachen. Sie wollte ihn im Schlaf betrachten, sein entspanntes Gesichtchen ansehen und darüber staunen, wie ähnlich er schon jetzt seinem gut aussehenden Vater sah.

Der Schrei, der sich ihren Lippen entrang, als sie die Wiege erreichte, klang nicht wie der eines Menschen. Er ähnelte eher dem eines verwundeten Tieres, das um sein Leben bangte.

Teris war nicht da, wo er sein sollte.

»Mutter«, schrie sie außer sich, denn Sofia hatte ihr sehr deutlich klargemacht, wie sie zu *dem Kind der Sünde*, wie sie es nannte, stand, und ganz gewiss hatte sie nicht von einer Minute auf die andere ihre großmütterlichen Gefühle entdeckt.

In Evangelina kroch kalte Angst hoch, und für einen Augenblick hatte sie das Gefühl, ohnmächtig zu werden. Ihr Atem ging stoßweise, und sie bekam nicht genügend Luft.

Dann rannte sie schreiend los, um ihren Sohn zu finden. Hatte Sofia ernst gemacht und ihr den Säugling heimlich entrissen, um ihn fortzugeben?

Sie fand ihre Mutter im Büro im Erdgeschoss, an ihrem Schreibtisch sitzend. Seit ihr Vater tot war, regelte Sofia die Familiengeschäfte und setzte all ihre Energie daran, Nereos' Karriere zu unterstützen, denn politischer Einfluss war nicht mit Geld aufzuwiegen. Nereos war alles, was für die harte Frau zählte, die nun erstaunt aufblickte und eine Augenbraue so in die Höhe zog, dass diese fast den Haaransatz berührte.

»Wo ist mein Kind?«, kreischte Evangelina und hatte das Gefühl, ihr Herz würde gleich explodieren. Ihr Unterleib begann sich schmerzend zusammenzuziehen, und auch ihre Brüste spannten und verlangten nach dem Säugling.

Ihre Mutter reagierte so ungerührt, dass sich in Evangelina Panik und Wut zu vermischen begannen. »Woher soll ich wissen, wo deine Brut abgeblieben ist?«, sagte sie mit kalter Stimme und wandte sich wieder ihren Unterlagen zu.

»Ich will mein Kind, sofort!« Evangelina schlug mit der Faust auf den Schreibtisch, sodass einige der sorgsam aufgereihten Stifte durch die Gegend kullerten.

»Offensichtlich bist du damit überfordert, auf ein Baby aufzupassen.« Ihre Mutter setzte eine spöttische Miene auf.

»Mein Kind! Mein Kind!«, skandierte Evangelina immer lauter werdend, während der pure Hass sie einnahm und rotschlierig an ihr herabgleitend ihre Fäuste erreichte: Sie würde die Antwort aus der Hexe herausprügeln. Sie warf sich regelrecht auf den Schreibtisch, fegte dabei Unterlagen und Utensilien hinunter, um zu erfahren, was mit Teris geschehen war.

Sie hätte niemals hierbleiben dürfen. Sie hätte wissen müssen, dass Sofia ernst machen würde. Doch sie hatte darauf vertraut, dass der Säugling die Herzen ihrer Familienmitglieder erweichen und dass am Ende alles gut werden würde. Doch nichts dergleichen hatte sich ereignet.

»Du bist eine Verrückte«, Sofia war aufgesprungen, »und Verrückte eignen sich nicht als Mutter. Das sollte dir bewusst sein.«

»Weil du ja vollkommen normal bist«, brüllte Evangelina, »gib mir mein Kind, du elende Hexe!«

Sie rutschte seitlich vom Schreibtisch, um auf die Beine zu kommen. Sofia würde nicht einfach davongehen und so tun, als sei es völlig normal, einen wenige Tage alten Säugling aus der Wiege zu stehlen. Sie steckte dahinter und ganz sicher hatte sie Nereos zu ihrem Handlanger gemacht. Evangelina spürte, wie ihr übel wurde vor Angst, und ganz plötzlich registrierte sie etwas Kühles unter ihrer Hand und griff zu. Keuchend kam sie auf die Füße und richtete den spitzen Brieföffner auf Sofia.

»WO IST MEIN KIND?«, verlangte sie zu wissen, und Sofia schaute nun nicht mehr so selbstsicher, sondern wich automatisch vor ihrer Tochter zurück. »Antworte!«, verlangte Evangelina und spürte die Bereitschaft in sich, alles zu tun, was nötig war, um Teris wiederzubekommen.

Sofia machte einen weiteren Schritt zurück. »Da sieht man deutlich, wie gestört du bist, Mädchen! Du bekommst dieses Kind nie mehr zurück, und dem verheirateten Kerl, der dich geschwängert hat, seid ihr sowieso beide gleichgültig. Füge dich einfach in dein Schicksal, heirate Myron wie vorgesehen, und mach einmal etwas richtig. Hör auf, dich wie eine billige Hure zu verkaufen!«

Die eiskalten Worte ihrer Mutter gaben Evangelina den Rest, und sie sprang, den Öffner noch immer in der ausgestreckten Hand haltend, in rasender Wut auf die Frau zu. Klirrend zersprang eine Vase, die hinter Sofia stand, in tausend Teile, während sie beide auf dem Boden aufschlugen.

7. Kapitel

Hyeronimos hatte es noch geschafft, kurz vor dem Abflug mit Kassia zu telefonieren, da er aber schon im Bus unterwegs zum Flugzeug war, konnte er nicht frei sprechen. Vollkommen erstaunt hatte er zur Kenntnis genommen, dass sie ihn in Athen erwarten würde. Er war verwirrt, und die Besorgnis über seinen Vater vermischte sich mit der sonderbaren Aufgeregtheit über das bevorstehende Treffen mit seiner Liebsten. Er fühlte sich ihr so tief verbunden, und das Herz schlug ihm flatternd in der Brust, wenn er nur ihre Stimme hörte. Sie sehen zu können, vielleicht ihre Hand berühren zu können, das warf ihn schier aus der Bahn, und als er die Maschine betrat, spürte er den prüfenden Blick der Stewardess auf sich, die dann auch kurze Zeit später zu seinem Platz kam.

»Ist alles in Ordnung?«, wollte sie wissen, und er nickte rasch bestätigend und konzentrierte sich darauf, bewusst zu atmen, um seine aufgewühlte Gefühlswelt wieder in den Griff zu bekommen. Manchmal war es wirklich sehr schwer, dass er mit niemandem über diese Beziehung sprechen konnte. Er hatte selbst Penelope gegenüber noch nie ein Sterbenswörtchen geäußert. Es kam ihm oft schäbig vor, dass sie ihm so sehr vertraute und er ihr etwas vorenthielt, doch er würde Kassia niemals in Gefahr bringen, also behielt er dieses Thema für sich. Sie war seine romantische Liebesgeschichte, und kein fiktiver Inhalt der Bücher, die er so gern las, war dazu in der Lage, eine Liebe wie die ihre treffend beschreiben zu können. Kassia war seine zweite Hälfte, sie vervollständigte ihn. Wenn er mit ihr sprach, fühlte er sich nicht skurril oder unzulänglich.

Als sie nur Minuten später in der Luft waren, hatte er sich wieder im Griff und folgte auf seinem E-Book-Reader einer aufstrebenden Bäckerin und einem reichen Börsenmakler auf ihrem Weg zu Happy End. Eine weitere Leidenschaft, über die er nicht offen sprach, denn ein Kommissar der Mordkommission, der Lovestorys, die mit Hochzeitsglocken endeten, bevorzugte, war ganz sicher nicht nur wunderlich, sondern höchstwahrscheinlich sogar lächerlich.

Er blickte von seiner Geschichte auf und dachte spontan: zu viele Geheimnisse. Doch dann versenkte er sich in die reizende Erzählung und tauchte erst wieder daraus auf, als das Fahrwerk des Flugzeuges den Boden berührte. Prompt war die Nervosität wieder da. Sie telefonierten regelmäßig, vertrauten einander tiefe Seelengeheimnisse an, doch die Treffen, bei denen sie einander körperlich nahegekommen waren, ließen sich an einer Hand abzählen.

Kurze Zeit später schritt er die Gangway entlang. Sein Reisegepäck wurde direkt weiter verladen, lediglich einige Utensilien für die Übernachtung trug er in einer kleinen Tasche bei sich. Sein Herz wollte sich schier nicht beruhigen, und für einen Moment kam er sich schäbig vor, dass er die Erkrankung seines Vaters nutzte, um seine Geliebte zu treffen. Doch wem würde es nützen, wenn er jetzt sein Hotelzimmer aufsuchte und sich dort allein grämte?

Er sah sie sofort. Einer Göttin gleich stand sie an einer Säule. Ihr kastanienbraunes Haar hatte sie am Hinterkopf zu einem lockeren Knoten geschlungen, was ihre fein geschnittenen Züge hervorragend zur Geltung brachte. Sie sah wirklich aus wie eine griechische Göttin. Ihr beiger Hosenanzug war ganz offensichtlich maßgeschneidert und umspielte ihre Figur. Die hohen Schuhe und der Gürtel passten perfekt zum Farbton des Outfits, und die weiße Bluse sowie das cremefarbene Tuch, das sie locker um die Schultern geschlungen hatte, gaben ihr jenen mondänen Touch, den nur Frauen mit angeborener Eleganz hatten.

Er hielt den Atem an und ließ ihre Erscheinung auf sich wirken. Gewiss konnte jeder in der Ankunftshalle seinen Herzschlag vernehmen und sehen, dass er vor Liebe lichterloh brannte. Dann sah auch sie ihn, und ihre Blicke versenkten sich ineinander wie damals, als sie sich zum ersten Mal begegnet waren. Es war, als schwebten sie in einer schimmernden Seifenblase vollkommen allein über die Menschenmenge hinweg, ineinander verschlungen und für immer verbunden. Dann unterbrach sie den Blickkontakt, ihr Brustkorb hob und senkte sich in rascher Abfolge. Sie kam gemäßigten Schrittes auf ihn zu und begrüßte ihn geschäftig mit einem Handschlag.

»Kommissar Galavaki, herzlich willkommen in Athen. Bitte folgen Sie mir!«

»Es ist mir eine Ehre, Madame«, sagte er formvollendet, schlug kurz die Hacken zusammen und folgte ihr. Er würde überall mit ihr hingehen, wunderte sich aber kurz, wie es ihr gelungen war, ohne Bodyguard an den Flughafen zu kommen. Dann nahm er im Augenwinkel eine Bewegung wahr, und eine rote Aura mit blauen Spitzen drängte sich in sein Bewusstsein. Sie war doch nicht allein. Der drahtige Mann war leger gekleidet und folgte ihnen in respektvollem Abstand. Er beeilte sich, zu ihr aufzuschließen, und versuchte sich im Small Talk, was ganz klar nicht zu seinen Stärken zählte! Kassia machte es ihm mit einem lockeren Plauderton leicht, sich zu fangen. Angrenzend an die VIP-Lounge des Athener Flughafens gab es einige Besprechungsräume. Dort angekommen, zog sie eine platinfarbene Karte aus der Tasche und öffnete die Tür zu einer elegant eingerichteten Lounge. Der Mann setzte sich diskret einige Meter weiter auf einen Stuhl. Sie waren für sich und doch unter Beobachtung. Kassia nickte ihrem Begleiter zu, schloss die Tür, und für einen Moment vergaßen sie beide zu atmen.

»Die Räume hier sind nicht videoüberwacht«, sagte sie, »sie wollen den Nutzern höchstmögliche Diskretion bieten, um ihre Geschäfte abzuwickeln.«

Er blickte sie an, und die Zeit schien stillzustehen. Er musste nur den Arm ausstrecken, dann konnte er sie berühren und spüren, doch er war wie gelähmt. Verzaubert von dem Augenblick und der Wärme in ihren Augen, die ihn liebevoll anleuchteten. Dann machten sie gleichzeitig einen Schritt aufeinander zu. »Maki«, flüsterte sie rau und legte ihre Hand zart auf seine Wange.

Er tat es ihr gleich und ließ seine Finger über ihre glatte Haut gleiten. Er konnte es nicht fassen. Sie waren gemeinsam hier.

Langsam und unendlich vorsichtig senkte er seinen Kopf, sog ihren wundervollen Duft tief in seine Lunge, um ihn dort für immer aufzubewahren. Sie roch nach Rosen und einem Hauch von Zimt. Er liebte diesen Geruch, er liebte sie. Mehr als er je geglaubt hatte, lieben zu können. Dann legte er seine Lippen auf die ihren, und sie verschmolzen in einem Kuss, der sie alles um sich herum vergessen ließ.

8. Kapitel

Das Kind schrie gellend, und der kleine Körper wand sich wie unter Schmerzen. Er fuhr sich nervös durch die Haare. Wie hatte er sich nur darauf einlassen können, diese Rolle zu übernehmen. Er hatte mit Kindern nichts am Hut und daher auch keine Idee, was zu tun war, um das knallrot angelaufene Bündel ruhigzustellen. Es war Sofias Idee gewesen, Evangelina auf diese Weise unter Druck zu setzen, der Adoption und der Eheschließung zuzustimmen. Sie war sich sicher, dass ihr Plan aufgehen würde, denn die junge Mutter würde gewiss alles tun, damit es dem Jungen gut ging. So weit der Grundgedanke, doch sie hatte ihn kein bisschen vorbereitet, was zu tun war. Das Geräusch prallte auf sein Trommelfell, quälte es und machte ihn zu einem hektischen Nervenbündel. Ob er ihn hochnehmen sollte? Vielleicht würde das Baby dann aufhören zu kreischen. Er rangierte das Auto an den Straßenrand, und dann kam ihm der Gedanke, dass man ihn mit dem Säugling sehen könne, also gab er rasch wieder Gas und fuhr zurück auf die Nationalstraße. Er hatte sich gedacht, eine entspannte Spritztour zum Meer zu machen, nachdem ihm seine Mutter den Kleinen in den Arm gedrückt und befohlen hatte, ihn sofort für einige Stunden aus dem Haus zu bringen. Er war zum Auto gespurtet, ohne sich Gedanken zu machen, wie man ein Baby transportierte, und hatte es dann einfach auf dem Rücksitz abgelegt. Die Tonart und die Lautstärke des Gebrülls machten ihn kirre, und er blickte immer wieder in den Rückspiegel, um einen Blick auf seinen Neffen zu erhaschen – in der Hoffnung, dass er endlich aufgeben und still sein würde.

Seine Schwester und er waren sich nie wirklich nah gewesen. Evangelina war sonderbar und verhielt sich nicht wie andere Kinder: Sie spielte nicht, sondern saß nur da und schaute den anderen mit großen Augen zu. Wenn sie etwas gefunden hatte, was ihre Aufmerksamkeit auf sich zog, dann beschäftigte sie sich nur damit und gab es niemals aus der Hand, tagelang oder auch für Wochen. Er machte sich einen Spaß daraus, ihre Sachen immer wieder zu verstecken, und sie war dann schier nicht zu beruhigen, wenn ihr Stoffschaf oder ihre Puppe nicht auffindbar waren. Es war interessant, sie so zu sehen und zu wissen, dass er sie jederzeit aus ihrer stillen Reserve locken konnte. Wenn sie jedoch so außer sich war, war im Haus der Familie kein normales Leben mehr möglich, und irgendwann begann er sich als Retter zu zeigen und das verschwundene Spielzeug *zu finden*, damit endlich wieder Frieden einkehrte. Obwohl es unangenehm war, wenn sie so heulte und zeterte, konnte er nicht aufhören, sie zu ärgern. Bis sie ihn eines Tages dabei ertappte und es dem Vater berichtete. Der hatte ihm daraufhin eine Tracht Prügel verabreicht, an die er sich noch heute mit grausigem Schauer erinnerte. Evangelina hatte nicht nur sein kleines Machtspiel kaputt gemacht, sondern auch die Beziehung zu seinem Vater. Doch ab diesem Tag war seine Mutter auf seiner Seite, und zwar vorbehaltlos. Er hasste seinen Vater, und dass dieser nun über das Mädchen wachte, machte es nur noch schlimmer. Sie war zierlich und zart und sah immer irgendwie verletzlich aus. Selbstverständlich wusste er, dass sie es nur darauf abgesehen hatte, ihn zu verdrängen. Doch das ließ er nicht zu. Immer wieder sorgte er dafür, dass sie auf ihren Platz verwiesen wurde. Er war der Erstgeborene und ein Mann. Sie war nur ein dürres, dummes Mädchen mit einem Verhaltensproblem. Nie wieder wurde er so offensichtlich aktiv, dass der Vater etwas bemerkte. Seine Mutter war bis heute immer für ihn da, und letztlich war es auch sie gewesen, die beschlossen hatte, dass er internationales Management studierte. Nach dem Tod des Vaters hatte er mit ihr aus dem kleinen Familiensupermarkt eine Kette gemacht, die überall auf der Insel Fuß fasste. Zudem hatte sie ihn auch mit den richtigen Leuten bekannt gemacht, um seine politische Karriere zu fördern.

Die Wahl stand kurz bevor, und er würde gewiss in seiner Präfektur Nomos Lasithou als einer der sechs Abgeordneten in den Regionalrat einziehen. Das war ein wichtiger erster Schritt. Er war knapp über dreißig und damit einer der vielversprechenden jungen Anwärter. Sie hatten einen guten Wahlkampf gemacht, und es war ihnen sogar gelungen, die Schwangerschaft seiner Schwester erfolgreich geheim zu halten. Obwohl sie so tat, als habe Jesus sie zur unbefleckten Empfängnis auserwählt, war es ihr und dem Kerl, der sie geschwängert hatte, sonderbarerweise ganz recht gewesen, es nicht an die große Glocke zu hängen. In den letzten Wochen hatte sie das Haus nur selten verlassen. Wenn, dann meist sowieso mit dem Auto, denn der Arzt, der sie untersuchte, hatte seine Praxis nahe Chania, was einer Tagesreise entsprach, von der sie erst abends zurückkehrte. Wahrscheinlich traf sie sich dann auch oft mit dem Vater des Kindes, obwohl Sofia ihr untersagt hatte, weiter herumzuhuren.

Gott, dieses Baby sollte endlich still sein! Hart trat er auf die Bremse und brüllte wie ein Berserker Schimpftiraden durch den Wagen, als ein Auto vor ihm aus einem Feldweg auf die Straße schoss – und dann war es plötzlich wirklich still. Ein Blick in den Rückspiegel zeigte ihm, dass es das Bündel vom Sitz geschleudert hatte. Er fuhr nun doch an den Straßenrand. Er hatte zwar weder Interesse an seinem Neffen noch ein schlechtes Gewissen bei dem, was er seiner Schwester antat, doch töten wollte er das Kind nicht.

Rasch stieg er aus und ging auf die Beifahrerseite, um die hintere Tür zu öffnen. Vorsichtig beugte er sich hinab und klaubte das Baby mit spitzen Fingern aus dem Fußraum, wo es nach dem Bremsmanöver gelandet war. Es hatte die Augen geschlossen, seine Lider wirkten bläulich durchscheinend, und auf seiner Stirn klaffte eine kleine Wunde, aus der Blut tropfte. Warum hatte er nur auf seine Mutter gehört? *Sie* hätte das tun sollen. Es wäre ihm eine Freude gewesen, Evangelina mit dem zu konfrontieren, was sie von ihr erwarteten. Unbeholfen packte er den Säugling wieder auf den Rücksitz und betrachtete ihn. War der Junge tot? Sollte er ihn einfach hier in die Büsche werfen, damit die wilden Hunde ihn holen konnten? Einen Moment lang war er versucht, genau das zu tun, doch dann schlug der Kleine flatternd die Augen auf.

Nereos sprang zurück, als hätte ihm dieser Anblick eine Art Stromschlag verpasst, dann spurtete er zur Fahrerseite und wendete den Wagen, um das Wesen so schnell wie möglich loszuwerden. Er war doch keine Nanny, das war Frauensache, und das würde er Sofia klarmachen. Sie musste den Jungen fortbringen, der nun wieder zu weinen begann, leiser als zuvor, aber auch irgendwie eindringlicher.

Nur wenig später steuerte er den Jeep die Auffahrt entlang, öffnete die Garage, parkte den Wagen und marschierte direkt zum Büro seiner Mutter, um ihr seinen Standpunkt klarzumachen. Das Kind ließ er im Auto liegen, sollte sie sich gefälligst darum kümmern.

9. Kapitel

Zenias Gesicht war so voller Hass, dass ihre schönen Züge vollkommen verzerrt waren. »Du machst dich nicht so einfach aus dem Staub. Das ist unser Leben, und du hast vor Gott geschworen, mit mir zusammen zu sein, ›bis dass der Tod uns scheidet‹. Du willst dich davonmachen, alles hinwerfen, alles kaputt machen. Das lasse ich nicht zu!« Bedrohlich kam sie näher, und er wich zurück, bis er das Glas des bodentiefen Fensters im Rücken spürte. Er wusste, wozu sie fähig war, wenn die Wut sie gepackt hatte. Es war nicht oft vorgekommen in den vergangenen dreißig Jahren, aber wenn, dann war es so gewesen, als habe man eine Naturgewalt entfesselt.

»Zenia«, er hob beschwichtigend die Hände, »lass uns vernünftig reden.«

»Ich bin vollkommen vernünftig«, geiferte sie, und ihr Speichel sprühte ihm fein ins Gesicht, »du hast Verpflichtungen. *Callistus Ariakis* ist eine Marke, eine Firma und nicht irgendein Hobby, das du ausübst, wenn dir gerade danach ist. Du trittst nicht einfach von der Bühne ab, verweigerst den Film und gehst in Rente! Das ist unvernünftig. Das ist lächerlich. *Du* bist lächerlich!«

Sie war so in Rage, dass er den Blick senkte. Er war es leid zu streiten, war es leid, Schläge unter der Gürtellinie auszuteilen oder einzustecken. Ohne ihn gab es das ganze Imperium nicht, da konnte sie noch so viel von Marke und Firma sprechen. Niemand außer ihm konnte sich auf die Bühne stellen, singen und die Massen begeistern. Die Leute wollten *ihn*!

Wenn er nicht mehr mitmachen würde, da hatte sie vollkommen recht, dann würde alles zerbrechen. Sicher würde nach wie vor Geld hereinkommen, denn die Sender spielten seine Lieder weiter. Vielleicht die Erzkonservativen nicht, aber Himmel, sie lebten im 21. Jahrhundert! Er war nicht der einzige geschiedene Mann auf der Insel.

Er wollte sie nicht fortschieben, doch ihre Nähe war ihm unangenehm. Sie hatten sich nicht einfach nur auseinandergelebt, sie waren einander fremd geworden, lächelten nur noch für Reportagen gemeinsam in die Kamera und hielten nur noch auf dem roten Teppich verliebt Händchen. Ihre Ehe war eine Farce, er wusste es, und sie wusste es auch.

Er sah ihre Faust kommen und wappnete sich, den Schlag in den Magen mit angespannten Muskeln abzufedern, doch sie hatte es auf etwas anderes abgesehen, und zischend stieß er die Luft aus, als er in sich zusammensackte, denn der Schmerz in seinen Weichteilen war so stechend, dass ihm für einen Augenblick schwarz vor Augen wurde. Der nächste Schlag traf seinen Kopf an der Seite. Klug vermied sie, ihm dort Schaden zuzufügen, wo er öffentlich sichtbar war.

»Wehr dich endlich, du Memme!«, kreischte sie und hob erneut die Hand, als sich die Tür öffnete und Silenus hereinstürmte.

»Was tust du da, Zenia?«, fuhr er seine Schwägerin an und packte ihre Faust. »Wir brauchen ihn.«

Callistus sank zu Boden, und während er daran dachte, dass er in seinem eigenen Haus keine Privatsphäre hatte, glitten die Worte seines Bruders durch seinen Kopf: *Wir brauchen ihn!* Das war es. Es ging nicht darum, ihn zu beschützen oder gar Zenia zu maßregeln für ihren unkontrollierten Ausbruch, nein, es ging nur darum, ihn weiter benutzen zu können. Wie eine Maschine oder ein Tier in einem

Käfig, das zur Schau gestellt wurde und dessen Bedürfnisse unwichtig waren. Ein resigniertes Lachen bahnte sich einen Weg durch seine Kehle hindurch nach draußen. Er wollte sich wieder spüren, und das ging nur, wenn er mit *ihr* zusammen war: der Frau, die er liebte. Vielleicht war er wirklich undankbar, denn selbstverständlich hatte er seinen Ruhm und all das, was dieser möglich machte, genossen. Die Aufmerksamkeit, der Applaus, die Tausenden Stimmen, die seine Lieder mitschmetterten, die Hände, die ihm zuwinkten. Es war Ehrfurcht gebietend, wenn man fünfzigtausend Menschen vor sich stehen hatte, die den eigenen Namen skandierten und lauthals jubelten, sowie er einen Fuß auf die Bühne setzte. Irgendwann wusste man nur nicht mehr, wer einen um der eigenen Persönlichkeit willen mochte, denn so viele wollten einfach nur an seinem Ruhm partizipieren – und dann war dieses Mädchen in sein Leben getreten. Sie war nicht in jenem üblichen Sinne schön, kein Modeltyp. Sie hatte langes, schwarzes Haar, das sich sanft bis zu ihrer Taille wellte, und er hatte sich vom ersten Moment an vorgestellt, sich darin einzuhüllen. Ihre Züge waren klar und scharf geschnitten und ihre Lippen sinnlich und von Natur aus kirschfarben. Ihre Augen glitzerten wie Bernsteine, doch sie standen etwas zu nah beisammen. In der Tat berührte sie sein Herz, ohne dass er eine Erklärung dafür hatte, wie es geschah. Im Anschluss an jedes Konzert war es völlig normal, dass die Fans auf ihn warteten, Autogramme wollten, und seitdem alle ein Smartphone hatten, waren sie verrückt nach Fotos mit ihm. Als sie ihm das Handy hingehalten und dabei sanft zu ihm aufgelächelt hatte – sie war eine zarte, kleine Person –, hatte sich sein Herzschlag beschleunigt. Und als er den Arm um sie gelegt hatte, für das Bild, da war ihm eigentümlich leicht zumute geworden. Flatternd hatten ihre Finger ihm heimlich einen Zettel in die Hosentasche gesteckt, unbemerkt von Silenus, Zenia und seinem Bodyguard, die wie der Zerberus über die Hölle über ihn wachten. Erst später am Abend, als er endlich allein gewesen war, hatte er sich getraut, einen Blick darauf zu werfen, und hatte ihren Namen gefunden und ihre Nummer. Mehr nicht.

Silenus zerrte die schnaubende Zenia aus dem Raum und warf ihm einen langen Blick zu, der so viel sagte wie: *Das hast du dir selbst eingebrockt.*

Er blieb einfach liegen. Zu intensiv war der Schmerz zwischen seinen Beinen, und seinen Kopf hatte sie wohl am Schädelknochen erwischt, nichts, was man von außen sehen konnte, und dennoch außerordentlich peinigend. Es war nicht das erste Mal, dass sie diese unbändige Wut mit Schlägen an ihm ausgelassen hatte. Als sie vor vier Jahren von seiner Beziehung erfahren hatte, hatte sie ihm mit der Faust so hart ins Gesicht geschlagen, dass Athanasia eine Menge grüner Grundierung und Make-up hatte benutzen müssen, um ihn bühnentauglich zu bekommen. Dabei hatte sie ihn angegiftet, dass er aufhören solle, Zenia so wehzutun.

Seine Welt war vollkommen verdreht, und die Menschen um ihn herum behandelten ihn nicht wie einen wertvollen Menschen, der ihr täglich Brot verdiente, sondern so, als sei er ein notwendiges Übel, das es zu ertragen galt.

Er setzte sich mit vorsichtigen Bewegungen auf. Zurückschlagen kam für ihn nicht infrage. Das war etwas, was er nicht wollte. So nahm er ihre Wut als Strafe an, weil er sie nicht mehr liebte. Vielleicht sogar nie so recht geliebt hatte. Doch dieses Mädchen mit den seidigen, langen Haaren, deren Arme ihn zärtlich umschlossen und ihm das Gefühl gaben, zu Hause zu sein, dieses Mädchen liebte er.

Ächzend zog er sich hoch und humpelte in sein Schlafzimmer. Es war seine erste Tat gewesen, aus dem gemeinsamen Schlafraum auszuziehen, nachdem er dem Drang nicht hatte widerstehen können, die Nummer auf dem Zettel anzurufen, und in leidenschaftlicher Liebe für die siebenundzwanzig Jahre jüngere Frau entflammt war. Er war sich sicher gewesen, dass sie füreinander gemacht waren, und nur wenige Monate später hatte er seinen Erfolgssong *Herz in der Strömung* für sie geschrieben und die Melodie dazu komponiert. Auf Konzerten war das der Moment, in dem alle ihre Feuerzeuge oder Leuchtarmbänder hochhielten und Tausende Handykameras auf ihn gerichtet wurden: Nur er war auf der Bühne, die Band und die Backgroundsänger gingen vorher ab, er saß – wie immer schwarz gekleidet – auf einem Barhocker nah am Bühnenrand, zupfte die ersten Töne auf der Gitarre und stimmte dann die melodiöse Weise an: »Unsere Herzen schlagen im Gleichklang. Nie haben sie uns je belogen. Die Farbe des Himmels ändert die Farbe des Meeres. Ändert sich auch deine Liebe? Ich gehöre für immer zu dir.«

Das waren für ihn nicht nur leere Worte. Er meinte genau, was er sang, und er sang das Lied jedes Mal nur für sie.

Er verschloss die Tür, sodass er sicher sein konnte, dass Zenias rasende Wut ihn nicht erneut traf, dann griff er zum Telefon und wählte die vertraute Nummer, doch zum ersten Mal erhielt er keine Antwort. Es verwirrte ihn, aber vielleicht hatte sie gerade einfach keine Hand frei. Er beschloss, sich einen Augenblick lang auszuruhen, legte sich einen kühlenden Lappen auf den Kopf, schluckte eine Schmerztablette und fiel kurz darauf in einen unruhigen Schlaf.

Als er am nächsten Morgen erwachte, dröhnte sein Schädel wie nach einem schlimmen Saufgelage. Zenia war eine Verrückte, und das war ihm in den letzten Jahren immer deutlicher bewusst geworden. Auch wenn er sicher kein Heiliger war, so hatte er es doch nicht verdient, dass sie seinem Körper Schaden zufügte.

Reflexartig griff er zum Telefon und wählte immer wieder die Nummer, ohne Erfolg.

Dann musste er ein Radiointerview geben, Gott sei Dank war Athanasia eine Zauberin in ihrem Metier und richtete ihn wie immer so her, dass er wie das strahlende Leben aussah. Ihre vorwurfsvolle Miene ignorierte er geflissentlich, denn er brauchte jetzt keine Moralpredigt von ihr.

Nachdem er am Ende des Tages gewiss hundertmal versucht hatte, sie zu erreichen, verging er schier vor Sorge. Es war einfach nicht normal, dass sie das Gespräch nicht annahm. Er musste etwas tun, aktiv werden. Er konnte nicht ermattet in seinem Zimmer liegen, seine schmerzenden Wunden lecken und darauf warten, dass alles von ganz allein wieder gut werden würde. Doch er musste trotz allem vorsichtig agieren, um ihre Sicherheit nicht zu gefährden. Er würde zu ihr fahren. Er wusste, wo sie wohnte, doch er wusste auch, dass ihre Familie seine Identität nicht kannte und den ehrlosen verheirateten Mann, der sie geschwängert hatte und anscheinend mit dem Kind alleinließ, aufs Schärfste verurteilte. Obwohl sie ehrlich miteinander waren, hatte er gespürt, dass sie ihm nicht alles erzählte, um ihn nicht zu verunsichern. So, wie er ihr nichts von Zenias Ausrastern erzählte. Es gab einfach Dinge, die erst besprochen werden konnten, wenn sie ihr gemeinsames Leben wirklich begonnen hatten. Er war bereit, diesen Schritt zu gehen, egal, was seine *Familie* davon hielt.

10. Kapitel

Sein Telefon klingelte, und er fuhr auf, musste sich erst orientieren, wo er war. Im Hotelzimmer in Athen. Sofort war die Furcht wieder präsent. Er sah, dass seine Mutter ihn anrief, und seine Hände begannen unkontrolliert zu zittern. War sein Vater tot? Hyeronimos konnte sich Athina nicht ohne Anatolis vorstellen. Seine Eltern waren für ihn eine untrennbare Einheit, und egal, wie sehr sie ihn manchmal nervten: Sie waren seine Mama und sein Papa. Die Vorstellung, dass sie sterblich waren, war ihm irgendwie nie in den Sinn gekommen. Seine Mutter erschien ihm schon immer unverwüstlich und robust, und sein Vater war ein gelassener Mann, der das Leben liebte und sich jeder Aufgabe mit ganzer Leidenschaft widmete. Was zwischen seinen Eltern war, entsprach vielleicht nicht der Art Liebe, die er für Kassia empfand, doch es bestand sicher eine tiefe Verbundenheit.

Kassia. Seine Gedanken glitten zu ihr und den zärtlichen Berührungen vom Vorabend. Sie hatten sich in den Armen gehalten, hatten sich geküsst, als würden sie ertrinken, und nur die Berührung ihrer Lippen hätte die Macht, sie davor zu erretten. Sie mussten nicht sprechen, dafür gab es das Telefon. Sie hatten auch nicht miteinander geschlafen in diesem Besprechungsraum am Flughafen mit einem Bodyguard vor der Tür. Doch sie hatten einander gehalten, ihre Energie tiefer miteinander verbunden und sich keine Sekunde gefragt, warum sie hier standen. Es war keinerlei Zögern oder gar Fremdheit zwischen ihnen gewesen.

»Το χρώμα του ουρανού αλλάζει το χρώμα της θάλασσας Αλλάζει και η αγΕπη σου«, ging ihm der Text ihres gemeinsamen Lieblingsliedes durch den Kopf. Der berühmte kretische Sänger Callistus hatte sie mit dieser Weise beide tief im Herzen getroffen. *Die Farbe des Himmels ändert die Farbe des Meeres. Ändert sich auch deine Liebe?*

Ganz gewiss würde diese Liebe sich nie verändern.

Dann fiel ihm wieder ein, wo er war, und er nahm das Gespräch entgegen.

Die Bridge

11. Kapitel

Penelope rannte ihre typische Morgenrunde und verfluchte das nasskalte Wetter. Das Meer tobte in rauen Wellen an dem lang gezogenen Strand von Ammoudara, und seine schaumigen Gischtkronen ließen es bedrohlich brodelnd aussehen. An solchen Tagen hasste sie Kreta fast, denn alle Menschen versanken im Grau, zogen sich in ihre Häuser zurück, und die angenehme Leichtigkeit des Lebens, die sie sonst so häufig verspürte, wenn sie ihr Gesicht in den blausonnigen Himmel hielt, machte einem depressiven Schweigen Platz.

Sie brauchte etwas zu tun. Das Nichtstun machte sie schier verrückt. Die Obduktion des verstorbenen Patienten war schnell erledigt gewesen, denn die Lungenembolie war ihr fast ins Gesicht gesprungen. Damit war die Suche rasch beendet gewesen und auch der kurze Bericht zügig diktiert. So wie die Sonne und der strahlend blaue Himmel sonst dafür sorgten, dass das Meer tiefblau erschien, so war jetzt alles eine dunkle Masse, in der durchaus auch gruselige Monster hausen konnten. So wie einst in jener Stephen-King-Geschichte, in der der Nebel gefräßige Viecher mit sich brachte und die Menschen in den Wahnsinn trieb. Selbst Leute, die einander nicht ausstehen konnten, hatten plötzlich mitten im Supermarkt Sex gehabt oder sich tröstend in den Armen gehalten. Eine bedrückende Story, die sie nach dem Lesen nie mehr hatte vergessen können.

Auf den letzten Metern steigerte sie ihr Tempo und kam atemlos vor dem Hauseingang zum Stehen. Tropfnass schüttelte sie sich wie ein Hund, und Regentropfen flogen von ihren Haaren. Sie fischte den Schlüssel aus dem Bund ihrer Laufhose und erschrak, als sie jemand von hinten anrempelte. Sie war in guter Kondition und drehte sich kampfbereit um. Der Schlüssel fiel ihr mit einem schrillen Klirren aus der Hand, und erstaunt blickte sie in Stelios Mentakis' Gesicht.

»Entschuldigen Sie, Dr. Demostaki, Penelope, ich wollte Sie nicht erschrecken«, er hob erklärend die Hände, »aber ich muss Sie unbedingt sprechen, und das ging leider nicht am Telefon – und es kann auch nicht bis Montag warten.«

Penelope zog interessiert die Augenbrauen hoch, gleichzeitig war sie irritiert, dass der Polizeichef an einem Samstagmorgen vor ihrer Haustür auf sie wartete. Streng genommen unterstand sie ihm nicht, sondern war ihre eigene Herrin, aber wenn er zu ihr kam, musste es wichtig sein. Eben noch hatte sie an seltsame Begegnungen im Zusammenhang mit der Nebelstory gedacht, und nun hatte sie selbst eine.

»Kommen Sie doch rein, Stelio. Was nicht am Telefon zu besprechen ist, darüber sollten wir auch nicht vor der Tür reden, oder? Außerdem kann ich einen Kaffee gebrauchen, und Sie sehen auch aus, als würde Ihnen einer guttun!«

Er nickte und hielt ihr die Tür, die sie zwischenzeitlich aufgeschlossen hatte, gentlemanlike auf. Sie platzierte ihn am Esstisch und zog sich schnell etwas Trockenes an. Das nasse Haar zum Trocknen in ein Handtuch gewickelt, machte sie sich an der Kaffeemaschine zu schaffen.

Kurze Zeit später saßen sie vor den dampfenden Tassen, und Penelope warf einen prüfenden Blick in ihre Wohnung. Sie liebte buntes Farbenspiel, und das spiegelte sich auch in ihrer Einrichtung wider: geschmackvoll, aber farbenfroh. Gott sei Dank hatte sie heute früh schon aufgeräumt und gesaugt. Es sah ordentlich und gemütlich aus. Sie zog sich mental an den Ohren, denn warum interessierte es sie, was Mentakis über ihre Einrichtung denken konnte? Das war vollkommen irrelevant. Sie wandte sich ihm zu und schaute ihn fragend an.

»Ich bin wegen einer sehr heiklen Geschichte hier«, begann er, und sie fühlte sich kurz unbehaglich. Wollte er sie auf ihre Art zu leben und zu lieben ansprechen? Im Frühjahr hatte sie einen blutigen Fall gehabt, bei dem drei homosexuelle Männer auf grausamste Weise getötet worden waren. Schon damals hatte sie erwartet, dass etwas in dieser Richtung auf sie zukommen könnte. Doch nun, Monate später und dann noch in ihren vier Wänden? Sie merkte, wie das Unbehagen in ihr hochkroch, und schüttelte sich leicht.

»Alles in Ordnung?«, wollte Stelios wissen. Er war ein guter Beobachter.

Sie nickte und sagte mit einem leicht schiefen Lächeln: »Schießen Sie mal los ... Chef!«

Er nahm die Tasse an den Mund, pustete kurz hinein und begann zögernd: »Ich möchte Sie inoffiziell um etwas bitten. Ein, ähm, Freund von mir vermisst jemanden und kann nicht öffentlich nach der Person suchen. Also, er ... das ist komplizier...« Er setzte die Tasse an und trank.

Penelope lehnte sich in ihrem Stuhl zurück, jetzt wieder ganz Herrin der Sache, und betrachtete ihn ruhig. Sicher hatte es ihn eine ganze Menge Überwindung gekostet, herzukommen. Egal, was man den Behörden hier nachsagte, es gab viele Menschen, die sich an die Gesetze und Regeln hielten. Stelios Mentakis war einer davon. Er beugte die Vorgaben nur selten, und heute schien dies der Fall zu sein. Er wollte also etwas von ihr, das sie offiziell nicht tun durfte. Das war spannend und genau das, was sie sich in dem trüben täglichen Allerlei gewünscht hatte. Hier wurde ihr die erhoffte Ablenkung auf dem Silbertablett serviert, jetzt musste sie den Polizeichef nur noch zum Reden ermuntern: »Sie wissen, dass Sie mir vollkommen vertrauen können, Stelio, nicht wahr?«

Er nickte und startete einen neuen Versuch: »Also, der Freund vermisst eine Person, kann aber aus verschiedenen Gründen nicht zur Polizei gehen und eine Vermisstenanzeige erstatten. Besagte Person hat vor wenigen Tagen entbunden und …«

»Frau und Baby werden vermisst?«, vergewisserte sie sich.

»Das kann ich nicht bestätigen oder verneinen, um bei der Wahrheit zu bleiben: Sie geht nicht mehr ans Telefon, wenn er anruft«, erklärte Mentakis.

»Vielleicht hat sie einfach keine Lust mehr auf ihn, oder sie hat nach der Geburt Hormonschwankungen und braucht ihre Ruhe. Hat Ihr Freund das auch in Erwägung gezogen?«, wollte sie nun genauer wissen.

»Das habe ich gleichfalls gefragt, aber er wollte davon tatsächlich nichts wissen. Er beschrieb die Beziehung als andersgeartet, und daher war diese Erklärung keine Option für ihn.« Stelios seufzte kellertief.

»Mh…« Penelope drehte ihre Tasse auf dem Tisch und wartete, worauf er hinauswollte.

»Können Sie in unseren Krankenhäusern nach der Frau forschen, ohne dass es Wellen schlägt«, rückte er nun mit seiner Bitte heraus, »vielleicht hat es Komplikationen gegeben bei ihr oder dem Säugling.«

»Junge oder Mädchen?«, fragte sie nach. »Und das genaue Geburtsdatum wäre gut, der Name der Frau übrigens auch, das wäre wirklich überaus … hilfreich.«

Mentakis kratzte sich kurz am Kopf: »Die Informationen habe ich. Bitte, Penelope, gehen Sie so diskret wie möglich vor.«

In ihrem Kopf machte es klick, und sie fragte geradeheraus: »Suche ich nach der Geliebten unseres Präsidenten und deren gemeinsamem Kind?«

»Es ist nicht ganz so schlimm, aber fast«, gab er stöhnend zu. »Ich habe versprochen, den Vater geheim zu halten.«

Er machte mit der Hand vor dem Mund eine Bewegung, als würde er einen Schlüssel in einem Schloss herumdrehen und ihn dann über die Schulter wegwerfen.

In ihrem Kopf entstand rasch eine Liste der Kontakte, die sie diskret für eine solche Information anzapfen konnte.

»Leider ist es nicht *ganz ohne*, die junge Frau zu suchen«, Stelios räusperte sich kurz, » ihr Name ist Evangelina Sklaventaki!«

»Ui«, entfuhr es Penelope.

»Ja«, sagte er schlicht und fügte hinzu: »Der Name des Kindes ist Teris. Der Junge ist letzte Woche Dienstag geboren.«

»Ich werde meine Fühler ausstrecken«, versprach sie, »und dabei sehr zurückhaltend vorgehen. Kann Ihr Freund es nicht einfach bei ihr zu Hause versuchen?«

»Nein, das ist, ohne Aufsehen zu erregen, so gut wie unmöglich«, sagte er schnell.

»Sie machen mich echt neugierig herauszufinden, wer Ihr Freund ist«, gab sie ihm zu verstehen.

»Tun Sie das nicht«, seine Stimme klang ruhig und bittend, doch sie hörte auch den Unterton, der in ihren Ohren leicht warnend klang.

Er erhob sich, reichte ihr die Hand über den Tisch und sagte ernst: »Ich verlasse mich auf Sie und Ihre Professionalität. Bitte behalten Sie das hier für sich.«

Sie stand ebenfalls auf, ergriff seine Hand fest und nickte: »Sie können sich auf mich verlassen ... Chef.«

»Ich, also ... äh ... können wir«, stotterte er etwas unbeholfen, »können wir uns auf Stelios und Penelope einigen?«

»Sehr gern, Stelio.« Sie schüttelte seine Hand noch einmal kräftig und ließ dann los, bevor das Ganze eine unangenehme Note bekommen konnte.

»Danke«, sagte er schlicht und wandte sich in Richtung Wohnungstür.

Sie begleitete ihn, reichte ihm seine Jacke vom Haken und sagte: »Ich melde mich sofort, wenn ich etwas weiß.«

Er ging durch das Treppenhaus, ohne sich noch einmal umzudrehen. Sie schloss die Tür, nahm die Tasse mit dem mittlerweile fast kalten Kaffee und machte es sich auf dem Sofa bequem, um sich einen Plan zurechtzulegen – für die Suche nach der vermissten Person. Ob sie herausfinden konnte, wer der *Freund* war, der nicht ohne Aufsehen zu erregen irgendwo auftauchen konnte? Sie war wirklich neugierig.

12. Kapitel

Blut rann von ihren Händen und fiel in dicken Tropfen zu Boden. Was geschah hier gerade? Voller Entsetzen hielt sie einen Moment inne. Die Tür hinter ihr öffnete sich, und sie hörte den erschütterten Aufschrei ihres Bruders. Ihr Blick fiel auf den Brieföffner, den sie noch immer hielt und dessen scharfe Spitze rot glänzte. Träge sammelte sich der rote Lebenssaft, und ein weiterer Tropfen löste sich. Wilde Wut flackerte hinter ihren Augen, und sie wandte sich ihm zu, während Sofia sich auf dem Boden krümmte und wimmerte.

»Wo ist mein Kind?« In ihrer Stimme lag etwas, das sie selbst als bedrohlich wahrnahm, und es brachte automatisch Abstand zwischen Nereos und sie, obwohl sie ihm ansah, wie dringend er zu Sofia wollte.

»Wo ist mein Kind, Nereo?« Ihre Stimme durchschnitt den Raum und ließ erneut keinen Zweifel daran, dass sie gefährlich war.

»Du bist krank, Evangelina! Lass mich zu Mutter und dann ... und dann ...«, er stockte.

»Mein Kind?« Sie machte einen Schritt auf ihn zu und sah das feige Flackern in seinen verschlagenen Augen.

Sofia krächzte etwas, das sich wie »Nein« anhörte, doch Nereos gab nach. Er hatte seine Wahl getroffen.

»Im Auto auf dem Rücksitz«, stieß er hastig hervor, und sie ließ ihn einen weiteren Schritt in den Raum machen, bevor sie selbst zur Tür rannte, geistesgegenwärtig den Schlüssel abzog und den Raum von außen verschloss. Sie war sich nicht sicher, ob sie sich schlecht fühlen sollte oder nicht. Sie hatte ihre Mutter verletzt, doch Sofia war selbst schuld. Sie hätte ihr das Kind niemals wegnehmen dürfen. Evangelina hatte keine Ahnung, ob sie die Frau schwer verletzt hatte oder nicht, denn der Brieföffner, den sie noch immer umklammert hielt, während sie zur Garage hetzte, war so leicht durch die Haut geglitten, als würde sie Butter schneiden.

Sie musste ihr Kind holen und dann aus diesem Haus fliehen. Sie hörte, wie Nereos gegen die Tür donnerte und wusste, dass ihr nur wenig Zeit blieb. Die Angst um Teris trieb sie voran, sie riss eine Jacke vom Kleiderhaken, zerrte eine Decke von der Garderobe, und dann fiel ihr Blick auf die Handtasche ihrer Mutter. Gott, sie brauchte ihre Tasche, doch dazu musste sie zurück in ihr Zimmer. Holz knirschte, sie rannte um ihr Leben und das Leben ihres Kindes, erreichte ihr Zimmer, schnappte sich ihre Handtasche und raffte noch geistesgegenwärtig die Wickeltasche unter den Arm. Bevor sie den Raum verließ, nahm sie im Augenwinkel den Babysitz wahr: Ihr Bruder, dieses verantwortungslose Schwein, hatte den Säugling ohne Sitz im Auto transportiert. Während sie die Schreie der beiden hörte, splitterte das Holz.

Sie erreichte voll beladen die Garage, warf alles in ihr Auto, öffnete die Tür von Nereos' Wagen und sah mit erleichtertem Entsetzen in die weit aufgerissenen Augen ihres Sohnes. Sie hob ihn hoch und hatte ihn einen Moment später in seiner Babyschale angeschnallt, die sich mit einem Klick mit der Vorrichtung am Sitz verband und den Kleinen so sicherte.

Nereos hatte das Tor offen gelassen, mit quietschenden Rädern legte sie einen Kavalierstart hin und sauste die Einfahrt hinunter. Hektisch fiel ihr Blick in den Rückspiegel, um zu prüfen, ob sie ihr schon auf den Fersen waren. Noch war nichts zu sehen. Das Baby hatte eine kleine Platzwunde auf der Stirn und war sehr still. Sie bekam es mit der Angst zu tun, die Kraft, die ihr die unendliche Wut gegeben hatte, schien zu weichen, und ihre Beine begannen zu zittern, doch sie konnte sich jetzt keine Schwäche erlauben. Sie musste sich und den Kleinen in Sicherheit bringen und hatte keine Ahnung, wo das sein könnte. Mit einem erneuten Anflug von Bestürzung bemerkte sie, dass sie ihr Handy nicht eingepackt hatte. Teris gab ein winziges Wimmern von sich, leise und kläglich. Das Herz wollte ihr schier in der Brust zerreißen, sie wollte ihn an sich drücken, ihm schwören, dass alles wieder gut würde, aber sie musste sich auf die Straße konzentrieren und überlegen, wo sie nun hinfahren sollte, daher mussten die Zärtlichkeiten, mit denen sie ihn überschütten wollte, noch warten. Bald musste sie ihn füttern, er war gewiss hungrig, doch was, wenn er schlimmer verletzt war? Was hatte Nereos ihrem Kind angetan?

Sie wünschte sich, *ihm* den Brieföffner in den Körper gerammt zu haben, so, wie sie es bei Sofia getan hatte. Auch wenn es in ihren eigenen Ohren furchtbar klang: Diese beiden Monster hatten es verdient zu sterben.

Erleichtert stellte sie fest, dass noch immer nichts im Rückspiegel zu sehen war. Rasch traf sie eine Entscheidung und lenkte den Wagen in Richtung Irakleio. Sie wählte bewusst eine längere Strecke, falls ihr Bruder ihr folgte. Die Hauptstadt würde ihr Anonymität bieten, doch sie musste auch vorsichtig sein, denn ihre Familie kannte hier viele einflussreiche Menschen, und vielleicht hatte Nereos sogar Beziehungen zur Polizei, die er gegen sie verwenden konnte. Schließlich hatte sie ihre Mutter mit einem scharfen Gegenstand verletzt, aber aus ihrer Sicht war es so etwas wie Notwehr gewesen, obwohl Sofia unbewaffnet gewesen war. Psychische Gewalt war auch Gewalt.

Sie musste ihren Geliebten irgendwie erreichen. Er war zur Zeit in der Stadt, und irgendwie würde sie an ein Telefon kommen, seine Nummer kannte sie auswendig. Jede Ziffer hatte sich in ihr Hirn eingebrannt. Er würde sie retten können und sie verstecken, schließlich waren Teris und sie sein Ein und Alles. Das hatte er ihr immer wieder geschworen, und sie wusste, dass er es ernst meinte.

13. Kapitel

Er schlich in die Garage und versuchte dabei kein einziges Geräusch zu machen, was jedoch letztlich unmöglich war, denn er musste das Tor öffnen. Allein das Haus zu verlassen war ein aberwitziges Vorhaben, und das wusste er auch genau. Er war ein Gefangener in seinen eigenen vier Wänden, und er wusste, warum das so war, denn dort draußen lauerten unzählige Gefahren für jemand seiner Art. Aber die Sorge war zu übermächtig geworden. Sie ging nicht ans Telefon. Sein Verstand hatte ihm tausend Möglichkeiten geboten, das zu erklären, doch sein Herz hatte aufgeschrien und zu stechen begonnen.

So war ihre Beziehung nicht.

So war sie nicht.

Es musste etwas passiert sein. Also konnte er nicht hier in seinem Käfig hinter hohen Mauern sitzen und so tun, als ginge ihn das nichts an. Er musste wissen, was los war, musste sie finden und in ihre Augen sehen. Ihre Augen, die ihn immer so voller Liebe und Zärtlichkeit anblickten. Er hatte mindestens zwei Hürden zu meistern: Er musste mit dem Auto aus der Garage kommen, ohne dass die Hölle losbrach, und dann noch durch das große elektrisch angetriebene Flügeltor gelangen. Er hatte schon oft gedacht, dass es unendlich langsam war, aber meist, wenn er hereinwollte und ihm die Paparazzi auf den Fersen waren. Nun war es andersherum. Er wollte hinaus. Zu dumm nur, dass jene Zunft nie zu schlafen schien und einer von ihnen immer irgendwo lauerte, um das Foto seines Lebens zu ergattern. Falls ihm heute jemand folgen würde, könnte dies tatsächlich der Fall sein, denn wenn er klar darüber nachdachte, wusste er, dass er eine Dummheit plante. Eine dreieinhalbstündige Fahrt über die Insel würde tausendundeine Möglichkeit bieten, sich an ihn zu heften und im Anschluss die Regenbogenpresse mit eindeutigem Material zu versorgen. Denn sie würde nur allzu gern darüber spekulieren, was wohl dazu führte, dass Callistus allein und ungeschützt über die Insel gurkte? Das konnte nur etwas Skandalträchtiges sein.

Er hatte doch nur Musik machen wollen. Das war alles gewesen.

Er schüttelte kurz unwillig den Kopf, denn es war nicht so, dass er sein Leben als Musiker nicht liebte und nicht genoss. Es war wundervoll, auf der Bühne zu stehen und diese Energie zu spüren, doch gleichzeitig waren es eben auch genau jene Massen, die er dort begeisterte und bewegte, die sein Leben zu einem unendlichen Spießrutenlauf machten und ihn dazu verdammten, hier zu leben, in diesem Haus, mit diesen Menschen. Er wollte das alles nicht mehr, denn er wollte nur mit ihr und seinem Sohn zusammen sein, beschaulich und normal.

Er bewegte sich wie ein Schatten lautlos durch das riesige Haus. Der Gedanke, dass ein Skandal vielleicht auch seine Rettung sein könnte, glitt ihm durch den Kopf, doch dann verwarf er ihn gleich wieder. Die Kollateralschäden würden vor allem seine Freundin und damit auch das Baby treffen. *Callistus und sein unehelicher Spross*, ein gefundenes Fressen für die Medien. Seine Verkaufszahlen würde das höchstwahrscheinlich sogar noch nach oben treiben, denn die menschliche Sensationsgier war unstillbar. Er hatte die Videoüberwachung ausgeschaltet und hoffte, dadurch etwas Zeit zu gewinnen, und vielleicht übertönten die Geräusche der Nacht mit Wind und Regen ja auch das Garagentor und die Motorgeräusche.

Er erreichte den Fuhrpark und dachte darüber nach, welches Auto er wählen sollte. Vor einigen Jahren hatte er darauf bestanden, einen unauffälligen Kleinwagen anzuschaffen, mit dem sie auch mal zu Freunden fahren konnten, ohne dass man gleich erkannte, dass es sich dabei um einen Promi handelte. Doch selbstverständlich kannten die Presseparasiten alle seine Fahrzeuge, egal, wie oft er sie austauschte. Er hatte sich immer ein Motorrad gewünscht, denn mit Helm und Anzug war man kaum von anderen Fahrern zu unterscheiden, doch ein Aufschrei des Entsetzens von Zenia und Silenus hatte diesen Wunsch schneller unterbunden, als er das Wort hatte aussprechen können. Er war ein Gefangener, *ihr* Gefangener, und er wollte fort von ihnen. Er entschied sich trotzdem für den einfachen weißen Toyota, schlüpfte hinein und war sich bewusst, dass nun der risikoreiche Teil des Plans begann, denn man konnte das große Flügeltor auch vom Haus aus verriegeln. In diesem Fall würde er nur noch zu Fuß fliehen können, dazu müsste er dann über die Mauer klettern, die von einer Sicherheitsfirma so aufgerüstet worden war, dass sie genau dies unmöglich machte. Er musste wirklich schnell sein, ließ also rasch den Wagen an und drückte auf den Knopf der Fernbedienung, um das Rolltor zu öffnen.

Fast lautlos glitt es nach oben, und er gab Gas.

14. Kapitel

Er fuhr sich durch das kurze, dunkle Haar und schaltete den Ton des Videos lauter. Die Frau keuchte schmerzerfüllt, als der Mann die kleine Peitsche mit den silbernen Metallkugeln auf ihren prachtvollen Hintern flitschen ließ. Seine rechte Hand hielt sein hoch aufgerichtetes Geschlechtsteil und rieb es langsam. Noch war ihm das Tun auf dem Bildschirm zu spielerisch, doch er ahnte, dass sich das rasch ändern würde, als der Kerl so fest zuschlug, dass der kleine Striemen aufplatzte und ein dünnes, rotes Rinnsal über den prallen Arsch floss. Ihr Stöhnen wurde zu einem Heulen, und seine Hand bewegte sich im Rhythmus der klatschenden Schläge und Aufschreie. In seiner Fantasie sah er *sie* vor sich knien, während er ihr die Gedanken an den anderen herauspeitschte. Er begehrte sie mehr, als er je eine Frau begehrt hatte. Schon immer hatte er sie gewollt, doch sie hatte ihn nie eines Blickes gewürdigt. Doch sie würde ihm gehören, würde sich vor ihm winden, vielleicht um Gnade flehen oder ihn sogar antreiben, ihr mehr zu geben. Man konnte nie wissen, ob sich nicht eine zügellose Hure hinter einem engelsgleichen Blick verbarg. Doch er wünschte sich ehrliches, erschrockenes Flehen und ergoss sich nur wenige Sekunden später in ein Tuch. Sein Körper zuckte dabei ekstatisch vor Lust.

Er schaltete den Film aus, der ihm nur als Vorlage diente, um die eigene Fantasie anzufeuern. Sie würde ihm gehören, und als Teil des Deals zwischen den Familien und um ihre Ehre wieder herzustellen, würde sie sich ihm vollkommen unterwerfen müssen, doch er liebte sie auch. Sein sexuelles

Begehren war das eine, und der Wunsch, mit ihr zusammen alle Spielarten zu erleben, während sie ihm auch ihre Liebe gestand, war das weit Erregendere. Er lächelte bei diesem Gedanken, und sein schlaff gewordenes Glied begann sich erneut zu versteifen. Einen Moment lang zögerte er, der lustvollen Erregung nachzugeben, doch dann klingelte es an der Tür. Genervt erhob er sich, warf das Tuch weg, verpackte sein bestes Stück und ging aus dem Raum, der sein ganz privates Paradies barg. Die Tür ließ sich von außen nur mit einem Code öffnen, dessen Bedienpanel unter einer tapezierten Platte versteckt lag. Die Tür war Teil seines Bücherregals und somit für Besucher unsichtbar. Er war stolz auf dieses Meisterstück, und es hatte ihn viele Stunden gekostet, den Mechanismus zu perfektionieren. Er schnappte sich im Rausgehen ein feuchtes Tuch aus der Reinigungsbox und rieb sich die Hände damit ab. Ein Blick in den Garderobenspiegel zeigte ihm, dass er aussah wie immer.

Sein Hund stand bereits mit aufmerksam erhobenem Kopf vor der Eingangstür. Er schob den Mischling aus Dobermann und Straßenköter liebevoll beiseite: »Geh auf deinen Platz, mein Junge.«

Zeus sah ihn aus treuen, braunen Augen an und trottete brav in Richtung Wohnzimmer.

Ein Blick durch den Spion zeigte ihm, dass vor der Tür nichts Gutes auf ihn wartete, und er war kurz versucht, den Hund zurückzurufen und ihm den Befehl zu erteilen, den Besuch in die Flucht zu schlagen. Er öffnete widerwillig und kam nicht einmal dazu, eine kurze Begrüßung auszusprechen.

»Warum dauert das so lange«, herrschte sein Vater, und seine Mutter senkte wie immer den Blick. Beide standen schon in seinem Flur, ehe er sie hereinbitten konnte. Wie er das hasste.

»Ich habe nicht mit Besuch gerechnet«, entschuldigte er sich und verachtete sich dafür, dass er sich entschuldigte.

»Deine Mutter hat Kuchen gebacken.« Sein Vater wies mit dem Kinn hinter sich, als hätte er ein Dienstmädchen im Schlepptau.

Seine Mutter hob kurz den Kopf, und er konnte den Schleier auf ihren Augen sehen. Er wusste, was das bedeutete. Sie hatte wieder getrunken. Er verstand nicht, dass der Alte das nicht merkte und sie durch die Gegend zerrte, obwohl sie besser zu Hause geblieben wäre. Betrunken plapperte die bibeltreue Christin allerhand Blödsinn, und das nahm oft peinliche Ausmaße an. Unschlüssig stand er im Flur und gaffte die beiden an, als würde er es schaffen, sie mit seinen Blicken zur Umkehr zu bewegen. Doch sein Vater war nicht umsonst *der* Kapetanakis. Er ließ sich nicht in die Flucht schlagen und schon zweimal nicht von seinem Sohn.

»Kommt doch herein!«, sagte er also leise und unbetont. »Ich mache uns einen Kaffee.«

Er drehte sich um und ging in die großzügige Wohnküche.

»*Sie* macht den Kaffee«, blaffte sein Vater, »das ist Frauenarbeit.«

Myron wollte schon um des lieben Friedens willen beiseitetreten, doch dann schob er seine Mutter zur Anrichte, um dort den Kuchen zu schneiden, während er sich an der chromglänzenden italienischen Maschine zu schaffen machte. »Die ist kompliziert, damit muss man sich auskennen.«

Der Vater ließ sich knurrend am Tisch nieder. »Nereos war die Tage bei mir.«

Myron hielt inne und horchte auf. Sein Herz begann heftig zu pochen, bald wäre er am Ziel, und sie würde hier in seiner Küche stehen, nackt und mit um Vergebung bittendem Blick. Er schüttelte sich ein wenig, um das Bild zu vertreiben, denn neben ihm stand seine Mutter, da konnte er schließlich nicht mit einem Ständer herumlungern.

»Sie verstehen vollkommen, dass wir keinen Bastard in unserer Familie dulden. Er hat zugesichert, dass das Problem gelöst wird und der Hochzeit dann nichts mehr im Wege steht«, erklärte Stephanos Kapetanakis laut und überheblich, »was ja wohl auch Zeit wird, denn schließlich versprechen wir uns alle einiges davon, unsere Familien so miteinander zu vereinen.«

Myron zog eine vorgewärmte Tasse aus einer Schublade, ließ zischend den Kaffee einlaufen und gab sich wie immer emotional unbeteiligt. »Standesamtlich sofort und kirchlich dann im Mai.«

»Je schneller, desto besser«, bestätigte Stephanos und warf seiner Frau einen auffordernden Blick zu.

Myron latschte mit klappernden Tassen auf den Tisch zu, um die Situation zu entschärfen, denn er wusste, was sonst passieren würde: Seine Mutter würde hektisch werden, etwas würde dabei zu Bruch gehen, und sein Vater würde dann über ihre Tolpatschigkeit herziehen und beginnen in höchsten Tönen von Frauen zu schwärmen, die etwas auf die Beine stellten. Obwohl er ganz sicher nie eine solche Frau an seiner Seite ertragen hätte, denn ein Kapetanakis duldete keine anderen Götter neben sich. Er hatte Glück, sein Verhalten lenkte den Vater ab, und er sah im Augenwinkel, wie seine Mutter mit fahrigen Bewegungen den Kuchen auf einer Platte zurechtrückte. Auch wenn sie rabendicht war, schmeckte ihr Backwerk noch immer köstlich. Diese Süßigkeiten waren sein Verderben, er war sich sicher, dass seine rundliche Statur durch den unendlichen Strom an Desserts und Kuchen entstanden war, mit denen sie ihn mästete. Unterm Strich konnte es ihm jedoch egal sein, denn er bekam die Braut, die er begehrte, quasi frei Haus geliefert. Er musste dem Kerl, der sie geschwängert hatte, ein Dankesschreiben zukommen lassen.

»Kapetan, ist der Vertrag für die Firma schon unterzeichnet?«, wollte er nun von seinem Vater wissen und sprach ihn bewusst mit dessen Spitznamen an.

»Nereos wollte damit warten, bis ihr verheiratet seid, doch ich habe ihm die Pistole auf die Brust gesetzt. Kein Monopol für unsere Spedition für die Supermärkte, keine Heirat mit der Frau, die ihre Beine nicht zusammenhalten kann«, sagte Stephanos und lachte dreckig. Zeus hob kurz aufmerksam den Kopf.

Myron spürte, wie ihm einen Moment lang der Atem wegblieb. Was hatte der irre Alte getan? Dann fasste er sich rasch wieder, gab Zeus ein beruhigendes, kaum sichtbares Handzeichen, grinste tumb und sagte: »Gut so.«

Er drehte sich um, nahm die Kuchenplatte in die eine Hand und zog mit der anderen seine Mutter an den Tisch. Dann schaufelte er vier Stücke des Kuchens, der aus vier verschiedenen Cremeschichten bestand und mit Schokolade glasiert war, in sich hinein, während er dem Lobgesang seines Vaters angewidert lauschte, denn selbstverständlich hatte der Kapetanakis dem Sklaventakis gezeigt, wo der Hammer hing. Seine Gedanken glitten zu seiner Hochzeitsnacht, und er wusste, dass er alles dafür tun würde, diese Frau zu besitzen.

15. Kapitel

Penelope hatte gleich am Samstag ihre Kontakte abtelefoniert, aber bei ihren Nachforschungen nichts herausgefunden. Die junge Mutter war in keinem Krankenhaus aufgetaucht, und es war schier unmöglich herauszufinden, ob sie einen Arzt mit privater Praxis aufgesucht hatte, falls sie oder das Kind nicht bei guter Gesundheit gewesen waren und das die Erklärung für ihr Schweigen war. Sie hatte Stelios Mentakis sofort informiert und an seinem Tonfall gehört, wie frustriert er war. Ihr Schnüffler-Gen war angesprungen, und sie hatte fast Riefen in ihren Fußboden gelaufen, beim Nachdenken, was sie noch tun könnte, ohne das Augenmerk der Öffentlichkeit auf die Familie Sklaventakis zu richten – und damit vielleicht auf den Mann mit der Geheimidentität. Ihr war partout nichts Sinnvolles eingefallen, und sie vermisste Hyeronimos und seinen Scharfsinn, doch der hatte gerade wahrlich andere Sorgen als eine Geliebte, die nicht ans Telefon ging. Also hatte sie das Thema ad acta gelegt, eine große Schüssel Obstsalat zubereitet und sich anschließend zum Bingewatching aufs Sofa begeben mit dem Ziel, diesen Ort nur noch für Bedürfnisse wie Toilette oder Essensnachschub zu verlassen.

Auch am Sonntag sollte das Wetter furchtbar bleiben. In den Bergen war Schnee gefallen, und sie überlegte, ob es Spaß machen würde, einen Ausflug in das kalte Weiß zu planen. Ihr Vater hatte sie einige Tage zuvor angerufen und gebeten, ihn zu besuchen, doch das würde auch bedeuten, ihrer Mutter zu begegnen, und sie fühlte sich diesem Kontakt weder gewachsen, noch hatte sie Lust darauf. Ihre Mutter hatte ihr sehr deutlich gemacht, was sie von einer lesbischen Tochter hielt, und auch ihre Berufswahl, als Pathologin zu arbeiten, hatte ihr missfallen. Ja, sie war sogar so weit gegangen, Penelope für den Tod ihrer Großmutter verantwortlich zu machen. Obwohl Penelope einen sehr guten Kontakt zu ihrer Yaya gehabt hatte, war die Mutter der Ansicht gewesen, eine Enkelin, die Tote aufschnitt, sei Grund genug, um sich zu grämen. Seitdem hatte sie den Kontakt zu ihrer Familie auf ein Minimum reduziert, und dieses waren gelegentliche Telefonate mit ihrem Vater. Sie wollte nicht nach Damnoni fahren und hatte auch nicht das Bedürfnis, in das kalte, urteilende Gesicht ihrer Mutter zu blicken und sich mit Vorwürfen überziehen zu lassen.

»Warum kannst du nicht normal sein?«

»Warum hast du uns keine Enkelkinder geschenkt?«

»Warum kannst du nicht einfach als Ärztin arbeiten?«

»Warum machst du uns so eine Schande?«

Und ewig so weiter. Ihre Mutter war die Königin von Passivaggressivistan und musste sich kein bisschen anstrengen, damit sie sich in ihrer Gegenwart wertlos vorkam, und wer brauchte schon solche Gefühle? Sie müsste ja vollkommen verrückt sein, wenn sie sich dem freiwillig stellte. Ihre Eltern führten keine liebevolle Beziehung, es war eine Ehe wie viele auf der Insel: Man war zusammen, weil es eben so war. Man hatte ein Haus, Kinder, Enkelkinder und ein Auskommen, also blieb man verheiratet, ob man sich etwas zu sagen hatte oder nicht. Für Penelope war das nie eine Option gewesen, so zu leben. Lieber war sie allein, lag auf dem Sofa und aß einen Becher Eiscreme, als in der Küche zu stehen und für ein veraltetes Familienkonstrukt die versklavte Hilfskraft zu sein. Es gab noch genügend Dörfer in den Bergen, in denen das Leben genau so organisiert war. Frauen durften nur sprechen, wenn sie von einem Mann, am besten dem eigenen, dazu aufgefordert wurden, und während die

Männer im Wohnzimmer, ihre Kombolois schwenkend, irgendwelche weltbewegenden Probleme wälzten, hatten die Frauen ihren Platz in der Küche. Sie würde ihren Vater bitten, sich an einem neutralen Ort mit ihr zu treffen, aber ganz gewiss würde sie ihr Elternhaus nicht mehr betreten, solange ihre Mutter noch lebte.

Sie lehnte sich zurück auf die gemütliche Couch, ließ den Blick durch ihre Wohnung schweifen und war zufrieden. Einem spontanen Impuls folgend, nahm sie ihr Handy, wählte Elenis Nummer und freute sich, als sie wenige Sekunden später die aufgeweckte Stimme der jungen Frau hörte: »Hey, Penelope!«

Sie kuschelte sich ein und genoss das leichte Geplänkel, das ihrem Herzen guttat. Zwischen ihr und Eleni war etwas entstanden: Ein kräftiges Band voller Zuneigung und Anziehungskraft. Manchmal kam es ihr in den Sinn, dass das wohl Liebe sein musste, denn sie spürten die Verbundenheit auch über so viele Kilometer hinweg.

»Komm mich an Weihnachten in Paris besuchen!«, sagte Eleni, ohne viel Aufhebens zu machen.

»Das mache ich«, rief Penelope spontan und war entzückt über den Gedanken. Sie konnte es sich leisten, denn sie gab nicht viel Geld aus und verdiente als Leiterin der Rechtsmedizin ganz ordentlich. »Ich suche mir morgen einen Flug raus, mailst du mir vorher deine Termine, dann richte ich mich mit meiner Buchung etwas danach. Hach, mit dir in der Stadt der Liebe«, entfuhr es ihr. Rasch schlug sie sich die Hand auf den Mund und hoffte, die junge Frau nicht verschreckt zu haben.

»Mit *dir* in der Stadt der Liebe, *das* wird wundervoll. Ich freue mich so, Penelope«, jubelte Eleni haltlos, und Penelope spürte, wie Glück und Freude sich auch in ihr breitmachten. Bald war Weihnachten, bald würde sie Eleni wiedersehen. Welch angenehme Wendung das Wochenende gerade genommen hatte! Sie berichteten einander über ihre Aktivitäten, und die Pathologin deutete nur leicht an, dass sie einen Sonderauftrag vom Polizeichef gehabt hatte. »Mehr dazu erzähle ich dir, wenn wir zusammen durch den Louvre spazieren.«

Eleni war verschwiegen und hatte sich bei den letzten beiden Mordfällen auf der Insel aktiv an der Aufklärung beteiligt, daher hatte Penelope auch kein schlechtes Gewissen dabei, sie einzuweihen. Vergnügt verabschiedeten sie sich, und sie wendete sich wieder dem Fernseher zu.

16. Kapitel

Sofia fuhr sich stöhnend mit der Hand über die Seite. Die Wunde pochte. Nereos hatte sie verbunden, denn sie konnte damit unmöglich zum Arzt gehen. Sollte sie etwa sagen: »Meine Tochter hat mich mit einem Brieföffner verletzt!«

Mit Geld war alles möglich, auch die Geheimhaltung eines solchen Vorfalls, doch sie würde sich gewiss nicht dieser Schmach aussetzen. Dieses dürre Ding hatte sie quasi überwältigt, und das kratzte an ihrem Ego. Erneut hatte Evangelina etwas getan, was sie niemals von ihr erwartet hätte. Ihr Mann hatte das Mädchen verzärtelt und dann beschlossen, die Karotten von unten anzuschauen, während sie mit dem verzogenen Ding zurückgeblieben war, und was sich daraus entwickelt hatte, war mehr als furchtbar. Alles war in die richtigen Bahnen gelaufen, Myron Kapetanakis, dieser tumbe Tor, war verliebt und sogar bereit, Evangelina befleckt zu nehmen, denn das war sie: befleckt! Schließlich hatte sie ein uneheliches Kind geboren. Wenn sie es nur früher gewusst hätte, dann hätte sie dafür gesorgt, dass das nicht geschehen wäre, egal, was die Kirche dazu sagte – und wenn sie dem Ganzen persönlich mit einer Stricknadel ein Ende gesetzt hätte. Doch die Schwangerschaft hatte sich bei Evangelina erst sehr spät gezeigt, und auch da nur als leichte Rundung. Oft überkamen sie Zweifel, ob das wirklich ihr Fleisch und Blut war, doch als Mutter hatte man ja wenig Möglichkeiten, das zu hinterfragen. Nereos war ein Sohn ganz nach ihrem Geschmack, sie hatte ihn geknetet und geformt wie Teig, und so war er nun ganz und gar ihr Geschöpf. Sie hatte ihn nicht nur erschaffen, sondern ihn zu dem gemacht, was er heute war: ein aufstrebender Politiker und erfolgreicher Unternehmer.

Langsam erhob sie sich und fürchtete, die Wunde würde wieder aufreißen, denn die Klammerpflaster hielten den Schnitt nur notdürftig zusammen. Fast schlimmer als die Verletzung war die Tatsache, dass die junge Mutter es auch noch geschafft hatte, das Haus mit dem Säugling zu verlassen. Das alles roch so furchtbar nach Skandal, und ganz gewiss würde sie es nicht zulassen, dass Nereos' Karriere dadurch beeinträchtigt würde. Das Familienunternehmen war zwar stabil und zu sehr mit der Infrastruktur der Insel verwoben, als dass ein privater Skandal es erschüttern würde. Das Problem musste dennoch aus der Welt geschafft werden, und sie würde persönlich dafür Sorge tragen, dass Evangelina Myron ihr Jawort geben würde. Nereos hatte sich hierbei tatsächlich als wenig hilfreich erwiesen. Er hatte das Baby durch die Gegend gegondelt und dann die Nerven verloren. Sie wusste, dass er nur durch ihren Einfluss stark war, und einen Augenblick lang schoss ihr der Gedanke durch den Kopf, dass die Willensstärke ihrer Tochter etwas war, das ihrem Sohn gut stehen würde. Doch der agierte so, wie sie es ihm soufflierte, und dabei gab es nur selten unangenehme Überraschungen. Sie hatte ihm die Braut ausgesucht, und er war zufrieden. Anna brachte alles mit, was für den Haushalt eines Politikers wünschenswert war: Sie war gebildet, adrett und wusste, wann sie den Mund zu halten hatte. Ihre Familie hatte eine der größten Schafherden der Insel und war damit eine wichtige Lobby für ihren Sohn. Es war entscheidend, beide Kinder strategisch klug zu vermählen. Schlecht war allerdings, sich von einem verheirateten Mann schwängern zu lassen, denn es würde ewig dauern, bis so einer das Mädchen zu einer ehrbaren Frau machte, falls er überhaupt Interesse daran haben sollte. Im Falle ihrer Tochter bezweifelte sie das stark, denn Evangelina war nicht besonders gut aussehend und auch keine geistige Überfliegerin. Sie war einfach ein überdrehtes dürres Ding, das vielleicht mit den Beinen und ihren Haaren etwas punkten konnte. Sie würde Myron heiraten, und das Kind musste verschwinden. Punkt! Myron konnte ihr gleich ein neues machen. Seine Mutter schwor, dass er sexuell sehr aktiv war und sich die Hörner bereits zur Genüge abgestoßen hatte.

Es klopfte, und Nereos streckte den Kopf zur Tür herein: »Wie geht es dir, Mutter?«

Sie schüttelte unwirsch den Kopf: »Wie soll es mir gehen? Ich hatte einen Brieföffner in meiner Taille, und deine Schwester hat uns überlistet. Sogar ihr Telefon hat sie hiergelassen, damit wir sie nicht finden können. Konntest du den Code schon knacken, um herauszufinden, wer der Mann ist?«

Er verneinte und kam etwas näher: »Deshalb bin ich hier. Ein *Freund* hat mir ein Video zukommen lassen. Gestern am späten Abend ist hier ein Auto gesehen worden, das wohl zum Fuhrpark von Callistus gehört. Ein unauffälliger Kleinwagen mit getönten Scheiben.«

»Callistus wer?« Sie sah in fragend an, und dann dämmerte es ihr: Callistus Ariakis! Doch das war wirklich unmöglich und ganz sicher ein Zufall, denn der war eine Nummer zu groß für Evangelina, auch wenn die junge Frau seine Musik immerzu hörte. War das schon ein verräterisches Zeichen, oder hörte ihre Tochter nicht einfach nur die Lieder eines Sängers, den sie mochte? Auch sie lauschte gern den besonderen Weisen, die er mit seiner klangvollen Stimme vortrug.

»Das ist Blödsinn, und das weißt du so gut wie ich. Der Wagen kann aus vielerlei Gründen hier gewesen sein. Jemand wie Callistus interessiert sich ganz bestimmt nicht für so ein unscheinbares Mauerblümchen wie deine Schwester, und selbst wenn dem so wäre, umso besser, denn der heiratet sie nie!« Sie stieß ein triumphierendes Geräusch aus, vermischt mit einem kleinen Schmerzenslaut, da sie sich zu ruckartig bewegt hatte.

»Lass mich mal schauen.« Nereos war sofort neben ihr, stützte sie vorsichtig, und sie ließ zu, dass er sie zum Sofa geleitete und sich am Verbandskasten zu schaffen machte, während sie ihren Gedanken nachhing und die soeben erhaltene Information begutachtete und einsortierte. Was, wenn da doch etwas dran war? Wie würde sie das zu ihren Gunsten nutzen können.

Gier schickte ihr einen angenehmen Schauer über den schmerzgeplagten Körper, während ein Plan in ihr heranreifte.

17. Kapitel

Eine Tür schloss sich, und eine andere ging auf. War es nicht immer im Leben so? Verwirrt schüttelte sie den Kopf über sich selbst. Bot die Situation tatsächlich den Ausweg, den sie brauchte, oder hatte sie wie immer einfach zur falschen Zeit die falsche Entscheidung getroffen? Die Abstände zwischen den abstinenten Phasen wurden immer kürzer, und sie konnte sich kaum noch ein Leben ohne trunkene Verschleierung vorstellen. Sie empfand ihr Dasein als ein Martyrium. Gott stellte sie immer wieder auf die Probe, und sie war seine willige Dienerin, bereit, alles Leid auf Erden zu tragen, um dann ins Paradies einkehren zu dürfen. Er führte sie durch die dunkle Nacht und schickte ihr Zeichen. Wie sonst war das Geschehen zu erklären, nur er konnte seine Hand dabei im Spiel gehabt haben. Ihr Schicksal war nun besiegelt, und es gab kein Zurück mehr. Sie wartete auf ein neues Zeichen, ging täglich zweimal in die Kirche, fuhr sogar in die Minas-Kathedrale nach Irakleio, um Bischof Emmanuel zu lauschen. Der Herr würde sich ihr zeigen, daran glaubte sie unerschütterlich, und dann konnte sie weiter in seinem Sinne handeln. Oft hatte sie gezweifelt, nicht gewusst, ob er sie noch sah. Sie war seine treue Jüngerin, bereit, jeden noch so steinigen Pfad zu erklimmen, um sein Werk zu tun. Sie war so versonnen und im inneren Dialog mit dem Herrn, dass sie erschrak, als Donner und Blitz sich am Himmel zu vereinen schienen und sich die Wolken nach kurzem Sonnenschein öffneten, um schwallartigen Regen auf die Erde zu gießen. War das Segen oder Fluch? Wie konnte sie nur verstehen, was Gott ihr damit sagen wollte? Als er ihr vor wenigen Tagen das Omen gesandt hatte, war sie zuerst verwirrt gewesen, und noch immer war sie erstaunt, wenn sie an den Augenblick zurückdachte, der wirklich an ein Mosaik aus Zufällen erinnerte, daher konnte es nicht nur blindlings geschehen sein. Vorsehung und die Hand Gottes, ja, das war es gewesen. Der Regen prasselte auf das Dach, und sie dankte in einem Gebet für ihre Sicherheit. Alles würde gut werden, denn hinter der nächsten Tür, die sie öffnete, würde sie Engelslicht erwarten.

Sie beugte sich zu der kleinen Ikone hinab, die auf dem polierten Sideboard neben der Tür stand, und küsste sie ehrfürchtig. Vielleicht war das Gewitter schon der Fingerzeig, auf den sie so sehnlichst wartete. Fahrig griffen ihre Hände nach der Ikone, stießen dabei einen Bilderrahmen um, auf dem ihre Familie in die Kamera lächelte. Das Glas zerbrach, und die Scherben flogen splitternd umher.

Erschrocken erwachte sie aus der schreckgeweiteten Starre, und für einen Moment überkam sie die Furcht vor seinem Zorn, doch die Ikone in ihren Händen war kühl und glatt und sandte eine beruhigende Wirkung aus. Sie musste sich nicht fürchten. Sie musste nur vertrauen, dann würde alles gut werden.

18. Kapitel

»Sorge dafür, dass deine Schwester und das Kind zurückkommen«, befahl seine Mutter ihm harsch. Sie war auch sonst keine umgängliche Frau, doch mit Schmerzen war sie geradezu unerträglich.

Er hatte keine Ahnung, wie er Evangelina so plötzlich aus dem Hut zaubern sollte. Er war nach ihrem Attentat auf Sofia einfach zu spät aus dem Zimmer gekommen, und sie war schon über alle Berge gewesen, als er seinen Wagen auf die Straße gelenkt hatte. Er war dann auch rasch wieder zurückgekehrt, denn die Verletzung seiner Mutter hatte böse ausgesehen, auch wenn sie beteuerte, dass es nicht so schlimm sei. Die Insel mit ihren knapp 8300 Quadratkilometern war zwar überschaubar, aber wenn man jemanden suchte, der nicht gefunden werden wollte, war es schier unmöglich, diese Person aufzuspüren. In jedem winzigen Bergdorf gab es Herbergen, und wenn das Geld in bar floss, wurden auch keine Gastdaten notiert. Evangelina zu finden glich der Suche nach der Nadel im Heuhaufen. Er hob den Kopf und blickte seine Mutter fragend an.

»Glotz nicht so belämmert«, fauchte sie, »wir brauchen die beiden, denn wenn du recht hast, dann haben wir nun einen sehr einflussreichen Verbündeten.«

Ihm dämmerte langsam, was sie meinte: »Du willst Callistus benutzen?«

Sie lächelte und sah dabei fast diabolisch aus: »Dein neuer *Schwager* kennt die Präsidenten der wichtigsten Staaten, wie hilfreich kann er also für uns sein? Was denkst du?«

»Er ist verheiratet«, warf er ein.

»Papperlapp«, schnappte sie grimmig, »er hat sie geschwängert, also heiratet er sie!«

Er spürte, wie ihm ein Kribbeln über die Arme kroch: »Du hast recht Mutter. Er kann so viele Türen für mich«, rasch warf er ihr einen Blick zu und verbesserte sich, »*für uns* öffnen. Ich werde mich auf die Suche nach ihr machen. Es gibt da noch einige Leute, die mir einen Gefallen schulden.«

»Das ist mein Sohn«, sie hob die Hand und klopfte ihm bestätigend auf die Schulter.

Er erhob sich, ging in Richtung Tür, dann drehte er sich um: »Kann ich dich wirklich allein lassen?«

Sie winkte ihn davon: »Komm mir ja nicht ohne sie zurück!«

Kurze Zeit später saß er im Auto und tippte die erste Nummer an, es war an der Zeit, einige Menschen an das zu erinnern, was sie ihm schuldeten.

Myron kam ihm in den Sinn, und er fragte sich, was die Familie Kapetanakis wohl dazu sagen würde, wenn sie ihr Versprechen brächen, Evangelina und den dicklichen Kerl miteinander zu vermählen. Auch das würde sicher an ihm hängen bleiben, denn Sofia delegierte gern Unliebsames an ihn. Doch darüber würde er sich später Gedanken machen.

Nach einigem Läuten nahm der Mann, den er nun brauchte, das Gespräch an. »Cousin«, rief er überschwänglich und nutzte die familiäre Bezeichnung, die für jeden galt, mit dem man über irgendeine Ecke verwandt war, und machte damit den Tenor gleich deutlich. Es ging um die Familie.

19. Kapitel

Manchmal war es ganz leicht, seine Spuren zu finden, und manchmal war es schier unmöglich herauszufinden, wo er war. Sie hatte genügend Geld und damit auch so viele Möglichkeiten zur Verfügung. Eine *Freundin* hatte ihr einmal von einer weltweit zugänglichen Plattform berichtet, über die man jede Art von Dienstleistung einkaufen konnte. Es war sehr spannend, wozu Programmierer in Indien oder Pakistan bereit waren, wenn man ihnen nur genügend Geld anbot. Daher wusste sie nun immer, wo er war, und konnte in seiner Nähe sein.

Es war wichtig, dass sie ihn kontrollierte, denn sein Aufpasser taugte nicht viel, das konnte sie aus eigener Erfahrung bestätigen, denn sie hatte zu oft die Möglichkeit gehabt, Dinge von ihm zu klauen. Einmal war sie sogar in die Limousine geklettert, die der Parkservice hätte beaufsichtigen sollen, doch der Kerl hatte lieber am anderen Ende des Geländes eine Zigarette geraucht und mit einem Mädchen mit Bauchladen, deren Rock kaum ihren Po bedeckte, geflirtet. Sie hatte ein gebrauchtes Glas ergattert – für ihre Sammlung in der Vitrine in ihrem ganz persönlichen Schreinzimmer. Es war nicht die Krönung ihrer Errungenschaften, aber beinahe. Eines Abends war er in einem der angesagtesten Clubs in Malia aufgetaucht, sie war wie von Sinnen dorthin gerast, um nach einem großen Tumult so nah an ihn heranzukommen, dass sie nicht nur ein Haar von ihm hatte stehlen können, sondern ihm auch ihr Kreuz hingehalten hatte. Und er hatte sich herabgebeugt, scheinbar trunken vom Gejubel der Menschen. Sie hatte seinen Geruch nach teurem Parfum und Schweiß aufgesogen – roch ihn noch Monate später –, und er hatte das Kreuz geküsst. Seine Lippen hatten es berührt, es war nun ein unbezahlbares Kleinod. Das Haar war in einen Plexiglaskubus gewandert, und die Kette mit dem Kreuz hatte sie darüber platziert. Sie nahm die Pinzette in die Hand, um an ihrem neuesten Meisterwerk zu arbeiten.

20. Kapitel

»Nereos, bist du das, Cousin?«, kam es prompt zurück, und er atmete kurz durch. Jetzt kam es auf sein Fingerspitzengefühl an, denn er durfte so einen wichtigen Kontakt nicht offensichtlich übervorteilen oder gar das Gefühl erwecken, auf ihn angewiesen zu sein.

»Ja. Wie geht es dir und der Familie? Wir haben uns lange nicht gesehen, das sollten wir wirklich ändern«, plauderte er scheinbar locker drauflos.

»Den Mädchen geht es gut, und unsere Enkel sind unsere ganze Freude«, antwortete der Mann, »na, und bei mir geht alles seinen Weg wie immer. Du weißt ja, womit ich mich herumschlage. Koula würde sich sicher sehr freuen, euch mal wieder zu bekochen, du kennst sie ja. Wie geht es deiner Mutter und deiner Schwester?«

Nereos grinste unwillkürlich, denn die Frage gab ihm eine gute Vorlage, doch er würde es weiterhin langsam angehen lassen: »Meine Mutter ist wie immer. Sie lenkt die Geschicke des Unternehmens und der Familie mit straffer Hand. Ich unterstütze sie tatkräftig dabei, und ich stehe ja auch zur Wahl für die Präfektur.«

»Das habe ich gelesen. Herzlichen Glückwunsch. Ihr seid einfach sehr zielstrebig«, klang der andere nun überschwänglich. »Und deine Schwester? Was macht sie?«

»Ach«, seufzte Nereos theatralisch, er hatte das Tempo gedrosselt und fuhr die gewundene Straße Richtung Chania langsam entlang. Niemand außer ihm war dort unterwegs. Es hatte erneut zu regnen begonnen, und Gott schien beschlossen zu haben, das Wasser aus Kübeln auf die Erde zu kippen. »Du weißt doch, wie Evangelina ist, sie ist manchmal nicht von dieser Welt. Wie habt ihr es nur hinbekommen, dass eure drei Mädchen so großartig geworden sind«, schmeichelte er dem Cousin nun gekonnt.

»Sei nachsichtig mit ihr, unsere Töchter haben Mutter und Vater, ihr musstet schon so früh ohne ihn zurechtkommen.« Sein Gesprächspartner agierte genauso, wie Nereos es erwartet hatte.

»Du hast recht, der Tod unseres Vaters war einfach viel zu früh. Wir vermissen ihn täglich«, log er, ohne mit der Wimper zu zucken, und kam zum Punkt. »Wahrscheinlich ist sie deshalb auch ausgebüxt.«

Er sprach von seiner erwachsenen Schwester wie von einem Welpen oder einem hormongeplagten Teenager in der Hoffnung, den Vater in dem Mann anzutriggern.

»Sie ist weggelaufen? Wirklich? Wohin denn?«, sein Cousin klang nun irritiert.

»Das wissen wir nicht, und wir sorgen uns natürlich. Mutter und sie haben sich gezankt, und dann ist Evangelina einfach fortgerannt, sie hat nicht einmal ihr Handy mitgenommen.« Nereos biss sich so hart auf die Unterlippe, dass ihm die Tränen in die Augen schossen und seine Stimme dadurch einen erstickten Unterton annahm.

»Ach herrje, das ist ja schrecklich«, sprang der Familienvater sofort auf die Geschichte an, »kann ich euch irgendwie helfen?«

»Das würdest du tun, Cousin?«, fragte Nereos und hoffte, dass seine Stimme nun erleichtert klang und nicht jubelnd, weil er den anderen genau dort hinmanipuliert hatte, wo er ihn haben wollte.

»Für die Familie mache ich das gern, sonst nutze ich meine Position nicht für private Recherchen aus«, machte der nun klar, »ich mutmaße, sie ist nicht zu Fuß auf und davon. Gib mir bitte das Kennzeichen, und ich schaue, was ich tun kann.«

Nereos gab es ihm durch, fragte noch einige belanglose Dinge, und dann beendeten sie das Gespräch mit der Verabredung, dass er sofort informiert werden würde, wenn der Wagen irgendwo gesichtet wurde – und dass sie einander bald zu einem gemeinsamen Essen treffen würden. Nereos beendete das Gespräch erleichtert und war sich sicher, dass Sofia eintausend Ausreden finden würde, um diese Einladung abzulehnen, denn das Familiengetue dort ging ihr immer furchtbar auf die Nerven. Sie sprangen um ihre Enkel und die Töchter herum wie um goldene Kälber.

Er hinterfragte das Verhalten seiner Mutter nicht, denn sie hatte sowohl die Geschicke der Supermarktkette vom einfachen Dorfladen bis zum inselüberspannenden Großkonzern als auch seine Karriere hervorragend gemanagt. Ihr hatte er all das zu verdanken, und das war ihm vollkommen bewusst, selbst seine Verlobte Anna hätte er ohne sie nicht. Ihre Methoden waren sicher nicht immer nachvollziehbar, doch das Ziel zählte und nicht der Weg dorthin. Wenn sie mit den Kapetanakis' quasi fusionierten, konnten sie Preise diktieren und damit den Gewinn maximieren. Er wusste, dass diese Zusammenarbeit mit der Eheschließung stand und fiel. Egal, wie dämlich Myron auch sein mochte, dieser dickliche tumbe Kerl hatte einen Narren an Evangelina gefressen. Stephanos Kapetanakis war ein stahlharter Geschäftsmann, und die Heirat war Teil der Vereinbarung zwischen den Familien und würde ihrer aller Geschicke noch weiter auf die Siegesstraße führen.

Er dachte kurz darüber nach, seine Suche hier zu beenden, denn er hatte die Aufgabe ja gut delegiert, doch dann fielen ihm die letzten Worte seiner Mutter wieder ein, und er fuhr weiter durch den Starkregen.

Die 2. Strophe

21. Kapitel

Giannis schloss die Tür hinter sich und trat hinaus auf die Promenade. Sein Restaurant lag direkt am Hafenbecken der Altstadt in Chania. Im Sommer säumten den gesamten Bereich leuchtend blaue Tische mit weißen Papiertischdecken und ebenso blau lackierte Holzstühle. Der Blick auf den Leuchtturm war atemberaubend, und die Touristen, aber auch Einheimische saßen gern bei ihm und genossen die traditionellen Gerichte auf seiner Karte. Das *Diomysos* gehörte zu den alteingesessenen Restaurants hier und hatte auch außerhalb der Saison geöffnet. Nur wenige Gastronomen konnten sich das erlauben, ohne am Ende draufzuzahlen. Er war ein Arbeitstier und gleichzeitig auch ein absoluter Genussmensch, daher hatte er auch im Winter nur wenige frische Gerichte auf der Karte, die dann oft genug nur aus seinen Tagesempfehlungen bestand. Er mochte es, im Sommer von den Touristen alles über ihre Herkunftsländer zu erfahren und im Winter mit den Einheimischen über Wichtiges auf der Insel und im Land zu plaudern. Das Komboloi glitt dabei wie von selbst durch seine Hand, und die Perlen waren wunderbar glatt und entspannten ihn. Jeder hatte seine eigene Art, die traditionelle Kette, die wohl durch die Mönche auf dem Berg Athos ihren Weg in die Hände der Männer gefunden hatte, zu bewegen. Die Kirchenmänner hatten in einem bestimmten Rhythmus Knoten in ein Seil geknüpft, während sie ihre Gebete sprachen.

Es kam immer darauf an, wie gestresst man war. Sicher war jedoch, dass diese Art der Beschäftigung Geist und Seele beruhigte.

Er steckte die Kette mit den dreiundzwanzig Kugeln in die Hosentasche, um die Hände frei zu haben. Die große Holztür verzog sich bei regnerischem Wetter gern etwas, und er musste sie kräftig heranziehen, um sie dann abschließen zu können. Im Winter gab es keine richtigen Öffnungszeiten, er kam mittags, sein Koch hatte dann schon die Küche vorbereitet, stellte seine Markteinkäufe auf die glatt polierte Edelstahlfläche, und sie fachsimpelten kurz über mögliche Gerichte. Dann hatte sein Restaurant so lange geöffnet, bis alles aufgegessen und der Laden eine Stunde lang leer geblieben war. Heute war es ihm recht, dass er schon am frühen Abend abschließen konnte. Die Nacht hielt zu dieser Jahreszeit früh Einzug, es war um kurz vor sechs bereits dunkel. Der Wind peitschte das Wasser gegen das Hafenbecken. Die schmale Einfahrt, gesäumt von dem Leuchtturm, der als Wahrzeichen Chanias in der ganzen Welt bekannt war, brach die Wellen schon, sodass sie nur noch als gemäßigte Ausläufer an der Mauer ankamen. Die Laternen schafften es kaum, den schummrig grauen Abend zu erhellen. Er beschleunigte seine Schritte, stutzte aber kurz darauf und ging näher an den Rand der Kaimauer. Immer wieder warfen die Menschen alte Brotscheiben in das trübe Wasser, um die Fische anzulocken, dann brauchten sie die Angeln nicht weiter draußen auszuhängen, sondern konnten hier sogar teils geschützt unter den Vordächern der Läden und Lokale hocken. Er mochte diese Unart nicht, denn so sah der Bereich regelmäßig sehr schmuddelig aus, was aus seiner Sicht keinen guten Eindruck hinterließ. Er hoffte, dass diese Woche besseres Wetter für sie bereithielt, denn gerade in der Gegend rund um seine Stadt machte der Starkregen große Probleme: Er spülte die Erde aus den Felswänden, und oft lösten sich dadurch unvermittelt große Gesteinsbrocken und fielen an den unmöglichsten Orten hinab. Es war dann wirklich gefährlich, in die Außenbezirke zu fahren, oder von dort in die Innenstadt.

Sein Blick fiel auf einen dunklen Schatten an der Mauer und er trat neugierig näher. Erst dachte er, das Wasser habe mal wieder einen der Müllsäcke hereingetragen, den »umsichtige« Mitbürger irgendwo entsorgt hatten, doch dann stellte er fest, dass die fingrigen Streifen, in denen sich eine der Brotscheiben verfangen hatte, Haare waren. Erschrocken riss er sein Handy aus der Hosentasche, und das Komboloi purzelte heraus, fiel auf den Weg, und geistesgegenwärtig bückte er sich, um es zu fassen, bevor es ins Wasser rollte. Dabei fiel sein Blick auf eine helle Fläche: ein Gesicht.

Zitternd richtete er das Handy mit der integrierten Taschenlampe darauf und erblickte leere Augenhöhlen und aufgedunsene Haut. Er sprang auf und fluchte laut: »Malakka, soll das etwa ein Scherz sein?«

Dann wurde ihm bewusst, dass das, was er sah, ein toter Mensch war, ein Mann, und er wählte schnell den Notruf.

Es dauerte nicht lange, bis die Kaimauer von zuckendem Blaulicht erhellt wurde, während sich vor seinem Restaurant eine Traube von Menschen gebildet hatte, die leise flüsternd Geschichten um den Toten ersannen und begannen Gerüchte in die Welt zu setzen.

Ein Taucher war ins Wasser gesprungen, hatte einen Gurt an dem Körper befestigt, und dann hatten ihn die Fachleute vorsichtig herausgezogen, auf eine Liege gehievt und sofort sein Gesicht bedeckt. Sicher wegen der fehlenden Augen und dem Fischfraß, denn das sah wirklich gruselig aus. Selbstverständlich hatte auch die Presse rasch Wind von dem Fund im Hafenbecken bekommen und stand, die Kameras im Anschlag, bereit. Doch die Polizisten waren streng darauf bedacht, den toten Mann nicht zur Schau zu stellen.

Nach kurzer Zeit war der Spuk vorbei, und nur ein polizeiliches Flatterband erinnerte an das, was hier soeben geschehen war. Giannis überlegte kurz, ob er seinen Freund Hyeronimos anrufen sollte, um dem Kommissar Bericht zu erstatten, was er erlebt hatte. Doch dann stand ein Journalist vor ihm, hielt ihm ein kleines Mikrofon vor die Nase und wollte wissen, wie Giannis den Toten gefunden habe und ob er ihn beschreiben könne. Er war verblüfft von dem dreisten Vorgehen des jungen Mannes, der den Eindruck machte, als sei er noch grün hinter den Ohren, doch dann wägte er ab, was er sagen konnte, um auch das *Diomysos* ins rechte Licht zu rücken und so für einen Zustrom an Gästen zu sorgen. Schließlich musste jeder sehen, wo er blieb.

Er lenkte den Jungen vor sein Restaurant, und nicht nur er, sondern auch die Traube Neugieriger lauschte seiner dramatischen Erzählung. Ehrlicherweise musste er jedoch zugeben, dass er den Mann nicht gut beschreiben konnte, denn er hatte das zerbissene Gesicht nicht anschauen können, und Haare und Bekleidung waren durch die Dunkelheit nur schwer in dem trüben Wasser auszumachen gewesen. Müde und vollkommen geschafft durch den Schock, machte er sich auf den Heimweg, es begann wieder zu regnen, und er musste sich extrem auf die schlierige Straße konzentrieren, auf der immer wieder Gesteinsbrocken lagen. Darüber vergaß er sein Vorhaben, den Kommissar der Mordkommission in Irakleio anzurufen, erst einmal.

22. Kapitel

Es war sonderbar, wieder in seinem Kinderzimmer zu schlafen, und er war gottfroh, dass Athina nicht auf die Idee kam zu kochen, sondern aus einem Restaurant, das sich der gesunden Küche verschrieben hatte – und derer gab es in Tübingen einige –, Essen kommen ließ. Seine Mutter hatte ihm noch während der Reise Entwarnung gegeben, doch er hatte sich dennoch dazu entschieden, nach Hause zu fahren. Ihm war etwas klar geworden: Es war nicht gut, seinen Groll zu hegen und zu pflegen wie eine Pflanze. Was, wenn sein Vater gestorben wäre?

Er war einerseits froh, die beiden zu sehen, denn das schloss einige seiner schmerzenden Wunden, doch andererseits plante er, auch rasch wieder aufzubrechen, und checkte schon die Flugpläne.

»Du hast gewiss noch eine Menge Urlaub, Hyeronimo«, sagte sein Vater aus seinem Krankenbett und schaute ihn mit einem warmen Blick an. »Dann kannst du doch mal wieder Weihnachten mit uns verbringen.«

Es sollte sicher nicht so vorwurfsvoll klingen, wie es bei ihm ankam, und er suchte gerade verzweifelt nach den passenden Worten, als sein Handy zu klingeln begann. »Entschuldigung, da muss ich rangehen«, sagte er und floh geradezu aus dem sterilen Raum.

23. Kapitel

»Du musst dich beruhigen«, fuhr Silenus seine Schwester an. Athanasia umkreiste den Tisch in ihrer Schneiderwerkstatt zum x-ten Mal, und ihr Gesicht wirkte so, als hätte sie den Teufel persönlich gesehen.

»Was, wenn er nicht wiederkommt? Wenn er es wahr gemacht und uns verlassen hat, um sein *neues Leben* zu leben?«

Der Klang ihrer Stimme machte ihn verrückt. Callistus hatte alles mitbekommen, was das Erbgut an angenehmer Tonlage zur Verfügung gehabt hatte. Athas Stimme hingegen war dünn und schrill und zerrte an seinen Nerven. Gott, wie ihm diese Frau überhaupt auf den Geist ging. Sie war unfähig, ein Leben neben den Kostümen und der Schminke zu haben. Ihre Wohnung war, wie ihr Atelier, vollgestopft mit Stoffen, Schneiderpuppen und Knöpfen und natürlich mit Alkohol. Er trank auch gern mal einen guten Tropfen, doch die Leidenschaft seiner Schwester für teuren Whisky grenzte an eine Manie. Sie kaufte das Zeug nicht nur in rauen Mengen – und er wollte gar nicht wissen, wie viel Geld sie dafür verprasste –, sie soff es auch. Ihre Augen glitten hektisch hin und her, und ihre Hände flatterten.

Was war nur los mit ihr, dass sie so außer sich war? »Bist du jetzt schon am frühen Morgen besoffen?«, fragte er daher grob, und ihre Empörung klang derart theatralisch, dass er sich sicher war, ins Schwarze getroffen zu haben.

»Ich, ich saufe nicht. Ich genieße hin und wieder einen Schluck, und darum geht es jetzt nicht. Wo ist unser Bruder? Wir brauchen ihn.«

Ihre grelle Stimme brach, und er hatte das Gefühl, dass auch das bewusst gesteuert stattfand. Es hörte sich in seinen Ohren aufgesetzt an.

»Was ist das hier für ein Getue?«, wollte er wissen und war es leid, ihr zuzuhören. Er ertrug diese Frau einfach schon zu lange, Schwester hin oder her. Sie war begabt, keine Frage, und als Kostümbildnerin vollbrachte sie Wunder für Callistus, die Band und die Backgroundsänger und -sängerinnen. Doch menschlich war sie unangenehm, ungeheuer anstrengend und nervtötend.

»Getue, Getue«, echote sie, »das ist kein Getue, das ist berechtigte Sorge um unseren lieben Bruder.«

Spätestens jetzt war ihm klar, dass sie eine Show für ihn abzog.

»Unser lieber Bruder«, äffte er sie nach, ging auf sie zu und gab ihr einen Schubs, sodass sie stehen bleiben musste. »Du bist eine miserable Schauspielerin und doch eigentlich mehr als froh, wenn er weg ist. Ich weiß, was du dir davon versprichst, aber sei dir sicher, das wird niemals, niemals eintreffen. Du bist einfach zu dämlich und verblendet, um das zu sehen.«

Ihre Hand hob sich wie ferngesteuert, und er konnte es kaum fassen, dass sie versuchte, ihn zu schlagen. Was stimmte nur mit den Frauen in diesem Haus nicht? Diese besoffene Tussi wollte sich mit ihm anlegen? Schon als Kind hatte sie das erfolglos versucht, warum kapierte sie nicht, dass er in einer anderen Liga spielte als sie? Blitzschnell ergriff er ihre zur Faust geballte Hand und drehte ihr den Arm auf den Rücken, sodass sie schmerzvoll aufschrie: »Silenu, du tust mir weh!«

»Klar, und du wolltest mich streicheln. Glaubst du wirklich, ich lasse mich von dir herumschubsen? Du bist so minderbemittelt, Athanasia, aber du hast vollkommen recht: Ohne Callistus bist du wirklich rein gar nichts. Wertlos. Verkriech dich in deiner Welt aus Bommeln und Farbtöpfen, denn zu mehr bist du nicht zu gebrauchen.«

Er ließ sie abrupt los, und sie stolperte vorwärts. Sie suchte Halt, griff nach einem Kleidungsstück, das an einem prall gefüllten Ständer hing, und ging krachend mit all den Textilien zu Boden. Er konnte hören, wie sie schmerzvoll stöhnte, doch er hatte genug: »Rede erst wieder mit mir, wenn du nüchtern bist. Lallend widerst du mich an!«

Er wandte sich um und verließ den Raum, ohne sich noch einmal nach ihr umzudrehen.

Auch er fragte sich, wo Callistus abgeblieben war. Er hatte ihn nicht aufhalten können, als er sich am Samstag abends aus dem Haus geschlichen hatte wie ein Dieb. Es war zu spät gewesen, als er es bemerkte, denn da war der Wagen schon auf der Straße, und es wäre mehr als dumm gewesen, den Bruder nun in einer öffentlichen Aktion zu stoppen. Den Bodyguard hätte er am liebsten sofort gefeuert, doch er ging davon aus, dass Zenia mit dem gut gebauten Kerl schlief, und daher hatte er erst einmal Gnade vor Recht walten lassen, auch wenn das ganz klar in seinen Zuständigkeitsbereich als Manager fiel. Nicht zum ersten Mal fragte er sich, warum sie diese Frau nicht schon lange hinter sich gelassen hatten. Das bisschen Marketing konnte er ohne große Anstrengung aus dem Handgelenk schütteln, schließlich tat er da sowieso schon einiges, worüber er seine Schwägerin nicht unterrichtete. Doch nach außen hin war es genau das, was die Menschen so verehrten: Sie waren ein großartiges, glückliches Familienunternehmen, und das war ein Teil ihrer Strategie, die sich als wirklich erfolgreich bewiesen hatte.

Er seufzte kellertief und dachte erneut an all das, was er nun zu erledigen hatte, um seinen Bruder zu finden. Der Filmvertrag musste unterschrieben werden, und er würde einfach alles tun, um dieses Projekt nicht zu gefährden. Es war die Krönung seiner Arbeit als Manager. Er hatte Hunderte Stunden investiert, um die richtigen Kontakte zu knüpfen, und es würde sehr viel Geld in die Kassen spülen. Callistus hatte keine Wahl, und mit dem Flittchen in den Sonnenuntergang zu segeln würde niemals eine Option darstellen, dafür würde er sorgen. Auch wenn er seinen Bruder liebte: Er würde nicht dabei zuschauen, wie dieser seine Karriere in die Tonne warf. Er wählte die Nummer seines Bruders, und wieder sprang sofort die Automatenstimme des Providers an. Selbstverständlich hatte Callistus keine Mailbox. Nach allem, was in den 90er-Jahren über das englische Königshaus durch Nachrichten auf Anrufbeantwortern herausgekommen war, hatte wahrscheinlich jeder halbwegs intelligente Promi diese Option sofort vernichtet.

Dieser ganze Quatsch in Callistus' Liedern von wegen *für immer verbunden*, *Seelenpartner* und all der andere weichgespülte Blödsinn ... Die Fans standen darauf, keine Frage, doch dieser Mann war ein Star, ein Idol, und da hatte er verdammt noch mal das Herz in der Brust zu lassen, selbst wenn er nicht dazu in der Lage war, den Reißverschluss geschlossen zu halten.

»Wo bist du, verdammter Kerl?«, knurrte er zwischen zusammengebissenen Zähnen und steckte das Telefon in die Jackentasche.

Seine versoffene Schwester hatte sich sonderbar benommen, aber er glaubte ihr, dass sie nicht wusste, wo sich Callistus befand, also blieb erst einmal nur noch Zenia. Entschlossen betrat der den Privatflügel des Ehepaars und stieß bei diesem Gedanken verächtlich Luft aus: Ein Ehepaar im üblichen Sinne waren die beiden schon lange nicht mehr.

24. Kapitel

Hyeronimos hörte erleichtert Penelopes Stimme am Telefon und war dankbar, dass sie ihm im rechten Moment die Flucht aus dem Zimmer und der Situation ermöglicht hatte. »Danke, Pen, du hast mich quasi gerettet«, sprudelte er entgegen seiner sonstigen Art sofort heraus.

»Wie? Wovor?«, sie klang irritiert.

»Eine brenzlige Situation mit meinen Eltern. Meinem Vater geht es so weit wieder gut«, setzte er zu einer Erklärung an, als sie ihn unterbrach.

»Sorry, Hyeronimo, können wir das auf später verschieben? Ich weiß, es ist sicher unpassend, aber kannst du bitte nach Hause kommen?« Sie hörte sich ernst an.

»Was ist passiert?«, wollte er alarmiert wissen.

»Ich habe hier jemanden auf dem Tisch, und das löst wahrscheinlich eine nationale Krise aus.« Noch immer war ihr Tonfall angespannt.

»Um Gottes willen, Penelope! Wer ist es? Unser Bischof? Wurde er ermordet?« Die Fragen purzelten geradezu aus seinem Mund.

»Nein. Ich bin fast versucht, zu glauben, dass das weniger schlimm wäre. Stelios hadert übrigens auch schon mit der Tatsache, dass du Urlaub hast und dein Vater krank ist. Wir brauchen dich hier«, dann senkte sie ihre Stimme und flüsterte: »Es ist Callistus Ariakis!«

Erschrocken japste er: »Nicht dein Ernst!«

»Leider doch, und ich kann aktuell noch nicht zu hundert Prozent sagen, wie er gestorben ist. Ich wundere mich auch, dass Giannis dich noch nicht angerufen hat«, fügte sie an und machte seine Verwirrung komplett.

»Welcher Giannis?«, wollte er wissen, da der Name auf der Insel sehr häufig vertreten war.

»Dein *Diomysos*-Giannis aus Chania, und bevor du fragst: Er hat den Toten im Hafenbecken gefunden. Quasi vor seinem Restaurant. Die Kollegen haben sehr umsichtig gehandelt. Der Taucher, der den Leichnam geborgen hat, ist ein Fan und hat ihn sofort erkannt, daher haben sie sein Gesicht umgehend abgedeckt«, erklärte sie nun ausführlicher, »na ja und auch, weil die Fische schon recht aktiv waren. Es ist kein schöner Anblick.«

»Wieso ist er auf *deinem* Tisch?« Hyeronimos kannte die Antwort eigentlich schon, denn ganz sicher waren die Kollegen in Chania froh, das Thema von der Backe zu haben. Gewiss war der Sänger nicht mal eben ins Wasser gesprungen und einfach so ertrunken. Da steckte mehr dahinter und bei einem Promi von Callistus' Güte stand ab jetzt jeder Schritt eines Ermittlerteams unter ständiger Beobachtung.

»Du hattest sicher keine Chance, Nein zu sagen«, beantwortete er seine Frage daher selbst.

»Nein, hatte ich nicht. Das ist das Blöde daran, wenn man die Chefin ist. Eigentlich würde Stelios sich der Sache selbst annehmen, aber er ist – oder *war* wohl irgendwie mit Callistus befreundet. Sie kennen sich von früher, daher kann er das nicht machen. Christos steht schon in den Startlöchern und scharrt mit den Hufen ...« Sie ließ den Satz unbeendet ausklingen.

Die Erwähnung des Kollegen und Widersachers stachelte Hyeronimos an: »Du hattest mich schon, bevor du meinen freundlichen ›Kumpel‹ ins Spiel gebracht hast. Ich kläre meinen Kram hier und komme mit dem nächstmöglichen Flieger.«

»Wie immer mein Held«, frotzelte sie und kehrte wieder zu ihrer humorvollen Art zurück.

»Jetzt geht es los«, sagte er und klang weit entfernt.

»Was ist los?«, wollte sie wissen. »Ich kann dich nicht gut hören.«

»Ein weiteres Telefonat klopft an«, erläuterte er kurz, »es ist Stelios. Ich spreche kurz mit ihm und melde mich nachher mit den Flugdaten bei dir.«

Er verabschiedete sich rasch und nahm das Gespräch an. Er war zweisprachig aufgewachsen und beherrschte beide Sprachen perfekt und ohne Dialekt. Mit den Menschen hier in Tübingen konnte er also unproblematisch auf Deutsch kommunizieren und mit seinen Freunden und Kollegen auf Griechisch. Rasch machte er Stelios Mentakis klar, dass Penelope ihn schon informiert hatte und man auf ihn zählen konnte.

Mentakis atmete hörbar erleichtert auf: »Danke, Hyeronimo, aber wenn es deinem Vater noch nicht gut genug geht oder deine Mutter dich braucht, dann verstehe ich das vollkommen.«

»Es ist in Ordnung, Stelio, es war ja nur ein Warnschuss«, wiegelte Hyeronimos rasch ab, »und ich würde es nicht anbieten, wenn die Situation hier es nicht erlauben würde. Es geht hier ja zu wie in einem Callcenter!«

»Wie bitte?«, fragte Stelios irritiert.

»Giannis vom *Diomysos* in Chania ruft mich gerade an, ich weiß, dass er ihn gefunden hat. Gia sou, Stelio, bis bald!«, verabschiedete er sich schnell und nahm das nächste Gespräch an.

Giannis redete gern, aber Hyeronimos mochte den großen, lauten Gastwirt dennoch sehr, daher lauschte er interessiert der ausführlichen Berichterstattung, stellte einige Fragen, erfuhr aber nicht wirklich etwas, was er nicht schon aus den beiden vorherigen Telefonaten wusste, während er den Freund über die Identität des Toten im Unklaren lassen musste.

»Eine Frage noch, Gianni, was sagt denn die Gerüchteküche zu dem Fall?«

»Es ist irgendwie komisch, dass die Polizei, also deine Kollegen, den Namen des Toten nicht herausgeben. Entweder ist er ein Unbekannter, den das Meer hier angespült hat, oder es steckt mehr dahinter.«

Giannis war ein cleverer Kerl, und selbstverständlich machten die Menschen vor Ort sich ihre Gedanken.

»Sicher wissen wir bald mehr, also die Kollegen«, Hyeronimos wollte noch nicht gleich preisgeben, dass er zurückkam, denn das hätte die Spekulationen ganz gewiss angeheizt, »und dann erfährt es auch die Presse.«

Giannis grummelte bestätigend, wünschte Hyeronimos' Vater weiterhin gute Besserung und legte dann auf.

Hyeronimos hatte ganz unterschiedliche Emotionen, die in ihm aufwallten und die er mit der ihm eigenen Art sezierte und betrachtete: Er war erleichtert, erschüttert und aufgeregt zugleich. Erleichtert, weil er sich so der Situation zu Hause entziehen konnte. Erschüttert, weil er noch vor wenigen Tagen den Liedtext eines seiner Lieblingslieder von Callistus in seiner mit Kassia verbundenen Seele gespürt hatte, und aufgeregt, weil sich dahinter gewiss ein sehr interessanter Fall für ihn verbarg. Auch ohne Details zu kennen, glaubte er nicht an einen Unfall, denn dann hätte die Familie oder sein Management, nun ja, das war wohl in diesem Fall dasselbe, ihn doch gewiss rasch als vermisst gemeldet. Außerdem hatte er gespürt, dass Stelios noch etwas anderes auf dem Herzen hatte.

Hyeronimos war früher immer eine Art Außenseiter gewesen, zu sonderbar wohl sein Verhalten und auch sein Name. »Mo« hatten sie ihn kurzerhand genannt. Er hatte es gehasst. Er hatte sich also in sich zurückgezogen und begonnen, das Verhalten von Menschen zu studieren, und sie genau beobachtet. Wann gingen sie auf etwas oder jemanden zu, wann hielten sie Abstand oder mieden jemanden ganz?

Wie sahen sie dann aus, welche Worte nutzten sie und welchen Tonfall? Er hatte ganze Hefte mit Verhaltensmustern von Menschen gefüllt. Dass er durch das Erkennen ihrer Aurafarbe zudem einiges über ihre Persönlichkeit erfuhr, war mehr als nur ein Vorteil, auch wenn er es niemals an die große Glocke hängen würde. Doch all das kam ihm in seinem Job als Kriminalist zugute und machte ihn zu einem außerordentlich begabten Ermittler. Stelios' Tonfall hatte ihm verdeutlicht, dass da noch etwas Unausgesprochenes war. Sicher würden sie darüber reden, wenn sie einander gegenüberstanden. Jetzt musste er jedoch erst einmal mit seiner Mutter reden.

Der tote Callistus war nicht nur ein Vorwand. Penelope hatte durchaus recht mit ihrer Einschätzung, die sie mit *nationale Katastrophe* umschrieben hatte. Seitdem der Sänger vor einigen Jahren einen großen Songcontest für Griechenland gewonnen hatte, hatte sich sein Berühmtheitsgrad noch mehr gesteigert, falls so etwas überhaupt möglich war. Er war ein Nationalheld und dass er von Kreta kam, machte die Inselbewohner so stolz, als würden sie selbst vor einem Millionenpublikum auftreten. Noch dazu war er ein Wohltäter, denn er investierte in Schulen und Bildungseinrichtungen und gab sein Geld hauptsächlich in der Heimat aus. Man konnte im Internet alles über den Mann nachlesen und in der Biografie, die vor ungefähr fünf Jahren von einer Reporterin aus Rethymno verfasst worden war. Er hatte sie gelesen, denn er fand den gut aussehenden Musiker mit seinem beispielhaften Verhalten und der herzerweichenden Stimme ausgesprochen interessant. Er würde es seinen Eltern unter dem Siegel der Verschwiegenheit anvertrauen, und gewiss würden sie ihn dann sogar höchstpersönlich in den nächsten Flieger schieben, denn auch sie hatten einige Callistus-CDs in ihrer Sammlung. Dass sie Kreta den Rücken gekehrt hatten, bedeutete nicht, dass sie sich von allem abgewandt hatten, was im Zusammenhang mit der Heimat stand.

25. Kapitel

Zenia zupfte ein verwelktes Blatt aus einem großen Blumenstrauß. Sie wandte sich nicht um, als sie die Tür klappen hörte. Sie erkannte Silenus' Schritt und glaubte auch, seine Art des Türöffnens am Geräusch ausmachen zu können. Es geschah mit einer sonderbaren Selbstverständlichkeit, so, als hätten sie kein Anrecht auf eine Privatsphäre.

Schnaubend drehte sie sich um. Angriff war immer die beste Verteidigung.

»Anklopfen, Silenu«, herrschte sie ihn an, »ist das wirklich etwas, das du nicht in der Lage bist zu lernen?«

Er blickte sie provokativ an: »Störe ich dich etwa beim Blümchenarrangieren? So eine furchtbare Freveltat.«

Sie fühlte all den Ärger in sich aufsteigen, den diese Ariakis-Männer seit Jahren in ihr auslösten, nahm mit einer raschen und kaum nachvollziehbaren Bewegung die schwere Kristallvase in die Hand und schleuderte sie in seine Richtung. Mit einem Gefühl der Befriedigung vernahm sie sein weibisches Kreischen und ließ die anschließende Beschimpfungstirade stoisch über sich ergehen.

»Hast du nicht mehr alle Tassen im Schrank, du Irre?«, brüllte er aufgebracht, und seine Stimme kiekste noch immer. »Ich blute!«

Er senkte die Hand, betrachtete fassungslos den Blutfleck darauf und kickte ein paar Scherben mit dem Fuß weg: »Was soll das, Zenia? Nimmst du etwa deine Medikamente nicht mehr?«

Sie hob eine Augenbraue an und blickte angewidert auf ihren Schwager: »Ich bin dir keine Rechenschaft schuldig. Über gar nichts, und wenn du nicht lernst, meine Privatsphäre zu respektieren, dann bringe ich dir das bei, und wenn es das Letzte ist, was ich tue.«

Er hatte umständlich ein Taschentuch aus der Hosentasche gekramt, presste es nun gegen die winzige Schnittwunde nahe seinem linken Ohr und sah aus wie ein Bulle, der zum Angriff Kraft sammelt. Es fehlte nur noch, dass er begann, mit den Hufen zu scharren. Sie musste bei diesem Gedanken lächeln, und das schien Silenus mehr zu ängstigen als die fliegende Vase, denn er machte rasch zwei Schritte zurück.

»Wenn ich er wäre, würde ich auch vor dir fliehen«, murmelte er, und sie spürte, wie ihr die Galle sauer aus dem Magen aufstieß.

»Der Grat, auf dem du dich bewegst, ist schmal, und das weißt du auch. Was willst du, Silenu?«

»Wo ist er?«, fragte er und sein Ton schwenkte von erschrocken zu entnervt.

»Gewiss bei seinem Flittchen.« Sie biss die Zähne zusammen und konzentrierte sich auf einen unsichtbaren Punkt hinter dem Mann.

»Haben wir ihn jetzt endgültig verloren? Herrgott, Zenia, der Vertrag muss heute unterzeichnet werden, und anstatt ihn im Griff zu haben, haut er wie ein Dieb in der Nacht ab, und du ...« Er zeigte mit seiner freien Hand auf das Chaos um ihn herum. Das Wasser kroch über den Boden, und die langstieligen Rosen hatten sich um ihn herum verteilt, als wollte die Liebe ihm einen Weg zeigen.

Doch hier war keine Liebe, hier war nur ein Haufen kümmerlicher Wesen, die, sowie die Tür aufging, so taten, als wären sie die liebevollsten und glücklichsten Menschen im Universum, und hatten sich ansonsten nichts zu sagen.

Bitterkeit machte sich in ihr breit, sie drehte sich zum Fenster und sah den Horizont, der sich so klar wie selten vom Meer abzeichnete, so, als hätte Gott mit einem Lineal eine Linie gezogen. Trügerisch präsentierte sich dort die Unendlichkeit, doch in Wahrheit war alles vergänglich.

»Ich kann ihn nicht an eine Kette legen, obwohl das eine wirklich gute Idee gewesen wäre, um ihm seine Eskapaden auszutreiben. Doch von diesem Skandal hätten wir uns wahrscheinlich nicht mehr erholt«, sie lachte freudlos auf und ihre Schultern begannen plötzlich unkontrolliert zu zucken, so, als wollten sie einem Weinen oder gar einem hysterischen Anfall Platz machen. Doch diese Genugtuung würde sie Silenus keinesfalls gönnen. Sie biss die Zähne zusammen und kontrollierte ihren Körper, bis sie wie eine Statue dastand. Das hatte sie in den vergangenen fünf Jahren perfektioniert.

So sehr sie Callistus auch hasste, so sehr liebte sie ihn auch, und die Vorstellung, dass er sie gegen dieses Mädchen austauschte, zerfraß ihre Seele und hinterließ an jeder angebissenen Stelle gärende, stinkende Fäulnis. Sie war zu einer Art lebenden Toten geworden, und egal, was immer sie dagegen zu unternehmen versuchte, es half nichts: kein Designerkleid, kein Schmuck, kein Paar Schuhe und auch die Zuwendung des muskelgestählten Bodyguards waren nur für einen kurzen Augenblick ablenkend. Fast hätte sie aufgestöhnt, als ihr die Auseinandersetzung mit Callistus dazu durch den Kopf schoss. Während ihres Disputs hatte er damit angefangen, diese bedeutungslose sexuelle Eskapade mit seiner langjährigen Beziehung zu dieser Frau zu vergleichen.

»Was willst du von mir, Zenia?«, hatte er gesagt, und in der wohlklingenden Stimme des ach so beliebten Stars hatte eine solch klirrende Kälte mitgeschwungen, dass sie sich selbst hatte umarmen müssen, um nicht daran zu erfrieren. Seine Worte waren ihr ins Mark eingedrungen und hatten sich von dort wie eine Krankheit ausgebreitet.

»Du und ich, das bedeutet nichts. Es hat noch nie etwas bedeutet. Du bist nur mein Dompteur, schwingst flirrend die Peitsche, und egal, welchen Schmerz ich empfinde, du zwingst mich erbarmungslos, dazu weiterzutanzen. Jede Narbe auf meiner Seele hast du verursacht.« Voller Scham erinnerte sie sich daran, wie sie ihm die Hand auf die Brust gelegt hatte: »Callistu! Wir, wir sind ein Paar. Ich liebe dich, habe dich immer geliebt, und auch du hast mich aus Liebe geheiratet.« Ihre Stimme hatte so sehr gezittert, dass die Worte verschwommen geklungen hatten. Er hatte abgewunken, sich umgedreht und war mit hängenden Schultern in seinen Bereich des Hauses verschwunden.

»Zenia!«, Silenus' Stimme holte sie aus der Vergangenheit zurück. »Wir müssen ihn finden.«

»Ich kann dir nicht helfen«, sagte sie und hörte, wie er den Atem einsog.

»Du willst es nicht. Du willst alles kaputt machen, bist genauso durchgeknallt wie er. Wenn er den Vertrag heute nicht unterschreibt, wird der Schaden unermesslich sein. Bitte, Zenia«, er verlegte sich nun auf einen flehenden Ton, »hilf mir, ihn dazu zu bringen: der Film als der krönende Abschluss seiner Karriere.«

»Ich. Kann. Dir. Nicht. Helfen.« Sie betonte jedes Wort einzeln, um zu verdeutlichen, dass es ihr ernst war.

»Ihr seid alle vollkommen daneben, bin ich hier der einzig Normale?« Seine Stimme wurde lauter, und sie war versucht, sich die Hände auf die Ohren zu pressen und eine Melodie zu summen, so, wie sie es als Kind getan hatte, wenn ihre Eltern sich stritten.

Warum nicht, dachte sie und hob die Arme, während sich das Gesicht ihres Mannes liebevoll lächelnd vor ihr inneres Auge schob. Sie hörte nicht, dass die Tür ins Schloss fiel, spürte aber, dass Silenus den Raum verlassen hatte. Die Hände hielt sie trotzdem weiter auf die Ohren gepresst, und ohne dass sie es wollte, wurde die Melodie, die sie summte, lauter und ging in Callistus' größten Erfolgssong *Herz in der Strömung* über. Sie ließ es geschehen, obwohl sie wusste, dass er nicht sie damit gemeint hatte. Es brauchte zehnmal mehr Zeit, sich wieder zusammenzusetzen, als zu zerbrechen. Der Schmerz kam wie immer wie eine dunkle Welle über sie, und sie krallte ihre perfekt manikürten Nägel in die empfindliche Haut der Oberschenkelinnenseiten, um ihn davon abzuhalten sie wieder in die Tiefe zu reißen, in der ihre Monster wüteten.

26. Kapitel

Waren Blitz und Donner nicht von jeher Zeichen, um den Menschen zu zeigen, dass es eine höhere Macht gab?

Während sie das Geschirr in die Spülmaschine stellte, sinnierte sie über schicksalhafte Hinweise. Ihr war bewusst, dass etwas geschehen musste, dass sie weitere Entscheidungen zu treffen hatte und dass die Zukunft ihrer Familie in ihren Händen lag. Sie hatte sich die besten Jahre ihres Lebens aufgeopfert, hatte Opfer gebracht, obwohl ihr irgendwie immer klar gewesen war, dass all das, was sie tat, ihr Sehnen nicht erfüllen würde.

In diese Gedanken versunken, einen unbedachten Schritt machend, torkelte sie und konnte sich gerade noch rechtzeitig am Spülbecken festhalten. Ihr Blick fiel auf das Pflaster in der Daumenbeuge, es stand an einer Ecke ein wenig ab. Das würde sie ändern müssen. Die Wunde musste geschützt sein. Obwohl sie das Mati am Handgelenk trug, hatte sie sich nicht rasch genug vor dem bösen Blick in Sicherheit bringen können und eine Verletzung davongetragen, die sich leicht entzündet hatte. Scheinbar hatte es zu lange gedauert, bis sie sie gesäubert hatte. Man musste seinen Körper vor Verunreinigung schützen. Sie nippte an dem Glas, das neben der Spüle stand, und überlegte, ob sie den Finger nicht zur Desinfektion in die Flüssigkeit stecken sollte. Sie zupfte vorsichtig an dem Pflaster, dann hielt sie inne und horchte: War sie auch wirklich allein? Dessen konnte sie sich nie sicher sein, denn eine Privatsphäre gab es für sie irgendwie nicht.

Stille umgab sie, die nur von dem Prasseln des Regens und sich abwechselndem Blitz und Donner durchbrochen wurde. Sie sollte nicht länger herumstehen und nachdenken. Es war wichtig, auf die Familie zu achten und nichts zu akzeptieren, was so frevelhaft war. Diesmal durfte sie sich nicht einfach kleinhalten lassen und fügen. Diesmal musste sie handeln. Rasch holte sie die Jodtinktur aus dem Medizinschrank und verarztete die Wunde aufs Neue. Dann griff sie nach dem Glas, füllte es wieder auf, lehnte sich an den Kühlschrank und wartete auf den Wink des Universums, der ganz gewiss mit dem Gewitter kam.

27. Kapitel

Er hatte unruhig geschlafen. Der Flug war eine Ochsentour gewesen und hatte ihn gestresst: Ein Zwischenstopp in Thessaloniki und ein zweiter in Athen, anders war es nicht möglich gewesen, rasch wieder nach Hause zu kommen. Er hasste das ständige Ein- und Aussteigen und auch, dass er in Thessaloniki genötigt worden war, erneut den Sicherheitscheck über sich ergehen zu lassen. Es war eine private Reise gewesen, aus diesem Grund hatte er keine Polizeimarke dabei, mit der er hätte winken können, und so hatte er sich wie jeder andere Fluggast in die Schlange einreihen müssen. Zudem stand der Dreizehnte bevor, und dieses Datum fürchtete er jeden Monat – und mitten in einer Ermittlung noch mehr als sonst, denn er fiel für vierundzwanzig Stunden komplett aus, war unerreichbar. Nicht, weil er nicht zur Arbeit kommen oder ans Telefon gehen wollte. Er konnte es einfach nicht. Er war wie gelähmt und nicht fähig, klar zu denken. Er hatte gelernt, sich im Vorfeld zu beherrschen und nicht schon am Tag vorher komplett auszuflippen, aber die Ereignisse der vergangenen Tage hatten ihn durchlässiger gemacht, und er spürte den Schrecken der Panik herannahen wie einen eisigen Luftzug. Er ging zu der edelstahlglänzenden Maschine und bereitete sich einen Kaffee zu, um dann mit der Tasse in der Hand auf die Terrasse zu treten. Gott sei Dank hatte sich das Wetter gebessert. Der Himmel war klar und leuchtete in sanftem Blau, zart durchzogen von der Morgenröte. Der Ozean schimmerte spiegelglatt und lockte ihn mit seinen Farbschattierungen von Türkis bis Dunkelblau. Er musste unbedingt schwimmen, das würde ihm guttun und seine Seele reinigen. Er schwamm zu jeder Jahreszeit, Kälte oder Wind konnten ihn nicht abhalten, seine Energietanks wieder aufzuladen, indem er sich dem salzigen Nass überließ. Das Meer war seine Kraftquelle, doch seine Wohnung war sein Refugium. Alle Fenster und die großzügige Terrasse über den Dächern Irakleios gingen zum Meer hin. Er konnte es sehen, wann immer er wollte, und in seine Weite eintauchen. Die komplette Front gegenüber dem Sofa bestand aus Glastüren, die zur Terrasse hinausführten und im Sommer weit aufzuschieben waren. Die Lounge-Möbel, die seinen Außenbereich in der warmen Jahreszeit zierten, waren jetzt abgedeckt. Nur ein einzelner Stuhl und ein kleiner Stahltisch mit geschwungenen Füßen luden zum Verweilen ein. Er setzte sich nicht, sondern trat an die Balustrade und trank, auf das Geländer aufgestützt, nachdenklich das duftende Gebräu.

Sein Kopf summte, und ihm war flau im Magen. Er brauchte etwas Süßes und Penelopes aufmunternde Art, bevor er sich dem Tag im Präsidium stellen konnte.

Nachdem er die Kaffeetasse ordnungsgemäß verstaut hatte, verließ er die Wohnung und ging zu dem nahe gelegenen Parkplatz, auf dem sein Auto stand. In der Innenstadt waren sichere Parkgelegenheiten selten, daher nutzte er keine öffentliche, sondern eine private Fläche. Sein Lieblingsbäcker lag quasi auf dem Weg, und als er die Straße entlangfuhr, fiel sein Blick auf das Aikido Dojo *Aikido Crete*. Er war lange nicht mehr beim Training gewesen und beschloss, seinen Trainer und Namensvetter Ieronimos Pryrgiannakis baldmöglichst anzurufen, um einige Termine zu vereinbaren. Es war wichtig, gut in Form zu sein, denn seine Leidenschaft für leckeres Essen sorgte langsam für einen kleinen Bauchansatz, und das gefiel ihm gar nicht. Ein selbstkritisches Lächeln glitt über sein Gesicht, denn bei diesen Gedanken passte es ja perfekt, in die Bäckerei zu spazieren und sich durch den köstlichen Duft verführen zu lassen: zu Unmengen von Brotsticks mit Karotte, Käse, Sesam und Oregano sowie Tiropita – kleine mit süßem Käse gefüllte Teigtaschen – und zwei aufwendig verzierten Schokocremetörtchen. Der Bäcker, ein Mann mit einladend grüner Aura, drückte ihm wie immer etwas zum Probieren in die Hand: heute ein noch ofenwarmes, nach Zimt duftendes großes Plätzchen, in dem Walnussstücke und Schokoladensplitter Auge und Gaumen verwöhnten. Seufzend vor Glück über die verführerische Köstlichkeit nahm er einen Bissen und schloss genießerisch die Augen. Er wünschte sich, einfach hier stehen zu bleiben, die Gerüche der Bäckerei in sich aufzunehmen, mit dem Mann hinter der Theke zu plaudern, der seine Arbeit mit Liebe und Leidenschaft ausführte, und dabei so viel zu essen, bis er vollgefuttert und müde in sein Bett in einen tiefen und traumlosen Schlaf sinken konnte. Er straffte sich, denn er wusste, dass der herannahende Dreizehnte ihn schon in die tiefe, eisige Dunkelheit hinabzuzerren begann. Doch er konnte das nicht zulassen.

Beladen mit Kaffee und Backwerk fuhr er zum Krankenhaus, um in das lächelnde Gesicht seiner besten Freundin zu schauen. Das würde den Tag leichter werden lassen, und der Fall hatte auch seinen Reiz. Ihm war bewusst, dass in dem Augenblick, in dem sie der Öffentlichkeit bekannt geben würden, dass Callistus tot war – eines nicht natürlichen Todes gestorben, vermutete er –, die Hölle losbrechen würde. Sie mussten daher sehr bedächtig vorgehen. Im Frühjahr hatte ihn sein politisch hochrangiger Cousin Costas von Athen aus *beauftragt*, den Tod dreier Söhne wichtiger Familien aufzuklären. Alle drei homosexuell. Das war schon ein Drahtseilakt der besonderen Art gewesen, denn die Inselbewohner waren nicht aufgeschlossen, lebten in ihrem eigenen von der Kirche beeinflussten und von Mythen geprägten Universum und akzeptierten nur die traditionelle Beziehungsform. Callistus' Tod hingegen war ein Desaster ganz anderer Art.

Er klopfte mit vollen Händen unbeholfen an Penelopes Bürotür und erschrak ein wenig, als diese sofort schwungvoll geöffnet wurde. »Huch«, sagte er und machte automatisch einen Schritt zurück, doch sie packte ihn am Ärmelaufschlag seines Mantels und strahlte ihn an.

»Ich habe so gehofft, dass du genau das machst. Ach, Hyeronimo, wie schön, danke, danke, danke.« Sie tanzte singend um ihn herum, und er wusste sofort, dass sie so gut wie nicht geschlafen hatte.

»Ich bin auch froh, dich zu sehen. Setzen wir uns und frühstücken zusammen? Ich brauche dringend was in den Magen«, meinte er und hielt sich theatralisch die Hand auf den Bauch.

»Hereinspaziert, mein holder Retter.« Sie machte einen Kratzfuß und hielt ihm die Tür auf. »Wir essen, und ich date dich up.«

Er breitete seine Schätze auf ihrem Schreibtisch aus, und es kam ihm vor, als sei eine Ewigkeit vergangen, seit sie das letzte Mal hier gesessen hatten, dabei war es noch nicht einmal eine Woche her.

»Ich erwarte grausige Nachrichten und ein Mordstheater«, er lächelte schief bei diesem Wortspiel, »aber das ist alles nichts gegen die Zeit am Intensivbett meines Vaters und ...« Er ließ den Satz unbeendet ausklingen.

»Essen!«, befahl sie und biss so in das Törtchen, dass die Schokoladenglasur ihr Gesicht verschmierte.

Er griff ebenfalls zu, und eine Weile kauten sie schweigend, nur unterbrochen von genießerischen Lauten. Er kannte sie gut und wusste, dass sie darauf brannte, ihm alles zu erzählen, also nahm er einen großen Schluck Kaffee, wischte sich den Mund mit einer der beiliegenden Papierservietten sauber und sagte: »Schieß los, Pen, was hast du herausgefunden? Du hast doch was herausgefunden, ich kann es an deiner Nasenspitze sehen.«

Sie lächelte spitzbübisch, stopfte sich das letzte Stückchen Kuchen in den Mund und sagte dann: »Er ist tot, keine Frage, und das macht mich wirklich traurig, denn ich mag seine Musik sehr, doch was wäre die schlimmere Variante? Er ist ins Wasser gegangen, oder er ist *gegangen worden*?«

Er wusste, dass das eine rein rhetorische Frage war, doch er antwortete spontan: »Mord wäre schlimmer! Er ist ein Idol für so viele Menschen, und seine Lieder berühren tief im Herzen«, er stockte kurz, »auch ich habe einen Lieblingssong von Callistus.«

Sie hob fragend die Augenbrauen.

»Καρδιά μέσα στο ρεύμα – Herz in der Strömung«, gab er zu und fühlte sich dabei leicht unbehaglich. Seine Hand schnellte nach oben, doch kurz bevor sie das Haar glätten konnte, stoppte er sie und legte sie auf den Schreibtisch. Selbstverständlich hatte die aufmerksame Pathologin es registriert, das erkannte er an ihrem Blick, sie sagte aber nichts. Sie war eine einfühlsame Beraterin, auch wenn sie selten ein Blatt vor den Mund nahm.

Dankbar fuhr er fort: »Wenn ihn jemand getötet hat, wird das einen echten Aufruhr verursachen, denn ein ermordetes Idol ruft ganz sicher selbst ernannte Rächer auf den Plan und natürlich unsere lieben Freunde von der schreibenden Zunft …« Er atmete tief durch, und es hörte sich fast wie ein Seufzen an, als er weitersprach: »Die Augen der Welt sind dann auf uns gerichtet, nicht nur die der *Nea Kriti.* Callistus war sogar in Amerika und hat dort bei einem Benefizkonzert gesungen.«

Je mehr er sagte, umso mehr wurde ihm die Tragweite dieses Todesfalls bewusst, und er wünschte sich von ganzem Herzen, sie würde ihm nun mitteilen, dass sie keine Zeichen für eine Fremdeinwirkung gefunden hatte. Doch mit dem nächsten Satz zerstörte sie seine Hoffnungen.

»Ich gehe davon aus, dass unser Nationalheld ermordet wurde. Er weist Verletzungen am Kopf auf und einige Hämatome am Oberbauch, die wahrscheinlich nicht im Wasser entstanden sind, da die Einblutungen bereits Verfärbungen zeigen, die darauf hindeuten, dass sie älter sind. Aber grundsätzlich kann das Wasser durch unterschiedliche Temperaturbereiche die Einordnung der Verletzungen erschweren. Zudem ist das Lungengewebe nicht durchfeuchtet, und die Lungenflügel weisen keinerlei Aufblähungen auf. Er war definitiv tot, bevor er ins Wasser kam«, erläuterte sie. »Komm mit!« Penelope stand auf und winkte ihm, ihr zu folgen. Sie schaltete die Beleuchtung an der Wand an und zeigte ihm die Bilder der äußeren Leichenschau aus dem CT. »Hier siehst du die alten Verletzungen und hier die Todesursache.«

Ihr Finger blieb an der Stelle stehen, an der sich der Schädel von der Halswirbelsäule gelöst hatte.

»Genickbruch«, stieß er erstaunt aus. »Kann er sich nicht trotzdem selbst getötet haben? Durch Erhängen zum Beispiel?«, fragte er, gab sich dann aber rasch selbst die Antwort. »Dann müsste es Einblutungen im Kehlkopfbereich geben und wahrscheinlich auch ein gebrochenes Zungenbein.«

»Falls du mal einen neuen Job suchst«, sie nickte anerkennend und wies mit einer ausgreifenden Bewegung auf ihre Räumlichkeiten, »ich stelle dich sofort ein! Es gibt keine Einblutungen, die darauf hindeuten, und auch keine Hinweise, dass ihn jemand gepackt hat, um den Bruch durch einen Griff herbeizuführen – oder eine ruckartige Kopfverdrehung, was übrigens in Filmen leichter aussieht, als es in der Realität ist.«

Sie wandte sich ihm zu, schaute ihn kurz fragend an, er nickte leicht, dann legte sie ihre Hände an seinen Kopf, um zu zeigen, wo man den Schädel anfassen musste, um ihn so zu bewegen, dass die Wirbelsäule brechen konnte. »Wir haben es hier mit einer atlantookzipitalen Dislokation zu tun. Dabei wird die Schädelbasis von der Halswirbelsäule getrennt«, sie wies wieder auf das erleuchtete Bild, »schau, die beiden Teile sind hier gegeneinander verschoben, das kommt äußerst selten vor und führt immer zum Tod.«

»Hast du eine Vorstellung, was passiert sein könnte?«, fragte er gespannt.

»Puhh, Hyeronimo, lass uns *Was wäre, wenn* spielen, denn alles andere sind wirklich Mutmaßungen und dann eher dein Job ...«

»Okay«, er hob kurz entschuldigend seine Hände, sah sie dann an und begann einen Gedanken zu spinnen, »was, wenn er bei einem Spaziergang unglücklich gestürzt ist und sofort tot war, bevor er ins Wasser gefallen ist?«

»Mir fehlen dazu Verletzungen wie Abschürfungen von felsigem Gebiet, er wird ja wohl kaum am Strand so stürzen und dann vom Meer einfach reingezogen«, hakte sie ein.

»Er hatte also einen Streit, einen Streit, der auch schon etwas andauerte, aufgrund der älteren Verletzungen. Gehen Stars irgendwohin und prügeln sich?« Er hob kurz fragend die Schultern.

»Eine Art Kneipenschlägerei?«, wollte sie wissen und sagte: »Das hätten wir gewiss in der Presse erfahren.«

»Da hast du wohl recht«, er legte den Kopf nachdenklich zur Seite, »dann bleiben ja nur sein privates Umfeld und ... seine Familie.«

»Ich weiß nicht so recht, soweit ich mich erinnere, ist das doch ein Familienunternehmen: Callistus' Bruder ist sein Manager, seine Schwester macht seine Bühnenoutfits und so und seine Frau das ganze Marketing und die Pressearbeit. Die wären ja schön blöd, denn was fangen sie ohne ihn an?« Sie schüttelte ungläubig den Kopf.

»Stimmt«, sagte er nickend, »was hast du noch für mich?«

»Er war nicht sehr lange im Wasser. Ungefähr sechsunddreißig bis achtundvierzig Stunden. Der Fischfraß ist vorhanden, aber vorwiegend an den Körperteilen, die unbekleidet waren. Seine Bekleidung, vor allem seine Schuhe – es ist noch einer da – sprechen nicht für einen Spaziergang oder gar eine Klettertour. Er trug handgenähte Halbschuhe mit Ledersohle, schwarze Socken, schwarze Hose und ein schwarzes Hemd.«

»Sein typisches Outfit«, warf Hyeronimos ein.

»Nur der blaue Gürtel fehlt, stattdessen hat er einen normalen schwarzen Gürtel getragen«, schaltete sich Penelope ein.

»Hatte er keine Jacke an?« Der Kommissar war bereits ganz in seinem Metier. »Es ist doch kalt und ungemütlich gewesen am Wochenende.«

»Da hast du recht«, bestätigte sie, »er hatte keine Jacke an. Das widerspricht einem Spaziergang ebenfalls.«

»Könnest du irgendwie sagen, wo er ins Wasser kam?«, fragte er und vermied noch alles, was in Richtung einer mörderischen Aktivität ging.

»Das ist schwer zu lokalisieren. Wir können Strömungsberechnungen anstellen und die entsprechenden Experten mit ins Boot holen, aber bei dem Wetter ist das Meer unberechenbar. Das weißt du besser als ich. Diese Berechnungen können etwas bringen, können aber auch vollkommen fehlleiten.« Sie hob entschuldigend die Arme.

Sein Telefon klingelte, er nahm es aus der Jackentasche, blickte darauf und sagte: »Stelios!«

29. Kapitel

Sofia blickte zufrieden auf ihre Hände. Auch wenn nicht alles hundertprozentig nach ihren Vorstellungen verlaufen war, so hatte sie doch Gewissheit erlangt, und das gab ihr, trotz aller Verwicklungen, einen Wissensvorsprung. Und damit hielt sie eben auch die Fäden in der Hand. Wer hätte gedacht, dass dieses unscheinbare Ding einen solchen Fang an Land ziehen konnte? Sie hatte ihr das nicht zugetraut, und auch, wenn sie sich das nur schwer eingestehen konnte, vor allem wenn sie an ihre schmerzende Wunde dachte, so empfand sie beinahe so etwas wie Respekt vor ihrer Tochter, die den Vater ihres Kindes konsequent geheim gehalten hatte. Das Kind war der Schlüssel zu allem, denn er war der legale Nachkomme von Callistus Ariakis. Soweit sie wusste, hatte er aus seiner Ehe keine Kinder, damit wäre ihr Enkel in der Erbfolge ganz vorn mit dabei. Dumm war nur, dass Evangelina sich mit dem Jungen aus dem Staub gemacht hatte. Doch Nereos hatte ihr zugesichert, dass sie bald lammfromm in den Schoß der Familie zurückkehren würde und dann gewiss bereitwillig das Baby zur Verfügung stellen würde. Er hatte geheimnisvoll geklungen, und obwohl ihr das alles nicht schnell genug ging, wollte sie ihm vertrauen. Sie musste sich auf ihn verlassen, denn schließlich hatte sie ihn zu dem gemacht, was er heute war, und er musste sich beweisen, auch ohne dass sie ihm ständig die Hand führte. Sie hatte verdeutlicht, wie wichtig Evangelina für sie in jeder Hinsicht war. Eine willfährige Evangelina, nicht die aufrührerische Messerstecherin! Vor wenigen Tagen erst hatte sie das Bündnis mit Kapetanakis bekräftigt und stand hier im Wort, das war alles kein Spiel.

Sie lehnte sich seufzend zurück und atmete vorsichtig ein. Die Wunde pochte leise und erinnerte sie wieder daran, dass sie Schwäche gezeigt hatte, aber auch daran, dass in ihrer Tochter scheinbar viel mehr steckte, als sie je gedacht hatte. Hatte sie vielleicht auf das falsche Pferd gesetzt?

30. Kapitel

Hyeronimos nahm das Gespräch rasch an: »Guten Morgen, Stelio.«

»Es ist nicht gut, und das weißt du auch«, raunte sein Chef aufgebracht.

»Ja, das weiß ich. Ich stehe gerade mit Penelope vor den Untersuchungsergebnissen und gebe dir daher vollkommen recht«, er blieb ruhig, »das ist wirklich nicht gut. Ich würde sogar nach den ersten Erkenntnissen so weit gehen zu sagen: Das ist richtig schlimm!«

»Entschuldige mein Verhalten«, Mentakis klang noch immer wütend, »ich weiß es sehr zu schätzen, dass du so schnell zurückgekommen bist, aber wir müssen jetzt damit herausrücken, wen wir da gefunden haben, wir können es nicht mehr länger geheim halten. Die Gerüchteküche brodelt schon die unsinnigsten Dinge zusammen: Wir haben da einen Alien aus dem Wasser gezogen und die CIA ist auf dem Weg hierher und so weiter. Gott, es wird einen unfassbaren Aufruhr geben, wenn sie es erfahren, und ich wünschte von Herzen, es wäre ein grünes Marsmännchen. Noch etwas sehr Wichtiges«, er räusperte sich vernehmlich, »mein Wort ist nun nicht mehr bindend. Dr. Demostaki, Penelope soll dich bitte *umfassend* aufklären«, formulierte er rätselhaft und mit sonderbarer Betonung.

»Aha«, sagte Hyeronimos verdutzt, blickte fragend zu seiner Freundin, die nur kurz schief lächelte. Er fasste sich rasch wieder: »Wie gehen wir weiter vor? Familie, Presse? Gibt es eigentlich eine Vermisstenmeldung?«

»Bei uns hier ist nichts dergleichen eingegangen, das will aber nichts heißen. Die haben ganz andere Kontakte, und bis man die örtliche Behörde informiert ...« Sein Chef ließ den Satz unvollendet ausklingen.

»Was soll ich also machen? Gleich von hier aus nach Chania starten und seine Familie informieren? Sind sie aktuell überhaupt hier? Ich habe gehört, die haben einen Privatjet.« Hyeronimos versuchte sein Handeln irgendwie zu strukturieren, um den Todesfall trotz aller Umstände wie jeden anderen Mord in Angriff zu nehmen.

»Nach meinen Recherchen steht der Jet im Hangar, und die Familie ist hier. Wir versuchen, die Presse erst noch herauszuhalten, allerdings habe ich keinen blassen Schimmer, ob nicht irgendwelche Journalisten sowieso vor der Villa kampieren und alles sofort auffliegt, wenn du dort klingelst«, gab Stelios zu bedenken.

»Das müssen wir wohl billigend in Kauf nehmen«, sagte Hyeronimos und versuchte nicht so frustriert zu klingen, wie er sich fühlte. Er hasste die Presse wie der Teufel das Weihwasser.

An Stelios' Tür klopfte es vernehmlich, und Hyeronimos konnte die raue Stimme von Maria, Mentakis' Assistentin hören: »Ich muss aufhören Hyeronimo, bitte melde dich noch einmal, wenn du in Chania bist.«

»Mache ich«, sagte Hyeronimos, doch sein Chef hatte schon aufgelegt.

»Was verschweigt ihr mir?«, wandte er sich nun an Penelope, die sich zu ihm drehte und ihm fest in die Augen schaute.

»Er hatte mich zur Verschwiegenheit verpflichtet, und das konnte und durfte ich nicht brechen. Ich hoffe, du verstehst das!«

Er nickte und bat sie fortzufahren: »Ich werde zuhören und nicht beleidigt sein, weil ihr Geheimnisse vor mir hattet.«

»Er kam am Samstag zu mir nach Hause«, berichtete die Rechtsmedizinerin, und Hyeronimos merkte, wie ihm die Kinnlade herunterklappte, »und bat mich, nach einer jungen Frau zu suchen. Sie und ihr Neugeborenes würden von einer Person vermisst, die keine offizielle Vermisstenanzeige aufgeben könne.« Sie machte eine kunstvolle Pause.

»Ich ahne Schlimmes«, warf er ein und spürte Gänsehaut auf seinen Armen.

»Ein Freund hatte Stelios gebeten, diese Suche sehr diskret zu behandeln, und eben genau dieser Freund liegt nun tot in meinem Kühlschrank«, sie deutete auf die Aufnahmen, schaltete das Licht aus und setzte sich wieder.

»Geht das bitte auch noch etwas genauer«, forderte er sie auf.

»Evangelina Sklaventaki ist der Name der Frau, der nur wenige Tage alte männliche Säugling heißt Teris, und Callistus wollte, dass wir unauffällig nach ihr suchen«, sie schaute ihn unvermindert an, »ich habe mich in den Krankenhäusern umgehört, aber ohne Erfolg.«

»Sklaventakis wie die Supermarktkette?« Er spürte, dass er Kopfschmerzen bekam. Die Geschichte verkomplizierte sich zusehends, falls das noch möglich war.

Penelope nickte: »Genau die! Stelios hat zwar nichts dergleichen gesagt, aber ich mutmaße, dass es sich um Callistus' Geliebte und sein Kind handelt«, sie hob kurz beide Hände, »Vermutungen, die ich durch nichts bestätigen kann, außer durch mein Gefühl. Bitte sei nicht sauer, Hyeronimo.«

Er wiegte bedächtig den Kopf und machte eine typisch kretische Mimik, indem er die Mundwinkel nach unten zog und beide Augenbrauen nach oben, kombiniert mit einem Hmmmm-Laut, der von hoch nach tief wechselte.

»Das ist Integrität, wenn mich der Chef der Polizei um Stillschweigen bittet.« Ihre Stimme bekam nun einen festen Klang und hörte sich nicht mehr bittend an.

»Du hast recht«, gab er zu, »wenn du das nicht beherzigst, zerstört das sein Vertrauen in dich.« Er schwieg, und die Stille türmte sich zwischen ihnen wie eine Mauer auf. Freundschaften waren für ihn noch immer kompliziert, und er wollte sich nicht von dem Gefühl, wieder einmal außen vor geblieben zu sein, herunterziehen lassen. Er räusperte sich und zerschlug die Barrikade: »Ich hätte wahrscheinlich genauso gehandelt, Pen. Lass uns schauen, ob das etwas mit Callistus' gewaltsamem Tod zu tun oder ob es sich nur zufällig zur gleichen Zeit abgespielt hat.«

Der Refrain

28. Kapitel

Es war dunkel, und sie spürte Kälte an ihren Armen hochkrabbeln und wie sich die feinen Härchen dort aufstellten. Sie fürchtete sich sehr, und ihr Herz klopfte wild in ihrer Brust, sodass sie sich an ihren gerade verblassenden Traum klammerte und ihn nicht gehen lassen wollte: Ihr offenes Haar schwebte im Wind hinter ihr her, während sie fröhlich lachend den lang gezogenen Strand entlangrannte. Das Wasser schimmerte türkisfarben, und der Sand war fein und weiß. Ihre Füße hinterließen leichte Abdrücke darin. Sie hörte ihren Mann und ihr Kind lachend ihren Namen rufen und drehte sich kurz um, um die beiden mit Wasser zu bespritzen.

Doch plötzlich war sie allein und der Himmel nicht mehr blau, sondern dunkelgrau, fast schwarz. Die Wolken hingen bis ins Wasser des Ozeans und färbten es so trüb, dass es aussah, als könnten die Monster der Unterwelt ihm jederzeit entsteigen.

Panik stieg in ihr auf, ihr Atem ging schneller, und ihr wurde schwindelig: Was war mit ihr los? Wo waren die beiden geblieben? Ängstlich begann sie den Strand abzusuchen, hielt nach Fußspuren Ausschau, doch es war nichts mehr zu sehen. Das Meer überspülte den Sand mit besitzergreifenden Wellen, die alles mitnahmen und auch nach ihr zu greifen schienen. Plötzlich war da gähnende Leere, und Kohlschwärze umgab sie, sie hielt den Atem an, um zu lauschen. Ein winziges Geräusch erregte ihre Aufmerksamkeit, wie ein kratzendes Schaben. Was war das? Ein Tier? Eine Kakerlake? Sie hasste die schwarzen Viecher, die aussahen, als kämen sie aus einem anderen Universum, wie Aliens, die einfach nichts töten konnte. Sie machte sich automatisch kleiner und spürte den Boden unter ihr, der hart und steinig war. Wie konnte sie sich in dieser Dunkelheit in Sicherheit bringen?

Langsam versuchte sie sich rutschend von dem Geräusch zu entfernen. Als sie die Hand aufsetzte, berührte sie etwas Weiches und erschrak so sehr, dass ihrer Kehle ein gurgelnd schriller Schrei entfloh.

Dieser Laut holte sie vollends aus dem nachklingenden Traum, und plötzlich wusste sie wieder, was geschehen war.

29. Kapitel

Er hatte sich von Penelope verabschiedet und ihr mehrfach versichert, dass alles okay sei, doch auf dem Weg zum Auto hatte er seine Hand in der Hosentasche quasi fixieren müssen, damit sie nicht dauernd im Haar landete. Je mehr ihn etwas bewegte, umso weniger konnte er diese Angewohnheit kontrollieren. Er verstand sowohl Stelios als auch Penelope, und doch war der Nachgeschmack ein wenig schal. Er katapultierte ihn wohl in seine Kindheit zurück, in der er als Sonderling übersehen und ausgegrenzt worden war – das war ihm kognitiv sehr wohl bewusst. Doch emotional war es eben nicht so leicht, sich zu regulieren. Er atmete tief ein und aus, stieg in den Wagen und befahl der Hand, sich mit Lenkrad und Schaltung zu befassen, was zu seinem Erstaunen sogar recht gut gelang. Er lenkte seine Konzentration auf das aktuelle Geschehen. Ihm war vollkommen bewusst, dass er sehr vorsichtig vorgehen musste, und erneut wunderte er sich, dass niemand Callistus zu vermissen schien.

Er öffnete das Fenster einen kleinen Spalt, um die nun wieder milde Luft hereinzulassen.

Kurze Zeit später war er auf der Nationalstraße unterwegs nach Chania. Zu schade, dass er nicht bei Giannis würde essen können. Solange sie die Identität des Opfers nicht offiziell bekannt gaben, war es ihm nicht möglich, zu dem gesprächigen Gastwirt zu gehen, denn Hyeronimos wollte ihn nicht anlügen.

Zwei Stunden Fahrt lagen vor ihm, er tippte die Nummer seines Assistenten Zacharis Zentakis an und lauschte auf den Rufton, der kaum einmal erschallte. »Ch'f?!«, sagte der Mann, und es klang wie Ausruf und Frage gleichzeitig, während er jede sonstige Floskel heute einfach wegließ.

»Guten Morgen, Zachari«, sagte er bewusst freundlich, er würde zwar niemals die Plakette *Führungskraft des Jahres* bekommen, aber es war ihm durchaus möglich, höflich zu sein, »bist du alleine?«

Sein Mitarbeiter verneinte, da er sich das Büro mit dem Assistenten von Christos teilte.

»Kannst du bitte in mein Büro gehen, Maria hat den Schlüssel, und mich von dort anrufen«, bat er und hoffte, dass seine Stimme auch so klang.

»Ja«, antwortete Zacharis wortkarg, und das Gespräch war beendet.

Hyeronimos war kaum erstaunt von diesem Verhalten, denn er hatte ja keine weitere Anforderung formuliert, und Zacharis mit einer Aura, die von einem so ausgewaschenen Blau war, dass sie fast farblos erschien, war für seine Denkprozesse, geprägt von klarer Logik, geradezu berühmt. Er ging absolut sachlich vor, und das Blau passte zu ihm. Egal, wie Hyeronimos zu ihm stand, Zacharis recherchierte wie eine Maschine, daher war er unverzichtbar für ihn. Er hatte damals auch keine Wahl, Stelios hatte ihm mitgeteilt, dass der Status eines Kapetan einen Mitarbeiter rechtfertigte und dass er von Hyeronimos erwartete, sich als Führungskraft zu beweisen.

Das Klingeln seines Mobilgeräts riss ihn aus seinen Gedanken, kurz schauerte es ihn, als er daran dachte, dass der Mann mit dem kräftigen Körperbau und dieser wunderlichen Frisur – er kämmte sich das wenige Haar über den kahlen Kopf – nun an seinem Schreibtisch saß. Nein, das würde Zacharis nicht tun, er kannte seinen Chef und würde sich hüten, dessen Ordnung auch nur ein My durcheinanderzubringen. Zu legendär war die Geschichte, als er nach der Aktion einer Putzfrau eine Panikattacke bekommen und

Christos, einen Herzinfarkt vermutend, den Notarzt gerufen hatte. Seitdem war das Verhältnis zu dem Kollegen, der ebenfalls als Kapetan in der Mordermittlung tätig war, mehr als angespannt. Der aggressive Schlagabtausch, der einige Monate nach dem Zwischenfall stattgefunden hatte, hatte Christos eine herbe Rüge von Stelios eingebracht, der es schier nicht fassen konnte, dass sich seine beiden Kommissare auf dem Flur der Mordkommission prügelten.

»Zachari«, nahm er das Gespräch an, und der Mann nuschelte etwas, das wie ein »Ja« klang.

»Bist du informiert über den aktuellen Fall?«, fragte er wohl wissend, dass sein Mitarbeiter ganz sicher nicht alle Informationen hatte.

»D'r Tote a'sm Meer«, murmelte Zacharis und gab sich ganz offensichtlich Mühe, verständlich zu klingen.

»Ja«, bestätigte Hyeronimos, »der Tote aus Chania. Dr. Demostaki hat Zeichen für Fremdeinwirkung gefunden, und damit ist von einem Verbrechen auszugehen.«

Er blieb bewusst vage, denn zu diesem Zeitpunkt konnte niemand sagen, ob von vorsätzlichem Mord, Totschlag im Affekt oder was auch immer auszugehen war.

»Es ist eine sehr heikle Geschichte, Zachari, und ich muss dich bitten, diskret damit umzugehen. Zum jetzigen Zeitpunkt darf wirklich niemand etwas von dem erfahren, was du tust! Verstanden?«, wollte er wissen, obwohl ihm klar war, dass sein Mitarbeiter absolut loyal war und ihm diese Frage in den falschen Hals geraten konnte.

Sogleich meldete sich Zacharis mit Empörung in der Stimme und einer absolut klaren Aussprache: »Selbstverständlich habe ich das begriffen und werde mein Wissen nicht preisgeben, sondern schützen.«

Hyeronimos unterdrückte einen Seufzer, er hatte geahnt, dass der Schuss nach hinten losgehen würde, und versuchte sich nun in Schadensbegrenzung: »Ich vertraue dir und wollte durch meine Aussage nur verdeutlichen, wie heikel dieser Fall ist, denn der Tote ist Callistus.« Er hörte, wie Zacharis einen spitzen Schrei ausstieß, diesen aber sofort unterband, und dann kam nichts mehr. »Zachari?«, fragte er und hoffte, dass seine Stimme nicht zu genervt klang. »Hallo?«

»C'll'st's?«, brabbelte der Mann unverständlicher denn je, und Hyeronimos beschloss, ihm noch einen Augenblick Zeit zu lassen. Der sonst so beherrschte, emotionslos erscheinende Kerl atmete laut und hektisch. Hyeronimos hatte nicht damit gerechnet, mit einem Fan zu sprechen.

»Er 's tot?«, vergewisserte sich der Mann erneut, und Hyeronimos bestätigte dies.

»Ich bin auf dem Weg nach Chania, um mit der Familie zu sprechen. Bitte suche alles heraus, was du über die Ariakis-Familie finden kannst. Schließe keine Quelle aus, egal, wie absurd sie auch sein mag, denn wir wissen, dass sich in fast jeder Information ein Quäntchen Wahrheit befindet«, erläuterte Hyeronimos seinen Auftrag. »Auch Berichte, die Callistus nur streifen, können wichtig sein. Du kannst in meinem Büro auf dem Whiteboard auch eine Visualisierung beginnen, damit wir den Überblick behalten.«

»In Ordn'g, Chef!«

»Und Zachari«, fügte der Kommissar hinzu, »da ist noch etwas, das du wissen solltest: Callistus hatte eine Geliebte und einen unehelichen Sohn. Er hat sich am Wochenende an Stelios gewandt, da er sie nicht mehr erreichen konnte, und um diskrete Unterstützung gebeten, um herauszufinden, ob ihr etwas geschehen ist. Auch hier müssen wir äußerst vorsichtig agieren, denn es handelt sich um Evangelina Sklaventaki.«

Zacharis stöhnte erneut auf, und nun brach es aus ihm heraus: »Callistus ist verheiratet! Er liebt seine Frau. Das ist unmöglich!«

Hyeronimos nahm vollkommen erstaunt wahr, dass alle Wörter komplett verständlich waren: »Es tut mir wirklich leid, dass dich das so aufregt, doch wir müssen unsere Arbeit machen und unsere Gefühle in den Hintergrund stellen.« Er nutzte sein Wissen über Menschen mit blauer Aura, deren Persönlichkeit auf Ordnung und Stabilität ausgerichtet war: »Ich brauche deine logische und sorgfältige Herangehensweise. Ich weiß, dass das deine Moralvorstellung torpediert, doch deine präzise Vernunft ist gerade jetzt von außerordentlicher Wichtigkeit. Versuche alles, was nur möglich ist, über die junge Frau, den männlichen Säugling Teris und die Familie Sklaventakis herauszufinden.«

Die sanft geschwungene Bucht von Bali glitt an ihm vorbei und die Sonne zauberte ein beeindruckendes Farbenspiel auf das Wasser. Vielleicht konnte er auf dem Rückweg in einer der kleinen Buchten hier schwimmen gehen.

Zacharis machte mehrere Anläufe: »Ch'f ...Ch' ... Chef, du k'nnst d'ch auf m'ch verlass'n.«

Dann beendete er das Gespräch ohne Gruß, und Hyeronimos war einen Moment lang versucht, dieses Verhalten zu rügen, doch dann besann er sich und akzeptierte, dass Zacharis unter Schock stand. Er fluchte laut und anhaltend mit den grässlichsten Begriffen, die ihm in den Sinn kamen. Das tat er sonst nie, doch jetzt war es geradezu befreiend.

30. Kapitel

Ihre Hände waren konzentriert, doch ihr Geist war fahrig. Immer wieder glitten ihre Gedanken davon, riefen die unterschiedlichsten Bilder ab: Wie er sich zu ihr beugte, sein Blick in den ihren eintauchte. Wie seine Hand ihr Haar berührte, und ihr Atem sich beschleunigte. Hier ging es nicht um zwei Körper, die Unsägliches miteinander trieben. Hier ging es um so viel mehr. Tiefe Verbundenheit zwischen zwei Wesen, die mehr Nähe nicht herstellen konnten. Haut an Haut, ohne klebrig und schweißig zu sein, ohne die rasch verblühenden Blüten der Lust. Nichts davon war ihr je wichtig gewesen. Die Pinzette legte geübt Schnipsel an Schnipsel, es war wie ein Puzzle, das sie mit traumsicherer Geübtheit zusammenfügen konnte, denn am Ende war es immer *er.* Sie konzentrierte sich auf die Farbe seiner Augen, denn diese war außergewöhnlich, und sie wollte das Gesamtbild nicht zerstören, weil die Nuancen nicht passten. Vorsichtig legte sie das Werkzeug beiseite und nahm die kleine, spitze Schere zur Hand, um aus dem ganz besonderen Stoff kleine Stücke zu schneiden. Später würde dieses Kunstwerk sich zu den anderen reihen und eine Art Krönung *seiner* Wand sein. Sie hatte das Haus nur wegen dieser Wand gekauft: Zwei Meter sechzig hoch und fensterlos war sie fast sieben Meter lang und hatte eine immense Fläche, die ihr die Möglichkeit bot, sich auszutoben. Sie hatte mit großen Formaten begonnen, doch dann rasch registriert, dass sie so schnell die Kapazitäten der weiß gekalkten Mauer erreichen würde. Mit der Zeit waren ihre Arbeiten immer filigraner geworden –

bis hin zu Miniaturmeisterwerken. Sie nahm eine Zeitschrift, um einen neuen Papierschnipsel zu erstellen, den sie dann als Teil einer Augenbraue einfügte. Tief über die Collage gebeugt, kam das Ergebnis noch nicht zum Vorschein, denn es musste mit Abstand betrachtet werden. Es kam immer auf den richtigen Abstand an, nicht zu nah und nicht zu fern. Das war auch das Geheimrezept für eine gute Beziehung, und weil sie dies nicht nur wusste, sondern auch beherzigte, waren sie einander so tief verbunden. Ein Seufzer wollte ihren Lippen entfliehen, doch sie stoppte ihn rasch, bevor ihr Atem das Kunstwerk beschädigen konnte. Behutsam drückte sie die frischen Papierstücke mit dem kleinen Holzspatel in den Kleber, um sie zu fixieren. Es fehlten nur noch wenige Fragmente, dann wäre es vollendet.

Glück durchströmte sie, denn er gehörte ihr ganz allein. Für immer. Ihre Zungenspitze zwischen die Zähne geklemmt, entschied sie sich für das letzte Teil und legte dann die Pinzette und den Spatel beiseite. Das Werk musste erst trocknen, bevor sie den Lack auftrug, der es für die Ewigkeit präparierte. So wie ihre Beziehung für die Ewigkeit gemacht war, war auch ihre Raritätensammlung darauf ausgelegt, bis in alle Zeiten zu existieren und auch die Nachwelt über ihre Liebe aufzuklären. So wie all jene Bücher Lobgesänge über Romeo und Julia sangen, so würden die Geschichtsschreiber auch über ihre außergewöhnliche Liebe Geschichten verfassen. Sie erhob sich, um einen Blick auf ihren neuen Schatz zu werfen und spürte, wie sich Entzücken und Ergriffenheit in ihr breitmachten. Es war ein Wunderwerk. Seine Augen blickten sie voller Liebe an, und das war das Einzige, was alle Werke ausdrückten: seine Liebe zu ihr.

31. Kapitel

Aus dem Radio klang Nikos Vertis, und Hyeronimos summte die eingängige Melodie von *An Eisai Ena Asteri* mit. Obwohl er dauernd fürchtete, dass der Sender als Nächstes einen Callistus-Song spielen würde, hatte er sich entschieden, die Fahrt mit Musik zu genießen und es darauf ankommen zu lassen. Auf gewisse Weise auch, weil er seine eigene Reaktion beobachten wollte: Was würde es in ihm auslösen, wenn er ein Lied des Künstlers hörte, wohl wissend, dass dieser es nie wieder würde singen können?

Er war zwar kein Fan im üblichen Sinne, aber eben einer der vielen, die den Sänger gemocht hatten. Er hatte sich mehr als einmal vorgestellt, jenen magischen Moment am Ende eines Konzertes live zu erleben, den er bisher nur aus dem Fernseher kannte: wenn sich Callistus allein mit der Gitarre auf der Bühne befand und seinen Lieblingssong *Herz in der Strömung* performte. In seiner Fantasie stand er eng umschlungen mit Kassia im Publikum, hielt sie umfangen, während die Sterne über ihnen leuchteten und das Publikum den dunklen Zuschauerraum in zartbuntes Leuchten hüllte, denn scheinbar wurden am Eingang genau zu diesem Zweck Knicklichter an die Menschen verteilt. Wenn die Kamera über dieses Schauspiel flog, sah es einfach nur magisch aus.

Er seufzte schwer und konzentrierte sich wieder auf die Landschaft, die an ihm vorbeiflog. Er hatte die Zeit genutzt und kurz mit seiner Großmutter telefoniert, sie mochte das Telefon nicht besonders, vielleicht auch, weil sie nicht mehr so gut hörte, dies aber niemals zugeben würde. Da sie immer besorgt war, dass er nicht genügend aß, würde er so bald wie möglich zu ihr fahren und sich verwöhnen lassen. Sie hatte ihm ihre legendären frittierten Kartoffeln versprochen, und er seufzte, als er daran dachte, dass er sich diese Speise erst würde hart verdienen müssen. Nur noch wenige Kilometer trennten ihn von Chania, daher rief er nun Stelios an.

»Bist du da?« Stelios war wohl noch immer nicht besser gelaunt, denn er kam erneut übergangslos zum Thema. »Ich kann die Informationen nicht mehr lange zurückhalten. Die in Athen werden mir sowieso die Arme und Beine ausreißen, weil wir nicht mit der Wahrheit herausgerückt sind. Gott, ich brauche dringend Urlaub auf einer einsamen Insel ohne Strom und Telefonnetz.«

»Ich passiere gerade die Stadtgrenze. Sind die GPS-Daten, die du mir geschickt hast, genau? Oder falle ich schon auf, weil ich Ausschau haltend durch die Straßen gurke?« Er hoffte, dass sein Chef die Frage nicht falsch verstand, denn Stelios Reizschwelle schien wirklich niedrig zu sein. So kannte er den Mann nicht. Daher fügte er rasch an. »Zacharis ist in meinem Büro mit den Hintergrundrecherchen beschäftigt, und«, er schluckte schwer, »ich kann die Pressekonferenz übernehmen, wenn dir das hilft.«

Mentakis schwieg einen Moment: »Das ist nobel von dir, Hyeronimo, aber das muss ich tatsächlich selbst machen. Ich habe entschieden zu warten, bis du zurück bist, und dann den Zeitraum erneut verlängert, bis die Familie informiert ist. Ich sollte daher auch die Entrüstung und die Schelte einstecken. Kluger Schachzug, Zacharis in deinem Büro arbeiten zu lassen«, fügte er noch hinzu, und seine Stimme klang etwas ruhiger.

»Ich würde es als uneigennützig bezeichnen, aber ich weiß, wie andere im Präsidium das interpretieren werden«, sagte Hyeronimos offen.

»Auch das ist meine Sache«, stellte Stelios fest, »schließlich ist das kein Alleingang. Du handelst auf meine Anweisung.«

»Machen wir das auf unsere Weise mit der Presse, oder soll ich seine Frau, also die Witwe, dazu um Rat bitten?«, vergewisserte sich der Kommissar. »Sie macht ja PR und Marketing für ihn.«

»Wir müssen das auf unsere Weise erledigen, frag aber trotzdem. Ich denke, das wirkt sich positiv auf das Verhältnis zu dir aus, und wir brauchen deren Kooperation.«

»Stelio«, Hyeronimos räusperte sich kurz, bevor er die Frage stellte, die ihm auf der Zunge brannte, »wie gut kanntest du Callistus?«

»Wir waren Freunde, als wir noch klein waren. Wirklich klein, Vorschulalter. Dann haben wir uns aus den Augen verloren und erst wiedergesehen, als er eine Berühmtheit war. Der Kontakt war mehr als lose. Er ist«, er räusperte sich, trotzdem klang seine Stimme gepresst, als es fortfuhr, »war ein weltberühmter Star und ich ein Beamter. Als er sich bei mir gemeldet hat, war ich mehr als überrascht, denn ich hätte nicht geglaubt, dass er sich an meinen Namen erinnert. Wahrscheinlich hat er den gegoogelt«, fügte er trocken hinzu.

»Wie behandeln wir die Informationen über die Ge... die junge Frau?«, wollte Hyeronimos wissen.

»Das ist eine gute Frage, Hyeronimo. Eins nach dem anderen, würde ich vorschlagen.« Mentakis hatte sich nun wieder im Griff und klang beherrscht wie immer.

»Zacharis recherchiert auch über sie«, fügte der Ermittler an.

»Sehr gut«, lobte Stelios, »jede Information, die Zentakis finden kann, ist ein Schritt in die richtige Richtung.«

»Sie haben ihr Ziel erreicht«, blökte das Navigationssystem in diesem Moment.

»Puhh«, Hyeronimos atmete vernehmlich, »ich mache mich dann mal auf in die Höhle der Löwen oder wie auch immer ich das nennen soll.«

Er lenkte den Wagen auf ein Flügeltor zu und war sich sehr sicher, hier am richtigen Ort zu sein. »Kannst du Zacharis bitten, folgende Kennzeichen zu überprüfen«, er gab rasch die Buchstaben- und Zahlenkombinationen der drei Autos durch, die in der Nähe des Anwesens parkten, »sicher ist sicher. Ich kann mir nicht vorstellen, dass nicht mindestens eines davon einem dieser Aasfresser gehört.«

Er verabscheute die Presse wirklich sehr und machte Stelios gegenüber nie einen Hehl daraus. Sein Chef war der Ansicht, dass er diese Gefühlslage auch der Presse gegenüber nicht gut genug verschleierte, obwohl Hyeronimos fest davon überzeugt war, sich dabei im Griff zu haben.

»Bitte ruf mich sofort an, wenn du fertig bist«, bat Stelios mit Nachdruck in der Stimme.

»Selbstverständlich, Chef«, sagte Hyeronimos, und sie beendeten das Telefonat. Er entdeckte die Klingel an der Mauer, über der eine Kamera hing. Langsam lenkte er das Auto so nah heran, dass er den Arm aus dem Fenster strecken konnte, ohne den Kopf sichtbar werden zu lassen. Sein Pkw war unauffällig, und nicht jeder Pressegeier kannte sein Kennzeichen auswendig. Seine Chancen, unerkannt in das Grundstück zu gelangen, standen also gut. Er hatte seinen Polizeiausweis gezückt und hielt ihn so, dass die Kamera, die nun leise zu surren begann, ihn erfassen konnte. Die Flügel des Tors schwangen langsam auf, und er steuerte den Wagen bedächtig hindurch.

32. Kapitel

Penelope saß an ihrem Schreibtisch und kaute unschlüssig auf dem Ende eines Bleistifts. Die holzigen Stückchen, die dabei auf ihrer Zunge landeten, waren weder lecker noch angenehm, doch sie war so in Gedanken versunken, dass sie es nicht bemerkte. Ein Todesfall dieser Art übertraf alles, was sie bisher in ihrer Dienstzeit erlebt hatte, und sie sah ihre Chancen, nach Paris zu fliegen, schwinden. Hyeronimos würde sie hier brauchen, gleichzeitig musste sie aber auch an sich denken. Es war nicht Teil ihrer Aufgabe, zu ermitteln, wie es zu der Ursprungstat gekommen war, sie war nur dafür da, herauszufinden, was der Körper eines Toten erzählte. Sie musste unbedingt den Kollegen aus Chania herholen, damit er ihre Untersuchungsergebnisse bestätigte. Da sie keine Assistenzärzte hatte, brauchte sie einen anderen Rechtsmediziner für diese Formalität. Leider durfte eine Sektionsassistentin diesen Job nicht übernehmen, obwohl Giorgia ganz sicher geeignet war. Die junge Frau hatte ein waches, aufmerksames Auge und hohe Fachkompetenz.

Stelios Mentakis hatte darum gebeten, mit dem Anruf zu warten, bis Hyeronimos die Familie informiert hatte. Er hatte zugesichert, ihr die Zeit zu geben, die der Mann von Chania bis Irakleio brauchen würde, bevor er die Pressekonferenz ansetzte. Er tat ihr wirklich leid, denn wahrscheinlich würde selbst der Tod des Präsidenten nicht für so einen Aufruhr sorgen wie der Tod des Nationalhelden und Idols vieler Griechen.

Das Mädchen ging ihr zusätzlich nicht aus dem Kopf. Es war doch sonderbar, dass Callistus seine Geliebte und sein Kind vermisste und kurz darauf starb. Nur drei Personen hatten zum Zeitpunkt seines Todes davon gewusst, zumindest hatte Stelios es so formuliert. Zwei davon gehörten zu den Ermittlungsbehörden, und einer war tot. Hatte das Verschwinden der Unternehmertochter etwas damit zu tun, und wenn ja, was? Ihre Neugier flammte erneut auf. Am Wochenende war ihr Interesse ein wenig mit Sensationsgier gepaart gewesen, das musste sie zugeben, doch nun lagen die Dinge anders. Wo war Evangelina Sklaventaki? Sie nahm den Stift aus dem Mund und betrachtete ihn konsterniert, legte ihn beiseite und zog die Tastatur ihres PCs zu sich. Erst einmal galt es, mehr über die Familie zu erfahren. Sicher hatte Hyeronimos auch Zacharis Zentakis darauf angesetzt, und der Sonderling war ein Genie bei der Informationsbeschaffung. Sie vermutete jedoch, dass er ein Alien oder eine Art Vampir war, denn seine unnatürlich blassgraue Haut war für einen Kriti schon sehr außergewöhnlich. Vier Augen sahen aber gewiss mehr als zwei, und selbst wenn sie nichts anderes oder Neues herausfand, so waren sie dann doch ohne langes Hin und Her auf demselben Stand.

Die Suchmaske zeigte mehrere Tausend Einträge. Der Name war zwar nicht einer jener üblichen Nachnamen auf der Insel, aber eben doch öfter vertreten, und viele Einträge bezogen sich auf Angebote aus dem Supermarkt, aber auch auf einen Nereos Sklaventakis. Rasch fand sie heraus, dass es sich dabei um den Bruder der Verschwundenen handelte. Kurz hielt sie inne: Vielleicht war die Frau nicht verschwunden, sondern hatte tatsächlich einfach keine Lust gehabt, mit ihrem verheirateten Lover zu sprechen, schließlich hatte sie ein Neugeborenes zu versorgen und keinen Vater zur Hand. Penelope konnte sich farbenfroh ausmalen, wie die hormonellen Schwankungen nach einer Geburt Einfluss auf das Verhalten einer frischgebackenen Mutter nahmen. Nicht selten hörte man sogar von Wochenbettdepressionen. Was, wenn es sich um so etwas handelte und Callistus einfach nur die Pferde scheu gemacht hatte, weil das Mädchen mal nicht erreichbar gewesen war? Gleichzeitig waren sie aber wohl schon viele Jahre ein heimliches Paar, und er kannte seine Herzensdame, darauf hatte er auch auf Stelios' Insistieren hin massiv bestanden. Sie wandte sich wieder den Suchergebnissen zu und las darüber, dass die bekannte Supermarktkette von Nereos und Sofia, Mutter der beiden, geführt wurde und Nereos zudem ein aufsteigender Stern am politischen Himmel der Insel war. Na, dann kam ihnen eine Affäre seiner Schwester mit einem verheirateten Promi sicher gerade recht. Aber vielleicht hatte sie den Vater auch geheim gehalten, und die Familie wusste gar nicht, um wen es sich handelte. In der Presse hatte man nie etwas dieser Art über Callistus gefunden. Doch auch ohne dieses Wissen waren eine Affäre und ein uneheliches Kind für die konservativen Strömungen schon Freveltat genug.

Sie klickte sich durch weitere Links und fand endlich auch ein Bild der jungen Frau. Sie war durchaus attraktiv, doch dass ein Superstar wegen ihr dermaßen ausflippte, konnte nur bedeuten, dass er sie wirklich liebte. Ihre Augen standen etwas eng zusammen, ihr Gesicht war glatt, und das lange Haar fiel ihr glänzend über den Rücken. Sie war ausgesprochen zierlich, und Penelope fragte sich, wie Evangelina es geschafft hatte, den Sänger auf sich aufmerksam zu machen. Es schien ihr fast unmöglich, dass ein solches Mädchen aus der Menge der Fans herausstechen konnte. Sie blickte vom Bildschirm auf und schalt sich selbst: Was waren das für sonderbar wertende Gedanken? Jeder Mensch hatte etwas, das ihn liebenswert und außergewöhnlich machte. Vielleicht hatte ein Mann wie Callistus, der ständig von bildschönen Frauen umgeben war, genau das gesucht. Oder es gar, ohne zu suchen, gefunden. Wer war sie, dass sie über die Liebe zweier Menschen urteilte? Es war sicher nicht leicht, so berühmt zu sein. Sie fuhr sich durch das dichte, schwarze Haar und kämmte es mit den Fingern zur Seite. Gedankenverloren begann sie einen Zopf zu flechten, während sie über ein Leben in der Öffentlichkeit nachdachte und überlegte, wie die beiden es wohl geschafft hatten, sich regelmäßig zu treffen, ohne dass die Journalisten davon Wind bekommen hatten. Hatte ihnen jemand dabei geholfen? Anders konnte es doch gar nicht sein, denn Callistus war auf der Insel so bekannt wie ein Wahrzeichen. Jemand, der ihm oder ihr nahestand, musste ihnen geholfen und ihre Beziehung geschützt haben. Diese Person galt es zu finden, denn vielleicht würde Evangelina, so sie denn wirklich verschwunden war, dort Zuflucht gefunden haben. Nein, sie schüttelte den Kopf, das war nicht durchdacht, denn die Person wäre ihrer beider Vertraute, und damit hätte Callistus gewusst, wo er Mutter und Kind suchen konnte. Das war alles sehr verzwickt, also scrollte sie weiter durch die Einträge, um die Zeit totzuschlagen – und in der Hoffnung, dass sie bald die Katze aus dem Sack lassen konnten.

33. Kapitel

War das donnernde Geräusch Regen? Sie hatte die Orientierung in der Dunkelheit des Raumes verloren. Langsam tastete sie mit den Händen die steinige Wand entlang. Auch der Boden bestand aus Steinen, hier waren sie jedoch eher lose verlegt. Der Mörtel an den Wänden war weich und bröselig, sie konnten ihn mit den Fingern herauskratzen, und er rieselte klumpig herunter. Vielleicht war das die Lösung? Ihre Augen versuchten in der Finsternis etwas zu erkennen, denn normalerweise gewöhnte man sich doch an die Schwärze und konnte zumindest Umrisse wahrnehmen oder erahnen, doch dem war nicht so. Sie wollte weinen, aber ihr Körper war nicht bereit, auch nur einen Tropfen Flüssigkeit herzugeben. Sie hatte versucht aufzustehen, doch die Decke war so niedrig, dass sie nicht stehen konnte. Ihr Instinkt befahl ihr, sich selbst in den Hintergrund zu stellen. Sie war nicht wichtig, und doch schrie alles in ihr nach dem Leben. Sie wollte leben.

Die Verzweiflung bäumte sich in ihr auf, überflutete sie und nahm ihr, zusammen mit dem Durst, der sie plagte, und dem Hunger, der in ihrem Magen nagte, die letzten Kraftreserven. Hilflosigkeit überschwemmte sie, und sie fokussierte sich auf ihre Rolle. Noch während sie jenen Gedanken folgte, hörte sie ein pochendes Gluckern, und im nächsten Moment wurden ihre Füße nass. Panisch rutschte sie zurück, und ein markerschütternd schriller Schrei füllte die Düsternis.

34. Kapitel

Hinter dem Tor erwartete ihn ein massiger Mann mit breitem Kreuz und Oberarmen, die dem Umfang von Hyeronimos' Beinen entsprachen. Der Bodyguard, ganz klischeehaft mit Knopf im Ohr und kahlem Schädel, trat an seinen Wagen, beäugte den Ausweis noch einmal genauer und fragte: »Haben Sie einen Termin?«

Hyeronimos verneinte: »Ich habe keinen, doch mein Besuch ist dringlicher Natur und unaufschiebbar. Ich muss Frau Zenia Ariaki und Herrn Silenus Ariakis unverzüglich sprechen.«

»Einen Augenblick, Kommissar«, der Mann beugte sich erneut hinab zu dem Ausweis, »Galavaki. Ich kenne Ihren Namen. Was macht die Polizei von Irakleio hier?«

Der Aufpasser hatte seine Hausaufgaben gemacht, und Hyeronimos schaute ihm kurz in die Augen, bevor er mit harter Stimme sagte: »Kann ich jetzt zum Haus?«

Er wusste, dass seine Augen auf viele Menschen einen verwirrenden Einfluss hatten, denn in seinem griechisch anmutenden Gesicht mit dem dunklen Haar und dem gepflegten dunklen Vollbart, schienen die strahlend meerblauen Augen wie ein magisches Zeichen. Die Kriti benutzten ein blaues Auge, das Mati, um sich vor dem bösen Blick zu schützen, doch er konnte seine dazu nutzen, Menschen aus der Fassung zu bringen. Der Bodyguard machte einen beinahe unbeholfenen Schritt zurück und winkte ihn in Richtung Haus, das Hyeronimos ungefähr dreihundert Meter entfernt aufragen sah. Es war ein sagenhaft modernes Gebilde aus vier verschiedenen Quadern, deren jeweilige erste Etage über eine frei schwebende Terrasse verfügte, deren Front verglast war. Die Quader waren so verdreht, dass sie in sich eigenständig waren. Gradlinige Brücken verbanden die Häuser miteinander, sodass es am Ende doch eins war. Alle Gebäudeteile waren zum Meer ausgerichtet, was jedoch nicht schwer war, da das Grundstück über einen atemberaubenden Blick auf den Ozean verfügte. Jedes Haus war mit den typisch kretischen Natursteinen verkleidet, und so passte das Bauwerk hervorragend auf das sanft abfallende Grundstück, das, von Felsplateaus eingerahmt, direkt zum Wasser führte. Der Architekt, der dieses Wunderwerk entworfen hatte, war ein Genie, und ganz sicher war das, was Hyeronimos hier vor sich sah, Millionen wert, doch es machte ihn weder atemlos noch stumm.

Seine Yaya pflegte stets zu sagen: »Das letzte Hemd hat keine Taschen, und niemand entleert sich und es riecht dabei nach Rosen!« Das relativierte immer alles. Sie war eine kluge Frau, die in ihren fast einhundert Jahren auf dieser Erde viel Schlimmes erlebt hatte.

Dass Callistus reich war, war ihm bewusst, und auch wenn das Anwesen genau das ausstrahlte, so wirkte es dennoch nicht protzig. Im Sommer war die Auffahrt gewiss eine Augenweide: Oleander säumten den Wegesrand, und hohe Palmen streckten ihr fedriges Blattwerk, dem Wetter trotzend, in saftigem Grün über die Straße. Unter anderen Umständen hätte er dem gepflegten Garten sicher Bewunderung gezollt, doch jetzt konzentrierte er sich auf das, was nun kommen würde. Sein Vorteil war, dass er zwar ein hervorragender Beobachter war, aber Empathie erst durch seine Freundschaft mit Penelope gelernt hatte, insofern konnte er sich gut abgrenzen und sich nicht allzu sehr in die Welt der Hinterbliebenen ziehen lassen, sondern mit wachen Sinnen wahrnehmen, was passierte. Er erreichte den Vorplatz, der zu einer großen Garage führte, aber auch genügend Raum für die Fahrzeuge von Gästen bot. Fast erwartete er einen livrierten Mitarbeiter, der kam, um seinen Wagen zu parken. Doch alles blieb ruhig und wirkte beinahe unbewohnt. Einen Augenblick zögerte er, bevor er ausstieg, ob er die Dienstwaffe aus dem verschlossenen Fach nehmen sollte. Im vergangenen Jahr hätte er sie bei einer Befragung gut gebrauchen können, und Stelios hatte ihn seither öfter angemahnt, nicht unbewaffnet fremde Häuser zu betreten. Doch dies hier war keine Zeugenbefragung oder gar die Suche nach einem Gespräch mit einem Verdächtigen. Er war hier, um eine Familie über den Tod eines Angehörigen zu informieren, also blieb die Pistole, wo sie war. Schwerfällig von der langen Fahrt, stieg er aus, streckte sich kurz und entschied sich dann für das Haus zu seiner Linken, das irgendwie ein wenig herrschaftlicher wirkte und das Zentrum des Gebäudes zu sein schien. Eine Klingel suchte er vergebens, denn ganz sicher kam niemand unangemeldet bis hierher, um dann zu klingeln und kurz »Hallo« zu sagen. Im Haus wusste man Bescheid, wer da Einlass erbat. Da jedoch nichts geschah, klopfte er nachdrücklich an die Tür, und kurz darauf wurde sie von einer jungen Frau in Jeans, Langarmshirt und Turnschuhen, alles in Schwarz, geöffnet. Sie begrüßte ihn freundlich: »Guten Tag, Herr Kommissar, kommen Sie herein. Sie werden im kleinen Salon erwartet.«

Er grüßte freundlich zurück, folgte ihr und ließ seinen Blick durch das Haus schweifen. Hier war ganz sicher nichts dem Zufall überlassen, und jedes Stück Kunst oder Dekoration zeigte, dass er es hier mit erlesenem Geschmack zu tun hatte. Alle Linien waren klar, das gefiel ihm, und er spürte, dass er begann, sich etwas wohler zu fühlen. Sie bat ihn, in einem Raum Platz zu nehmen, in den gefühlt seine ganze Wohnung passte, und er fragte sich, wie wohl der große Salon aussah, wenn dies hier der kleine war. Auch die Möbel waren geradlinig, und als er sich auf dem stahlgrauen Sessel mit hoher Lehne niederließ, musste er ein Seufzen unterdrücken, so bequem war das Polster. Alles war so platziert, dass es wie aus einem Prospekt erschien, daher traute er sich kaum, das Sitzmöbel ein wenig zu verschieben, sodass er die Personen, die auf dem Sofa sitzen würden, genau im Auge haben konnte. Letzten Endes siegte seine professionelle Neugier, und er schob den Sessel ein wenig herum. Just in diesem Moment betraten Zenia und Silenus den Raum, und er konnte nicht anders, als ein wenig ertappt dreinzuschauen. Die Aura der Frau schimmerte in einem so dunklen Rot, dass er kurz überlegte, ob er jemals vorher eine solche Färbung wahrgenommen hatte. Das Rot zeigte absolute Dominanz, und er vermutete aufgrund seiner Erfahrungen, dass sehr viel Verachtung als emotionaler Grundton einherging. Der Mann hingegen hatte eine blasse Aura, die interessanterweise nur rötlich schimmerte und mit blauen und grünen Sprenkeln durchsetzt war, doch wahrscheinlich passte das sehr gut zu einem Bruder, der gleichzeitig der Manager eines Stars war: Durchsetzung und Einfluss, Ordnung und Stabilität und eine Portion Harmonie.

Er erhob sich rasch, trat auf die unfassbar schöne Frau und den leicht untersetzten Mann zu, reichte ihnen die Hand und stellte sich vor. »Kommissar Hyeronimos Galavakis von der Polizei in Irakleio«, bewusst ließ er die Mordkommission erst einmal weg, denn er konnte schon beobachten, wie sich die Augen der beiden erst vor Erstaunen, dann vor Schreck weiteten. »Bitte, setzen Sie sich.«

Sein Ton war kompromisslos, denn er hatte es schon zu oft erlebt, dass Menschen, wenn sie eine derart furchtbare Nachricht bekamen, strauchelten und sogar fielen. Zenia setzte sich auf die Sofakante, ihr rotes, langes Haar fiel ihr in leichten Wellen über Rücken und Schultern, eine weit geschnittene cremefarbene Hose und atemberaubende Schuhe mit goldenen Nieten betonten ihre langen Beine. Eine cremefarbene Bluse mit einem kleinen dreieckigen Ausschnitt am Brustansatz sowie ausgewählter Schmuck und ein smaragdfarbener Gürtel hätten einen anderen gewiss verunsichert. Es war nicht so, dass er weiblichen Reizen gegenüber resistent war, doch sein Herz war eben vergeben, und er nahm die Schönheit wahr, blieb aber distanziert.

Callistus' Bruder ergriff zuerst das Wort: »Was können wir für Sie tun, Herr Kommissar?«

Der Mann sah grundsätzlich nicht schlecht aus, war aber nur ein Abklatsch seines gut aussehenden Bruders: zu klein für sein Gewicht, rundliches Gesicht, fleischige Lippen; und auch beim Haarwuchs hatte Gott wohl alles an Callistus verteilt, denn Silenus neigte bereits zu einer Stirnglatze mit hohen Geheimratsecken.

Hyeronimos überlegte kurz und fragte dann: »Wo ist Callistus?«

Zenia schaute ihn an, und ihr Blick war klar und kühl, ihre Stimme dafür überraschend dunkel gefärbt: »Was geht Sie das an?«

»Langsam, langsam, meine Liebe«, Silenus legte seine Hand auf die ihre, und Hyeronimos nahm das kaum sichtbare Zucken wahr, mit dem sie versuchte, sich der Berührung zu entziehen, »wir haben doch nichts gegen die Polizei. Aktuell ist Callistus nicht vor Ort.«

»Das ist keine Antwort auf meine Frage«, sagte Hyeronimos und war sich durchaus bewusst, dass ihn das auf der Beliebtheitsskala nicht nach oben katapultierte.

Silenus warf einen raschen Blick zu der Frau: »Er ... wir ... wir wissen nicht, wo er ist.«

Ihr kerzengerader Rücken streckte sich noch mehr, nachdem ihr Schwager die Frage beantwortet hatte. Kurz flackerten ihre Augenlider, doch dann hatte sie sich wieder im Griff: »Er braucht manchmal kreative Ruhe, dann zieht er sich zurück.«

»Seit wann ist er denn unterwegs?«, wollte Hyeronimos wissen und bereitete sich darauf vor, die Information rasch herauszugeben, es war nicht fair, sie auszufragen, ohne dass sie die Wahrheit kannten, und doch leitete ihn sein Gefühl dazu an, Fragen zu stellen.

»Er ist am Samstag gegen Abend fortgefahren«, ergriff Silenus wieder das Wort.

»Wissen Sie, wo er hinwollte?«

»Er geht dann seine ganz eigenen Wege und fährt meist irgendwo in die Berge, um allein zu sein und aufzutanken«, plapperte der Bruder, und Hyeronimos unterdrückte sein Erstaunen, dass ein so bekannter Mann allein durch die Gegend fuhr, ohne dass sein Umfeld wusste, wo er zu finden war.

»Ist das nicht gefährlich?« Er lenkte das Gespräch nun in die richtige Richtung.

»Das sagen wir ihm ja auch immer, aber er ist ein Künstler, und Menschen wie er brauchen diesen Rückzug, um eben so gut zu sein, wie Callistus es ist.« Silenus hörte sich an, als würde er einen Werbespot zitieren, und Zenias Gesicht glich einer schönen, aber eingefrorenen Maske. Ihre Oberlippe schien etwas zu kurz zu sein, daher sah sie aus, als würde sie die Lippen spitzen, doch sie schwieg unbewegt.

Der Zeitpunkt war gekommen, Hyeronimos entschied sich, nun reinen Tisch zu machen, doch kurz bevor er den Mund öffnete, flog die Tür auf, und eine Frau mit wirrem Haar stürmte herein.

35. Kapitel

Zacharis Zentakis stand im Büro seines Chefs und versuchte sich zu konzentrieren. Es war ihm nicht leicht gefallen, die geforderten Informationen zusammenzutragen. Nichts haute ihn so leicht um. Er korrigierte seine Gedanken: Im Beruf war es so, doch seine Freundin schaffte es schon häufig, ihn nicht nur zu verblüffen, sondern ihn regelrecht aus dem Gleichgewicht zu bringen. Aber das war etwas anderes. Im Beruf war er strukturiert und fokussiert, doch zu oft verstörte er Menschen durch seine Art. Hyeronimos hatte ihm das auch bei einem Jahresgespräch als Grund genannt, weshalb er ihn nicht mehr mitnahm. Das Gespräch war ihnen beiden nicht angenehm gewesen, und er verstand, was der Mann ihm sachlich erklärt hatte. Auch er fühlte sich im Kommissariat wohler. Doch heute war er vollkommen erschüttert und dadurch fast handlungsunfähig. Er schaffte es nicht, den vernünftigen, sorgfältigen und disziplinierten Polizisten von dem bis ins Mark getroffenen Privatmann zu trennen. Dabei sagte ihm sein Verstand, dass es umso wichtiger war, nun alle Sinne beisammen zu haben, um ja nichts zu übersehen. Sein Idol war tot, gewaltsam aus der Blüte seines Lebens gerissen, und er musste nun in dessen Leben herumgraben, um die Ursache herauszufinden. Das kam ihm geradezu abscheulich vor. Er wusste, dass es genügend Fans gab, für die eine solche Verhaltensweise vollkommen normal gewesen wäre, doch er verehrte den Sänger, und in seine Privatsphäre einzudringen empfand er als abscheulich. Erschwerend kam hinzu, dass er nicht an seinem gewohnten

Arbeitsplatz sein durfte und sich niemandem anvertrauen konnte. Diskretion war sein oberstes Credo, und das galt bei diesen Recherchen ganz besonders, daher würde er auch mit den Finanzabfragen bis nach der Pressekonferenz warten müssen. Er achtete darauf, in Hyeronimos' Büro noch nicht einmal einen Stuhl zu verrücken, denn er wusste, wie sein Chef auf solche Veränderungen reagierte, und er wollte ihn keinesfalls verärgern. Er würde es dem Mann sicher niemals sagen, denn ihre Beziehung war nicht solcher Art, doch er bewunderte ihn, und daher gab er immer sein Bestes, um ihn zu unterstützen.

Er hatte einen altersschwachen Laptop aus der Schublade gezogen und sich sofort auf den Weg gemacht, als der Kommissar ihn aufgefordert hatte zu handeln, doch es hatte fast dreißig Minuten gedauert, bis er dazu in der Lage gewesen war, das Ding hochzufahren. Dann hatte er sich an die Arbeit gemacht, um die Wand mit allem zu füllen, was er über die beteiligten Personen finden konnte. Alle weiterführenden Informationen druckte er aus und legte eine Mappe mit Registern an, sodass Hyeronimos sich einen raschen Überblick über die Ergebnisse verschaffen konnte. Textbruchstücke glitten durch seinen Kopf, Melodien fraßen sich in seinen Ohren fest, und sein Herz war schwer, doch er fügte Fund um Fund hinzu, ohne sich eine Pause zu gönnen.

36. Kapitel

»Warum sagt mir niemand, dass die Polizei hier ist? Was ist mit Callistus? Was hat er getan?«, schallte die aufgeregte Stimme der Frau durch den Raum. »Wieso seid nur ihr beiden hier? Gehöre ich nicht auch zur Familie?«

Rasch kam sie heran, baute sich vor Hyeronimos auf, der sich gelassen erhob, ihr die Hand reichte und sich vorstellte. Das war also Callistus' Schwester, die Kostümbildnerin und Make-up-Artistin Athanasia Ariaki. Sie war von einer sonnengelben Aura umgeben, die zu einer Kreativen passte, doch er nahm auch die orange Kolorierung wahr, die ihm verdeutlichte, dass die Frau nicht nur Leichtigkeit und Inspiration versprühte, sondern durchaus dazu in der Lage war, zielgerichtet zu handeln.

»Bitte, nehmen Sie doch Platz, Frau Ariaki«, sagte er mit ruhiger Stimme und wies mit der Hand auf das Sofa.

Sie schnaubte noch einmal, wurde sich dann scheinbar ihres Äußeren bewusst und band sich rasch die Haare zusammen, sodass sich der wirre Eindruck etwas legte. Er bemerkte irritiert, dass sie dünne, rosafarbene Baumwollhandschuhe trug. Sie setzte sich nicht neben ihren Bruder, sondern quetschte sich neben Zenia, sodass ihre Schultern und Oberschenkel sich berührten. Verwundert nahm er wahr, dass die gepflegte Gattin des Stars diese Berührungen ohne Reaktion akzeptierte.

Er richtete sich nun gezielt an sie. »Wissen Sie vielleicht, wo Ihr Bruder ist? Er ist ja nun schon seit einigen Tagen unterwegs.«

Ihr Blick sauste zwischen Silenus und Zenia hin und her, dann sagte sie: »Ich bin diejenige, die hier am wenigsten weiß, das ist doch wohl offensichtlich.«

Dann schwieg sie fast trotzig.

Er richtete sich auf und schärfte seine Aufmerksamkeit durch einen tiefen Atemzug, dann verkündete er die bittere Wahrheit. »Am späten Montagabend wurde ein toter Mann aus dem venezianischen Hafen in Chania geborgen«, er schaute genau in die Gesichter der drei vor ihm sitzenden Menschen, »und der Taucher konnte ihn sofort als Callistus identifizieren.« Weiter kam er nicht, denn das Chaos brach über ihn herein.

Athanasia begann hysterisch zu kichern und japste nach Luft, Zenia verengte ihre Augen zu Schlitzen, umkrallte die Hand ihrer Schwägerin, sodass die Knöchel weiß hervortraten, und er glaubte, diese müsse unter dem Druck zerbrechen. Sie wurde leichenblass, und das rote Haar wirkte wie ein flammendes Feuer gegen die helle Haut.

Silenus hingegen sprang auf wie von einer Feder angetrieben und brüllte markerschütternd: »Und warum kommen Sie erst heute zu uns? O mein Gott, das kann nicht wahr sein. Da muss ein Irrtum vorliegen. Ich will den Leichnam sehen, das kann nicht er sein, das darf nicht er sein. Callistus ist nicht tot! Ich will den Toten identifizieren, das ist ein Fehler. Er ist ein Weltstar, er ist nicht ...« Zenia packte ihn an der Hand, zog ihn auf das Sofa zurück, und er verstummte augenblicklich.

Hyeronimos schaute alle drei nacheinander vollkommen ruhig an: »Unsere Rechtsmedizinerin wollte sich erst vollkommen sicher sein, bevor wir Sie mit einer solchen Nachricht belasten.«

»Und was bedeutet das, Herr Kommissar?« Zenias tiefe Stimme vibrierte leicht.

»Das bedeutet, dass sie Zeichen von Fremdeinwirkung gefunden hat, was wiederum bedeutet, dass Ihr Mann und Bruder«, er sprach alle Anwesenden an, »eines nicht natürlichen Todes gestorben ist.«

»Er ... wurde ... ermordet?« Athanasia stieß jedes Wort mit hysterisch überkippender Stimme aus, schlug dann die freie Hand vor den Mund und erstickte so jeden Laut.

»Das können wir nicht sagen, denn Mord verlangt Vorsatz. Aktuell können wir nur sagen, dass Fremdeinwirkung vorliegt, und um herauszufinden, was genau geschehen ist, bin ich als Kommissar der Mordkommission nun der leitende Ermittler.«

Bitteres Schweigen legte sich über den Raum wie eine schwere, dunkle Decke, die allem den Glanz entzog und die Luft spürbar dünner werden ließ.

»Wir möchten alles ganz genau wissen.« Zenia klang so gefasst, dass Hyeronimos die geübte Pressesprecherin in ihr erkannte. »Und erst dann beantworten wir Ihre Fragen.«

Hyeronimos begann mit dem Bericht und ließ nichts aus. Als er den Fischfraß erwähnte, kippte Athanasia leicht zur Seite, und er konnte den Ekel in ihrem Gesicht erkennen.

»Wenn er, also der Tote, entstellt ist, wie können Sie sich sicher sein, dass es mein Bruder ist?«, begehrte Silenus auf.

»Wir sind uns vollkommen sicher. Selbstverständlich bitten wir sie um eine Identifizierung, doch Sie dürfen mir glauben, dass ich nicht leichtfertig hier auftauche und Ihnen ein Märchen erzähle. Sind Sie sicher, dass Sie das möchten?«, vergewisserte er sich und zückte sein Handy.

Silenus erhob sich, doch Zenia sagte schnell: »Ich mache das!«, und ihr Tonfall erlaubte keinen Widerspruch. Sie stand auf, strich sich die Hose glatt und kam mit klappernden Absätzen auf ihn zu. Er rief die Bilder auf, die er von Penelope bekommen hatte, und hielt ihr das Display hin. Dann schoss ihm durch den Kopf, dass es wohl unhöflich war, sitzen zu bleiben, während die Frau vor ihm stand, und er erhob sich ebenfalls. Während er neben ihr stand, überkam ihn ein Schauer, er spürte, wie sich die Härchen auf seinem ihr zugewandten Arm aufstellten. Er stockte in seiner Bewegung. Was für eine sonderbare Reaktion auf eine Person, auch das hatte er, soweit er sich erinnerte, bisher nur ein- oder zweimal in seiner Karriere erlebt. Er riss sich zusammen und zeigte ihr die Aufnahmen. Ihr Atem ging schwer an seinem Ohr und stockte bei der Nahaufnahme kurz. Sie wollte sich von ihm entfernen und strauchelte bei der hektischen Bewegung, sodass sie Hilfe suchend nach seinem Arm griff. Die Kälte ihrer Hand ließ ihn erschauern, und fast hätte er sie abgeschüttelt, doch dann stützte er sie professionell, während Silenus und Athanasia beinahe gleichzeitig aufsprangen.

So, als wäre sie das Licht, das sie anzieht und um das sie kreisen, dachte er kurz.

Athanasia stützte Zenia und geleitete sie mit vorsichtigen Bewegungen zurück zum Sofa, während sich Silenus fordernd neben Hyeronimos aufbaute.

Er klickte erneut die Fotos durch, und der entsetzte Mann rang um Atem: »Oh ... mein ...Gott! Callistus!«, dann brach seine Stimme.

Tränen rannen aus seinen Augen, und binnen Sekunden mischte sich Rotz dazu, denn der Mann heulte nun hemmungslos. Hyeronimos griff in seine Hosentasche, zog ein Papiertaschentuch heraus und reichte es dem geschockten Bruder. Zu seinem Erstaunen blieben die Frauen sitzen und hielten einander einfach weiterhin an den Händen. Er registrierte jede noch so kleine Bewegung genau und sah, wie sich Trauer und Furcht in Athanasias Gesicht spiegelten, während Zenias Miene wie eingefroren war. Die Blässe war mittlerweile so unnatürlich, dass die Adern als feine blaue Linien zu erkennen waren.

Er setzte sich wieder und wartete, bis sich die Situation beruhigt hatte. Er erinnerte sich an das Gefühl, das ihn befallen hatte, als er von dem Herzinfarkt seines Vaters gehört hatte, und fügte diesem Erleben die Qualität des Todes hinzu. Es fühlte sich beklemmend an, und er schob es von sich. Mit etwas Konzentration war er wieder neutral und vorurteilslos, denn so ließ sich seine Arbeit am besten erledigen.

Silenus blieb am Fenster stehen, schluchzte aber nicht mehr, und auch seine Schultern hatten aufgehört, unkontrolliert zu zucken.

Dann drehte er sich um und starrte die Frauen entgeistert an: »Er ist tot. Was stimmt mit euch beiden nicht? Was sollen wir jetzt nur machen?«

Er raufte sich das Haar, und die einstmals gepflegt auf dem Kopf liegenden Strähnen standen danach in alle Himmelsrichtungen ab. »Wie kommunizieren wir das nach draußen, Herr Kommissar? Haben Sie sich auch darüber Gedanken gemacht als leitender Ermittler?« Die Stimme klang beinahe abschätzig, und Hyeronimos registrierte auch das gelassen.

»Wir müssen die Richtlinien einhalten: Der Tod und die Todesursache müssen durch einen weiteren Experten bestätigt werden. Bei einem Fall dieses Ausmaßes sind wir verpflichtet, Athen zu informieren und eine Pressekonferenz abzuhalten, die Major Mentakis, mein Vorgesetzter, leiten wird. Hierzu sind wir auf Ihre«, er deutete auf Zenia, »Hilfe angewiesen, so leid mir das auch tut. Ich spreche Ihnen hiermit allen mein Beileid aus.«

Er hatte sich noch in letzter Minute daran erinnert, seinem Mitgefühl Ausdruck zu verleihen.

Zenia schaute ihm in die Augen, durchbohrte ihn beinahe mit ihrem Blick, dann straffte sie sich. »Wir haben vor Jahren eine Art Protokoll erarbeitet, wie wir mit dem Tod eines Familienmitglieds umgehen«, sie räusperte sich kurz, und ihre tiefe Stimme war so distanziert, dass er sich vornahm, das Erlebte ganz genau zu durchleuchten, sobald er im Auto saß, denn seine Notizen machte er immer erst im Nachgang. Er hatte gelernt, dass er so weniger übersah.

Nun galt es, das Prozedere zu besprechen, und dann würde er seine Fragen stellen. Er überlegte noch, wie es am sinnvollsten wäre: alle gemeinsam zu befragen oder jeden einzeln.

37. Kapitel

Penelope seufzte kellertief, die Einträge im Internet zu den Sklaventakis' bezogen sich fast nur auf den Bruder, die Mutter und die Supermarktkette. Das Mädchen schien in diesem Konstrukt nicht zu existieren.

»Es würde mich nicht wundern, wenn sie die Schnauze von alldem voll hatte und sich einfach aus dem Staub gemacht hat«, sagte sie zu sich selbst und nickte verstehend. Dann tauchte ein Interview mit einem inselbekannten Spediteur auf: Stephanos Kapetanakis stand breitbeinig und stiernackig vor einem seiner Lkws und ließ in dem Interview anklingen, dass eine anstehende Fusion die Insel bald beflügeln würde. Jetzt schüttelte sie den Kopf, denn Fusionen auf Kreta bedeuteten für die Normalbevölkerung selten Gutes. Oft war es sogar das absolute Gegenteil, denn wenn große Unternehmen fusionierten, hatten sie rasch die Marktgewalt und konnten Preise beim Ein- und Verkauf diktieren. Wieso tauchte das Interview bei ihrer Suche nach Evangelina Sklaventaki auf?

Ihre Neugierde war geweckt, und sie überlegte, ob sie mit Zacharis Zentakis Kontakt aufnehmen sollte, um nachzuhören, ob er diesen »Faden« auch gefunden hatte, doch dann siegten ihre Neugier und ihre Entdeckerfreude. Solange sie nichts Besseres zu tun hatte, konnte sie auch versuchen herauszufinden, um was es da ging. Eine Zusammenarbeit zwischen Sklaventakis und Kapetanakis war durchaus möglich, doch sie war sich sicher, dass hier eher die Namen Nereos oder Sofia hätten auftauchen müssen, also suchte sie weiter und machte sich über die Familienverhältnisse des Spediteurs schlau. Es dauerte nicht lange, bis sie die Geschichte des Unternehmens gefunden hatte, und sie staunte nicht schlecht, als sie las, dass nicht Stephanos die Firma gegründet hatte, sondern seine Frau Katherina und deren Vater. Kapetanakis war der Sohn einer jener Schäferdynastien, die heutzutage die Insel quasi im Stillen beherrschten. Die Familien waren weit verzweigt, hatten Geld und damit Einfluss. Zudem bildete diese Gruppe eine machtvolle Lobby, denn rasch waren nicht nur eine ganze Menge nötiger Unterschriften beisammen, insofern man diese brauchte, sondern eben auch große Finanzspritzen und, noch viel wichtiger, Kontakte und Seilschaften. Familienbande hatten dort noch eine schwerwiegende Bedeutung und führten immer wieder zu gewalttätigen Auseinandersetzungen, die sich auch auf Landkämpfe und Überweidung zurückführen ließen. Die Schafe fraßen einfach alles und ließen – gemeinsam mit den ebenfalls frei umherstreunenden Ziegen – ganze Landstriche kahl zurück.

Es geschah noch immer, dass sie in der Pathologie ein- bis zweimal pro Jahr in den Präfekturen erschossene Mitglieder aus Schäferfamilien auf den Tisch bekamen. Früher waren Tierraub und Frauenraub Gründe für die Blutrache gewesen, die vom Vater auf den Sohn überging. Mit den einflussreichen Familien war nicht zu spaßen, sie waren harte Arbeit gewohnt und scheuten sich nicht zuzupacken. Die Schafe mussten morgens und abends von Hand gemolken werden, allein das machte einen Großteil des rauen Tagwerks aus. Sie war früher hin und wieder in den Bergen gewandert und dabei oft Zeugin des Melkens oder Scherens geworden. Die Leittiere trugen Glocken, damit die Schäfer die Herden am Klang erkennen konnten, denn wehe dem, der ein Schaf molk, das nicht ihm gehörte. Schwups war der Grund da, die Waffe zu zücken und damit nicht auf ein Straßenschild, sondern auf den Übeltäter zu zielen. Auf den Straßen oben im

Psiloritis-Gebirge gab es kaum ein Schild, das nicht vom Kugelhagel schießwütiger Kerle durchlöchert war.

Stephanos Kapetanakis hatte also eine Spedition geheiratet, dachte sie bissig, denn der Typ war ihr irgendwie nicht sympathisch. Katherina Drakiaki war Geschäftsführerin einer kleinen, erfolgreichen Spedition gewesen, und gewiss hatte die Eheschließung für beide Seiten Vorteile gehabt. Gut, vielleicht war es auch eine reine Liebesheirat gewesen, doch aus ihrer Sicht sprach dagegen, dass die Frau im heutigen Unternehmen keine Rolle mehr zu spielen schien und der Mann sogar den Namen der Firma in den seinen geändert hatte. Sie hatten einen Sohn, der auf der Homepage gequält in die Kamera grinste.

Die Familiengeschichte war durchaus spannend, doch sie kehrte wieder zu ihrer Ausgangsfrage zurück: Was hatte das alles mit Evangelina zu tun? Dann kam ihr der Gedanke, dass die Familientradition vielleicht fortgeführt werden und das »Imperium« durch eine ausgewählte Heirat vergrößert werden sollte. Sie gab *Evangelina Sklaventaki und Myron Kapetanakis* in die Suchmaske ein, und ein Foto der beiden tauchte auf, aufgenommen bei einem Stadtfest in Ierapetra mit dem Untertitel: *Ein schönes Paar.*

»Hah!«, rief sie laut und erschrak beinahe selbst vor ihrer Stimme. Da hatte ihr Instinkt sie doch richtig geleitet.

38. Kapitel

Der Wind trieb die Wellen vor sich her und ließ sie die Strände überspülen, er bauschte sie immer höher auf, sodass sie über kleine Klippen und Mauern hinwegrollten und tosend mit sich zogen, was immer sie ergreifen konnten. Wenn er so stark von Libyen aus wehte, sich mit den Stürmen aus der Türkei vermischte, überspülte das Wasser die kargen, wilden Landstriche gänzlich und bauschte sich an den Klippen in perlender Gischt zu schaumigen Kronen. Kein Wunder, dass die steinernen Behausungen, die die Bewohner vor vielen Jahren nahe den Klippen erbaut hatten, nun leer standen. Zu groß war die Gefahr, bei Überflutungen alles Hab und Gut zu verlieren, und das konnte sich niemand auf der krisengebeutelten Insel erlauben. Auch die Landflucht spielte hierbei eine nicht zu vernachlässigende Rolle, denn die jungen Leute verließen die kleinen Dörfer, die keine Chance auf eine finanziell gesicherte Zukunft boten, immer häufiger, und so verfielen die Häuser langsam zu Ruinen. Niemand investierte etwas in Regionen, die fernab vom Tourismus Attraktionen boten oder gar vom Meer bedroht waren. Niemand interessierte sich dafür, dass ein Haus leer stand und langsam in sich zusammenfiel. Zu manchen führte nach Jahren noch nicht einmal mehr eine vernünftige Straße, denn die Gelder wurden an anderer Stelle nötiger gebraucht.

Die Wellen klatschten mächtig gegen die steinerne Wand, so, als fochten sie einen Kampf miteinander aus, aus dem nur einer als Sieger hervorgehen konnte: das Bauwerk *oder*

der Ozean. Noch dazu regnete es, und das Gewitter peitschte zu dem salzigen Nass Wasser in und auf das Haus am Rande der halb hohen Klippen. Es schien nur noch eine Frage der Zeit zu sein, bis die Wellen Stein um Stein mit sich nehmen würden.

39. Kapitel

Hyeronimos entschied sich aktuell dafür, alle Familienmitglieder gemeinsam anzuhören. Niemand von ihnen hatte aus seiner Sicht ein Interesse daran, Callistus tot zu sehen, denn ohne ihn waren sie gewiss nur noch halb so gut dran.

»Bitte schildern Sie mir alles, woran Sie sich erinnern, genau: Wann ist er fortgegangen, was war vorher, und gab es irgendwelche Besonderheiten, die ich wissen sollte?«, fragte er nun und bemerkte den raschen Blick, den Athanasia Zenia zuwarf. Es war nur ein kurzer Moment, aber er hatte deutlich Besorgnis erkannt, die er sich unverzüglich erklären konnte, aber ihm war auch der Zorn, der in Athanasias Augen aufgeblitzt war, aufgefallen.

Niemand brach das Schweigen, und auch er tat nichts, um die Stille zu füllen. Er wusste, dass sein Schweigen oft dazu führte, dass Menschen begannen, sich unbehaglich zu fühlen, und dann redeten sie plötzlich wie Wasserfälle, und er erfuhr häufig mehr als erhofft.

Die drei starrten wortlos in den Raum, niemand schaute ihn an, während er genau beobachtete, was ihre Körper erzählten: Athanasia war unruhig, und der Ärger versteifte ihre Schultern, Silenus war wie betäubt, und sein Atem ging flach und schnell, während seine Hände unruhig über seine Hose krabbelten. Einzig Zenia war wie das Auge des Orkans, sie saß vollkommen unbewegt da, und ihr blasses Gesicht glich einer Maske, doch dann brach sie als Erste das Schweigen. »Wir hatten am Freitag einen Streit, er war belanglos oder vielleicht doch nicht ganz so belanglos. Eine große

Filmgesellschaft will einen Film über Callistus drehen, und er soll ... sollte«, sie stockte kurz, »sich selbst im aktuellen Alter spielen.«

Sie lachte trocken auf, und es klang fast wie ein Schluchzer, doch in ihrem Gesicht war weiterhin keine Regung zu sehen.

»Er wollte das alles nicht«, fuhr sie fort, »er war müde, und die Dreharbeiten erschienen ihm zu umfangreich. Darüber haben wir gestritten, und wir haben uns nicht mehr ... versöhnt.« Nun verlor sie doch die Haltung, und ihre Schultern sackten nach unten.

Silenus straffte sich, während Athanasia ihrer Schwägerin beruhigend über den Rücken streichelte und sagte mit vom Weinen rauer Stimme: »Am Samstag hatte er ein Radiointerview, er war professionell wie immer, und im Anschluss daran hat er sich in seinen Privatbereich zurückgezogen.«

»Dürfte ich diesen nachher einmal sehen?«, bat Hyeronimos, und alle blickten zu Zenia, die zögernd nickte.

»Er war ... blass«, sagte Athanasia, und Hyeronimos fiel ein winziges Zögern vor dem Adjektiv auf. »Daher brauchte ich etwas länger, um ihn auf Hochglanz zu bringen. Ich glaube, er hatte schlecht geschlafen, deshalb hat er auch nicht mit mir geredet. Ich habe ihm eine Schmerztablette gegeben«, plapperte sie nun mit ihrer schrill tönenden Stimme.

»Sie gaben ihm eine Schmerztablette, weil er schlecht geschlafen hatte?«, fasste Hyeronimos nach und sah die Irritation in ihrem Blick, während sie erneut zu Zenia schaute.

»Ja, weil, also, er ... er hatte Kopfschmerzen.« Da war fast ein Triumphieren in ihrem Tonfall.

»In Ordnung«, sagte der Kommissar, »war etwas anders als sonst? Schlief er öfter schlecht?« Auffordernd sah er die Frau des Toten an.

»Er hatte ein stressiges Leben, da gehört es dazu, auch mal schlecht zu schlafen.« Er war sich nicht hundertprozentig sicher, glaubte aber, einen Tropfen Ironie zu hören.

»Außergewöhnliches?«, hakte er nach.

»Ich, also wir«, Silenus ergriff das Wort und deutete auf sich und Zenia, »haben nichts bemerkt, außer eben den kontroversen Diskussionen über die Dreharbeiten. Ich kann es ja jetzt sagen, oder spricht etwas dagegen, Zenia?« Sie schien sofort zu wissen, was er meinte, und schüttelte verneinend den Kopf. »Callistus arbeitete an einem neuen Album und einem neuen Bühnenprogramm, er wollte seine Fans und die Öffentlichkeit im kommenden Frühjahr damit überraschen«, erläuterte der Manager, und seine Miene zeigte eine Mischung aus Ärger und Angst.

»Und da war ja auch noch die lange geplante Europatournee«, schaltete sich Athanasia ein und erntete dafür einen angespannten Blick ihres Bruders. Er sah beinahe so aus, als wollte er ihr den Mund verbieten.

»Ich bin müde, Herr Kommissar.« Zenia erhob sich ohne Ankündigung und verdeutlichte ihm, dass sie nun von ihrem Recht als Hausherrin Gebrauch machte und ihn hinauskomplimentieren würde, doch er musste die Räume noch sehen. Das würde er nicht auf später verschieben.

»Das verstehe ich vollkommen«, er gab sich Mühe, einfühlsam zu klingen, und verstand sie tatsächlich, denn ihr Mann war tot. Egal, was sein Instinkt ihm vermittelte, diese Menschen hier vor ihm waren gerade mit dem gewaltsamen Tod eines Familienmitglieds konfrontiert worden. »Ich habe nur noch eine Frage, bevor ich mir die persönlichen Räume anschaue und mich dann verabschiede.«

Die Aufmerksamkeit der Anwesenden richtete sich auf ihn, Zenia kerzengerade stehend, Silenus wieder mit hängenden Schultern und eingefallenem Gesicht und Athanasia halb auf dem Sprung, um sich an Zenias Seite zu stellen.

»Hatte Callistus Feinde oder jemanden, der ihn bedroht hat?«

Diesmal fand kein Blickwechsel zwischen den Personen statt.

Zenia antwortete: »Jemand mit der Prominenz eines Callistus hat immer Feinde, Neider und wird auch bedroht.«

»Da ist diese Irre«, platzte es aus Athanasia heraus, und Hyeronimos konnte sehen, wie die anderen beiden zusammenzuckten.

»Ein Fan«, übernahm Zenia wieder das Ruder, »sie schickt ihm Briefe, fährt unseren Wagen nach, reist ihm bei Konzerttouren hinterher und taucht regelmäßig überall da auf, wo er ist.«

»Kann ich die Briefe sehen?«, wollte der Ermittler wissen. »Möglichst alle Briefe von Fans, die bedrohlich klingen.«

»Ich hoffe, Sie haben sehr viel Zeit«, Zenias Stimme klang nun offen sarkastisch, »denn da ist über die Jahre einiges zusammengekommen an Briefen, Mails und neuerdings auch Posts in den sozialen Medien.«

»Wir haben eine Abteilung, die sich mit so etwas beschäftigt«, machte Hyeronimos deutlich, denn schließlich war er ja keine Ein-Mann-Detektei, sondern Teil einer Behörde.

»Silenus wird Ihnen die Briefe und Mails gern zeigen«, wandte sich Zenia an ihren Schwager. »Die Posts kann Ihre Abteilung auf Callistus' offiziellen Seiten anschauen«, sie hielt inne und schaute ihn durchdringend an, »werden *Sie* die Presse informieren, oder wie ist das geplant?«

»Mein Vorgesetzter macht das, wie bereits erwähnt, ist Major Mentakis darin geübt. Für uns ist es auch wichtig, Ihre Expertise im Umgang mit der Presse zu berücksichtigen.«

Sie klang nun vollkommen kontrolliert: »Ich schlage vor, Ihr Major macht den ersten Schritt, und wir geben dann eine offizielle Meldung heraus ... und wir müssen auch die Trauerfeier und die Beisetzung planen.«

»Wann wird der Leich... Körper freigegeben«, meldete sich Silenus zu Wort, und seine Augen begannen erneut verdächtig zu glitzern.

»Das kann ich aktuell nicht sagen, doch sowie ich die Informationen aus der Rechtsmedizin habe, geben ich Ihnen Bescheid.« Hyeronimos fühlte sich plötzlich niedergeschlagen. Callistus war tot und würde nie mehr all seine Emotionen in ein Lied packen können.

Zenia wandte sich um und gab ihm ein Zeichen, ihr zu folgen, während die beiden Geschwister beinahe wie gelähmt auf dem Sofa sitzen blieben. Sie besprachen auf dem Weg in die Privaträume die Vorgehensweise und den zeitlichen Ablauf für die Veröffentlichung, und ihm war dabei weiterhin sonderbar zumute. War das Trauer? Trauerte *er* um den großen Sänger? Hyeronimos nahm erstaunt zur Kenntnis, wie rasch Zenia in den professionellen Modus umschalten konnte, als es um Organisatorisches ging. War das ihrem Typus zuzuschreiben oder ihrem Job, der ganz sicher kaltes Kalkül von ihr verlangte. Er war sich nicht sicher, sie hatte etwas seltsam Distanziertes an sich, und Bekleidung und Haarfarbe ließen sie wie eine Erscheinung aus einer anderen Sphäre wirken. Callistus und Zenia waren eine Art Institution, doch dieses Bild begann für ihn Risse zu bekommen. Zudem überraschte ihn die Tatsache, dass die Eheleute getrennte Bereiche bewohnten.

40. Kapitel

Wasser, überall war nun Wasser. Sie schrie, bis sie so heiser war, dass kaum mehr ein Ton aus ihrer Kehle kam. Mittlerweile schrie sie allein. Ihre Hände, Arme, Beine und Füße schmerzten, denn sie hatte damit so oft gegen die schwere Tür geschlagen und getreten, bis sie keine Kraft mehr hatte. Sie schloss die Augen, und die Panik ergriff sie vollkommen. Sie würde hier sterben. Jetzt, nicht irgendwann.

Zu Beginn der Gefangenschaft hatte sie geglaubt, einem Irrtum zum Opfer gefallen zu sein – und dass sich die Tür rasch wieder öffnen würde, so wie früher, wenn ihr Bruder sie gequält hatte. Doch nichts geschah, und sie bekam es so sehr mit der Angst zu tun, dass sie zu nichts mehr nutze war. Dann besann sie sich ihrer Aufgabe und agierte irgendwie reduziert auf menschliche Grundbedürfnisse. Danach spürte sie Hunger und Durst. Der Durst war um so vieles schlimmer als der knurrende Magen, und ihre Brüste begannen zu schmerzen. Seine Nähe brachte Linderung, doch sie würde bald vertrocknet sein, also tat sie etwas Furchtbares. Beim Durchkrabbeln des Raumes fand sie Gott sei Dank die Tasche und darin eine kleine Dose, deren cremigen Inhalt sie herauskratzte, um dann ihren Urin aufzufangen und zu trinken. Beim ersten Schluck musste sie so sehr würgen, dass sie sich beinahe übergab, doch dann siegte der Durst. Als das Wasser hereinkam, war sie überglücklich, denn es schmeckte süß und löschte ihren Durst, doch es stieg immer weiter, und dann begannen die Wellen zusätzlich durch unsichtbare Ritzen Salzwasser hereinzuschwemmen, und irgendwann floss nichts mehr ab.

Es war unaufhaltsam angestiegen, und der halbhohe Felskeller wurde zum Grab. Ihre Arme wurden langsam lahm, und die Bewusstheit, dass keine Rettung nahte, raubte ihr jeden Funken Hoffnung und damit auch die letzte Spur Überlebenswillen. So sah der Tod also aus.

41. Kapitel

Nereos hatte einen Anruf seines *Cousins* erhalten, doch der Inhalt hatte ihn nicht froh gestimmt, denn bisher war seine Schwester nirgendwo aufgefallen, und auch ihr Wagen nicht. Sofia tobte schon seit Tagen, dass er unfähig sei. So hatte sie vorher noch nie mit ihm geredet, doch er war nicht in der Lage, seine Schwester zu ihr zu bringen. Sie war urplötzlich zu einer Art Schatz geworden. Er verstand seine Mutter nicht. Vor ihrer Flucht war Evangelina das Verderben der Familie gewesen, und nun schien sie zu einem Schlüssel geworden zu sein, der die Türen in die große, weite Welt aufsperren konnte. Zumindest kam es bei ihm so an. Er hasste sie nicht, er verabscheute sie nur. Wie sie mit ihren Kuhaugen in die Welt glotzte und ihn dumm dastehen ließ. Wieder einmal war sie dafür verantwortlich, dass er die Prügel abbekam. Alles war auf einem guten Weg gewesen, er hatte schon seinen ganzen Erfolg vor Augen gesehen: Die Firma gefestigt und mit massiv ansteigenden Umsätzen, und er würde nicht nur dort das Sagen haben, sondern auch in der Präfektur Einfluss nehmen. Das war sein Platz, und seine Schwester hatte dort nirgendwo etwas zu suchen.

Er wollte sich selbst noch im Nachhinein dafür verprügeln, dass er seiner Mutter den Tipp mit Callistus gegeben hatte. Danach war sie schier ausgeflippt und hatte darüber lamentiert, was es bedeuten würde, wenn der millionenschwere Sänger der Vater ihres Enkels wäre. Vor vier Tagen hatte sie das Kind noch an irgendwelche Wegelagerer verschenken wollen, und nun war er ihr *Enkel.* Er spürte, wie die Wut in ihm hochkroch. All das würde er niemals zulassen, daher hatte er die Information für sich behalten, dass sie wirklich nicht aufzufinden war. Selbst sein Cousin mit all seinen Möglichkeiten hatte bisher nicht helfen können.

Er schüttelte unwillig den Kopf über die Verwirrung seiner Mutter. Was für ein Blödsinn, als würde sich ein weltberühmter Star mit dieser hohlen, hässlichen Nuss einlassen, und wenn doch, dann vielleicht nur, weil er besoffen über sie gerutscht war. Doch das war Sofia egal, wenn das Erbgut dieses Mannes in Teris steckte, war er eine Goldgrube. Sie wollte den Jungen, um so schnell wie möglich einen Vaterschaftstest machen zu lassen, keine Ahnung, wo sie die Vergleichsprobe hernehmen wollte. *»Entschuldigen Sie, Herr Ariakis, können Sie mir ein Haar geben oder in einen Becher wichsen?«* Nein, das würde sie nie sagen, schon eher: *»In einen Becher ejakulieren?«* Waren die Weiber in seiner Familie denn wirklich völlig durchgeknallt?

Gott sei Dank war es auch nicht so leicht, einen Promi ans Telefon zu bekommen, zumal sie es noch immer nicht geschafft hatten, Evangelinas iPhone zu entsperren. Sofia zeigte mittlerweile sogar die Bereitschaft, jemanden zu beauftragen, das Ding zu knacken. Sein Leben war ihm entglitten, Evangelina hatte dafür gesorgt, und das konnte er nicht hinnehmen. Warum hatte sie nicht einfach getan, was man von ihr erwartete? Myron geheiratet, Kinder mit ihm gezeugt und still im Hintergrund ihre Aufgaben als Hausfrau und Mutter erfüllt?

Zorn und Genugtuung krochen in ihm hoch, denn er würde sich die Zügel nicht aus der Hand nehmen lassen. Dies war sein Spielzug, und er machte die Regeln.

42. Kapitel

Ein leichtes Zittern kroch über ihren Körper, und sie tauchte in die Geschichte ihrer Beziehung ein. So viele Jahre tiefer Verbundenheit, so viele wundervolle Augenblicke, so viel Anziehungskraft. Sie hatte ihn immer gewollt, er war alles, was ihr je wichtig gewesen war. Sie schob die Zeit beiseite, in der es ihn noch nicht für sie gegeben hatte, als sie noch Liebeleien mit pickligen Jünglingen als das Highlight ihres Lebens betrachtet hatte. Er war ihr wie ein Zeichen von Gott erschienen, und ihre Liebe war rein gewesen. Auch wenn die Vorstellung, dass er sie berührte, ihr einen wohligen Schauer über den Leib jagte, so hörte alle Fantasie auf, bevor es schmutzig wurde.

Sie streckte sich auf der Récamiere aus und ließ ihren Blick durch den Raum schweifen, die Zeitschriftenstapel waren aus ihrer Perspektive nicht zu sehen und störten so den Gesamteindruck nicht. Während ihre Gedanken die Reise durch die Jahre antraten und alle Ereignisse aufriefen, die dazu beigetragen hatten, ihre Beziehung einzigartig zu machen, lehnte sie sich entspannt zurück und betrachtete ihre Schätze und Kunstwerke. Sie wusste, dass sie begabt war und eine außergewöhnliche Künstlerin, deshalb passten ihre Seelen ja auch so gut zusammen. Das, was sie kreiert hatte, war einzigartig und würde hervorragend in ein Museum passen. Schließlich hatten auch andere Musiker solche Orte auf der Insel, sie dachte an Nikos Xylouris und das Haus in Anogia, das ihm gewidmet war, und den riesigen gezeichneten Stammbaum der Xylouris-Familie in der Taverne gegenüber. Das würde passen, denn ihre Collagen waren Zeitzeugen einer Reise, einer Entwicklung: vom einfachen Hochzeitssänger bis zum Weltstar. Vom jungen Burschen bis zum strahlend schönen Mann, dessen Seele leuchtete. Er war ihr Leben, und dass Zenia zu ihm gehörte, war eben so. Er brauchte eine Frau wie Zenia an seiner Seite – eine Frau, die bereit war zu repräsentieren und professionelle Stärke zeigte. Diese Ehe war gut für ihn, und daher sprach nichts dagegen. Sicher würde die Marketingexpertin den Wert eines Museums, angefüllt mit einer Kunstform, die es selten gab, zu schätzen wissen. Fliesenscherben kamen ihr in den Kopf, und sein Gesicht nahm vor ihrem inneren Auge aus diesem Material Gestalt an. Ein wundervolles Projekt, und es schien nur auf sie zu warten: sein Haar, wie es sanft schwebte, seine Augen, wie sie die Betrachter weit geöffnet ansahen. Ein Bilderwirbel entstand, und ihr Atem stockte kurz, als sich alle Impressionen hintereinander präsentierten. Dann war der Moment vorbei, und ihre Brust hob und senkte sich wieder in normalem Rhythmus. Ihre Arme und Beine begannen zu zittern, so, als müsse der Körper einen Schock abschütteln. Sie ließ es zu, schloss die Augen und verscheuchte das Bild der dunkel wehenden Mähne, die für ihre Verwirrung und die aufwallende Wut verantwortlich war.

43. Kapitel

Der Raum war edel, aber gemütlich eingerichtet und von überraschend normaler Größe. Er hatte nicht gewusst, was ihn erwarten würde, und hatte nach dem *kleinen* Salon mit einem Tanzsaal gerechnet.

Er schaute sich ruhig um. Es wäre ihm lieber gewesen, Zenia nicht hier zu wissen, denn ihre Kälte schien das Zimmer zu fluten. Das Bett war unbenutzt.

»Wurde das Bett gemacht, nachdem Ihr Mann das Haus verließ?«, fragte er.

»Selbstverständlich waren die Hausmädchen am Samstag in unseren Räumen, während wir im Studio waren«, sagte sie vollkommen unbetont, und so klang es weder hochnäsig noch herablassend.

»Er hat sich also danach nicht mehr hingelegt, oder kann es sein, dass die Frauen das Bett am darauffolgenden Tag gemacht haben?«

»Wofür ist das wichtig, Herr Kommissar?«, wollte sie nun wissen und klang tatsächlich ein wenig irritiert.

»Das weiß ich noch nicht«, gab er zu, »es kann ganz und gar unwichtig sein oder aber auch sehr wichtig. Ich nehme aktuell nur die Gegebenheiten auf.« Er ging durch den Raum. »Darf ich?«, fragte er, sie nickte, und er zog die Schublade des Nachttisches auf. In ihr lag ein Ladekabel.

»Wissen Sie, wo sein Handy sein könnte, er hatte doch gewiss eins?«

»Das trug er im Normalfall bei sich?«, sagt sie mit seltsam fragendem Unterton.

Penelope hatte nichts von einem Handy gesagt, und wenn es irgendwo im Meer lag, würde es unmöglich sein, es zu orten, zudem wussten sie bis dato nichts über den Ort, an dem der Körper in den Ozean eingetreten war. Sollte es wirklich im Wasser liegen, war es ein Ding der Unmöglichkeit, es zu finden. Die modernen Geräte hatten auch keine ewig langen Akkulaufzeiten. Er seufzte leise, und Zenias Blick heftete sich auf ihn.

»Sie haben es also nicht. Er hatte ein iPhone«, erklärte sie und biss sich dann kurz auf die Lippe, so, als hätte sie zu viel gesagt.

Er ging nicht weiter darauf ein, denn ihre Reaktion war interessant, so, als würde sie es nicht wollen, dass die Polizei die Daten des Sängers zu sehen bekommen würde.

Einige glatt gebügelte, gestärkte Stofftaschentücher lagen sorgfältig gefaltet in der Schublade und ein einfacher Komboloi. Er ging zu einem hohen Wandschrank aus hell lasiertem Holz, der deckenhoch aufragte, und war erstaunt, als er die Tür öffnete und dahinter nicht wie erwartet Regalfächer fand, sondern ein großes Ankleidezimmer.

»Fehlt mehr als das, was er trug?«, wollte er wissen, und Zenia betrat den Raum.

»Sehen Sie sich um, Herr Kommissar«, es schien ihr wichtig zu sein, ihn mit dieser Bezeichnung anzusprechen, »hier gibt es bestimmt einhundert schwarze Hosen, einhundertfünfzig schwarze Oberteile, vielleicht auch zweihundert, dazu Sakkos, Jacken und Mäntel. Ich kann Ihnen nicht sagen, ob davon eine oder mehrere fehlen. Mein Mann«, sie schluckte kurz, »neigte dazu, bestimmte Teile mehrfach zu erwerben, daher ...« Sie hielt inne. »Eine Jacke fehlt, ich hatte sie aus Athen mitgebracht. Eine leichte gefütterte Steppjacke mit blauem Innenfutter von *Ripndip*, ein Einzelstück.«

Die Art, wie sie ihm die Information gab, war widerwillig, was ihn irritierte. Spontan dachte er daran, dass alles einfacher gewesen war, als Penelope ihn bei seinem letzten wirklich großen Fall begleitet hatte. Vier Augen sahen mehr als zwei, und die unterstützende Befragung durch die kluge Rechtsmedizinerin hatte ihn entlastet. Er spürte kurz den nahenden Dreizehnten und schloss eine Sekunde die Augen.

Zenia war trotz ihrer Distanziertheit eine gute Beobachterin: »Ist alles in Ordnung?«

»Der Tod Ihres Mannes berührt mich«, erklärte er rasch, denn seine Probleme gingen wirklich niemanden etwas an, auch wenn die Presse schon ein großes Aufhebens darum gemacht hatte, dass er an jedem Dreizehnten Urlaub nahm. Christos hatte *freundlicherweise* diese Information herausgegeben, bevor Stelios ihm einen Maulkorb verpasst hatte.

»Dürfte ich mich noch einen Augenblick allein hier umsehen?«, erkundigte er sich nun.

Sie hob eine Augenbraue und richtete ihre Augen auf ihn, die weiterhin vollkommen ausdruckslos blieben: »Ich war bisher wirklich sehr zuvorkommend, Herr Kommissar, aber denken Sie nicht, dass das nun zu weit geht? Das sind die privaten Räume meines Mannes.«

Er brauchte ihre Bereitschaft, mit ihm an einem Strang zu ziehen, daher gab er nun, taktisch klug, sofort nach und entschuldigte sich sogar: »Es tut mir leid, ich wollte Sie nicht bedrängen. Je tiefer ich mich in die Person einfühlen kann, umso besser kann ich ermitteln.«

Sie wies ihn in einer eleganten Bewegung aus dem Ankleideraum, und er folgte ihrer Anweisung. Sollte Zenia Ariaki ihn nicht im Haus haben wollen oder als Ermittler ablehnen, würde Stelios dem Folge leisten müssen, und das durfte auf keinen Fall geschehen. Er ließ seinen Blick rasch schweifen und erhaschte, wie bei den Jungs in ihrem Spind in der Schule oder beim Sport auf der Innenseite einer Schranktür, die nur einige wenige Zentimeter aufstand, ein angepinntes Bild oder eine Art Zeitungsausschnitt. Zu gern hätte er einen Blick darauf geworfen. Er folgte ihr, und dann kam ihm der Zufall zu Hilfe.

Silenus platzte durch die Tür ins Zimmer und hielt einen Stapel Papiere in der Hand. Zenias komplette Aufmerksamkeit richtete sich für einen Augenblick auf ihren Schwager. Hyeronimos stieß die Schranktür ein wenig weiter auf. Das Bild, das über dem Artikel prangte, war für ihn wie eine Bestätigung, denn er hatte doch noch irgendwie Zweifel daran gehabt, dass der Sänger und Evangelina Sklaventaki eine Beziehung gehabt hatten. Dann war der Moment vorbei, und er trat schnell hinaus, denn Zenia drehte sich auffordernd zu ihm um. Silenus hatte ihm die wichtigsten Informationen zum Thema Anfeindungen zusammengepackt.

»Das ist wirklich nur ein Auszug«, sagte der Manager, »damit Sie sich schon mal einen Eindruck machen können.«

Beide standen ihm nun gegenüber und hätten nicht unterschiedlicher sein können.

»Ich erwarte Ihre Information über die angesetzte Pressekonferenz.« Zenia war nun wieder im Profimodus. »Am besten ruft Ihr Chef mich dazu an, sodass wir uns auf das Wording einigen können.«

Er nickte bestätigend, nahm die Papiere an sich, bedankte sich und sagte zum Abschied. »Ich werde sicher noch einige Fragen haben.« Er ließ offen, wie er diese stellen würde: persönlich, schriftlich oder telefonisch.

Zenia verabschiedete sich ebenfalls von ihm, und Silenus begleitete ihn zur Tür. Der Mann legte ihm die Hand auf den Arm, was Hyeronimos als außerordentlich unangenehm empfand, denn er mochte es nicht, angetatscht zu werden.

»Ich muss Ihnen gewiss nicht sagen, dass der gewaltsame Tod meines Bruders wirklich etwas richtig Schlimmes ist.«

Hyeronimos nickte bestätigend. »Ich verstehe das vollkommen«, dann wandte er sich zum Gehen. Er hatte sein Auto fast erreicht, als Athanasias' Stimme ihn zurückhielt: »Zenia hat das alles nicht verdient. Sie sollten ...«

»Athanasia!« Zenias' Stimme ließ keinen Widerspruch zu, und die zerzauste Kostümbildnerin drehte sich auf dem Absatz um und verschwand in Richtung Haus, ohne ihren Satz zu beenden.

Er öffnete die Autotür und war irgendwie erleichtert, so, als würde ihm der Wagen Sicherheit bieten, obwohl er sich gar nicht bedroht gefühlt hatte.

Nachdem er das Grundstück verlassen hatte, suchte er einen Platz am Straßenrand, parkte dort und zückte sein Notizbuch, um alles, was er gehört, gesehen und gespürt hatte, detailliert zu notieren. Dann rief er Stelios an. Er erfuhr, dass der rechtsmedizinische Kollege, den Penelope benötigte, um die Todesart zu bestätigen, schon vor Ort war und auf seinen Einsatz wartete. Nun würde die Lawine ins Rollen geraten, und sie konnten sie nicht mehr aufhalten. Die örtliche Polizei war informiert, um das Anwesen von außen zu schützen.

Sein Magen knurrte laut und vernehmlich. Er beschloss, auf dem Rückweg die alte Straße bis Rethymno zu nehmen, um eine Taverne zu finden, die zu dieser Jahreszeit nur für die Inselbewohner geöffnet war. Er musste etwas essen, und der Sinn stand ihm nach gebratener Leber mit viel Rosmarin – falls das nicht möglich war, würde er sich auch mit der traditionellen Bratwurst zufriedengeben. Die Kennzeichenabfrage fiel ihm wieder ein, und er drückte stöhnend Zacharis' Nummer.

44. Kapitel

Penelope wartete schon im Sektionssaal, als Giorgia den Kollegen endlich hereinführte. Es war also so weit.

Sie reichte ihm den Bericht und ließ das Gesicht des Toten vorerst bedeckt. Er sah sie fragend an, und sie verdrehte die Augen und zuckte mit den Schultern, so, als folgte sie nur einer Anweisung. Er hinterfragte das nicht, denn obwohl sie auf der Insel das Sagen hatte, wusste man nie, was Athen befahl. Daher machten sie sich zügig an die Arbeit. Er bestätigte alle Befunde, und als sie dann für die Ansicht der Halswirbelsäule zur Bescheinigung der Todesursache den Körper zur Seite drehen mussten, nahm sie den Stoff von Callistus' Antlitz. Sie konnte das Entsetzen im Gesicht des gestandenen Pathologen sehen, und dann machte sich Verzweiflung darin breit. Er bat um ein Tuch, um sich die aufsteigenden Tränen aus den Augen zu wischen.

»Das ist Callistus«, sagte er mit erstickter Stimme und wiederholte. »O mein Gott! Das ist Callistus!«

Penelope nickte und schwieg.

Sie schaute kurz auf die Uhr, denn sie wollte keinesfalls die Pressekonferenz verpassen, die Stelios für 17:30 Uhr angesetzt hatte, und sie hatte das Bedürfnis, vorher noch mit Hyeronimos zu telefonieren. Sie bemerkte, dass sie es vermisste, mit ihm unterwegs zu sein und dabei mit den Lebenden zu arbeiten. Er hatte ihr kurz bestätigt, dass Silenus Ariakis und auch Athanasia Ariaki den Bruder auf den Fotos eindeutig identifiziert hatten, was deren Besuch im rechtsmedizinischen Institut in Irakleio an sich unnötig machte, doch sie musste den Hinterbliebenen das Angebot unterbreiten, zu ihr zu kommen – und sicher würde die Familie auch wissen wollen, wann der Leichnam zur Beisetzung freigegeben würde. Insgesamt eine heikle Geschichte, denn hier würde nicht nur sie unter Druck geraten, sondern auch die Polizei. Von den Behörden in Athen und auch der Politik erwartete sie eine gewaltige Einmischung, und damit würde sich alles noch mehr verkomplizieren.

Callistus hatte seine Heimat nicht verlassen, bezahlte also seine Steuern in Griechenland, und sie ging davon aus, dass es sich hierbei um eine nicht unerhebliche Summe handelte.

Das war alles so zum Kotzen. Sie wollte sich gern die Haare raufen, die Musik aufdrehen und so lange umhertanzen, bis die Anspannung, die sie empfand, gelöst war.

Oder ich sollte mal wieder Sex haben, dachte sie spontan und musste daraufhin grinsen, denn es wirkte irgendwie erleichternd. Sie schaute sich kurz um, um zu sehen, ob sie den Satz versehentlich laut gesagt hatte, doch die beiden Menschen im Raum starrten sie nicht entgeistert an. Sie atmete heilfroh aus und wandte sich wieder dem Pathologen zu, der wieder über den Leichnam gebeugt war, ihn aber nun mit offensichtlicher Ehrfurcht berührte.

»Nun verstehe ich, warum ich nicht sofort reinkommen durfte«, sagte er, und seine Stimme bebte ein wenig, »das hier … er … wird für eine Welle der Trauer sorgen.«

»Und wenn die Ermittlungen nicht schnell genug vorangehen, auch für eine Welle der Empörung, und schlimmstenfalls werden sich eine Menge selbst ernannter Ermittler auf den Weg machen, um herauszufinden, was geschehen ist, denn mit so einer Story ist viel Geld zu verdienen«, fügte Penelope an und nahm verwundert die Bitterkeit in ihrer Stimme wahr. Die Sensationsgier der Menschen war etwas, was wirklich gegen ihre Grundwerte verstieß, und dieser Fall würde das mehr als andere zum Vorschein bringen.

Er blickte sie kurz nachdenklich an und nickte dann bestätigend: »Ja, das klingt so, als könnte es passieren.«

»Es wird«, sagte Penelope nachdrücklich, »es sei denn, die Polizei klärt den Fall bis zum Wochenende auf.«

»Vielleicht ist er ja doch nur unglücklich gefallen«, warf der Mann ein.

»Glauben Sie das wirklich?«, wollte sie wissen. »Er müsste gefallen sein, sich das Genick gebrochen haben, gestorben sein und dann ins Meer gestürzt oder gerollt sein. Bei einem Spaziergang mit Lederhalbschuhen und ohne Jacke.«

Er senkte den Blick auf den Toten: »Wenn Sie es so sagen, klingt es wirklich recht unwahrscheinlich. Er wurde also getötet! Herrgott, wer tut so etwas? Wer tötet Callistus?«

Giorgia warf Penelope einen verständnisvollen Blick zu und reichte dem Mann die Papiere, die er unterschreiben musste. Er signierte alle notwendigen Seiten, beugte sich dann erneut über den Sänger und legte ihm ganz vorsichtig wieder das Tuch auf das entstellte Gesicht. Andächtig blieb er noch eine Minute stehen, und an seinen stillen Mundbewegungen konnte Penelope sehen, dass er ein Gebet für Callistus sprach, denn im Anschluss bekreuzigte er sich mehrfach und verabschiedete sich dann rasch.

»Bitte warten Sie bis zur Pressekonferenz um halb sechs, bevor Sie etwas nach draußen kommunizieren, und bei Anfragen zu Interviews oder Ähnlichem halten Sie bitte vorher mit mir Rücksprache.« Ihr Ton machte unmissverständlich klar, dass sie ihm als seine Dienstvorgesetzte eine Weisung erteilte.

Er nickte und verließ den Sektionssaal leicht gebeugt, so, als würde eine Last auf seinen Schultern ihn niederdrücken.

Penelope nahm die Papiere an sich, wandte sich zu Giorgia: »Bringst du ihn bitte zurück in die Kühlung und machst hier klar Schiff. Ich muss telefonieren. Bitte schau dir auch die Pressekonferenz an«, fügte sie noch hinzu und ging dann in ihr Büro.

Rasch nahm sie das Telefon in die Hand, in der Hoffnung, Hyeronimos noch zu erreichen, und tatsächlich nahm er das Gespräch nach dem ersten Läuten an: »Gia, Pen.«

»Hyeronimo, wo bist du? Wie war's? Wie geht es dir? Wie haben sie reagiert?«, sprudelte es aus ihr heraus.

»Immer langsam mit den alten Männern!«, sagte er, und sie konnte hören, dass er kaute. »Ich wollte eigentlich irgendwo zwischen Chania und Rethymno etwas essen, hatte dann aber doch nicht so recht Lust, eine Taverne zu suchen, daher bin ich gerade in Ammoudara im *Thigaterra*.«

»Und du isst den megaleckeren Tiri Saganaki mit dem Rosen-Chutney«, vervollständigte sie seine Erklärung.

»Beobachtest du mich etwa? Oder hat Manos dir Bilder von meinem Essen geschickt?«, versuchte er sich in einem scherzhaften Ton.

»Ich kenne dich eben, und ich weiß, wie lecker diese Kombination ist. Hach, der weiße Sangria dort ist einfach sensationell«, sie stöhnte sehnsüchtig. »Wir sollten mal wieder zusammen dort essen.«

»Das sollten wir. Die Agnopita ist übrigens auch köstlich, die Geflügelwurst aus Larisa macht sie so besonders«, er kaute krachend, »das erklärt mir Manos gerade. Er sagt, ich soll dich grüßen.«

Sie bestellte einen Gruß zurück und wiederholte ihre Fragen.

»Es war anstrengend und aufschlussreich. Ich bin mir sicher, dass das, was wir im Außen zu sehen bekommen haben, mit dem Innen nicht viel zu tun hat, und höchstwahrscheinlich weiß die Familie über Evangelina Bescheid«, berichtete er und erzählte dann von dem Zeitungsausschnitt, den er kurz gesehen hatte. »Das ist so subtil, dass es wie ein Schlag mit einem Hammer ist.«

»Denkst du, sie haben etwas damit zu tun?«, wollte sie nun wissen.

»Es ist zu früh, solche Vermutungen zu formulieren, aber was wäre, wenn sie es wüssten und ihn getötet hätten? Wäre das nicht sehr dumm und wesentlich intelligenter gewesen, das Mädchen aus dem Weg zu räumen?«

»Da hast du irgendwie recht, doch diese Option würde ja Absicht voraussetzen, während die Todesursache durchaus auch ein Unfall gewesen sein ... könnte«, warf Penelope ein.

»Sein Tod kurbelt sicher die Verkaufszahlen an, doch es gab einige Projekte«, er senkte nun seine Stimme, »und die sind mit einem Toten schwer umzusetzen und bedeuten sicher finanzielle Einbußen. Zacharis geht allerdings von einer Lebensversicherung aus, die in den sieben- bis achtstelligen Bereich geht.«

Penelope pfiff anerkennend: »Alter Falter! Die Konditionen möchte ich gern mal lesen, denn bei einem Star muss man ja eigentlich auch gewaltsamen Tod mit einplanen.«

»So wird es wohl sein, und die Frage ist: Wer sind die Begünstigten?«, er flüsterte noch immer. »Zacharis hat schon fast die gesamte Wand voll, und ich bin sehr gespannt. Übrigens war mindestens ein Fahrzeug, das auf einen Journalisten zugelassen ist, vor dem Haus der Ariakis', als ich ankam, aber bisher ist noch kein Posting online. Vielleicht hat er geschlafen.«

»Ich möchte dir gern bei den Ermittlungen zur Seite stehen«, sagte sie rasch, »also falls du das auch möchtest.«

»Es ist mir eine Ehre, mit dir zu arbeiten«, sagte er förmlich und klang wie früher, als sie noch keine Freunde gewesen waren, und fügte dann hinzu: »Und besonders gern, weil heute der Elfte ist.«

Sie verstand ihn sofort und ging auf seinen Ton ein: »Auch mir ist es eine Ehre, und du weißt, dass ich immer für dich da bin.«

»Danke, Penelope«, sagte er, und sie hörte ihn nach einem Espresso und der Rechnung fragen.

»Ich muss dann los. Du siehst mich bei der Pressekonferenz, und alles andere besprechen wir danach oder morgen früh beim Kaffee.«

Er beendete das Telefonat, und sie ging zum Schreibtisch, um die Papiere in die Fallakte zu packen, ihre Rechercheergebnisse zu Evangelina, den Sklaventakis' und den Kapetanakis' auszudrucken und in einen Ordner zu heften. Vielleicht konnte sie mit einigen Informationen sogar Zacharis überraschen.

45. Kapitel

Myron warf das Telefon verärgert auf den Schreibtisch, seine Hand glitt in den Hemdkragen, dessen Knopf ihm einfach immer etwas zu eng am Kehlkopf saß. Er hasste es, Anzug und Krawatte tragen zu müssen, doch sein Vater bestand im Büro darauf, also fügte er sich widerwillig. Es machte keinen Sinn, den Alten wegen so etwas aufzubringen. Er hatte bereits mehrfach versucht, Nereos Sklaventakis an den Apparat zu bekommen, um nun endlich den Termin für die Hochzeit zu fixieren. Es sah fast so aus, als würde sich der Kerl davor drücken, die getroffene Vereinbarung einzuhalten. Doch das würde ihn teuer zu stehen kommen, denn man spielte nicht mit den Kapetanakis'. Sein Vater kam aus einer angesehenen Schäferfamilie und der weitverzweigte Clan verfügte überall auf Kreta über Einfluss, und wenn eines auf der Insel als ungeschriebenes Gesetz galt, dann dass Blut dicker als Wasser war. Nereos wollte schließlich gewählt werden und brauchte jede Stimme. Wenn sich ein solches Familienkonstrukt gegen ihn aussprach, konnte er sich das Amt in die Haare schmieren. Es klopfte behutsam an die Tür, und schon die Art verriet ihm, wer davorstand: Es konnte nur seine Mutter sein, denn niemand sonst bat so zaghaft um Einlass.

»Ja?«, rief er, und sie öffnete die Tür einen Spalt, spähte vorsichtig herein und trat erst ein, als er ihr zuwinkte. Sie war eine seltsam verhuschte Person, und er konnte kaum glauben, dass sie das Büro einmal geleitet hatte. Sie tat ihm irgendwie leid, denn er mochte sie, auch wenn er sie nicht gern um sich hatte, seitdem sie bereitwillig und regelmäßig dem Alkohol zusprach.

»Mutter«, sagte er mit neutraler Stimme, »was treibt dich zu mir?

Wieder dieser verhuschte Blick, dann schloss sie die Tür, kam auf ihn zu, beugte sich über seinen Schreibtisch und sagte: »Diese Hochzeit ist nicht gut, mein Junge.« Ihre Stimme klang unheilvoll, und er konnte ihren Atem riechen, der ihm verriet, dass etwas Hochprozentiges im Spiel gewesen war.

Er lehnte sich unauffällig in seinem Stuhl zurück, um den Abstand zu ihr zu vergrößern. »Warum nicht?«, blaffte er genervt, denn sein Ärger über Nereos war noch nicht verflogen und mischte sich mit der Frustration, Evangelina nicht in seinen vier Wänden zu haben. Der Ton tat ihm sofort leid, doch sie reagierte nicht mit Rückzug, wie er es von ihr gewohnt war.

»Es ist der Schmutz, den sie mitbringen, und der wird dich auch verunreinigen. Er wird unsere Familie besudeln, er hat sie schon besudelt«, sie redete sich in Rage, »und alle kichern über uns.«

»Evangelina ist eine schöne, junge Frau, und wir wissen, dass sie gebärfreudig ist«, er lachte kurz spöttisch auf, »damit ist der Fortbestand unserer Familie gesichert. Du wirst Enkel bekommen. Das wolltest du doch immer.«

»Ja, aber nein, ich will nur nicht, dass man sich das Maul über dich zerreißt, von wegen, der Junge braucht einen Vertrag, damit ihn jemand heiratet. Welches Licht wirft das auf unsere Familie?« Ihre Augen wurden schmal.

»Ist das alles, Mutter?«, fragte er mit zusammengebissenen Zähnen, denn dieser Angriff ging ihm merklich zu weit. Was war nur in sie gefahren? Seit wann traute sie sich, so aufzutreten und gegen die Entscheidung seines Vaters offen aufzubegehren.

Sie ließ nicht locker: »Myron, mein Junge! Denk über meine Worte nach, ich meine es wirklich nur gut mit dir, und ich helfe dir, eine Braut zu finden, die sich alle Finger nach dir ablecken wird, nicht eine, die von ihrer Familie gezwungen wird, sich zu dir zu legen. Sie ist wie eine faule Frucht, die uns alle vergiftet.«

Myron war ernstlich irritiert, seine Mutter wirkte wie besessen. »Möchtest du ein Wasser oder einen Kaffee?«, er hoffte, etwas zu finden, was sie ein wenig ernüchtern würde.

»Ich möchte nur, dass …«, sie verstummte schlagartig, als die Tür aufging.

Meine Güte, das hier war *sein* Büro und kein Elternsprechzimmer. Sein Vater kam festen Schrittes herein. »Da habe ich doch richtig gehört. Katherina, was willst du hier?«, sagte er mit grollendem Unterton, und Myron sah mit halber Genugtuung, wie seine Mutter zusammenzuckte und sich dann von seinem Schreibtisch entfernte. Wenn es nicht seine alte, verhärmte Mutter gewesen wäre, hätte ihm die devote Körperhaltung sogar gefallen. Kurz glitten seine Gedanken zu Evangelina, dann hatte er sich wieder im Griff.

»Vater, was kann ich für dich tun? Mutter wollte gerade gehen, sie hat mich nur gefragt, was sie mir kochen darf.« Er wusste selber nicht, warum er sie nach diesem Auftritt in Schutz nahm und für sie log.

Der Blick seines Vaters durchbohrte ihn und nagelte ihn quasi am Stuhl fest, doch dann ließ der Alte von ihm ab und scheuchte seine Frau aus dem Büro wie ein lästiges Ungeziefer. Es war wirklich Zeit, dass er sich von diesen beiden Menschen befreite. Wenn er verheiratet war und seine eigene Familie gegründet hatte, dann würde er sich distanzieren können, und ganz sicher brachte ihm die Ehe mit ihr nicht nur sexuelle Freuden, sondern auch den Vorteil, das Schicksal des Unternehmens maßgeblich mit beeinflusst zu haben. Sie waren auch ohne diese Fusion erfolgreich, keine Frage, doch mit ihr würde sich das Geschick der Firma noch um ein Vielfaches ins Positive steigern. Er griff erneut zum Hörer, um Nereos an den Apparat zu bekommen.

46. Kapitel

Die Pressekonferenz war wie erwartet gelaufen. Hyeronimos ging an Stelios Seite den kahlen, fleckigen Flur zu den Büros entlang. Maria saß noch an ihrem Platz, trotz der späten Stunde, und ihre Augen blickten weich auf ihren Chef. Stelios' persönliche Assistentin war ein Unikat, sie kannte alles und jeden auf der Insel und beschützte den Mann wie der Kerberos das Höllentor. Ihre knallroten Fingernägel konnten einem Furcht einflößen, wenn sie sie wütend auf jemanden richtete, doch nun lagen sie zahm auf der Tastatur.

»Maria«, sagte Stelios müde, »geh nach Hause. Das Unheil nimmt seinen Lauf.«

Ihre Stimme hatte den Klang eines Whisky trinkenden Cowboys, rau und dunkel. »Ja, Chef«, murmelte sie, doch sie machte keinerlei Anstalten zu gehen. Stattdessen drehte sie sich samt Stuhl herum, öffnete eine Schranktür, nahm drei schwere Gläser und eine Flasche mit einem durchsichtigen Getränk heraus, und Hyeronimos wusste, dass es ihm gleich die Speiseröhre verbrennen würde, denn dies war der berüchtigte Tsikoudia ihres Onkels aus Krousonas: Das Zeug tötete ganz sicher Insekten.

Sie erhob sich und folgte ihnen ins Büro. Der sonst so korrekte Stelios widersprach nicht, als sie jedem einen Fingerbreit des Höllentrunks eingoss und das Glas hob.

»Stin ygia mas«, prostete Hyeronimos den beiden anderen zu, und auch Stelios hob sein Glas, dann kippten sie das Zeug hinunter, und die sengende Hitze, die sich in seinem Schlund bemerkbar machte, verdeutlichte ihm, warum er das Getränk nur sehr selten zu sich nahm. Er musste sich sogar kurz schütteln, und sie blickte ihn mit halb strafendem, halb mütterlichem Blick an.

Dann wandte sie ihre Aufmerksamkeit Stelios zu: »Kann ich wirklich nichts tun, Chef?«

Er schüttelte den Kopf, ließ sich schwer in seinen Stuhl fallen und sagte: »Mach Feierabend, und danke, Maria.«

Sie hob die Flasche fragend, und beide Männer schüttelten gleichzeitig rasch den Kopf.

Grinsend verließ sie den Raum.

»Das war furchtbar.« Stelios stützte seine Arme auf dem Schreibtisch auf und vergrub seinen Kopf darin.

»Ja, das war es«, gab Hyeronimos ihm recht, denn es gab hier nichts zu beschönigen.

Nachdem Stelios den Sachverhalt dargestellt und den Namen des Toten preisgegeben hatte, war eine fürchterliche Stille entstanden, tonnenschwer hatte sie im Raum gelastet, und dann waren die Reaktionen wie eine Feuersbrunst, der man Sauerstoff zugefügt hatte, auf sie zugerast. Einige hatten sogar zu weinen begonnen. Rufe des Unglaubens und Erstaunens waren laut geworden, man hatte Ärger darüber geäußert, dass man die Identität zwei Tage lang geheim gehalten hatte.

Hyeronimos hatte die Hand gehoben und mit lauter, klarer Stimme gesagt: »Ruhe, bitte, Major Mentakis wird Ihre Fragen beantworten, so Sie denn welche stellen.« Das hatte für eine geordnete Vorgehensweise gesorgt, und Stelios war in der Lage gewesen, sich professionell zu jeder Fragestellung zu äußern – nach bestem Wissen und Gewissen.

Sie hatten den Raum kaum verlassen, als der erste Anruf der Kollegen aus Chania kam, denn die Trauernden hatten schon damit begonnen, vor der Villa Kerzen aufzustellen und Blumen abzulegen. Die Jungs im Streifendienst hatten ebenfalls Leute gemeldet, die an unterschiedlichsten Orten eine solche Art Schrein für den toten Sänger zu errichten begannen.

»Wer kümmert sich um die Hotline und das, was dort eingeht, um die ganzen Irren auszusortieren?«, wollte Hyeronimos wissen, denn aktuell konnten Zacharis und er dies nicht umfassend leisten.

»Es wird dir nicht gefallen«, begann Stelios, und er wusste, was das bedeutete: Christos war mit im Boot.

Er unterdrückte ein Seufzen.

»Ich brauche jede Unterstützung und kann auf euren Disput keine Rücksicht nehmen. Das hier ist zu groß, da wird Persönliches einfach klein«, machte Mentakis seinen Standpunkt klar.

»Selbstverständlich, Stelio. An mir soll es nicht liegen«, verdeutlichte Hyeronimos seine Sicht der Dinge und wusste, dass es irgendwie kindisch war, doch er war sich wirklich keiner Schuld bewusst. Er hatte diese Feindschaft nicht angezettelt.

»Ich habe es auch Christos gesagt: Ich brauche euch und euer Team, und ihr müsst an einem Strang ziehen. Wir müssen diesen Fall schnell und absolut hieb- und stichfest aufklären, sonst dürfen wir demnächst Parksünder verfolgen – und zwar alle!«

Hyeronimos nickte ergeben. Sie tauschten sich noch einen Moment aus, dann sagte er: »Ich schaue mal, was Zacharis alles in meinem Büro zusammengetragen hat. Vielleicht ist da schon etwas dabei, was uns die Richtung weisen kann, obwohl ich auch mit der Familie noch nicht ganz fertig bin.«

Stelios schaute ihn durchdringend an: »Ich verlasse mich auf dich, dass du nichts Unbesonnenes tust, und begrüße es sehr, dass Penelope dich begleitet.«

Hyeronimos verabschiedete sich, ging zur Tür, drehte sich noch einmal um und sagte: »Kann ich noch etwas für dich tun, Stelio?« Doch sein Chef winkte ab und ging.

Vorsichtig öffnete er die Tür zu seinem Arbeitsplatz, denn er fürchtete sich tatsächlich vor dem, was ihn erwartete. Er konnte es nicht ertragen, wenn seine Ordnung aus dem Lot geriet, und sein Körper reagierte prompt und meist unkontrollierbar darauf. Langsam betrat er das Zimmer, das er versucht hatte, mit einigen Fotografien vom Meer etwas charmanter zu gestalten. Erstaunt nahm er wahr, dass sich alles genau am rechten Ort befand. Zacharis hatte das magnetische Whiteboard gefüllt, aber sonst keine Spuren hinterlassen. Er atmete erleichtert aus und spürte, dass er den Atem angehalten hatte. Er nahm sich vor, den Mann mit der blauen Aura mehr wertzuschätzen, als er es bisher getan hatte. Er lehnte Zacharis nicht per se ab, es war viel mehr die Führungsverantwortung, die ihm zu schaffen machte. Doch Stelios hatte diesen Mitarbeiter geschickt ausgewählt, das verstand er langsam immer mehr: Zacharis würde sich nie gegen ihn wenden, dafür sorgte sein Sicherheitsbedürfnis, und er nahm offensichtlich auch auf die Befindlichkeiten seines Chefs Rücksicht. Er hängte seine Jacke ordentlich auf den Haken, dann stellte er sich vor die Wand, um sich einen Überblick zu verschaffen.

Zacharis hatte eine Nachricht angepinnt: *Bin jederzeit erreichbar, Chef!*

Er fand biografische Informationen über die Familie Ariakis und die als Zenia Mathoudaki geborene Ehefrau des Sängers, inklusive familiärer Hintergründe. Eine weitere Leiste befasste sich mit der Familie Sklaventakis, die Notizen über Evangelina waren mager, über Mutter und Bruder gab es hingegen viel zu lesen. Er überflog die in Zacharis gerader Handschrift verfassten Hinweise und Verweise, drehte sich um und sah nun die Mappe, die so gezirkelt auf dem Stapel auf seinem Schreibtisch lag, dass er sie tatsächlich auf den ersten Blick übersehen hatte. Seine Augen weiteten sich voller Respekt. Er nahm sie in die Hand, öffnete sie und trat wieder vor das Whiteboard, das beinahe die ganze Wand gegenüber dem Arbeitsplatz einnahm. Zacharis hatte die Ausdrucke und ausführlichen Aufschriebe geordnet und oben rechts mit Ziffernkombinationen versehen, mit denen er den jeweiligen Eintrag auf der Wand gekennzeichnet hatte. So konnte Hyeronimos alles genau nachvollziehen und sich in die Daten und Fakten einarbeiten. Sein Handy surrte kurz, er zog es aus der Hosentasche, sah eine Nachricht seiner Mutter und eine von Kassia. Seine Mutter beschrieb ihre Trauer, vermerkte, dass es seinem Vater wirklich gut ging, und bat ihn, vorsichtig zu sein. Kassia jedoch forderte ihn dazu auf, sie offiziell zu kontaktieren, und er kam dem sofort nach, indem er eine professionell formulierte E-Mail verschickte.

Sein Handy klingelte keine Minute danach, doch es war nicht sie, sondern seine Yaya. »Titika«, sagte er und fühlte sich auf einmal unendlich müde.

»Maki«, benutzte sie seinen Kosenamen, »ich habe dich im Fernsehen gesehen. Mein Junge, was ist das für eine furchtbare Geschichte?«

»Ja, sie ist furchtbar und wahr.« Er bemerkte seinen resignierten Ton und straffte sich ein wenig. »Wir arbeiten mit Hochdruck daran aufzuklären, was geschehen ist.«

»Das weiß ich. Du bist der beste, Maki!« Sie gab ihm Zuspruch, und er war froh, sie zu haben. »Kommst du am Sonntag zum Essen? Ich mache Dolmadakia, Moussaka und backe Melomakarona«, lockte sie ihn, wohl wissend, dass er nach einem überstandenen Dreizehnten immer besonders hungrig war.

»Ich komme«, versprach er, »ich muss auch wirklich dringend ins Wasser!« Ihm wurde bewusst, wie sehr er das Schwimmen vermisste.

»Du kannst jederzeit kommen, alles ist dann fertig, und ich muss es nur noch aufwärmen. Ich habe auch Staka und frisches Brot.«

Er spürte, wie ihm beim Gedanken an den warmen Rahm, der beim Buttermachen von der Ziegen- oder Schafsmilch abgeschöpft wurde und mit etwas Mehl zu einer Creme eingedickt wurde, das Wasser im Mund zusammenlief.

»Danke, Titika«, sagte er schlicht.

»In Ordnung, Junge.« Sie verabschiedete sich, und kaum, dass das Telefonat beendet war, sah er einen neuen Ruf eingehen – mit einer Nummer aus Athen. Er hoffte, dass es Kassia war und keine andere offizielle Stelle, deren erster Ansprechpartner eigentlich Stelios war.

Erleichtert hörte er ihre Stimme.

»Guten Abend, Kommissar Galavaki«, blieb sie offiziell.

Er grüßte zurück und konzentrierte sich darauf, sachlich zu bleiben und nicht daran zu denken, wie sie sich in seine Arme geschmiegt hatte, wie er sich vollständig gefühlt hatte, als er ihren Herzschlag gespürt und ihren Atem eingesogen hatte.

Sie erkundigte sich nach dem Stand der Dinge, wollte hören, was sie auf der Pressekonferenz für sich behalten hatten, erkundigte sich zwischen den Zeilen nach seinem Befinden und gab ihm zu verstehen, dass sie für ihn da sein würde, wenn er sie brauchte. Er beantwortete alles und wusste die Informationen bei ihr gut aufgehoben. Sie gaben grundsätzlich nicht alle ermittlungsrelevanten Einzelheiten an die Presse weiter, um bestimmte Details zur Täterüberführung nutzen zu können. Kurze Zeit später verabschiedete sie sich von ihm, um den offiziell motivierten Anruf nicht über Gebühr in die Länge zu ziehen. Er war froh, ihre Stimme gehört zu haben, schickte seiner Mutter eine kurze Nachricht und vertiefte sich wieder in Zacharis' Rechercheergebnisse.

Sein Telefon klingelte erneut. Entnervt warf er einen Blick auf sein Display, sah Penelopes Nummer und stellte das Gespräch auf laut.

»Das war echt gruselig«, klang ihre Stimme scheppernd aus dem Lautsprecher.

»Ja«, bestätigte er einsilbig.

»Ahh, ich rufe genau richtig an, du beschäftigst dich mit dem, was der Gott der Nachforschungen herausgefunden hat«, sagte sie triumphierend. »Ich habe da auch einiges entdeckt. Wollen wir uns abgleichen?«

»Ich bin noch nicht sehr weit gekommen.« Er brauchte noch etwas Zeit und Ruhe, um sich mit alldem auseinanderzusetzen, und sie verstand ihn sofort.

»Stelios hat mir kurz bestätigt, dass ich *mitspielen* darf. Ist es okay für dich, wenn wir uns morgen früh bei dir treffen«, vergewisserte sie sich, »ich bringe auch das Frühstück mit?«

»Sehr gern, ich freue mich auf dich ... aber erst morgen früh! Der Tag war furchtbar und ... anstrengend.«

»Prima, bis morgen«, trällerte sie nun ganz nach Penelope-Art und legte auf.

Er schaltete das Handy auf komplett lautlos und machte sich wieder an die Arbeit.

47. Kapitel

War das entsetzlich oder ein Geschenk? Nichts war, wie es sein sollte, und doch schien alles irgendwie genau richtig. Es geschah eben nichts ohne Grund. Das Universum verfolgte einen großen Plan, anders war die zufällige Begegnung nicht zu erklären.

Sie hatte einfach intuitiv reagiert, und das war genau richtig gewesen. Es gab keinen Plan oder ein Ziel, das sie verfolgte, außer die, die sie liebte, zu beschützen und natürlich am Ende auch sich selbst. Alles war so einfach gewesen, auch das ließ sich nicht anders als durch Schicksal erklären. Die Moiren spannen die Fäden auf sonderbare Weise.

Sie hatte schon gehen wollen, denn wie so häufig hatte sie sich, kurz nachdem sie sich ihren Gelüsten hingegeben hatte, schmutzig gefühlt. Nur ein paar Minuten hatten über das entschieden, was sich dann entwickelte. Sie war wirklich erstaunt darüber, wie vertrauenswürdig sie gewirkt hatte. Sie, der man immer den Grips absprach, sie, von der man erwartete, still alles Unliebsame zu beseitigen. Es gab nur Ansprüche an sie und kein Dankeschön. Wenn sie ehrlich zu sich selbst war, dann war sie verzichtbar, egal, wie sie es drehte und wendete. Das machte es umso spannender, dass sie scheinbar unverhofft wie eine Sirene singen konnte. Der Gesang der Sirenen hatte gestandene Seefahrer vom Weg abgebracht und in die Falle gehen lassen. Doch die Sirenen zogen genau mit dieser Absicht durch die Lande: Sie wollten locken und sich dann die Seelen einverleiben. Sie jedoch hatte keine Absichten. Sie hatte spontan gehandelt, ein Gespräch begonnen und wohl intuitiv die richtigen Worte gefunden. Es war einfach so geschehen, und dann offenbarte sich eine unaufhaltsame Dynamik. Hätte sie anders agiert, wenn sie geahnt hätte, wie sich alles entwickeln würde? Sie fand keine Antwort und kehrte zu ihrem Eingangsgedanken zurück: War es entsetzlich oder ein Geschenk?

Die Tage waren vergangen, andere Schrecken ereigneten sich, und beinahe vergaß sie, was sie getan hatte. Sie hatte sich davonschleichen müssen, war kopflos durch einen Supermarkt geflitzt und hatte sich dann auf den Weg gemacht, in der Hoffnung, dass niemand ihr Fehlen bemerken würde.

Erst war sie in eine panische Schockstarre verfallen, hatte sich nicht mehr bewegen können, die Plastiktüte mit den Einkäufen war ihr aus der Hand gerutscht, die Lebensmittel und Pflegeartikel hatten sich auf dem Boden verteilt, ein Apfel war gen Meer gerollt und über die abschüssige Klippe verschwunden. Ihre Atmung war laut und keuchend gewesen und hatte von den steinernen Mauern zurückgeschallt. Ihr Herz hatte gerast, und sie war sich sicher gewesen, dass sie nun einen Herzinfarkt bekommen würde. Sie hatte schon den Schmerz auf der Brust gespürt und sich eingebildet, dass auch ihr Arm betroffen war.

Doch dann war der Himmel aufgerissen und ein greller Sonnenstrahl auf das Meer gefallen, als würde ein Scheinwerfer auf einen bestimmten Punkt gerichtet, und sie verstand das Zeichen und machte sich an die Arbeit. Waren die Fäden einmal geknüpft, konnte man sie nicht mehr durchtrennen und musste handeln, egal, wie verwirrend oder in diesem Fall sogar überraschend schmerzhaft es war. Sie hatte nicht mehr gewusst, dass sie so tatkräftig handeln konnte, und war über sich selbst und ihren Körper erstaunt gewesen.

Schweiß war ihr über die Wangen gelaufen und hatte sich mit Tränen, die aus Furcht, Trauer und Siegestaumel bestanden, vermischt. So war das also, wenn man Schicksal spielen durfte.

48. Kapitel

Nereos hatte nach der Pressekonferenz versucht, mit Sofia zu reden, doch ihre Tür war verschlossen, und egal, wie sehr er daran pochte, der Handwerker hatte sie erst vorgestern wieder instand gesetzt. Sie war stabil und trug den Schall kaum weiter. Vielleicht hörte sie ihn daher einfach nicht? Sie war auf jeden Fall zu Hause, denn er hörte ihren Fernseher laut und deutlich.

Er hatte nachts kaum geschlafen, so sehr waren seine Gedanken in Aufruhr gewesen. Er hatte Myrons Anrufe ignoriert und die Kapetanakis' gewiss dadurch verärgert, nur weil seine Mutter der Fantasie nachhing, dass ein Kind von Callistus ihnen Vorteile bringen konnte. Sie waren doch reich genug und brauchten das Geld nicht. Teris war in ihren Augen plötzlich zu einem kleinen Goldjungen geworden. Letzte Woche noch ein Parasit, war er nun das Goldene Kalb, das sie anzubeten schien. Was war nur in sie gefahren? Jetzt war der Sänger mausetot, und Evangelina würde tun, was er von ihr verlangte. Sofia konnte sich ja um den Bengel kümmern, der, wenn sie in der Lage war, seine Herkunft zu beweisen, sicher eine Menge Furore machen würde: Callistus' Fleisch und Blut und dessen Erbe!

Die Kapetanakis' hatten klar und deutlich kommuniziert, dass sie keinen Bastard in ihrem Haus dulden würden. Ob die illustre Herkunft des Babys etwas daran ändern würde? Frauen flogen auf Callistus, vielleicht war Katherina Kapetanaki ja auch ein Fan und würde das Kind unter diesen Umständen mit offenen Armen empfangen.

In seinem Kopf machte es *klick!*, als der Gedanke Formen annahm, dass Teris nun vielleicht sogar ein interessantes Gewicht in der Waagschale dieses Vertrages sein könnte, denn er wäre ein *reiches* Baby.

Er hatte Evangelinas Zimmer umgekrempelt, um Hinweise zu finden, und als er zum guten Schluss sogar den Bezug von ihrer Matratze gezogen hatte, war er tatsächlich fündig geworden, hatte Sofia aber bis jetzt noch nichts davon erzählt. Schon früher hatte seine Schwester ihre Schätze gern unter ihrem Bett versteckt, letztlich hatte sich daran nichts geändert, sie war nur etwas erfinderischer geworden.

Das Foto zeigte sie und den Musiker, der einen Arm um ihre Schulter gelegt hatte. Beide lächelten fröhlich in die Kamera, und auf der Rückseite stand: *In Liebe C.*

An sich war das noch kein Beweis, doch das Versteck machte es aus seiner Sicht zu einem. Er musste seine Taktik noch einmal überdenken, denn über jeden Skandal wuchs irgendwann einmal Gras, und mit einem Neffen, der der Erbe eines Superstars war, ergaben sich viele Möglichkeiten. Er wollte seiner Mutter an sich nicht recht geben, und ihre Neuausrichtung ging ihm noch immer gegen den Strich, aber eine leise Stimme sagte ihm, dass sie vielleicht nicht ganz falschlag. An den Gefühlen für seine Schwester änderte diese Erkenntnis jedoch gar nichts.

49. Kapitel

Die morgendliche Besprechungsrunde war von Stelios' angespannter Stimmung geprägt gewesen und hatte nichts Neues ergeben. Der Chef hatte, wie alle sehen konnten, mit zerknirschter Miene von seinem Gespräch mit Callistus kurz vor dessen Tod berichtet und von der vergeblichen Suche an Evangelina Sklaventaki. Hyeronimos hatte, nachdem er über seinen Besuch bei den Ariakis' informiert hatte, Zacharis das Wort übergeben, denn er wollte sich nicht mit dessen Federn schmücken. Sein Mitarbeiter hatte hoch konzentriert und in verständlicher Sprache seine Ergebnisse zusammengefasst. Christos hatte, ganz strahlender Chef, von den eingehenden Telefonaten und dem System der Sichtung berichtet, das selbstverständlich er, wahrscheinlich in Zusammenarbeit mit Zeus oder König Minos, erfunden hatte, wobei ihm dabei ganz sicher der Löwenanteil zukam. Nach langem Palaver stellte sich heraus, dass trotz des hervorragenden Systems noch keine brauchbaren Ergebnisse vorlagen.

Es war wie immer: Viele Irre riefen an, aber diesmal waren auch viele dabei, die einfach ihrer Trauer über diesen Verlust Ausdruck verleihen wollten, und auch viele, die einfach eine Geschichte über den großherzigen Star zu erzählen hatten. Bisher lag daher einfach nichts Brauchbares vor, außer dem Fehlen der Geliebten und dem Kind. Darum würde sich Hyeronimos kümmern. Er würde die Sklaventakis' besuchen und befragen.

Er war heilfroh, als er endlich das Besprechungszimmer verlassen konnte, die dumpfe Energie im Raum hatte ihn regelrecht niedergedrückt, und die fordernd rote Aura, die Christos umgab, hatte wabernd ihre Finger nach ihm ausgestreckt.

Er hatte erneut nicht gut geschlafen, und Callistus war durch seine Träume gegeistert, hatte auf einem gebrochenen Herzen im Meer gelegen und war durch den so entstandenen Spalt in dem pulsierenden Muskel in die Strömung gerutscht. Seine Augen weit aufgerissen, rief er: »Wir gehören zusammen«, während ein Fisch in seinen Mund geschwommen war. Schweißgebadet war er hochgefahren und hatte danach nicht mehr recht Ruhe gefunden.

Er war gerade dabei, seine Bürotür aufzuschließen, als er Schritte hörte. Lächelnd sah er Penelope entgegen. Sie balancierte ein Papptablett mit Kaffeebechern in der einen Hand und trug eine riesige Bäckertüte in der anderen.

»Ich dachte, Zacharis und Stelios können sicher auch eine Stärkung gebrauchen«, sagte sie fröhlich und ging durch die Tür, die er ihr aufhielt, in sein Büro.

»Ich denke, es gibt nicht genügend Zucker auf diesem Planeten, um Stelios aufzuheitern, aber du kannst es ja versuchen.« Er zwinkerte ihr zu und war ihr dankbar für die Leichtigkeit, die sie mitbrachte.

»Das mache ich doch glatt«, meinte sie, nahm einen der Becher, zog zwei kleine Pappschachteln aus der Tüte und ging zur Tür, »kannst du währenddessen Zacharis zu uns bitten und dich um den Rest kümmern?« Sie wies mit dem Kopf auf ihre Mitbringsel.

»Ihr Wunsch ist mir Befehl, Frau Doktor«, salutierte er und begann die Leckereien wohlig seufzend auszupacken.

Er hatte gerade das Gespräch mit Zacharis beendet, da stand sie auch schon wieder vor ihm: »Du hattest recht, der Job ist nicht leicht. Gott sei Dank habe ich auch an Maria gedacht, denn sie braucht auf jeden Fall ebenfalls Aufheiterung. Da drüben herrscht Grabesstimmung.« Sie wies mit dem Kopf in die Richtung von Stelios' Büro.

Es klopfte, und Zacharis trat unbeholfen ein, er wirkte, wie so oft, als sei er zur falschen Zeit am falschen Ort.

»Zachari«, begrüßte Penelope ihn begeistert, während Hyeronimos ihm kurz zunickte, »ich habe Kaffee und Kuchen, und was noch besser ist: Ich habe richtig coole Infos!«

Hyeronimos beobachtete seinen Mitarbeiter gespannt, dem tatsächlich so etwas wie ein Lächeln über die Mundwinkel flitzte, als er Penelope begrüßte: »G'n Mo'gn, Doc.«

Die beiden hatten sich während der Befragungen bei dem Dreifachmord im Frühjahr gut ergänzt, und diese Stimmung zwischen ihnen schien anzuhalten. Sicher tat er Zacharis einfach zu oft unrecht, wenn er ihn als Strafe empfand.

Sie traten alle mit einem Kaffee in der Hand vor die Wand, und Zacharis erläuterte seine Aufschriebe hie und da. Penelope war in die Ergebnisse versunken, drehte sich dann zu ihrer Tasche und zog mit einem lauten »Tataaaa« eine Mappe daraus hervor. Hyeronimos war neugierig und konnte auch in Zacharis' Augen Interesse aufglimmen sehen. Was hatte die quirlige Rechtsmedizinerin wohl gefunden, was seinem versierten Assistenten entgangen war?

Sie öffnete die Mappe rasch und zog einige Ausdrucke heraus, pinnte sie mit Magneten an die Wand, nahm einen Stift und zog Linien, um Verbindungen zu verdeutlichen. Er trat näher und stieß beinahe mit Zacharis zusammen, der, vom selben Impuls getrieben, den Abstand zu den Zetteln verringerte. Der Mann stoppte, und sie berührten einander nicht, was Hyeronimos mit Erleichterung erfüllte.

»Ich stieß auf einen Eintrag, der auf eine Verbindung zwischen den Familien Sklaventakis und Kapetanakis hinweist, beruhend auf einer Fusion in mehrerlei Hinsicht.« Sie zeigte auf den Bericht mit dem Interview mit Stephanos Kapetanakis. »Er erwähnt hier recht kryptisch einen Zusammenschluss, der große Auswirkungen haben wird, und das hat mich auf die Idee gebracht, hier genauer hinzuschauen.«

Hyeronimos sah das in Ierapetra aufgenommene Bild mit dem *schönen Paar* und erkannte, dass genau das, was Penelope ausführte, im Rahmen des Möglichen lag.

»Es wäre nicht die erste Ehe, die darauf basierend geschlossen wird«, sagte er verstehend.

»Und ganz gewiss ist beiden Familien ein Kind mit einem anderen Mann nicht recht«, erläuterte Penelope ihre Gedanken.

Zacharis öffnete den Mund, schloss ihn gleich wieder, und man konnte ihm die Mühe ansehen, als er ihn erneut öffnete und sich darauf konzentrierte, ordentlich zu sprechen. »Haben sie Callistus getötet, weil er das Mädchen wirklich gern hatte und vielleicht sogar eine Trennung von seiner Frau in Erwägung zog?«

»Er hat den Schritt gewagt, Stelios zu kontaktieren, das spricht dafür, dass es ihm ernst war«, gab er zu bedenken, und Zacharis schüttelte verständnislos den Kopf und blickte drein, als habe sich sein Idol soeben als soziopathischer Kindermörder entpuppt.

»Liebe geht ihre eigenen Wege.« Penelopes Stimme klang sanft.

Ja, das tat sie. Hyeronimos spürte, wie eine Klappe in ihm herunterfiel, denn auch er war in ein ehebrecherisches Verhältnis geschlittert. Seine Gefühle hatten ihn hineingetrieben, und auch Kassia hatte sich dem, was da zwischen ihnen entflammt war, nicht entziehen können. Ihr Risiko war groß, viel größer als das seine, und er verstand, wie heikel die Situation für Callistus und Evangelina gewesen sein musste.

Penelope schien zu erahnen, was in seinem Kopf vorging, ohne dass sie von seiner Beziehung wusste. »Was wäre, wenn er darüber nachdachte, das öffentlich zu machen, eine Scheidung anstrebte und sein Kind offiziell anerkennen wollte?«

»Dann wäre das ein Motiv«, vervollständigte Hyeronimos ihre Ausführungen, und er sah, dass Zacharis noch blasser wurde.

»Zachari, kannst du bitte alles über die Familien Kapetanakis und die Familie von Katherina Drakiaki, die ja die Spedition mit in die Ehe eingebracht hat, herausfinden«, besann er sich seines Einfühlungsvermögens, denn wenn er sich anstrengte, war es ihm durchaus möglich, nachzuvollziehen, was das alles für einen Fan mit traditionellen Wurzeln bedeutete. Und er musste den nun beinahe graugesichtigen Mann ablenken und ihm eine Aufgabe geben, zudem waren die Informationen tatsächlich wichtig und notwendig. »Wir brauchen auch Zahlen«, ging er ins Detail, »von beiden Unternehmen, um herauszufinden, ob es nur um Gewinnmaximierung geht oder ob jemand in finanziellen Schwierigkeiten steckt und die Fusion daher noch mehr braucht.«

Zacharis nickte verstört, ging langsam rückwärts und drehte sich um, um den Raum zu verlassen, als Penelope ihn aufhielt. »Zachari«, sagte sie behutsam und aufmunternd zugleich, »nimm etwas Kuchen mit. Zucker ist Medizin.«

Sie eilte zum Tisch, nahm eine Pappschachtel und reichte sie ihm. Er nahm sie unbeholfen, flüsterte »D'nke« und jonglierte Kaffee und Kuchen nach draußen.

»Ui«, sagte sie.

Hyeronimos schaute sie mit leicht schräg gelegtem Kopf an und versenkte seine Hände in den Hosentaschen, um das Unwohlsein, das ihn während seiner Gedanken befallen hatte, zu verbergen, doch Penelope wäre nicht Penelope gewesen, wenn ihr dies entgangen wäre.

»Dir scheint das auch etwas auszumachen?«, fragte sie geradeheraus.

»Beziehungsgeflechte dieser Art bergen oft mehr Abgründe, als wir uns das vorstellen können, und die Dynamiken sind dann kaum zu kontrollieren.« Er sprach aus, was er fühlte.

Sie schaute ihn prüfend an: »Das klingt so, als wüsstest du, wovon du da sprichst.«

»Haben wir nicht alle schon mal eine komplizierte Liebschaft gehabt«, wiegelte er ab und lenkte dann sein Augenmerk wieder auf den Sachverhalt, »fast jedes Tötungsdelikt ist eine Beziehungstat, es sind die Ausnahmen, bei denen vollkommen Fremde die Mörder sind. Im Regelfall finden wir die Verantwortlichen sogar im familiären Umfeld.«

Penelope nickte, nahm ein Stück Gebäck, kaute genüsslich und sagte mit vollem Mund: »Fühlen wir diesen Herrschaften heute auf den Zahn?«

Sie wies auf die beiden Unternehmerfamilien.

»Das tun wir«, bestätigte er und nahm sich ein mit weißer Schokolade überzogenes Törtchen, auf dem eine kleiner Lacta-Riegel thronte. Er biss hinein, und das Innere bestand aus der Milchcreme, die den Schokoriegel füllte, und war mit kleinen Vollmilchschokosplittern durchzogen. Die cremige Süße breitete sich in seinem Mund aus, und für einen Moment vergaß er vor wohligem Genuss weiterzusprechen. Eine säuerliche Schicht Himbeermousse balancierte den Geschmack aus und machte es möglich, das Törtchen zu verspeisen, ohne sofort einen Zuckerschock zu bekommen. Er nahm einen Schluck Kaffee und fuhr dann fort: »Ich bin mir nur noch nicht sicher, ob wir einfach drauflosfahren oder ob zum Beispiel Maria uns ankündigen sollte. Was denkst du?«

Er bemerkte, wie sehr sie sich darüber freute, dass er fragte.

»Das ist schon ein Stückchen zu fahren«, gab sie zu bedenken, »und da wäre es echte Zeitverschwendung, wenn wir niemanden antreffen würden.«

»Da hast du vollkommen recht«, bestätigte er, »doch sie haben dann Zeit, sich vorzubereiten oder abzusprechen.«

Sie zog einen der duftenden Brotstängel aus einer Tüte, knabberte daran und wiegte den Kopf nachdenklich hin und her: »Dann lass uns das Risiko eingehen und einfach rüberfahren.«

Sie machte sich daran, die restlichen Leckereien wieder in die große Papiertasche zu stapeln, aus der auch zwei Wasserflaschen lugten.

»Ich checke nur noch kurz meine Mails.« Er ging hinter den Schreibtisch und schob die Maus leicht hin und her. Der Bildschirm wurde hell, und er scrollte durch den Posteingang. Interessiert öffnete er eine Nachricht von Silenus Ariakis und fand eine umfangreiche Datei im Anhang, die unter der Überschrift *Drohbriefe* zusammengefasst war. Er leitete die E-Mail an Zacharis weiter, mit der Bitte, diese zu sichten. Die Schreiben, die ihm Silenus mitgegeben hatte, hatte er am Vorabend noch kurz durchgeblättert und jede Menge Entsetzen empfunden über das, was Menschen zu Papier brachten und Callistus androhten. Manche waren ganz offensichtlich gewalttätig, andere beinhalteten die Botschaft nur subtil. Allen war jedoch gemein, dass sich eine Mischung aus Anbetung und Ablehnung, teilweise bis hin zu offenkundigem Hass darin verbarg. Er hatte den Stapel schon an Zacharis übergeben, dachte nun aber kurz darüber nach, was Penelopes wacher Blick wohl darin finden würde. Er verschob diese Aktion auf morgen, denn jetzt kam es erst einmal auf Zacharis analytische Einschätzung an. Dann schoss ihm ein Gedanke durch den Kopf, und er wollte sich gern mehrfach gegen die Stirn hauen … Wie hatte er nur bis jetzt nicht daran denken können? Was für ein Polizist war er nur?

Penelope schien genau zu sehen, dass etwas nicht mit ihm stimmte. »Ist alles okay bei dir?«, fragte sie aufmerksam.

Er schüttelte den Kopf und griff zum Telefon, zog die Karte, die ihm Silenus mit den Unterlagen gegeben hatte, hervor und wählte dessen Nummer, doch der Anruf wurde nicht angenommen. Jetzt musste er noch länger warten, um sein Versäumnis nachzuholen. Er musste sich wirklich besser konzentrieren, Fehler dieser Art durften gerade ihm nicht unterlaufen.

Penelope schaute ihn an und wusste tatsächlich, was er empfand. »Wir machen alle mal Fehler, Hyeronimo, und du brauchst mir nicht zu erklären, dass eine solche Unterlassung oder Unaufmerksamkeit wirklich schlimme Folgen nach sich ziehen kann.

»Wie konnte mir ein solcher Anfängerfehler nur passieren?«, formulierte er seine Gedanken. »Das ist nicht so leicht entschuldbar.«

Er saß auf seinem Stuhl und spürte, wie ihm alles irgendwie zu entgleiten drohte, und seine Brust wurde eng. Er versuchte Luft zu holen, er brauchte Sauerstoff, doch es war, als wäre es ihm unmöglich, seine Lunge damit zu füllen. Die Anspannung machte sich überall breit, und er fühlte sich beklommen, so, als würde dieses Versäumnis nicht nur seine Professionalität verhöhnen, sondern ihn als Menschen komplett infrage stellen. Er hatte sich weder die Zeit genommen, den Schrecken über die bedrohliche Erkrankung seines Vaters zu verarbeiten, noch genügend innegehalten, um das Treffen mit Kassia richtig abzuspeichern – und auch dem Eingeständnis, dass ihn Callistus' Tod schockierte, hatte er keinen Raum gegeben. Er hatte sich auf das Prädikat »skurril« zurückgezogen und damit alles als erledigt erachtet, doch so einfach war es eben nicht. Er war ein Lebewesen mit Gefühlen, und er versuchte alles, um das in den Hintergrund zu drängen, denn dort war es gut aufgehoben und behinderte ihn nicht. Das Wort verursachte einen stechenden Schmerz in seinem Kopf, denn er hatte das Getuschel des Ärzte- und Therapeutenteams, das seine Eltern ihm in Kinder- und Jugendjahren an die Seite gestellt hatten, nicht vergessen: Man solle seine Art, die Welt wahrzunehmen, und seine Ticks wie eine Behinderung bewerten, er würde damit leben können, zwar eingeschränkt, aber immerhin. Er hatte es gehört und in ihren Gesichtern gesehen: Sie hielten ihn für einen hoffnungslosen Fall.

Er hatte es allen gezeigt, aber wohl den Mund zu voll genommen, sich zu sicher gefühlt und sich zu sehr in dem Licht der Erfolgsquote seiner Ermittlungen gesonnt. Er würde immer der gestörte Kerl bleiben, der an jedem Dreizehnten die Kontrolle über sich verlor und auf einer steinernen Bank auf der Nida-Hochebene auf ein Gebilde aus Felsen starrte und auf Vergebung für etwas hoffte, das er gar nicht verbrochen hatte. Er glitt immer tiefer in den Tunnel hinein, und die Dunkelheit begann ihn einzusaugen, doch dann spürte er die Wärme einer Umarmung, und die Stimme seiner Freundin rief ihn zu sich. Er befreite sich hektisch atmend aus dem Sog, sie umklammerte ihn so stark, dass es ihr gewiss wehtun musste, und sagte immer wieder: »Hyeronimo, atme. Du lebst. Atme!«

Das entsprach dem Mantra, das sie mit ihm für seinen monatlichen Aussetzer kreiert hatte. Er atmete, ließ ihre Berührung zu und war Gott sei Dank auch so schnell im Raum zurück, wie der Tunnel ihn eingesaugt hatte.

»Es ... es ... tut ... mir, es tut ... mir leid«, stammelte er und erhob sich schwerfällig.

Sie löste ihre Arme von ihm und sagte, typisch Penelope, mit leichtem Ton: »Hier gibt es immer eine Umarmung für dich!«

Sie zeigte auf ihre Arme: »Einhundertzehn Zentimeter stehen dir dazu zur Verfügung, zu dem Spottpreis von einer Tasse Kaffee und einem Törtchen meiner Wahl!«

Er musste lächeln, und sie seufzte zufrieden: »Alles wieder so weit okay?«

»Ich komme zurecht. Lass uns losfahren. Ich muss am Ende des Tages etwas vorweisen. Stelios sieht uns schon in Uniform auf der Straße Parksünder notieren, daher brauchen wir rasch Ergebnisse, auch wenn ...« Er kam nicht dazu, den Satz zu beenden, denn Penelope tat dies für ihn: »Auch wenn du Christos gern dabei zuschauen würdest.«

Sie mussten beide grinsen, und die Panik war vertrieben.

»Danke, Pen«, sagte er schlicht, sie hatte ihn mal wieder gerettet.

Sie packten alles Nötige zusammen und machten sich auf den Weg zur Südseite der Insel, nach Ierapetra.

50. Kapitel

Man stellte sich das immer so vor: Zwei Menschen begegneten sich, der Blitz der Liebe schlug ein, und dann blieben sie ein glückliches Paar bis ans Ende aller Tage. Eine märchenhafte Story. Solche Geschichten verkauften sich hervorragend, also hatten sie es für sich genutzt. Hatten sie als Teil des Erfolges missbraucht und ausgebaut, hatten sich lächelnd an den Händen gehalten und ganz bewusst darauf geachtet, dass bei ihnen solche Dinge wie *Melania stößt Donalds Hand weg* oder *sie zieht eine Grimasse, wenn er gerade wegschaut*, nicht vorkamen. Sie wuschen auch keine schmutzige Wäsche in der Öffentlichkeit. Sie waren ein glückliches Paar, das die Jahre und der Erfolg nur noch mehr zusammenschweißte. Sie hatten die Bewegungen und die Gesichtsausdrücke so lange geübt, bis es vollkommen glaubwürdig wirkte, und sie wurden bei jedem Anlass dafür gefeiert, denn in der Starbranche waren sie so etwas wie ein in Regenbogenfarben glitzerndes Einhorn: Jeder wollte daran glauben, dass es das gab, denn es war wundervoll romantisch. Ein Mann, der seine Frau nach Jahrzehnten der Ehe und in dem Haifischbecken der Promis schwimmend noch so sehr liebte. Nichts davon war wahr gewesen, es hatte alles einer großen Show geglichen, schon seit Jahren – und wenn sie ehrlich war, dann hatte es schon lange vor der anderen begonnen. Sie hatten einander verloren.

Sie neigte nicht dazu, sich selbst zu geißeln, doch er war nun für immer fort, und sie hatte schon vor langer Zeit angefangen, ihn zu vertreiben, und er hatte sich vertreiben lassen. Das hatte sie so unfassbar wütend gemacht. Sie hatte immer öfter die Kontrolle über sich verloren, denn sie hatte *sich* verloren. Sie hatte sich so lange optimiert, bis sie den Ansprüchen der Öffentlichkeit standhalten konnte, denn auf dem roten Teppich und auch bei jedem anderen Anlass ging es immer nur um ihn, und sie war das schmückende Beiwerk. Sie hatte dem zu entsprechen gehabt, es war nicht um sie als Person gegangen, sondern um ihr Kleid, ihre Frisur und ihre Figur. War sie zu dünn oder zu dick, hatte sie sich etwa die Brüste machen lassen, und was war mit den Falten in ihrem Gesicht geschehen?

Dieses Leben war eine Folter und wäre sicher auszuhalten gewesen, wenn die Gefühle, die sie allen da draußen so glaubwürdig vorgespielt hatten, echt gewesen wären.

Sie trat ans Fenster und schaute über den lang gestreckten Garten aufs Meer. Er war tot. Er würde nicht mehr zurückkommen, nie mehr. Sie würden nie mehr streiten, sie würde nie mehr die Kontrolle über sich verlieren und musste nicht mehr lächeln, wenn sie ihm doch einfach nur die Faust ins Gesicht rammen wollte. Sie musste keine gute Miene mehr zum bösen Spiel machen. Es war, als würde sich eine Last von ihren Schultern lösen, doch sie musste achtgeben. Nichts davon durfte an die Öffentlichkeit gelangen, sonst würden sich alle Augen auf sie richten, und diese Augen würden, ohne mit der Wimper zu zucken, auch über sie richten.

51. Kapitel

Gram! Genau das war das Wort, das zu dem Gefühl passte, das auf ihr lastete. Es war überall und lähmte den Körper, lähmte ihre Fantasie und die Kreativität. Sie hatte nach der Pressekonferenz versucht, ein neues Kunstwerk zu erschaffen, um sich von der Wucht der Nachricht abzulenken. Sie wollte sich an neuen Materialien versuchen, das Blau des zarten Stoffes bot die Möglichkeit, einen hervorragenden Hintergrund zu erschaffen, vor dem er in seiner ganzen Pracht und Schönheit strahlen konnte, doch als sie die Schere ansetzte, um es herauszutrennen, nahm ihre Nase den feinen Duft nach teurem Parfum wahr, und ihre Hände erstarrten quasi inmitten der Bewegung. Sie driftete ab, und eine Flut von Bildern schob sich vor ihr inneres Auge. Es waren so viele Jahre, so viele Augenblicke, so viele außergewöhnliche Momente und so viele Gefühle. Alles überflutete sie im Nu. So musste es sich anfühlen, wenn man ertrank, die Luft wurde knapp, und das Leben zog an einem vorüber. Wie hatte es nur so weit kommen können? Es war, als wäre sie plötzlich heimatlos geworden, ihres Lebenssinns beraubt. Alle Kraft floss aus ihr heraus, als die Tränen sich ihren Weg bahnten, und sie umklammerte das Stück Stoff wie einen Rettungsring, doch es war eben nur Stoff. Er konnte sie nicht retten, sie trudelte haltlos durch ihre Erinnerungen. Wie war es möglich, dass die Worte im Fernsehen die Macht hatten, eine solche Verzweiflung auszulösen? Es war so, als hätte sich dadurch ein Schalter in ihrem Gehirn umgelegt, als wäre in den vergangenen Tagen schon ganz langsam Gift in ihre Adern getröpfelt, oder als hätte sich Tropfen um Tropfen dunklen, schweren Wassers in ihrer Lunge gesammelt, sodass sie nun das Gefühl hatte, von innen zu ertrinken. Sie wollte ihre Hände Hilfe suchend ausstrecken, um sich an die Ränder ihres Verstandes zu klammern, doch sie konnte nirgends zugreifen, denn sie war nicht dazu in der Lage, die Jacke einfach loszulassen. Diese Jacke war alles, was sie noch hatte, vergessen waren alle anderen Schätze, nur der Duft zählte noch. Sie verlor sich, spürte die Schuld wie eine unendliche Last auf sich, trudelte atemlos immer tiefer, und dann überkam sie plötzlich die glasklare Gewissheit: Sie würden zusammen sein, denn er schwamm auf sie zu, strahlte sie an, und die Dunkelheit um sie wurde vernichtet. Ein Gedanke blitze in ihr auf, und mit ihm kam die Lösung dieser so ausweglos erscheinenden Situation.

52. Kapitel

Penelope ließ ihn erst einmal in Ruhe. Sie ahnte, dass er sich den Fehler bezüglich Callistus' Wagen und seine Reaktion darauf nicht so schnell verzeihen würde. Sie hatten Zeit. Die Fahrt bis Ierapetra dauerte rund fünfundsiebzig Minuten, wenn alles passte, doch es sah schon wieder nach Regen aus, daher konnte es auch fünfzehn Minuten länger dauern. Er würde schon anfangen zu reden, wenn er so weit war. Sie dachte derweil an die Rechercheergebnisse und welche Fragen dringend gestellt werden mussten. Dann glitten ihre Gedanken zu dem Toten und all dem, was sich seit gestern auf der Insel und überall in Griechenland abgespielt hatte.

Eleni hatte sie noch spät am Abend nach einem Shooting angerufen, denn selbstverständlich wurde überall auf der Welt über den gewaltsamen Tod des Stars berichtet, und Mutmaßungen schossen aus dem Boden wie Pilze. Die kluge junge Frau hatte natürlich sofort verstanden, dass das Einfluss auf Penelopes Reisepläne haben konnte. »Ich bin bis zum Neujahrstag in Paris, dann kommst du einfach später, falls ihr den Fall nicht bis dahin aufgeklärt habt. Ihr seid doch ein Dream-Team«, hatte sie in leichtem Ton gesagt, doch Penelope hörte auch den Hauch Enttäuschung darin, und *das* hatte sie tatsächlich gefreut. Eine verrückte Situation, doch Elenis Unzufriedenheit damit verdeutlichte ihr nur, dass sie sich die Gefühle nicht einbildete, die da zwischen ihnen wuchsen. Selbstverständlich würde sie gern nach Frankreich fliegen, doch sie würde Hyeronimos' Wohl nicht aus den Augen verlieren, nur um etwas Spaß zu haben.

Außerdem genoss sie die Ermittlungsarbeiten, es war aufregend, die Dynamik der Lebenden zu beobachten und Fakten zu sammeln und zusammenzufügen.

»Hnkrrrr«, räusperte sich ihr Freund auf dem Fahrersitz, und sie wandte sich ihm zu.

»Lass uns bitte darüber nachdenken, welche Fragen wir auf jeden Fall stellen müssen und wie wir vorgehen wollen«, sagte er.

Sie musste grinsen: »Kannst du etwa Gedanken lesen?«

Er schaute sie verwirrt an, doch dann schien der Cent zu fallen, und er grinste ebenfalls. Es tat gut, ihn lächeln zu sehen. Sie war eine kommunikative und offene Person, doch ihre Freundschaft verschenkte sie nicht leichtfertig, deshalb gab es auch nicht viele Freunde in ihrem Leben, und die Handvoll war mittlerweile über ganz Europa verstreut. Das Internet machte den Austausch leicht möglich, doch es ersetzte nicht den persönlichen Kontakt, und so war der leicht verrückte Typ auf dem Beifahrersitz ihr bester Freund geworden. Vielleicht könnte sie sich auch enger mit Stelios anfreunden, sie mochte ihn, doch dazu müsste er damit aufhören, sie zu umschwärmen. Zumindest kam es ihr so vor, als täte er das. Er war geschieden, seine Frau hatte ihm nahegelegt, noch mehr Zeit mit seiner *Geliebten* zu verbringen, denn er sei ja sowieso mehr mit seinem Beruf verheiratet als mit ihr, daher könne er leicht auf sie verzichten. Soweit sie wusste, hatte er keine Freundin, dadurch fühlte es sich manchmal so an, als würde er mit ihr flirten. Sie fand Flirten nett, hatte aber kein weiterführendes Interesse an ihm.

»Ich denke, wir wollen auf jeden Fall wissen, mit welchem Auto Evangelina unterwegs ist, falls sie tatsächlich verschwunden sein sollte«, sagte sie und zwinkerte ihm aufmunternd zu.

»Jaja, streu du nur Salz in die Wunde.« Seine Stimme versuchte den leichten Ton aufzunehmen.

»Und wir wollen wissen, warum sie nicht offiziell nach ihr suchen, wenn sie seit fast einer Woche weg ist«, fügte sie hinzu.

»Fragen wir gezielt nach Callistus? Oder lassen wir das offen?«, sinnierte er.

»Ich weiß nicht, ob wir das nicht besser ganz ans Ende stellen sollten.« Sie war unschlüssig und hatte diese Frage auch schon in ihrem Kopf bewegt.

»Wir haben ja keine Beweise für diese Behauptung«, redete er weiter, »aber das ist aus meiner Sicht auch nicht wirklich notwendig. Es bleibt nur zu überlegen, welche Konsequenzen es hat, wenn wir damit etwas in Gang bringen.«

»Was könnte denn schlimmstenfalls geschehen?«, fragte sie und beantwortete sich die Frage schon selbst. »Wir könnten den Fokus auf Evangelina und das Kind des toten Sängers richten, und der Presse ist es vollkommen egal, ob es wahr ist oder nicht, und das würde viel Raum für allerlei Spekulationen bieten.«

Er nickte.

»Wahrscheinlich sind die Menschen so bekloppt, dass sie dann in einen Sklaventakis-Supermarkt rennen, weil sie glauben, dort das Kind sehen zu können«, fuhr sie fort, »und das kurbelt den Umsatz an. Igitt, das ist wirklich möglich, oder?«

»Ich glaube, dass Menschen zu allem fähig sind, wenn es um Geld, Macht oder Liebe geht«, gab Hyeronimos ihr recht.

»Also schauen wir erst mal, was sie so wissen. Vielleicht ist es ja in der Familie gar kein Geheimnis, und sie haben das Mädchen versteckt, damit es«, sie unterbrach sich selbst, »nein, das ist sinnfrei. Sie hat eventuell ein Kind von ihm, und er hat sie gesucht, also hat er sie geliebt. Er ist ein Star und kein Stalker.«

»Nun ja, es besteht durchaus die Möglichkeit, dass sie es vorgezogen hat, den Spatz in der Hand zu haben anstatt die Taube auf dem Dach und die Sicherheit einer Ehe mit einem

Unternehmer statt der Unsicherheit einer Liebschaft mit einem verheirateten Mann«, gab der Kommissar zu bedenken.

»Lass uns mal *Was wäre, wenn* spielen«, schlug sie vor, denn das hatte ihnen schon häufiger neue Blickwinkel beschert.

»Okay«, sagte er und steuerte den Wagen behutsam an einem großen Geröllbrocken vorbei, der sich durch den Regen von einem Felsvorsprung gelöst hatte.

Gott sei Dank musste man zu dieser Jahreszeit nicht mehr mit plötzlich auf der Straße stehenden Ziegen rechnen, denn fast alle Hirten hatten ihre Herden im Dezember im Stall.

»Was wäre, wenn die beiden ein Abenteuer miteinander hatten, frei nach dem Motto: *Faszinierter Fan trifft auf notgeilen Star.*« Sie sah, dass er bei diesem Wort das Gesicht verzog, als hätte er Zahnschmerzen, fuhr aber fort: »Und sie haben einen One-Night-Stand. Sie wird schwanger, er erfährt es irgendwie und will das Kind, denn er und Zenia haben keine. Sie haut daraufhin ab. Er macht sich selbst auf, sie zu finden, und sie verletzt ihn bei einem Kampf um das Kind tödlich und wirft ihn ins Meer.«

»Auch eine Idee«, er schien den Gedanken in seinem Kopf zu bewegen, »klingt mir aber zu sehr nach einem Fernsehkrimi.«

»Mh, was wäre also, wenn die Familie Bescheid wüsste und es klasse fände, einen Schwiegersohn Schrägstrich Schwager wie Callistus zu bekommen, und sie verstecken sie, damit sie so die eventuell bestehende Eheanbahnung mit den Kapetanakis' aushebeln können«, spann sie einen neuen Gedankenfaden.

»Klingt schon realistischer«, gab Hyeronimos zu, »es gibt noch eine Möglichkeit: Was wäre, wenn die beiden durchbrennen wollten und sie jemand aufgehalten hat und Callistus' Tod war ein Unfall, und nun versteckt sich die junge Frau, weil sie in Gefahr ist?«

»Wenn wir so weitermachen, haben wir bis Ierapetra zwanzig verschiedene Szenarien.« Sie lächelte ihn an.

»Ich kann es noch immer nicht fassen, dass er tot ist«, sagte er nun und klang bedrückt.

»Im Internet drehen alle durch, und überall in Griechenland legen die Leute Blumen und Kerzen für ihn ab. Eleni hat mir gestern Abend einige Videos und Links geschickt«, erzählte sie.

»Wie geht es Eleni?«, wollte er wissen. »Berichte mir von ihr, das lenkt mich gewiss etwas von den trüben Gedanken ab, die sich gerade in mir breitmachen wollen.«

Sie begann in lockerem Ton von der sich sehr positiv entwickelnden Karriere der Influencerin und Bloggerin zu berichten, und die Fahrt verging rasch.

»Danke«, sagte er und schaute sie an, »das hat geholfen. Wir fragen auf jeden Fall nach dem Auto, und bei dem Rest verlassen wir uns auf unsere Intuition und unsere Expertise.«

Hyeronimos fuhr die schmale Emmanouil-Lampraki-Straße entlang, die auf der einen Seite von Gewächshäusern und auf der anderen von Obstplantagen eingerahmt war. Man erwartete hier an sich nicht das Haus einer erfolgreichen Unternehmerfamilie, aber vielleicht war auch genau das die Absicht. Sie erreichten die angegebene Adresse, er lenkte den Wagen vor ein großes, traditionelles Steinhaus, und sie schnallten sich ab.

»Wir sind ein Topteam und machen das schon«, rief sie wie ein Motivationstrainer und öffnete die Tür. Ein kalter Wind wehte ihr entgegen, und sie machten sich fröstelnd auf den Weg zum Eingang.

53. Kapitel

Zacharis hatte sich in die Briefe und Nachrichten vergraben und konnte es kaum glauben, was Menschen dort verfassten. Nicht nur die blumig formulierten Liebeserklärungen verwirrten ihn, sondern auch die sexuell motivierten Schreiben trieben ihm die Schamesröte ins Gesicht. Er war wirklich froh, dass Christos und sein Mitarbeiter mit der Hotline beschäftigt waren, sodass er sich nicht dem Spott des Kommissars preisgegeben sah. Nicht nur, dass der Mann sich über seine Art zu sprechen lustig machte, nein, das schien nicht genug zu sein, er nutzte jede Gelegenheit, um ihn bloßzustellen. Die Röte, die Blässe und der Schweiß, die das Entsetzen auf seine Stirn trieben, wären ein gefundenes Fressen für Christos.

Callistus wurde ganz offen bedroht, man neidete ihm seinen Erfolg, warf ihm Betrug, Manipulation, Narzissmus vor, und das waren nur die netten Dinge. In einer Reihe von Briefen beschimpfte man ihn als Kinderschänder, weil er Schulen und Kindergärten Spenden zukommen ließ. Die menschlichen Abgründe, die sich hier auftaten, waren schrecklich, und er musste öfter, als es ihm lieb war, innehalten, um sich innerlich davon zu distanzieren, denn er spürte, dass er die Angriffe gegen den von ihm verehrten Sänger persönlich zu nehmen begann. Nur wenige waren unterzeichnet, in erster Linie die Liebesbriefe und die, die ihm sexuelle Gefälligkeiten anboten. Diejenigen, die ihn bedrohten, ihm Schaden zufügen oder ihn gar tot sehen wollten, unterschrieben entweder gar nicht oder mit bedrohlich klingenden Fantasienamen wie zum Beispiel *Strippenzieher* oder *Liar Hunter.*

Er hatte mit der Briefpost begonnen und sie nach der ersten Sichtung nach Kategorien sortiert. Nach der zweiten Sichtung hatte er weitere Untergruppen gebildet: Wer schrieb öfter? Welche Inhalte zeigten einfach nur Verliebtheit oder wurden subtil bedrohlich? Es war, als suchte man eine Nadel im Heuhaufen, denn selbst bei denen, die Sätze schrieben wie: *Du hast es nicht verdient, weiter die Luft auf diesem Planeten zu atmen, denn dein Gesang gehört zu einem lange geschmiedeten Plan, die Menschheit zu unterwerfen. Du musst sterben, und ich werde dafür sorgen, dass es geschieht,* konnte man nicht per se davon ausgehen, dass sich dahinter wirklich ein Mörder verbarg. Etwas zu schreiben und etwas zu tun waren ganz unterschiedliche Dinge, er hatte nur selten von Krimiautoren oder solchen Leuten, die die Drehbücher für Polizeiserien schrieben, gehört, die als Mörder aktiv waren. Papier war geduldig. Er war froh, dass ihm Penelope Kuchen mitgegeben hatte. So konnte er seinen aufgewühlten Magen etwas beruhigen, obwohl er nicht gern am Schreibtisch aß. Doch er traute sich gerade nicht, seinen Arbeitsplatz zu verlassen, ohne alles aufzuräumen, und das war zum aktuellen Zeitpunkt der Recherche mehr als kontraproduktiv. Also knabberte er an den Süßigkeiten, sichtete und sortierte weiter, als ihm ein Schreiben in die Hände fiel, dessen Art sich von den anderen unterschied. Die Fotografie eines Kunstwerkes – und es war wirklich ein Kunstwerk – lag dem Brief bei: Eine Collage, die wie eine Art Mosaik aus vielen kleinen farbigen Papierschnipseln zu bestehen schien und ein naturgetreues Porträt von Callistus abbildete. Er schaute den Betrachter direkt an, mit verträumtem Blick, die Mundwinkel ganz leicht nach oben geschoben, und im Hintergrund fanden sich leuchtend farbige Elemente, die seinem Gesicht noch mehr Ausdruck verliehen. Er hielt den Atem an, so wundervoll war diese Arbeit. Er war sicher kein

Kunstexperte, aber das hier war weder kitschig noch Schrott. Es war überzeugend und berührte ihn. Der Brief war kurz gehalten und zitierte einige Zeilen aus *Herz in der Strömung*:

Wir sind umgeben vom Leben. Spürst du es auch?
Wir gehören zusammen!
Wie der Strömung Fluss und die Gischt auf den Wogen
Unsere Herzen schlagen im Gleichklang. Nie haben sie uns je belogen.
Ich gehöre für immer zu dir. Ich gehöre für immer zu dir!

Er musste das nicht googeln, denn er kannte den Text auswendig und sang ihn gern seiner Freundin vor, die ihm oft bestätigte, dass er eine tolle Singstimme hatte.

Er blätterte den dicken Stapel noch nicht gesichteter Briefe rasch durch, auf der Suche nach weiteren Schreiben dieser Art und wurde schnell fündig. Am Ende hatte er zweiundzwanzig Briefe vorliegen, die Kunstwerke derselben Art beinhalteten ... Aber die Texte variierten von poetisch über zitierend bis hin zu einer zwischen den Zeilen liegenden Bedrohlichkeit. Er war sich sicher, etwas Wichtiges gefunden zu haben, und überlegte, welche Möglichkeiten es gab, die Verfasserin, denn er war sich ziemlich sicher, dass es eine Frau war, ausfindig zu machen.

54. Kapitel

Sie klingelten, und Hyeronimos zog schon seinen Ausweis hervor, während sie warteten. Es dauerte so lange, bis sie hinter der Tür Schritte hörten, dass er beinahe die Hoffnung aufgegeben und angefangen hatte, sich über seine Idee zu ärgern, unangekündigt hier aufzutauchen.

»Ja?«, eine finster dreinblickende Frau mittleren Alters öffnete die Tür einen Spalt breit und blickte sie vernichtend an.

»Kommissar Hyeronimos Galavakis und Dr. Penelope Demostaki von der Polizei in Irakleio«, er hielt seinen Ausweis hoch, »dürfen wir hereinkommen, Frau Sklaventaki?«

Er hatte ihr Bild auf den Zeitungsberichten gesehen und war sich daher sicher, die Hausherrin vor sich zu haben.

Die Tür bewegte sich nicht. »Was wollen Sie?«, fragte die Frau in harschem Ton.

»Wir haben einige Fragen an Sie und Ihre Tochter«, erklärte er und blieb gelassen, obwohl ihre dunkelrote Aura ihn förmlich ansprang und in die Flucht zu schlagen versuchte.

»Meine Tochter ist nicht zu Hause, und ich habe keine Zeit für so etwas«, wiegelte sie ab und wollte die Tür schließen.

»Ich lasse Sie gern zu einem offiziellen Termin in das Kommissariat in Irakleio einladen«, machte er nun die Dringlichkeit und auch seine Möglichkeiten deutlich. Er sah sie zögern. »Sie können sich diese Zeit und Aufregung ersparen, wenn Sie uns einlassen und uns einige Fragen beantworten.«

Sie atmete so aus, dass es fast wie ein Knurren klang, und öffnete die Tür etwas weiter, aber noch immer nicht so, dass sie hindurchtreten konnten. »Wie lange soll das dauern? Wie bereits gesagt, ich habe keine Zeit!«

Nun war es auch an Hyeronimos klarzumachen, dass er nicht zum Spaß hier auftauchte: »Das hängt ganz von Ihrer Kooperationsbereitschaft ab. Je schneller Sie mit uns sprechen, und je klarer Sie unsere Fragen beantworten, umso rascher sind Sie uns wieder los!«

Sie schien einen Augenblick abzuwägen, und er rechnete damit, dass sie die Tür einfach zuknallen würde, doch dann schaltete sich Penelope ein.

»Bitte, Sie würden uns sehr helfen«, sagte sie in freundlichem Ton und streckte die Hände mit nach oben geöffneten Handflächen aus.

Es war, als hätte sie »Simsalabim« gesagt, denn die Frau öffnete den Hauseingang und ließ sie eintreten.

»Kommen Sie«, sagte sie noch immer abweisend und führte sie in einen Raum, den er als ihr Büro identifizierte.

Sie zeigte auf zwei Stühle, und während Hyeronimos und Penelope sich setzten, blieb sie hinter dem Schreibtisch stehen, was er interessiert aufnahm, denn ihre Intention wurde dadurch deutlich sichtbar: Sie war nicht auf Kooperation aus, sondern machte damit ihre Überlegenheit klar und wer hier der Chef im Ring war. Er nahm dies gelassen hin, warf Penelope einen schnellen Seitenblick zu und sah, dass auch sie Gleichmut ausstrahlte. Sie hatte sich bequem zurückgelehnt, was irgendwie defensiv wirkte. Er dagegen lehnte sich ein wenig vor, er glaubte zwar nicht daran, dass das *Guter Bulle, böser Bulle*-Spiel bei der unzugänglichen Frau wirken würde, aber man konnte ja nie wissen. Sie begann nun mit den Fingernägeln auf den Tisch zu trommeln, während sie ihn mit ihren Blicken durchbohrte.

Er nutzte die angespannte Stimmung noch einen Moment lang, damit klar war, dass er sich weder verschrecken noch in die Enge treiben ließ, und tatsächlich setzte sich Sofia Sklaventaki. Etwas in ihrer Bewegung ließ ihn aufmerken, er konnte es nicht klar definieren, doch da war etwas.

»Wir müssen mit Ihrer Tochter reden, wann wird sie zurückkommen?«, wollte er wissen.

Sie zuckte mit den Schultern. »Ich weiß es nicht, sie ist erwachsen.«

»Wo ist sie hin?«

»Ich weiß es nicht, sie ist erwachsen«, lautete die Antwort erneut.

»Hat sie das Baby mitgenommen?«, fragte Penelope, und er konnte einen winzigen Riss in Sofias Fassade sehen, der sich aber sofort wieder schloss.

»Ja«, sagte sie und blieb weiter wenig auskunftsfreudig.

»Ist sie mit dem Auto fort?«, vergewisserte sich Hyeronimos.

»Ja.«

Puhh, das würde wirklich eine anstrengende Befragung werden, er lehnte sich nun auch zurück und hoffte, dass das Signal ihre Abwehr etwas aufweichen würde.

»Können Sie uns sagen, welches Fabrikat, welche Farbe und welches Kennzeichen der Wagen hat?«

Sie beschrieb einen silberfarbenen Kleinwagen und auch das Kennzeichen. Kein Wort mehr kam über ihre Lippen.

Er kannte diese Kategorie der Kriti nur zu gut, denn obwohl seine Mutter fast fünf Jahrzehnte fort war, hatte sie sich diesen unnachgiebigen Sturkopf bewahrt.

Interessanterweise fiel Sofia dieses kurze Hochziehen der Mundwinkel auf, und sie reagierte unwirsch darauf. »Finden Sie das lustig, Herr Kommissar?«, fragte sie und betonte diese Ansprache mit einem sarkastisch klingenden Unterton. So, als sei seine Berufsbezeichnung eine von ihm persönlich erfundene Wortschöpfung.

Man konnte sie also mit unerwarteten Reaktionen aus der Reserve locken. Er schaute zu Penelope und hoffte, dass sie seinen stummen Hinweis verstanden hatte. Sie waren scheinbar ein gut eingespieltes Team, denn die Pathologin übernahm nun die toughe Rolle: »Wir haben ebenfalls nicht viel Zeit, Frau Sklaventaki, wir müssen noch die Familie Kapetanakis befragen. Es wäre daher wirklich hilfreich, wenn wir Ihnen nicht jedes Wort aus der Nase ziehen müssten!«

Sofias Augenbrauen schossen nach oben wie von einem Gummiband gezogen, und er konnte sehen wie nach der Überraschung so etwas wie besorgte Wachsamkeit in ihrem Blick lag.

Ihre Stimme klang leicht verunsichert: »Was hat das mit mir zu tun?«

»Nichts.« Penelope gab sich rätselhaft.

»Warum sagen Sie es dann? Was, verdammt noch mal, wollen Sie eigentlich von mir?« Die Frau wurde nun laut, und es klopfte an der Tür, dann stand ein Nereos Sklaventakis im Raum und machte sofort seine Position als Mann im Haus deutlich: »Wer sind Sie, und wieso verärgern Sie meine Mutter?«

Jetzt wurde es noch interessanter, denn Sofia war nicht etwa erleichtert über das Auftauchen ihres Sohnes, denn er konnte deutlich sehen, dass ihre Aura sich noch roter färbte, was er mit der Verstärkung von Dominanz und Status gleichsetzte, und gleichzeitig spannte sich ihre Gesichtsmuskulatur an. So, als würde sie die Zähne zusammenbeißen. Sie klärte ihren Sohn mit raschen Worten auf, und er ging zu seiner Mutter und blieb hinter ihr stehen, was ebenfalls ein spannendes Signal für Hyeronimos darstellte: Der Mann stand ganz offensichtlich hinter ihr!

Er wiederholte seine Fragen bezüglich Evangelina und erfuhr nichts Neues. Als er Penelopes Erkundigung nach dem Baby aufgriff, entstand auch bei Nereos Nervosität, und er beschloss, die Katze aus dem Sack zu lassen.

»Der Name Evangelina Sklaventaki ist rund um die Ermittlungen um den gewaltsamen Tod des prominenten Sängers Callistus aufgetaucht. Was hatte sie mit dem Mann zu tun?«

Mutter und Sohn erstarrten quasi gleichzeitig, was für Hyeronimos ein eindeutiges Zeichen darstellte, dass sie hier auf dem richtigen Weg waren.

»Hatte sie eine Affäre mit dem Star?«, fragte Penelope nun konkret in die Stille.

»Warum sollten wir Fragen nach dem Privatleben von Evangelina beantworten?«, wollte Nereos wissen.

»Da Sie ganz offensichtlich nicht wissen, wo Ihre Schwester oder Tochter ist«, richtete sie sich an die beiden, »befragen wir Sie, bevor wir Evangelina offiziell suchen lassen.«

Nereos trat einen Schritt näher an seine Mutter, und Sofia ergriff mit eiskalter Stimme das Wort: »Wir müssen Ihnen keine einzige Frage beantworten und werden dies auch ohne Anwalt nicht mehr tun. Bitte gehen Sie!«

Hyeronimos erhob sich ohne Widerspruch. Das Zauberwort Anwalt war gefallen, und er würde diese Grenze nicht überschreiten. Er konnte das Erstaunen im Gesicht der Sklaventakis' sehen, so, als hätten sie damit nicht gerechnet. Auch Penelope erhob sich, sah ihn kurz prüfend an und verkniff sich jeden Kommentar. Er konnte deutlich sehen, dass ihr das nicht leicht fiel.

»Was wollen Sie von den Kapetanakis'?«, schnappte Sofia scharf.

»Alles Weitere besprechen wir dann in Irakleio. Sie erhalten eine offizielle *Einladung*!«, formulierte Hyeronimos zweideutig, denn es lag bis jetzt nichts gegen die beiden vor, was eine *Vorladung* gerechtfertigt hätte. Wenn der Anwalt klug war, würde er ihnen verdeutlichen, dass Kooperation mit den Behörden angenehmer war, als sich störrisch zu verweigern, auch wenn man Sklaventakis hieß.

»Wir finden den Weg.« Penelope stand auf, und sie gingen auf die Haustür zu, als Nereos angeflitzt kam.

»Meine Mutter meint es nicht so«, sagte er diplomatisch.

Hyeronimos nickte, öffnete die Tür, drehte sich kurz zu dem Mann um: »Dankeschön, Herr Sklaventaki«, sagte er förmlich und verabschiedete sich.

Auch Penelope nickte dem Mann zu und sagte: »Auf Wiedersehen.«

Dann gingen sie zum Wagen. Der Wind hatte dunkle Regenwolken herbeigeweht, und leichter Niesel kam ihnen entgegen. Hyeronimos ließ seinen Blick ruhig über das Anwesen gleiten und kam zu dem Schluss, dass es riesig sein musste.

»Denkst du, sie warnen die Kapetanakis' nun vor?«, riss Penelope ihn aus seinen Gedanken.

»Ich bin nicht sicher, denn wir haben ja nichts Konkretes über die Beziehung zwischen den Familien herausbekommen.«

»Außer dass es Sofia wirklich erbost hat, dass ich das zur Sprache gebracht habe«, sagte Penelope. »Ich hoffe, das war okay?«

Er nickte. »Das war sogar klug, denn ganz ehrlich: Dieses Verhalten uns gegenüber öffnet doch den Raum für Spekulationen. Hätten sie unsere Fragen zugewandt beantwortet, wäre alles in Ordnung gewesen, doch diese offene Feindseligkeit macht mich erst recht neugierig.«

»Also auf zu den Kapetanakis'!«, sagte Penelope und schnallte sich an.

»Ich mache noch kurz meine Notizen«, sagte er und zog Heft und Stift hervor.

Der erste Satz galt der Farbe der Aura: *Sofia Sklaventaki, dunkelrot, Dominanz, Kontrolle, Verachtung, Einfluss/Beeinflussung?*

Nereos Sklaventakis, rotblau (nicht lila!), Kontrolle, Prestige, Status, geringschätzend und angewidert

Beim Schreiben wurde ihm wieder bewusst, wie nützlich diese Gabe für ihn war, denn sie gab ihm immer einen verlässlichen Rahmen für die Persönlichkeit, die in den Menschen steckte, mit denen er zu tun hatte.

Er notierte alles, was ihm aufgefallen war, und lenkte das Auto zurück auf die schmale Straße.

55. Kapitel

Silenus fühlte sich furchtbar. Es war ihm, als läge eine eiserne Spange um seinen Brustkorb, die ihm das Atmen unmöglich machte. Sein Kopf schmerzte von den vielen Tränen, die er vergossen hatte, und seine Augen waren so zugeschwollen, dass er kaum etwas sehen konnte. Sein Bruder war tot. Er war nicht nur der Sänger, der zum Entsetzen der Öffentlichkeit verstorben war. Er war sein Bruder! Egal, wie oft es dieser geschafft hatte, ihn auf die Palme zu treiben, sie waren ein Fleisch und Blut. Erinnerungsfetzen an ihre Kindheit in den Bergen blitzten immer wieder auf, und wenn ihm dann bewusst wurde, dass er nie mehr in die Augen seines Bruders würde blicken könne, nie mehr sein kehliges Lachen hören würde, das man aufgrund seiner engelsgleichen Singstimme so nicht bei ihm vermutet hätte, dann war es, als würde ihm das Herz aus dem Körper gerissen. Da war niemand, der ihm Trost spenden konnte. Er hatte sich vollkommen der Karriere seines Bruders verschrieben und es vorgezogen, Single zu bleiben. Die Abenteuer, die er in sexueller Hinsicht erleben konnte, waren reichhaltig und vielfältiger Art. Er bekam immer eins von den Mädels ab, die irgendwo auf seinen Bruder warteten, brachte sie in teuren Appartements unter und spielte mit ihnen. Sie sahen den Schlüssel zu ihrem Idol in ihm und machten bereitwillig jede Verrenkung, die man sich bei der Befriedigung körperlicher Gelüste vorstellen konnte. Es war auch kein Problem, zwei oder drei von ihnen auf einmal ins Bett zu bekommen. Er konnte sich wirklich nicht beschweren, und all das, was er in der Ehe zwischen Callistus und Zenia hautnah miterleben durfte, blieb ihm so erspart. Dafür war er dankbar. Doch die Nachricht über dieses unwürdige Ende hatte ihn nicht nur kalt erwischt, sondern ihn in einen Abgrund gestoßen, denn ihm war tatsächlich erst jetzt bewusst geworden, was er sich lange nicht mehr eingestanden hatte: Er liebte seinen Bruder wirklich abgöttisch. Das hatte er schon als Kind getan, denn der Bursche war von klein auf bezaubernd gewesen, und ihre Eltern hatten immer verlangt, dass die Brüder bedingungslos füreinander einstanden. Er hatte versagt. Er hatte es zugelassen, dass Callistus getötet worden war, ob mit oder ohne Absicht, das war vollkommen irrelevant, denn Fakt war: In einer Kühlkammer des rechtsmedizinischen Instituts lag der blasse, kalte, von Fischen angefressene Körper seines Bruders. Diesen Anblick würde er niemals vergessen. Es hatte ihm völlig ausgereicht, die Fotos auf dem Smartphone des Kommissars anzusehen, er musste nicht nach Irakleio fahren. Das würde er auch nicht aushalten, denn schon so war die Realität unerträglich.

Sein Telefon klingelte unaufhörlich. Vertragspartner, Bandmitglieder und viele andere versuchten ihn zu erreichen. Er hatte es lautlos gestellt, denn die Vorstellung, wie die Geier nun versuchen würden, einen Happen des modernden Fleisches abzubekommen, widerte ihn an und machte ihn, der rhetorisch kaum zu schlagen war, stumm. Er musste mit alldem allein klarkommen, denn weder Athanasia noch Zenia schienen ähnlich getroffen zu sein. Seine Schwester kicherte dauernd irre und rannte mit wirrem Haar wie ein aufgescheuchtes Huhn umher, und Zenia war kalt und gefasst wie eine Statue. Es gab keinen Arm, der sich schützend um ihn legte. Die Eltern waren schon lange tot, und zu entfernten Familienmitgliedern hatte er, als Callistus' Karriere Fahrt aufgenommen hatte, nur noch selten Kontakt gepflegt. Zu oft hatten sie ihn angepumpt oder um andere Gefallen gebeten. Er erhob sich schwerfällig und ging zum

Fenster. Das Meer lag grau vor ihm, als würde es seine Trauer widerspiegeln, und Regen prasselte in dicken Tropfen herab, als weine der Himmel mit ihm. Das Grundstück war von einem Gartenbaukünstler angelegt worden und in weiten Teilen in seiner ursprünglichen Wildheit erhalten. Kleine und mittelgroße halbrunde Büsche wuchsen zwischen kompakten Felsen, die teils aus Granit, Marmor und sogar Rosenquarz bestanden. Wilde Kräuter schmiegten sich an Felsvorsprünge, und alte Olivenbäume streckten ihre Äste in die Luft. Überall waren kleine Terrassen eingefügt, auf denen im Sommer moderne Lounge-Möbel standen und zum Verweilen einluden. Eine große Grillstation war auf sein Drängen hin nahe dem Meer eingerichtet worden, denn er liebte es, an lauen Abenden anzufeuern und duftendes Fleisch zuzubereiten. Sie hatten hier schöne, harmonische Stunden erlebt, auch wenn es oft nicht abzuwenden gewesen war, dass Hubschrauber über das Anwesen flogen, in der Hoffnung, Callistus beim Sonnenbaden zu erwischen oder Zenias mehr oder weniger vorhandene Cellulite abzulichten, um diese Bilder dann mit fetten Überschriften zu vermarkten. Callistus war das alles leid gewesen, doch er hatte ihm oft gesagt: »Nur keine Publicity ist schlechte Publicity.« Zenia hatte dies bestätigt, doch selbstverständlich nur dann, wenn die Bilder und Schlagzeilen nicht sie betrafen. Sie sah nicht gern gemeine Headlines über ihren alternden Körper, doch wer mochte so etwas schon.

Er versuchte zu atmen und sich zu beruhigen. Er liebte dieses Haus und das Anwesen. Es erinnerte ihn an das alte Haus der Familie am Meer, das nicht mehr war als eine Anhäufung von Steinen, die sein Großvater zu einer Unterkunft verbaut hatte – mit einem Keller, den er ins Erdreich geschlagen hatte und in dem die Lebensmittel kühl lagerten, da es dort keinen Strom gab. Es war immer ein Abenteuer gewesen, die Wochenenden im Sommer dort zu verbringen. Callistus und er waren von den rauen Klippen in das türkisblaue Wasser gesprungen und hatten lachend versucht, sich zu übertrumpfen. Nachts hatten sie ihr Lager oft vor dem Haus aufgeschlagen und in den Sternenhimmel geblickt, es war so gewesen, als wären sie allein auf der Welt, und in seiner Erinnerung gab es irgendwie nur seinen Bruder und ihn. Silenus' Herz krampfte sich zusammen. Sein Bruder hatte ihn alleingelassen.

»Callistus ... ist ... tot«, flüsterte er vor sich hin, so, als würde es leichter zu begreifen sein, wenn er es in Worte fasste und aussprach.

Der schmerzende Verlust bohrte sich tiefer in ihn und ließ ihn Schuld spüren, denn auch er hatte mehr als einmal darüber nachgedacht, wie er ihn davon abhalten konnte, seine Karriere wegzuwerfen und die Familie zu verlassen.

56. Kapitel

Sie hatte vollkommen impulsiv und irrational gehandelt. Das war ihr rasch klar geworden, doch sie hatte irgendwie nicht mehr zurückgekonnt. Etwas in ihrem Verstand war ausgehakt, und wenn sie die Situation nun mit etwas Abstand betrachtete, dann hatte sie sich, vor allem unter den Gegebenheiten, die sie nicht hatte vorausahnen können, in eine unfassbar schwierige Gesamtlage manövriert. Wie sollte sie das erklären? Wie sollte sie verdeutlichen, dass sie keine böse Absicht gehegt hatte, sondern aus einer reinen Emotion heraus gehandelt hatte? Das war unmöglich, und es gab auch kein Zurück mehr. Die Frage war sowieso, ob sie noch zurückwollte oder ob alles nun an Sinn verloren hatte. Wie sollte sie damit leben können? Sie war kein böser Mensch, ganz gewiss nicht. Sie hatte sich immer eingeredet, dass sie ihrem Herzen folgte und dass das das Wichtigste im Leben war. Doch wahrscheinlich führte es am Ende immer zum Desaster, wenn man auf einen bloßen Muskel hörte. Verwundert lauschte sie auf ihre Gedanken und fragte sich, was dazu geführt hatte, dass sie sich so ganz anders anhörten als sonst? War es der Tod, der plötzlich Einzug in ihr Denken gehalten hatte, und der damit verbundene Verlust und dessen nicht auszumalende Konsequenzen? Oder war es die Entscheidung, die sie getroffen hatte, nachdem ihr alles irgendwie zu entgleiten schien? Sie war allein, und niemand war da, mit dem sie über das, was sie getan hatte, was sie bewegte und was sie tun wollte, reden konnte. Und selbst wenn es jemanden geben würde, dann wäre es unmöglich, offen und ehrlich zu sein. Denn das würde sie unweigerlich in ein Kreuzfeuer bringen, an dem sie sowieso zerbrechen würde. Ihre Entscheidung schien somit gefallen zu sein, es stellten sich nur noch die Fragen, wann und wie?

57. Kapitel

Hyeronimos lenkte den Wagen durch den idyllischen Ort, er mochte Ierapetra mit dem venezianischen Fort am Meer und war von dort aus schon öfter mit einer privaten Jacht mit mehreren Leuten zur Insel Chrisi gefahren, die durch ihren Golden Beach berühmt geworden war. Das unbewohnte Eiland begeisterte ihn immer wieder mit seinem blütenweißen Sand und dem kristallklaren türkisblauen Wasser. Er hatte dort einige unglaublich schöne Aufnahmen gemacht, die sein Wohnzimmer zierten. Der alte Hafen von Ierapetra gefiel ihm, und die Restaurants dort boten Leckereien und einen wundervollen Blick auf das Libysche Meer. Ohne den strahlend blauen Himmel und nur von den paar Einheimischen bevölkert, wirkte die Stadt heute ein wenig trostlos, doch sie waren ja auch nicht zum Spaß hier. Er fuhr die wenigen Kilometer in Richtung Kato Chorio zu ihren nächsten, hoffentlich willigeren Gesprächspartnern. Das kleine Örtchen hatte eine strategisch gute Lage, fruchtbare Böden, große, natürliche Wasservorkommen und war seit mehr als siebentausend Jahren besiedelt.

»Ich will ja nicht in einer Wunde herumgraben«, sagte Penelope und schaute ihn nachsichtig an, »aber solltest du die Frage nach dem Auto nicht besser heute schon mit Callistus' Familie klären?«

Sie hatte recht! Er hatte sich vorgenommen, morgen erneut nach Chania zu fahren und es vor Ort zu klären, doch das würde einfach nur einen unnötigen Zeitverlust bedeuten, denn es war wirklich nicht unwichtig zu wissen, wo sich das Auto befand. Er fuhr kurz rechts ran, griff zum Telefon, kramte die Visitenkarte von Silenus heraus und wählte die Nummer. Der Mann war überraschend schnell dran, und Hyeronimos ließ den Anruf über die Freisprecheinrichtung laufen, sodass Penelope mithören konnte.

»Herr Kommissar«, sagte der Bruder des Toten, und seine Stimme klang rau und angestrengt, »haben Sie schon etwas herausgefunden?«

Hyeronimos verneinte und fragte: »Mit welchem Fahrzeug ist Ihr Bruder weggefahren?«

»Ich muss kurz nachschauen«, sagte Silenus, und man konnte ihn tippen hören, »mit dem weißen Nissan Pulsar, er hat den Aufkleber einer Autovermietung auf der Heckscheibe, denn mein Bruder hoffte, so nicht gleich erkannt zu werden. Wir haben eine Vereinbarung mit einem Freund, dem ein Verleih hier am Flughafen in Chania gehört. Er tauscht das Auto regelmäßig aus, daher ist das Kennzeichen immer ein anderes, und auch das Fabrikat wechselt.«

»Fehlt das Fahrzeug?«, wollte Hyeronimos wissen.

»Ja«, antwortete Silenus und klang leicht irritiert, »es wäre doch sonderbar, wenn es hier wäre, oder was wollen Sie damit sagen?«

»Ich möchte nichts damit sagen, ich möchte nur sichergehen«, erklärte der Ermittler, und dann schoss ihm ein Gedanke durch den Kopf: »Sie haben doch eine Überwachungskamera an Ihrem Tor, was sagen denn die Aufnahmen?«

Der Manager seufzte: »Wir speichern die Daten nur für einen kurzen Zeitraum, dann werden sie überspielt. Ich wünschte, ich hätte mir früher Sorgen um Callistus gemacht, denn dann hätte ich nachgeschaut, aber so habe ich mich zwar über sein dummes Verhalten geärgert, aber eben kein Material gesichert. Es wird immer nach vierundzwanzig Stunden überschrieben.«

»Hätten Sie es gehört, wenn Ihr Bruder zurückgekommen wäre?«, wollte Hyeronimos wissen.

»Ich weiß nicht«, Silenus stockte kurz, »nein, wahrscheinlich nicht. Das Garagentor ist wirklich modern und fast lautlos, und das Flügel-Tor ist nachts nicht bewacht. Er ist ja nicht der Präsident.«

Penelope hatte einen Stift aus ihrer Tasche gekramt und einen leicht zerknitterten Briefumschlag. Sie kritzelte etwas darauf und hielt es ihm hin.

Er las die Frage laut vor: »Wo war der Personenschützer zu dem Zeitpunkt, als Ihr Bruder das Grundstück verlassen hat?«

»Arion? Wahrscheinlich in seinen Räumen. Wenn wir zu Hause sind, folgt er Callistus nicht auf Schritt und Tritt, und wenn, also ...« Er hielt inne, und Hyeronimos hörte ihn schwer atmen.

»Herr Ariaki?«, rief er besorgt. »Ist alles in Ordnung?«

Der Mann fasste sich wieder. »Ja, ja«, stammelte er, »also wenn Callistus das Haus verlassen wollte, forderte er oder einer von uns Arion an. Er steht 24/7 zur Verfügung.«

»Wie lange arbeitet er schon für Sie?«, fragte Hyeronimos, denn er hatte die Information nicht bewusst abgespeichert, da Zacharis den Mann nur kurz bei seinen Ausführungen erwähnt hatte.

»Er ist schon sechs Jahre bei uns und begleitet ... Er hat meinen Bruder überallhin begleitet«, nun rang Silenus erneut um Fassung, »bitte entschuldigen Sie, Herr Galavaki, aber ich muss jetzt ...« Er hatte aufgelegt, bevor er den Satz beendet hatte.

Penelope blickte ihn an. »Der leidet aber ganz schön. Das klang für mich ziemlich echt.«

»Ja, für mich auch«, bestätigte Hyeronimos, »er war gestern auch der Einzige, der wirklich betroffen reagiert hat, während die Frauen eher unberührt erschienen.«

»Der Mörder ist immer der Gärtner«, Penelope grinste, »oder die Ehefrau. Antworte spontan und ohne nachzudenken!«, forderte sie ihn auf.

»Sie war kalt und gelassen. Sie könnte es getan haben, aber die Schwester mit dem wirren Haar erschien mir durchaus ebenso viel oder wenig verdächtig«, erklärte er. »Sie hat ihre Schwägerin dauern angetatscht, und für die schien das vollkommen normal zu sein«, teilte er seine Beobachtungen mit ihr.

»Sie hat sie *angetatscht*? Wie meinst du das?«

»Sie hat sich ganz nah neben sie gesetzt, ihre Hand auf deren Arm gelegt«, erläuterte er. »Es wirkte sehr vertraut, und gleichzeitig hat es auf mich auch sonderbar gewirkt.«

»Na ja, sie kennen sich ja schon lange und haben sicherlich einiges miteinander erlebt, da entsteht Vertrautheit, und wir Frauen haben ja allgemein mit Berührungen untereinander weniger Probleme.« Penelope zuckte mit den Schultern.

»Kann sein«, sagte er, »aber es war trotzdem irgendwie … irgendwie persönlich.«

»Wir fahren morgen noch mal gemeinsam hin?«, wollte sie wissen, und er nickte. »Dann kann ich mir ja selbst ein Bild machen.«

Er lauschte kurz auf das Navi, bog in letzter Sekunde scharf rechts ab und fuhr durch ein großes Rolltor auf den Hof der Spedition. Er ging davon aus, Vater und Sohn am ehesten hier anzutreffen. Das Gebäude war lang gestreckt und hatte ein Wellblechdach, an der linken Seite erhob sich ein schmales zweistöckiges Haus, auf dem in großen Buchstaben *Büro* stand.

»Auf in den Kampf!«, sagte er und parkte den Wagen vor dem Verwaltungsgebäude. Ein großer weißer Hund kam auf sie zugerannt, als sie das Auto verließen, doch da das auf der Insel vollkommen normal war, musste man einfach nur weitergehen, denn die Hunde, die tagsüber frei umherliefen, waren selten bissig oder gar angriffslustig. Penelope sprach mit liebevoller Stimme auf das Ungetüm ein, und noch bevor sie die Tür erreicht hatten, rieb es sich an ihrem Bein. Hyeronimos war immer wieder erstaunt, wie leicht es seiner Freundin fiel, Kontakte zu knüpfen – auch mit Vierbeinern. Seine Eltern hatten Tiere nie gemocht, daher hatte er keinen Bezug dazu und war froh, wenn sie ihn in Ruhe ließen, doch insgeheim beneidete er seine Freundin um ihre Gabe. Doch vielleicht waren sie genau deshalb gemeinsam so gut – er skurril, wenig zugänglich, sie offen, zugewandt und beide clever und auf den Punkt. Ein unschlagbares Team: Was ihr entging, sah er dank seiner Gaben, und was er übersah, spürte sie.

Er hielt ihr die Tür auf, und sie schritt lächelnd hindurch, der Hund entfernte sich, als wäre der Eingang eine Art Schranke.

Im Inneren erwartete sie ein Empfangsbereich, wie man ihn aus alten Fernsehsendungen kannte: ein dunkelbrauner Schreibtisch, dessen Platte voller Kratzer und Flecken war, darauf stand ein Computerbildschirm aus den 80er-Jahren, so tief, dass er fast die Hälfte des Tisches bedeckte, auf dem eine Tastatur und eine Maus aus grauen Vorzeiten lagen, sowie ein großes Buch. Ein Telefon mit Wählscheibe, er musste zweimal hinschauen, nahm die andere Schreibtischseite ein, und ein Kabelgewirr schlängelte sich auf der dem Besucher zugewandten Seite am Tisch entlang. Auf einem abgeschabten Lederstuhl saß eine Frau, die ihn dunkel an Maria erinnerte, denn sie wirkte furchterregend, und er musste an den Begriff *Vorzimmerfirewall* denken. Die Frau blickte ihnen aus zusammengekniffenen Augen entgegen, und er erwartete mindestens ein Blitzgewitter.

»Sind Sie angemeldet?«, blaffte sie ohne Begrüßung und hatte damit sicher oft Erfolg, ungebetene Besucher in die Flucht zu schlagen.

Er zückte seinen Ausweis, stellte sich und Penelope vor und sagte: »Wir haben Fragen an die Herren Kapetanakis!«

Seine Stimme war fest und kühl, und er hatte keine Frage, sondern eine Forderung formuliert.

»Ah, mal wieder die Bullen«, sagte sie provokativ und blieb bewegungslos sitzen.

Auch er setzte eine eisige Miene auf, Penelope tat es ihm gleich und blieb hoch aufgerichtet stehen, ohne etwas zu sagen.

Im Blickduell war er ein Meister.

Die Zeit verging zäh, und er bemerkte Ärger über das unverschämte Verhalten des Drachen in sich aufwallen. Ihre Aura flammte auf und hatte die Farbe eines rötlich lodernden Feuers, doch interessanterweise wurde sie auch von hellgrünen Adern durchzogen. Er fokussierte sich also besser auf den Teil in ihr, der Zusammenhalt und Harmonie bevorzugte, als auf den, der den Ärger bei ihm hervorrief. »In aller Bescheidenheit, es ist gut für die Familie, wenn wir die Fragen klären.« Beinahe hätte er *»Wir kommen in Frieden«* gesagt, beherrschte sich aber noch und milderte die Aussage ab: »Es ist wirklich wichtig, und es wäre nicht nur sehr freundlich von Ihnen, uns anzumelden, sondern auch sehr zielorientiert.«

Er sah, wie ein kurzes Zögern durch ihr Gesicht flimmerte, doch sie war noch nicht bereit nachzugeben.

Penelope hatte sein Vorgehen verstanden und hakte ein: »Es erspart Ihrem Boss, dass wir dauernd wiederkommen oder er sogar eventuell nach Irakleio fahren muss, das ist doch Zeitverschwendung. Er hat gewiss wichtigere Dinge zu tun.«

Die Frau schaute sie noch immer einfach nur an, und Hyeronimos überlegte kurz, ob sie vielleicht schwerhörig war. Er machte einen Schritt auf den Tisch zu, und ihre Hand zuckte zu dem großen Telefonhörer, wählte scheppernd zwei Ziffern und bellte in den Apparat: »Hier sind zwei nervige Polizisten aus Irakleio, die sich nicht abwimmeln lassen: ein Kommissar und eine Frau Doktor. Was soll ich tun?«

Sie legte auf und wies genervt auf eine dunkelbraune Tür. Die Wände waren mit vergilbten Plakaten behängt, auf denen der Firmenschriftzug unter diversen Lkws zu sehen war. Einige gerahmte Fotos hingen dazwischen, als hätten sie sich versehentlich dorthin verirrt. Er überlegte, was genau die Aussage war, die dieses Ambiente treffen sollte, denn ganz gewiss ging es der Spedition nicht schlecht. Zacharis hatte dies zuerst überprüft, und die Wirtschaftsberichte des Unternehmens waren mehr als solide.

Er klopfte kurz an die Tür und öffnete sie sogleich, denn sie waren ja angekündigt, insofern erschien es ihm wenig zielführend zu warten. Auch im Büro von Stephanos Kapetanakis waren die Möbel alt, strahlten aber Massivität aus und wirkten dadurch beeindruckend. Die Wand hinter dem Schreibtisch war mit einem hohen Regal voller Akten bestückt, und der Inhaber thronte auf einem breiten Sessel aus cognacfarbenem Leder – genau an den richtigen Stellen abgeschabt. Die Sitzgarnitur gegenüber dem Arbeitsplatz war aus dem gleichen Leder, und man konnte ihr ansehen, dass sie nicht billig gewesen war, doch es wirkte tatsächlich nicht protzig, sondern ausgeklügelt. Nach den Fotos und den Berichten in der Presse zu urteilen schien es einfach zu sein, Stephanos Kapetanakis für einen Emporkömmling ohne Manieren zu halten, doch dieser Raum zeigt wohlüberlegtes Kalkül, genau wie der heruntergekommene Empfangsbereich. Hyeronimos schärfte seine Wahrnehmung, denn er erwartete nun ein meisterliches Schauspiel. Penelope schüttelte leicht ihr Haar zurecht, schob die Unterlippe ein wenig vor, und er verstand, dass sie ihren scharfen Verstand hinter einem Schmollmund verbergen wollte.

»Herr Kommissar«, sagte der Mann mit jovialer Stimme, wandte sich dann zu Penelope, ließ seinen Blick kurz taxierend über sie gleiten. »Frau Doktor. Bitte nehmen Sie doch Platz. Entschuldigen Sie, Etna, sie gibt immer sehr gut auf mich acht.« Er lachte dröhnend.

Hyeronimos fand es befremdlich, dass Kapetanakis auf die Sitzgarnitur wies, aber selbst hinter dem Schreibtisch blieb. Brauchte er die Barriere zwischen sich und der Polizei, oder wollte er damit einfach klarmachen, dass er zwar gesprächsbereit war, aber nicht viel Zeit für sie aufwenden würde? Der untersetzte Mann hatte fleischige Lippen, eine hakenförmige Nase und dunkle Augen, die durch eine Brille vergrößert wurden. Sein Haar war dicht und dunkel, von einigen wenigen silbernen Strähnen durchzogen. Er war nicht attraktiv, wirkte aber trotzdem interessant.

»Dankeschön«, sagte Penelope mit einer artig klingenden Kleinmädchenstimme, und er war überrascht und gespannt, was sich daraus entwickeln würde.

»Was kann ich für Sie tun?«, wollte Kapetanakis nun wissen und sah dabei aus, als könne ihn nichts überraschen.

»Wir sind im Zuge von Ermittlungen darauf gestoßen, dass Sie eine langfristige Geschäftsbeziehung mit der Supermarktkette Sklaventakis planen«, sagte Hyeronimos mit deutlicher Betonung.

»Das war keine Frage«, stellte der Mann hinter dem Schreibtisch fest, »aber ja, das planen wir.«

»Gehört die private Beziehung Ihres Sohnes mit Evangelina Sklaventaki zu dieser Vereinbarung?«, wurde Hyeronimos nun deutlicher.

58. Kapitel

Das Telefon klingelte, und sie schrak aus ihren Gedanken auf. Ihr Gespräch mit Myron hatte nicht gefruchtet, und der Ärger, den ihr Stephanos im Anschluss gemacht hatte, war furchtbar gewesen. Noch schlimmer als viele andere Situationen vorher, noch demütigender. Er hatte sie als nichtsnutzige, dumme alte Vettel bezeichnet, die nun nicht nur die glückliche Zukunft – sie spuckte bei diesem Gedanken auf den Boden und sank sofort danach auf die Knie, um die Spucke mit ihrem Rocksaum aufzuwischen –, ihres Sohnes zu verhindern versuchte. Nein, er hatte ihr auch vorgeworfen, das Unternehmen zerstören zu wollen. Ihr Unternehmen, das er sich unter den Nagel gerissen hatte. Sie hatte kurz darüber nachgedacht aufzubegehren, doch dann war es einfacher und ungefährlicher gewesen, sich ein großes Glas Wein einzuschenken und zu beten. Gott hatte sich ihr bereits gezeigt, und er würde es verhindern, dass ihr Sohn dieses Flittchen heiratete. Sie vertraute dem Herrn vollkommen. Er machte keine Fehler. Alle Schritte, die es zu gehen galt, waren eine Prüfung. So trennte er die Spreu vom Weizen.

Sie nahm das Gespräch an und hörte Etnas flüsternde Stimme: »Die Polizei ist hier. Ich habe ein bisschen mitgehört. Es geht um Evangelina und die Heirat.«

Das Telefonat war danach beendet, doch mehr Informationen brauchte Katherina nicht. Das Mädchen war schlecht, und jetzt kam auch noch die Polizei ins Haus, hoffentlich würden Stephanos und Myron es endlich begreifen und dieses irrsinnige Vorhaben stoppen. Etna war ihr gegenüber vollkommen loyal, und sie hielten dies beide geheim. Die Männer mussten nichts davon wissen, denn über die Frau, die ihre Augen und Ohren seit mehr als drei Jahrzehnten überall im Unternehmen hatte, erfuhr sie alles, was wichtig war. Gott hatte ihr diese Ehe als Prüfung auferlegt, und er hatte ihr einen Ausweg gegeben, es zu ertragen, denn wenn sie trank, fühlte sie sich fast unversehrt. Ihre Zeit würde bald kommen, sie würde das Ruder herumreißen. Sie würde dafür sorgen, dass ihr Junge eine reine Frau bekäme und dass diese befleckte Sünderin niemandem schaden konnte, und egal, was Stephanos behaupten würde, sie wäre es, die die Geschicke der Familie in die richtige Richtung lenkte.

59. Kapitel

Zacharis hatte in den Briefen unterschiedliche Textzeilen aus bekannteren, aber auch unbekannteren Titeln von Callistus gefunden. Bei einem Auszug hatte er lange suchen müssen und war auf ein altes, wackliges Video gestoßen, auf dem ein junger Callistus mit einer Lyra eine bewegende Weise sang. Es schien auf dem Dorfplatz eines kleinen Ortes stattgefunden zu haben, und den Film hatte ein deutscher Tourist gemacht und ins Netz gestellt. Er ließ sich die Beschreibung übersetzen und fand heraus, dass der Sänger damals Mitte zwanzig gewesen war, noch nicht berühmt, und bei einem Dorffest für Unterhaltung gesorgt hatte. Er war berührt von der klaren Stimme und dem ergreifenden Text, der das karge Leben der Bauern in den Hügeln des Psiloritis beschrieb. Die Person, er vermutete aufgrund der Handschrift und des verzierten Briefpapiers eine Frau, kannte auch diesen Auftritt und spielte in dem Brief auf eine gemeinsame Vergangenheit an. Hatten sie sich vielleicht schon vor so langer Zeit gekannt? Doch warum outete sie sich dann nicht einfach als Fan? Man musste sich doch nicht dafür schämen, Fan eines Stars von Callistus' Format zu sein.

Er hatte sich jeden einzelnen Brief mehrfach angeschaut und sich gewundert, warum er ausgerechnet diesen zweiundzwanzig so viel Aufmerksamkeit schenkte. Waren es nur die Kunstwerke? Nein, es war die Art, wie die Briefe verfasst waren: Mit seinen Liedtexten und ihren Liebeserklärungen, die nicht einfach plump oder gar sexuell motiviert waren, sondern feinfühlig formuliert. Doch da waren auch jene Zeilen, die verdeutlichten, dass da mehr als gesunde Begeisterung vorhanden war. Die Kombination machte es aus, dass er sich beim Lesen unwohl fühlte und die Briefe offensichtlich auch seitens des Managements als bedrohlich eingestuft worden waren. Er machte sich Notizen und begann die knapp zwei Dutzend Briefe immer wieder durchzugehen, um mehr über die Person herauszufinden. Das Schriftbild war weiblich, doch man konnte sich nie ganz sicher sein, denn es gab auch Männer mit unglaublich schöner Handschrift und sicher auch welche, die mit Rosen verziertes Briefpapier bevorzugten. Auch der künstlerische Part war nicht klar einem Geschlecht zuzuordnen. Er fragte sich, wie viele Menschen diese Schreiben wohl schon angefasst hatten und ob es daher überhaupt noch Sinn machen würde, nach Fingerabdrücken zu suchen. Vielleicht gab es DNA-Spuren? Eine Träne, ein Kuss oder schlimmstenfalls auch andere Sekrete. Daran wollte er nicht denken. Das war wirklich etwas, was ihn bei der Arbeit sehr abstieß, er mochte sich einfach nicht mit der Sexualität fremder Menschen auseinandersetzen. Er konzentrierte sich auf das Thema Zeitangaben und Hinweise auf Themen, die bei einer Internetsuche nicht auf den ersten zehn Seiten angezeigt wurden und somit irgendwie auf eine Art von Insiderwissen hindeuteten. Das konnte einerseits bedeuten, dass die verfassende Person Callistus wirklich von früher kannte oder eben einfach nur ein richtiger Stalker war. Was wiederum signalisierte, dass es jemanden gab, der den Sänger regelmäßig beobachtet hatte. Während er darüber nachdachte, wie er so etwas herausfinden konnte, kam *das Grauen auf Beinen* herangeschlendert, sein ganz persönlicher Albtraum: Christos.

Wieso schlich er hier umher, anstatt die eingehenden Telefonate zu sichten und die Ergebnisse zu filtern? Er schob mit einer raschen Bewegung die Briefe zusammen, öffnete geistesgegenwärtig die Schublade und schob sie hinein.

Er hasste es, wenn der Mann sich auf seinen Schreibtisch setzte, und genau deshalb tat dieser es auch mit hoher Wahrscheinlichkeit. Zacharis hielt vor Zorn den Atem an und richtete seinen Blick auf die Schreibtischoberfläche, in der Hoffnung, dass Christos einfach verschwinden würde, wenn er ihn nicht anschaute. Leider wirkte die Technik nicht.

»Zachari«, in Christos' Stimme lag etwas so Zuckersüßes, dass ihm sofort übel davon wurde, »wir ziehen doch alle an einem Strang. Wie wäre es also mit einem kleinen Bericht über all das hier.« Er machte eine ausgreifende Bewegung und stieß dabei den Stifthalter um, in dem Zacharis die Stifte nach Art und Farbe vorsortiert hatte.

»Ich berichte n'cht an d'ch, Chrs'to«, er war aufgeregt und schaffte es daher nicht, sich zu konzentrieren, und seine Worte klangen abgehackter denn je.

»Herrje ... Rede doch vernünftig!«, herrschte ihn Christos auch sofort an. Er nutzte einfach jede Möglichkeit, ihn wegen seiner Aussprache fertigzumachen.

»Ich, ich muss gar n'chts«, antwortete er und klammerte seinen Blick weiterhin an die Oberfläche der Tischplatte, während seine Hände die Stifte einsortierten. Wenn Christos ihn auf normale Art und Weise behandelt hätte, gleichberechtigt und mit Respekt, dann hätte er sich gern mit ihm ausgetauscht. Doch der Typ war einfach unhöflich, und das gehörte sich gegenüber Untergebenen nicht.

»Sei vernünftig, Zachari, und sag mir, womit du deine Zeit verplemperst?«, setzte der Kommissar einen drauf.

»Ich sichte«, Zacharis nahm sich ganz bewusst Zeit, um alles deutlich auszusprechen, »bedrohliche Fanpost.«

»Uh, ein vollständig verständlicher Satz, Glückwunsch, Junge.« Christos rückte ein wenig näher. »Gibt es schon ein Muster?«

»Ich bin n'ch nicht so weit.«

»Dann solltest du vielleicht schneller arbeiten, wir brauchen nämlich Ergebnisse. Die da oben«, Christos zeigte mit dem Finger an die Decke, und Zacharis brauchte einen Augenblick, um zu verstehen, dass er die Vorgesetzten meinte und nicht Gott und seine Himmelsboten, »werden nämlich schon unruhig. Also hurtig!«

Zacharis nahm seinen ganzen Mut zusammen, denn es entsprach nicht seiner Art, gegen Höhergestellte aufzubegehren: »Kommt ihr denn mit der Hotline nicht voran?«

»Und ob«, sagte der Mann großspurig, erhob sich so, dass der Schreibtisch erzitterte und Zacharis rasch nach der Box mit den Stiften griff, damit diese nicht erneut umfiel. Dann war Christos auch schon wieder weg. Zacharis war sich sicher, dass er nur gekommen war, um ihn zu erniedrigen und einzuschüchtern. Das machte diesem Kerl einfach Freude, und er fühlte sich scheinbar nur dann gut, wenn er dafür sorgen konnte, dass es jemand anderem schlecht ging. Er versuchte das unangenehme Gefühl abzuschütteln, doch es fiel ihm schwer, auch weil ihn die Gesamtsituation stresste und diese furchtbaren Briefe in ihm nachhallten.

61. Kapitel

»Was geht unser Privatleben die Polizei an?«, wollte Stephanos Kapetanakis wissen, und Penelope konnte die aufglimmende Wachsamkeit in seinem Blick sehen.

»Da Evangelina eine wichtige Zeugin ist«, ergriff sie das Wort und trug etwas dicker auf, »haben wir uns mit ihrem Umfeld vertraut gemacht, daher die Frage.«

»Eine Zeugin?«, fragte er überrascht.

»Bitte beantworten Sie doch erst die Frage«, gab sie freundlich, aber bestimmt den Weg vor.

»Ich denke trotz allem, dass Sie das nichts angeht, aber ich helfe der Polizei immer gern.« Stephanos lächelte und zeigte dabei mehr Zähne als nötig. »Mein Sohn und Evangelina sind quasi verlobt.«

Penelope blieb freundlich zugewandt: »Gibt es einen Zusammenhang zwischen der privaten und der geschäftlichen Bindung Ihrer Häuser?«

»Worauf spielen Sie an, Frau Doktor?«

»Auf nichts Spezielles«, sagte Penelope weiterhin gelassen, »manchmal ergeben sich Beziehungen aus Liebe und manchmal, weil es anderweitig passt.«

»Mein Sohn liebt das Mädchen sehr, und wenn wir eine Familie werden, warum sollte sich das nicht auch auf unsere geschäftliche Beziehung positiv auswirken«, sagte er gönnerhaft.

Sie lauschte auf das, was er gesagt hatte: *»Mein Sohn liebt das Mädchen.«* Er hatte keine gegenseitige Liebe erwähnt. Was hatten die Familien da für ihre erwachsenen Kinder ausbaldowert? In was war Evangelina hineingeraten, und wo war sie? Versteckte sie sich vielleicht vor einer Zwangsheirat?

»Das Kind, das Evangelina mit in die Ehe bringt, stört Ihren Sohn nicht?«, fragte Hyeronimos mit neutraler Tonlage.

Kapetanakis sah von einem Moment zum anderen unangenehm berührt aus. Sein Gesicht verzog sich so, als würde er plötzlich auf etwas Ekligem herumkauen. »Mein Sohn plant, eine eigene Familie zu gründen.«

»Und was bedeutet das genau?«, bohrte der Ermittler nun nach, und Penelope lehnte sich zurück, denn sie spürte, wie ihre Gelassenheit sich aufzulösen begann.

»Das fragen Sie doch am besten Evangelina«, sagte Stephanos abweisend, »ich habe Ihnen jetzt genug von meiner kostbaren Zeit geschenkt.«

»Ist sie bei Ihrem Sohn?«, fragte Penelope hoffnungsvoll.

»Nicht, dass ich wüsste. Sie sind ja noch nicht verheiratet.«

Sie wollte schon nachfassen, was das eine mit dem anderen zu tun hatte, doch dann sparte sie sich die Frage, denn sie würde eine solche Argumentation ganz sicher nicht verstehen, und sie brauchte es nicht, eine unnötige Diskussion vom Zaun brechen, um zu verstehen, wie der Mann tickte. Er war ein unangenehmer Typ, und eigentlich sollte ihm mal jemand sagen, dass seine Art überheblich war.

Hyeronimos schien zu spüren, dass sie kurz davor war, unbedacht zu handeln, und erkundigte sich rasch, wo sie Myron finden konnten.

»Ich habe Ihnen doch schon gesagt, was Sie wissen wollen, und Sie spielen scheinbar nicht mit offenen Karten. Warum suchen Sie Evangelina?« Der Unternehmer war nun laut und aggressiv.

»Wir haben im Zuge einer Ermittlung einige Fragen an die junge Frau, mehr kann ich Ihnen nicht sagen.« Hyeronimos intonierte weiterhin ruhig und gelassen.

Sie war immer wieder begeistert, wie sehr er sich unter Kontrolle haben konnte, auch wenn das für viele sicher gefühlskalt erschien. Sie wusste, dass es professionell war, sich nicht von seinen Emotionen mitreißen zu lassen, wenn man jemanden befragte.

»Wir finden Ihren Sohn sicher auch ohne Ihre Unterstützung«, sagte sie sanft und erhob sich.

»Myron ist zu einem Kundentermin außer Haus.« Stephanos gab diese Information so unwillig heraus, dass sie ihm glaubte.

Ein Blick auf Hyeronimos zeigte ihr, dass er noch nicht ganz fertig zu sein schien.

»Wann erwarten Sie ihn zurück?«

Kapetanakis schob die Hemdmanschette zurück und gab den Blick auf eine teuer wirkende Uhr frei: »Er sollte in ungefähr zwei Stunden zurück sein, denn um drei Uhr haben wir einen gemeinsamen Termin. Ich denke, ich war nun wirklich mehr als freundlich ...«

»Herzlichen Dank, Herr Kapetanaki.« Penelope lächelte ihn an, und er ließ seinen Blick so provokativ über ihre Figur gleiten, dass sie ihm gern die Zunge herausgestreckt hätte.

Sehr erwachsen, Penelope, dachte sie bei sich, beherrschte sich und ging in Richtung Tür.

»Auf Wiedersehen«, verabschiedete sich Hyeronimos und folgte ihr, während der Unternehmer etwas murmelte, was stark nach »Kein Interesse!« klang.

Sie schritten durch den hässlichen Eingangsbereich, nickten dem Drachen zu und verließen das Gebäude.

Erst im Auto machte sie sich Luft. »Der Kerl ist wirklich widerlich. Einer von der Sorte: *Ich habe Geld, und mir gehört die Welt.*«

»Er hat es auch nicht drauf angelegt, sympathisch zu wirken. Was denkst du, hat Sofia ihn vorgewarnt?«

»Ich denke, ja«, antwortete sie, ohne lange nachzudenken, »alles hat auf mich irgendwie inszeniert gewirkt.«

»Wie meinst du das?«, wollte er wissen und fuhr den Wagen vom Hof.

»Machst du keine Notizen?«, fragte sie erstaunt.

»Doch, ich möchte nur runter von diesem Hof, wir suchen uns ein Restaurant und kommen in zwei Stunden wieder«, erklärte er seine Vorgehensweise.

»Ich hätte irgendwie erwartet, dass er vehementer wissen will, warum wir bei ihm auftauchen, um Evangelina zu suchen. Die gesamte Insel weiß doch, dass Callistus tot ist und du der ermittelnde Beamte bist, das hat Stelios in der Pressekonferenz deutlich gesagt.«

»Ich sehe das genau wie du.« Er nickte und fuhr in Richtung Dorfmitte, denn hier würden sie gewiss eine kleine Taverne finden.

»Mein Gefühl ist ganz sonderbar«, gab sie zu, »irgendwie stimmt mit diesen beiden Familien etwas nicht, egal, wie reich oder einflussreich sie auch sein mögen. Sie wirken so ... mmh ... überzogen auf mich, ja, das ist das richtige Wort.«

»Überzogen?«

»So kretisch, so auf die Familie ausgerichtet, so schweigsam, so traditionell, und dieses Bürogebäude«, ereiferte sie sich, »das kann doch nicht deren Ernst sein! Das ist wie aus einem schlechten Film. Was soll das bezwecken? Heutzutage will man doch Menschen dazu bringen, Geschäfte abzuschließen, und sie nicht vertreiben, weil das Ambiente dermaßen heruntergekommen und die Empfangsdame gruselig ist.«

»Ich weiß nicht, ob ich das so sehe. Ich gebe dir recht, dass die Reaktionen sowohl von Sofia Sklaventaki als auch von Stephanos Kapetanakis sehr ablehnend waren, doch denk mal an unser Finanzamt in Irakleio. Das sieht auch nicht viel besser aus als dieser Empfangsbereich«, gab Hyeronimos zu bedenken.

»Hyeronimo, da will doch auch keiner freiwillig hin oder gar bleiben, da *müssen* wir hin, also warum sollte es da freundlich und einladend wirken?« Sie hob mit verzweifelter Geste die Arme und rief dann: »Da! Das hat zwar einen komischen Namen, sieht aber nett und vor allem auch offen aus.« Sie wies wedelnd auf ein Restaurant mit dem Namen *State and Life*.

Er stellte das Auto an der Mauer neben einem Platz ab, der im Sommer sicher für die Tische draußen gedacht war, zückte sein Heft und begann seine Notizen zu machen. Sie öffnete die Tür, stieg aus und vertrat sich ein wenig die Beine. Die Geschichte schien sich mehr zu verknoten als aufzulösen, und sie wurde das Gefühl nicht los, dass Evangelina ein armes Ding war, das sich vor all dem Chaos aus dem Staub gemacht hatte. Ihr Bauchgefühl war etwas, auf das sie, obwohl sie als Wissenschaftlerin eher den Fakten vertraute, durchaus auch hörte, denn es hatte ihr schon oft Impulse gegeben, genauer hinzuschauen und Dinge zu hinterfragen. Grundsätzlich war auch von wissenschaftlicher Seite nichts gegen diese Intuition zu sagen, denn der sogenannte Vagusnerv verband Organe und wichtige emotionale Schaltstellen im Gehirn miteinander. Ihr Bauch machte ihr heute grummelnd deutlich, dass hier etwas ganz und gar nicht in Ordnung war. Hyeronimos schien fertig zu sein, denn im Wagen entstand Bewegung. Dann klingelte ihr Handy, und sie sah erstaunt Zacharis' Nummer im Display aufleuchten.

60. Kapitel

Es war schwer gewesen, rational zu handeln nach all dem, was geschehen war. Entscheidungen zu treffen, die immense Auswirkungen hatten, war ihr noch nie leichtgefallen, doch hatte sie letztlich ihren Entschluss ja schon in dem Moment gefasst, als sie den Mund öffnete. Sie konnte sich jetzt nicht mehr aus dieser von ihr selbst initiierten Spirale herauswinden und hatte selbst dafür gesorgt, dass die Schlingen immer enger wurden und sie daran hinderten, alles genau abzuwägen. Sollte sie ehrlich sein und um Hilfe bitten? Doch wen könnte sie fragen? Es gab niemanden, dem sie wirklich vertrauen konnte. Ihr ganzes Leben schien eine Aneinanderreihung falscher Entscheidungen zu sein, denn wie war es sonst zu erklären, dass sie heute hier an diesem Punkt stand und versuchte, diesen klebrigen Morast von ihrem Körper zu bekommen. Würde das jemals funktionieren? Konnte sie sich reinwaschen? Heiligte der Zweck denn tatsächlich die Mittel?

Verzweiflung pulste in ihr hoch, überschlug sich und hüllte sie vollkommen ein. Wie konnte sie sicher sein, dass das, was sie getan hatte, richtig gewesen war, wenn es sich gerade so furchtbar anfühlte. Sie lehnte sich unter den heißen Wasserstrahl und hoffte, das Gefühl der Schuld – ja, das war es, sie fühlte sich schuldig – abzuwaschen. Sie hatte doch nichts Böses im Schilde geführt, es war ihr nur entglitten. Wie ihr schon so oft Situationen entglitten waren. Sie sank auf den Boden der Dusche und blieb zusammengekauert sitzen. Hatten all die Stimmen recht, die behaupteten, dass sie zu nichts nutze sei? Was hatte sie nur wieder angestellt.

61. Kapitel

Myron fluchte, als er das Gebäude des neuen Kunden verließ. Es war kein Riesenauftrag, den er an Land gezogen hatte, aber es gab die Option auf umfangreichere Geschäfte. Sein Handy zeigte ein Dutzend Anrufe in Abwesenheit: Sein Vater hatte mehrfach versucht, ihn zu erreichen, seine Mutter ebenfalls und Nereos Sklaventakis. Was zur Hölle wollten die alle von ihm? Vor allem der Alte? Der wusste doch, dass er sich in einem Termin befand. Aufseufzend setzte er sich ins Auto, fuhr los und drückte auf die Wahlwiederholung, beginnend mit dem Telefonat, das er für am wenigsten unangenehm erachtete.

Seine Mutter nahm nach kurzem Läuten ab: »Mein Junge, ist alles in Ordnung bei dir?«

»Ja, Mutter. Ich rufe nur zurück. Ist alles in Ordnung *bei dir*?«

»Hast du Evangelina in den letzten Tagen gehört oder gesehen?«, wollte sie wissen und überraschte ihn mit dieser Frage, nachdem sie die Verbindung mit der jungen Frau bei ihrem letzten Besuch so vehement abgelehnt hatte.

»Nein!«, antwortete er knapp und abweisend, denn er wollte nicht schon wieder mit ihr streiten. Sie trank zu viel, war besessen von Gott und nervte ihn oft, doch sie war seine Mutter, und er liebte sie trotz allem.

»Gut, gut«, sagte sie schnell und mit bemüht leichtem Ton und wechselte dann so rasch das Thema, dass er perplex war, und statt genauer nachzubohren, warum sie dies wissen wollte, beantwortete er ihre Fragen, was sie ihm zu essen zubereiten sollte. Dann verabschiedete sie sich, er ließ sie gewähren und meldete sich bei seinem Vater.

»Endlich«, schnauzte der Mann in befehlsgewohnter Manier.

»Ich bin nicht zu meinem Vergnügen unterwegs und sitze nichtsnutzig in einem Kafenion«, setzte er sich genervt zur Wehr, »was ist los?«

»Die Polizei war hier und stellt Fragen zu dir und Evangelina«, sagte sein Vater.

»Was geht das die Polizei an?«, wollte er irritiert wissen.

»Angeblich geht es um eine Befragung als Zeugin, und sie können sie nicht finden«, erklärte sein Vater.

»Aha!«

»Ja, aha! Weißt du, wo sie ist, und lüg mich, verdammt noch mal, nicht an!« Der Alte klang kalt und bedrohlich.

»Hast du Mutter informiert oder war die Polizei schon bei ihr?«, beantwortete er die Frage mit einer Gegenfrage. Warum war das alles nur so kompliziert? Sie sollte seine Frau werden und basta. Er würde ihr zeigen, wer der Herr im Haus war, sie würde schon lernen, ihn zu lieben, und er würde dann endlich auch die Führung der Spedition übernehmen.

»Deine Mutter hat damit nichts zu tun. Beantworte meine Frage, Myron!«, schoss sein Vater zurück.

»Ich habe aktuell keinen engeren Kontakt zu Evangelina. Nereos hat ebenfalls versucht, mich zu erreichen. Was ist hier los, Vater?«

»Der Bulle ist aus Irakleio, und er ist derjenige, der im Callistus-Fall ermittelt. Er hatte die leitende Rechtsmedizinerin dabei, das schmeckt mir einfach nicht«, gab der Senior zu seinem Erstaunen zu.

Myron schluckte den aufkeimenden Kommentar runter. Konnte das wirklich möglich sein? Konnte sich jemand wie Callistus für seine zukünftige Frau interessieren? Er spürte Wut und Eifersucht in sich aufkeimen. Seine Zunge schnellte aufgeregt über seine fleischigen Lippen, doch dann hatte er sich wieder im Griff. »Was sollte sie damit zu tun haben? Sie ist ein ganz normales Mädchen, mehr nicht.«

»Die kommen sicher wieder, um mit dir zu sprechen«, kündigte Stephanos an, »ich musste ihnen sagen, wann du zurück bist. Soll ich unseren Anwalt mal informieren?«

»Ich habe mir nichts vorzuwerfen«, gab Myron beherrscht zurück, »lass den Anwalt da raus, das sieht aus, als hätten wir was zu verbergen.«

Sein Vater grummelte kurz und legte dann auf.

Daher wehte also der Wind bei all dem Telefonterror. Er fragte sich, woher seine Mutter ihre Informationen bezog, und war sich recht sicher, dass nur Etna dafür infrage kam. Manchmal war ihm seine Mutter irgendwie unheimlich, vielleicht war das auch der Grund, warum sein Vater sie an der kurzen Leine hielt. Er dachte über das bevorstehende Gespräch mit der Polizei nach. Er hatte sich nichts zuschulden kommen lassen, noch nicht. Jetzt würde er sich noch anhören, was Nereos von ihm wollte.

Er atmete durch, um seiner Stimme jenen Klang der Torheit zu geben, den alle von ihm erwarteten. Eins war sicher: Die Menschen unterschätzten ihn.

62. Kapitel

In der Taverne, in einem der traditionellen Steinhäuser des Ortes, waren zwei der strahlend weißen Tische mit Männern aus dem Dorf besetzt, die sich, ihre Komboloi schwenkend, unterhielten. An der Theke hingen unterschiedlich farbige Tassen an Haken. Bunte handgeknüpfte Wandteppiche zierten den Stein und gaben dem Raum etwas Heimeliges. Aus der Küche drangen Stimmen, Lachen und der Duft von schmelzendem Käse. Hyeronimos wählte einen Platz, der so weit wie möglich von den anderen Gästen entfernt war, nicht, weil er menschenscheu war, gut, das war er irgendwie schon, sondern weil er sich mit Penelope über Falldetails unterhalten wollte. Zudem hatte er erstaunt ihr Telefonat mit seinem Assistenten zur Kenntnis genommen, aber nur noch die letzten Sätze mitbekommen, die, aus dem Kontext des Gesprächs gerissen, keinen Sinn für ihn ergaben. Sie setzten sich, bestellten Wasser und je ein kleines Glas Hauswein, dann konnte er seine Neugierde nicht länger zügeln: »Was wollte Zacharis denn von dir?«

»Ach, er wollte nur wissen, wo man die besten Nudeln für Pastizio bekommt«, sagte sie leichthin, und er schüttelte irritiert den Kopf.

Zacharis kochte?

Dann lachte sie und sagte: »Das war ein Scherz, Hyeronimo! Er hat in den Drohbriefen eine größere Menge eines Fans gefunden, er tippt auf eine Frau, und sie hat eine echte künstlerische Begabung. Sie fertigt aus verschiedenen Materialien Callistus-Köpfe als Mosaik, und Zacharis sagt, dass sie echt gut ist. Er schickt mir gleich ein paar Fotos davon. Also Fotos von Fotos. Die Originale hat er logischerweise nicht.«

Sie machte eine Pause, denn eine freundlich lächelnde Frau kam an ihren Tisch, stellte die Getränke vor ihnen ab und empfahl ihnen tatsächlich Pastizio mit frischer Loukaniko, der mit Orangenschalen und Fenchelsamen von wildem Fenchel gewürzten Schweinsbratwurst. Als Vorspeise pries sie Lachanodolmades an, die ihre Mutter nach altem Familienrezept gerade heute erst gemacht hatte. Die kleinen Kohlrouladen hatte sie mit Reis, Kräutern und Rosinen gefüllt. Das klang einfach köstlich, und er nickte begeistert. Auch Penelope bestellte diese Kombination, und als die Frau sich in Richtung Küche entfernte, fuhr sie mit ihrer Zusammenfassung des Gesprächs fort: »Das scheint ihm eine Möglichkeit zu sein, herauszufinden, wer die Person ist, denn selbstverständlich unterschreibt niemand dabei mit seinem vollständigen Namen und der Adresse.«

»Und wie kommst du da ins Spiel?«, wollte er wissen.

»Eleni fiel ihm ein und ihr stark angewachsener Einfluss in den sozialen Medien«, erläuterte sie Zacharis Ansinnen, »er meinte, dass das ja letztes Jahr auch gut geklappt hat und wenn sie vielleicht einige Bilder veröffentlicht und entweder einen ganz lockeren Aufruf startet oder irgendwie, keine Ahnung, eine Art Provokation ...«

»Eine Art Provokation?« Hyeronimos war erstaunt. »Aber wir reden schon von meinem Mitarbeiter Zacharis, oder?«

Penelope lächelte erneut: »Ja, von dem reden wir. Er ist einfallsreich, das traut man ihm wirklich nicht zu. Also seine Idee war, dass Eleni behauptet, dass sie wegen Callistus' Tod eine T-Shirt-Sonderedition herausbringt mit diesen megacoolen Mosaikbildern und die Urheberrechte geklärt werden müssten und sie deshalb den Künstler sucht.«

»Das klingt gar nicht so dumm«, gab er anerkennend zu, »das könnte funktionieren, und selbst wenn die Person irgendwie gefährlich ist und etwas mit dem Ableben des Sängers zu tun hat, so ist Eleni doch weit genug weg, und es besteht somit kein Risiko für sie.«

»Ich finde die Idee super, denn es macht auch deutlich, dass wir kreative Lösungen suchen und finden, um die Ermittlungen zu beschleunigen«, bestätigte Penelope.

»Es ist zumindest ein weiterer Ansatz, denn obwohl wir gerade viele Menschen befragen, habe ich noch keinen blassen Schimmer über eine Motivlage. Natürlich ist Geld immer ein Antrieb, aber falls das wirklich eine ernsthafte Beziehung zwischen Callistus und Evangelina war …« Er verstummte, denn die Hausherrin war zurück und stellte ein voll beladenes Tablett auf dem Nachbartisch ab.

Der Duft der Speisen zog verführerisch durch die Luft, und sein Magen begann zu knurren. Vorfreude machte sich in ihm breit, als sie eine Schale mit kleinen Oliven, eine mit Feta-Paprikacreme und ein Tellerchen mit gebackenen Blumenkohlscheiben, die auf einer cremigen hellen Soße lagen und mit Dill bestreut waren, in der Tischmitte platzierte. Dazu reichte sie einen Korb mit duftendem Brot, Olivenöl und Salz. Obwohl er gerade eben noch gedanklich in einer Sackgasse gelandet war, verschwand das unangenehme Gefühl beim Anblick der Leckereien augenblicklich. Die Frau stellte jedem einen Teller und Besteck hin, wünschte einen guten Appetit, und dann waren sie wieder allein.

»Ich beende noch kurz meinen Satz«, sagte er, »dann konzentrieren wir uns erst einmal auf das Essen. Diese kleine Auswahl an Vorspeisen macht mich echt neugierig auf das, was noch kommt!«

Penelope nickte begeistert, tunkte schon etwas Brot in Öl, streute ein wenig des grobkörnigen Salzes darauf und seufzte dabei genießerisch.

»Also falls da eine ernst zu nehmende Verbindung war, und ich glaube nicht, dass man ansonsten zum Polizeichef geht und ihn um einen Gefallen bittet, wäre Callistus doch ein viel besserer Fang als die Spedition Kapetanakis. Doch noch ergibt alles in meinem Kopf keinen rechten Sinn«, schloss er seine Rede und griff ebenfalls zu, während schon die nächste Lieferung aus der Küche zu sehen war. Die glänzenden Lachanodolmades, die dampfend in einer Glasschale lagen, waren an den Ecken ganz leicht angebräunt und mit einigen Rosinen garniert. Es war einfach himmlisch, und sie kauten zufrieden, alberten ein wenig herum und vergaßen die Schwere des Falls für diesen kurzen Moment. Die Pastizio war saftig, die obere Nudelschicht, mit Käse überbacken, leicht kross und die anstatt des üblichen Hackfleisches verwendete Wurst schmeckte im Auflauf außerordentlich köstlich.

»Ich glaube nicht, dass ich jetzt noch irgendwie klar denken kann«, sagte Penelope, schob ihre Bluse ein wenig hoch und öffnete den Hosenknopf.

Er musste grinsen, sie war einfach herrlich ungekünstelt. Das mochte er ganz besonders an ihr.

Wie auf Kreta üblich landete kurze Zeit später ein kleines Fläschchen Tsikoudia auf dem Tisch sowie für jeden ein quadratisches Stück Samali: ein mit Sirup übergossener Grießkuchen, von dem viele Abwandlungen auf der Insel existierten. Sie hatten beide zudem einen Espresso bestellt, um für das anstehende Gespräch mit Myron Kapetanakis hellwach zu sein.

»Schau hier«, sie hielt ihm ihr Handy hin, und auf dem Display prangte Callistus' Konterfei. Je mehr er es vergrößerte, umso mehr konnte er die winzigen Teile erkennen, aus denen es gefertigt war. Es war wirklich beeindruckend und verlangte auf jeden Fall eine Begabung.

»Ich denke, dass das etwas ist, was uns auf die Spur der Person führen kann. Das ist nicht alltäglich, ganz unabhängig von diesem speziellen Motiv«, gab er zu. »Und dieses Talent sollte im Umfeld der Person bekannt sein. Aber Eleni muss die Aktionen mit uns absprechen, damit wir auch auf Reaktionen entsprechend eingehen können.«

»Das sehe ich genauso«, Penelope nickte bestätigend, »wir müssen das steuern, denn auch, wenn sie weit weg ist, soll sie dennoch nicht in irgendein Kreuzfeuer geraten, das ihr schadet. Außerdem müssen wir uns eine Story überlegen, wie sie an die Bilder gekommen ist.«

»Am besten wir besprechen das gemeinsam mit ihr«, er dachte kurz nach, »nachdem ich Stelios informiert habe. Ich möchte ihn nicht umgehen, denn Athen hängt ihm an den Fersen, und er sieht sowieso schon total fertig aus.«

Penelope gab ihm ein Daumenhoch: »Er war schon letztes Wochenende total angespannt, als er mit der Bitte bei mir aufgetaucht ist. Ist bei ihm sonst alles in Ordnung?«

Er zuckte mit den Schultern, denn er wusste nichts über das Privatleben seines Vorgesetzten. Sie waren keine Freunde und tauschten sich nicht aus, zudem war es ihm noch nie in den Sinn gekommen, über Stelios' persönliches Umfeld nachzudenken.

»Vielleicht fragst du ihn mal«, schlug er daher vor, »ich kann mir vorstellen, dass er sich dir anvertraut.«

Penelope wiegte ihren Kopf hin und her: »Ich habe ja nach wie vor das Gefühl, dass er auf seine respektvolle Art mit mir flirtet, daher hat mich sein Besuch bei mir zu Hause echt irritiert. Doch du hast recht, ich sollte mich kümmern, bevor etwas Unerwartetes passiert.«

Sie zahlten, bedankten sich mehrfach für das leckere Essen und machten sich dann auf zur Spedition. Er vermerkte das Restaurant auf seiner inneren Liste für Orte, an die er zurückkehren wollte. Er hatte in den letzten Monaten viel Zeit auf der Nida-Hochebene verbracht, war aber zu keiner Lösung seines Problems gekommen. Noch nicht. Vielleicht tat ihm eine Pause gut, und er konnte dann die Zeit nutzen, einfach über die Insel zu fahren und einzukehren, wo es ihm gefiel. Das Libysche Meer hatte viele wunderbare Strände, an denen es sich lohnte, in das salzige Nass einzutauchen, auch wenn er die Energie des Wassers als anders empfand als auf der Nordseite. Doch anders war nicht gleichbedeutend mit schlechter.

Wenig später standen sie wieder auf dem Hof der Spedition, ein dunkler Wagen, der am Vormittag noch nicht dort gewesen war, zog ihre Aufmerksamkeit auf sich. Ein schwarzer nagelneuer Pick-up mit getönten Fenstern parkte nahe dem Eingang. Er hoffte, dass das Fahrzeug dem Junior gehörte und sie das Gespräch rasch beginnen konnten.

63. Kapitel

Nereos Sklaventakis warf sein Handy auf den Tisch und sah mit wachsendem Entsetzen zu, wie es zur Tischkante schlitterte. Na bravo, jetzt würde es gleich auf dem Boden aufschlagen und das Display zersplittern. Warum schaffte er es nur nicht, sich zu beherrschen? Kippelnd kam es auf der Kante zum Stillstand, und er warf sich mit einem Hechtsprung hinüber, um es zu ergreifen. Just in diesem Augenblick öffnete sich die Tür, und seine Mutter kam ins Zimmer.

»Was tust du da?«, fauchte sie, und es war keine Frage, sondern eine Zurechtweisung.

»Nichts«, antwortete er und versuchte, so würdevoll wie möglich vom Tisch zu gelangen.

Sie zog abschätzig die Augenbraue hoch: »Warum hat Gott mich mit solchen Kindern gestraft? Ich investiere meine komplette Energie in eure Erziehung, und was bekomme ich zurück? Nur Chaos!«

»Mutter, ich ...«, setzte er an, und sie hob die Hand.

»Wo ist deine Schwester, wo ist das Kind?« Ihre Stimme klang schneidend. »Ist diese Aufgabe wirklich unmöglich zu erfüllen? Du verfügst doch über genügend Kontakte, zumindest prahlst du immer damit wie ein Fischer mit seinem Fang!«

»Ich werde sie finden«, sagte er, richtete sich auf und trat ihr einen Schritt entgegen. Er konnte nicht zulassen, dass sie so mit ihm umsprang.

Sie stand wie ein Fels in der Brandung, und er konnte die unterdrückte Wut in ihren schmalen Augen glitzern sehen.

»Evangelina ist seit nunmehr fünf Tagen verschwunden. Sie muss irgendwo schlafen, essen und Windeln kaufen. Sie hinterlässt also Spuren. Finde sie, verdammt noch mal!« Sie drehte sich auf dem Absatz um und verschwand türknallend.

Er hatte nach dem Telefonat mit Myron schon die Schnauze voll gehabt, denn der fette Dummkopf hatte nichts kapiert. Es war doch wohl selbstverständlich, sollte sein zukünftiger Schwager über Informationen über den Verbleib von Evangelina verfügen, diese eher ihm als der Polizei zur Verfügung zu stellen. Doch Myron hatte so getan, als würde er ihn zum Meineid auffordern wollen. Er war sich nicht sicher, ob er dem Kerl trauen konnte. Doch Evangelina hatte den Speditions-Spross nie besonders gemocht, insofern wäre es tatsächlich sonderbar, sollte sie ausgerechnet zu ihm geflohen sein. Zumal die Kapetanakis' auch sehr deutlich klargemacht hatten, was sie von dem Baby hielten. Es war eine Sackgasse, und dessen war er sich bewusst. Er würde erneut bei seinem Cousin zu Kreuze kriechen müssen, um an valide Informationen zu kommen. Es konnte nicht sein, dass niemand seine Schwester mit dem Neugeborenen gesehen hatte.

Eine Idee blitzte in seinem Kopf auf: Sie liebte das Kind und würde ihm niemals schaden. Man musste doch gewiss regelmäßig zum Arzt mit einem so kleinen Baby. Er umrundete den Tisch, nahm vor seinem Computer Platz und suchte nach Informationen zu Neugeborenen. Rasch hatte er eine Seite gefunden, die ihm Auskunft darüber gab, wann man mit einem Säugling zu den sogenannten Vorsorgeuntersuchungen gehen musste. Doch er hatte sich weder mit ihrer Entbindung noch mit ihrer Arztwahl je auseinandergesetzt. Wie sollte er also herausfinden, zu welchem Kinderarzt sie gehen musste?

Grübelnd legte er den Kopf in die Hände, er musste sich in ihren Räumen umschauen und den Fokus darauf legen, mehr über seine Schwester zu erfahren. Sie hatte ihn nie interessiert, er hatte sie *ertragen.* Er wusste, dass man von ihm erwartete, sie zu lieben und sie zu beschützen. Das war im traditionellen Familienkonstrukt so vorgesehen, doch für ihn war sie immer nur ein Eindringling gewesen, eine Konkurrentin um die Liebe und Aufmerksamkeit der Eltern – und dass das der Realität entsprach, hatte die Tracht Prügel, die er von seinem Vater damals erhalten hatte, ja auch bestätigt. Oft hatte er sich gefragt, ob es Hass war, was er empfand, doch im Regelfall war es eher vollkommene Gleichgültigkeit. Nun hatte sich das geändert. Er hasste sie wirklich, denn die Aufgabe, nach ihr zu suchen, war mehr als undankbar, und es erschien ihm nahezu unmöglich, sie zu finden. Wer auf Kreta nicht gefunden werden wollte, den fand man einfach nicht. Allerdings gab es immer die Möglichkeit, Geld fließen zu lassen oder dem Geld zu folgen. Wie viel Bargeld konnte sie dabeihaben, und wie lange konnte sie damit irgendwo in einer Bude in den Bergen hausen? Irgendwann würde sie herauskriechen müssen und eine Spur hinterlassen, und er würde da sein, um diese zu finden. Er wusste nur noch nicht, wie, er war kein Computerspezialist, und er hatte auch kein Recht, bei der Bank Auskünfte über ihre Kontobewegungen zu erhalten. Das alles hatte allerdings die Polizei, und die suchten augenscheinlich nach ihr. Es war ein Wettrennen zwischen ungleichen Partnern, doch er würde der Igel sein und den Hasen austricksen.

64. Kapitel

Das Meer mutet unendlich an. Wenn man am Strand oder auf einer Klippe steht und gen Horizont blickt, ist kein Ende zu sehen, und Himmel und Wasser verschmelzen irgendwann zu einem Ganzen. Es hat flache Stellen, an denen es kaum die Füße bedeckt, und andere, die so tief und dunkel sind, dass der Mensch sich zu fürchten beginnt vor dem, was dort unten hausen könnte. Es kann spiegelglatt sein und an einem Tag ohne Wind nicht eine einzige Kräuselung aufweisen, und an anderen Tagen kann man die Verwirbelungen der Strömung schon von ferne sehen oder hören, wie die Brandung die Gischt an den Strand wirft. Manche Strände bestechen mit blütenweißem feinen Sand, der das Wasser türkis schimmern lässt, und andere sind steinig grob, und zwischen den kantigen Felsenzacken schimmert nur ein wenig graues Blau hindurch. Das Meer kann rauben, zerschmettern, liebkosen, geben und für immer nehmen. Doch eines ist sicher: Der Mensch kann es weder steuern noch beherrschen. Wenn das Meer beschlossen hat, etwas in die Tiefe zu ziehen und es dort ruhen zu lassen, ist es oft nur der Zufall, der es wieder zum Vorschein bringt und ganz gewiss kein geplantes Kalkül. Ebenso wenig ist es möglich, darauf zu vertrauen, dass der Ozean etwas für sich behält, nur weil man es ihm anvertraut oder es in ihm versenkt. Wer sich dem Meer auf diese Art und Weise nähert, wird irgendwann erkennen, dass er sich getäuscht hat, und was dann geschieht, liegt wieder in Menschenhand. Sollte der Mensch also dem Meer vertrauen oder ihm doch besser mit immerwährender Vorsicht begegnen? Kann er mit Fug und Recht behaupten, es zu kennen, oder ist es immer für eine Überraschung gut? Manches nimmt es tatsächlich für immer, und anderes spuckt es schneller aus als erwartet oder gar erwünscht, und in den stürmischen Wirbeln erscheint die blasse Haut mahnend weiß.

65. Kapitel

Der Vorzimmerdrache saß so am Schreibtisch, als wäre er aus Stein und hätte sich in den vergangenen Stunden nicht bewegt.

»Wir wollen nun zu Myron Kapetanakis«, sagte Hyeronimos knapp und mit befehlsgewohnter Stimme. Er hatte weder Lust noch Interesse, Floskeln auszutauschen, und stand hoch aufgerichtet vor dem Tisch. Einzig seine rechte Hand wollte ihm einen Strich durch die Rechnung machen und zuckte aufmüpfig. Er verbot ihr, sich zu bewegen, und ausnahmsweise tat sie ohne großes Hin und Her, was er mental von ihr verlangte.

Die Frau verzog keine Miene, als sie auf eine Tür wies, die einige Meter hinter der von Stephanos Kapetanakis lag. Hyeronimos nickte knapp und ging zielstrebig auf die Tür zu, während die unfreundliche Empfangsdame »Bullen im Anmarsch!« knurrte und damit gewiss den Junior informierte.

Er klopfte an die Tür, warf einen kurzen Blick zu Penelope, die vollkommen fokussiert wirkte, dann traten sie ein. Ein leicht übergewichtiger junger Mann mit sehr kurz geschorenem Haar saß hinter einem Schreibtisch, der wie eine Miniaturausgabe des wuchtigen Teils im Büro des Seniors wirkte. Der Mann hatte eine flache Nase und volle Lippen. Er trug einen blauen Anzug, ein hellblaues Hemd und eine blaue Krawatte und wirkte so, als hätte man ihn dort gegen seinen Willen hineingestopft. Er schaute zu den beiden Besuchern und fuhr sich mit einer Geste des Unbehagens am Kragen des Hemdes entlang, blieb aber schweigsam. Unter dem Tisch lag ein dunkler Hund mit spitzen Dobermannohren und beobachtete das Geschehen aufmerksam.

Hyeronimos stellte sich und Penelope vor und kam schnell zur Sache. »Ich gehe davon aus, dass Ihr Vater Sie über den Grund unseres Besuches informiert hat?«, fragte er rein rhetorisch.

Myron nickte und schwieg weiterhin, sein Blick glitt von Hyeronimos zu Penelope und taxierte sie auf eine Art, die Hyeronimos missfiel und ihm ein kleines Frösteln über den Rücken laufen ließ. Er verabscheute es, wenn Männer Frauen wie eine Ware abschätzten, und hatte bei Vater *und* Sohn diese Art wahrgenommen. Ärger wallte in ihm auf, und er gab sich keine Mühe, diesen zu verbergen. Er trat einen Schritt näher und kam ohne Umschweife zu dem, was er in Erfahrung bringen wollte. »Sind Evangelina Sklaventaki und Sie ein Paar, oder handelt es sich bei Ihrer Beziehung um ein geschäftliches Arrangement?«

Durch sein forsches Auftreten schaffte er es tatsächlich, den bisher schweigenden Mann aus der Reserve zu locken, und er hatte wohl auch den rechten Punkt getroffen, denn in Myrons Aura flackerte für einen Augenblick ein Feuerrot auf.

»Ihre Frage ist indiskret, und das wissen Sie auch«, sagte er durch zusammengebissene Zähne.

Nun war es Hyeronimos, der schweigend auf eine Antwort wartete. Die Zeit zog sich wie ein zäher alter Kaugummi, und er merkte, wie die quirlige Rechtsmedizinerin neben ihm unruhig wurde. Unauffällig berührte er sie am Arm, um sie davon abzubringen, etwas zu sagen. Er schaute Myron unvermindert mit festem Blick an, dann wurde es dem jungen Mann zu viel. Er stützte seine Hände auf den Schreibtisch auf und erhob sich halb, schob den Kopf nach vorn und wirkte plötzlich wie eine Schlange, die sich auf den tödlichen Biss vorbereitete.

»Die Beziehung zu meiner zukünftigen Frau geht Sie einen feuchten Dreck an«, fauchte er.

»Wo befindet sich die Zukünftige denn gerade?«, griff er den Faden auf.

Myron stockte für einen Sekundenbruchteil, und seine Augenbrauen schoben sich bedrohlich zusammen, während er Penelope und ihn aus schmalen Augen betrachtete. »Evangelina ist erwachsen und ist mir aktuell noch keine Rechenschaft über ihren Aufenthaltsort schuldig, was sich natürlich nach unserer baldigen Eheschließung ändern wird.«

»Das bedeutet, Sie heiraten bald, haben aber keine Ahnung, wo sich Ihre Braut befindet?«, provozierte er den aufgeregten Kerl.

Myron reagierte wie gewünscht. Seine Aura umflackerte ihn nun wie eine feuerspeiende Glorie: »Ich wiederhole es nur noch einmal, für den Fall, dass Sie begriffsstutzig sind, Evangelina ist eine erwachsene Frau und muss sich nicht bei mir abmelden, wenn sie auf Reisen geht.«

»Auch für Menschen wie mich«, schaltete sich Penelope nun ein, »die scheinbar wirklich nur sehr schwer verstehen können, was andere sagen: Sie wissen nicht, wo sie ist. Das ist der Klartext Ihrer verschnörkelten Aussage. Richtig?«

Myron nickte ganz leicht, gab aber seine Angriffshaltung nicht auf.

»Von wem ist das Kind?«, fragte sie die Gunst ihres Erfolgs nutzend.

Myron fiel fast auf den Schreibtisch, so sehr überrumpelte ihn diese Frage. Er fing sich gerade noch ab, stemmte sich nach oben und funkelte Penelope an. »Das müssen Sie Evangelina schon selbst fragen.«

»Stimmt es, dass Sie das Kind in der Ehe nicht akzeptieren werden«, ergriff Hyeronimos nun wieder das Wort.

Myron knirschte hörbar mit den Zähnen: »Ich möchte mit Evangelina eine Familie gründen, sie bedeutet mir sehr viel.

Das Kind eines anderen Mannes ist nicht Teil unseres Bundes. Das ist uns beiden klar.«

»Sie gibt das Baby also vor der Hochzeit zur Adoption frei?«, fragte Penelope interessiert.

»Die Vorgehensweise ist Evangelinas Entscheidung«, sagte Myron, der sich wieder gefangen hatte und nun mit der Hand auf die Tür wies. »Ich möchte Sie nun bitten zu gehen. Mir reichen Ihre Unverschämtheiten.«

»Eine letzte Frage noch«, sagte Hyeronimos, »haben Sie Ihre Braut seit Samstag gesehen?«

Myron schüttelte verneinend den Kopf, zog die Tastatur seines PCs zu sich, lenkte seinen Blick auf den Bildschirm und sah nicht mehr auf. Hyeronimos wies mit dem Kinn auf das Regal, und Penelope folgte seinem Blick: In einem goldenen Rahmen steckte der Zeitungsausschnitt von jenem Sommerfest in Ierapetra, auf dem Myron und Evangelina zusammen abgelichtet waren. Penelope zog die Augenbrauen hoch und spitzte die Lippen wie zu einem Pfiff, dann schritt sie zur Tür und öffnete diese, wandte sich kurz zu Myron um und sagte in ernstem Ton. »Wir suchen Evangelina und das Baby. Sie sind seit fünf Tagen verschwunden, *mich* würde das mit Besorgnis erfüllen. Bitte sagen Sie Bescheid, wenn Sie etwas von ihr hören.«

Myron hob seinen Blick, seine Gesichtszüge waren weich geworden. Er nickte leicht. Penelope zog ihre Karte aus der Hosentasche, ging rasch zum Schreibtisch und legte sie ohne einen weiteren Kommentar dort ab. Dann verließen sie das Büro, schritten durch den abschreckenden Eingangsbereich und atmeten beide gleichzeitig auf, als sie auf dem Hof standen.

Penelope grinste ihn an. »Wir zwei haben uns doch wirklich gefunden, ohne einander zu suchen.«

Er lächelte zurück, dankbar, dass er sie an seiner Seite hatte und nicht allein unterwegs sein musste oder gar mit Zacharis. Er hatte das ausprobiert und war dann doch lieber wieder allein losgezogen. Rechtlich war dies bei Befragungen immer nicht hundertprozentig in Ordnung, denn wichtige Gespräche musste er dann aufnehmen, um sie entsprechend dokumentieren zu können. Einen Partner zu haben war doch wesentlich angenehmer, denn vier Ohren hörten mehr als zwei und vier Augen sahen eben auch mehr. Zudem hatte Penelope ein gutes kriminalistisches Gespür. Ihre Arbeit als Wissenschaftlerin hatte ihr Auge für Details geschärft, und ihre einfühlsame Persönlichkeit machte so manche Kommunikation einfacher. Das kam ihm mehr als gelegen, denn er war eher ein Informationssammler als ein Empath. So viele menschliche Facetten erschienen ihm oft fremd und wenig nachvollziehbar. Früher hatte er sehr oft darüber nachgegrübelt, hatte herausfinden wollen, wie das alles zustande kam, und Bücher über das Gehirn gewälzt. Doch letztlich hatte das alles seine ursprünglichen Beobachtungen nur untermauert: Menschen waren und blieben sonderbare Lebewesen, die einander Furchtbares aus niedrigsten Beweggründen antaten. Doch es gab auch die andere Seite: Liebe und Zugewandtheit.

Penelope hatte ihn vieles gelehrt, und auch Kassia trug ihren Teil dazu bei, dass er sich besser in Menschen hineinversetzen konnte. So waren seine Ergebnisse nicht mehr nur der Logik geschuldet, sondern integrierten auch die Intuition. Er trug diese Fähigkeit in sich, denn wie war sonst zu erklären, dass er farbige Auren sah? Das war nichts, worauf er sich vor Gericht berufen konnte oder worüber er öffentlich sprach. Seine Mutter hatte es ihm nach dem ersten Vorfall damals dringlichst ans Herz gelegt, darüber Stillschweigen zu bewahren. Diesmal nahm er sein Notizheft gleich nach dem Einsteigen zur Hand, machte seine Notizen und wandte sich dann an Penelope: »Wie hast du den Mann wahrgenommen?«

»Er war aufgeregt und zornig, aber da war auch noch etwas anderes. Einerseits war da Besorgnis, aber auch unterschwellig etwas, was mich komplett abgestoßen hat. Deshalb war ich auch so schweigsam.«

»Was genau hat dich abgestoßen?«, fragte er nach.

»Er hat mich nicht einfach nur taxiert, da ist noch etwas, ich kann das nicht so greifen, so etwas Beherrschendes. Ich kann es einfach nicht besser beschreiben. Der Typ ist mir extrem unangenehm«, versuchte sie ihm ihre Wahrnehmung zu verdeutlichen.

»Das ging mir ähnlich. Das Taxieren hatte etwas von Fleischbeschauung«, gab er ihr recht.

»Aber ich glaube ihm, dass er nicht weiß, wo sie ist, und dass ihn dieses Nicht-Wissen auch bekümmert«, sagte sie nachdenklich.

Er nickte: »Diese Ehe ist zwar eingefädelt, aber er scheint die Frau zu mögen.«

»Das ändert aber nichts an der Tatsache, dass das Kind keinen Platz in diesem Arrangement zu haben scheint.« Penelope klang frustriert. »Und irgendwie kann ich mir nicht vorstellen, dass das in ihrem Sinne ist. Ich weiß nicht, wie ich darauf komme, denn bisher wissen wir einfach viel zu wenig über Evangelina. Wir sollten mal jemanden befragen, mit dem sie befreundet ist.«

»Das ist eine gute Idee«, stimmte er ihr zu, nahm das Telefon zur Hand und wählte die Nummer der Sklaventakis', die er von Zacharis erhalten hatte. Zu seiner Überraschung nahm Sofia Sklaventaki den Anruf nach kurzem Läuten an. Er gab sich zu erkennen und hatte beinahe den Eindruck, dass sie jemand anderen erwartet hatte.

»Was wollen Sie schon wieder?«, fragte sie mit Verachtung in der Stimme.

»Können Sie uns bitte die Namen von Evangelinas Freundinnen oder Freunden nennen«, bat er sie.

»Evangelina ist eine Einzelgängerin.«

»Sie hat niemanden, mit dem sie befreundet ist? Auch nicht entfernt?«, hakte er nach.

Sofia atmete angestrengt: »Mir fällt da nur Jasemin Xilouri ein, mit der war sie hin und wieder mal unterwegs.«

»Darf ich Sie um die Kontaktdaten von Frau Xilouri bitten?« Er blieb ausgewählt höflich, denn er hatte weder Lust noch Energie, sich wieder auf eine Auseinandersetzung mit ihr einzulassen.

Er hörte sie kramen, dann diktierte sie ihm eine Mobilnummer. Er bedankte sich und beendete das Telefonat.

»Vielleicht sollten wir dazu vom Hof fahren«, sagte Penelope und wies mit dem Kinn auf die Empfangsdame, die sich im Türrahmen aufgebaut hatte und auffordernd zu ihnen schaute.

»Oder gerade aus Prinzip stehen bleiben.« Er merkte, dass ihn das Verhalten der unfreundlichen Frau triggerte.

»Irgendwie denke ich nicht, dass sie es wert ist, sich über sie aufzuregen«, wandte sich Penelope mit ruhiger Stimme an ihn, »aber ich bin davon überzeugt, dass sie höchstwahrscheinlich alles weiß, was bei den Kapetanakis' vor sich geht.«

»Wollen wir die Mutter auch noch befragen? Zacharis hat mir die Privatadresse ebenfalls aufgeschrieben.« Er war unschlüssig, ob sie dort etwas anderes oder Neues in Erfahrung bringen würden.

»Na ja, jetzt sind wir hier«, meinte Penelope pragmatisch, »dann schadet es ja nichts, und es ist besser, als die Strecke dafür erneut zurücklegen zu müssen.«

Er nickte bestätigend und gab die Adresse in das Navi ein, lenkte den Wagen unter den strengen Blicken des Drachen vom Hof und klickte auf die Ruftaste, um Evangelinas Freundin anzurufen.

66. Kapitel

Was hatte sie sich nur bei alldem gedacht? Sie war klug, begabt, gebildet, wohlhabend. Eben alles, was einen im Leben voranbrachte, doch ihre Leidenschaft hatte immer wieder dazu geführt, dass ihr Hirn sich zu verabschieden schien und sie dann vollkommen irrational handelte. Nur so war ihr Lebensweg im vergangenen Jahrzehnt zu beschreiben. Was als Schwärmerei begonnen hatte, war zu einer Art Zwang geworden und hatte ein Eigenleben entwickelt. Ein unkontrollierbares Eigenleben. Es kontrollierte sie, und sie hatte keine Macht, es aufzuhalten, wenn es von ihr Besitz ergriff. Die Phasen waren im Laufe der Jahre immer häufiger geworden, und sie war dann oft tagelang wie im Wahn. Nein, nicht *wie* im Wahn, sondern tatsächlich im Wahn. Sie konnte sich im Anschluss auch häufig nicht mehr genau an das erinnern, was sie während dieser Zeit der geistigen Abwesenheit getan hatte. Was sie erschaffen hatte, war offensichtlich, doch wie sie es getan und wie sie die Stunden verbracht hatte und vor allem, wo sie gewesen war, war immer öfter nicht mehr nachvollziehbar für sie. Doch manchmal fand sie etwas in ihrer Tasche oder ihrem Auto, was ihre Erinnerung wieder aufblitzen ließ: ein Streichholzbriefchen mit Aufdruck oder ihre Turnschuhe voll mit dem roten Staub eines Bergweges. Bilder blitzten vor ihrem inneren Auge auf, doch aktuell war sie nicht in der Lage, zu unterscheiden, was ihr Unterbewusstsein ihr einflößte und wofür die Medien verantwortlich waren. Dumpfe Geräusche, die wie Schläge klangen, Haar, das auf dem Wasser waberte. Die Sehnsucht, die sie selbst empfand, im Wasser alles zu vergessen und hinter sich zu lassen. Das war wie ein Sog, dem sie sich kaum entziehen konnte. Das Auto machte ihr Sorgen. Als sie die Tür zur Garage geöffnet hatte, war sie mit dem Griff in der Hand erstarrt. Es hatte lange gedauert, bis sie sich wieder gefasst hatte, und die Panik, die sie danach ergriffen hatte, war auch jetzt noch nicht aus ihren Knochen gewichen. Es war kaum möglich gewesen, klare und sinnvolle Gedanken zu fassen, Handlungen abzuleiten und auch wirklich umzusetzen. Ihr brillanter Verstand hatte sich mit dem Anblick des Wagens in tausend kleine Splitter aufgelöst. Sie war die Meisterin des Mosaiks und nun nicht in der Lage, aus den Fragmenten wieder ein funktionierendes Ganzes zu formen. Das Verlangen danach, sich in ihr Atelier zurückzuziehen, war so übermächtig gewesen, dass sie sich dem nicht hatte entziehen können. Also war sie dem Drang gefolgt, hatte ihre Hände handeln lassen und sich auf ihren Instinkt verlassen. Hatte ein episches Werk erschaffen, aus diesem Blau, und dann war das Erschrecken mit dem Erwachen erneut über sie gekommen.

Erneut hatte sie sich in der Garage wiedergefunden und das Auto betrachtet. Nach all den Jahren, in denen sie glaubte, dass all ihre Träume in Erfüllung gehen würden, hatte sie plötzlich begriffen, dass sie nie eine Träumerin gewesen war, sondern immer eine Macherin. Ihr Verstand schrie ihr zu, was zu tun war, und mit der Sehnsucht, Wange an Wange mit ihm im Wasser zu treiben, schwand ihre Fähigkeit, planend zu handeln. Und doch deklamierte eine Stimme laut tönend in ihrem Inneren: Du bist hier sicher!

Noch gab sie dieser Stimme nach, vergrub sich auf der Chaiselongue im Atelier, den Kopf an die Reste der Jacke geschmiegt, und versank in den Tiefen ihres wirren Geistes.

67. Kapitel

Zenia betrat das Ankleidezimmer. Sein Duft hing in diesem Raum, und das raubte ihr fast den Atem. Wie hatte sie nur geglaubt, ihn loslassen zu können? Wie hatte er nur glauben können, dass sie je dazu fähig sein würde?

Er war ihr Mann, ihr Lebenspartner. Ja, sie hasste ihn so sehr, wie sie ihn liebte, doch sie liebte ihn eben, und diese Liebe endete nicht einfach. Weder zu seinen Lebzeiten, als er beschlossen hatte, sein ganzes Leben für dieses Gör zu opfern, noch nun, nachdem er für immer fortgegangen war. Sie öffnete die Kleiderschranktür und riss den provokativen Zeitungsausschnitt heraus. Sie war sich sicher, dass der Kommissar dieses abscheuliche Stück Papier gesehen hatte. Callistus sah gut aus auf dem Bild. Sein Gesicht war entspannt, und genau das hatte damals auch sofort alle Alarmglocken in ihr aufläuten lassen. Er war nett zu seinen Fans, keine Frage, das zeichnete ihn immer schon aus, aber trotzdem strengten ihn die Selfies und die Pressefotos sehr an. Daher war immer eine Grundanspannung zu erkennen, wenn er sich bereit erklärte, mit diesen Frauen und Männern für Fotos zu posieren. Doch hier war alles an ihm locker und zeugte davon, dass er sich wohlfühlte.

Sie hatte ihn auf den Bericht angesprochen, um sich zu vergewissern, dass sie ihn falsch interpretierte. Doch er hatte sie angesehen, als wäre sie eine Fremde, und hatte weder geantwortet noch in anderer Form dazu Stellung bezogen. Stattdessen klebte er den Ausschnitt in seinen Schrank und verdeutlichte mit diesem Statement die Position der

Ehebrecherin. Ihr Hass auf das Mädchen war wie eine alles verzehrende Flamme, doch sie verzehrte nur Dinge, die lebensnotwendig waren – Freude, Leichtigkeit, Glück und Nähe –, und nährte dadurch den Zorn und die überbordende Aggression in ihr. Sie ballte ihre Hände zu Fäusten und zerdrückte dabei den Bericht zu einem knittrigen Knäuel.

Er war fort. Er würde nie mehr mit diesem Hundeblick zu ihr schauen, der ihr klarmachte, wo er in diesem Augenblick lieber wäre. Er würde aber auch nie mehr die Blicke des Verstehens mit ihr wechseln, die ein Paar nach vielen Jahren wissend miteinander tauschte. Er war tot. Schwankend hielt sie sich am Türrahmen fest und krallte ihre Nägel in den Papierball. Das Universum hatte ihn für seinen Verrat gestraft. Nicht seine Affäre war das Unverzeihliche, darüber hätte sie sicher irgendwie hinwegsehen können, wobei man eine Zenia Mathoudaki nicht betrog, doch sie hätte es verziehen. Das Kind jedoch konnte sie nicht verzeihen, denn letzten Endes verdeutlichte das Baby, dass es immer an ihr gelegen hatte, dass sie kinderlos geblieben waren, obwohl der Arzt ihr versichert hatte, dass bei ihr alles in Ordnung sei.

Er hatte einen Sohn gezeugt.

Dieses Kind war sein Fleisch und Blut, und damit war für ihn vollkommen klar gewesen, was er hatte sein wollen: nicht mehr gefeierter Star, sondern Vater. Das war der Schlag in ihr Gesicht gewesen, und eben dieser Schlag hatte es mehr als gerechtfertigt, sich endlich zur Wehr zu setzen. Er hatte jeden ihrer Hiebe verdient. Er hatte einen Sohn, ein neues Leben, einen Erben.

Sie verließ seine Räumlichkeiten und stieß im Flur beinahe mit Arion zusammen, der sie besorgt anschaute, seinen Blick nach links und rechts flitzen ließ und dann vertraut seine Hand auf ihren Arm legte. Sie schüttelte den Kopf, streifte die Hand ab wie ein lästiges Insekt. Sie hatte den muskulösen Mann nur in ihr Bett gelassen, weil sie Callistus damit etwas beweisen wollte, ihn provozieren, ihn zurückzerren wollte. Jetzt war ihr die Nähe des Mannes zu viel.

Sie ließ ihn stehen, ging schnellen Schrittes in ihr Schlafzimmer, schloss die Tür von innen ab und sank dort auf den Boden. Sie ließ ihren Tränen – eine Mischung aus Wut, Trauer und tiefer Verletztheit – zum ersten Mal, seitdem der Kommissar ihr Haus betreten hatte, freien Lauf.

Einige Minuten später zog ein leichtes Kratzen ihre Aufmerksamkeit auf sich.

»Zenia«, hörte sie Athanasias Stimme, die ausnahmsweise ruhig und dadurch fast tief klang.

Sie konnte sich nicht bewegen, die Traurigkeit, die als einzige Emotion aus dem gesamten Mix übrig geblieben war, hatte sich wie ein lähmender Mantel über sie gelegt. Sie stieß einen krächzenden Ton aus, den man mit außerordentlich viel Fantasie als ein »Ja?« Interpretieren konnte. Sie hatte keine Kraft und keine Energie mehr, wollte nicht mit irgendjemandem reden oder gar getröstet werden. Sie wollte nur ihre Ruhe, und gleichzeitig fühlte sie sich so einsam wie noch nie zuvor in ihrem Leben.

»Ich bin hier«, sagte Athanasia und schwieg dann.

Zenia konnte hören, dass ihre Schwägerin sich auf dem Boden niederließ und sich gegen die Tür lehnte. Das war irgendwie tröstlich.

68. Kapitel

Eleni öffnete die Wasserflasche und nahm einen langen Schluck. Ermattet fuhr sie sich durchs Haar und stellte zum gefühlt tausendsten Mal fest, dass es eine ziemlich doofe Geste war, wenn man versuchte, es wachsen zu lassen, und es dadurch bedingt zu einem Rattenschwänzchen zusammenband und mit Klammern fixierte. Es war irgendwie noch immer wenig vertraut, sie hatte sich an den unkomplizierten Pixieschnitt der letzten Jahre gewöhnt, doch die Agentur, also in erster Linie Nikolaos, war der Ansicht, dass ihr ein kinnlanger Bob hervorragend stehen würde. Sie genoss den ganzen Trubel, und dass alles genau so gekommen war, wie sie es sich erträumt hatte. Doch auf einmal gab es eine zarte Saite in ihr, die vor Heimweh vibrierte. Niemals hatte sie sich vorstellen können, dass sie sich nach Kreta sehnen könnte. Die Insel war voll von verstaubten Traditionen, engstirnigem Aberglauben und gab Menschen wie ihr kaum Raum zum Atmen. Sie bezeichnete sich immer gern als *freies Wesen*, trat für die Rechte der Frauen, der gleichgeschlechtlichen Liebe und der politischen Freiheit der Insel ein. Sie war laut und unbequem, ohne jedoch unsachlich zu sein.

Sie nahm einen weiteren Schluck des französischen Wassers und vermisste den Geschmack von *Zaros*, dem besten stillen Wasser der Welt. Sie musste grinsen, nun war auch sie so weit, die kretischen Superlative zu zitieren.

»Hey, Eleni«, rief Nikolaos und kam zu ihr, »wir machen weiter. Ist alles okay?«

Er legte ihr liebevoll einen Arm um die Schulter, und sie genoss es, sich kurz anzulehnen.

»Alles bestens«, sagte sie.

Er roch gut, und sie wünschte sich, er würde sie richtig in den Arm nehmen und sie halten. Was war nur mit ihr los?

Sie trat einen kleinen Schritt zurück und brachte so Abstand zwischen sich und den attraktiven Griechen vom Festland. Sie hatte mittlerweile mehr als siebzigtausend Follower aus aller Welt und verdiente mit Produktwerbung ein ordentliches Grundeinkommen. Auf jeden Fall mehr als das Lohnniveau in Griechenland von knapp 3,80 € pro Stunde. Das war es doch, was sie mehr als alles andere wollte, und doch war ihre Stimmung merklich in den Keller gegangen, als Penelope ihr mitgeteilt hatte, dass es von dem aktuellen Fall abhänge, ob sie nach Paris kommen würde oder nicht. Unabhängig davon, dass Penelope eben Penelope war, so war sie auch ein Stück Heimat und brachte den vertrauten Duft von Meer, Sonne und Strand mit. Durchzogen mit dem Wohlgeruch von Oregano, Honig und Zimt. War es nur das, was sie vermisste: den Touch der Heimat? Sie hatte den Gedanken kaum zu Ende gedacht, als eine SMS auf ihrem Handy aufplingte: *Wann hast du Zeit für ein ungestörtes, sehr wichtiges Telefonat? Es geht um C!*

Als hätte Penelope ihre sehnsüchtigen Gedanken gespürt.

Sie lächelte und schrieb zurück: *Bin in ungefähr zwei Stunden fertig. Ruf mich an!*

Sie fügte das Emoji mit den Herzaugen hinzu. Sie hatte einiges gespart, und aktuell sah es nicht so aus, als würde der Hype um ihre Person rasch nachlassen. Die T-Shirt-Kollektion lief gut, war begehrt, und immer mehr Sponsoren kontaktierten ihre Agentur. Ein Flug nach Kreta kostete nicht die Welt. Spontan und ohne großartig nachzudenken, wandte sie sich an Nikolaos, der wie angewurzelt an dem Fleck stand, an dem sie einander so nahe gekommen waren. Sie mochte ihn, empfand es aber als unprofessionell, sich ihm an den Hals zu werfen. »Ich möchte für ein paar Tage nach Hause fliegen. Wann ist das möglich?«

Verdutzt schaute er sie an: »Eleni, ich, äh, also, ich mag dich, aber das eben gerade war ein Zufall, ein Versehen. Du musst nicht davonlaufen.«

»Ich mag dich auch, Nikolao. Aber keine Panik, ich laufe nicht davon oder so was«, gab sie ihrer Stimme einen bewusst lockeren Klang, denn sie wollte hier keine Komplikationen auslösen, »es ist etwas ganz anderes. Ich habe Heimweh. Damit hatte ich nicht gerechnet, und ich denke deshalb, dass ich einfach kurz nach Kreta sollte, um diesem Gefühl nicht mehr Raum zu geben. Also, was sagst du?«

Er tippte auf sein iPad, es schien irgendwie an ihm festgewachsen zu sein, und schaute sie an: »Morgen brauchen wir dich noch hier am Set, dann hättest du, warte, du müsstest spätestens am zweiundzwanzigsten für das Weihnachtsshooting zurück sein. Wenn möglich, ohne knusprig braun zu sein.« Er zwinkerte ihr verstehend zu.

Sie fühlte Erleichterung und hielt wieder bewusst inne, um dieser Emotion nachzuspüren. Es war in Ordnung, nach so vielen Monaten Sehnsucht nach dem Meer, ihrer Familie und ihren Freunden zu haben. Zudem wollte sie sich in Penelopes Arme schmiegen und sich gehalten fühlen. So viele Menschen kontaktierten sie, schrieben ihr begeisterte Nachrichten, baten sie um ein Kennenlernen. Und sie war im Vergleich zu Callistus wirklich ein kleines Licht, wie war er nur mit alldem umgegangen, war man noch dazu in der Lage zu erkennen, wer es wirklich ernst mit einem meinte und wer lediglich ein Stückchen vom Ruhm abhaben wollte? Sie durfte sich eingestehen, dass sie jung und trotz aller Coolness relativ blauäugig zu dieser Odyssee aufgebrochen war. Ganz sicher brauchte man einen guten Rückhalt, um nicht abzuheben oder gar durchzudrehen, wenn man einen bestimmten Grad an Berühmtheit erreicht hatte. Kreta würde sie wieder erden. Es war eine gute Entscheidung.

»Buchst du mir einen Flug, bitte. Ich zahle den selbstverständlich privat«, bat sie Nikolaos.

»Du fliegst selbstverständlich Business mit Aegean, da bekommen wir schon was hin«, sagte er bestimmt, »und jetzt husch, husch!«

Er winkte sie an den Set, und die Maskenbildnerin stürzte sich auf sie. Das alles hier war wirklich cool, aber auch eine echte Scheinwelt. Abwehrend hob sie die Hand: »Bitte, kleistere mich nicht bis zur Unkenntlichkeit zu, das ist nicht das, was ich verkörpere!«

Lächelnd stellte sie sich in Pose und freute sich über die intuitive Entscheidung.

69. Kapitel

Sie standen vor der Eingangstür eines prunkvollen Hauses. Hier hatte der Spediteur ganz offensichtlich an nichts gespart. Hyeronimos wirkte nach dem Telefonat mit Jasemin Xylouri noch angespannter als vorher. Evangelina Sklaventaki schien eine Art Geist zu sein, niemand wusste etwas Genaues, niemand kannte sie wirklich. Jasemin hatte sie als freundliche, zurückhaltende Frau beschrieben, irgendwie auch ein wenig geheimnisvoll. Doch das hatte nicht wie ein Kompliment geklungen, sondern bei dieser Beschreibung war ganz klar ein kritischer Unterton mitgeschwungen. Sie hatte keine Ahnung, von wem das Kind war, und hatte in den letzten Monaten nur sehr sporadischen Kontakt zu Evangelina gehabt. Auch diese Freundin hatte sich also als Sackgasse erwiesen.

Die Tür öffnete sich einen Spalt, und eine kleine Frau mit kurzem, dunklem Haar blickte hinaus. Sie sah erschrocken aus. Auf ihrem hellen Oberteil befanden sich einige sonderbare Flecken, mehr konnte man von ihr nicht sehen. Hyeronimos stellte sie vor und bat um Einlass.

Die Tür bewegte sich keinen Millimeter.

»Ich möchte nicht mit der Polizei sprechen.« Die Worte kamen schwerfällig über die Lippen von Katherina Kapetanaki.

Sie ist betrunken, konstatierte Penelope im Stillen und war sich sicher, dass Hyeronimos das auch sofort bemerkt hatte. Das konnte von Vorteil sein, denn oft gerieten Betrunkene ins Plaudern.

»Es ist ein ganz einfaches Gespräch, und wir sind auch schnell wieder weg«, sagte sie mit freundlich zugewandtem Ton, »wir wollen Ihnen wirklich keine Umstände machen.«

Die Augen der Frau wanderten langsam zwischen ihnen hin und her. »Ich weiß nicht. Ich will nicht«, stammelte sie.

»Wirklich. Nur einige wenige Fragen.« Penelope beugte sich vor, sagte mit leiser, vertrauensvoller Stimme, so, als sollte der Mann neben ihr das Gesagte nicht hören: »Ich müsste ganz dringend auf die Toilette. Bitte!«

Sie sandte einen flehentlichen Blick hinterher, und tatsächlich ruckte die Tür ein wenig nach hinten. Auch der Rock zeigte bräunliche Flecken.

Sie tat Penelope irgendwie leid.

Sie legte die Hand vorsichtig auf den Türknauf, tippelte ein wenig hin und her, so, als sei der Harndrang kaum noch auszuhalten, und schob die Tür behutsam auf. Die Hausherrin trat verwirrt einen Schritt zurück. »Aber Sie bleiben hier im Eingangsbereich. Ich will Sie nicht in meinem Haus haben!«

Penelope warf Hyeronimos einen Blick zu, er musste sich zusammenreißen und einfühlsam mit der Frau umgehen. Er nickte unmerklich, und sie spielte ihre Scharade weiter: »Darf ich nun die Toilette benutzen?«

Katherina deutete auf eine nahe gelegene Tür, und Penelope verschwand im WC. Sie konnte hinter der geschlossenen Tür nur Gemurmel hören und schaute sich interessiert um. Hochwertiger Marmor zierte den Boden, und die Keramik machte ebenfalls einen wertigen Eindruck. Da es sich offensichtlich um die Besuchertoilette handelte, gab es kaum Persönliches zu sehen. Rasch erledigte sie, was zu tun war, ließ das Wasser rauschen und trat zurück in das Foyer.

Katherinas Gesicht strahlte irgendwie Entsetzen aus, und sie hielt sich an einem kleinen Tischchen fest, um nicht zu straucheln. Sie eilte zu der Frau, stellte sich bewusst an ihre Seite, sodass Hyeronimos ihnen gegenüberstand. Es verfehlte seine Wirkung nicht, dass sie sich so positioniert hatte, denn die Hand der Frau klammerte sich plötzlich Halt suchend an ihren Ellenbogen.

»Darf ich Sie zu einem Stuhl bringen?«, fragte sie rücksichtsvoll.

Katherinas Blick wirkte vollkommen fassungslos, dennoch blieb sie ihrer Entscheidung treu: »Nein, nein. Sie kommen nicht in mein Haus. Gehen Sie. Sofort!«

Penelope warf Hyeronimos einen fragenden Blick zu, er zuckte mit den Schultern.

»Vielleicht mögen Sie uns in Irakleio besuchen, wenn Sie sich wieder besser fühlen, und wir trinken einen Kaffee zusammen und unterhalten uns dort«, formulierte sie eine Einladung, ohne diese mit einer Befragung im Präsidium zu verknüpfen.

»Ich, ja, nein ... vielleicht«, sagte die Frau stockend, nahm ihre Hand von Penelopes Arm und richtete sich auf, ihre Augen waren jetzt kalt. »Das bespreche ich mit meinem Mann und unserem Anwalt. Dort ist die Tür. Gehen Sie jetzt!«

Das war eine sonderbare Wandlung, doch der Ton war so bestimmend und eindeutig, dass es besser war, das Ganze nicht weiter auf die Spitze zu treiben. Sie verabschiedeten sich und verließen das Haus.

Erst im Auto wandte Penelope sich an ihren Freund: »Was war das denn, bitte?

»Das kann ich dir nicht genau sagen«, antwortete er, »aber ich bin mir sicher, dass sie ein echtes Problem hat und sicherlich auch psychisch instabil ist.«

»Sie trinkt?«, vergewisserte sich Penelope, um ihren Eindruck mit seinem abzugleichen.

»Davon gehe ich aus«, bestätigte er, »aber da ist noch mehr. Die Verwandlung von, mmh, wie soll ich das beschreiben ... von unterwürfig zu dominant ... Das war wirklich eindrucksvoll.«

»Worüber habt ihr gesprochen?«

»Ich habe sie nach der arrangierten Eheschließung gefragt und ob sie etwas über Evangelinas Aufenthaltsort sagen kann«, gab Hyeronimos das kurze Gespräch wieder, »sie hat auf beide Fragen so konfus reagiert wie auf unseren Besuch. Sie hat deutlich gemacht, dass sie von Evangelina nichts hält und von unserem Heiland übrigens auch nicht. Doch dann hat sie etwas von Gott gefaselt, der alle Wege bestimmt, so auch den von Sünderinnen, und dass jeder sich Gottes Entscheidungen fügen muss.«

»Was soll das bedeuten?«, fragte sie.

»Ich kann nur interpretieren. Du hast ja mitbekommen, wie sie im Anschluss reagiert hat, so, als wäre sie plötzlich aufgewacht«, beschrieb er seine Wahrnehmung.

»Ich bin ganz Ohr für die Auslegung.« Sie streckte ihm auffordernd ihr linkes Ohr hin.

»Was wäre, wenn«, startete er unvermittelt ihr gemeinsames Spiel, »sie ganz und gar nicht einverstanden mit dieser Schwiegertochter ist und sie ihr geholfen hat, sich mit dem Kind aus dem Staub zu machen?«

»Erscheint mir sehr unwahrscheinlich, denn warum sollte sich Evangelina ausgerechnet an jemanden wenden, der sie nicht mag?«

»Anders betrachtet, könnte sie auch einfach nur froh sein, dass Mutter und Kind nicht auffindbar sind und ihr Sohn eine andere ehelichen kann. Eine, die der Herr nicht als Sünderin ansieht.« Hyeronimos konnte seine Ablehnung kaum verbergen.

»Hat sie das so gesagt?«

»Auch das ist meine Interpretation, aber im Großen und Ganzen hat sie sich ähnlich ausgedrückt, aber es war alles sehr wirr und irgendwie beinahe fanatisch. Sie ist gewiss geistig nicht ganz auf der Höhe, und ich möchte mich ungern auf etwas berufen, was ein alkoholisierter vertrackter Geist von sich gibt.«

»Das verstehe ich«, gab sie zu, »gleichzeitig hatte ich mir irgendwie mehr erhofft, nachdem ich sie dazu gebracht hatte, uns hereinzulassen.«

»Ich schreibe kurz zwei, drei Sätze dazu auf«, er ergriff sein Heft, nickte kurz darauf bestätigend, startete den Wagen und fuhr zurück auf die Straße.

»Ich habe eine Nachricht von Eleni«, sagte Penelope vom Handy aufblickend, »ich kann sie in Kürze anrufen. Wollen wir mit Stelios sprechen, um sein ›Go‹ zu bekommen?«

Er nickte erneut, drückte die Kurzwahltaste, und kurz darauf schepperte die frustriert klingende Stimme des Polizeimajors durch den Wagen.

70. Kapitel

Athanasia drückte ihre Hand an die Tür, die sie von Zenia trennte. Alles, was sie wollte, war, ihr zu helfen. Sie war schon immer von diesem Wunsch beseelt. Sicher hätten viele das als Liebe bezeichnet, und wahrscheinlich war es auch genau das, was sie für ihre Schwägerin empfand. Schon immer. Reine Liebe, ohne Verlangen. Sie hatte noch nie davon geträumt, sich der Frau sexuell motiviert zu nähern, gleichzeitig hatte sie aber auch nur wenige Kontakte dieser Art zu Männern. Körperlichkeit hatte für sie einen anderen Stellenwert. Für sie ging es dabei um die Beschaffenheit von Stoffen, die sich an Silhouetten oder um Muskeln schmiegten, diese betonten, verbargen oder was immer gerade nötig war. Das erfüllte sie mit tiefer Befriedigung: etwas zu erschaffen. Anfangs hatte sie dafür auch noch viel Lob aus den eigenen Reihen erhalten, doch dann war es wohl immer normaler geworden, dass sie die Outfits für die Bühnenshows entwarf und schneiderte. Es ging ja dabei nicht nur um Callistus, sondern auch um die Band und die Background-Sänger und -Sängerinnen. Alles war ein schlüssiges Gesamtkonzept und immer einem Motto angegliedert, das entweder für die ganze Tournee oder für den Einzelauftritt galt. Ihr war auch der ganz spezielle Style ihres Bruders zu verdanken. Selbst der blaue Gürtel, der sich dann zu einem Signature-Piece entwickelt hatte, war ursprünglich ihre Idee gewesen. Irgendwann war die Begeisterung ihrer Familie einem Selbstverständnis gewichen und dann sogar zu Gleichgültigkeit mutiert. Das war beschämend, doch es hatte nichts an ihrer Zuneigung für Zenia geändert. Es hatte nur dafür gesorgt, dass sie begonnen hatte, sich in den unterschiedlichen Bernsteinfarben der besten Whiskysorten zu verlieren und dann dumme Entscheidungen zu treffen. Kostspielige und wirklich dumme Entscheidungen. Als wirklich unverzichtbarer Teil des Teams wurde sie nicht schlecht bezahlt, und doch schaffte sie es nie, sich ein Polster zuzulegen, zu verführerisch waren die dunklen Spelunken, in denen sie auf alles wettete, was möglich war, zuletzt sogar auf zwei Straßenhunde, die gegeneinander in einem schmutzigen Innenhof angetreten waren.

Schlechte Entscheidung! Und sie traf viele davon und war daher regelmäßig einfach nur pleite. Sie brauchte das Geld, was ihr ihre Begabung und der Ruhm ihres Bruders möglich machten, möglich gemacht *hatten*. Sie hatte sich niemals Gedanken darüber gemacht, ob es umsetzbar wäre, für jemand anderen zu arbeiten. Eine eigene Kollektion wäre toll, doch dazu brauchte man eine Menge Geld. Callistus war wirklich sehr reich, und sie als seine Schwester gehörte mit zu seinen nächsten Verwandten, schwamm in seiner Strömung mit, ohne jemals daraus hervorzustechen. Sie hätte früher damit anfangen sollen, ihre eigenen Wege zu gehen. Nun war es einfach zu spät. Falsche Entscheidungen säumten ihren Lebensweg, doch manchmal führte auch die niederträchtigste zu einem unerwarteten und lohnenden Ergebnis.

Zenia schluchzte, es war ein leiser und herzergreifender Ton. Er riss sie aus ihren Gedanken, sie hatte nicht egoistisch gehandelt, sie hatte an die Familie gedacht.

»Ich bin da«, sagte sie leise und streichelte die Tür so, als könne die Frau auf der anderen Seite des Holzes die beruhigende Bewegung spüren, »ich bin immer für dich da.«

Zenia reagierte nicht, doch Athanasia hatte das auch nicht erwartet. Das Wimmern hingegen verklang, und das war das einzig Wichtige. Zenia sollte spüren, dass sie nicht allein war, jetzt wo Callistus tot war.

O mein Gott! Callistus war tot.

Warum empfand sie keine Trauer? Warum weinte sie nicht um ihren Bruder?

Er hatte sie nie wirklich schlecht behandelt. Nachlässig vielleicht und nur wenig wertschätzend, das ja, aber im Gegensatz zu Silenus war er nicht ausfallend oder gar bösartig zu ihr gewesen. Vermisste sie ihn denn gar nicht? Sie war so beschäftigt mit sich selbst und all dem, was für sie von großer Bedeutung war, dass sie sich noch gar nicht mit ihrer Gefühlswelt auseinandergesetzt hatte. Zenias stummes Leid schien unter dem Türspalt hindurchzukriechen und sich auf sie zu übertragen. Eine sonderbare seelische Regung krabbelte ihr die Arme hinauf und erreichte dann ihre Augen, aus denen ganz plötzlich Tränen sprudelten. Staunend über diesen unerwarteten Ausbruch, ließ sie geräuschlos den Emotionen ihren Lauf. Alle Anspannung der letzten Tage schien sich dadurch ebenfalls zu entladen, und ihre Gliedmaßen begannen unkontrolliert zu zucken, während sie, an die Tür gelehnt, im Flur hockte und akzeptierte, dass sich nun alles verändern würde.

71. Kapitel

Zacharis blickte erstaunt auf seine Hände. Er machte heute lauter sonderbare Dinge und wusste nicht genau, ob es mutig war oder ob er einfach nur unter Schock stand und daher nicht für das, was er tat, verantwortlich gemacht werden konnte. Er hatte mit Dr. Demostaki noch nie zuvor einen so persönlichen Kontakt gepflegt, sondern nur das getan, was jobbedingt angemessen war. Ihr Kurznachrichten auf ihr Handy zu schicken hatte bisher in keiner Weise zu seinen Aufgaben gehört. Was war nur in ihn gefahren? Sie antwortete, ohne zu zögern, daher schien es nicht schlimm zu sein, dass er sie angeschrieben hatte, und sie war durchaus angetan von seiner Idee. Sein Chef schien es ebenfalls gutzuheißen, wenn er den Inhalt ihrer letzten Nachricht richtig deutete. Er war sich durchaus bewusst, dass er der neuen Zeit nicht rasch genug folgte, geschweige denn, ihr voraus zu sein, doch herausfordernde Situationen verlangten nach innovativen Lösungen. Er lauschte seinen eigenen Gedanken nach und wunderte sich noch mehr über sich selbst. Wenn er seiner Freundin davon berichtete, wie würde sie wohl reagieren? Sie hatte immer gern das Heft in der Hand, und er ließ sie gewähren. Auch im Beruf erledigte er das, was ihm aufgetragen wurde, war gewissenhaft und strukturiert, aber niemals so voller Eigeninitiative oder gar abenteuerlich unterwegs wie heute. Seine Idee war wirklich gut, und auch wenn er die junge Bloggerin fast ein wenig fürchtete, sie war so forsch und gleichzeitig auch gut informiert, so war sie doch eine dem Zeitgeist angepasste Chance auf zusätzliche Informationen. Die verantwortliche Person musste gefunden werden und ihre gerechte Strafe erhalten.

Sein Idol war tot, im Hafenbecken angespült wie ein Fetzen Müll. Das war unverzeihlich. Er spürte, wie ihn eine Mischung aus Trauer und Ärger überkam. Er wollte etwas tun, wollte den Mörder – oder kam auch eine Mörderin infrage? – am Kragen packen und ... ja, was dann? Er war vielleicht nicht der typische Ermittler, aber er hatte sich dem Ehrenkodex der Polizei verschrieben, daher würde er gar nichts tun, außer alle nötigen Informationen zu sammeln, sodass dieser Mensch rechtskräftig verurteilt werden konnte und es kein Schlupfloch für ihn geben würde, durch das er dem System entrinnen konnte. Entschlossen beugte er sich vor, um vorauseilend noch weitere Personen aus dem Umfeld des Sängers zu überprüfen. Hyeronimos hatte ihm nicht ausdrücklich nahegelegt, die Geschwister und die Ehefrau zu durchleuchten, und er konnte sich auch nicht vorstellen, dass an diesem großartigen Quartett etwas faul sein könnte, doch er wollte sichergehen und nichts übersehen. Tötungsdelikte resultierten nur extrem selten aus einer mörderischen Laune heraus. Meist handelte es sich um Beziehungstaten, auch wenn das Wort Beziehung weit gefächert sein konnte. Es kam also jede Person infrage, die eine Beziehung zu dem Opfer gehabt hatte. Damit ging es auch um den engsten Familienkreis, egal, wie harmonisch die Außenwirkung der vier immer gewesen war. Sowohl diese drei Personen als auch die Band mussten überprüft werden.

Er machte sich auf die Suche und tauchte dabei so tief in die Vergangenheit des Sängers ein, dass er das Gefühl bekam, ihn schon von Kindesbeinen an zu kennen. Sowohl Schwester als auch Bruder waren unverheiratet. Ob das der Tribut war, den es zu zollen galt, wenn man Teil eines so großartigen Künstlerlebens war, oder gab es andere Gründe?

Er startete damit, Silenus Ariakis zu durchleuchten, und stieß auf einige sehr interessante Aspekte. Barg das schon ein Motiv? Würde am Ende jeder einen Beweggrund haben, Callistus tot sehen zu wollen? Er seufzte laut und vernehmlich, seine Gedanken glitten kurz zu dem künstlerischen Fan, und er spürte, dass er zu hoffen begann, den Täter außerhalb des inneren Kreises aufzuspüren.

Reiß dich zusammen, sagte sein analytischer Verstand mit befehlsgewohnter Stimme in seinem Kopf. Also trank er einen Schluck Bergtee, verbannte alle bewertenden Gedanken aus seinem Kopf und konzentrierte sich auf eine systematische Vorgehensweise, denn am Ende zählten nur Fakten.

72. Kapitel

Hyeronimos rieb sich die Augen. Es war noch immer dunkel draußen, und nach einem kurzen Blick auf die Leuchtziffern seiner Uhr wusste er, dass er dringend weiterschlafen sollte, um fit für den Tag zu sein und auch für das, was ihm am Wochenende bevorstand. Er verfluchte seine Psyche einmal mehr, gleichzeitig war ihm klar, dass das wenig half und ihm diese Stimmung auch den bevorstehenden Tag rauben würde. Das durfte er nicht zulassen. Er brauchte einen klaren Verstand, um voranzukommen. Stelios hatte den Einsatz von Eleni genehmigt, aber auch sehr deutlich klargemacht, wie hoch der Druck war, unter dem sie alle standen, und dass die Presse sie jeden Tag mit Hohn übergießen und angreifen würde, an dem sie nichts herausfanden.

Bisher hatte er tatsächlich nichts herausgefunden. Verrannte er sich in den Gedanken, dass Callistus' Tod und das Verschwinden von Evangelina und Teris miteinander zusammenhingen, und bewegte er sich dadurch in die falsche Richtung? Auf dem Nachttisch lag sein E-Book-Reader, und er hatte vor dem Einschlafen in einer bewegenden Liebesgeschichte geschwelgt. Doch das war eben nur eine Geschichte, und da gab es immer ein Happy End. Im echten Leben war das nicht so. In der Realität rührte das Loch im Herzen von einer Kugel her, die es durchbohrt hatte, und nicht etwa vom Liebeskummer. Seine Gedanken glitten kurz zu Kassia und wie sie ihren Körper an ihn gepresst hatte, wie sie einander gehalten und er sie eingeatmet hatte. Doch dieses angenehme Gefühl war nur von kurzer Dauer, dann glitt der Schauer des nahenden Dreizehnten über seine Haut und ergriff Besitz von ihm. Er durfte das nicht zulassen. Sein Herz pochte hart gegen die Brust, und seine Lunge zog sich ängstlich zusammen. Er musste etwas tun, durfte nicht hier liegen bleiben und sich die Kraft rauben lassen von dem Irrsinn seines Lebens. Gott, wie er es hasste, Geisel dieser Panik zu sein, machtlos, hilflos ausgeliefert. Er sprang aus dem Bett, rannte schnellen Schrittes ins Wohnzimmer, schob die Terrassentür auf und sah die Lichter der Stadt und das Meer. Er brauchte das Wasser. Eine leichte Brise wehte über den Balkon, es würde also kaum Wellengang geben.

Bis zum Sonnenaufgang waren es noch fast drei Stunden, doch sprach etwas dagegen, schwimmen zu gehen und dabei den Wirrwarr in seinem Kopf zu sortieren? Er atmete eine Minute lang bewusst fünf Sekunden ein und fünf Sekunden aus, um sein Gehirn zu beruhigen. Die Idee lockte ihn noch immer. Er trat in die Wohnung, machte sich einen Kaffee, schlüpfte in seinen halblangen Neoprenanzug, packte seine Tasche und ging durch die schlafende Stadt zum Parkplatz.

Kurze Zeit später war er auf dem Weg nach Ammoudara. Eigentlich mochte er den lang gezogenen Strand dort nicht so sehr, doch im Winter war es ruhig hier, und er brauchte nicht lange, um einen geeigneten Platz zu erreichen. Als er schnell ins Wasser ging, umspülte die See seine Beine kühl und ließ ihn einen Augenblick frösteln. Dia lag schemenhaft vor ihm, nur manchmal brach der Mond durch und beleuchtete die Insel, sodass ihre Monstergestalt sichtbar wurde. Er war zwar in Deutschland aufgewachsen, doch war er Kriti durch und durch. Daher glaubte er gern daran, dass es Zeus gewesen war, der das Monster erst erschaffen hatte, um die Kriti zur Strafe aufzufressen, sich dann aber hatte erweichen lassen, sie zu schonen, und stattdessen das Monster versteinert hatte. Seine Arme pflügten wie selbstverständlich durch das kühle Nass, und er spürte sofort die Erleichterung in seinen Muskeln und seinem Kopf. Vielleicht konnte er hier beim Schwimmen einmal alles clustern, was sie bisher in Erfahrung gebracht hatten. Nichts gegen seine Kollegen oder gar Penelope, doch manchmal war es eben gut, mit sich allein im Dialog zu sein, um sich zu sortieren. Das Wasser war dunkel und würde sicher auf viele Menschen unheilvoll wirken, doch für ihn war es genau das, was er nun brauchte, und er schimpfte sich selbst im Stillen einen Narren, weil er sich gestern Abend nicht mehr dazu hatte aufraffen können.

Das Gespräch mit Stelios hatte ihm jeden Funken Kraft entzogen, der Chef hatte geklungen, als würde er aus einem Grab sprechen, dumpf und dunkel. Hoffnungslos und doch zugleich fordernd, hatte er den Druck aus Athen weitergeleitet, und Hyeronimos hatte ihn angenommen. Danach war ihm selbst das Gespräch mit der lebenslustigen Eleni schwergefallen, und er hatte Penelopes Freude über den bevorstehenden Besuch der Bloggerin nicht richtig teilen können. Sie hatte ihm Verständnis signalisiert, doch in ihren Augen hatte er die Enttäuschung gesehen. Das musste er heute wieder ausbügeln. Er brauchte Penelope an seiner Seite, heute noch mehr als an den anderen Tagen.

Seine Arme teilten das Wasser mit kräftigen Bewegungen, und die salzige Gischt spritzte ihm erfrischend ins Gesicht. Ehefrau und Schwester hatten fast ungerührt reagiert, der Bruder hatte seinen Schmerz gezeigt. Waren das schon Indizien zum Status der jeweiligen Beziehung oder einfach nur Schockreaktionen? Er schwamm parallel zum Strand und musste Muskelkraft einsetzen, um sich nicht von der Strömung erfassen zu lassen. Eine Wohltat.

Sowohl die Familie Sklaventakis als auch die Kapetanakis' boten Raum für Spekulationen, doch ohne die Klarstellungen von Evangelina blieben alle Gedanken hierzu eben reine Mutmaßungen. Er hatte nicht zum ersten Mal mit einflussreichen Familien zu tun und wusste daher aus Erfahrung, dass diese gern Machtspielchen betrieben, um zu verdeutlichen, dass sie über dem Gesetz standen. Was rein faktisch ja

Unsinn war. Dennoch wusste er, dass es leider oft praktiziert worden war. Über Fakelaki, jene mit Geld gefüllten Umschläge, oder gar über einen Gefallen hatte nahezu alles heimlich geregelt werden können. All das hatte sich nach der Krise geändert, ging aber nur sehr langsam in die Köpfe der Menschen, und bei vielen blieb es nach wie vor dabei, dass sie in alter Manier dachten und agierten. Das System war eben träge, und menschliche Verhaltensweisen waren es noch viel mehr. Warum sollte man auch eine funktionierende Vorgehensweise ändern.

Die Wolkendecke riss immer mehr auf, und er konnte die Sterne am Himmel glitzern sehen. Was erst eine verrückte Idee gewesen war, wurde nun zu einem Ausflug, der all seine Speicher auffüllte. Er musste an seine Eltern denken und wie enttäuscht sie gewesen waren, als er die Verantwortung für ihr Überleben abgelehnt hatte. Die Beziehung zwischen Eltern und Kindern war einfach kompliziert, egal, wie eng man verbunden war. Evangelina schien mit ihrer Mutter nicht so eng verbunden zu sein, zumindest hatte Sofia Sklaventaki nicht danach geklungen, und auch Jasemins Ausführungen hatten keine vertraute Mutter-Tochter-Beziehung skizziert. Mit Nereos schien das jedoch anders zu sein, er hatte etwas zwischen Mutter und Sohn gespürt, nicht unbedingt Vertrautheit, aber eine Verbindung. Ebenso bei den Kapetanakis'. Beiden Eltern schien das Wohlergehen des Sohnes am Herzen zu liegen, während dieser den Eindruck gemacht hatte, in erster Linie seinen eigenen Weg zu gehen.

Warum hatten Callistus und Zenia eigentlich keine Kinder? Darüber hatten Penelope und er sich am Ende der Fahrt noch unterhalten. Konnte er Zenia diese Frage stellen, oder war es besser, Penelope dieses Feld zu überlassen?

Auch die Geschwister des Sängers hatten keine offiziellen Partner oder Kinder. Das war interessant, und vielleicht machte es Sinn, hier einmal genauer hinzuschauen. Zacharis hatte ihm eine E-Mail mit einem Tagesbericht geschickt und um ein Gespräch am heutigen Vormittag gebeten, dann konnte er ihn gleich damit beauftragen, sich die Ariakis-Familienmitglieder auch unter diesem Gesichtspunkt einmal genauer anzuschauen. Er drehte sich um und ließ sich einen Moment lang auf dem Rücken treiben. In der Ferne hörte er das Tuckern eines Motors, die Fischerboote machten sich wohl auf den Weg, um im Morgengrauen den besten Fang zu machen. Langsam steuerte er den Strand an, die Gischt färbte die Wellenkämme weiß, und dieser Kontrast schimmerte eindrucksvoll zum Dunkel der Nacht. Titika würde er nichts von diesem Ausflug berichten, sie mochte das Meer, doch sie hatte auch einen Mordsrespekt vor der Macht des Wassers und würde es nicht gutheißen, dass er allein im Dunklen umherschwamm. Er freute sich auf seinen bevorstehenden Besuch bei ihr. Sie bemutterte ihn zwar wie ein Kind, ließ ihn aber auch in seiner Besonderheit einfach sein. Er hatte die Ferien früher auf der Insel nicht nur genossen, sondern sich auf sonderbare Weise *ganz* gefühlt, wenn ihm der Wind um die Nase wehte und der Sand zwischen den Zehen klebte. Er hatte jede mögliche Minute am und im Wasser verbracht, einfach nur fokussiert auf die Schönheit des Meeres. Vielleicht war es deshalb auch so kompliziert für ihn, die heutige Jugend zu verstehen, der das Smartphone an die Hand gewachsen schien. Er war nicht unfähig, was das Thema anging, doch die Anziehungskraft der Onlinewelt verstand er nur am Rande.

Wenn Eleni heute ihre Posts veröffentlichte – sie hatte auch von Reels auf TikTok gesprochen, und er war sich wirklich uralt vorgekommen, ein Technik-Opa, der mehrfach hatte nachfragen müssen, was gemeint war, um die Sprache der jungen Erwachsenen zu verstehen –, dann würde heute sicherlich einiges in Gang kommen, was zu diesem ganz besonderen Fan führen konnte. Doch bisher gab es nirgendwo ein offensichtliches Motiv. Wenn Evangelinas Baby wirklich Callistus' Sohn wäre, dann würde die Situation komplett anders aussehen, denn dann gab es plötzlich gefühlt tausend Befindlichkeiten, die zum Tod des Sängers geführt haben konnten. Angeführt von Eifersucht, Geld und Einfluss.

Er kletterte aus dem Wasser und fragte sich immer, wie es die Filmemacher jenes James-Bond-Films, in dem Halle Berry wie eine Göttin aus dem Wasser getreten war, hinbekommen hatten, dass das so elegant aussah? Ihm gelang nichts dergleichen, und er stolperte über die kantigen Felsplatten durch die Brandung zu seinem Handtuch, trocknete sich rasch ab und saß kurz darauf vollkommen erfrischt und erneuert im Auto, um sich zu Hause für den vor ihm liegenden Tag frisch zu machen.

Er schaute auf die Uhr und überlegte, ob sein Lieblingsbäcker wohl schon geöffnet hatte und er ihn in diesem Aufzug aus der Backstube holen konnte. Dann siegte die Lust auf Genuss gegen alle Vorbehalte, und er umrundete die Stadt, um sich mit Leckereien einzudecken.

73. Kapitel

Der Gedanke an Elenis bevorstehenden Besuch hatte sie unruhig schlafen lassen, und sie war daher schon lange vor Sonnenaufgang zum Institut gefahren. Zwar war es nun im Nachhinein kaum möglich festzustellen, ob Callistus zeugungsfähig war, doch sie wollte einige Recherchen dazu anstellen. Kurz bevor Hyeronimos sie zu Hause abgesetzt hatte, hatten sie über die Kinderlosigkeit in der Ehe der Ariakis gesprochen. Wenn der Sänger körperlich nicht dazu in der Lage gewesen war, Kinder zu zeugen, dann wäre er eben auch nicht der Vater von Evangelinas Babys, und ihre Rolle in diesem Fall würde sich dadurch maßgeblich verändern. Es war wirklich außergewöhnlich, dass eine junge Frau in den Zwanzigern niemanden hatte, mit dem sie eine Freundschaft verband, oder verschwieg die Familie doch noch etwas, und wenn ja, warum? Ob sie hier vielleicht ebenfalls über die sozialen Medien eine Chance hätten und daher aktiver suchen sollten? Evangelina schien kein Facebook-Profil zu haben, was sie ebenfalls als auffällig empfand. Sicher war es in der Welt da draußen schon nicht mehr *up to date*, in diesem Alter dort aktiv zu sein, doch sie lebten auf Kreta, und da brauchten Innovationen locker vier bis fünf Jahre länger. Vielleicht war sie auch unter einem vollkommen anderen Namen angemeldet, und es war unmöglich, sie zu finden. Sie konnten die knapp 120 000 Likes auf der Facebook-Seite von Callistus durchforsten, um sie eventuell unter den Fans auszumachen, doch das erschien ihr verrückt.

Vielleicht gab es für diese Art der Nachforschung auch Tricks? Sie musste unbedingt Eleni danach fragen.

Portionsweise fütterte sie die Suchmaske ihres Computers mit Fragen zur Zeugungsfähigkeit und war gespannt, was sie alles herausfinden würde. Da Callistus bereits tot auf ihrem Tisch gelandet war, hatte schon zu diesem Zeitpunkt kaum die Möglichkeit bestanden, lebensfähige Spermien zu finden. Sie hatte aber auch nicht danach gesucht, und nun war es gewiss zu spät.

Sie stieß auf einige Quellen, die davon ausgingen, dass die Spermien in einem gut gekühlten Körper bis zu sechs Tage überleben konnten, hier war jedoch die rasche Versorgung des Leichnams eine Grundvoraussetzung. Der Sänger war vielleicht sogar rund fünfundvierzig Stunden im Wasser getrieben, wenn er gleich nach dem Verlassen des Hauses umgekommen und ins Meer geworfen worden war. Sollte sie trotzdem eine Probe entnehmen und einen Test machen? Sie war sich noch immer nicht ganz schlüssig, was das Ergebnis für die Ermittlungsarbeit bedeuten würde. Bisher war alles einfach nur undurchsichtig, und es gab zu viele lose Stränge. Nichts führte irgendwie zusammen. Es gab eine Reihe von Menschen, die irgendwie miteinander verbunden waren, und die Bindeglieder waren ganz offensichtlich Callistus und Evangelina, auch wenn die Beziehung zwischen ihnen zum aktuellen Zeitpunkt weder bewiesen noch widerlegt war. Wenn sie doch nur zum Beispiel ein Haar des Babys hätte oder, noch besser, das Nabelschnurblut, das bei der Geburt heutzutage abgenommen wurde, um es für eventuelle Notfälle aufzubewahren. Bisher hatten sie aber rein gar nichts in der Hand, was eine Herausgabe des Blutes erzwingen konnte, sie wussten ja noch nicht einmal, wo Evangelina entbunden hatte. Es war ganz offensichtlich, dass die Suche nach der jungen Frau öffentlich gemacht werden musste, denn es gab zu viele Fragen. Sie verstand, warum Stelios zögerte, und gleichzeitig war bereits zu viel Zeit vergangen, um weiterhin tatenlos zu verharren. Spermien mussten bei der Entnahme per se lebendig sein, damit ein Spermiogramm aussagekräftig sein konnte, las sie auf der Seite eines renommierten Urologen. Diese Gelegenheit war sicher bereits verpasst, und sie würden sich somit auf die Befragung der Ehefrau fokussieren müssen, um zu klären, wieso die Ehe kinderlos geblieben war. Vielleicht handelte es sich ja auch um eine bewusste Entscheidung, dachte sie, obwohl das für ihre Landesgenossen eher unwahrscheinlich war, denn die Familie war heilig und ihr Fortbestehen meist ein Lebensziel.

Sie spürte die sonderbare Unruhe in sich, die sie schon am Morgen so früh geweckt hatte, und versuchte zu ergründen, ob es wirklich an Eleni lag oder ob da noch etwas anderes mitschwang. Sie war gern mit Hyeronimos unterwegs. Doch gleichzeitig stellte sie auch fest, dass sie anfing, mehr auf ihre Intuition zu hören und damit rechtsmedizinisch und wissenschaftlich Belegbares außer Acht zu lassen, je mehr sie über die Beteiligten erfuhr. Das war nicht gut, denn *hier* lag ihre Stärke, auch wenn sie sich in andere einfühlen konnte und kluge Fragen stellte.

Sie erhob sich rasch von ihrem Stuhl und fasste binnen Sekunden den Entschluss, dem toten Sänger Spermium zu entnehmen, um es unter dem Mikroskop zu betrachten. Ganz sicher konnte sie aus dem Krankenhaus auch einen Urologen für ein Konsil hinzuziehen, da ihre Expertise eben in der Arbeit mit den Toten lag.

Wenige Minuten später hatte sie sich den Kittel übergestreift, die Fernbedienung aus der Jackentasche gezogen, und Freddy Mercury schallte mit seiner charakteristischen Stimme durch den Sektionssaal. Sie holte Callistus aus dem Kühlhaus und verrichtete konzentriert ihre Arbeit. Erneut kroch das sonderbare Gefühl über ihren Körper, und sie hatte das unbestimmte Gefühl, dass ihr etwas entging. Also entfernte sie den Sack, in den der Körper eingewickelt war, so gut wie möglich, ging einen Schritt zurück, schaute den Toten mit Abstand an und fragte: »Was willst du mir sagen? Was sehe ich nicht?«

Es war ihre Art, mit den Toten zu sprechen, und sie fand nichts Sonderbares daran. Sie war nicht Pathologin geworden, weil sie nicht für den Umgang mit den Lebenden taugte, sondern weil der Tod sie faszinierte. Der Körper war ein Meisterwerk, und wenn ein Organ geschädigt war, konnte das den ganzen Organismus lahmlegen, daher war die Suche nach den Ursprüngen so spannend, sowohl bei den Todesfällen nach Operationen und Krankheiten als auch nach den nicht so offensichtlichen Ursachen. Schon oft hatte sie, einer Eingebung folgend, einen Leichnam erneut einer genauen Betrachtung unterzogen und war so auf die Spur des Täters gekommen. Auch wenn die erste Beschauung sorgfältigst geschehen war, so konnten eben doch Zeichen übersehen worden sein, allerdings durfte sie sich auch nichts hindrehen, nur weil sie einem unbestimmten Verdacht folgte.

Hier auf der Insel hatte sie mit den Kollegen und besonders mit Stelios und seinen Mitarbeitern eine Truppe um sich, die nicht insistierte, das hatte sie auf dem Festland schon ganz anders erlebt, denn manche Fälle hatten wohl keinen Staub aufwirbeln sollen, während andere hochgepusht worden waren – und sie hatte man zum Handlanger machen wollen. Es war nicht leicht gewesen als Wahrheitsnerd und homosexuelle Frau, in diesem Rahmen Karriere zu machen. Doch sie hatte sich nicht irritieren lassen und kämpfte für ihre Ziele.

Sie trat wieder an den Tisch, nahm die Schere und öffnete Giorgias Nähte. Callistus' Gesicht hatte durch die wächserne Blässe und den Fischfraß nichts mehr mit dem außerordentlich attraktiven Sänger gemein, doch sie nahm kein Tuch zur Hand, um die Entstellung abzudecken. Es galt, überall genau hinzuschauen.

Sie hörte die Tür hinter sich klappen und dann die Stimme ihrer Sektionsassistentin. »Guten Morgen, du bist aber früh dran. Kann ich helfen?«

Sie drehte sich nicht um, öffnete den Brustkorb und sagte: »Ich weiß nicht, was ich suche, aber vier Augen sehen immer mehr als zwei. Guten Morgen!«

Die junge Frau kam um den Tisch herum, streifte ihren Kittel über und schaute sie neugierig an. »Was beschäftigt dich? Oh, du hast Spermien entnommen, soll ich schon einmal das Mikroskop vorbereiten?«

Penelope nickte dankbar. Giorgia dachte wie immer mit, und sie war schon wieder so ins Grübeln verfallen, dass sie das Spermiogramm fast vergessen hatte. Die Einblutungen in der Bauchdecke waren etwas tiefer gesackt und zeugten von heftigen Schlägen, die der Mann ante mortem erhalten hatte. Manche konnten auch vom Sturz oder dem Aufschlag auf einen Felsen herrühren, doch da sich in der Lunge kein Wasser befand, hätten sie sehr schnell erfolgen müssen, um sich noch auf diese Art im Gewebe abzubilden. Durch die atlantookzipitale Dislokation der Halswirbelsäule und die damit verbundene Anschwellung der umliegenden Weichteile waren die Hirnnerven ausgefallen, der Hirnstamm gequetscht worden, und das hatte zur Lähmung der Zentren geführt, die für die Atmung und den Herzkreislauf verantwortlich waren. Callistus musste schnappend nach Atem gerungen haben, bevor sein System kollabiert war. Bei einer solchen Verletzung, die äußerst selten vorkam, war eine Rettung nur möglich, wenn sie binnen kürzester Zeit erfolgte.

Sie versuchten erneut zu rekonstruieren, wie es dazu gekommen sein konnte, dass die Gelenkanteile des oberen Kopfgelenks sich so massiv zwischen dem Hinterhauptbein und dem ersten Halswirbel verschoben hatten, dass sich der Kopf von der Wirbelsäule getrennt hatte. Der Schlag musste auf einen überstreckten Kopf erfolgt sein und hatte massive Gewalt erfordert. Sonderbar war die Tatsache, dass die Verletzungen, die sie dem Fall nach dem Schlag zugeordnet hatte, nicht so aussahen, als sei der Sänger auf Steinen oder Felsen aufgeschlagen.

»Ich bin mir nach wie vor sicher, dass es kein Unfall war«, sagte Penelope mehr zu sich selbst als zu Giorgia, »aber wenn der Täter ihn, egal ob geplant oder ungeplant, totgeschlagen hat, wieso sind dann nicht noch viel mehr Blessuren am Körper? Man müsste ihn getragen oder auf einem sehr weichen Untergrund zum Wasser gebracht haben. Lass uns bitte noch mal nach Druckspuren suchen, die post mortem entstanden sind.«

Ihre Assistentin sah sie fragend an. »Schließen wir es vollkommen aus, dass er noch gelebt hat, als er zum Wasser gebracht wurde?«

»Du hast recht. Wir schließen gar nichts aus, obwohl es besonders brutal ist, wenn jemand so verletzt ist, ihn zu tragen oder zu zerren.«

»Muss ich, wenn ich jemanden ziehe, denn wirklich seinen Körper irgendwo packen, oder kann ich ihn nicht auch an den Klamotten zerren?« Giorgia machte eine Bewegung, als würde sie ein Oberteil fassen.

»Ich halte das bei einer kurzen Strecke für möglich, und wenn ich mir das Szenario vorstelle, dann habe ich ihn auf einer Anhöhe niedergeschlagen und muss ihm nur einen kleinen Schubs geben, und er rollt ins Wasser. Doch die Verletzungen sprechen eben gegen diese Theorie.«

»Und wenn der Kampf ganz vorn auf einer Klippe stattgefunden hat und ein kleiner Schubs zum freien Fall in das Meer geführt hat?«, hakte die junge Frau nach.

»Das klingt wie in einem Krimi im Kino: ein Showdown im Sonnenuntergang. Es kann sein, dass es so stattgefunden hat. Wir brauchen den Tatort, um das zu rekonstruieren, und bisher hat uns keine Recherche dorthin geführt«, fasste Penelope zusammen.

»Nein, die Steinchen und Pflanzen, die wir noch in der Bekleidung und seinen Haaren gefunden haben, findet man überall auf der Insel. Den Rest hat eben leider das Meer unverwertbar gemacht. Ich habe eingehend recherchiert, was die Algen angeht, die wir gefunden haben, und es war ergebnislos. Er kann überall ins Meer gefallen oder *gefallen worden* sein«, berichtigte sie ihre Aussage.

»Ich warte noch auf das Gutachten unseres Strömungsexperten«, sagte Penelope und schob den Körper wieder auf den Rücken.

Bis auf zwei kleine punktförmige Einblutungen auf der Rückseite der rechten Achsel hatten sie nichts gefunden, was nicht schon vor zwei Tagen offensichtlich gewesen war, und doch zog sie das beleuchtete Mikroskop erneut heran und richtete es auf dem Körper aus, um ihn noch einmal Millimeter für Millimeter genau anzuschauen. Doch nun würde sie zuerst die Spermien überprüfen.

74. Kapitel

»Die Hotline ist wie immer ein vollkommener Reinfall«, erklärte Christos, und in seiner Stimme schwang dieser belehrende Ton mit, den Hyeronimos nicht ausstehen konnte, »es rufen wieder nur Irre an, und die Hinweise sind aus unserer Sicht alle frei erfunden und daher wertlos.«

Stelios Mentakis hob fragend eine Augenbraue, und Christos fuhr fort: »Offensichtlich sind die Aliens für den Tod von Callistus verantwortlich oder die Mafia, alternativ haben wir bestimmt zehn Leute, die zugegeben haben, dass sie ihn gern tot gesehen hätten, und weitere drei, die ihn getötet haben. Leider haben sie ihn erschossen, erstochen und erwürgt. Wir überprüfen die trotzdem, falls wir irgendwie herausfinden, wer sie sind. Denn selbstverständlich hat sich keiner der angeblichen Mörder und Mörderinnen mit Namen gemeldet.«

»Ich weiß, dass es gilt, ein Korn in einem Sandhaufen ausfindig zu machen«, gab Stelios dem aufgebrachten Mann recht, »doch wir haben schon oft sachdienliche Hinweise über dieses Angebot bekommen. Hyeronimo, wie sieht es bei dir aus?«

Hyeronimos berichtete von den Befragungen des Vortages und fing sich einen verächtlichen Blick von Christos ein, der so viel sagte wie: »Miese Ermittlungen, aber ich habe es auch nicht anders erwartet.«

»Wir werden heute über die sozialen Medien die Suche nach der Mosaik-Künstlerin forcieren. Ihre Briefe wurden im Archiv der Ariakis' bei den bedrohlichen aufbewahrt, und der mitschwingende Unterton hat wirklich etwas Beunruhigendes. An den anderen Drohbriefen arbeiten wir ebenfalls, aber die Chance, die Verfasser herauszufinden, ist gering, da sie nichts Außergewöhnliches aufweisen und mit Fingerabdrücken übersät sind. Die Techniker sind daran zu extrahieren, was möglich ist, und dann prüfen wir die Datenbanken entsprechend«, fasste Hyeronimos die geplante Aktion in Worte.

Er sah, dass Christos zum Reden anhob, und wappnete sich gegen das Gift, das dieser nun ganz sicher verspritzen würde.

»Wenn Facebook«, Christos spuckte das Wort geradezu aus, »doch nur die ganze Arbeit für uns machen könnte. Da werden sich ebenso viele Bekloppte melden wie am Telefon, und wir verschwenden einfach nur Ressourcen, denn alles muss bearbeitet werden.«

»Die Cyber-Abteilung hilft uns dabei«, sagte Stelios und warf Hyeronimos einen warnenden Blick zu.

»Heute fahren wir noch einmal nach Chania zu der Familie, und Zacharis hat mir eben die Kontaktdaten des Journalisten gegeben, dessen Auto wohl täglich vor der Villa steht«, sagte Hyeronimos und gab seiner Stimme einen neutralen Klang. Er wollte sich nicht von dem kleinkarierten Kollegen provozieren lassen. Christos' Hemden waren ein Statement, doch wahrscheinlich kapierte der bärtige Mann gar nicht, wie sehr dieses Muster zu seiner inneren Haltung passte.

»Falls er dir mit Pressegeheimnis und Quellenschutz oder so was kommt, melde dich. Ich werde dann persönlich dafür sorgen, dass das aufgehoben wird.« Sein Chef klang entschlossen, auch wenn seine Gesichtszüge eher schlaff erschienen und eine ungesunde Graufärbung aufwiesen.

Hyeronimos nickte kurz und nahm erstaunt zur Kenntnis, dass Christos sich nicht an der Tatsache aufhängte, dass Penelope mit ihm zu den Befragungen fuhr. Nicht, dass sein

Kollege etwas gegen die Gerichtsmedizinerin gehabt hätte, ganz im Gegenteil, er mochte sie sogar wirklich. Doch dass er es so einfach hinnahm, dass eine Nicht-Ermittlerin mit ermittelte, war außergewöhnlich. Wenn es zudem eine Möglichkeit gab, um Hyeronimos eine reinzuwürgen, dann stand Christos immer gleich in der ersten Reihe.

Sie gingen noch einige Standards durch, und dann hob Stelios die morgendliche Runde auf. Hyeronimos wollte gerade den Raum verlassen, als sein Chef sagte: »Auf ein Wort, Hyeronimo!«

Er drehte sich um, schloss die Tür und schaute ihn erwartungsvoll an: »Du siehst krank aus, Stelio!«

»Das hier«, der Major machte eine ausgreifende Bewegung mit beiden Armen, »das hier macht mich krank. Das kannst du mir glauben. Wenn ich es irgendwie hätte aufhalten können, etwas geahnt hätte oder ihm ... keine Ahnung, was, aber ich habe nur wenige Stunden vor seinem Tod mit ihm gesprochen, und das belastet mich!«

»Was kann ich tun?«, fragte Hyeronimos. Er verstand die Verzweiflung des Mannes vollkommen, obwohl auch klar war, dass dieser höchstwahrscheinlich nichts gegen das Geschehen hätte ausrichten können. Die Suche nach Evangelina Sklaventaki hatte nicht impliziert, dass Callistus in Gefahr war.

»Wir müssen sicherstellen, dass die Kleine nicht wieder irgendwelche Alleingänge macht. Alle Informationen müssen bei uns landen«, sagte Stelios ernst und schaute ihn durchdringend an. »Hast du sie im Griff?«

Diesmal, hörte Hyeronimos mitschwingen, obwohl Stelios es nicht aussprach. Er nickte: »Ich habe es mit ihr besprochen, und nach ihrer letzten Erfahrung ist sie geheilt! Sie wird jede Nachricht an uns weiterleiten, und Zacharis kann dann die Profile gleich prüfen. Wir hängen das ja diesmal auch ganz anders auf.«

Stelios ließ sich in seinem Stuhl zurücksinken, gab ihm zu verstehen, dass er sich ebenfalls setzen sollte, und fragte: »Kaffee?«

Hyeronimos zeigte mit seinen Fingern eine kleine Menge, und Stelios bat Maria um zwei Espressi.

»Versteh mich nicht falsch, Hyeronimo, ich finde die Idee gut, aber wir dürfen uns keine Fehler erlauben. Alle Augen sind auf uns gerichtet, und mir graut jetzt schon vor der Pressekonferenz heute Nachmittag. Haben wir denn wirklich nichts vorzuweisen?«

»Nein«, gab Hyeronimos bekümmert zu, »wir haben nichts, was wir in irgendeiner Form als Ergebnis präsentieren können. Wir suchen sein Auto, das ist offiziell. Das Auto der jungen Frau suchen wir auch, doch das können wir aktuell noch nicht in einen Zusammenhang bringen. Ich hoffe, die Ehefrau lässt heute etwas raus. Ich werde Penelope da das Feld überlassen.«

»Wir müssen denen irgendetwas geben. Der Mann ist seit fast fünf Tagen in unserem System, und wir haben nichts. Du musst etwas rausbekommen, sonst zerfetzen sie uns, und das Schlimmste nach dieser Hexenjagd wäre, dass Athen sich auf den Schlips getreten fühlt und sie uns jemanden vor die Nase setzen, der uns zeigt, wie wir unseren Job zu erledigen haben.« Stelios sah aus, als müsse er sich bei diesem Gedanken gleich übergeben.

Zum Glück klopfte es, und im nächsten Augenblick stand Maria mit einem Tablett und zwei dampfenden Tässchen in der Tür. Sie drapierte den Espresso, Wasser, Zucker und eine Schale mit nach Zimt duftenden Plätzchen auf dem Tisch, schenkte ihrem Chef einen aufmunternden Blick und klopfte Hyeronimos kräftig auf die Schulter. Obwohl er wahrlich gut gefrühstückt hatte, konnte er der süßen Verführung nicht widerstehen, nahm sich ein Gebäckstück und spülte es mit dem belebenden Getränk herunter. Dann erhob er sich.

»Ich muss mich noch mit Zacharis abstimmen, und dann hole ich Penelope ab, um nicht zu spät in Chania zu sein.«

»Hyeronimo«, Stelios erhob sich ebenfalls, »ich weiß, dass dich das morgige Datum aushebelt, und hoffe, es wirkt sich nicht bereits heute auf dich aus, denn es ist schon unangenehm genug, dass du«, er machte eine Pause und suchte scheinbar nach den passenden Worten, »wenn nötig nicht zur Verfügung stehst. Gibt es wirklich keine Chance?«

Hyeronimos fühlte, wie sein Herz hart in seiner Brust zu pochen und der Sauerstoff knapp zu werden begann. Er wollte sich nicht in die Enge treiben lassen und hier hyperventilieren. Die Situation bedrängte ihn, war ihm peinlich, und er wollte nichts mehr, als aus diesem Raum zu verschwinden, ohne sich zu dieser Frage zu äußern. Stelios respektierte seine Eigenheiten im Normalfall und überschritt diese Grenze nicht. Er schüttelte langsam den Kopf, ging dann zur Tür und verschwand aus dem Büro seines Chefs – ohne weitere Stellungnahmen. Maria schaute ihn fragend an, und er winkte kurz ab, legte die Strecke an ihrem Schreibtisch vorbei mit langen Schritten zurück, stoppte dann so schnell, dass er beinahe durch seine eigene Vorwärtsenergie gestrauchelt wäre, drehte sich auf dem Absatz um und war binnen weniger Sekunden wieder in Stelios' Büro.

»War doch nur Kaffee und kein Tsikoudia«, bellte Maria mit ihrer rauen Stimme, in der mitklang, dass sie an seiner Nüchternheit zweifelte.

Er ließ die Tür mit einem kleinen Rumms ins Schloss fallen: »Was verheimlichst du mir, Stelio?«

Sein Chef blickte erschrocken auf und wurde noch fahler, falls das überhaupt möglich war: »Ich habe dir alles, was relevant ist, berichtet.«

»Das war sehr diplomatisch«, Hyeronimos stützte sich auf die Lehne des Besucherstuhls auf, »daher konkretisiere ich meine Frage: Hast du mir alles erzählt, was du weißt?«

Stelios schloss für einen kurzen Moment die Augen und atmete langsam ein und aus, dann sagte er leise: »Ich weiß nichts, was wir verwenden können, um damit öffentlichkeitswirksam zu arbeiten.«

»Stelios, bitte«, Hyeronimos blieb weiterhin stehen, »ich glaube, alles, was du weißt, ist wichtig für mich und mein Vorgehen.«

Mentakis seufzte: »Als er mich anrief und mich darum bat, das Mädchen und das Kind zu suchen, sagte er nicht *das Kind*, sondern *meinen Sohn.* Zudem erzählte er mir, dass seine Ehe am Ende sei und Zenia sich nicht mehr im Griff habe, was auch immer das bedeutet.«

»Hast du nicht gefragt?«

»Nein«, sagte Stelios tonlos, »ich wusste nicht, was ich mit einer solchen Information anfangen sollte, also war es besser, sie erst gar nicht zu haben.«

»Es wäre doch nicht das erste Promipaar, das sich trennt.« Hyeronimos war ratlos.

»Ja, richtig. Doch Callistus' Familie ist eine Form von Inszenierung, die zu seinem Image gehörte, und er wollte das alles nicht mehr. Er sprach davon, noch einen Film zu drehen und dann seine Karriere für Evangelina und den Jungen an den Nagel zu hängen.«

»Bewertest du das als Motiv?«, wollte Hyeronimos nun wissen.

»Egal, was auch immer er vorhatte, er war die Ziege, die die Milch gab, und es ist dumm, sie zu schlachten, solange man sie noch melken kann«, sein Chef schüttelte unmerklich den Kopf. »Es wäre wirklich sehr dumm.«

In Hyeronimos Kopf begann es zu rattern: »Aber es wäre klug, Mutter und Sohn aus dem Weg zu räumen! Wir müssen sie offiziell suchen lassen, auch wenn die Familie sich weigert, sie vermisst zu melden.«

Stelios nickte bekümmert: »Sucht sie als Zeugin, vielleicht meldet sie sich dann, und wir müssen sie im Anschluss beschützen. Sie und den Sohn. Callistus' Sohn!«

Jetzt wurde Hyeronimos bewusst, was das bedeutete: Im griechischen Recht erbte auch ein uneheliches Kind. »Das werden ja immer mehr Motive, und zwar nicht nur für Zenia.«

Plötzlich rückte die gesamte Familie Ariakis in seinen Fokus: »Danke, dass du ehrlich zu mir bist, Stelio, das ändert einiges.«

»Du musst sehr vorsichtig mit diesen Informationen umgehen, denn wir können nichts davon zum momentanen Zeitpunkt belegen, und ich möchte mich wahrlich nicht mit Silenus Ariakis anlegen – ohne beweiskräftiges Material. Der Mann hat mehr als Haare auf den Zähnen, wenn es um den Ruf der Familie und um Geld geht, und er kennt die besten Anwälte der Welt. Die stampfen uns in Grund und Boden!«

Hyeronimos nickte verstehend, er würde im Rahmen seiner Möglichkeiten einfühlsam agieren, mehr auch nicht. Schließlich ging es darum, einen Todesfall aufzuklären, und er hoffte, dass es dem Mädchen gut ging. »Wie groß ist das Ariakis-Vermögen denn ungefähr?«

»Das weiß ich nicht genau, aber man munkelt, dass sie die Milliarde vor wenigen Jahren geknackt haben. Silenus hat klug investiert.«

Hyeronimos nickte, da war es wieder. Immer ging es um Geld oder Macht oder um beides zusammen. Er hob die Hand, drehte sich um und verließ nun endgültig Stelios' Büro. Diesmal lächelte er Maria zu, obwohl das Lächeln seine Augen nicht erreichte, er wollte nur nichts sagen müssen.

Erleichtert erreichte er sein Büro, erinnerte sich daran, dass er noch mit Zacharis reden musste, griff aber erst zum Telefon, um sich mit Penelope zu den neuen Informationen auszutauschen. Er hoffte sehr, dass sie das alles nicht gewusst und weiterhin vor ihm verheimlicht hatte.

75. Kapitel

Er saß in seinem Zimmer, dem Raum, in dem er sein geheimes Leben lebte, und anstatt sich an einem Video zu erregen, hielt er eine kleine Peitsche mit einer dünnen Metallschnur, an der unterschiedlich große Metallkugeln befestigt waren, in der Hand. Er schlug damit auf die Armlehne seines Stuhles ein, bis das Polster zerfetzt herabhing. Die Polizei hatte ihm, auch wenn er das niemals zugeben würde, Angst eingejagt. Nicht, weil er sie fürchtete. Er hatte sich nichts zuschulden kommen lassen, denn sich zu Pornos selbst zu befriedigen war nicht verboten. Das Gefühl der Furcht bezog sich auf die Frau, die er unbedingt haben wollte. Die ihm gehören sollte. Niemand wusste, wo sie war. Sein Vater hatte großspurig bei den Sklaventakis' angerufen und Nereos angebrüllt, hatte geflucht wie der Kutscher eines Eselskarrens und sich mit vor Sarkasmus triefender Stimme für den Besuch des Bullen bedankt. Er hatte sich aufgeführt wie der König der Insel, so, als gäbe es für Evangelina keine Alternative, als ihn zu heiraten. Sie war durch das Kind befleckt, keine Frage, doch sie konnte auch unter ihrem Stand heiraten, und dann wäre sie für ihn verloren. Dieser Narr hatte sich so überheblich aufgeführt, dass sich Sofia, von Nereos zum Gespräch hinzugebeten, von der Beziehung zwischen den Familien distanzieren wollte. Er hatte es nur mit Mühe geschafft, sie wieder zu beruhigen und dem Alten das Maul zu verbieten. Doch dann wartete bereits die nächste Katastrophe: Seine Mutter, wie immer betrunken, hatte brabbelnd von den Polizisten erzählt und ihre Rede mit gottesfürchtigen Floskeln und Prophezeiungen vermischt.

Warum hatten der Mann und die Frau auch sie befragt? Was versprachen sie sich davon? Glaubten sie tatsächlich, dass Evangelina bei ihnen unterschlüpfen würde, mit einem Kind, das keiner von ihnen wollte? Er schlug erneut zu, und die Peitsche rutschte ab und kam auf seinem Oberschenkel auf. Schmerz durchzuckte ihn und steigerte die Furcht zu Panik. Langsam nahm er die Metallschnur in seine Hand und ließ die Finger über die Kugeln gleiten. Seine Mutter hatte ihn mehr durcheinandergebracht als die Polizei und sein Vater zusammen. Sie musste doch spüren, dass Evangelina für ihn mehr war als ein geschäftlicher Deal. Er biss sich auf die Lippe und gestand sich ehrlich ein, dass seine Mutter sich schon lange nicht mehr wie eine Mutter benahm. Der Alkohol und ihr frömmlerisches Getue hatten sie zu einer Fremden werden lassen. Ihr Besuch in seinem Büro hatte ihm das noch einmal deutlich vor Augen geführt. Er durfte nicht zu sehr zeigen, wie sehr er Evangelina wollte. Wenn er hier saß und sich selbst befriedigte, dachte er nur an sie, egal, was sich vor ihm auf dem Bildschirm abspielte. Er würde sie sogar mit dem Bastard nehmen, bevor er auf sie verzichten würde. Doch das durfte er nicht laut sagen, denn es kam weder für seine Eltern noch für Sofia und Nereos infrage. Zumindest hatte er bis zu dem unsäglichen Telefonat seines Vaters gedacht, dass die Verbindung so oder so zustande kommen würde. Doch dann hatten sich die Sklaventakis distanziert und in den Raum geworfen, dass sie bisher ohne die Spedition Kapetanakis gut zurechtgekommen seien und es wohl auch in Zukunft tun würden. Seine Felle schienen ihm davonzuschwimmen, nur weil sein Vater sich für die beste Partie hielt. Nicht ihn, nein, er war ja nur der Spross des großen Stephanos Kapetanakis und hatte zu tun, was der Patriarch befahl. Sie hatten alle in seinem Schatten zu stehen, doch er würde dem Alten beweisen, was er draufhatte. Er war nicht der tumbe Tor, den die meisten in ihm sahen, und würde mit dieser gebärfreudigen Frau, das hatte sie schließlich mit dem Kind bewiesen, eine neue Dynastie gründen.

Gott, er musste Evangelina finden und ihrer Familie gleichzeitig verdeutlichen, dass die Fusion ihrer beider Häuser nach wie vor eine großartige und gewinnbringende Idee war. Wo sollte er anfangen, sie zu suchen? Er versuchte sich an ihre Jugend zu erinnern, und mit wem sie befreundet gewesen war. Sie kannten einander schon lange, auch wenn sie ihn nie so betrachtet hatte wie er sie. Sie war alles, was er je begehrt hatte. Wer war ihr vertraut gewesen, und zu wem würde sie wohl gehen, wenn sie Abstand zu ihrem Clan brauchte? Ein Bild trat vor sein inneres Auge, und er wusste, an wen er sich wenden konnte. Rasch erhob er sich, denn hier tat ein persönliches Gespräch not, kein Telefonat.

76. Kapitel

Um ihre finanzielle Sicherheit brauchte sie sich nun keine Gedanken mehr zu machen, denn die Umstände hatten sich geändert, und die Familie konnte aufatmen. Sie fühlte die Schauer, die ihr über den Nacken auf den Rücken rannen, abwechselnd kalt und warm kroch ihr die Erkenntnis über die Haut. Sie war reich. Eine begehrte Millionärin. Sie würde nur noch in illustre Casinos einkehren und die stinkenden Spelunken meiden, in denen sie im Dreck stand und ihr Geld in gierige, schmutzige Finger legte. Bisher hatte sie es immer geschafft, sich nicht zu sehr zu verschulden, da sie genug verdient hatte, aber auch diese Furcht konnte sie nun ablegen. Es würde keinen habsüchtigen Geldhai mehr geben, der nur darauf lauerte, sie ausbluten zu lassen. Diese Kopfschmerzen mussten nur noch aufhören, damit sie wieder klar denken und sich sicher sein konnte, dass sie alles bedacht und einmal in ihrem Leben keinen Fehler gemacht hatte.

Auch wenn es sich so anfühlte, wenn sie es zuließ, dass hinter dem zuckenden Schmerz Bilder auftauchen konnten. Sie griff zu der schweren Kristallkaraffe und goss sich zwei Fingerbreit Whisky ein. Kurz glaubte sie eine mahnende Stimme zu hören, ihre eigene, die sie schalt, dass sie bereits trank, bevor sie sich die Zähne geputzt hatte, aber sie brachte sie mit einem beherzten Schluck zum Schweigen. Alles würde sich zum Besten für sie wenden.

77. Kapitel

Sie strich behutsam über den glatten Lack, und es war fast so, als würde sie seine Haut spüren. Sie war sich vollkommen bewusst, dass sie den Wagen loswerden musste. Als sie mit dem Schlüssel davongejagt war, hatte sie nicht über die Konsequenzen ihres Handelns nachgedacht. Es war wie ein Rausch gewesen, und war nicht beinahe alles Handeln, was im Rausch geschah, wenn man es im Nachhinein nüchtern betrachtete, verrückt? Selten waren Entscheidungen, die man in einer fiebrigen Trance traf, rational durchdacht oder gar gutzuheißen. So auch diese nicht. Doch sie hatte auch dann noch dionysisch gehandelt, trunken von der Nähe zu ihm, war im Anbruch des Tages zurückgekehrt, und der Wagen war noch da gewesen. Den Schlüssel in der Hand, hatte sie die einmalige Chance ergriffen.

Sie hatte sich in das Polster geschmiegt, an dem Stoff geschnüffelt und die Jacke in Besitz genommen. Dann war die Falle in ihrem Verstand zugeschnappt, und sie hatte das Auto einfach gestartet.

Nur eine kleine Runde, hatte sie sich gesagt und ein paar wenige Meter dort verbringen wollen, wo sein Körper Spuren hinterlassen hatte. Ohne sich darüber bewusst zu sein, was sie tat, war das Auto in ihrer Garage gelandet, denn ganz plötzlich waren ihr während der Fahrt die Bilder des Vorabends in den Kopf gesprungen. Danach war so viel Verwirrung in ihr gewesen, dass sie instinktiv gehandelt und sich in die Sicherheit ihres Hauses zurückgezogen hatte. Mit dem Öffnen der Garage war sie kurz aus dieser Trance erwacht, hatte mit Schrecken feststellen müssen, dass ihr Wagen bereits dort stand und sie mit seinem Auto hier war. Panik war in ihr hochgekrochen, und sie wäre beinahe umgekehrt, um es zurück zu dem Parkplatz zu bringen. Doch dann hatte die Furcht gesiegt, gesehen zu werden, denn das, was sie getan hatte, war Diebstahl! Kein einfaches Kavaliersdelikt!

Also hatte sie geparkt, das Tor verschlossen und war mehrere Stunden einfach nur auf dem Fahrersitz sitzen geblieben, um die Situation zu verarbeiten. Sie würde es einfach in einer der nächsten Nächte irgendwo abstellen, es von allen Fingerabdrücken reinigen. Sie würde nur die Jacke behalten, und der Wagen würde unbeschädigt auf ihn warten. Oder sollte sie versuchen, mit ihm Kontakt aufzunehmen, um sich zu entschuldigen?

So viele Gedanken waren durch ihren Kopf gerast, und am Ende war sie so erschöpft davon gewesen, dass sie mit allem gezögert hatte.

Dann hatte sich alles geändert. Er war ihr Ein und Alles, er sollte ihr gehören, und doch war ihr alles entglitten, hatte sich in eine Richtung gewendet, die nicht mehr umzukehren war. Sie legte ihr Gesicht auf die kühle Motorhaube, hier würde niemand den Wagen finden, solange sie lebte. Doch wie lange wollte sie noch leben ohne ihn? Würde es ausreichen, sein Bild zu betrachten und sich in die Jacke einzuhüllen? Wann würde sein Duft vergehen? Wann würde sie nicht mehr in der Lage dazu sein, eine Welt ohne ihn zu ertragen? Wenn sie nicht nur an sich gedacht hätte, würde er dann noch die Welt mit seiner reinen Schönheit bereichern und mit seiner Stimme durchfluten?

Sie musste sich zusammenreißen, doch es schien ihr unmöglich, sich zu erheben, sich zu lösen. Es war, als wäre alle Energie aus ihr gewichen, als sie die blauen Stoffstücke in ihr letztes Mosaik eingebunden hatte. Ihr Meisterwerk. Ihre Zeit war gekommen, denn eine Welt ohne ihn war keine, in der sie leben wollte. Und während sie auf dem Auto lag, reifte ein Plan in ihrem sterbensmüden Kopf.

78. Kapitel

Penelope hatte den Anruf nicht angenommen. Er war verwundert, doch sicherlich hatte sie zu tun. Also hatte er Zacharis zu sich gebeten, und sie hatten sich in der Stille seines Büros ausgetauscht und die Wand mit weiteren Informationen gefüllt. Er hatte sich alles bedächtig angehört und erneut festgestellt, dass sein Mitarbeiter den Tod von Callistus persönlich zu nehmen schien, was ihn sehr verwunderte, denn so hatte er ihn noch nie erlebt.

Der Weg aus dem Präsidium hatte einem Hürdenlauf geglichen, gepflastert mit Reportern, die ihn bestürmten, den Stand der Dinge zu beschreiben. Er hatte sich die Sonnenbrille über die Augen geschoben und die rot schimmernde gierige Masse, so gut es ging, ignoriert. Ein besonders aufdringlicher Kerl hatte sogar an seinem Auto gelehnt, ihm den Zugang zur Fahrertür versperrt und ihm das Mikro beinahe ins Gesicht gedrückt. Also hatte er sich konzentriert, um nichts Unbedachtes zu machen. Sagte er nichts, würden sie ihn zerreißen, sagte er etwas, würde Stelios ihn zerreißen. Also tat er das, was man ihnen in der Polizeischule beigebracht hatte, und sagte durch zusammengebissene Zähne: »Zu laufenden Ermittlungen darf ich nichts sagen, das wissen Sie doch!«

Dann hatte er die Brille ein wenig angehoben und den Mann aus seinen verwirrend blauen Augen angeblickt, und auch diesmal hatten sie ihren Zweck erfüllt. Die Farbe war so intensiv und stach aus seinem typisch kretischen Gesicht wie ein Fremdkörper hervor. Eine Laune der Natur, die sich niemand erklären konnte, die ihm nicht nur ein betörend attraktives Aussehen gab, sondern eben auch außerordentlich irritierend wirken konnte. Der Journalist war zur Seite gesprungen, als habe Hyeronimos ihn geschlagen.

Er war in den Wagen geschlüpft und vom Parkplatz gerauscht, um Penelope im rechtsmedizinischen Institut anzutreffen. Die Bäckertüte mit den restlichen Leckereien vom frühen Morgen hatte er an der ersten Ampel sorgsam im Fußraum deponiert, damit er sich nicht gleich vor lauter Stress mit Zucker vollstopfte. Er betrachtete seine Hände, sie lagen auf dem Lenkrad und sahen vollkommen normal aus, doch das waren sie nicht. Sie nicht und er eben auch nicht.

Ein Seufzen entfloh seinen Lippen, er war, wie er war, aber oft genug hasste er sich eben dafür. Er konnte es sich nicht erlauben, jetzt auszuflippen, es blieben ihm noch rund vierzehn Stunden, und die galt es, sinnvoll zu nutzen. Sie mussten den Ermittlungen eine Richtung geben und nicht länger im Trüben stochern. Hoffentlich hatte Penelope Zeit, mit ihm zu kommen, und nicht mit einer Obduktion aus dem Krankenhaus zu tun, was erklärt hätte, warum sie seinen Anruf nicht beantwortete. Oder hatte sie erneut ein Geheimnis, das sie vor ihm verbarg?

Seine Fingerknöchel traten bei diesem Gedanken weißlich hervor, so fest hielt er sie an das Lenkrad gepresst, damit seine Hände keinen Unfug trieben. Das würde sie nicht tun oder doch? Er kannte sich mit Freundschaften einfach nicht gut genug aus. In der Schule war er immer der Außenseiter gewesen, der Sonderling, und auf der Polizeischule war es nur unwesentlich anders gelaufen. Seine deutsche Gründlichkeit hatte die griechischen Kollegen genervt. Erst mit Penelope war eine echte, tiefe Freundschaft in sein Leben gekommen und hatte ihn dafür geöffnet, Menschen näher an sich heranzulassen.

Vielleicht kam nun die Strafe für sein Zutrauen? Er erreichte das Krankenhaus, ohne zu wissen, wie es auf der

Straße wirklich gewesen war, so sehr hatten ihn seine Gedanken gefesselt. Rasch ging er auf das Gebäude zu, in der Hoffnung, ungeschoren davonzukommen, doch selbstverständlich lauerten die Aasgeier auch hier. Die Sonnenbrille bedeckte seine Augen, und er hielt die Tüte mit den Köstlichkeiten wie einen Schutzschild vor sich, als er sich seinen Weg mit einem mehrfach wiederholten »Kein Kommentar« durch die Meute bahnte. Erst als er die Tür zum Institut passiert hatte, fühlte er sich sicher und steckte die Sonnenbrille in die Innentasche seines mittelblauen Sakkos. Seine sandfarbenen Schuhe quietschten auf dem Linoleum, während er versuchte, positiv zu denken: *Penelope ist meine Freundin.*

Ihr Büro war verschlossen, das nährte seine Hoffnung. Er stieß die Tür zum Sektionssaal auf, und Freddy Mercury schmetterte ihm »Nothing really matters« entgegen. Penelope und Giorgia standen über einen Leichnam gebeugt an einem der stahlglänzenden Sektionstische. Er trat näher, und die Assistentin hob ihren Kopf, als sie seine Bewegung wahrnahm. Sie nickte Penelope zu, die sich sogleich umwandte und ihn freudig lächelnd heranwinkte: »Hyeronimo, gut, dass du da bist.«

Er sah, wen sie auf dem Tisch liegen hatte, und schaute sie fragend an, denn gegen Freddy hatte er keine Chance. Sie griff in ihre Tasche, holte die Fernbedienung heraus, und die Stimme des Queen-Sängers wurde zur leisen Hintergrundmusik.

»Ich konnte nicht schlafen und dachte an das Zeugungsthema und einige andere Dinge. Also bin ich hergefahren und habe mir Callistus noch einmal vorgenommen. Ich habe Spermien entnommen und den Körper erneut mikroskopisch untersucht, denn es will mir einfach nicht in den Kopf, wieso nicht mehr Einblutungen im Gewebe sind, denn auch wenn man so eine Verletzung nicht lange überlebt, so muss er doch irgendwie nach dem Sturz und dem Genickbruch ins Wasser gerollt oder *gerollt worden* sein, und das müsste Spuren hinterlassen haben. Das hat mir einfach keine Ruhe gelassen«, erklärte sie leicht überdreht.

Er spürte die Erleichterung in sich und lächelte: »Ich hatte bereits vier Tassen, und du?«

Sie hob die Hand und zeigte alle fünf Finger.

Er stellte sich neben sie und sagte: »Erst du, und dann habe auch ich eine ganze Menge zu berichten.«

»Was sehen meine wachen Augen da in deiner Hand? Süßigkeiten?« Ihre Stimme ahmte die Melodie des Queen-Songs nach, und er nickte amüsiert.

»Magst du die halten oder besser ablegen, bis wir hier fertig sind?«, wollte sie wissen, und er hängte sie rasch an einem der Haken neben der Tür auf und stand dann wieder neugierig neben ihr.

»Also, schieß los! Was habt ihr herausgefunden?«, wollte er wissen.

»Für die Spermien war die Entnahme wohl zu spät, da konnten wir nichts Lebendiges mehr nachweisen, und damit kann ich auch nichts über seine Zeugungsfähigkeit sagen. Wir brauchen dafür etwas vom Baby, nur dann können wir zweifelsfrei sagen, ob er der Vater ist«, erklärte Penelope.

Hyeronimos warf ihr einen fragenden Blick zu, denn diese Information war bis dato noch geheim, und nun wusste auch Giorgia Bescheid.

»Nichts davon wird diesen Saal verlassen, bis wir von euch dazu autorisiert werden«, beruhigte ihn die Pathologin.

Er entspannte sich wieder, und sie fuhr fort: »Die beiden punktförmigen Einblutungen an der Achsel könnten von Fingern herrühren, die sich dort quasi eingehakt haben«, sie machte eine Bewegung mit Zeige- und Mittelfinger, »und im tieferen Gewebe haben wir unter der anderen Achsel ebenfalls welche gefunden.«

»Das könnte darauf hinweisen, dass ihn jemand dort gehalten hat?«, erkundigte er sich.

»Gehalten, gepackt, gezogen, alles ist möglich. Wenn er rasch nach dem Bruch gestorben ist, dann ist eben nur wenig in diese Richtung zu finden, denn das Blut fließt nicht mehr durch den Körper, sowie das Herz zu schlagen aufhört«, dozierte Penelope.

»Wenn er auf einem steinigen Untergrund aufgeschlagen wäre, müsste es dann nicht mehrere Verletzungen geben, bei denen sich das Blut im Gewebe sammelt?« Er brauchte mehr Informationen, um zu verstehen.

»Das denke ich auch. Ich kann nicht hundertprozentig ausschließen, dass er auf felsigen Untergrund gefallen ist. Ich tendiere jedoch eher dazu, dass er weich gestürzt ist.«

»Teppich?«, fragte er nach, und sie nickte leicht.

»Eine entsprechend gepolsterte Unterlage könnte seinen Fall gemindert haben, nur mit dem Kopf ist er irgendwo hart aufgeschlagen, und ich gehe davon aus, dass er den Hals überstreckt hatte.« Sie legte den Kopf etwas in den Nacken, um ihre Beschreibung zu verdeutlichen.

»Er hat ja diverse Verletzungen am Oberbauch«, erinnerte sich Hyeronimos, »kann es sein, dass er sich geprügelt hat und dabei umgekommen ist?«

»Das kann durchaus sein«, gab ihm Penelope recht, »die Einblutungen im Bauchgewebe könnten von Faustschlägen herrühren, und das, was ich an seiner Schläfe gefunden habe, weist auch darauf hin, dass er einen Schlag erhalten hat.«

»Und dann ist er gefallen«, führte der Ermittler den Gedanken fort, »und hat sich eine tödliche Verletzung zugezogen, nach der ihn jemand ins Meer geworfen hat, um alle Spuren zu verwischen. Müsste eine solche Wunde am Kopf nicht wie verrückt bluten?«

»Na ja, da sind wir wieder beim selben Thema: Wie verrückt würde es bluten, solange sein Herz schlägt. Ist dies nach kurzer Zeit nicht mehr der Fall, dann tritt auch nur wenig Blut aus.«

Einerseits war die Information wichtig, andererseits jedoch führte sie nicht wirklich weiter. Er fühlte sich erleichtert und belastet gleichzeitig.

»Giorgia, machst du ihn bitte wieder zu und bringst ihn zurück«, bat Penelope ihre Assistentin, »und wir gehen mit dieser Tüte in mein Büro.«

Er nahm die Papiertüte vom Haken, und Penelope hielt ihm die Tür auf während Giorgia zu Nadel und Faden griff.

»Wir haben nichts Verwertbares in der Hand«, sagte sie, während sie ihr Büro aufschloss, »alles, was wir gefunden haben, gibt uns keine spezifischen Hinweise, und der Strömungsexperte hat auch noch nichts von sich hören lassen, also haben wir auch noch keine Ahnung, wo er ins Meer gekommen sein könnte.«

Er legte das Gebäck auf den Tisch, während sie Kaffee zubereitete. »Pen, ich muss dich etwas fragen: Wusstest du, dass Callistus das Baby deutlich als sein Kind bezeichnet hat?«

»Nein!«, sagte sie und schaute ihm dabei so fest in die Augen, dass er keinen Zweifel an ihrer Antwort hatte.

Erleichtert setzte er sich: »Gut, das ist gut. Ich wusste nämlich nicht, wie ich damit umgehen sollte, wenn auch du mir das verschwiegen hättest. Dass Stelios es getan hat, ist schon schlimm genug.«

Sie stellte die Tasse vor ihm ab und legte ihre Hand kurz auf seine Schulter: »Einmal verschweigen reicht! Was hast du zu berichten?«

Er nahm einen Schluck und brach sich ein Stückchen von dem cremegefüllten Stern ab: »Zacharis hat die Ariakis-Familie durchleuchtet, und sowohl Silenus als auch Athanasia sind nicht ganz astrein. Sie scheint zu spielen und dabei viel Geld zu verlieren, und er hat ebenfalls ein teures Hobby. Er hat mehrere Freundinnen, denen er Appartements bezahlt, und wahrscheinlich kommt er auch für ihren Lebensunterhalt auf. Das ist nichts Verbotenes, aber keiner von beiden kann es sich erlauben, auf die Geldquelle zu verzichten, beziehungsweise beide profitieren von einem Erbe.«

»Ist das schon ein Motiv?«, wollte Penelope mit vollem Mund wissen.

»Da Callistus über ein wirklich großes Vermögen verfügte, ist das absolut ein Motiv«, bestätigte er.

»Und was ist mit seiner Frau?«

»Als die beiden geheiratet haben, hat man hier bei uns noch keine Eheverträge gemacht. Daher gehe ich davon aus, dass sie fünfundsiebzig Prozent des Vermögens erbt. Es sei denn ...«, er schaute sie ernst an.

»Es sei denn, es gibt ein Kind«, vervollständigte sie seinen Satz, und er nickte bekümmert.

»Deshalb werden wir Evangelina und das Baby nun offiziell suchen«, sagte er.

»Denkst du etwa, den beiden könnte etwas zugestoßen sein?«, fragte sie betroffen.

»Ich weiß es nicht, aber es erscheint mir sonderbar, dass sie wie vom Erdboden verschluckt sind und niemand sich Sorgen zu machen scheint.«

Einen Augenblick lang schwiegen sie beide, tranken das belebende Gebräu und pushten ihre Körper mit Zucker.

»Lass uns fahren«, sagte sie und schaute auf die Uhr, »in einer halben Stunde geht Elenis erster Post online. Sind eure Leute vorbereitet?«

»Ja«, bestätigte er, »auch wenn mein lieber Kollege Christos natürlich nicht begeistert davon ist, dass wir noch mehr Irren eine Plattform bieten.«

Penelope musste lächeln: »So ist er eben. Weiß er, dass wir Eleni damit beauftragt haben?«

Hyeronimos verneinte: »Es erschien uns klüger, ihm das nicht vorher zu sagen. Er flippt schon wegen der Hotline vollkommen aus.«

Kurze Zeit später saßen sie im Auto, diesmal in Penelopes Mini. Sie hatte am frühen Morgen am Hintereingang geparkt und war durch die Wäscherei in den Kellerbereich gegangen, was sich jetzt als besonders klug erwies, da die Reporter noch immer vor dem Haupteingang lauerten. Sie lenkte den Wagen über einen schmalen Versorgungsweg, sodass sie keine Aufmerksamkeit auf sich zogen.

»Hah!«, rief sie aus, als sie unbehelligt auf der öffentlichen Straße ankamen, und lächelte ihn triumphierend an.

»Gut gemacht, Dr. Watson«, scherzte er und wurde dann gleich wieder ernst, »ich stehe wirklich unter Druck, Penelope. Bisher tappen wir vollkommen im Dunklen, und ich habe das Gefühl, Stelios hätte es am liebsten, wenn wir den Tod als Unfall deklarieren.«

»Aber es war kein Unfall«, sagte sie vehement.

»Können wir das eindeutig nachweisen?«, wollte er wissen.

»Eindeutig nicht, aber die Indizienlage weist darauf hin, dass er weich gefallen ist und gepackt wurde.«

»Das ist zu wenig, Pen, und das weißt du genauso gut wie ich.« Er klang resigniert. »Wir brauchen die Geliebte.«

»Es gibt Motive, Hyeronimo«, verteidigte Penelope ihre Ansicht, »sogar eine ganze Menge. Letzten Endes hätten sogar die Sklaventakis' und die Kapetanakis' eins, denn Callistus stand ihnen im Weg für ihre perfekte Fusion auf allen Ebenen.«

»Dazu hätten sie ja von ihm wissen müssen«, warf er ein und sah, wie sie sich auf die Lippe biss.

»Hm, ja«, sie hörte sich nachdenklich an, »aber jetzt mal ganz ehrlich: Kann Evangelina eine Beziehung zu jemandem wie Callistus Ariakis gehabt haben und von ihm schwanger geworden sein, ohne dass das irgendjemand mitbekommen hat? Das gibt es doch nicht, die zwei müssen sich doch irgendwo getroffen haben. Kann sich so ein Star wirklich ungesehen bewegen?«

»Hat er ja wohl Samstagnacht auch getan«, sagte er und griff nach seinem Handy, »oder aber auch nicht. Zacharis hat mir die Nummer von dem Besitzer des Wagens vor dem Haus der Ariakis besorgt, und wie ich richtig vermutet habe, handelt es sich dabei um einen von diesen Schmierfinken!«

Er tippte auf die Zahlenkombination und war erstaunt, dass sich nach wenigen Sekunden eine helle Stimme meldete. Er schaltete auf Laut, stellte sich vor und versuchte seinen Abscheu vor der Presse im Zaum zu halten: »Kommissar Galavakis von der Mordkommission hier. Sie haben Ihren Posten in Chania und versuchen, Callistus vor die Linse zu bekommen?«

»Callistus ist tot. Das sollten Sie doch besser wissen als ich, Herr Kommissar«, sagte der Mann, der sich anhörte, als wäre er zwölf.

Hyeronimos atmete bewusst ruhig, und Penelope nickte ihm mahnend zu: »Da haben Sie vollkommen recht, ich hätte mich klarer ausdrücken sollen: Haben Sie während der letzten Tage und Nächte vor dem Haus der Ariakis' darauf gewartet, den Star abzulichten?«

»Muss ich diese Frage überhaupt beantworten?«, fragte der Reporter.

»Sie *dürfen* die Frage beantworten«, machte Hyeronimos klar, »ich kann aber auch dafür sorgen, dass Sie es müssen. Das liegt ganz bei Ihnen.«

»Okay, okay«, gab der Mann überraschend schnell klein bei, »was wollen Sie wissen?«

»Sind Sie noch dort ...?«

Penelope legte ihm rasch die Hand auf den Arm, als wüsste sie, was er sagen wollte, und er bremste sich. Es war sicher nicht hilfreich, den Kerl zu beleidigen, da hatte sie vollkommen recht.

»Ja«, antwortete dieser kurz.

»Dann sehen wir uns in rund zwei Stunden. Bitte warten Sie, wir sind auf dem Weg und haben einige Fragen an Sie.« Hyeronimos gab seiner Stimme einen amtlichen Anstrich.

Erneut reagierte der Journalist unerwartet: »Ich werde hier sein!«

»Danke«, sagte Hyeronimos verblüfft und beendete das Telefonat.

»Das lief ganz gut«, lobte ihn Penelope, »denkst du, er steht nicht nur dort herum, sondern folgt auch Autos, die das Grundstück verlassen?«

»Das wäre ja wohl clever, wenn man auf den Schuss seines Lebens wartet. Wäre ich ein solcher Parasit, würde ich es tun. Stell dir vor, was so ein Foto von Callistus mit seiner Geliebten wert sein könnte – oder von ihr und dem Kind. Ich habe mal gelesen, dass ein Student für ein Handyfoto, das er in einer Disco von dem Mann einer bekannten Schauspielerin beim Fremdflirten gemacht hat, 18 000 Euro bekommen hat. Was muss dann ein solches Foto von Callistus wert sein?« Hyeronimos schüttelte verständnislos den Kopf.

»Echt jetzt?«, wollte Penelope wissen. »So viel Geld für ein Bild, das ist verrückt, und wenn ich dann mal spekuliere, würde so was von einem Star dieser Größenordnung wahrscheinlich 50 000 Euro oder mehr bringen. Dafür muss eine alte Frau lange kehren!«

»Oder ein Polizist arbeiten«, sagte er aufgebracht, »die verletzen die Persönlichkeitsrechte der Menschen und machen mit einem Schnappschuss mehr Geld, als unsereins mit anständiger Arbeit in einem ganzen Jahr bekommt.«

»Das ist verwerflich, da hast du vollkommen recht, aber ich denke, das Kerlchen hat das System nicht erfunden und versucht auf seine Art von der Mentalität unserer Gesellschaft zu profitieren. Wahrscheinlich brauchen wir ihm nicht mit der Moralkeule zu kommen.«

Er wiegte den Kopf hin und her: »Wohl eher nicht. Solche Leute geben nur unter Zwang etwas raus oder wenn sie einen Vorteil davon haben. Was können wir ihm bieten?«

»Vielleicht den Hinweis auf Elenis Kampagne?«, schlug sie vor.

»Bis wir dort sind, ist das doch schon Schnee von gestern«, gab er zu bedenken.

»Evangelina?«

»Ich bin unsicher, ob das der richtige Weg ist, er ist ja kein Schreiberling, sondern Fotograf, und wir haben kein vernünftiges aktuelles Bild von ihr. Ich weiß nicht, ob es gut ist, sie jetzt schon mit Callistus' Tod in Zusammenhang zu bringen, und das Bild aus dem Pressebericht, das in seinem Schrank hing, zu benutzen. Zacharis hat es im Archiv gefunden«, erläuterte er seine Gedanken.

»Dazu ist es eventuell noch zu früh, und die Ariakis' könnten uns ihren Anwalt auf die Pelle hetzen«, bestätigte Penelope seine Gedanken.

»Und wenn wir das Bild mit Myron Kapetanakis nehmen, dann haben wir deren Rechtsverdreher am Hals. Es ist zum Verrücktwerden.«

»Denkst du, er hatte Bilder von ihr auf seinem Handy?«, fragte sie unvermittelt.

»Nein«, seine Antwort kam spontan. Er hatte auch kein Foto von Kassia auf seinem Handy, das war einfach zu gefährlich. Doch wenn Callistus mit Evangelina mehr verband, wäre es ihm dann nicht egal?

»Wenn es ihm wirklich ernst mit ihr war, dann hat er sie sicher nicht gefährden wollen«, versuchte er sich an einer Erklärung.

»Na ja, er hatte ein Bild von ihr in seinem Ankleidezimmer. Das sieht mir nicht danach aus, als habe er was geheim halten wollen«, erwähnte Penelope.

»Da hast du auch wieder recht. Die Technik arbeitet daran, an seine Daten zu bekommen. Es ist nicht ganz einfach, den Beschluss zu erwirken. Der Richter ist ein Angsthase und machte ohne Befehl aus Athen gar nichts, und die prüfen alles hundert Mal, aber uns machen sie Druck«, brach sein Frust aus ihm heraus.

»Dann wüssten wir ja auch, wo es zuletzt eingeloggt war, und das würde uns dabei helfen, seinen Abend zu rekonstruieren und vielleicht sogar den Tatort zu finden«, fasste die Rechtsmedizinerin lösungsorientiert zusammen, und er nickte.

Er lehnte sich in seinem Sitz zurück, ließ sich von der Natur verzaubern und genoss die Ruhe zwischen ihnen. Er musste ruhig bleiben, damit sein Verstand arbeiten konnte.

79. Kapitel

Chrysoula Strompouli öffnete ihm die Tür und hatte sich kaum verändert, vielleicht weil sie schon immer wie eine Dame gesetzteren Alters ausgesehen hatte.

»Myron«, sagte sie, und er war erstaunt, dass sie ihn nach so vielen Jahren sofort erkannte.

Er hielt ihr die Pralinen hin, die er rasch für sie besorgt hatte, und konnte sehen, dass sie sich freute.

»Komm doch herein«, bat sie und schob ihn durch einen schmalen Flur in ein einfach eingerichtetes, aber pedantisch sauberes Wohnzimmer. Dann wies sie auf einen Sessel.

Er setzte sich. »Entschuldigen Sie, dass ich so einfach hereinplatze«, sagte er wohlerzogen.

»Ich freue mich immer über Besuch von meinen ehemaligen Schülern«, sagte sie, und ihre Stimme klang aufrichtig, »möchtest du etwas trinken?«

Er verneinte und machte sogleich einen Vorstoß: »Ich erinnere mich gern an Ihren Unterricht, und auch Evangelina hatte Sie ja immer ganz besonders ins Herz geschlossen.«

Ihre Augen weiteten sich einen kurzen Moment, dann lächelten sie wieder: »Sie ist ein ganz besonderes Mädchen, doch was hast du mit ihr zu tun?«

»Wir werden heiraten«, erklärte er stolz und sah deutlich, wie ihre Miene verrutschte, »das scheint Sie zu überraschen!«

»Ja, äh ... nein. Ich weiß nicht«, stotterte die Frau, »ich dachte ...«

Er hatte sich eigentlich vorgenommen, den braven, unbedarften Jungen zu geben, um Informationen von ihr zu bekommen, doch ihre Reaktion zeigte ihm, dass sie etwas zu wissen schien, und genau dieses Wissen brauchte er. »Was dachten Sie?«

»Nichts«, wiegelte sie ab und hatte sich wieder im Griff. »Ich hole mir einen Tee, falls du auch einen möchtest? Oder gehst du gleich wieder?«, fragte sie nun mit einem leicht abweisenden Ton.

»Ich nehme gern einen Tee und bleibe noch kurz.« Er würde nicht eher gehen, bis sie ihm verraten hatte, was sie wusste, denn dass sie etwas wusste, war klar, das hatte ihre ungläubige Reaktion gezeigt.

Er schaute sich in dem Zimmer um, eine Wand war vollkommen voller Bücher. Die Regalbretter bogen sich beinahe durch, und er konnte Klassiker sehen, die sich an Romane drückten, und auch alte Schulbücher. Sie war eine hervorragende Lehrerin gewesen, und es hatte kaum eine Pause gegeben, in der Evangelina nicht nach dem Unterricht zu ihr geeilt war, um sich mit ihr über eine Figur aus einem der Bücher, das sie gerade las, auszutauschen. Einmal sah er die beiden sogar in sehr vertrauter Nähe: Evangelina weinte, und Frau Strompouli legte ihre Arme um sie, wiegte sie und hielt sie wie eine Mutter ihr Kind. Er konnte nicht oft mit dem Mädchen seiner Träume reden, sie waren einander nie besonders nah, doch Evangelina war auch keine von denen, die jemanden ausgrenzte. Sie war zu allen gleich freundlich und distanziert, so als lebte sie in ihrer eigenen Welt, zu der man nicht leicht Zugang bekam. Die gestandene Lehrerin hatte dieses Privileg. Evangelina war besonders, und er hatte bereits als Teenager begonnen, sie zu begehren und sie ein wenig auszuspionieren. So war ihm dann auch die Verbindung, die sie mit der Lehrerin gehabt hatte – und wenn er Glück hatte, noch immer haben würde –, aufgefallen. Chrysoula wusste ganz bestimmt, wo sie war, und vielleicht sogar noch mehr. Warum sonst hatte sie so erstaunt reagiert, als er ihr von den Hochzeitsplänen berichtet hatte. Während er wartete, war er sich immer sicherer, dass sie den Vater des Babys kannte, und er würde sie dazu bringen, ihm alles zu erzählen. Er dachte kurz nach, wie er es am geschicktesten verpacken konnte oder welche Möglichkeiten er sonst hatte. Sie kam zurück, hatte ein Tablett in der Hand und stellte duftenden Tee, Zucker und die Pralinen auf den blank polierten Couchtisch. Sie wirkte einerseits einladend und gastfreundlich und andererseits vollkommen verschlossen.

Er nahm die Tasse dankend an und machte einen bekümmerten Gesichtsausdruck. »Wir haben uns gestritten. Wegen des Kindes. Unsere Eltern, also, sie ... sie möchten, dass wir gemeinsam eine Familie gründen«, versuchte er vorsichtig ihr Vertrauen zu erringen, in dem er Wahrheit und Fiktion zusammenmixte. Sie schwieg, nippte an ihrem Tee und schaute ihn aufmerksam an, prüfend, so wie früher, wenn man ihr erzählt hatte, dass der Hund die Hausaufgaben gefressen hatte.

»Ich wollte ihr immer sagen, dass das Kind für mich kein Problem ist«, tastete er sich langsam vor und sah, dass die Lehrerin ganz sicher von dem Baby wusste, denn ihre Miene wurde weich, »wissen Sie, ich liebe Evangelina schon seit der Schulzeit.« Er lächelte und hoffte, dass es schüchtern wirkte und nicht wie bei einem Hai, der auf seine Beute lauerte.

»Sie war schon immer etwas Besonderes«, gab Chrysoula Strompouli ihm recht, »und sie sollte nicht Teil eines Vertrages sein!« Sie biss sich auf die Lippe, nachdem ihr diese Worte entschlüpft waren.

»Ich werde ihr ein guter Mann sein«, versprach er und vergaß für einen Augenblick selbst, wie sich sein Begehren verändert hatte und was er mit ihr vorhatte.

»Das kann sein, Myron, aber ...«, setzte sie an und schwieg dann, als hätte sie bereits zu viel gesagt.

Was hatte er in der Hand, um sie zum Reden zu bringen? Sollte er sie einschüchtern? Dann wäre er nicht besser als Stephanos, und er wollte besser sein als sein Vater. Auch wenn ihn seine sexuellen Fantasien ebenfalls zu einem Mann machten, der bereit war, eine Frau zu misshandeln. Doch beim Sex war das etwas anderes, da konnten beide Gefallen daran finden, während sein Vater seine Mutter nur ohrfeigte, um sie kleinzuhalten. Er musste es anders schaffen, also steigerte er sich in seine Gefühle für Evangelina hinein, denn er empfand ernsthafte Liebe für dieses außergewöhnliche Mädchen, und er wollte sie finden. Eine Träne rollte aus seinem Auge, und nachdem dieser erste Damm gebrochen war, weinte er wirklich, denn egal, was ihn sonst noch hierhergetrieben hatte, in erster Linie sorgte er sich ehrlich um sie.

Frau Strompouli blickte ihn erstaunt an: »Myron, mein Junge.«

»Ich muss sie finden«, schluchzte er und empfand Verzweiflung, denn sein ganzes Leben hing davon ab, das Mädchen an seiner Seite zu wissen. Er wollte sie in seinem Bett, seinem Zimmer, und er wollte die Zügel der Fusion in seinen Händen halten. Noch dazu einen Schwager mit politischem Einfluss, einfach ein perfektes Fundament für eine glänzende Zukunft. Kein Wunder also, dass er keinen Rat wusste. Er schniefte laut und wischte sich unbeholfen die Tränen von den nassen Wangen.

»Die Polizei sucht nach ihr«, warf er seinen nächsten Trumpf in den Ring.

»Warum?«, rief sie erschrocken aus.

»Sie muss im Zuge einer aktuellen Ermittlung als Zeugin vernommen werden«, erklärte er und beobachtete ihre Reaktion, die sie nun traurig aussehen ließ.

»Ah«, sagte sie nur leise und klang wissend.

»Sie wissen, weshalb«, insistierte er, »ich will ihr nur helfen. Das ist alles. Sie bedeutet mir wirklich sehr viel. Bitte, glauben Sie mir.«

Ihr Blick wurde weicher, und er spürte, dass er sie gleich so weit hatte, jetzt durfte er es nicht versauen. Er begann nervös seine Hände zu kneten, und ließ seine Schultern nach unten sacken, saß ganz wie ein geprügelter Hund auf dem Sessel.

»Sie möchte dich nicht heiraten«, flüsterte die Lehrerin nun, »sie will eine richtige Familie mit ihrem kleinen Teris.«

»Was bedeutet das?«, fragte er, ebenfalls flüsternd.

»Sie will ...« Chrysoula hörte auf zu reden, schaute lange aus dem Fenster und sagte dann tonlos: »Du musst jetzt gehen, Myron. Sofort!«

Sie stand auf, ging zur Tür und sah ihn auffordernd an. Ihr Ton war so befehlsgewohnt wie früher, und er erhob sich automatisch. An der Tür angekommen, trat er sehr nah auf sie zu, zu nah, denn es fühlte sich unangenehm an, und er sagte leise: »Was will sie?«

Die Lehrerin trat einen Schritt zurück und kam ins Straucheln, er packte sie am Arm, um sie zu halten, und sah für einen kurzen Moment so etwas wie Furcht über ihr Gesicht gleiten, dann hatte sie sich wieder gefangen. »Sie will nichts, und ich weiß wirklich nicht, wo sie ist, aber wenn sie sich meldet, sage ich ihr, dass sie dich anrufen soll.«

Dann riss sie die Tür auf und schob ihn energisch hinaus. Er konnte hören, wie sie die Sicherheitskette von innen vorlegte. Sie wusste, wer der Vater war, dessen war er sich sicher, und sie wusste gewiss auch, wo sich Evangelina aufhielt. Was konnte er tun, um es ebenfalls zu erfahren?

80. Kapitel

»Cousin«, hörte Nereos die flüsternde Stimme seines Verwandten, als er sein Handy ans Ohr nahm, »ich kann nicht frei sprechen, und das, was ich hier tue, ist auch wirklich kritisch, aber ich muss dir etwas Wichtiges sagen. Du musst mir nur versprechen, dass du vernünftig handelst und auch deine Mutter nichts Unbedachtes tun wird.«

Nereos war erstaunt, denn der Anrufer klang wirklich ernst: »Ich will es dir gern versprechen, doch für Mutter kann ich meine Hand nicht ins Feuer legen, du weißt ...«

»Ohne diese Zusagen kann ich nicht handeln. Wirklich!«, unterbrach der andere ihn schnell.

»Das hört sich sehr beunruhigend an«, versuchte Nereos sich Zeit zu verschaffen. Sofia war, seitdem sie ihn mit der bisher erfolglosen Suche nach seiner Schwester beauftragt hatte, nicht mehr dieselbe. Sie fuhr ihn ständig an, beleidigte ihn und war in einer Tour wuterfüllt. So hatte sie sich ihm gegenüber noch nie benommen, denn er war ihr Star gewesen. Jetzt schien sich das gewandelt zu haben, und Evangelina machte ihm seinen angestammten Platz streitig, wobei es wohl eher Teris war. Doch das Baby gab es nur in Kombination mit seiner Schwester. Er seufzte schwer, denn wenn er diese Information haben wollte, dann musste er nicht nur versprechen, Sofia im Griff zu haben, sondern es auch wirklich umsetzen. Sonst war diese Quelle für immer vertrocknet, und das war nie gut und in diesem speziellen Fall sogar ganz besonders schlecht.

»Ich sorge dafür«, sagte er also mit fester Stimme und versuchte mehr oder minder auch sich selbst damit zu überzeugen.

»In Ordnung«, flüsterte der Cousin weiterhin, dann hörte Nereos Stimmen lauter werden, und das Gespräch wurde ohne Vorankündigung abgebrochen. Verdutzt schaute er auf das Display, aber es zeigte nichts anderes. Was war nur mit dem Mann los? Er war sonst so – er suchte nach dem richtigen Wort – leutselig und machte den Eindruck, über allem zu stehen. Doch der Schein schien zu trügen, es gab wohl auch Dinge, die seinen Cousin nervös machten.

Das Telefon klingelte erneut, und diesmal war die Stimme lauter: »Entschuldige, Nereo, ich musste an einen ruhigeren Ort gehen, damit wir ungestört reden können. Ist deine Schwester wieder zurück, ich muss die Wahrheit wissen?«

Er klang so eindringlich, dass Nereos sich die spitze Bemerkung, die ihm auf der Zunge gelegen hatte, verbiss. Wie kam er dazu, ihn quasi der Lüge zu bezichtigen?

»Warum sollte ich lügen?«, fragte er.

»Alle Menschen lügen. Entschuldige, wenn ich dich beleidigt habe, das war nicht meine Absicht. Ist sie wieder zu Hause?«

»Nein«, gab der Gefragte offen zu, »sie ist nicht hier und hat sich auch nicht gemeldet. Aber Kommissar Galavakis war hier ... mit einer Frau Dr. Demostaki, und sie haben nach ihr gesucht. Als Zeugin für was auch immer.«

»Und das wird nun auch offiziell so geschehen.« Die Stimme des Cousins war nun wieder leiser.

»Sie wird offiziell gesucht? Im Fernsehen, in der Zeitung, im Internet und im Radio?« Entsetzen machte sich in Nereos' Stimme breit.

»Ja!«

»Sofia wird ausrasten und die Anwälte von der Leine lassen«, gab er unumwunden zu, denn seine Mutter würde dieses öffentliche Aufsehen auf jeden Fall vermeiden wollen.

»Das musst du verhindern. Ich riskiere hier meinen Job«, wurde der Cousin nun lauter.

»Warum wird sie gesucht? Als Zeugin für was?«, bohrte er nun nach, doch er bekam keine Antwort.

»Deine Mutter muss stillhalten. Sag ihr das. Das ist kein Scherz!« Die Stimme seines Gesprächspartners war nun eisig, und dann beendete er das Gespräch, ohne sich zu verabschieden.

Nereos setzte sich, verwirrt. Es konnte nur mit Callistus zusammenhängen. Sofia hatte also doch recht mit ihrer Vermutung: Der Weltstar hatte etwas mit seiner Schwester zu tun gehabt und war vielleicht sogar der Vater ihres Kindes. Was für ein Skandal. Erbe hin oder her, seine politische Karriere war gewiss am Ende, wenn das herauskam – und wahrscheinlich auch die Fusion mit den Kapetanakis'. Er musste sie finden, bevor es jemand anders tat, und sie musste schweigen.

81. Kapitel

Als sie die Peripherie von Chania erreichten, schreckte ihn Penelopes Stimme aus einem kurzen, unbequemen Schlaf. Hastig fuhr er sich durchs Haar und rieb sich die Augen: »Entschuldige!«

»Kein Problem! Sagst du mir bitte, wie ich nun am besten fahre?«, wollte sie wissen, und er leitete sie geübt an.

Kurze Zeit später standen sie vor dem großen Tor zu dem Anwesen der Ariakis, und er hielt Ausschau nach dem Wagen des Fotografen.

»Dort«, er zeigte auf das parkende Auto, und sie quetschte sich dahinter. Dann stiegen sie beide aus, gingen rechts an die Türen, und er klopfte gegen die Scheibe der Beifahrertür. Ein Typ mit Dreitagebart, der wesentlich älter aussah, als es seine Stimme hatte vermuten lassen, schaute zu ihm auf, drückte auf den Knopf, der die Zentralverriegelung öffnete, und sie stiegen ein. Hyeronimos setzte sich auf den halbwegs freien Sitz, Penelope nahm hinter ihm Platz. Er zückte seinen Ausweis, um zu verdeutlichen, dass seine Rolle offiziell war. Er war der leitende Ermittler in diesem Fall und kein Bittsteller. Das Auto roch nach abgestandenem Essen, Schweiß und alten Socken. Alles in allem eine ekelerregende Mischung.

Der Mann hielt eine Kamera auf dem Schoß, die ein ellenlanges Objektiv hatte. »Und?«, fragte er mit seiner jungenhaften Stimme.

»Wie lange haben Sie schon hier Position bezogen?«, wollte Hyeronimos wissen.

»Ein paar Wochen«, blieb der Mann vage.

»Also waren Sie am Samstag auch hier?«

»Ja und nein«, der Reporter zögerte.

»Was bedeutet das? Waren Sie hier oder nicht?«

»Ich war hier, aber dann ist er weggefahren, und ich bin hinterher. Er hat eine unauffällige Karre genommen, deshalb war ich mir ziemlich sicher, dass er es war. Sonst spielen sie nämlich gern Spielchen und schicken mehrere Autos raus, und dann weiß man nicht, welchem man folgen soll, aber ich«, er tippte sich gegen die Nase, »habe einen guten Riecher.«

»Das heißt?« Hyeronimos spürte Ungeduld und Abscheu in sich. Der Mann hatte eine unangenehme Aurafarbe: Das Rot war wie frisches Blut, und es umgab ihn wie eine eng anliegende Krone, was aussah, als würde der Lebenssaft aus seinem Kopf fließen. Er schauderte.

»Ein einzelnes Auto und noch dazu ohne Licht. Da bin ich hinterher«, erklärte der Fotograf und streichelte gedankenverloren seine Kamera.

»Wo ist er hin?« Hyeronimos war wie elektrisiert. Endlich eine Spur. Eigentlich müsste er den Mann sofort verhaften, denn er war im Besitz wichtiger Informationen, die vielleicht Licht in das Dunkel dieses Todesfalls bringen konnten, und er hatte es bisher nicht für nötig gehalten, sich bei der Polizei zu melden.

»Er ist auf die Südseite, Ierapetra. Da ist er durch die Straßen gefahren, ganz langsam, als würde er was suchen, was er verloren hat. Manchmal ist er stehen geblieben, aber ich bin nicht schlau draus geworden, warum. Es waren verschiedene Häuser. Er hat geparkt, ist sitzen geblieben und dann wieder weitergefahren«, beschrieb der Mann die Geschehnisse.

»Wo ist er stehen geblieben?«

»Ich habe die Adressen überprüft, aber warum sollte ich Ihnen die geben?« Der Bärtige lächelte verschlagen.

»Weil er tot ist, und vielleicht haben Sie ihn ja sogar getötet«, zischte Hyeronimos, und in Penelope kam kurz Bewegung, sodass er sich wieder beruhigte.

»Sie spinnen doch«, keifte der Typ, »ich bringe niemanden um. Ich schieße nur mit diesem Baby hier.« Wieder streichelte er behutsam über das Gehäuse.

»So, ich spinne also, aber vielleicht ist Ihnen Ihre«, er suchte nach einem Wort, das nicht zu beleidigend war, »Neugier zum Verhängnis geworden. Immer noch näher dran, immer ein noch größerer Skandal.«

»Er hat vor vier Häusern gestoppt«, er zog einen Zettel aus der Ablage der Tür und nannte die Adressen. Penelope warf ihm einen raschen Blick zu, als die Adresse der Sklaventakis' fiel.

»War er überall gleich lang?«

»Ein paar Minuten hin und her«, der Mann zuckte mit den Schultern, »es gab nichts Aufsehenerregendes.«

»Und dann? Wo ist er hin?«, fragte nun Penelope interessiert.

»Wieder Richtung Chania, und dann ist er plötzlich bei Choudetsi, in der Nähe des Golf Resorts, auf einen Parkplatz gefahren, und ich neugieriger Depp bin natürlich hinterher. Es war weit nach Mitternacht, und es waren nur wenige Autos unterwegs«, jetzt kam der Mann ins Reden, »und ich bin mir ziemlich sicher, dass nach uns noch ein Auto gekommen ist, aber ich weiß es nicht mehr genau.«

Er deutete auf seine linke Schläfe, und man konnte die verblassenden Spuren eines Hämatoms sehen: »Er hat mir ganz schön eine gefeuert.«

Hyeronimos war sprachlos und starrte den Kerl an, dem er jetzt am liebsten auch eine gefeuert hätte.

»Er ist ausgestiegen, es war dunkel. Ich dachte, vielleicht trifft er sich hier mit jemandem. Ich bin ohne Licht auf den

Parkplatz gefahren und dann auch raus, aber er hatte mich wohl bemerkt und war ziemlich sauer. Ich hatte gerade die Kamera gehoben, um einen wirklich guten Zwanziger zu machen.«

»Zwanziger?«, unterbrach ihn Penelope.

»Der Schuss hätte sicher an die 20 000 Euro gebracht. Verdammt«, der Mann schlug hart auf das Lenkrad, »und jetzt wäre er 100 000 wert. Ganz sicher!«

Hyeronimos hielt seinen Ekel im Zaum: »Und wie kam es dazu, dass Sie die Bilder nicht gemacht haben?«

»Er stand ganz plötzlich vor mir, und dann hat er mir die Kamera aus der Hand gerissen und gedroht, sie kaputt zu machen, wenn ich ihm nicht sofort die Speicherkarte aushändige. Gott, sie kostet ein Vermögen. Ich habe ihm die Karte gegeben.« Er knirschte beim Erzählen mit den Zähnen. »Dann hat er mir eine geknallt, mich mit Worten beschimpft, die ich so einem Softie nie zugetraut hätte. Ich habe mich rasch vom Acker gemacht, denn er hat gedroht, die Polizei zu rufen, und das Theater wollte ich mir ersparen. Ich bin also weg, und er stand dort am Rand im Dunklen, bis ich auf der Straße war. Dann ist er auf sein Auto zugegangen. Das war alles, was ich noch gesehen habe.«

»Sind Sie noch mal zurück, um sich zu rächen?«, wollte Hyeronimos nun gezielt wissen?

»Ich bin doch nicht bekloppt, wenn die Bullen kommen, bekomme ich ein Kontakt- und Näherungsverbot, und dann habe ich echt ein Problem.« Der Mann klang ehrlich entrüstet.

»War sonst noch jemand auf dem Parkplatz?«

»Ich bin mir nicht sicher, ich hab echt ganz schön einen auf die Birne bekommen und bin erst mal nach Hause geeiert. Das war ziemlich anstrengend. Eigentlich wollte ich gleich wieder meinen Posten hier beziehen, aber mir war voll schwindelig, also habe ich mich kurz hingelegt und bin erst nach dem Frühstück wieder hier angekommen«, schloss er seinen Bericht.

»Haben Sie das Auto am Sonntag noch mal gesehen?«, erkundigte sich Hyeronimos.

»Nein. Am Sonntag war wenig los hier. Silenus ist mal raus, war aber nicht lange weg. Er bringt jedoch zu wenig ein, deshalb bin ich hiergeblieben und habe auf Callistus oder Zenia gewartet.«

»Wie lange war er ungefähr weg?«, hakte er nach.

»So von elf bis eins «, er kramte einen Notizblock aus der Mittelkonsole und vergewisserte sich nickend noch einmal.

Hyeronimos warf Penelope einen Blick zu, und sie reckte den Kopf nach vorn zwischen die Sitze: »Haben Sie auch aufgeschrieben, wann Zenia oder der Bodyguard das Anwesen verlassen haben?«

»Ja, aber ich hab ja schon gesagt, dass da am Sonntag nichts war. Weder sie noch ihr King Kong waren unterwegs«, er grinste schief.

»Ihr?«, fragte Penelope. »Ich dachte, er sei Callistus' Aufpasser?«

Der Reporter grinste nun so, dass es keinen Zweifel ließ, was er meinte.

»Ihnen ist schon klar, dass Sie das der Polizei hätten melden müssen, nachdem bekannt wurde, dass Callistus zu Tode gekommen ist?« Hyeronimos bemühte sich, nicht zu belehrend zu klingen, denn vielleicht brauchten sie den Mann noch einmal. Er schien genauestens zu wissen, was auf dem Anwesen vor sich ging.

»Jawohl, Herr Kommissar«, sagte dieser nun mit sarkastischem Unterton, »und dann hätte ich die Ehre meines Berufsstandes verraten.«

Der Ermittler und die Ärztin verschluckten sich fast synchron bei dieser Aussage.

»Ehre interpretieren wir wohl sehr unterschiedlich«, erklärte Hyeronimos und bedankte sich schweren Herzens für die erhaltenen Auskünfte.

»Es war mir eine *Ehre*, der Polizei nun doch zu helfen«, schmalzte der Typ mit ironischem Unterton und sie stiegen aus.

Hyeronimos beugte sich in den Wagen und zwinkerte ihm bedeutungsvoll zu: »Vielleicht brauchen wir Sie noch einmal, also nicht die Insel verlassen!«

Der Fotograf seufzte theatralisch und verriegelte die Türen von innen, nachdem der Polizist sie schwungvoll ins Schloss geworfen hatte.

»Das Leben als Promi ist echt nicht so lustig«, sagte Penelope.

»Nein, nicht wirklich«, bestätigte er und deutete auf den Mini, »wir *fahren* da rein. Es ist etwas weitläufig bei den Ariakis'.«

82. Kapitel

»Das ist nicht dein Ernst!«, wollte Myron wissen, und seine Stimme klang entrüstet.

»Es tut mir leid, aber ich kann es nicht aufhalten, und vor allem ist diese Information wirklich sensibel. Du solltest es vielleicht nicht unbedingt sofort deinem Vater stecken«, versuchte Nereos sich abzusichern, denn seine Mutter war vollkommen ausgeflippt, als er ihr die Hiobsbotschaft überbracht hatte. Bekanntlich wurde ja dem Überbringer schlechter Nachrichten der Kopf abgeschlagen, so war es schon seit der Antike, und Sofia hatte wohl nicht mit der Tradition brechen wollen. Zumindest hatte es einen Moment lang den Anschein gehabt, als wollte sie ihn dafür bestrafen, dass er sie informierte. Die Sklaventakis würden damit an die Öffentlichkeit gezerrt, und die Publicity war erst einmal keine gute. Sie versuchten Skandale zu vermeiden, auch weil es seinem Werdegang Schaden zufügte, wenn das Bild, das sie von ihm hatten, Risse bekam. Er stand für Tradition, für das Familienkonstrukt, das die Kirche vertrat, und er hatte sich nicht nur einmal vor großem Publikum dazu geäußert. Schon allein die Schwangerschaft seiner Schwester war unter diesen Bedingungen ein Frevel. Daher fiel es ihm auch so schwer zu begreifen, warum seine Mutter das Kind unter allen Umständen in ihre Finger bekommen wollte. Auch wenn Teris der Sohn eines weltberühmten Stars war, so blieb seine Schwester doch beschmutzt durch den Ehebruch. Für seine Mutter schien die Tatsache, dass Evangelina als Zeugin gesucht werden sollte, schlimmer als ihr Vergehen gegen Gottes Gesetz zu sein. Er schüttelte unwillig den Kopf und hörte Myron Kapetanakis fluchen.

»Ich wollte dich einfach nur vorwarnen. Ich habe diese Information nicht offiziell, und wenn ich nicht will, dass diese Quelle versiegt, dann musst du echt die Klappe halten und auch deinen Vater in den Griff bekommen. Wir sollten uns einig sein. Sie hat sich zurückgezogen, weil sie Ruhe braucht, und wir haben ihr bewusst diesen Raum gelassen und wissen daher nicht, wo sie sich befindet«, führte er aus.

»Können wie diese Aufmerksamkeit irgendwie für uns nutzen?«, wollte Myron wissen.

»Ich habe aktuell keine Idee, denn wenn die Presse sich dahinterklemmt und den Grund herausfindet ...« Er kam nicht weiter.

»Den Grund? Du kennst ihn also?«, fuhr Myron ihn an.

»Ich weiß nichts Genaues«, ruderte Nereos zurück, denn eigentlich wollte er nicht mehr preisgeben.

»Du weißt etwas, und ich bestehe darauf, dass du mich einweihst. Wir sitzen alle im selben Boot!«

»Es ist wirklich nur eine Mutmaßung, und damit sollte keiner von uns hausieren gehen«, versuchte Nereos seinen Kopf aus der Schlinge zu ziehen.

»Raus damit!«, schnauzte Myron und entfernte alle Freundlichkeit aus seiner Stimme.

»Ich vermute, dass sie als Zeugin im Zusammenhang mit dem Tod von Callistus gesucht wird«, er biss sich auf die Lippe vor Wut auf sich selbst. Warum konnte er nie die Klappe halten, wenn es nötig war?

»Callistus also.« Aus Myrons Stimme war alles Leben entwichen, und dann legte er ohne ein weiteres Wort einfach auf.

»Großartig«, flüsterte Nereos, »wirklich großartig. Das war dann wohl unser Deal mit den Kapetanakis'. Verdammt, verdammt!« Er schlug wütend auf den Tisch. »Ich wünschte, die Schlampe wäre tot!«

83. Kapitel

Der Bodyguard hatte sie, nach eingehender Sichtung ihrer Ausweise, mit unbewegtem Gesicht hereingelassen, und Penelope fuhr langsam auf das Grundstück.

»Kannst du bitte kurz anhalten«, sagte Hyeronimos, »ich möchte den Mann heute auch befragen.«

Sie bremste, stoppte den Motor und verließ mit ihm das Auto. Der große Kerl schaute verblüfft drein. Der kahle Kopf glänzte wie poliert, und seine Statur war beeindruckend durchtrainiert, er überragte Hyeronimos um einen ganzen Kopf, sodass sie zu ihm aufsehen mussten.

»Sie heißen Arion«, stellte er fest, und der Angesprochene nickte.

»Arion Xylouri«, fügte er seinen Nachnamen hinzu.

»Sie begleiten Callistus und die Familie schon lange.« Es war mehr eine Feststellung als eine Frage, doch der Personenschützer antwortete trotzdem.

»Seit sechs Jahren bin ich bereits im Dienst der Familie«, seine Stimme klang fest, aber sein Blick flackerte ein wenig, sodass Hyeronimos genauer hinschaute.

Er erwartete eine rote Aura bei einem solchen Typen, doch tatsächlich nahm er einen leicht grünlichen Schimmer wahr, was ihn ein wenig irritierte, denn das verriet ihm die Fürsorge und Hingabe, die der Mann empfand.

»Das bedeutet, Sie sorgen sich nicht nur um Callistus, sondern auch um seine Frau und seine Geschwister?«, insistierte er daher.

»Ja, natürlich«, gab Arion sofort zu. »Ich begleite«, er biss sich auf die Lippe und stockte, »also ich *habe* Callistus überall hinbegleitet und wenn möglich auch den anderen im Haus Schutz geboten.«

»Nun ist er Ihnen ja am Samstagabend durch die Lappen gegangen.« Hyeronimos formulierte dies bewusst flapsig, um ihn aus der Reserve zu locken. »Ist das öfter vorgekommen?«

Arion senkte für einen kurzen Moment den Kopf, und nun schaltete sich Penelope mit sanfter Stimme ein: »Es ist sicher schwer, jemanden zu beschützen, wenn der gar nicht beschützt werden möchte. Das tut mir aufrichtig leid.«

»Es ... also er ... also ...«, stammelte der muskelbepackte Riese wie ein Dreijähriger, »also er, er hat das einige Male praktiziert. Er ist dann einfach weg, ohne mich anzufordern. Ich arbeite für ihn, und er ist nicht mein Gefangener. Er muss mich anfordern, dann stehe ich 24/7 bereit, aber wenn er heimlich verschwindet, dann ist das seine Entscheidung!« Der letzte Teil kam unerwartet heftig heraus.

»Was meinen Sie damit?«, hakte Hyeronimos nach.

»Ich ... also ... ich ... nichts«, kam wieder das aufgeregte Stammeln.

»Hat er öfter Dinge getan, die Sie nicht gutheißen konnten?«, wollte Penelope einfühlsam wissen.

»Er war ein großer Mann, ein Star eben«, wich der Bodyguard aus.

»Aber auch große Männer müssen sich an Regeln halten, nicht wahr?« Penelope blieb ruhig und zugewandt, und Hyeronimos ließ sie gewähren, denn sie machte das sehr gut. Viel besser als er. Zu Menschen mit grüner Aura musste man behutsam eine Beziehung aufbauen, dann wurden sie zu einem sprudelnden Quell an Informationen, und darin war er häufig nicht gut genug.

»Ich kann ihn doch nur dann beschützen«, er senkte den Kopf bedrückt, »ich hätte es tun müssen.«

Das klang so schuldig, dass Hyeronimos aufhorchte. Er wollte gerade zu einer Frage ansetzen, als Penelope ihm einen Blick zuwarf, und er verstummte.

»Sie sollten sich nicht die Schuld an dem geben, was geschehen ist.«

Er hob den Kopf, und in seinen Augen spiegelten sich Trauer und Entsetzen. »Ich«, setzte er an, und dann schien er zu lauschen, drückte einen Finger auf den Knopf in seinem Ohr und nickte, »ich soll Sie zum Haus schicken. Zenia ...«, er machte eine kleine Pause, die dem Ermittler sofort auffiel, und auch Penelope schien sie wahrzunehmen, »... Ariaki erwartet sie.«

Der Moment war vorbei, das war ihnen beiden klar. Sie stiegen ins Auto und legten den halben Kilometer zum Haus langsam zurück.

»Der weiß etwas«, sagte Penelope überzeugt.

»Ich empfinde das ebenso«, bestätigte er, »er lebt mit der Familie auf einem Grundstück und begleitet sie überallhin, da bekommst du ganz sicher alles mit. Auch die Dinge, die du gar nicht wissen willst.«

»Wie er ihren Namen ausgesprochen hat, das war doch komisch? Oder habe nur ich das so interpretiert?«, vergewisserte sie sich.

»Ich wusste, dass du es auch bemerkt hast. Da war etwas«, er überlegte kurz, »etwas Vertrautes.«

»Mmh, ja, aber wie du schon gesagt hast, die leben hier zusammen, da ist das wahrscheinlich automatisch so«, versuchte sie sich an einer Erklärung.

»Man könnte auch professionell bleiben«, sagte er ernst.

Sie nickte zweifelnd, und auch er wusste, dass es wirklich schwer war, sich nicht in die Geflechte der Menschen ziehen zu lassen, mit denen man seine Zeit verbrachte.

»Wie gehen wir da drin jetzt vor?«, wollte sie wissen. »Zenia hat uns ja gerade herbeordert, denkst du, sie wollte verhindern, dass wir mit Arion sprechen, oder will sie einfach nur Informationen von uns?«

»Wir sollten beides in Erwägung ziehen«, gab er zu bedenken, »wir müssen herausfinden, ob jemand von den dreien eben nicht nur ein Motiv, sondern auch die Gelegenheit hatte, Callistus zu verletzen. Sein Auto ist nicht hier, die Kameras haben nichts mehr gespeichert, und ausgerechnet dann, wenn man diesen Geier da draußen braucht, fährt er nach Hause und leckt seine Wunden.«

»Also müssen wir sie irgendwie aus der Reserve locken?«, verschaffte sie sich Gewissheit.

»Ich schlage vor, wir versuchen anfangs mal alle drei zu erschüttern, und dann nehmen wir uns jeden einzeln vor und machen es wie immer vollkommen intuitiv.« Ein Lächeln glitt über seine Lippen.

»Ja, Sherlock. Ich kaufe dir demnächst so ein kariertes Käppi und mir einen Gehstock«, frotzelte sie, und er musste lachen.

Doch dann sammelte er sich und sagte zielorientiert: »Wir müssen dringend Informationen bekommen, die uns weiterbringen.«

Sie stiegen aus und machten sich auf den Weg zum Haus.

Kurze Zeit später saßen sie in dem Salon, den Hyeronimos schon kannte, und warteten auf die Familie. Zenia trat als Erste ein, ihre Eleganz war umwerfend. Sie trug kein Schwarz, wie es sich für eine traditionell trauernde Witwe gehört hätte. Auf der Insel trug man mindestens ein Jahr Schwarz und dann vielleicht eine Auflockerung mit Weiß, keinesfalls jedoch Bunt. Zenia sah aus wie eine Frau, die zu einem eleganten Empfang unterwegs war, und nicht wie jemand, der gerade seinen Lebenspartner verloren hatte. Lediglich in ihren Augen war zu sehen, dass sie müde und bekümmert war.

»Herr Kommissar«, begrüßte sie Hyeronimos mit einem Nicken und schaute fragend zu Penelope.

»Das ist Dr. Demostaki«, erklärte er ruhig, »sie begleitet mich zu Befragungen.«

Die Hausherrin ließ ihren Blick über die Rechtsmedizinerin gleiten, dann setzte sie sich, und auch Hyeronimos und Penelope nahmen Platz.

»Meine Schwägerin und mein Schwager stoßen gleich zu uns«, erklärte sie und bat sie, sich mit den Getränken, die auf einem kleinen Beistelltisch standen, zu bedienen.

Schweigen legte sich über den Raum, und die drei Personen beäugten einander stumm. Hyeronimos konnte die Stille gut ertragen, beobachtete Zenia und sortierte seine Gedanken. Penelope machte eher den Eindruck, unangenehm berührt zu sein, und nippte mehrfach an ihrem Wasserglas, während Zenia mit dem für sie scheinbar typischen kühlen Ausdruck verharrte.

Doch auch ihr schien es zuzusetzen, dass man nur Atemzüge hörte: »Wann dürfen wir meinen Mann beisetzen?«

Hyeronimos blickte zu Penelope, die sich straffte und die Situation fachlich kompetent erläuterte: »Bei einer Todesursache mit vermutetem Fremdeinwirken kann der Leichnam erst freigegeben werden, wenn alle offenen Punkte geklärt sind. Das tut mir sehr leid, doch so sind nun einmal die Vorschriften.«

Zenia nickte: »Das heißt also, wir müssen uns weiterhin vor der Öffentlichkeit rechtfertigen, weil wir den Fans die Trauerfeier verweigern?«

»Können Sie nicht eine Trauerfeier organisieren und die tatsächliche Beisetzung dann im kleinen Kreis stattfinden lassen?«, fragte Penelope erstaunt.

»Ich möchte keinen leeren Sarg oder eine leere Urne präsentieren, das verstehen Sie vielleicht nicht, aber es wäre sonderbar, das zu tun. Schauen Sie sich die Beerdigung von

Lady Diana an, dann wissen Sie, was die Welt da draußen erwartet.«

Hatte sie Callistus tatsächlich gerade mit der englischen Prinzessin verglichen? Hyeronimos dachte kurz über das Beispiel nach, vielleicht war Callistus nicht ganz so berühmt wie die in den 1990ern verstorbene Frau, aber man kannte ihn auf vielen Kontinenten, und sicher würde auch seine Trauerfeier live übertragen werden. Daran hatte er noch nicht gedacht. Was für ein Spektakel. Obwohl Zenia unberührt und kalt wirkte, tat sie ihm leid, egal, wie es zwischen ihrem Mann und ihr gestanden hatte. In dieser Situation so sehr im Scheinwerferlicht zu stehen war gewiss hart. Die Tür öffnete sich, und Athanasia trat ein, diesmal deutlich gepflegter als bei seinem Besuch vorgestern und ganz in Schwarz gekleidet. Ihr folgte Silenus im maßgeschneiderten dunklen Anzug mit schwarzer Krawatte. Sie begrüßten die Besucher, und Zenia erklärte, wer Penelope war, während ihr Schwager und ihre Schwägerin sich links und rechts von ihr auf dem Sofa niederließen. Sie rahmen die *Eiskönigin* ein, schoss es ihm durch den Kopf, denn nun wusste er, an wen Zenia ihn erinnerte: an die weiße Hexe aus den *Chroniken von Narnia*, die im Film von der schönen Tilda Swinton verkörpert wurde. Er hatte Buch und Film sehr gemocht. Nur das Haar unterschied Zenia von der Schauspielerin. Er riss sich am Riemen und konzentrierte sich auf die vor ihm sitzenden Personen. Ein Blick auf die goldene Standuhr, die auf dem weißen Lackregal prangte, zeigte ihm, dass Elenis Post bereits online war und dass die öffentliche Suche nach Evangelina in wenigen Minuten startete.

»Hatte Callistus eine außereheliche Beziehung?«, ließ er die Bombe platzen – ohne weiteres Geplänkel. Die drei erstarrten, und bei Zenia zeigten sich kurz Risse in der beherrschten Maske. Er schaute sie ganz bewusst an, und sie hielt seinem Blick stand.

»Ihre Frage ist unverschämt, Herr Kommissar«, erwiderte Silenus, der sich als Erster gefangen zu haben schien.

Hyeronimos schwieg und wartete auf Zenia, während er auch Athanasia ansah.

»Ja, unverschämt«, echote die Schwester und legte ihre Finger auf Zenias Hände, die diese in ihrem Schoß fest gefaltet hielt.

»Frau Ariaki«, sagte er mit harter Stimme, »wussten Sie es?«

Sie nickte kurz und kaum sichtbar.

»War es normal für ihn, oder bedeutete ihm diese junge Frau mehr?«

Silenus knirschte hörbar mit den Zähnen. »Wollen Sie Callistus' Andenken schänden?«

»Ich will aufklären, wie er ums Leben gekommen ist«, sagte Hyeronimos, blieb unbeugsam.

»Und wie hilft Ihnen sein angebliches Liebesleben dabei weiter?« Der Bruder der Toten wurde lauter.

»Er hat den Zeitungsausschnitt gesehen, Silenu!«, sagte Zenia scharf und brachte ihren Schwager damit zum Schweigen. »Es war kein Normverhalten bei ihm, nein. Er war keiner dieser Schürzenjäger und hat seinen Status nicht ausgenutzt. Ich denke, das beantwortet Ihre Frage vollumfänglich.«

»Wo hat er sich mit Evangelina getroffen?«, fragte er nun, da die Katze aus dem Sack war.

Sie zuckte mit den Schultern: »Ich weiß es nicht.«

Silenus schüttelte ebenfalls den Kopf, und Athanasia tätschelte ihrer Schwägerin die Hand, während sie vehement verneinte.

»Sie wussten es also alle und haben somit alle ein Motiv!«

Silenus sprang auf, ballte seine Fäuste, und sein Kopf wurde hochrot, während er donnerte: »Niemals hätte ich meinem Bruder etwas angetan. Niemals, er ist, war mein Fleisch und Blut. Niemals!«

»Beruhige dich, Silenu«, sagte Zenia schneidend, »und setz dich hin!«

Überraschenderweise klappte er seinen Mund zu und ließ sich wieder in die Polster fallen.

»Motiv, was meinen Sie mit Motiv?«, plapperte Athanasia mit ihrer schrillen, hohen Stimme.

»Motiv bedeutet«, fing Hyeronimos an, zu erklären, als sie ihn unterbrach.

»Ich weiß, was ein Motiv ist, ich bin nicht dumm, auch wenn viele das immer denken.« Sie warf ihrem Bruder einen bösen Blick zu. »Ich will wissen, was für ein Motiv wir haben sollten. Jeder hier. Callistus war alles für uns.«

»Möchten Sie wirklich, dass wir das hier besprechen? Ich möchte sowieso mit jedem von Ihnen allein reden«, verdeutlichte er nun.

Sie verstummte, und ihr Blick glitt unstet zwischen allen Personen im Raum hin und her.

Zenia erhob sich so abrupt, dass Athanasias Hand schwungvoll von ihr rutschte, was die andere Frau scheinbar zu schmerzen schien, so, wie sich ihre Gesichtszüge verzogen.

»Mit wem wollen Sie anfangen?«, fragte die Witwe.

»Gern mit Ihnen«, antwortete Hyeronimos, dem vollkommen klar war, wen die Wartezeit am meisten zermürben würde.

»Bitte, geht hinaus!«, wies Zenia die Geschwister an, und sie widersprachen nicht.

Es war eine sonderbare Situation. Penelope zückte kurz ihr Handy, und er wusste, dass sie auf Instagram schaute, um zu sehen, was sich auf Elenis Post hin tat. Ihre Augen wurden groß, es musste also viel los sein. Dann tippte sie auf das Display, scrollte und schaute ihn an: »Auf ein Wort, Hyeronimo.«

Sie ging ans Fenster, und er trat zu ihr. Der Wind draußen hatte merklich zugenommen, und die Bäume bogen sich. Er kam vom Südwesten, und er konnte die Strömung des Meeres sehen.

Penelope hielt ihm das Handy vors Gesicht, sodass Zenia das Display nicht sehen konnte: Auch auf der Facebook-Seite der Polizei war die Suche nach Evangelina und dem Baby losgegangen. Irgendwer hatte ein Foto von ihr ausgegraben, was wohl bei einer Jubiläumsfeier eines Supermarktes entstanden war. Sie war eine ganz normale junge griechische Frau, wie es viele Tausende gab. Er hoffte sehr, dass sie sich nun melden würde und sie alles aufklären konnten.

»Danke«, sagte er leise und fügte tonlos hinzu, »jetzt du!«

Sie gingen zu ihren Plätzen zurück und setzten sich, Zenia schaute sie erwartungsvoll an.

84. Kapitel

Christos raufte sich die Haare. Es war ja klar gewesen, dass eine Idee von Hyeronimos nur dämlich sein konnte. Er verstand nicht, warum Stelios dem Mann so hörig war. Schon wieder mischte dieses Mädchen mit, diese Influencerin, schon allein das Wort hörte sich an wie eine Krankheit. Diese Form der Öffentlichkeitsarbeit war genau das: krank. Er hörte es immer wieder von seinen Töchtern: In den sozialen Netzwerken ging es keineswegs sozial her. Er hatte sich strikt geweigert, einen Account anzulegen, das hatte er seiner Frau überlassen. Koula stand mit einigen Freundinnen in Kontakt und freute sich immer über Nachrichten und Bilder. Für ihn war das Teufelswerk. Er verstand, warum die Polizei dort vertreten sein musste, aber dass man eine Extraabteilung hatte, die sich damit befasste, den ganzen Tag den dort produzierten Mist zu durchforsten, erschien ihm mehr als absonderlich. Die Welt war kein guter Ort mehr, seitdem es das Internet gab. Er würde das alles nun ausbaden müssen, was dieses Gör angestoßen hatte, denn letztlich landeten alle Hinweise auf seinem Tisch, genau wie die Telefonate der Hotline. Er seufzte kellertief auf, als er die Flut von Nachrichten sah, die der Cyberkollege ihm auf dem Bildschirm seines PCs zeigte. So wenig er Eleni mochte, viele andere Menschen schienen es zu tun, denn schon nach wenigen Minuten hatte es fast zweihundert Antworten gegeben. Der junge Mann deutete auf eine andere Zahl und meinte: »Das sind die Reposts, das bedeutet, andere Menschen übernehmen den Post und verbreiten ihn weiter.«

Auch hier war die Zahl bereits dreistellig. Dann klickte der Mann auf ein kreisrundes Symbol mit dem Logo der jungen Frau, und Christos konnte eine Abfolge von Bildern sehen. Es waren die verschiedenen Mosaikporträts von Callistus mit dem Aufruf, die Künstlerin möge sich für ein gemeinsames Projekt zu Ehren des Sängers doch bitte bei ihr melden.

»Eleni hat mir geschrieben, dass auch ihre Story schon mehr als zweihundert Mal geteilt wurde, und sie hat mir bereits einen ganzen Haufen Screenshots von den PNs geschickt.«

»P was?«, fragte Christos nach und hasste es, sich dumm vorzukommen. Er musste etwas unternehmen, um Stelios zu verdeutlichen, dass es so nicht weiterging. Man konnte sich doch nicht einfach einer Zivilistin bedienen und das, was sich daraus an Chaos entwickelte, bei einem rechtschaffenen Polizisten abladen. Er war ein Kommissar und kein Betreuer von Bekloppten mit Wahnvorstellungen.

»*PN* heißt persönliche Nachricht«, erklärte das Kerlchen vor dem Computer und klang fast ein wenig herablassend.

»Dann sagen Sie das doch auch und hantieren nicht mit dummen Abkürzungen herum«, fuhr er den jungen Mann erbost an, der sofort den Kopf einzog.

»Ich leite die Nachrichten dann an Sie weiter, wenn wir die Accounts der Versender überprüft haben, dann können Sie sie auswerten.« Der Polizist tippte wild auf seiner Tastatur herum, und Christos nickte.

Er richtete sich auf. Er würde sich keinesfalls unterkriegen lassen, und während Hyeronimos hochnäsig draußen in der Welt umherstolzierte und Menschen vor den Kopf stieß, würde er hier Spuren verfolgen und herausfinden, wer die Person war, die diese Bilder gemacht und Callistus subtil bedroht hatte. Stelios würde schon bald verstehen, was strukturierte Polizeiarbeit brachte und warum weder eine Eleni diese machen sollte noch die Pathologin des rechtsmedizinischen Instituts, auch wenn er Penelope Demostaki mochte und schätzte.

»Beeilen Sie sich«, befahl er, »wir müssen endlich Ergebnisse erzielen, und Sie halten wahrscheinlich den Schlüssel dazu in Ihrer Hand.«

»Jawohl, Kapetan Papadaki«, salutierte der Mann im Sitzen, und Christos glaubte eine Note von Verachtung wahrzunehmen.

Er verließ das Büro grußlos und machte sich auf, um seinen wachsenden Frust an jemandem auszulassen, und er wusste auch schon, an wem.

85. Kapitel

Das war also ihre letzte Arbeit. Kein anderes Kunstwerk aus ihrer Hand würde mehr entstehen. Es war vorbei. Die Schuld fraß an ihren Eingeweiden, und sie konnte sich nicht verzeihen, was sie getan hatte. Er war tot, das war alles, was sie wusste, und die Leere in ihr war unerträglich. Anfangs hatte sie noch versucht, ihm zuzuhören, doch es war schnell unmöglich geworden, seiner Stimme zu lauschen. Der Schmerz, der dadurch entstanden war, war so unerträglich gewesen, dass sie sich am liebsten die Ohren hätte zustopfen wollen.

Ihr Blick fiel auf ihre Schätze, und Kälte kroch in ihr hoch, umklammerte ihr Herz mit eisiger Faust. Niemals hatte sie einen Gedanken daran verschwendet, wie eine Welt ohne ihn aussehen würde. Hatte sie etwa geglaubt, er sei unsterblich? So dumm war sie nicht. Sie war sogar mehr als klug, hochintelligent, und doch war sie wohl niemals dazu in der Lage gewesen, über ihren eigenen Tellerrand zu blicken. Alles, was sie je geschrieben hatte, war nur Ausdruck ihrer grenzenlosen Liebe gewesen. Er sollte zu ihr gehören, das war ihr Traum gewesen. Doch dann hatte er sich entfernt und alle seine Ideale über Bord geworfen. Kognitiv hatte sie gewusst, dass es Unsinn war, so zu denken, denn wenn sie ihn für sich beansprucht hätte, dann hätte er auch dafür den Bund der Ehe brechen müssen. Es war unsinnig gewesen, und doch hatte sie nicht gegen die nagende Eifersucht angehen können oder gegen den Mix aus Zorn und Liebe, der sich wie ein Gift in sie ergossen hatte. Die brennende Flüssigkeit war durch ihre Adern geflossen und hatte jede Zelle vergiftet, dafür gesorgt, dass sie sich immer mehr in ihre Welt zurückgezogen und kaum noch Kontakte nach draußen gepflegt hatte. Nur einige Quellen waren ihr geblieben, denn so wusste sie, wo er war und was er tat, bevor es die breite Masse erfuhr. Geld hatte keine Rolle gespielt, sie hatte es mit vollen Händen ausgeben können, da war niemand, dem sie etwas hinterlassen wollte oder musste. Also hatte sie auch einen Batzen Geld für den Informanten bezahlen können, der ihr verraten hatte, wo er war. Manchmal war sie dem Ruf gefolgt, der dann in ihrem Herzen erschallt war, hatte den Roller oder das Auto genommen und die Möglichkeit genutzt, ihn zu sehen, auch wenn es nur ein kurzer Blick gewesen war.

Doch nun war ihre Welt zerstört, sie hatte sie kaputt gemacht. Vorsichtig ließ sie die Finger über die leicht erhabenen Papier- und Stoffstücke gleiten. Es fehlten nur noch wenige Stunden Arbeit, dann musste es noch trocknen, und dann, ja, was war dann? Dann war es so weit. Sie würde ihn wiedersehen, dessen war sie sich vollkommen sicher.

86. Kapitel

Es war wirklich der totale Wahnsinn, was auf Instagram passierte, und Eleni war mittlerweile von der Idee, die eigentlich ein Vorwand gewesen war, richtig begeistert. Eine T-Shirt-Reihe mit diesen Porträts von Callistus würde sicher gut laufen. Der Sänger war beliebt bei Alt und Jung, und weil sein Tod einen Hype um ihn entfacht hatte, würden solche Artikel gewiss oft gekauft werden. Zudem konnte sie sich vielleicht auch ein Zitat aus einem seiner Lieder nehmen, das dann das Übrige tat. Doch so etwas musste dann vorab mit seinem Management geklärt werden, aber die Idee war tatsächlich vielversprechend. Sie würde sie im Auge behalten. Star-Shirts waren cool und die Kunstwerke tatsächlich außergewöhnlich und richtig gut. Die Resonanz auf ihren Post war überwältigend. Es gab zwar viele Nachrichten, die nicht halfen, aber voller Lob für die Idee waren und für sie, aber es gab auch genügend, denen die Polizei nachgehen konnte.

Der junge Cyberbeamte hatte schon eine ganze Menge Namen von ihr bekommen, und sie war froh, dass es diesmal nicht ihre Aufgabe war, die Accounts der Schreiberlinge zu überprüfen. Hoffentlich war die gesuchte Person auch tatsächlich dabei, und all der Aufwand führte zu einem hilfreichen Ergebnis. Es fühlte sich gut an zu helfen, irgendwie auch sinnvoll. Nicht, dass sie das, was sie tat, nicht als sinnvoll erachtete, doch einen Todesfall aufzuklären hatte eine besondere Anziehungskraft. Hyeronimos hatte sie bei einem ihrer Gespräche mal gefragt, ob sie nicht Interesse hätte, Polizistin zu werden. Sie war verdutzt gewesen und hatte verneint, zögernd zwar, aber verneint. Sie wollte nicht Teil eines maroden Systems sein, und sie wusste, wie schwer es Frauen dort hatten und homosexuelle Frauen noch viel mehr. Das war nicht die Welt, in der sie leben wollte, um vergebens gegen Windmühlenflügel zu kämpfen. Ihr Blog und ihre Social-Media-Kanäle waren ein besseres Instrument, um Veränderung in die Welt zu bringen. Doch sie hatte in den letzten Wochen irgendwie vergessen, dass sie ja eigentlich erst einmal ihr persönliches Umfeld verändern wollte. Sie wollte, dass die knorrigen Traditionen auf Kreta aufbrachen und die Kirche ihren massiven Einfluss verlor. Nichts gegen Gott, gegen ihn hatte sie nichts. Die Kirche machte ihr Sorgen und der blinde Eifer, in dem die Menschen ihr folgten. Manchmal telefonierte sie mit ihren Eltern, die nichts von dem verstanden, was sie ihnen erzählte – oder es vielleicht auch nicht verstehen wollten. *Hier* musste Veränderung ansetzen. Sie lebte ihren Traum und vergaß dabei ihren ursprünglichen Antrieb, doch andererseits war es wichtig, eine Stimme zu haben, um überhaupt gehört zu werden. Je bekannter sie wurde, umso mehr Menschen hörten ihr zu. Das war die andere Seite der Medaille. Sicher würden ihr die Gespräche mit Penelope helfen, sich zu sortieren, um das Richtige zu tun.

Sie wollte ein Sprachrohr für die Vielfalt sein und damit auch für die persönliche Freiheit, vor allem der Frauen. Das Frauenbild auf der Insel musste sich verändern. Sie waren keine Waren, die man verschacherte und für Firmenfusionen verheiratete oder die man mit Schafen bezahlte.

Sie schüttelte die bedrückenden Gedanken ab und ging die Nachrichten durch, um zu sehen, wer als Urheber der Mosaikbilder genannt wurde. Was, wenn die Person gar nicht auf der Insel lebte, konnte sie dann trotzdem infrage kommen? Ihr Spürsinn war geweckt, und sie musste sich erneut daran erinnern, dass das die Aufgabe der Polizei war und nicht ihre. Sie fungierte lediglich als Medium. Was aber auch sehr cool war.

Rasch begann sie neue Screenshots zu erstellen und weiterzuleiten. Es war wirklich aufregend, wieder Teil einer Ermittlung zu sein.

87. Kapitel

Im Wasser gehen Körper, nachdem sie tot und damit also bewegungsunfähig sind, unter. Sie sinken hinab und streben dem Grund zu. Luft in der Lunge kann dafür sorgen, dass ein Leib noch an der Oberfläche dümpelt, ebenso wie die Luft, die sich in der Kleidung sammelt. Doch nach und nach verschwindet er unaufhaltsam in die dunkle Tiefe. Treibt dort umher, trifft auf allerlei Getier, das sich an ihm labt, bis die Strömung ihn hinfortreißt! Ein Herz in der Strömung, das nicht mehr schlägt, wird zum Spielball der Natur. Manchmal umschlingen Algen den Körper und halten ihn weit unten, und manchmal sorgt der Wind dafür, dass sich der Sog ändert, und zieht ihn mit sich. Wenn die Fäulnis den Leichnam dann mit Gasen füllt, treibt er hinauf. Vielleicht kommt er der Oberfläche nah und wird ans Ufer gespült oder kollidiert mit den kantigen Felsen der Küsten. Oder auch mit Schiffsschrauben, die Stücke des toten Fleisches von ihm fetzen. Manch ein Körper verschwindet für immer in den Tiefen des Ozeans, einen anderen spuckt das Meer wieder aus. Weil es ihn nicht haben will? Oder weil sein Sterben gesühnt werden soll? Wer weiß das schon. Wichtig ist nur, dass jede Welle große Kraft birgt und große Leidenschaft, und auf diese Weise kommt so manches Mal die Wahrheit ans Licht.

88. Kapitel

»Meine Güte war das anstrengend«, seufzte Penelope und ließ sich in das Polster des Fahrersitzes fallen, »da weiß ich doch wieder, warum ich so gern mit meinen Besuchern zu tun habe. Die sind sehr still und erzählen mir nur die Wahrheit. Dein Job ist echt nicht leicht.«

Hyeronimos saß neben ihr und hatte gerade den Stift weggelegt. Er besprach sich immer mit ihr, doch seine Notizen hielt er geheim. Er las nichts daraus vor oder gab sie ihr auch nicht. Sie akzeptierte es, auch wenn es ihr schwerfiel.

»Ich würde wirklich zu gern wissen, was du da alles notierst«, versuchte sie ihr Glück und war vollkommen erstaunt, als er antwortete.

»Es sind nicht nur Zusammenfassungen von dem, was ich gehört habe, sondern auch von dem, was ich spüre, sowie über Dinge, die ich vermute oder gar interpretiere.«

»Magst du dich mit mir austauschen?«, wollte sie wissen. »Auf *Was wäre, wenn*-Art oder ganz normal, mir ist beides recht. Ich muss nur all das verarbeiten, was die drei da verzapft haben.«

»Wenn ich nur nach meinem Gefühl gehe, dann könnten alle drei etwas mit seinem Tod zu tun haben: Zenia ist geprägt von einem Bedürfnis nach Kontrolle und Prestige, gleichzeitig ist ihr Bedürfnis nach dem vertrauten Rahmen von Familie und Partnerschaft massiv verletzt. Sie ist in ihrer Ehre als Ehefrau getroffen. Dieser Mix macht sie durchaus gefährlich«, führte er aus, und Penelope lauschte interessiert.

»Das sehe ich ähnlich. Sie ist in einem Alter, in dem es besonders wehtut, wenn der Gatte sich anders orientiert, und verletzte Eitelkeit ist etwas, was eine Frau echt gefährlich machen kann. Außerdem glaube ich, dass ihre Kälte kaschieren soll, was tief in ihr brodelt«, ergänzte sie.

»Doch ist das tatsächlich genug, um ihn zu töten?«, fragte Hyeronimos unschlüssig.

»Menschen töten für weniger als ein gebrochenes Herz und zerbrochenen Stolz«, warf sie ein.

»Können wir kurz runter an die Souda Bucht fahren«, fragte er plötzlich und fügte erklärend hinzu, »ich mag den Blick auf das Meer unten am Jachthafen, und es wäre gut, ein paar Meter zu laufen, wo es gerade nicht regnet.«

»Okay, sehr gern, sagst du mir, wie ich am besten fahre?«

Er wies sie an, in eine schmale Straße abzubiegen, und kurze Zeit später standen sie an der Bucht und spazierten an den verwaisten Liegeplätzen der Segelboote und Jachten entlang.

»Im Sommer ist es wirklich schön hier«, sagte er und vergrub seine Hände tief in den Hosentaschen, ich komme gern her und beobachte die Boote. Dieser wehrhafte Steinwall ist auch irgendwie faszinierend.« Er deutete auf die Konstruktion aus großen Steinen, die Kreuzen ähnelten und die sich am Rand der Promenade als Wellenbrecher stapelten.

Es sah wirklich spannend aus, und man konnte sich in den Formen fast ein wenig verlieren. Penelope verstand, warum er den Anblick mochte, und nickte bestätigend.

»Es ist reine Interpretation, aber Zenia hat etwas Erschreckendes an sich, diese Kombination aus Härte und Zerbrechlichkeit. Das macht sie in meinen Augen unberechenbar und durchaus gefährlich. Und diese Athanasia«, er schüttelte den Kopf, als wolle er eine Fliege verjagen.

»Ja, die ist echt strange. Unter uns, ich glaube, die hat eine Schraube locker. Die ist aber nur irre, nicht gefährlich«, nahm sie kein Blatt vor den Mund. »Also, das ist meine Meinung. Wie siehst du das?«

»Ich bin mir nie ganz sicher, wie weit Wahnsinn und die Gefahr, die er mit sich bringt, auseinanderliegen. Der Grat ist manchmal sehr schmal. Ihre Reaktion auf ihre Verschuldung und das in Aussicht stehende Erbe war auf jeden Fall besorgniserregend«, machte er seinen Standpunkt deutlich.

Athanasia war nach dieser Frage von Hyeronimos aufgesprungen, ganz nah an den Stuhl des Ermittlers getreten und hatte mir ihrer schrillen Stimme ein quietschendes »Ich liebe meinen Bruder über alles, niemals würde ich ihm etwas Böses antun, ihm ganz gewiss nicht!« ausgestoßen.

Er hatte sofort nachgehakt, obwohl sie sehen konnte, wie unangenehm ihm diese Distanzlosigkeit war: »Wem denn dann?«

Verständnislos hatte ihn Athanasia angestarrt, und ihr Blick hatte etwas von einem Auftauchen aus tiefster Verwirrung an die Oberfläche der Realität gehabt: »Wie meinen?«

»Sie sagten, ihm würden Sie gewiss niemals etwas antun – ihm nicht. Da stellt sich mir die Frage: Wem denn dann?«, hatte er geduldig wiederholt, und Penelope hatte ihn für die Ruhe bewundert, mit der er die Situation gehandhabt hatte.

Athanasia hatte sich dumm gestellt und so getan, als sei dies eine bösartige Interpretation von Hyeronimos. Auf jeden Fall blieb der Beigeschmack, dass sie zu mehr fähig war, als man ihr zutraute – in vielerlei Hinsicht. Silenus war noch am besten weggekommen.

»Ich finde, Silenus hat irgendwie den Eindruck vermittelt, als würde er wirklich um Callistus trauern«, sagte sie nachdenklich.

»Aber auch das bedeutet nicht, dass er unschuldig ist«, stellte Hyeronimos fest, »vielleicht trauert er auch gerade deshalb, denn wir gehen ja nicht zwingend von Mord aus. Auch ein Streit, der zum Tod geführt haben kann, ist möglich, und wenn Callistus wirklich ein Kind mit einer anderen

Frau hat, dann liegt es eben im Rahmen des Möglichen, dass er auch mit ihr zusammen sein wollte. Und falls Silenus ihn davon abhalten wollte …«

»Dann ist er wohl nicht der Richtige dafür, da er ja wohl nichts anbrennen lässt«, vervollständigte sie seinen Satz, »obwohl das ein Vergleich zwischen Äpfeln und Birnen ist, denn er ist Single und nicht der Star, dessen Glorienschein Teil des Marketingkonzeptes ist.«

»So ist es«, bestätigte er, »das ist vielleicht sogar ein richtig starkes Motiv: Was wäre Silenus ohne seinen Bruder? Ist es so einfach, einen anderen Star zu finden, den man managt, wenn es jahrzehntelang ein so enges Familienmitglied war?«

Sie marschierten am Kai entlang, und der Wind frischte wieder auf, Penelope erschauerte und schlang die Arme um ihren Oberkörper. »Das Wetter passt irgendwie ziemlich gut zu dieser Situation: Es ist undurchschaubar, mal so und mal so. Lass uns bitte zurückgehen.«

Sie drehten um, und sie konnte seinen besorgten Blick spüren.

»Möchtest du meine Jacke haben?«, fragte er fürsorglich.

Sie schüttelte lächelnd den Kopf: »Ich mache mir irgendwie Sorgen um Evangelina und das Baby, und diese Familie hat mich echt aufgewühlt. Man sieht von außen diesen strahlenden Schein, und dann schaust du hinter die Kulissen und bist vollkommen entsetzt über die Realität. Nichts von dem, was uns die Medien über diese vier Menschen weisgemacht haben, scheint zu stimmen.«

»Das ist doch meistens so«, er berührte sie beruhigend am Arm, »man zeigt uns, was wir glauben sollen, und wir glauben es nur zu gern, wenn es so schön ist. Das befriedigt den Wunsch nach Harmonie und den Glauben an das Gute. Wenn dann der Schein zerbricht und das Menschliche hervorkommt, raubt uns das unsere Illusionen.«

»Die Realität ist grausam! Und ja, ich weiß, dass das aus meinem Mund irgendwie komisch klingt, denn ich schneide tote Körper auf und finde Todesursachen heraus. Wenn also jemand darüber Bescheid weiß, dann wohl ich, aber ich habe trotzdem Wunschträume und schaue mir gern glückliche Paare an!«

Er nickte leichthin. »Tun wir das nicht irgendwie alle? Wer träumt denn nicht von der ewigen Liebe? Wenn ich mir meine Eltern anschaue, das ist vielleicht nicht gerade Hollywood, aber sie sind füreinander da und respektieren einander und das seit einem halben Jahrhundert. Das schaffen wir höchstwahrscheinlich nicht mehr.« Er klang entmutigt.

Sie ergriff seinen Arm. »Aber wir schaffen ewige Freundschaft!« Sie lächelte ihn an, um die gedrückte Stimmung wieder aufzulockern.

»Das schaffen wir. Danke, Penelope«, hörte sie ihn sagen, und war froh, dass sie gerade so offen über ihre Gedanken sprachen.

»Wollen wir im Auto noch einmal durchgehen, wie die Motive der drei aussehen? Und lass uns diesen Herkules an der Tür nicht vergessen, denn der war deutlich zu nervös!« Sie beschleunigte ihre Schritte und war froh, als sie das Auto erreicht hatte. Rasch schloss sie auf, schlüpfte auf den Fahrersitz und ließ das Auto schon an, während ihr Freund es noch umrundete.

»Besonders bezeichnend fand ich, dass er nicht mehr da war, als wir das Grundstück verlassen haben«, er schnallte sich an, »denn das bedeutet für mich, dass es jemandem ganz und gar nicht recht war, dass wir mit ihm geredet haben. Vielleicht bestelle ich ihn zum Gespräch ein.«

»Apropos Gespräch«, nahm sie den Faden auf, »wer spricht eigentlich mit der Band?«

»Das haben die Kollegen vor Ort erledigt, denn die wohnen teilweise gar nicht auf der Insel. Callistus war sehr kollegial, und seine Starallüren hielten sich wohl wirklich in

Grenzen. Seine Beziehung zu Zenia wurde allgemein als zurückhaltend und professionell beschrieben. Mit Athanasia hat er nur sehr wenig geredet, aber wenn, dann wie mit einem Kind. *Sehr nachsichtig und geduldig*«, er scrollte auf seinem Handy, »waren die Worte des Schlagzeugers. Oh, warte, da ist etwas, das ich in der Eile wohl überlesen habe: Callistus hatte öfter mal blaue Flecken, die in der Maske übertüncht werden mussten, und hat es mit sportlicher Leidenschaft erklärt, was man ihm häufig, aber nicht immer abgenommen hat.«

»Callistus hat sich regelmäßig geprügelt? Mit wem denn?«, fragte sie verdattert. »Das passt so gar nicht zu ihm!«

Er sah kurz vom Handy hoch. »Eine der Backgroundsängerinnen, Liana Topalidi, hat sich wohl mehr in die Richtung geäußert, dass diese Verletzungen von Auseinandersetzungen zwischen den Ehepartnern herrühren, ist dabei aber vage und sehr vorsichtig geblieben.«

»Das verstehe ich, denn wenn es nicht wahr ist ... mit Zenia möchte ich auch keinen Zoff haben«, sagte sie und bekam sogar etwas Gänsehaut bei dem Gedanken. »Aber mal ganz im Ernst, das ist nicht vollkommen absurd. Es gibt auch genügend Beziehungen, in denen Männer Opfer von Gewalt durch ihre Frauen werden.«

Die Dunkelheit kroch langsam über das Meer heran, und er spürte, dass er müde wurde. Seine Nacht war zu kurz gewesen und das, was ihm bevorstand, würde auch keine Erholung bringen.

»Ich rufe mal kurz bei Zacharis an und höre nach, was sich durch Elenis Post und die offizielle Suche nach Evangelina schon ergeben hat.«

Sie nickte gespannt. Eleni hatte ihr nur kurz geschrieben, dass die Resonanz wirklich groß sei, aber noch viel gefiltert werden müsse.

89. Kapitel

»Warum kannst du sie nicht finden? Du rühmst dich doch sonst, dass du so viele Menschen hier kennst.« Sofia spürte, wie die Wut immer weiter in ihr hochkroch.

Das Telefon stand den ganzen Tag nicht still. Von wohlmeinenden Freunden bis zur neugierig insistierenden Presse war alles dabei, und sie hatte weder die Energie noch Lust, über ihre Tochter zu reden. Die Wunde war noch nicht richtig verheilt und schmerzte bei unbedachten Bewegungen. Zudem machte ihr der Schmerz immer wieder deutlich, wozu das Mädchen, das sie für weitestgehend nutzlos gehalten hatten, fähig war. Das rang ihr tatsächlich auch bei allem Zorn Respekt ab: Evangelina ließ sich nicht so leicht unterjochen, hinter der mädchenhaften Fassade ruhte das ungeahnte Potenzial einer Kämpferin. Zudem hatte sie es geschafft, und daran glaubte Sofia mittlerweile felsenfest, Callistus an sich zu binden. Das konnte niemandem gelingen, der einfach nur durchschnittlich war. Sie hatte ihre Tochter unterschätzt und, wie ihr nun bewusst wurde, Nereos auch deutlich überschätzt. Er stand vor ihr und glotzte sie schweigend an, was sie nur noch mehr provozierte.

»Mutter«, meinte er, und sie winkte roh ab.

»Mutter«, äffte sie ihn nach und hielt sich die Seite, »dein Gejammer nutzt mir nichts. Jeder mutmaßt nun, dass das Verschwinden deiner Schwester etwas mit dem Tod von Callistus zu tun hat, und manche wagen sich sogar so weit vor, sie des Mordes an ihm zu bezichtigen. Unfassbar! Der gute Name unserer Familie ist dahin. Du hattest fast eine

Woche Zeit und hast nichts zustande gebracht. Was hast du getan? Rumgesessen und deine Eier geschaukelt?«

»Hör auf, so mit mir zu reden«, widersetzte er sich nun lauter, »das ist widerlich. Ich habe alle meine Kontakte angezapft. Sie hat die Insel nicht offiziell verlassen, ihr Auto ist nirgendwo aufgetaucht. Ohne offizielle Suche gibt es eben auch keine weitreichenden Ergebnisse. Sie ist also irgendwo auf diesen 8300 Quadratkilometern, und du weißt ebenso gut wie ich, dass man jemanden, der nicht gefunden werden will, auch nur schwer findet. Außerdem habe ich gestern ganz bewusst das Gerücht gestreut, dass sie nach der sehr anstrengenden Geburt Erholung und Ruhe brauche. Ich hoffte, damit die Wogen zu glätten und Zeit zu bekommen, sie zu finden.«

»Ich weiß, dass man alles erreichen kann, wenn man sich anstrengt und es will«, schleuderte sie ihrem Sohn entgegen und überlegte kurz, ob er seine Schwester vielleicht gar nicht finden wollte, »oder eben auch nicht, wenn man die Person vielleicht gar nicht wirklich finden möchte.«

»Was unterstellst du mir da, Mutter?«, fragte er aufgebracht, und sie konnte sehen, dass ihn die Frage irritierte.

»Ich unterstelle gar nichts. Ich frage mich nur, wie es sein kann, dass man eine Frau mit einem Neugeborenen nicht auftreiben kann und ob du dich genügend anstrengst.« Am liebsten hätte sie ihn geschüttelt. »Wenn die Polizei sie zuerst findet, ist der Skandal nicht mehr aufzuhalten!«

»Es ist schon unmöglich, jemanden zu finden, der sich in einem der Dörfer oben im Psiloritis versteckt, aber wenn sie sich was in Irakleio gesucht hat, dann kann ich ja wohl schlecht an jeder Haustür klingeln und nach einer Mutter mit Kind suchen. Man kennt mich schließlich.« Er nahm diese Verteidigungsposition ein, die sie rasend machte. Schon als Kind hatte er nie Farbe bekannt, sondern immer versucht, die Schuld bei anderen zu suchen. Er war wirklich der geborene Politiker, das musste sie sich eingestehen.

»Ach«, sie winkte ab, »wo ein Wille ist, ist auch ein Weg. Doch nun ist es einfach zu spät, und alle Felle schwimmen uns davon.«

»Kapetanakis ist nicht die einzige Spedition auf der Insel«, warf er lapidar ein, so, als würde er nichts begreifen.

»Mein Gott, Nereo, bist du so dumm? Habe ich mich wirklich so in dir getäuscht? Wenn dieser Deal platzt, dann haben wir einen einflussreichen Feind, oder glaubst du wirklich, Stephanos und Myron machen das so einfach mit?« Sie verlor langsam die Geduld. »Wir verletzen ihre Ehre, wenn wir den Vertrag nicht eingehen.«

»Aber wenn die doch nicht wollen, weil ihnen ein Skandal um Evangelina, der vielleicht, aber auch wirklich nur vielleicht, etwas mit Callistus' Tod zu tun hat, nicht in den Kram passt, dann ist das doch nicht unsere Schuld.« Er hörte sich wirklich verständnislos an, und sie ballte die Fäuste am Körper.

»Das ist unser Skandal, und wir haben es so weit kommen lassen, dass die Polizei nach Evangelina suchen muss, weil du«, sie deutete erbost mit dem Finger auf ihn und ließ ihrem Ärger freien Lauf, »so eine einfache Aufgabe nicht hinbekommst.«

Er drehte sich wortlos um und verließ Tür knallend ihr Büro.

Was hatte sie da nur großgezogen? Plötzlich fiel die Wut von ihr ab und machte der Enttäuschung Platz. Enttäuschung über all das, was sich aktuell gegen sie zu entwickeln schien. Sie sank auf ihren Stuhl, legte die Hand wieder beruhigend auf ihre schmerzende Wunde und versuchte eine Lösung zu finden, um alles noch zum Guten zu wenden.

90. Kapitel

Hyeronimos stand vom Sofa auf, legte den E-Book-Reader weg und tauchte nur langsam aus der verworrenen Liebesgeschichte wieder auf, die ihn vollkommen gefangen genommen hatte. Deshalb las er sie so gern, sie nahmen ihn mit und ließen keinen Raum für Grübelei.

Zacharis hatte ihn über den Stand der Dinge informiert, aber noch gab es keine wirklich verwertbaren Spuren. Christos hatte ihn mal wieder gepiesackt, ihm dabei aber auch in seiner hochnäsigen Art erklärt, warum *er* den Fall lösen würde. Und dass es nur noch eine Frage weniger Stunden sei, bis sie die vielen Meldungen gesichtet und geprüft hätten. Er hatte wohl vollkommen vergessen, woher die Informationen kamen, und dass das gewiss nicht seine Lorbeeren waren.

Doch unterm Strich, und das hatte Hyeronimos auch zu Zacharis und Penelope gesagt, kam es nicht darauf an, wer besser war. Es kam darauf an, herauszufinden, was passiert war und wo sich die junge Mutter aufhielt. Es ging hier nicht um sie, sondern um den Fall.

Penelope hatte ihn mit großen Augen angeschaut, und er hatte hören können, dass Zacharis sich fast verschluckt hatte. Also hatte er diese Aussage noch einmal bekräftigt und Zacharis gebeten, am Wochenende telefonisch erreichbar zu sein. Auch für Christos.

Mehr hatte er nicht sagen müssen, denn schließlich konnte sein Mitarbeiter ja genauso den Kalender lesen. Das anschließende Gespräch mit Stelios diente lediglich dazu, ihm alle Informationen zukommen zu lassen. Sein Chef bat ihn, den Bericht noch auszufüllen, und in dem Schweigen, was dieser auffordernden Bitte folgte, steckte alles, was er nicht sagen konnte und wollte. Hyeronimos hatte mit seinen Geistern zu kämpfen, und sie waren vielleicht grausam und hatten ihre Ursache in etwas, worauf er keinen Einfluss hatte, doch diese entsetzliche Zeitspanne dauerte vierundzwanzig Stunden, und dann war er wieder vollkommen einsatzfähig. Stelios wusste all dies, und doch hatte Hyeronimos den stummen Hilferuf gehört, aber er hatte seinem Chef nichts anbieten können. Er war machtlos, er war der Panik ausgeliefert. Sie ließ sich nicht kontrollieren. Sein Herz begann, schneller zu schlagen, und er warf einen Blick auf die Uhr.

Es war Zeit, die Plakate aufzuhängen.

Jeden Monat holte er die großen handbeschrifteten Poster hervor und klebte sie an die Badezimmer- und Schlafzimmertür, jeweils von innen und außen. Im Regelfall konnte er sich während der gesamten vierundzwanzig Stunden eines jeden Dreizehnten nicht bewegen und verließ daher das Bett nicht, doch allein das Wissen, das in seinem Unterbewusstsein ruhte, vermochte es, die Panik ein wenig zu mindern. Zumindest bildete er sich das ein. Mit Penelopes Hilfe hatte er die kraftvollen Sätze gebildet:

Ich atme, also lebe ich!

Auf jeden 13. folgt ein 14.

Ich kann die Furcht besiegen – ich atme weiter!

Er wusste, dass die Panik irrational war, das war ihm am Tag zuvor vollkommen bewusst und auch wieder an dem Tag danach, doch am Dreizehnten selbst setzte sein brillanter Verstand aus. Die Enge in seinem Brustkorb nahm zu.

»Es ist noch Zeit«, sagte er laut zu sich selbst, um sich zu beruhigen. Er wusste, wie viele Menschen an ihn dachten und ihm Kraft sendeten, und das tat gut: seine Eltern, Kassia, Penelope, Titika und auch Eleni. Wahrscheinlich war sogar

Stelios einer von ihnen, auch wenn er nichts Genaues über das Ausmaß des Martyriums, das seinem Mitarbeiter bevorstand, wusste. Hyeronimos sprach nur selten und mit wenigen Menschen darüber, denn man hatte ihn zu oft verurteilt und ausgelacht: *Was für ein Blödsinn, dass dich das jeden Monat einholt ... Hab dich nicht so, und reiß dich zusammen ... Dein Verhalten ist vollkommen überzogen, und du willst dich damit nur wichtig machen ...* und noch so viele weitere *gute Tipps* und Beleidigungen, die man ihm über die Jahre an den Kopf geworfen hat. Was glaubten die Menschen nur? Dass ihm das Spaß machte oder dass er ihnen gar Theater vorspielte?

Er hatte wahrlich alles probiert: von verschreibungspflichtigen Medikamenten über homöopathische Mittel bis hin zum medizinisch induzierten Cannabis. Auch Hypnose und sogar ein schamanisches Ritual. Irgendwann hatte er das Gefühl: Je verzweifelter er nach einem Ausweg suchte, umso schlimmer wurde es. Also akzeptierte er das, was unvermeidbar erschien. Die Poster hingen, und die Uhr schien plötzlich zu rasen. Er ging resigniert ins Bad und machte sich bereit, soweit man es so nennen konnte, denn wer war schon bereit für die Angst vor dem Tod. Also putzte er sich ergeben die Zähne, erledigte den Toilettengang, schloss alle Türen inklusive der Verdunklungstür im Schlafzimmer und legte sich ins Bett. Und wie in einem Gebet dachte er sein Mantra: *Ich atme, also lebe ich, ich atme, also lebe ich, ich atme, also lebe ich, ich atme, also lebe ich ...*

Refrain

91. Kapitel

Penelope warf einen prüfenden Blick auf Stelios Mentakis, rieb sich über den rechten Arm, um sich zu wärmen, und achtete dabei darauf, nichts von dem Kaffee zu verschütten, den sie in der Hand hielt. Nach all den Aufregungen durch die Befragungen der Ariakis' hatte sie wieder unruhig geschlafen. Zudem sorgte sie sich am Dreizehnten immer um Hyeronimos, auch wenn sie nichts tun konnte, um ihm zu helfen. Es war eben kompliziert, und sie tat, was möglich war. Stelios' Anruf hatte sie also aus einem ruhelosen Halbschlaf gerissen.

Er stand neben ihr, und sie konnte seine Anspannung nicht nur sehen, sondern auch spüren. Sein Gesicht drückte eine Mischung aus Horror und Hoffnung aus. Ihr erging es ähnlich. Das Hafenbecken war hell erleuchtet, und hinter ihnen lag die Stadt noch in nachtdunklem Schlaf. Die Kollegen von der Kriminaltechnik hatten Strahler aufgebaut, als ginge es darum, den gesamten Planeten zu erhellen. Es war frisch, und der Wind, der vom Meer kam, sorgte dafür, dass sie erschauerte, denn er trug nicht nur kalte Luft herbei, sondern auch das Motorengeräusch eines Schiffes. Der Notruf des Fischers war vor einer knappen Stunde eingegangen, und es war beachtlich, was die Behörden in dieser kurzen Zeit auf die Beine gestellt hatten. Stelios schien das Geräusch ebenfalls zu hören, und sein Gesicht wurde noch eine Spur grauer, falls das überhaupt möglich war.

Sie wollte etwas sagen, doch irgendwie fehlten ihr die richtigen Worte, und das erstaunte sie sehr, nachdenklich nahm sie einen Schluck Kaffee, den der Thermosbecher heiß hielt. Sie begleitete Hyeronimos wirklich gern, hatte aber auch bereits im Frühjahr festgestellt, das sein Job wesentlich komplexer war als ihrer und dass ihre Wahl, mit Toten zu arbeiten, die beste ihres Lebens gewesen war. Vor den Lebenden musste man sich schützen und sie trotzdem irgendwie durchschauen. Er machte das wirklich sehr gut, und seine distanzierte Art war dabei gewiss eher eine Hilfe als eine Störung. Natürlich konnte man noch mehr aus den Leuten herausholen, wenn man eine Art Beziehung zu ihnen aufbaute, doch wollte sie wirklich eine Beziehung zu jemandem wie Zenia oder Athanasia Ariaki aufbauen? Neugierig war sie schon, was die Frauen verbargen, denn ihr Gespür sagte ihr deutlich, dass da etwas war, und doch konnte sie sich nicht vorstellen, dass eine von ihnen Callistus getötet hatte. Wobei verletzte Frauen zu allem fähig waren, das war ihr durchaus bewusst.

Silenus hatte seinen toten Bruder mit viel Loyalität beschrieben, auch wenn er verdeutlicht hatte, dass er nicht einverstanden damit war, dass sein Bruder sich auf der Bühne rarmachen wollte. So hatte er es ausgedrückt, und seine Missbilligung war deutlich gewesen. Dann hatte er bei der Beantwortung der Fragen über die Beziehung zwischen Zenia und Callistus etwas durchsickern lassen, was für sie ihren Verdacht bestätigt hatte: Die beiden hatten sich nichts mehr zu sagen, und auch Zenia *sorgte* für sich.

Die drei waren ihr wie ein eingeschworenes System erschienen und hatten nur preisgegeben, was wirklich nötig war, um die Polizei nicht gegen sich aufzubringen. Hyeronimos hatte es sehr ähnlich empfunden.

Jetzt konnte sie das Boot sehen. Stelios machte einen spontanen Schritt vorwärts, blieb dann aber wieder wie eine Statue stehen.

»Du musst das nicht machen«, sagte sie und stellte sich neben ihn, »ich bin doch dafür da.«

Er schüttelte den Kopf und rieb sich die Augen wie ein müdes Kind. »Danke, Penelope, aber ich *muss* das machen. Das bin ich ihm schuldig.«

»Wir wissen doch noch nichts Genaues. Wie kannst du dir so sicher sein?«, warf sie fragend ein.

»Ich weiß es einfach, und du doch auch. Es gibt keine Zufälle und solche schon mal gar nicht«, sagte er resigniert.

»Die Presse sollte wirklich weiter weg stehen, damit wir den Mutmaßungen vorgreifen können«, bat sie, und er drehte sich zu einem seiner uniformierten Mitarbeiter um und bellte den Befehl, die Absperrung weiter nach hinten zu verlegen. Mit einem guten Teleobjektiv konnte man zwar sicher noch einige brauchbare Bilder schießen, doch sie würde dafür sorgen, dass so viel Schutz wie möglich bestand. Sie hatten die mobilen bespannten Sichtschutzwände nicht aufbauen können, da es einfach zu windig war, und sie wollte nicht noch mehr Spuren zerstören, indem sie einen Transport vornahm, ohne eine erste Beschauung vor Ort vorzunehmen. Der Fischer lenkte das Boot an die Hafenmauer, und ein grauhaariger, wettergegerbter Mann sprang auf den Kai und machte das Boot fest, dann zog er eine wackelige Holzplanke herunter, die als Steg dienen sollte. Rasch dirigierte sie einige Kriminaltechniker mit einer Metallrampe an das Schiff und trat selbst hinzu: »Ich bin Dr. Penelope Demostaki, darf ich an Bord kommen?«

Der Mann nickte knapp, und sie konnte das Entsetzen in seinem Gesicht sehen. Mit festen Schritten betrat sie das Fischerboot, roch den Fang und sah sofort den Fund, den die beiden Männer mit einer hellen Plastikplane notdürftig abgedeckt hatten.

»Ich ... wir ... wir«, stammelte ein gebückter Mann, sie schätzte ihn auf Mitte siebzig, »wir konnten es nicht sehen, wir ...«, brach er ab, und es war offensichtlich, dass er einen Schock erlitten hatte.

Der jüngere Mann übernahm: »Es war schon komisch, dass das Netz so schwer war, aber wir dachten, dass wir vielleicht einen großen Oktopus drin hatten, und haben uns bereit gemacht, aber dann ...« Auch er verstummte, und Penelope wusste, dass die beiden Männer diese Nacht niemals vergessen oder damit fertigwürden, und sie glaubte nicht daran, dass die gestandenen Fischer sich einem Therapeuten anvertrauen würden.

»Was haben Sie gemacht, als Sie das Netz eingeholt hatten?«, wollte sie wissen.

Stelios war mittlerweile ebenfalls an Bord gekommen und stand ruhig neben ihr.

»Mein Vater hat die Lampe darauf gerichtet, und dann haben wir sie gesehen und sofort SOS gefunkt. Wir ... wir haben unseren Fang entfernt und sie dann zugedeckt, wir haben nichts weiter angerührt. Sie hat ...«, er machte eine verstörend lange Pause, um sich zu fassen, »eine Kühltüte um den Hals hängen. Ich wollte hineinschauen, konnte es dann aber doch nicht. Ich denke, eine Schiffsschraube hat sie an den Beinen erwischt.« Er schluckte schwer und trat dann einen Schritt beiseite, um Penelope Platz zu machen.

Sie zog sich die Silikonhandschuhe über und gab zwei Mitarbeitern von der Kriminaltechnik ein Zeichen. Die beiden traten vor, schoben Strahler um die Tote, machten erste Fotos und hoben dann die helle Folie vorsichtig hoch. Penelope machte ebenfalls einige Fotos und trat dann näher. Auf den ersten Blick entsprach die zierliche Wasserleiche der Beschreibung, die auf Evangelina Sklaventaki passte, ihr Unterkörper war zerfetzt. Von den Beinen war das Fleisch geschabt und hing in Teilstücken an den Knochen. Ihr Kleid war geblümt und bedeckte ihren Oberkörper. Ein Fuß fehlte, war vom Wadenbein komplett abgerissen, und nur einige Sehnen und etwas Muskelgewebe waren noch übrig. Die Fischer hatten gewiss recht mit ihrer Annahme, dass die Tote mit einer Schiffsschraube in Berührung gekommen war. Sie beugte sich hinab, um das lange, dunkle Haar, das wie ein Vorhang vor dem Gesicht lag, vorsichtig zur Seite zu schieben, jedoch nicht, ohne jeden Schritt zu fotografieren. Sie warf Stelios einen Blick zu, er sah aus, als müsse er sich gleich übergeben. Es war unfassbar, dass das hier passierte, kaum dass der Dreizehnte angebrochen war und sie nicht auf Hyeronimos zählen konnten. Sie war froh, dass der Major persönlich gekommen war und sie nicht Christos an ihrer Seite haben musste. Nicht, dass sie etwas gegen den Ermittler hatte, es hätte eben nur den weiteren Verlauf der Ermittlungen wesentlich verkompliziert. So war es besser, auch wenn Stelios ganz offensichtlich mit dem zu kämpfen hatte, was er da sah.

Das Gesicht unter dem Haarvorhang war überraschenderweise kaum verletzt, und obwohl es vom Wasser aufgequollen war, war sich Penelope relativ sicher, dass sie es mit der vermissten jungen Frau zu tun hatten. Sie war wirklich hart im Nehmen, doch bei ihr war es ähnlich wie bei der Polizei: Sobald Kinder im Spiel waren, war es eine ganz andere Sache. Ein ungutes Gefühl überkam sie daher, als sie die Supermarkt-Kühltasche mit den langen Henkeln sah, die auf der Brust der Leiche lag. Ein Flehen machte sich in ihr breit, doch sie hatte wenig Hoffnung.

»Gregori«, bat sie einen der Männer, »kannst du bitte ihren Kopf anheben.«

Der Mann tat wie geheißen, und sie sah, warum das Meer die Tasche nicht geraubt hatte: Die Henkel hatten sich vollkommen mit ihren Haaren verflochten, als habe Poseidon es nicht zulassen wollen, dass Frau und Tasche voneinander getrennt wurden.

»Ich brauche eine Schere«, sagte sie, und der zweite Kriminaltechniker griff in eine seiner Taschen und reichte ihr das gewünschte Instrument. Sie betrachtete Henkel und Haare eingehend, dann entschied sie sich dafür, das Haar abzuschneiden, auch wenn es nach einiger Zeit im Wasser fast vollkommen unmöglich sein würde, auf dem Material Spuren zu sichern.

Langsam entfernte sie die Tasche, und ein bitterer Geschmack nach Galle machte sich in ihrem Mund breit, als sie die Beschriftung der Supermarktkette Sklaventakis darauf erkennen konnte. Alle Anzeichen sprachen deutlich für Mord, und das war mehr als makaber. Sie atmete tief durch, ließ die Jungs alle nötigen Fotos machen und auch das Öffnen dokumentieren. Sie löste die Druckknöpfe und sah, wie ihre Hände zitterten. Sie schämte sich nicht dafür, denn sie wusste, was sie erwartete.

92. Kapitel

Der Druck auf seiner Brust war so beklemmend, so einengend, dass sein gesamter Oberkörper schmerzte. Die Wucht der Furcht schien seine Rippen zusammenzupressen und die Lunge zu zermalmen. So, als würde sie mit knöchernen Spitzen die Luft aus dem Atmungsorgan drücken. Es war, als würde er in ein tiefes, dunkles Loch gesogen, und sein Herz pochte schnell und hart bis in den Hals hinauf, sodass er kaum mehr schlucken konnte.

Ich werde sterben, schoss es durch seinen Kopf, und er wusste, dass er daran nichts ändern konnte.

»Nein! Nein! Ich atme doch noch, also lebe ich. Noch atme ich … noch …«

Seine Stimme war in ihm gefangen, machtlos und ohne Kraft, sie flüsterte den Satz so leise, dass er sie durch das Rauschen seines Blutes kaum hören konnte. Es war, als wäre er gelähmt. Er konnte sich nicht wehren, und eine allumfassende Dunkelheit umgab ihn. Kein noch so winziger Lichtstrahl drang durch die Schwärze, als wäre er schon in seinem Sarg und um ihn herum nur erdrückende Erde. Keine Geräusche konnten durch den bleiernen Mantel der Finsternis zu ihm dringen. Er war bereits verschlungen, und jeden Augenblick würde sein Herz aus seiner Brust springen, und er würde ganz sicher sterben.

Hyeronimos sah seinen eigenen Tod, das Entsetzen krallte sich in ihn hinein, machte ihn vollkommen kraftlos, vollends hilflos. Er versuchte verzweifelt, den Zipfel eines Gedankens zu erhaschen, an den er sich erinnern konnte. Es hatte etwas mit seinem Atmen zu tun. Er hatte jeglichen Bezug zu Zeit und Raum verloren, und die Mächte der Dunkelheit zerrten ihn immer tiefer in ihr Reich. Diesmal würde er ihnen ganz sicher nicht entkommen.

93. Kapitel

Im hellen Licht der Scheinwerfer war das gesamte Szenario noch unwirklicher und wirkte wie aus einem Horrorfilm. Doch es würde keinen »Cut«-Ruf geben, der alle lachend aufstehen ließ. Sie schob die Tasche auseinander und spürte, dass ihre Augen tränenfeucht wurden, als sie vorsichtig den winzigen Körper heraushob. Das Baby hatte eine fast durchscheinende bläuliche Haut und war sehr zart. Sein flaumiges Haar schmiegte sich an das Köpfchen und die Arme und Beine hingen schlaff herab wie bei einer Puppe. Sie hörte die Männer um sich herum vor Entsetzen aufstöhnen, und sie versuchte, Contenance zu wahren. Einer musste es tun, und sie war nun einmal die leitende Pathologin auf der Insel. Sie musste stark bleiben. Nun war sie sich vollkommen sicher, dass es sich bei der Toten um Evangelina und den kleinen Teris handelte. Der Junge trug einen blauen Strampelanzug und sah vollkommen unversehrt aus, bis auf die Tatsache, dass das wenige Tage alte Kind tot war. Sie spürte Zorn in sich aufwallen. Wer war dazu in der Lage, einen Säugling umzubringen?

»Wenn wir vielleicht früher nach ihr gesucht hätten«, sprach Stelios mit tonloser Stimme das aus, was sie dachte.

»Ich kann hier vor Ort nicht genau sagen, wie lange sie tot ist, und ähnlich wie bereits bei Callistus ist es bei Wasserleichen sowieso besonders schwer, einen genauen Todeszeitpunkt zu bestimmen. Uns fehlen hier eben auch Eier und Larven. Der Zerfall der Muskelproteine kann helfen, doch das kann ich alles erst im Institut feststellen«, sie wollte ihn beruhigen und fokussierte sich daher auf ihre Fachkompetenz, »und das sind auch nur Anhaltspunkte, die vor Gericht nicht verwertet werden können.«

»Das weiß ich«, sagte er nickend, »doch es ist einfach für den ganzen zeitlichen Verlauf wichtig.«

Sie legte das Baby vorsichtig in einen der Transportsäcke, den die Kollegen von der Kriminaltechnik vor ihr ausgebreitet hatten, und der winzige Körper verlor sich ganz furchtbar darin. Sie schüttelte den Kopf, nahm ihn wieder hoch und sagte fest: »Er bleibt bei seiner Mutter.«

Dann half sie den Männern, Evangelina und Teris zusammen in einen Sack zu legen, und schloss vorsichtig den Reißverschluss: »Sichert bitte alle Beweise, und bringt mir die beiden so schnell wie möglich ins Institut.«

Sie nahm Stelios zur Seite: »Du denkst doch nicht etwa, Callistus hätte etwas damit zu tun?«

»Ich weiß nicht mehr, was ich denken soll«, sagte der Chef der Mordkommission müde.

»Er war ein Star und sie nur ein normales Mädchen, aber selbst wenn sie schwanger von ihm wurde und er das Kind nicht wollte ... Sie und das Baby zu töten ... das geht zu weit ... so war er nicht.« Sie konnte es sich einfach nicht vorstellen.

»Wir kennen doch alle nur ein öffentliches Bild, wer der Mann dahinter war ... ich weiß es nicht mehr. Früher, als er noch nicht berühmt war, war er ein netter, bodenständiger Kerl, aber zu wem er geworden ist ... keine Ahnung.« Stelios rieb sich wieder über die Augen, die schon einen roten Schimmer hatten.

»Ich will das nicht glauben«, wehrte Penelope den Gedanken ab. Sie wollte an die Liebe glauben, an eine wunderbare Geschichte, die für die drei Menschen ein Happy End hätte haben können. Doch leider waren alle drei tot und alle drei im Wasser gelandet. Das sprach schon dafür, dass es irgendwie zusammenhängen musste.

»Was ich nun auf jeden Fall kann, ist zweifelsfrei nachweisen, ob Callistus der Vater des Kindes ist«, konzentrierte sie sich auf das, was möglich war.

»Was den Kreis der möglichen Verdächtigen mit Motiv ja nicht kleiner machen wird«, seufzte Mentakis.

»Nein, nicht wirklich«, gab sie ihm recht.

Callistus als Vater machten den Jungen zu einem interessanten Objekt. Man hatte Ähnliches bei dem deutschen Tennisstar Boris Becker beobachten können, dessen uneheliche Tochter heute sogar als Modell arbeitete. Der weltweit bekannte Sportler und sein Seitensprung hatten überall auf dem Planeten für Furore gesorgt. Genau so wäre es auch Callistus und seinem Sohn ergangen. Ein gefundenes Fressen für die Presse und sicherlich kein ganz schlechtes Potenzial, auf viele Arten Profit daraus zu schlagen.

»Wenn es so ist, dann wäre der Junge ein Erbe gewesen. Ganz egal, ob unehelich oder nicht!«, warf Stelios ein.

»Und du meinst, er wollte sich auf diese Art entledigen? Das wäre furchtbar und ich möchte echt nicht darüber nachdenken, dass er zu so etwas fähig war, und auch nicht, was das für seine Fans bedeuten könnte.« Sie schüttelte sich ungläubig.

»Beide sind am Wochenende verschwunden«, sagte Stelios, »und ihn hat der Fotograf noch nachts gesehen.«

»Bitte zieh keine voreiligen Schlüsse«, bat Penelope, »ich fahre jetzt ins Institut, und sobald ich mehr weiß, melde ich mich sofort bei dir. Kannst du bitte die Befragungen übernehmen, auch wenn ich Christos wirklich schätze, so wäre es doch unklug, ihn jetzt hier ranzulassen.«

Stelios nickte ergeben, und sie hatte das Gefühl, einen gebrochenen Mann vor sich stehen zu haben. Er drehte sich um und ging zu den beiden Fischern, die, seitdem sie das Kind aus der Tüte geholt hatte, vollkommen erstarrt am Steuerstand lehnten.

Die Kriminaltechniker hoben die Trage mit dem Leichensack über die Reling und gingen vorsichtig die Rampe hinab. Das Auto stand zum Transport bereit, und das Blitzlichtgewitter der Presse und der Neugierigen, die sich hinter der Absperrung am Kai angesammelt hatten, sorgte für eine bizarre Beleuchtung.

»Du musst ein Statement für die Zeitungsfuzzis abgeben, und ich sorge für eine einwandfreie Identifizierung der Toten, sodass ihr die Suchmeldung zurückziehen könnt«, wandte sie sich noch einmal an Mentakis, bevor sie ebenfalls über die Rampe auf den Kai trat.

Dieser Fall nahm wirklich furchtbare Formen an, und sie musste besonders bedächtig vorgehen, um nur ja keinen Fehler zu machen. Einen Toten wie Callistus zum Mörder zu machen würde eine solche Welle des Zorns mit sich bringen, dass sie dafür sorgen musste, dass alles vollkommen wasserdicht war, was bei der Obduktion herauskam. *Wasserdicht*, ein Schauer lief ihr über den Rücken, als ihr bewusst wurde, was sie gerade gedacht hatte. Das war nicht einmal makaber, das war grausam. Sie zog die Handschuhe aus, griff nach ihrem Telefon und warf Giorgia aus dem Bett. Sie durfte nicht mit den Toten allein sein. Im Anschluss klingelte sie den Kollegen aus Chania aus dem Bett. Er musste kommen, um ihre Ergebnisse zu bestätigen. Je früher er sich auf die Socken machte, umso besser. Gott sei Dank hatten die Polizisten das Flatterband erst angebracht, nachdem sie angekommen war, und so musste sie sich nicht durch die Meute schlagen, um zu ihrem Auto zu kommen. Die Rufe der Journalisten hörte sie trotzdem, und auch von ihr musste man Fotoserien machen, die einer Vogue-Strecke alle Ehre machen würden.

Eine Stimme stach deutlich heraus: »Wo ist Galavakis? Warum ist er nicht hier? Schläft er sich am Dreizehnten mal wieder aus oder hängt bei seiner Oma am abergläubischen Rockzipfel?«

Sie biss sich auf die Lippe und ignorierte diesen Idioten, obwohl sie gern ausflippen wollte. Doch oft genug brauchten sie die Reporter eben. Auch Stelios hatte sie regelmäßig gebeten, den kümmerlichen Charme seines Topermittlers aufzubessern und kooperativ zu sein. Bisher war ihr das gut gelungen, doch sie war müde und schockiert, und Hyeronimos' Frustration über die fehlenden Fortschritte hatte angefangen, auch an ihr zu nagen.

Wie es wohl Hyeronimos ging? Sie schaute besorgt auf die Uhr, es waren erst wenige Stunden vergangen, und er hatte noch einen langen Tag vor sich. Sie brauchte ihn, aber er würde nicht vor morgen früh handlungsfähig sein, denn sein Körper und sein Geist mussten sich immer erst von diesem Martyrium erholen. Sie seufzte, schlug die Autotür schwungvoll zu, fuhr langsam am Pier entlang, unter dem Absperrband hindurch, das die schief grinsenden Uniformierten hochhielten. Dann machte sie sich rasch auf den Weg ins Institut, wohl wissend, dass sie heute auch am Hintereingang nicht mehr ungesehen das Gebäude betreten konnte. Sie würde auch dort einen Spießrutenlauf absolvieren müssen.

94. Kapitel

Nereos versuchte, so schnell wie möglich zu fahren, ohne sie beide zu gefährden. Er hatte Sofia nach dem Anruf der Pathologin geweckt, und sie hatte ihm fast eine geknallt, weil sie im Halbschlaf nicht verstanden hatte, warum er plötzlich in ihrem Schlafzimmer stand. Dr. Demostaki hatte ihm ein Foto auf sein Smartphone geschickt und die fahle, aufgequollene Person auf dem Bild war, auch wenn der Tod sie entstellt hatte, zweifelsohne Evangelina, aber er war zu geschockt, um es sicher zu bestätigen. Also hatte sie ihn gebeten, für eine offizielle Identifizierung nach Irakleio zu kommen. Das Handy seiner Schwester sollte er ebenfalls mitbringen. Er dachte lange nach, was es wohl über ihre Familie verraten würde, und war in Versuchung geraten, es verschwinden zu lassen, doch dann erinnerte er sich daran, dass die Pathologin wusste, dass Evangelina es zurückgelassen hatte. Es war ihm nicht möglich gewesen, einfach wegzufahren, ohne seine Mutter zu informieren. Dabei wäre es, nüchtern betrachtet, sicher der bessere Weg gewesen.

Seine Schwester bedeutete ihm nichts, zumindest hatte er das geglaubt, bis er das leblose Gesicht auf dem Display gesehen hatte, dann war ihm der Schock in die Glieder gefahren, und ihm war klar geworden, dass er es Sofia sagen musste. Selbst aus dem Schlaf gerissen war sie kalt und gefasst geblieben. Auch wenn sie sich mit fahrigen Bewegungen angezogen hatte, hatte sie doch keinen Widerspruch aufkommen lassen. Sie würde mitfahren.

»Wo ist der Junge?«, hatte sie ihn mit spröder, noch vom Schlaf belegter Stimme gefragt, und er hatte die Wahrheit geantwortet: »Bei ihr!«

Erst da war ihm bewusst geworden, dass er das hilflose Bündel vor einer Woche in seinem Auto beinahe selbst umgebracht hätte, und ein unerklärliches Gefühl der Schuld hatte sich in seine Magengrube gebohrt. Was war nur mit ihrer Familie los? Er stand auf der Bühne und predigte einem Popen gleich die Werte eben jenes Konstruktes, und sein Leben glich einem Puppenspiel, bei dem jemand die Fäden zog, ohne auf Zuneigung und Vertrautheit zu achten. Er schüttelte den Kopf, um diese Unsicherheit abzustreifen, denn sie machte ihn verletzlich, und das konnte er sich nun weniger denn je erlauben. Seine Mutter saß neben ihm und sah aus wie aus einem Granitfelsen gehauen: Versteinert, blass und ohne jede Gemütsregung starrte sie auf die Straße und kritisierte noch nicht einmal seinen Fahrstil.

»Das Internet ist voll von Mutmaßungen«, brach er das Schweigen. Er musste etwas tun, planen, wie sie das größte Übel abwenden konnten, eben einfach aktiv sein, sonst würden ihn die Selbstvorwürfe und das Reuegefühl zerbrechen. Das konnte er nicht zulassen, er musste das Bild, das die Öffentlichkeit von ihm hatte, stärken. Er war ein aufrechter Bürger, und seine Familie war ihm wichtiger als alles andere. Schuld hatte da keinen Platz. Er durfte von Trauer gebeugt erscheinen und Zorn zeigen in Bezug auf das, was geschehen war, aber zu zeigen, dass er sich in irgendeiner Form etwas zuschulden hatte kommen lassen, würde gewiss kontraproduktiv sein und seiner politischen Karriere und dem Unternehmen Schaden zufügen.

Seine Mutter schwieg so, als hätte sie ihn gar nicht gehört. Sie atmete schwer, er konnte sehen, wie ihr Brustkorb sich rasch hob und senkte. Ging es ihr etwa ähnlich wie ihm? Fiel ihr jetzt, da Evangelina tot war, auf, dass das ihr Kind war? Er dachte wieder daran, wie wenig sie ihnen eine liebevolle Mutter gewesen war und wie sehr sie ihn angetrieben hatte. War er schon immer ehrgeizig gewesen, oder hatte sie es ihm eingepflanzt? Hatte sie ihn vielleicht auch zu dem Bruder gemacht, der er gewesen war: ein miserabler Typ, der nur auf seinen Vorteil aus gewesen war und der sich nie damit beschäftigt hatte, wer seine kleine Schwester war? Einen winzigen Augenblick lang war er versucht, seiner Mutter die Hand tröstend auf den Arm zu legen, doch dann war der Moment vorbei, und er konzentrierte sich auf die Straße und auf das, was zu tun war, um den Schaden zu begrenzen.

Vielleicht konnten sie als Zeichen für ihre Betroffenheit alle Babysachen in den Filialen für einige Tage vergünstigt anbieten, ein schnittiger Slogan wäre gewiss rasch kreiert. Ja, das war der richtige Weg, mit der Situation umzugehen, und nicht etwa, vollkommen verstört vor die Öffentlichkeit zu treten. Es musste ein guter Mix sein, und er war verdammt noch mal Politiker genug, um genau das auszustrahlen, was nun nötig war. Er straffte sich und lenkte den Wagen durch die frühen Morgenstunden, die Sonne streckte gerade ihre ersten Fühler durch einige feine Risse in der Wolkendecke. Er hoffte, dass die regnerischen Tage nun ein Ende haben würden.

Sofias klirrende Stimme durchschnitt den Innenraum: »Es ist deine Schuld!«

Diese vier Worte schleuderten ihn zurück zu jenem Tag seiner Kindheit, als der Vater ihn für sein Verhalten Evangelina gegenüber verprügelt hatte und alles Mitgefühl für seine Schwester verpufft war. Übrig war nur der Hass geblieben, der damals zu einem Teil von ihm geworden war.

Er wollte etwas erwidern, doch dann beschloss er, dass jedes Wort zu viel sein würde. Seine Aufgabe war es, das Unternehmen zu schützen und seine Karriere nach vorn zu treiben. Ein Mord an seiner Schwester und ihrem Kind würde ihm die Wähler quasi an die Wahlurne schwemmen, und genau das würde er nutzen. Sofia würde er auch noch irgendwie loswerden. Je mehr der Zorn ihn übernahm, umso klarer wurde sein Blick wieder. Er sperrte den Teil, der Verlust gespürt hatte, wieder in jene dunkle, unzugängliche Kammer, in die er alle berührenden Gefühle für seine Familie verbannt hatte. Der Tod seiner Schwester war ein Glücksfall für ihn, sie hatte keine Erben, also würden ihre Anteile am Unternehmen an ihn und seine Mutter fallen, und zu guter Letzt würde alles ihm gehören.

Er umfasste das Lenkrad fester, gab Gas und brauste der Identifizierung nun fast mit innerer Leichtigkeit entgegen.

95. Kapitel

Das Unmögliche war geschehen. Sie fuhr sich durch das Haar und versuchte, ihre Gedanken zu sortieren. Sie war sich sicher gewesen, dass sie ausnahmsweise einmal richtig nachgedacht hatte und der Plan, den sie geschmiedet hatte, wirklich wasserdicht war. Ihr Gehirn stockte bei dieser Formulierung, und sie lief hektisch in der Küche auf und ab. Gab es etwas, was sie verraten konnte? War sie wirklich klar genug gewesen, um alles zu bedenken? Niemals würde sie den Anblick vergessen, der sie erwartete, als sie die schwere Tür öffnete, die in den niedrigen Keller im Erdreich führte. In diesem Moment hatte sie verstanden, was es bedeutete, wenn einem eine Sicherung durchbrannte, denn genau das war geschehen. Es war ihr vollkommen unmöglich gewesen zu atmen oder wegzurennen, dabei hatte alles in ihr genau danach gebrüllt. Stolpernd war sie zurückgetaumelt, hatte sich an die steinig lehmige Wand gelehnt und sich die Fäuste in den Mund gestopft, um nicht zu schreien. Obwohl es niemand hier draußen hätte hören können. Gewiss hatte das Mädchen auch geschrien, aber keiner war ihr zu Hilfe geeilt. Sie hatte nicht vorgehabt, sie zu töten. Sie wusste gar nicht mehr, was sie vorgehabt hatte, denn die Leere in ihrem Kopf hatte einem Gedankenvakuum geglichen. Irgendwann war ihr klar geworden, dass sie ihre Spuren verwischen und die Toten loswerden musste. Die wenigen Meter bis zum Meer hatte sie die zierliche Frau mehrfach ablegen müssen, um sich zu übergeben. Es war eine Sache, jemanden zu sehen, aus dem das Leben gewichen war, und eine andere, einen leblosen Körper zu schleppen. Noch schlimmer war es gewesen, den Säugling aufzuheben, der aus den toten Armen seiner Mutter geglitten war. Sie hatte ihn nicht tragen können, das war unmöglich gewesen. Sein kleines Gesicht war so durchscheinend und blass gewesen, dass er wie eine gruselige Babypuppe ausgesehen hatte. Panik war durch sie hindurchgerauscht und hatte sie beinahe dazu gebracht, einfach wegzulaufen. Wer hätte die beiden hier finden sollen? Vielleicht hätten sich ein paar wilde Hunde herverirrt ... Das Bild vor ihrem inneren Auge, wie die Tiere das wenige Fleisch an dem Säugling von dessen Knochen rissen, hatte sie wieder ein wenig in die Gegenwart zurückgeholt.

Sie war zum Auto gelaufen, hatte eine Kühltüte aus dem Kofferraum geholt und das Baby mit wachsendem Grauen hineingerollt. Sie hatte es nicht über sich gebracht, die beiden zu trennen, aus heutiger Sicht betrachtet war es sicher dumm gewesen, diese Entscheidung zu treffen und Evangelina die Tüte um den Hals zu hängen. Wieder eine falsche Entscheidung in der langen Reihe.

Ein Entschluss nach dem anderen hatte zu der schlimmsten Situation ihres Lebens geführt, doch sie hatte den Tod nicht geplant gehabt. Noch nicht einmal daran gedacht hatte sie. Das Schicksal hatte es übernommen, und dann hatte es wohl so sein müssen. Das Mädchen und das Kind waren ausgelöscht, und das Meer würde sich ihrer annehmen, und damit wäre das Problem gelöst.

Davon war sie überzeugt gewesen, bis sie heute früh auf ihr Handy geschaut hatte. Seitdem war sie nur noch ein Nervenbündel. Was, wenn das Wasser die Fingerabdrücke auf der Tüte nicht rückstandslos entfernt hatte? Sie hatte sich nicht die Mühe gemacht, die ganze Fläche abzuwischen, und hatte die Kühltasche schon oft in Benutzung gehabt. Ihre Abdrücke waren wegen eines Verkehrsvergehens im System, man würde sie finden, und es war vollkommen hirnrissig zu sagen, dass sie die Tasche verloren hatte. Das würde ihr niemand glauben.

Sie öffnete den Schrank, nahm ein Glas heraus und goss sich einen großzügigen Schluck Alkohol ein. Die Sonne war noch nicht einmal richtig aufgegangen, doch sie brauchte den Sorgenbrecher jetzt. Ansonsten würde ihr Hirn ihr den Dienst vollkommen versagen, dessen war sie sich sicher. Sie musste sich irgendwie unter Kontrolle bringen, ihre Fassade aufrechterhalten, oder sollte sie einfach verschwinden? Ihr Leben hier war sowieso nichts wert. Vielleicht war das ein Plan. Doch letztlich war ihr vollkommen bewusst, dass sie das nicht tun würde, also musste sie sich weiterhin beherrschen. Jetzt noch mehr als in den letzten Tagen, als es ihr ja auch gelungen war, nicht noch verquerer als sonst zu erscheinen.

96. Kapitel

Die Morgenbesprechung fand diesmal auch am Wochenende statt, denn dieser Fall war dringlich. Und nun, nachdem es noch die grauenvolle Nachricht über die zwei weiteren Toten gab, wurde das Ganze noch dringlicher. Stelios hatte alle persönlich zusammengetrommelt. Christos war sich des Datums sehr bewusst, und das gab ihm einfach ein gutes Gefühl, denn er war zuverlässig, er war da, wenn man ihn brauchte, und würde selbstverständlich auch an einem Urlaubstag im Präsidium erscheinen, wenn der Chef ihn rief.

Diese Marotte, Hyeronimos an jedem Dreizehnten frei zu geben, hatte er noch nie gutgeheißen. Heute brauchte der Mann keinen offiziellen Urlaubstag, aber gewiss würde er trotzdem nicht erscheinen. Er war wohl indisponiert. Hyeronimos war als Kapetan der Mordkommission untragbar. Niemand außer ihm sah das, das war ihm unbegreiflich.

Sein erster Weg führte ihn an den Schreibtisch, um seine E-Mails zu checken. Er war wirklich neugierig, ob diese neumodische Internetsuche etwas gebracht hatte. Erstaunt öffnete er eine Nachricht des Cyberkollegen mit dem Titel: *Mögliche Verdächtige*. Es hatte zu unterschiedlichen Künstlern mehr als einen Hinweis gegeben. Der Polizist beschrieb, wie das Ranking zustande gekommen war, und auf Platz 1 und 2 befand sich jeweils eine Frau. Die Plätze 3 bis 5 waren mit Männern belegt, was er für nur wenig glaubhaft erachtete, denn diese Mosaikarbeiten sprachen aus seiner Sicht eine weibliche Sprache. Zu jeder Person gab es im Anhang der Mail ein kurzes Dossier mit Kontaktdaten. Er musste zugeben, dass ihn das Ergebnis erstaunte. Es war noch nichts bestätigt, aber eine solche Liste an möglichen Verdächtigen hätte unter normalen Umständen eine ganze Menge an Laufarbeit und viel Zeit benötigt. Er nahm sich vor, sofort nach der Morgenbesprechung die Adressen abzufahren. Doch nun ging es erst einmal um den Fund der Fischer. Er hatte, nachdem ihn der erste Schock über die Nachricht schier aus den Schuhen gehauen hatte, alles getan, um sich für den Tag zu wappnen und den Schmerz zu unterdrücken. Er würde sich nicht durch Persönliches ausbremsen lassen, das war genau das, was er an Hyeronimos so sehr verurteilte, daher durfte er es auch bei sich selbst keinesfalls zulassen. Also verbot er sich, an das zu denken, was tatsächlich geschehen war, und distanzierte sich innerlich, was ihm im Regelfall gut gelang. So auch jetzt.

Er ging über den Flur zu Stelios Büro und nahm überrascht zur Kenntnis, dass Zacharis Zentakis mit am Tisch saß. Warum biederte sich Stelios nur so bei Galavakis an? Ein Assistent hatte in dieser Runde nichts zu suchen, er öffnete den Mund, um sich zu beschweren, als ihn ein scharfer Blick seines Chefs zum Schweigen brachte.

»Ich habe keine guten Nachrichten«, begann Mentakis, und Christos fiel auf, wie blass der Mann war. Seine Haut war sogar mehr grau als weiß. »Es ist bestätigt, die junge Frau, die zwei Fischer heute Morgen vor der Küste gefunden haben, ist Evangelina Sklaventaki und der Säugling, der in einer Kühltüte aus Plastik um ihren Hals hing, ist ihr Sohn Teris. Der Junge ist keine zwei Wochen alt, und Penelope, Dr. Demostaki, hat zusätzlich zur Obduktion eine Abstammungsbegutachtung vorgenommen, da wir aufgrund verschiedener vorliegender Informationen davon ausgegangen sind, dass Callistus der Vater des Kindes ist. Dies hat sich durch die Diagnostik bestätigt!«, ließ Stelios die Bombe platzen, und Christos war mehr als schockiert und brauchte absolute Selbstbeherrschung, um nicht laut aufzustöhnen.

Allen Kollegen ging es ähnlich, denn die Betroffenheit, die im Raum entstand, war fast greifbar. Wer war dazu in der Lage, ein so winziges Baby zu töten? Dann wurde ihm bewusst, dass Callistus ein uneheliches Kind mit einer Frau gezeugt hatte, die seine Tochter hätte sein können. Was war die Welt nur für ein Moloch.

Er atmete tief durch und fasste sich so gut wie möglich. »Und was bedeutet das nun für die Ermittlungen?«

Stelios rieb sich die rot geränderten Augen. »Das verändert vieles. Wir könnten es mit einem Beziehungsdrama zu tun haben, das sich zwischen Evangelina und Callistus abgespielt hat. Das Verrückte ist, dass die junge Frau und das Baby, obwohl sie aus dem Meer gefischt wurden, beide in einer Mischung aus Salz- und Süßwasser ertrunken sind. Es waren wohl auch Trübstoffe in der Lunge.«

»Also suchen wir einen Ort, an dem beides vorhanden ist«, warf der Kapetan der Uniformierten ein, »ein Loch, in dem sich Meerwasser und Süßwasser vermischen.«

»Hat Dr. Demostaki den Strömungsexperten eingeschaltet?« Christos hoffte, so das Suchgebiet eingrenzen zu können, denn wenn sie von Nordosten bis Nordwesten suchen müssten, würden sie gewiss in diesem Jahrhundert nicht mehr fertig werden.

Stelios nickte. »Er ist dran, aber durch die aktuelle Wetterlage drehen die Winde oft, und das macht das Meer fast unberechenbar.«

»Mmh«, Christos wiegte verstehend den Kopf hin und her, und es fiel ihm wahrlich nicht leicht, wie ein Polizist zu agieren und wie über den Dingen stehend zu kommunizieren, »wenn wir ein Beziehungsdrama annehmen, kann es ja in drei Richtungen gehen: Die junge Frau tötet den Vater ihres Sohnes oder Callistus«, er musste kurz schlucken, »tötet seine Geliebte und das gemeinsame Kind, oder eine dritte Person hat alle drei auf dem Gewissen. Ich habe von der Cyberabteilung einige Adressen bekommen, die zu einem der bedrohlichen Fans führen, und werde mich gleich auf den Weg dorthin machen. Vielleicht müssen wir unter den gegebenen Umständen nach dem Ausschlussverfahren arbeiten.«

Er spürte Zacharis prüfenden Blick auf sich und war kurz versucht, den Mann anzuschnauzen, doch dann besann er sich eines Besseren, er würde seine Energien sparen und dafür benutzen, die Todesfälle aufzuklären. Manche Fans waren wirklich Furcht einflößend und daher gewiss auch zu vielem fähig. Ob Mord und Totschlag auch dazugehörten, würde er herausfinden. Der junge Kollege der Cyber-Abteilung hakte kurz ein und erläuterte, wie sie vorgegangen waren, um die Reaktionen auf Elenis Post zu filtern. Stelios berichtete noch von dem, was Hyeronimos am gestrigen Tag bei den Ariakis' erreicht hatte, und Christos nahm unangenehm berührt zur Kenntnis, dass auch Callistus' eigene Familie Gründe hatte, den Sänger tot sehen zu wollen und gewiss auch Evangelina und das Kind. Er musste erneut schwer schlucken, als er an das Baby dachte und ihm die Bilder seiner Töchter und Enkelkinder durch den Kopf schossen, als sie so klein und verletzlich gewesen waren. Doch er hatte eben auch in all seinen Dienstjahren gelernt, dass verletzte Gefühle oder Geld alles möglich machten. Das Entsetzen über den Tod Evangelinas unterdrückte er weiterhin, denn ihm war bewusst, dass er nicht nur einen großen Fehler gemacht hatte, sondern seine eigene Definition von Loyalität untergraben hatte. Die Familie war wichtig, keine Frage, aber er war Polizist, und Informationen weiterzugeben war gegen die Regeln. Zudem hatte er schon sehr früh gewusst, dass seine Cousine verschwunden war, und vielleicht hätte er sie retten können, wenn er früher erkannt hätte, dass sie nicht nur *ausgebüxt* war, wie sein Cousin Nereos sich ausgedrückt hatte.

Schon heute Morgen, als er erfahren hatte, wer die Toten auf dem Boot waren, hatte er sich vor Entsetzen das erste Mal übergeben müssen, dann aber die Schuld sofort ganz tief in sich vergraben. Es nutzte nichts, sich nun dafür zu geißeln, es war zu spät. Er fuhr immer recht gut mit dieser Methode, also würde er sich auch jetzt daran halten. Das, was geschehen war, konnte man nicht mehr ändern. Nur der Säugling ging ihm nicht aus dem Kopf. Er hätte das Baby retten können, er hätte Evangelina retten können, die fast im gleichen Alter war wie seine Töchter. Er spürte, wie die Übelkeit sich erneut in ihm breitmachte, und sprang auf: »Sind wir jetzt hier fertig? Ich muss los, um die Fans zu überprüfen. Wir brauchen Ergebnisse!«

Er spürte erneut Stelios Blick auf sich und hatte kurz das Gefühl, dass sein Verhalten von außen unberechenbar erscheinen musste, und die Scham darüber, wie Galavakis zu wirken, trieb ihm die Röte ins Gesicht. Sein Magen rumorte, und er rannte mehr, als er ging, aus dem Raum direkt in die Toilette, um sich dort kühles Wasser ins Gesicht zu spritzen. Er atmete tief durch, betrachtete sich kurz im Spiegel und machte sich bewusst, dass er sich besser im Griff haben musste. Dann holte er seine Schlüssel und seine Tasche aus dem Büro und machte sich im Stechschritt auf zu seinem Wagen.

Die Presse lächelte er freundlich an, denn er hatte bisher weder den Ruf, verschroben zu sein, noch wollte er ihn zukünftig haben. Freundlich machte er den Neugierigen klar, dass er zum jetzigen Zeitpunkt leider noch keinerlei Informationen für sie hatte, sein Chef sich aber sicher sofort melden würde, sowie dies der Fall war. Er wusste, dass ihm einige folgen würden, das gab ihm die Chance, sofort als Held dazustehen, wenn er es richtig anstellen würde. Er hatte so ein Gefühl, dass er auf einem guten Weg war, um den Tod von Callistus aufzuklären.

97. Kapitel

Penelope stand neben dem glatt polierten Tisch, auf dem das Baby noch winziger aussah, als es sowieso schon war. Es war ihr nicht leichtgefallen, den Körper zu öffnen, um die Todesursache herauszufinden. Er war wie seine Mutter ertrunken, und in seiner kleinen Lunge waren Spuren von Süßwasser, Meerwasser und Erdpartikel, die sich in den Bronchien festgesetzt hatten. Zwar konnte es auch sein, dass eine Lunge nach einem Tod durch Ertrinken vollkommen trocken war, weil die Flüssigkeit in den Blutkreislauf gelangt und abtransportiert worden war, aber sowohl bei Evangelina als auch bei Teris hatte sie in den Alveolen Flüssigkeit gefunden.

Giorgia drückte ihr leicht die Schulter: »Wir sollten ihn zumachen und zu seiner Mutter legen.«

»Du hast recht«, sagte die Pathologin, ohne sich zu bewegen.

Der Kollege aus Chania war zeitig da gewesen und hatte den Jungen mit ihr gemeinsam obduziert. Er war nach seiner bestätigenden Unterschrift regelrecht aus dem Sektionssaal geflohen. Sie waren alle hart gesotten und hatten schon viele furchtbare Dinge gesehen, doch ein Baby berührte sie alle zutiefst, und dieses hier war das jüngste, das sie je auf dem Tisch gehabt hatte. Sie wollte es am liebsten ihrer Assistentin überlassen und ebenfalls fluchtartig den Raum verlassen, doch das wäre nicht fair gewesen, auch wenn Giorgias Nähte großartig waren.

Vorsichtig klappte sie die Hautlappen über dem Brustkorb zu und reichte ihr Nadel und Faden. Sie hatte noch nicht einmal Musik angemacht, irgendwie erschien es ihr unangemessen. Sie war sich auch ohne den Abstammungstest mehr oder weniger sicher gewesen, dass Callistus der Vater des Jungen war, und sehnte sich danach, mit Hyeronimos über alles zu reden. Eleni wollte sie nicht mit so etwas belasten. Sie schaute auf die Uhr, um zu überprüfen, wie lange sie noch auf ihren Freund warten musste, und stellte fest, dass die Zeit zähflüssig dahinkroch. Es war noch nicht einmal zehn Uhr. Sie war müde, furchtbar müde. Vielleicht sollte sie sich ein paar Stunden hinlegen, dann würde nicht nur die Zeit schneller vergehen, sondern auch ihr System wieder besser funktionieren. Die Schlafstörungen der letzten Nächte machten sich bemerkbar, und sie fühlte sich ausgelaugt.

Ihr Handy klingelte, und erleichtert sah sie Elenis Nummer; ein Telefonat mit der klugen jungen, lebensfrohen Frau würde ihr ganz sicher guttun.

»Hey«, nahm sie das Gespräch entgegen und versuchte ihrer Stimme einen deutlich leichteren Klang zu geben.

»Hey«, sagte auch Eleni, »ich habe es gehört, und es tut mir furchtbar leid. Wie geht es dir damit?«

Penelope spürte, wie die einfühlsamen Worte in ihr Herz drangen, sie lösten den quälenden Knoten in ihrer Brust, und die Tränen begannen zu fließen. »Entschuldige«, schniefte sie und schämte sich ein wenig vor Eleni für diesen Gefühlsausbruch.

»Du brauchst dich nicht zu entschuldigen. Ich würde ganz bestimmt komplett durchdrehen, wenn ich ein Baby aufschneiden müsste, und du hast das gewiss absolut professionell gemacht«, sprach ihr die Freundin Trost zu.

»Ich habe noch nie etwas so Schlimmes machen müssen. Nicht, dass ich nicht schon mal ein Kind auf dem Tisch hatte, aber dieser kleine Kerl, er ... er ist so winzig und keine zwei Wochen alt geworden und nicht etwa, weil er krank war, nein! Jemand hat ihn ertrinken lassen.« Wut mischte sich in ihre Trauer, und die Tränen flossen einfach weiter.

»Es ist sicher schwer, dass du dich nicht mit Hyeronimos besprechen kannst, aber dafür hast du ja jetzt mich.« Eleni blieb empathisch, versuchte aber gleichzeitig die Situation etwas aufzulockern.

»Ich will gern aufhören zu weinen, aber es geht irgendwie nicht. Es tut mir echt leid, ich bin normalerweise nicht so eine Heulsuse, mir ist die Woche auf irgendeine Weise schon an die Substanz gegangen. Ich mache mir selten Illusionen über Menschen, aber im Großen und Ganzen habe ich glauben wollen, dass das, was wir von Callistus und seiner Familie zu sehen bekommen hatten, wahr ist, und dann muss ich feststellen, dass eigentlich jeder ein Motiv hatte, ihn zu töten. Das hat mich echt betroffen gemacht«, erklärte sie ihrer Freundin ihre Gedanken, während ihr die Tränen weiter einfach über die Wangen liefen.

»Ich blicke hier auch permanent hinter die Kulissen, und bin echt geschockt. Ich glaube langsam wirklich, dass ich die einzige Person weit und breit bin, die keine Drogen nimmt. Das Showbiz ist brutal, und Publicity ist alles.« Eleni hörte sich ernüchtert an, »es geht immer nur um den Schein. Deshalb versuche ich, auf meinem Blog auch weiterhin brutal ehrlich zu sein, auch wenn die T-Shirt-Nummer in eine ganz andere Richtung geht, aber ich mag mich einfach nicht verbiegen. Es ist echt gut, wenn ich nach Hause komme.« Und leise fügte sie noch an: »Zu dir!«

Penelope kam sich albern vor, wie ein verliebter Teenager, denn ihr Herz machte bei diesen Worten einen solchen Hüpfer, dass sie befürchtete, es könne ihr aus der Brust springen. Sie heulte weiter, doch nun vermischten sich Freudentränen mit denen des Seelenschmerzes.

»Ich bin sehr froh, wenn du hier bist, auch wenn ich mich auf Paris gefreut habe«, sprach sie aus, was sie fühlte, »aber das holen wir einfach im Frühling nach.«

»Wie geht es denn jetzt weiter mit meinen Infos bezüglich der Mosaik-Sache?«, wollte Eleni wissen.

»Soweit ich weiß, wird Christos die Personen aufsuchen, die die Cyberabteilung verifiziert hat«, berichtete Penelope, »Zacharis hat mich informiert, er überträgt seine Loyalität zu Hyeronimos irgendwie auch auf mich.«

»Christos ist doch der komische Typ mit den karierten Hemden?«

»Ja, er trägt die gern. Er ist ganz okay.« Penelope versuchte zu verdeutlichen, dass sie mit Christos keine Probleme hatte.

»Ich hoffe, es bringt was, und ich kann helfen, Licht ins Dunkel zu bringen, bevor die Leute komplett ausrasten. Das Netz ist voll von Schmähungen, weil die Polizei noch niemanden festgenommen hat, da muss echt langsam was passieren.« Die Bloggerin klang besorgt.

»Da hast du vollkommen recht. Hier gibt es eine ganze Menge Gedenkstellen, an denen die Leute Bilder, Blumen und Kerzen abstellen, und die Presse ist ja sowieso nur selten ein Freund der Ermittlungsbehörden« – Penelope wusste nur zu gut, wie wichtig ein baldiger Erfolg für sie alle war –, »aber jetzt sind sie auf einem extrem hohen Ross unterwegs, denn aus ihrer Sicht liegt es einfach nur daran, dass wir allesamt unfähig sind. Und die Geschichte mit Evangelina und dem Baby, ich frage mich sowieso schon die ganze Zeit, wie es den beiden gelungen ist, *das* geheim zu halten, aber die Zeitungen werden ganz sicher eins und zwei zusammenzählen und auf drei kommen«, schloss sie ihre lange Rede ab. »Zumindest heule ich jetzt nicht mehr, das ist schon mal was, auch wenn mich das alles ziemlich anfrisst.«

»Ich habe das Gefühl, dass es wichtig ist, dass du das alles auch mal rauslässt«, sprach ihr Eleni Mut zu, »du kannst das nicht allein mit dir ausmachen. Eigentlich müsstest du jemanden haben, der dich in solchen Fällen professionell betreut.«

»Für eine so junge Person bist du wirklich extrem clever, eigentlich sogar viel zu sehr«, lobte Penelope und musste ein wenig lächeln. Eleni hatte recht. Es tat gut, allen Emotionen einfach mal Ausdruck zu verleihen. Die Obduktion hatte ihr furchtbar zu schaffen gemacht, und das durfte sie sich ruhig eingestehen. Sie war eben ein Mensch und keine Maschine.

»Wann wirst du denn nun endlich wieder kretischen Boden betreten?«, wollte sie von Eleni wissen.

Sie unterhielten sich über die Zeit, die sie miteinander verbringen würden, und die Stimmung wurde entspannter. Penelope machte es sich auf ihrem Bürosessel gemütlich und ließ sich von der lebhaften jungen Frau aufmuntern.

98. Kapitel

Ich atme, also lebe ich ... ich atme, also lebe ich ... nein ... nein ... ich kann nicht ... ich bekomme keine Luft mehr.

Er hatte das Gefühl, als läge ein Felsen auf seiner Brust und presse jeden Milliliter Luft aus seiner Lunge. Sein Brustkorb schmerzte, und sein Herz kam einfach nicht mit der Enge zurecht. Es klopfte nicht, es hämmerte und versuchte schier aus dem Thorax zu springen. Es war, als würde seine Welt nur aus dem Mangel an Sauerstoff bestehen. Die Angst zu sterben machte ihn starr, und sein Kopf war schwer wie Blei, drückte sich tief in das Kissen. Er konnte ihn nicht anheben oder gar nutzen, um seinem Körper Befehle zu erteilen, damit dieser funktionierte. Nein, sein Verstand konnte nur stumm schreien, in diesem Leib eines dem Tode Geweihten.

Grabesstille herrschte um ihn herum, und er hatte das Gefühl, über sich selbst zu schweben, sich dort unten im Bett liegen zu sehen. Unbeweglich. Durchscheinend. Er konnte zu seinem eigenen Entsetzen in sich hineinsehen: Da war das rasende Herz, das gegen seinen Brustkorb trommelte und das Blut tobend durch seine Adern presste, während seine Lunge sich nie genug füllen konnte, um im Atem Kraft zu finden. Hyeronimos sah seinen eigenen Tod, das Grauen krallte sich in ihn hinein, machte ihn vollkommen kraftlos, vollkommen hilflos. Er versuchte verzweifelt den Zipfel eines Gedankens zu erhaschen, der träge durch seinen Geist glitt, schaffte es aber nicht. Es hatte etwas mit dem Atmen zu tun. Er hatte jeglichen Bezug zu Zeit und Raum verloren, und die Mächte der Dunkelheit zerrten ihn immer tiefer in ihr Reich. Der Kampf raubte ihm all seine Lebenskraft, und er wusste ganz sicher, dass er es diesmal nicht schaffen würde. Diesmal würde er sterben!

99. Kapitel

Christos drückte erneut auf die Klingel. Nichts passierte. Er schaute sich um, denn so leicht wollte er nicht aufgeben. Er musste auf das Grundstück kommen, ohne dass es gleich als Hausfriedensbruch gewertet werden konnte. Frei nach dem Motto: *Das Tor stand ein Stück offen, und da bin ich hineingegangen.* Einerseits kein großes Ding, und andererseits ging es um einen Todesfall, da konnte er nicht ignorant sein oder einfach aufgeben. Das entsprach zudem nicht seiner Art.

Er schaute sich erneut um, nicht nur, um zu sehen, wo sich eine Möglichkeit ergab, zum Haus zu kommen, sondern auch, ob ihm irgendwer gefolgt war, denn schließlich war die Presse sehr interessiert an den Ermittlungen. Er konnte es sich keinesfalls erlauben, ein Bild von sich auf einem Titelblatt zu sehen, das ihn dabei zeigte, wie er über ein Tor kletterte. Das Schicksal schien es jedoch gut mit ihm zu meinen, denn als er an der Mauer entlangschritt, die das Anwesen von Helena Malafenaki in Choudetsi umgab, entdeckte er einen kleinen überwucherten Nebeneingang, und als er die Klinke der groben Holztür drückte, öffnete sie sich zu seinem Erstaunen.

Er schaute sich rasch erneut um, konnte kein auffälliges Auto entdecken und schlüpfte zügig hinein. Ordnungsgemäß trug er Marke und Waffe am Körper und trabte nicht wie gewisse andere Leute unbewaffnet los, um Verdächtige zu befragen. Er trat neben einem immergrünen Gebüsch auf den Hauptweg, der zum Haus führte, denn schließlich war er Polizist und kein heimlich eindringender Dieb, daher war es ihm auch wichtig, nun auf dem direkten Weg zur Haustür zu gelangen.

Das große Gebäude war ein altes Steinhaus, in das jemand ganz offensichtlich viel Geld investiert hatte, um es in einen wirklich guten Zustand zu bringen. Eine große Garage schloss sich direkt an das Gebäude an. Der Garten war ideenreich angelegt, wirkte aber etwas vernachlässigt, noch nicht verwahrlost, doch bald würde es so weit sein, dass er ungepflegt aussah. Er blickte sich ruhig um, alles war still, fast ein wenig gespenstisch. Im Haus war an diesem trüben Morgen kein Licht zu sehen, und es schien so, als wäre tatsächlich niemand da. Er trat an die Tür, klingelte erneut, und dann hörte er ein Geräusch. Es kam ganz offensichtlich aus der Garage. Er lauschte angestrengt: Da lief ein Motor!

Er klingelte nun Sturm und klopfte heftig gegen die Tür. »Frau Malafenaki, öffnen Sie die Tür! Hier ist die Polizei! Öffnen Sie!«

Nichts geschah.

Das Geräusch blieb.

Hektisch rannte er zum Garagentor und legte sein Ohr daran. Ganz sicher lief dort ein Motor. Er musste in die Garage, um zu sehen, was da los war. Gab es vielleicht ein Fenster an der Stirnwand? Er sprintete an der Front entlang und erreichte die Seite. Erleichtert sah er ein kleines Fenster, doch es war vergittert und hätte ihm auch sonst keine Möglichkeit geboten hindurchzukommen. Er presste sein Gesicht an die Gitterstäbe und konnte zwei Autos erkennen. Eines war weiß und das andere dunkelgrün. Aus dem Auspuff beider Wagen stieg Qualm auf, und er wusste, was das bedeutete.

Er musste in die Garage, und zwar sofort!

So schnell ihn seine Füße trugen, hetzte er zur Haustür zurück, zückte währenddessen sein Handy und informierte ordnungsgemäß die nächstliegende Rettungsstelle und die Feuerwehr in Irakleio, dann suchte er etwas, um sich Zugang zum Haus zu verschaffen. Da die Garage direkt daran anschloss, gelangte man sicher im Inneren zu den Autos. Er fand ein Fenster, das nicht vergittert war, hatte einen großen Rosenquarzstein aus dem Vorgarten mitgenommen und zertrümmerte damit die Scheibe. Dann wickelte er sein Sakko um seinen rechten Arm, entfernte die restlichen Scherbenstücke aus dem Rahmen und kletterte hinein. Im Haus herrschte eine sonderbare Stimmung, sie kroch ihm den Rücken hinunter und ließ ihn erschauern. Er versuchte sich zu orientieren, öffnete vergeblich einige Türen, bevor er endlich die zur Garage fand. Sie war nicht abgeschlossen, er riss sie auf, und der Gestank von Abgasen drang in seine Nase. Hastig zog er sein Taschentuch aus der Hose, Koula sorgte immer dafür, dass er ein gebügeltes, großes weißes Baumwolltaschentuch bei sich trug, und wieder einmal war ihm das eine große Hilfe. Er presste es vor Mund und Nase, rannte zu dem ersten Wagen, in dem niemand saß, und schaltete die Zündung aus. Er musste unbedingt für frische Luft sorgen, verzweifelt schaute er sich nach einem Öffner für das Tor um und erblickte erleichtert einen Schalter an der Wand, drückte ihn und spurtete zu dem weißen Kleinwagen, öffnete die Fahrertür, riss den Schlüssel aus der Zündung und zerrte die bewusstlose Frau, deren Lippen sich schon leicht blau gefärbt hatten, vom Sitz auf den Boden. Er brauchte den verdammten Krankenwagen. Er hakte seine Arme in ihre Achselhöhlen und zog sie an das offene Tor, ihr Puls war nicht mehr zu ertasten. Er begann mit der Herzmassage und der Mund-zu-Mund Beatmung und war sich plötzlich vollkommen sicher, hier die Täterin vor sich zu haben, denn während er seine Hände rhythmisch auf ihren Brustkorb presste, sah er das Kennzeichen des hellen Kleinwagens und erkannte ihn. Sie war zudem mehrfach als die Mosaikkünstlerin identifiziert worden und hatte ganz offensichtlich versucht, sich das Leben zu nehmen, was ja wohl einem Schuldeingeständnis glich.

Triumph begann sich in ihm breitzumachen. Er hatte die Frau gefunden, die Callistus getötet hatte!

Sobald die Sanitäter da waren, würde er das Haus in Augenschein nehmen und ganz sicher weitere Indizien finden, um seine Theorie zu stützen, doch allein das Auto reichte schon aus. Ganz sicher hätten sie es hier niemals gefunden, doch ihm war es gelungen. So war es eben, wenn Profis am Werk waren. Sein Bild würde die Titelseiten zieren, und zwar nicht, weil er seinen Hintern heimlich über eine Mauer geschwungen, sondern weil er den Tod eines Nationalhelden aufgeklärt hatte. Es war anstrengend, im richtigen Rhythmus zu bleiben, Schweiß begann sich auf seiner Stirn zu sammeln, doch er blieb standhaft. Aufgeben war nun keine Option. Die Zeit verging langsam, er wusste, dass der Krankenwagen mindestens zwanzig Minuten brauchen würde, denn viel schneller ließ sich die Strecke nicht zurücklegen. Die Frau durfte ihm keinesfalls unter den Händen wegsterben. Endlich hörte er die Sirenen und erlaubte sich aufzuatmen.

Das Rettungsfahrzeug kam mit quietschenden Bremsen vor dem geschlossenen Tor zum Stehen, die ersehnte Unterstützung war so nah. Verzweifelt schaute er sich erneut um, er musste schnell herausfinden, wie sich das Tor öffnen ließ, und fürchtete gleichzeitig ihren Tod, wenn er die lebenserhaltenden Maßnahmen unterbrach. Der grüne Wagen gehörte sicher ihr, und wahrscheinlich konnte er dort einen Öffner finden. Er pustete ihr so viel Luft in den Mund, wie er konnte, fühlte ihren Puls, der nun schmetterlingsleicht ging und einem unregelmäßigen Flattern glich, flitzte dann los, riss die Tür des Autos auf und durchwühlte alle Ablagen und die Mittelkonsole. Er fand zwei Alternativen, drückte auf eine, erschrak, als sich das Garagentor bewegte, stoppte es, rannte zu der Frau und drückte die zweite. Das Tor schob sich auf, und der Krankenwagen stob die Auffahrt entlang, zwei Sanitäter sprangen heraus.

»Ich habe Erste-Hilfe-Maßnahmen ergriffen, um sie am Leben zu erhalten. Sie hat versucht, sich mit Kohlenmonoxid zu vergiften«, erläuterte er knapp die Situation. Die beiden Männer übernahmen, und er versuchte wieder zu Atem zu kommen.

»Wird sie durchkommen?«, wollte er wissen und die Männer zuckten mit den Schultern.

Sie musste es schaffen, er wollte sie nicht nur durch Indizienbeweise überführen, sondern auch durch ein Geständnis. Langsam durchquerte er die Garage, beschloss dann aber, auf die angeforderten Kollegen zu warten. Es war sicherer, nicht allein zu sein. Zu oft hatte man es schon erlebt, dass Kollegen bezichtigt wurden, Beweise platziert zu haben, doch was konnte an sich noch aussagekräftiger sein, als Callistus' Auto, in dem sie ganz offensichtlich versucht hatte, sich das Leben zu nehmen? Er war zuversichtlich und konnte deshalb auch geduldig den Blick durch die große Garage schweifen lassen. Auch hier spiegelte sich wider, dass viel Geld investiert worden war, doch eben der Sinn für Ordnung fehlte: Die offensichtlich teuren Regale waren willkürlich eingeräumt worden, und der Eindruck, der so entstand, war sehr wüst.

Erleichtert hörte er ein weiteres Fahrzeug auf dem Weg herannahen und sah das Auto der uniformierten Polizei. Eine Frau und ein Mann stiegen aus. Sie grüßten die Sanitäter, die gerade dabei waren, Helena Malafenaki auf eine Trage zu betten und sie transportfähig zu machen, und sahen sich suchend um.

»Hierüber«, winkte er, und die beiden traten in die Garage. Er konnte ihre überraschten, dann sich zu Entsetzen wandelnden Gesichtsausdrücke nur zu gut sehen. Sie erkannten das weiße Auto, das seit Tagen alle auf der Insel suchten, und zählten anscheinend zwei und zwei zusammen.

»Kommissar Papadaki«, die Frau lächelte ihn höflich an.

Er nickte und winkte sie näher, als sein Blick auf die Scheibenwischer des weißen Kleinwagens fielen, Callistus' Auto. Ein kleiner Zettel klemmte darunter, er hatte ihn in der Hektik der Lebensrettung komplett übersehen, zog ihn nun vorsichtig hervor und klappte ihn auf. Die beiden Uniformierten kamen neugierig näher, er las ihn, unterdrückte einen triumphierenden Aufschrei und drehte ihn so, dass er für die Polizisten lesbar war: *Es tut mir so leid, geliebter Callistus …*

Wenn das nicht ein absolutes Schuldeingeständnis war!

»Warten Sie bitte hier«, sagte er zu den beiden und eilte hinaus an den Rettungswagen.

»Wird sie es schaffen?«, fragte er den Sanitäter erneut, der gerade dabei war, die Türen zu schließen.

»Das kann ich noch nicht sagen«, der Mann sah ernst aus, »aber die lebenserhaltenden Maßnahmen bedeuten zumindest eine Chance für die Frau.«

»Sie ist eine wichtige«, Christos biss sich kurz auf die Zunge, »Zeugin. Bitte halten Sie mich informiert!«

Er reichte dem Mann, der nun die Türen zuschlug, schnell noch seine Karte, während der Wagen bereits langsam losfuhr.

Christos seufzte. Sie durfte nicht sterben. Er wollte der Welt die Verantwortliche für den Tod von Callistus präsentieren, und das wäre natürlich noch viel besser mit einem richtigen Geständnis, das er jedoch nur von ihr bekommen würde, wenn sie wieder zu Bewusstsein kam. Jetzt musste er erst einmal das Haus mit den Kollegen durchforsten und dann die Kriminaltechniker herbitten. Er informierte Stelios noch schnell, denn er wollte keinesfalls, dass sein Chef über den Flurfunk von seinem Fund hörte. Stolz machte sich in seinem Kopf breit, als Mentakis ihn lobte, und nun konnte er das Grinsen nicht mehr unterdrücken. Dann sah er eine Bewegung an der Mauer.

Die Presse war da. Diplomatie war nun gefragt, um alles ins rechte Licht zu rücken.

100. Kapitel

Der erste Wecker klingelte wie immer schrill um Mitternacht zum Datumswechsel, er hörte ihn durch die dumpfe Taubheit in seinen Ohren. Irgendwann verstummte das Geräusch. Er konnte nichts tun, außer zu warten und zu hoffen. Er schien noch am Leben zu sein, und die Gefahr des Todes war auch für dieses Mal gebannt, doch sein Körper blieb starr und unbeweglich, und sein Herz pochte weiterhin wild in seiner Brust gegen die schmerzenden Rippen, während seine Lunge unkontrolliert flatterte. Er wartete begierig auf den ohnmachtgleichen Schlaf, der ihn befreien und damit seiner Qual ein Ende bereiten würde. Das Blut rauschte durch seine Ohren, und als er glaubte, diesmal doch nicht mehr dem Kreislauf der Furcht entrinnen zu können und nun für immer in ihm gefangen zu sein, kam endlich der erlösende Schlaf.

Während er in die apathische Empfindungslosigkeit des Ruhezustands glitt, entspannte sich sein Körper, und ein tiefer Atemzug beendete das hektische Luftholen. Er schlief tief und bewegungslos, so erschöpft war er von diesen vierundzwanzig Stunden voller Panik.

Als der zweite Wecker ihn aus dem Schlaf holte, setzte er sich auf und ließ das Glück zu, wieder etwas wahrnehmen zu können. Dann stand er vorsichtig auf und tappte aus dem Zimmer. Ja! Er atmete und lebte.

Einige Minuten später klingelte sein Telefon, und als er den Hörer ergriff, stahl sich ein kleines, schiefes Lächeln auf sein Gesicht, denn er wusste, wer ihn anrief.

»Maki«, hörte er sie sagen. Ihre Stimme war rau vor Sorge.

»Kassia«, sagte er, und die Liebe zu ihr ließ sein Herz pochen. Er lebte.

»Du hast es überstanden, und ich wollte dir nur sagen, wie sehr ich an dich gedacht habe.«

Es war zu einem Ritual geworden, dass sie ihn an jedem Vierzehnten morgens gegen fünf Uhr anrief, obwohl es nicht ungefährlich für sie war, um diese Zeit zu telefonieren. Doch sie tat es, denn sie liebte ihn so, wie er sie liebte.

»Danke«, sagte er und lauschte auf ihren Atem, dann verabschiedete sie sich mit einem zarten Kuss und legte auf. Wie immer.

Wie es wohl wäre, wenn sie bei ihm wäre? Würde die Panik dann ihre Macht verlieren? Konnte er das einem Menschen, für den er so viel empfand, wirklich zumuten, oder war das zu viel und würde jede Liebe zerstören? Er schüttelte die sorgenvollen Gedanken ab und atmete tief durch.

Ich lebe, dachte er, Erleichterung durchströmte ihn, und er ging ins Bad.

Rein und frisch startete er in den neuen Tag, kochte sich einen starken Kaffee, trank ein großes Glas Wasser und genoss den Geschmack auf der Zunge, bevor er sich mit Koffein in Tagesform brachte. Er freute sich auf das Essen bei seiner Yaya, hatte aber bis dahin noch einiges zu erledigen. Nach dem kurzen Gespräch mit Kassia hatte er gesehen, dass mehrere Anrufe auf seiner Mailbox waren, doch erst brauchte er nun den Kaffee und einen Blick auf das Meer. Er öffnete die Terrassentür, spürte den nach wie vor kühlen Nordwind auf seiner Haut, trat an die Brüstung und blickte auf den geliebten Ozean, der dunkel vor ihm lag. Das Rauschen der Wellen drang durch die Stille der Nacht an seine Ohren. Es tat so gut, die salzige Luft zu atmen und mit allen Sinnen im Hier und Jetzt zu sein. Die Wolkendecke riss wie auf ein Kommando auf, und der Mond drang durch sie hindurch, leuchtete das Wasser an, das nun silbrig in seinem Licht glitzerte. Berauscht vom Leben, nippte er an seinem Getränk.

Obwohl Sonntag war, konnte er heute nicht auf den Sonnenaufgang warten. Ein Mensch war tot, und er war dafür verantwortlich herauszufinden, was geschehen war. Er konzentrierte sich auf seinen Körper, spürte in jeden Teil hinein und war einfach nur dankbar. Wenn er bei klarem Verstand war, wusste er, dass er die vierundzwanzig Stunden Martyrium überleben würde, doch wenn sein Körper dann verzweifelt kämpfte, verflog das Wissen wieder. Es tat gut, Dankbarkeit und Ehrfurcht vor dem Leben zu spüren.

Der Wind zerzauste seine noch vom Duschen feuchten Haare. Er stand dort und genoss den Luxus, auf das geliebte Meer zu blicken, bis die Tasse leer war, dann trat er zurück in die warme Wohnung, die ihn mit ihrem harmonischen Ambiente wohlig umfing. Er bereitete sich einen zweiten Kaffee zu, schmierte sich einige Brote mit Marmelade, biss herzhaft hinein und drückte auf das Mailbox-Symbol und den Lautsprecher.

Er schaffte es gerade noch, die zweite Scheibe zu verputzen, bevor es ihm den Appetit verschlug: Evangelina und das Baby waren tot. Aus dem Meer gefischt wie Müll, das Kind in einer Tüte. Er war fassungslos und für einen Augenblick versucht, das Handy vom Tisch zu fegen, um Penelopes Stimme nicht mehr zuhören zu müssen, die tonlos von ihren Obduktionsergebnissen berichtete.

Was war nur mit den Menschen los? Es gehörte zu seiner Arbeit, mit dem Tod zurechtzukommen, und er hatte schon viele grausame Dinge gesehen, doch bei Kindern hörte es für ihn immer auf, da unterschied er sich kein bisschen von den

Kollegen. Er musste los, musste wissen, wie der Stand der Dinge war.

Er raffte sein Zeug zusammen, stopfte sich die Kopfhörer in die Ohren und machte sich auf den Weg zum Auto, während er weiter den Ausführungen der Pathologin lauschte. Dann hörte er die Stimme seines Chefs, und wenn er das Handy nun nicht in der Jackentasche gehabt hätte, hätte er es ganz gewiss weggeworfen. Er ballte seine Hände zu Fäusten und stopfte sie in die Hosentaschen, bevor sie vor lauter Aufregung mit ihrem Eigenleben beginnen würden. Er konnte es kaum glauben: Vierundzwanzig Stunden hatten ausgereicht, um aus ihm einen vollkommenen Deppen zu machen.

Er hasste sich für seine Eigenarten, für die Zwänge und die Panik, die ihn bei einem so bedeutenden Fall quasi aus dem Team warfen, weil er wichtigste Wendungen nicht mitbekam. War es wirklich so einfach gewesen, die Person zu finden, die für Callistus' Tod verantwortlich zu sein schien? Bisher hatte Christos nur einen kleinen Zettel mit einer Entschuldigung vorzuweisen, gut, der Wagen des Sängers in der Garage der Frau war auch ein nicht zu vernachlässigendes Indiz. Zudem hatten sie in ihrem Haus unzählige Mosaikbilder mit dem Konterfei des Stars gefunden, eine Vitrine voller Erinnerungsstücke an ihn und seine Jacke, deren blaues Innenfutter sie zu einem weiteren Kunstwerk verarbeitet hatte. Wahrscheinlich hatte sein Kollege recht, doch er konnte nicht nachvollziehen, warum sie ihr Idol nach all den Jahren töten sollte. Zumal sie nicht am Meer lebte und schon gar nicht in der Nähe von Chania.

War sie einfach durchgedreht? Wie hatte sie ihn überwältigt, nachdem der Journalist ihn zuletzt auf dem Parkplatz nahe ihrem Wohnort gesehen hatte? Wie hatte sie ihn zum Meer geschafft und ihn dann ungesehen hineingeworfen? War sie mit einem Toten im Auto drei Stunden über die Insel gekurvt? Je mehr er darüber nachdachte, umso mehr Fragen kamen in ihm auf. Er musste mit Penelope sprechen. Es war nicht seine Art, unangemeldet bei ihr vor der Tür zu stehen, noch dazu an einem Sonntagmorgen um halb sieben. Doch die Umstände duldeten keinen Aufschub.

Er würgte Stelios' Stimme in seinem Ohr ab und klingelte die Pathologin aus dem Bett. Wobei sie so rasch abnahm, dass er bezweifelte, dass sie noch geschlafen hatte.

»Hyeronimo!«, rief sie, und in ihrer Stimme schwang Erleichterung mit. »Gott sei Dank. Geht es dir gut? Ich bin so froh, dass du anrufst!«

»Es geht mir gut, Pen, also eigentlich«, sagte er frustriert, »und uneigentlich bin ich entsetzt und sauer. Ich habe deine Nachrichten gehört und eine von Stelios ...«

»Dann weißt du das also auch schon«, ächzte sie, »ganz schön viel am frühen Morgen, nicht wahr?«

»Zu viel! Ich habe schon überlegt, ob ich mich nicht lieber wieder hinlege und Panik schiebe«, versuchte er sich an einem Scherz.

»Wooohooo, Galavaki! Du bist ja richtig witzig!«, frotzelte sie und wurde dann wieder ernst. »Die Frau war wohl bisher noch nicht ansprechbar, aber die Indizienlage ist erdrückend.«

»Was wäre, wenn ich in Kürze mit einigen Leckereien vom Bäcker bei dir vor der Tür stünde?«, fragte er, auf ihr gemeinsames Spiel eingehend.

»Dann wäre ich zwar noch nicht zurechtgemacht, aber auf jeden Fall hungrig genug, um ein Pferd zu verspeisen, und es wäre auch so, dass ich echt froh wäre, denn meine Seele braucht dringend einen Freund«, gab sie offenherzig, wie sie nun mal war, zu. »Daher wäre das große Klasse. Bis gleich!«

Sie beendete das Gespräch, bevor er noch etwas erwidern konnte. Irritiert schüttelte er den Kopf über sie. Sie war einfach außergewöhnlich und auf ihre Art ebenso skurril wie er. Nur eben in charmant.

Er würde Stelios' restliche Infos mit ihr gemeinsam anhören und sich dabei mit süßem Zeug vollstopfen, um all das besser zu ertragen, auch wenn das ganze Gebäck seiner Figur nicht wirklich guttat.

Er erledigte den Einkauf auf dem Weg nach Ammoudara bei Savoidakis, das war zwar nicht sein Lieblingsbäcker, aber die Qualität war auch hier hervorragend, und er lag eher auf dem Weg. Die Auslage machte ihn auch hier regelmäßig vollkommen fertig, lockte sie doch mit cremeverzierten Köstlichkeiten, Keksen und selbst gemachten süßen Aufstrichen aus Mandeln, Nüssen oder Honig. Als Alibifunktion erwarb er noch ein Dinkelbrot, damit nicht alles zuckrig und ungesund war, was er in die große Papiertasche packen ließ.

Kurze Zeit später stand er in Penelopes Küche und deckte mit ihr den Tisch. Obwohl er selbst farblich vollkommen minimalistisch eingerichtet war und das für seine Augen und sein Bedürfnis nach Klarheit und Struktur sehr wichtig war, mochte er ihre bunte Wohnung sehr. Alles war stilvoll und von hoher Qualität, aber eben ein Traum aus Pink, Türkis, Blau, Rot und Grün. Sie arbeiteten in schweigendem Einverständnis. Erst einen Kaffee und ein bisschen was zu essen, dann die aufwühlenden Themen. Sie prosteten einander mit den Tassen zu, reichten sich Aufstriche und Backwerk und kauten genüsslich.

Hyeronimos unterbrach die Stille als Erster: »Ich würde gern Stelios' Anruf mit dir gemeinsam anhören. Ich habe mich mittendrin so aufgeregt, dass ich es nicht mehr konnte«, er lächelte ihr etwas verhalten zu, »ich wollte nämlich das Handy wegwerfen, doch dann dachte ich, dass das eine sehr dumme Aktion ist, und mit dir an meiner Seite kann ich das alles echt leichter ertragen.«

Sie lächelte nun ebenfalls, schob sich ein weiteres Stück eines Törtchens in Donutform, das mit einer glänzenden gelben Glasur überzogen und mit feinen Baisertüpfchen verziert war, in den Mund. Kauend sagte sie: »Auch wenn Reden mit vollem Mund unhöflich ist: Ich bin so weit.«

Stelios berichtete von Christos' raschem Handeln, das der Frau das Leben gerettet hatte, und von der umsichtigen Art, wie der Kollege das Haus durchsucht und alles gesichert hatte, bis die Kriminaltechniker vor Ort gewesen waren. Beweise waren zuhauf vorhanden, und Stelios schien überzeugt, dass Helena Malafenaki für den Tod des Stars verantwortlich war, denn auch er deutete ihren Selbstmordversuch als Schuldeingeständnis.

Hyeronimos legte das Handy auf den Tisch, nachdem Mentakis' Stimme verklungen war, und faltete die Hände auf seinem Schoß: »Das hört sich alles passend an, und doch habe ich einfach zu viele Fragen.«

Er wiederholte all die Gedanken, die er sich schon im Auto gemacht hatte, und schaute ratlos zu Penelope, die nun in ein kleines Zitronentörtchen biss.

Sie ließ sich mit dem Kauen und ihrer Antwort Zeit: »Du hast vollkommen recht, das sind sehr viele offene Punkte. Die Spurenermittler müssen sich dringend ihr Auto vornehmen und auch das von Callistus, denn wir gehen einfach mal davon aus, dass er normalerweise nicht in seinem Kofferraum herumliegt und dort Spuren hinterlässt. Zacharis hat eine Personenbeschreibung zusammengestellt.« Sie schaute Hyeronimos mit einem durchdringenden, prüfenden Blick an, denn sie wusste nur zu genau, wie sehr es an ihm nagte, was er in den vierundzwanzig Stunden verpasst hatte.

»Okay, lass hören«, er atmete tief ein und machte sich klar, dass er ja nicht im Bett herumgelegen hatte, weil ihm langweilig gewesen war, sondern weil er nicht anders gekonnt hatte.

»Sie ist recht klein und drahtig«, sagte sie betont, und er begriff, worauf sie hinauswollte.

»Drahtig wie sportlich oder drahtig wie dürr?«

Auf dem letzten Foto von ihr sieht sie nach meiner Meinung eher dürr aus und irgendwie leicht verhärmt«, erklärte Penelope, »nach meiner Einschätzung wäre es für eine Frau ihrer Größe echt ein fast unmöglicher Kraftakt, einen Mann wie Callistus in den Kofferraum eines Autos zu heben oder gar hinaus.«

»Was wäre, wenn sie ihn dazu gezwungen hat?«, wollte sie wissen und startete ihr gemeinsames Spiel mit dieser Frage. »Sie könnte ihn mit einer Waffe gezwungen haben, hinein und hinaus. Aber es ist sehr risikoreich, so über die Insel zu fahren«, sie hob zweifelnd die Schultern.

»Was wäre, wenn sie ein Druckmittel hatte: Evangelina und das Kind? Sie ist eine Frau, die einen Mann stalkt und ihm bedrohliche Briefe sendet und ein Haar von ihm in einer Vitrine aufhebt.« Er spürte seinen Adrenalinspiegel ansteigen.

»Ja«, führte Penelope seinen Gedanken fort, »sie hat also alle drei in ihrer Macht, will seine Geliebte und sein Kind loswerden. Vielleicht hat sie ihn sogar erpresst, zu ihr zu kommen, um die zwei zu retten, und dann ...«

»Hm, ja, dann kommt es zu einer Eskalation, und sie bringt ihn weg ans Meer. Er will fliehen, stürzt und sie rollt ihn ins Wasser. Das geht auch bei ihrer Statur. Doch jetzt muss sie auch die junge Mutter und das Baby aus dem Weg schaffen«, machte er weiter.

»Die bringt sie nun ebenfalls ans Meer. Ganz schön viel Fahrerei. Hat sie ein Navi im Auto? Das kann man doch auslesen?«, fragte sie, plötzlich aufgeregt.

»Lass uns nach dem Frühstück einfach rüberfahren«, schlug er vor, »dann schauen wir uns die Autos an und hören, was die Kollegen herausgefunden haben.«

»Gute Idee, und im Anschluss gehen wir in dein Büro und tragen zusammen, was wir haben. Vielleicht ist sie wirklich die Mörderin von allen dreien!« Sie erschauerte kurz.

»Lass uns erst im Krankenhaus vorbeifahren und schauen, wie es ihr geht«, regte er an, »der Fall wurde mir nicht entzogen, daher darf ich selbstverständlich auch mit einer Verdächtigen sprechen!«

»Auch wenn es richtig Ärger bedeutet«, zwinkerte Penelope ihm zu, »ich verkleide mich rasch als Mensch, und dann fahren wir los.«

Sie schob sich ein großes Stück Brot mit Mandelcreme in den Mund und begann den Tisch abzuräumen. Er stand auf und half ihr. Noch war gar nichts gelöst. Es lag an ihnen, alle losen Fäden zusammenzuführen.

101. Kapitel

Myron hob den Baseballschläger erneut an und ließ ihn krachend auf den Tisch knallen, dessen Platte einen weiteren Riss bekam. Zeus hatte sich jaulend in eine Ecke verkrochen, doch das kümmerte ihn nicht. Der Bildschirm erzitterte und kippte zur Seite. Ein weiterer Schlag ließ das Display zersplittern, und das Gehäuse flog auf den Boden, wo es in einem wilden Gewirr aus Scherben und Splittern liegen blieb. Von seinen Händen tropfte Blut und lief schlierig an seinen Unterarmen entlang. Es war ihm egal. Alles war ihm egal, und er zerlegte den Raum seiner geheimen Leidenschaften akribisch. Sein Leben war sinnlos geworden, denn nicht nur sein Traum war geplatzt, sondern auch seine Vision von der Zukunft.

Er hatte es in den Nachrichten gehört. Nereos hatte es nicht für nötig erachtet, ihn zu informieren, sondern es den reißerischen Schlagzeilen der Berichterstattung überlassen, ihn darüber in Kenntnis zu setzen, dass seine zukünftige Frau tot war. Wut und Entsetzen brannten hinter seinen Augen, und er schlug fester zu. Die Tischplatte gab endlich nach und brach splitternd zusammen. Alles, was noch auf dem Tisch gestanden war, fiel zu Boden und vermischte sich mit den Blutstropfen und den Scherben seines Lebens. Er hatte sie geliebt, das wurde ihm auf besonders schlimme Art bewusst, als er inmitten all des Chaos, das er hier anrichtete, seine Gedanken nur einen Augenblick abgleiten ließ zu dem, wofür er das Zimmer eingerichtet hatte, und sein Glied auf despektierliche Art reagierte und hart wurde. Beinahe hätte er sich selbst mit dem Schläger eine verpasst. Er hatte zwar vielleicht eine besondere Neigung, die viele nicht als normal klassifiziert hätten, doch er war kein Perverser! Tränen schwappten aus seinen Augen, als er seine Hand fest auf seinen Schritt presste, um die Schwellung zu unterbinden. Dann hob er den Schläger wieder und zertrümmerte den Sessel. Viele Schläge waren nötig, bis das stabile Designerstück endlich den Geist aufgab und auseinanderfiel. So wie er.

Er fiel auseinander, und nichts konnte diesen Prozess aufhalten.

Evangelina war tot.

Nichts anderes spielte mehr eine Rolle: Die Frau, die er seit mehr als einem Jahrzehnt verzehrend liebte, war für immer fort. Wer hatte ihm diesen Traum geraubt? Er würde es herausfinden und die verantwortliche Person büßen lassen. Ja, er hatte sie unterwerfen wollen, sie hätte ihm gehören sollen, und vielleicht hätte sie sogar ebenfalls Erregung empfunden bei dieser Spielart. Doch was er viel mehr als das gewollt hatte, war, dass sie seine Geliebte geworden wäre.

Der Schläger glitt ihm aus der Hand, glitschig vom Blut, und Myron sank tränenüberströmt auf die Knie, während er Gott verfluchte.

102. Kapitel

Die Nachrichten hatten den Fund der toten Gotteslästerin verkündet. Erst ein kleiner Schluck Alkohol hatte es möglich gemacht, ihre Aufregung zu mildern. Gottes Wille geschah, im Himmel und auch auf Erden. Er hatte es so gewollt und sowohl die sündige Mutter als auch das Kind zu sich genommen. Sie horchte in sich hinein und fand keine Schuldgefühle. Warum auch?

Weder ihr Mann noch ihr Sohn würden von dieser Wendung begeistert sein, das war ihr vollkommen klar. Doch andere Lösungen würden sich auftun. Der Herr schloss keine Türen, ohne andere dafür zu öffnen. Sie war fest davon überzeugt, dass sein Plan für ihre Familie alles besser machen würde.

Sie hatte versucht, Myron durch Gespräche und mütterlichen Rat zu Verstand zu bringen, doch ohne Erfolg, und Stephanos ließ sich sowieso nichts von ihr sagen. Sie hatte sich immer zurückgehalten und seine Demütigungen still ertragen, denn das predigte auch der Priester in der Kirche: Frauen mögen sich ihrer Rolle entsinnen und dem Manne zur Seite stehen und sich nicht über ihn erheben. Es war ihr immer schwergefallen, doch mit der Zeit und viel Wein war eben alles möglich geworden. Myron würde erkennen, dass es besser war, eine reine Frau zu ehelichen und dann mit ihr eine eigene Familie zu gründen. Sie würde eine gute Yaya sein, das war klar. Die Toilettenspülung rauschte, und sie sah sich erschrocken um. Das Glas musste weg, und der Tisch war noch nicht gedeckt. Rasch spülte sie sich den

Mund mit würzigem Bergtee aus und machte sich an die Arbeit. Evangelina und das Kind waren tot.

Alles würde nun gut werden.

103. Kapitel

Silenus klopfte vorsichtig an die Tür seiner Schwägerin und kam sich dabei fast albern vor, denn das hatte er zu Callistus' Lebzeiten nie getan. Er lauschte auf eine Aufforderung, den Wohnraum zu betreten, doch nichts geschah. Er hob die Hand erneut, um energischer auf sich aufmerksam zu machen, als die Tür geöffnet wurde. Zenia blickte ihn an, und ihm wurde fast kalt dabei.

Wann war sie nur zu dieser Art Eiskönigin geworden? Bilder zuckten durch seinen Kopf, als sie in den ersten Jahren gemeinsam lachend an einem wackeligen Holztisch gesessen, sich aus Schalen voller Köstlichkeiten bedient und mit vollem Mund Callistus', nein, ihrer aller Karriere geplant hatten. Ihre Züge waren damals weich und fröhlich gewesen. Ja, sie war immer schon fokussiert und zielorientiert vorgegangen, keine Frage, doch immer mit Zuneigung im Blick.

Stumm schaute sie ihn an, während er seinen Erinnerungen folgte und sich sicher zum hunderttausendsten Mal fragte, ob er etwas hätte tun können, um den Tod seines Bruders aufzuhalten.

»Was willst du, Silenu?«, fragte sie nun, und ihre Stimme klirrte eisig.

Sie war wie immer makellos zurechtgemacht und weigerte sich nach wie vor, das Witwenschwarz zu tragen. Ein cremefarbenes Wollkleid schmiegte sich an ihre Figur, und eine lange Kette mit einem großen Smaragd machte das Outfit perfekt.

»Wir müssen reden«, sagte er lapidar und drängte sich in den Raum.

»Das hier ist vorbei«, Zenia stellte sich ihm in den Weg, »du platzt hier nicht mehr so einfach herein und missachtest meine Privatsphäre. Das winzige bisschen, was von alldem hier«, sie machte eine ausgreifende Bewegung mit ihren Armen, und er stolperte erschrocken einen Schritt zurück, »dir gehört, gibt dir nicht das Recht, mich zu belästigen!«

Er war wirklich schlagfertig und redegewandt, das hatten viele seiner Verhandlungen bereits unter Beweis gestellt, doch nun verschlug es ihm schier die Sprache. »Er ist noch nicht einmal unter der Erde, und du verteilst schon die Beute?« Die letzten Worte spuckte er fast aus.

»Ich verteile gar nichts. Es ist einfach eine Tatsache«, sie kam näher, und plötzlich stellten sich ihm die Haare auf den Armen auf, »ich bin seine Haupterbin. Es gibt keine Kinder, und Geschwister bekommen nun mal nicht den Bärenanteil.«

Es war, als würde sie Kälte aushauchen bei diesen Worten, denn das Erschaudern glitt von seinen Armen über seinen Rücken. »Es *gab* ein Kind«, zischte er, denn die Pathologin hatte ihn am Vortag darüber informiert, er hatte es ihr gerade sagen wollen. Ihre Miene blieb unbewegt, und die Erkenntnis traf ihn wie ein Schock. »Du hast es gewusst. Du hast sie auf dem Gewissen, mein Gott, Zenia.« Er konnte sich vor lauter Fassungslosigkeit nicht bewegen und starrte sie einfach nur an.

Ihre Maske bekam einen Riss, als sie mit zusammengebissenen Zähnen antwortete: »Du bist vollkommen durchgedreht, Silenu, anders lässt sich nicht erklären, was du mir hier gerade unterstellst. Ich töte keine hilflosen Babys!«

Sein Atem ging nun stoßweise, denn er war verwirrt und wusste nicht mehr, was er glauben sollte. Sie waren alle nicht begeistert gewesen von Callistus' Entwicklung, doch Zenia hatte es selbstverständlich am meisten betroffen. Sie war die gehörnte Ehefrau, die für eine Jüngere sitzen gelassen wurde, und noch dazu für einen Sohn, den sie ihm nicht hatte schenken können. Dagegen konnte sie nicht anstinken. Callistus hätte gewiss nach einiger Zeit die Bühne vermisst, so ging es doch allen Stars, die dann ihre zwanzigste Abschiedstour machten oder Hautnahkonzerte gaben. Er hätte seinen Bruder nicht verloren, Athanasia auch nicht, doch der Bruch zwischen den Ehepartnern wäre nicht mehr zu kitten gewesen, und Zenia hätte eben nicht nur ihren Mann, sondern auch ihren Job und ihren Status drangegeben. Ganz zu schweigen von dem, was die Regenbogenpresse aus ihr gemacht hätte. Callistus' Tod war für sie eine Art Ideallösung, und dass sein Kind ebenfalls gestorben war – welch ein außergewöhnlicher Zufall! –, machte den Kuchen für sie wieder richtig groß.

»Wen tötest du dann?«, griff er ihre Aussage auf und war sich nicht sicher, ob sie ihn nun schlagen oder ihm eine Antwort geben würde, auf jeden Fall machte er sich fluchtbereit, und die Anspannung im Zimmer war allumfassend.

Ihr Blick durchbohrte ihn, dann fielen ihre Schultern herab, und sie sah plötzlich alt aus. »Verschwinde, Silenu, und komm nie mehr ungebeten hierher!« Sie ging an ihm vorbei, hielt kurz an einer großen Stehlampe inne, hob die Hand, als wollte sie diese berühren, ließ es aber und stellte sich dann mit dem Rücken zu ihm an die große Fensterfront. Es war wohl alles gesagt.

Die Familie zerbrach, denn es fehlte der Kitt, der sie alle zusammengehalten hatte: Callistus!

Er hatte mit ihr über die Beerdigung sprechen wollen, sie mussten sich um eine Trauerfeier und auch die Beisetzung kümmern, denn die Öffentlichkeit wartete begierig darauf und wurde langsam unruhig. Er würde es allein in Angriff nehmen. Athanasia war seit Tagen vollkommen durch den Wind und nur noch überdreht. Wahrscheinlich dröhnte sie sich regelmäßig mit Dingen zu, von denen er nichts wissen wollte, und Zenia hatte sich soeben auch aus dem Spiel gekickt. Er war allein.

»Callistus«, flüsterte er, und die Trauer schlug erneut wie eine Welle über seinem Kopf zusammen. Warum litt nur er? Vielleicht weil er sich schuldig fühlte? Wenn er doch nur auf die Kurznachricht seines Bruders in jener Nacht reagiert hätte.

Bist du noch wach?, hatte Callistus geschrieben.

Warum hatte er nicht angerufen und ihn gebeten, ihm zu helfen? War er deshalb so betroffen, weil sein Bruder noch leben könnte, hätte er reagiert? Hin und wieder gönnte er sich nach einem anstrengenden Tag einen Joint, um runterzukommen, so hatte er es auch an diesem Abend gehalten. Das Interview und das Rangeln um den Film hatten ihn extrem gestresst. Nach dem Gras war er entspannt eingeschlafen, und nichts hatte ihn wecken können. Die Welt hätte um ihn herum untergehen können, er wäre nicht erwacht.

Was, wenn er Zenia angerufen hatte und sie dann ...? Nein! Er wollte diesen Gedanken nicht zu Ende denken. Sie war vielleicht kalt, aber nicht kaltblütig.

Mit gesenktem Kopf trotte er den Flur entlang zu seinem Teil des Hauses und hoffte dabei, dass es auch wirklich seiner war und er nicht noch zusätzlich seine vier Wände verlor.

104. Kapitel

»Frau Malafenaki, Helena?« Penelope hatte die Hand der Frau ergriffen, als deren Augenlider zu flattern begannen. Sicher schmerzte Helenas Hals noch von den Schläuchen. »Haben Sie Schmerzen?«, fragte sie mit sanfter Stimme.

Die Frau schlug die Augen auf und blickte sie mit verwirrten Augen an.

»Sie sind im Krankenhaus«, erklärte sie ihr und überlegte kurz, wie sie weiter vorgehen sollte. »Sie wurden gestern hier eingeliefert. Wissen Sie noch, warum?«

Helena Malafenakis Augen weiteten sich vor Schreck, und sie nickte erst leicht und begann dann, wild den Kopf zu schütteln. Ein raues Stöhnen entrang sich ihren Lippen. »Warum haben Sie das getan?«

»Was meinen Sie?«, wollte Penelope wissen, beugte sich ein wenig vor und streichelte weiterhin beruhigend die Hand der Bettlägerigen.

»Ich sollte tot sein. Das wollte ich so! Warum haben Sie mich gerettet?« Die kratzige Stimme wurde lauter.

»Jemand hat Sie gefunden«, blieb Penelope vage, »und dann den Rettungswagen gerufen. Warum wollten Sie denn sterben?«

Schuld zog sich durch das blasse Gesicht. »Ich habe den Tod einfach verdient. Mein Leben ist ohne Sinn.«

»Wie meinen Sie das? Wer hat den Tod denn schon verdient?«

»Ich«, flüsterte Helena, »ich habe ihn verdient.« Sie drehte den Kopf weg, und Tränen schossen aus ihren Augen.

Penelope musste schwer schlucken, denn auch wenn diese Frau vielleicht für den Tod von Callistus verantwortlich war, so litt sie doch ganz offensichtlich sehr. Sie gab ihr einen Moment Raum für diesen Gefühlsausbruch und fragte dann: »Hat es etwas mit Callistus zu tun?«

Helenas Kopf schoss herum, und sie starrte Penelope an: »Ich ... ich ...«

Penelope wartete erneut, drückte kurz die Hand der Frau und nickte ihr dann auffordernd zu: »Sie ... was?«

»Wer ist der Mann dort hinter Ihnen?«, fragte sie nun misstrauisch.

»Das ist mein Freund Hyeronimos.« Die Pathologin sagte damit nicht die Unwahrheit, man konnte es eben nur anders interpretieren, und der weiße Arbeitskittel, den sie sich beim Betreten der Klinik übergestreift hatte und der sie als Dr. Demostaki auswies, konnte ebenfalls auf unterschiedliche Weise interpretiert werden. Sie beschloss, die Verdächtige erst einmal nicht darüber aufzuklären, wer sie waren.

Helena sank wieder zurück in ihr Kissen, offensichtlich hatte sie nur wenig Kraft, und Penelope glaubte zu spüren, dass sie reden wollte. Es kam auf die richtigen Fragen an. Sie hockte sich ein wenig auf die Bettkante und beugte sich vor: »Erzählen Sie mir einfach, was Sie bedrückt. Ich kann sehen, dass Sie mit etwas kämpfen.«

»Ich habe ihn nicht getötet«, Helenas Atem ging stoßweise, »und doch bin ich schuld an seinem Tod und habe mein Recht auf Leben verwirkt.«

»Wie meinen Sie das?«

Die Frau betrachtete den Infusionsschlauch, der in ihrer Armbeuge hing, und biss sich auf die Lippe. »Er hatte kein Auto mehr und konnte nicht mehr weg von dem dunklen Parkplatz. Also, er hatte es schon noch, konnte aber nicht mehr damit fahren. Er hat sich mit einem Mann geschlagen, sicher war er verletzt, und ich habe ihm die Chance genommen, zu einem Arzt zu fahren.« Die Worte stürzten nun aus Helenas Mund und überschlugen sich beinahe.

»Wieso hatte er das Auto, konnte aber nicht mehr damit fahren? War es kaputt?«, wollte Penelope nun genauer wissen. »Und wieso waren Sie dort?«

Helenas Atemfrequenz stieg weiter an, und Penelope befürchtete, dass sie gleich hyperventilieren würde und alle Geräte dann kreischend zu piepen begannen; der Augenblick wäre damit sicher ruiniert.

»Helena, Sie müssen sich beruhigen. Ich atme, und Sie machen es mir nach, in Ordnung?« Sie beugte sich über die Frau und atmete tief und langsam ein und aus. Es dauerte ein paar Minuten, bis sich Herzschlag und Sauerstoffsättigung wieder einpendelten, und Penelope stellte ihre Fragen erneut: »Wieso hatte er es, konnte aber nicht mehr damit fahren, und wieso waren Sie dort?«

»Ich habe seinen Schlüssel an mich genommen«, Scham füllte die Stimme der Frau, »er, er hatte ihn stecken gelassen ... und es war so ... es war so verführerisch, ihn zu haben. Ich, ich ... ich habe nicht richtig nachgedacht. Es war so wundervoll, gerade hatte er ihn noch berührt, und nun lag er in meiner Hand. Dann bin ich einfach weg und habe ihn dort gelassen. Jetzt ist er tot. Verstehen Sie, dass ich schuld daran bin? Er hätte einfach wegfahren können, doch ich habe ihm diese Möglichkeit genommen, und ER IST TOT!«

Penelope schwieg. Sie brauchte keine Fragen mehr zu stellen, alles sprudelte aus Helena Malafenaki heraus, und sie glaubte ihr.

»Ich bezahle einen Informanten, und wenn der weiß, wo er ist, sagt er mir Bescheid, und ich versuche ...«, sie schluchzte verzweifelt auf, »ich *versuchte*, dann in Callistus' Nähe zu sein. Ich wollte ihn einfach nur sehen. Vielleicht da sitzen, wo er gesessen hat, oder etwas berühren, was er berührt hat. Ja, ich weiß, das klingt komplett irre, aber er ist mein Leben. Ohne ihn ist alles sinnlos.«

»Wie ist das Auto in Ihre Garage gekommen?«, wollte Penelope nun wissen.

»Ich habe es letzten Sonntag geholt. Ich wollte das nicht. Ich wollte nur noch einmal dort sein, wo ich ihn gesehen habe, und habe einen kleinen Spaziergang gemacht. Das Auto stand noch da, und plötzlich saß ich drin und bin losgefahren.« Helena wirkte beim Erzählen fassungslos, so, als könnte sie selbst nicht mehr begreifen, was sie da geritten hatte.

»Und dann haben Sie es in Ihrer Garage versteckt. Was hatten Sie denn damit vor?«

»Ich wollte es in der nächsten Nacht wieder zurückbringen und samt Schlüssel dort deponieren, aber ich habe das blaue Futter der Jacke gesehen, und sie hat nach ihm gerochen, und dann kam ein Flow«, sagte die Mosaikkünstlerin auf eine Weise, als sei damit alles erklärt.

»Ein Flow?«, fragte Penelope verständnislos.

»Ich habe ein Kunstwerk erschaffen, und wenn ich das tue, vergesse ich die Welt um mich herum. Im Anschluss muss ich immer lange schlafen«, erklärte Helena, »und als ich wieder aufgewacht bin, war er ... Er war tot.«

»Waren Sie ganz allein zu Hause?«, bohrte Penelope nach. »Kann jemand bestätigen, dass Sie zu Hause waren?«

»Ich lebe allein, und ich lebe für ...«, wieder entstand eine lange Pause. Helenas Hand erschlaffte in Penelopes: »Ich habe nur für ihn gelebt, und er ist tot.« Sie setzte sich kraftlos auf, und ihr Mund war verzerrt von Fassungslosigkeit, als sie schrie: »WARUM HABEN SIE MICH GERETTET?«

Schritte kamen über den Flur geeilt, und eine Schwester betrat den Raum, erfasste die Situation und machte sich an der Infusion zu schaffen: »Sie dürfen sich nicht so aufregen.«

»Ich will sterben«, heulte die Frau nun, und ihre Stimme klang so schmerzerfüllt, dass es Penelope ins Herz schnitt. Sie drehte sich um und fing Hyeronimos' Blick auf. Er sah nicht ganz so betroffen aus, er schien nur leicht berührt zu sein, fast so, als wäre der Ausbruch der Frau Teil eines Theaterstücks, das er mit Abstand betrachtete.

Er trat vor und sagte mit klarer Stimme: »Meine Kollegen glauben, dass Sie Callistus getötet haben und sich deshalb das Leben nehmen wollten.«

»Ich wollte ihm nichts Schlimmes antun«, sie sprach nun wieder leiser, aber geschüttelt von verzweifelten Schluchzern, »ich bin keine Mörderin. Bitte, glauben Sie mir. Ich will einfach nur tot sein, weil er tot ist. Aber vielleicht bin ich doch eine Mörderin, denn ich habe ihm den Schlüssel einfach weggenommen. Ich kann mir das nicht verzeihen. Ich kann einfach nicht mehr.« Ihre Stimme brach, die Augen verdrehten sich und fielen dann einfach zu.

Der Monitor stieß schrille Geräusche aus, und die bunten Linien begannen wild zu springen.

»Herzalarm«, schrie die Schwester und machte mit einer schnellen Handbewegung das Kopfteil des Bettes herunter, während Penelope anfing, eine Herzdruckmassage zu machen. »Ich brauche einen Notfallwagen!«

Kurze Zeit später war der Raum voller Menschen, die eilig umherwuselten und versuchten, Helena Malafenaki zum zweiten Mal unerwünscht das Leben zu retten.

Penelope zog Hyeronimos auf den Flur: »Wir sollten hier besser nicht im Weg herumstehen.«

Er nickte und folgte ihr.

»Lass uns zur Kriminaltechnik gehen, ich sage der Schwester nur noch kurz Bescheid, dass sie uns informieren soll, wenn sich etwas an Helenas Zustand ändern sollte«, erklärte sie ihm besonnen.

Sie mussten jetzt Ruhe bewahren und das Gehörte einsortieren. Sie bat eine der Schwestern, sie anzurufen, und nahm ihn dann behutsam am Arm, um ihn von der Station zu führen.

»Ich glaube ihr«, sagte er langsam.

»Ich auch«, nickte sie.

»Dann hat Christos den Fall wohl doch nicht aufgeklärt.« Er grinste schief.

»Nein, hat er wohl nicht. Aber wir wissen nun, dass Callistus den Parkplatz auf keinen Fall mit seinem Auto verlassen hat, und müssen uns fragen, wie er mitten in der Nacht von dort fortgekommen ist.«

»Er hat niemand anderen angerufen als Evangelina. Sein Rufnummernnachweis hat uns kein bisschen weitergebracht. Er hat mehrfach ihre Nummer gewählt und wohl auf ihre Mailbox gesprochen, da wir ja wissen, dass sie ihr Telefon nicht mitgenommen hat, als sie das Haus verließ. Diesen Nachweis und das Handy seiner Geliebten bekommen wir nun ja ebenfalls«, erklärte er.

»Dann hat er eine Nachricht geschrieben, oder über eine App ein Taxi gerufen, oder über eine App telefoniert?«, machte sie Vorschläge.

»Das kann möglich sein, doch an ein Taxi glaube ich nicht, denn der Fahrer hätte sich gewiss bei uns gemeldet, wir haben ja öffentlich sachdienliche Hinweise erbeten.«

»Also wissen wir ohne sein Handy nichts.« Penelope war frustriert. Da lag eine Verdächtige, und binnen weniger Minuten war die Spur einfach nur kalt, und sie standen wieder ohne Idee da. »Vielleicht sagt uns das Navi irgendwas Spannendes.«

»Falls das Auto eins hat«, sagte er langsam, »aber gewiss haben die teuren Fahrzeuge im Ariakis-Fuhrpark eins, und bevor jemand mit Google Maps fünfmal falsch abbiegt und im Nirgendwo landet, wird eine unbekannte Adresse gewiss eher in das Navigationssystem eingegeben.«

»Und was sollte uns das bringen?« Sie schaute ihn irritiert an.

»Wir könnten herausfinden, ob jemand eine Adresse in der Pampa rund um Choudetsi angefahren hat, die er eben ohne Navigation nicht gefunden hätte.«

»Und das geht so einfach?«, wollte sie wissen.

»Nein«, sagte er, »das geht nicht einfach so. Ohne stichhaltigen Verdachtsmoment bestimmt nicht, denn der Richter verbrennt sich gewiss nicht die Finger an den Ariakis'!«

»Dann ist es zwar eine spannende Idee, aber sie bringt uns gerade nicht weiter«, fasste Penelope entnervt zusammen, »das ist doch echt zum Mäusemelken!«

»Ist es«, bestätigte er und klang grüblerisch, »wir müssten herausfinden, ob einer von der Familie nachts das Grundstück verlassen hat, und dazu müssen wir auch den gesamten Fuhrpark kennen. Wenn sie uns angelogen haben, bekomme ich den Beschluss sicher sehr schnell.«

»Helena hat gesagt, sie bezahlt einen Informanten.« Sie blieb abrupt stehen, und er stolperte fast.

»Wenn der regelmäßig weiß, wo Callistus ist, dann beobachtet er das Haus vielleicht auch. Eventuell nicht so offensichtlich wie unser müffelnder Fotograf, aber unter den aktuellen Bedingungen kann sie unsere Fragen leider nicht beantworten, und wenn Christos ihren Rufnummernnachweis beantragt hat, dann bedeutet es auf jeden Fall Zoff, wenn ich ihn jetzt haben will.« Er seufzte genervt.

»Dann müssen wir ihn eben ins Boot holen. Wir treten schon zu lange auf der Stelle, Hyeronimo!«, sagte sie mit strengem Unterton, denn der Streit der beiden Männer nervte sie oft.

Er sah nicht überzeugt aus, nickte aber leicht.

105. Kapitel

Silenus versuchte, sich mit der Gedenkfeier zu beschäftigen, doch es fiel ihm schwer, sich zu konzentrieren. Immer wieder glitten seine Gedanken zu dem verunstalteten Gesicht seines Bruders, zu Athanasias Spinnereien und Zenias Kälte. Was waren sie nur für ein maroder Haufen, und wie gut war es ihnen immer gelungen, die Öffentlichkeit zu täuschen. Sogar die Presse hatten sie all die Jahre hinters Licht geführt, obwohl dieser Kerl schon seit Wochen vor ihrem Haus kampierte. Er war sich sicher, dass da noch mehr von der Sorte lauerten, sich jedoch besser tarnten. Er hatte sich ihrer hin und wieder schon bedient und Informationen lanciert, damit die Aufmerksamkeit der Öffentlichkeit für Callistus hoch blieb. Berühmt zu sein war ein Geschäft, und von nichts kam eben nichts. Er legte den Stift neben das vollkommen leere Blatt Papier, stand auf, ging zum Fenster und sinnierte.

Sie hatten sich seit Tagen nicht vom Grundstück bewegt, um nicht in all die Mikrofone sprechen zu müssen. Er hatte ein gut ausgearbeitetes Statement abgegeben und Fotos von den beiden Frauen einspielen lassen. Athanasia war regelmäßig unterwegs gewesen, bevor sie vom Tod ihres Bruders erfahren hatten, und sie war davon überzeugt, dass er nicht wusste, was sie tat. Doch er wusste es und hatte sie gewähren lassen, solange es nicht eskaliert war. Jeder von ihnen hatte seine Geheimnisse gehabt: Callistus seine Evangelina, Zenia den Bodyguard, Athanasia ihre Spielsucht und das Alkoholproblem und er, na ja, das exklusive Appartement, in dem er seine Gespielinnen traf, war sicher auch als Laster einzustufen. Wer hatte einen Grund, den Star zu töten? Diese Frage machte ihm Kopfzerbrechen, seitdem der Kommissar sie informiert hatte.

Hatte Evangelinas Familie ein Motiv? War ein solcher Zufall überhaupt möglich, denn schließlich war sein Bruder einfach losgefahren. Wer hatte wissen können, wo er hinwollte? Wahrscheinlich der Bärtige da draußen in seinem Auto, aber wie sollte der auf die Idee kommen, den Sklaventakis' einen Tipp zu geben? Sollte er gewusst haben, dass Callistus eine Geliebte aus einer angesehenen Familie hatte, so hätte er dies gewiss bereits gewinnbringend ausgeschlachtet.

Er drehte sich einfach im Kreis, verzweifelt raufte er sich das schüttere Haar, ging zurück zum Schreibtisch und begann die Post zu sichten. Normalerweise hatte er ein kleines Team, das ihm dabei half, die Fanpost zu bearbeiten, doch im Zuge der Ereignisse hatte er die Frauen erst einmal gebeten, zu Hause zu bleiben. Sie verdienten gut, und er hoffte zusätzlich auf ihre Loyalität. Er ließ seinen Blick über die Stapel gleiten, die er im Eingangskorb aufgetürmt hatte, und griff dann beherzt zu. Fast alle Briefe waren an Callistus gerichtet, einige aber auch an ihn, Zenia oder Athanasia, sogar Arion bekam hin und wieder welche. Es war wirklich verrückt, wie Menschen auf Berühmtheit reagierten: manche einfach voller Begeisterung und andere beleidigend oder sogar bedrohlich.

Ein Brief an Zenia zog seine Aufmerksamkeit an. Er war mit einem jener Fotos versehen, das sie besonders verabscheute, denn jemand hatte sie in unglücklicher Pose in Badebekleidung erwischt, und die Dellen in den Oberschenkeln stachen so stark hervor, dass klar war, dass man hier nachgearbeitet hatte, um sie zu brüskieren. Das Bild war tagelang durch alle Medien gegeistert. Sie bestand zwar darauf, wirklich alles zu sehen, aber in der aktuellen Situation konnte das nur nach hinten losgehen, also würde er entsprechend vorsortieren. So, wie er es bei Athanasia schon lange tat, denn seine Schwester war dem gar nicht gewachsen und lief tagelang wie ein Huhn ohne Kopf umher, wenn es beleidigende Briefe für sie gab. Er hatte sich angewöhnt, alles zu belächeln, auch wenn es oft wirklich unter die Gürtellinie ging. Sie waren zwar alle nur Callistus' Anhängsel, doch alles aus seinem Leben schien für die Menschen da draußen interessant zu sein. Er nahm den Brieföffner mit dem polierten Onyxgriff zur Hand und fuhr damit unter den Falz des ominösen Schreibens. Der Rest der Adresse sah aus, als hätte man ihn aus dem Telefonbuch geschnitten. Er zog den Bogen mit einer geübten Bewegung hervor und erstarrte, als er ihn entfaltete. Nachdem der erste Schreck gewichen war, griff er sofort zum Telefon, und es war ihm scheißegal, dass Sonntag war.

106. Kapitel

Auch wenn er an Helena Malafenakis' Unschuld glaubte, so hatte ihn ihre fahrig wirkende Aura doch irritiert. Sie war wie ein orangefarbenes Feuer immer wieder mit roten Spitzen aufgeflackert, aber auch das Gelb, das ihre Kreativität unterstrich, war sichtbar gewesen. Was für eine verrückte Aktion, den Schlüssel zu nehmen und Callistus einfach auf dem Parkplatz stehen zu lassen, dann bei Tageslicht zurückzukehren und kurzerhand das Auto mitzunehmen. Man musste dazu wirklich recht sonderbar sein, doch wer war er, über andere und ihre Spleens zu urteilen? Er saß in einem Glashaus und durfte daher wohl eher nicht mit Steinen werfen. Wie zu erwarten, schnellte seine Hand bei diesen Gedanken nach oben, und er konnte sie gerade noch davon abhalten, sein Haar zu glätten.

Das kriminaltechnische Institut war in einem Nebengebäude untergebracht, und sie kamen tatsächlich unbehelligt dort an. Natürlich war der unauffällige Kleinwagen nicht mit einem Navigationssystem ausgestattet. Er hatte schon damit gerechnet, aber die Hoffnung starb bekanntlich zuletzt.

»Soweit ich weiß, mieten die Ariakis diese Art von Auto von einem Bekannten, der eine Autovermietung hat, und der Sänger hat es regelmäßig ausgetauscht. Mietwagen haben doch oft einen GPS-Tracker. Habt ihr da etwas gefunden?«, wollte er von dem Mann wissen, der mit ihnen zu dem weißen Wagen gegangen war.

»Wir haben alles abgesucht, aber nichts gefunden. Es sind einige Abdrücke drauf, die wir ohne Vergleichsprobe nicht zuordnen können, aber die von eurer Verdächtigen sind auf jeden Fall überall. Sie hat im Innenraum quasi alles angefasst, und wir haben auch Speichelspuren von ihr gefunden.« Er schüttelte sich ein wenig, und Abscheu kroch über seine Gesichtszüge. »Ich kann es mir nur so erklären, dass sie da auch einiges abgeleckt hat.«

Hyeronimos erschauerte ebenfalls bei diesem Gedanken und bedankte sich bei dem Techniker. Höchstwahrscheinlich hatte Helena keine Hand an den von ihr vergötterten Star gelegt, doch sicher konnte er sich dessen auch nicht sein. Die Daten ihres Handys würden ihnen Aufschluss darüber geben, ob sich das Mobilgerät an unterschiedlichen Masten eingeloggt oder ob sie ihren Dunstkreis tatsächlich nicht verlassen hatte. Sollte sie in Richtung Meer gefahren sein, und hier kam aufgrund des Fundortes nur die Nordwestseite oder Chania direkt infrage, dazu musste er kein Strömungsexperte sein, so hätte das Telefon mindestens drei unterschiedliche Sendemasten genutzt. Er würde sich wohl oder übel an Christos wenden müssen, um voranzukommen. Dann schoss ihm der Gedanke durch den Kopf, dass auch das Auto von Evangelina noch nicht gefunden worden war – oder behielt der Kollege die entsprechende Information zu dem Fund einfach für sich?

»Weißt du etwas über Evangelinas Auto?«, fragte er Penelope, die frustriert neben ihm herging. Sie hatten das Krankenhaus wieder erreicht und marschierten durch den Haupteingang hinein, die Presse schien spannendere Orte gefunden zu haben oder noch zu schlafen.

»Puh, da fragst du die falsche Person«, gab sie zu bedenken, »diese Information findest du wohl eher bei euch auf dem Revier als bei mir, denn ich weiß ja auch nur, was Stelios mir berichtet.«

»Oder Zacharis«, lächelte er leicht schief.

»Oder Zacharis«, bestätigte sie und grinste zurück, »aber es ist nicht so, dass wir täglich miteinander kommunizieren.«

»Nicht?«, neckte er sie. »Es hatte mir ganz den Anschein, dass ihr zwei hervorragend miteinander klarkommt. Auf jeden Fall viel besser als ich mit ihm!«

»Das ist ja auch keine Kunst«, machte sie bei dem kleinen Schlagabtausch munter mit, und die bittere Stimmung verflog etwas.

»Touché«, sagte er, fasste sich getroffen an die Brust und taumelte ein wenig nach hinten.

Sie musste lachen: »Es ist gut, dass wir uns ein wenig in Frohmut üben, bevor du Christos anrufst. Leg einfach los, bleib freundlich. Unterm Strich muss er dir sagen, was er weiß, denn es ist im Interesse unserer Behörden, rasch Licht ins Dunkel zu bringen.«

»Du hast vollkommen recht, aber ich weiß genau, wie das Gespräch laufen wird«, wand er sich, denn die Erwähnung des Namens wirkte auf ihn wie eine kalte Dusche.

»Bevor du mir erzählst, was alles passieren wird, und dich dann quasi zweimal aufregst, kannst du es auch einfach hinter dich bringen«, motivierte sie ihn und schubste ihn ein wenig an, »ich kaufe dir auch Karottenkuchen mit Erdnuss-Topping ...«

Eigentlich war ihm der Spaß bereits vergangen, doch dass sie ihn mit Kuchen locken wollte, zauberte ihm erneut ein Schmunzeln ins Gesicht. Er zückte sein Handy, atmete mehrfach tief durch und suchte Christos' Kontakt, als sein Telefon unerwartet zu klingeln begann. Erschrocken ließ er es beinahe fallen, nahm den Anruf an und packte Penelope am Arm, als sich der Anrufer als Silenus Ariakis herausstellte.

»Silenus«, flüsterte er ihr zu. Sie standen mitten im Foyer, und er wollte nicht vor allen Leuten sprechen. Die Pathologin schien ihn, wie immer, ohne große Worte zu verstehen und zog ihn in eine der Telefonkabinen, in denen die Kranken die Möglichkeit hatten, ungestört zu telefonieren. Es war eng, und sie standen sehr nah beisammen, unter anderen Umständen hätte er sich in dieser Situation unwohl gefühlt, auch wenn er seine Freundin wirklich sehr mochte, doch der kleine Raum war eben nur für eine Person konzipiert. Penelope quetschte sich in die Lücke zwischen dem Münzapparat und der Wand, um ihm Raum zu geben. Erleichtert atmete er ein wenig auf und hielt sein Handy so, dass sie mithören konnte.

Silenus klang aufgeregt.

»Kommissar Galavaki, ich habe einen Drohbrief an meine Schwägerin in der Fanpost gefunden«, sagte der Mann und klang leicht atemlos dabei.

»Woran machen Sie fest, dass es ein Drohbrief ist?«, wollte Hyeronimos wissen.

»Das ist ganz einfach: Er ist aus Zeitungen ausgeschnitten, schon die Adresse ist eine Provokation, und das Schreiben bezichtigt Zenia des Mordes an Callistus.« Silenus' Stimme überschlug sich nun fast. Es entstand eine Pause, und Hyeronimos wollte sich schon vergewissern, ob die Verbindung noch stand, als der Mann flüsterte: »Ich habe so ein Gefühl, dass da etwas dran ist. Ich schicke ihnen sofort ein Foto davon.«

»Wie meinen Sie das?«, hakte Hyeronimos nach.

»Sie ist eiskalt und lässt gar nicht mehr mit sich reden, und heute hat sie mir klargemacht, dass sie Callistus' Erbin sei, und mich dann aus ihren Räumen geworfen«, erklärte Silenus hastig.

»Das ist aber noch kein Indiz dafür, dass sie etwas mit seinem Tod zu tun hat«, stellte der Kommissar klar.

»Ich weiß«, gab Callistus' Bruder kleinlaut bei, »aber sie reagiert wirklich außerordentlich sonderbar auf seinen Tod.«

»Jeder trauert anders, Herr Ariaki.«

»Sie trauert gar nicht«, begehrte er auf, »bitte nehmen Sie meinen Hinweis ernst, Herr Kommissar. Ich sage das nicht, weil ich meine Schwägerin nicht mag, sondern weil sie sich nicht nachvollziehbar verhält.«

Und weil du wesentlich mehr erbst, wenn sie am Tod ihres Mannes schuld ist und im Gefängnis landet, dachte Hyeronimos, sagte aber: »Welche Beweggründe sollte sie gehabt haben, ihren Mann zu töten?«

»Er hatte ein Kind mit einer anderen, und sie wusste es. Er wollte sie für Evangelina verlassen und ...« Silenus stockte kurz, räusperte sich dann und fuhr mit fester Stimme fort: »Er wollte auch seine Karriere an den Nagel hängen. Das hätte uns alle betroffen, aber Zenia auf ganzer Linie demontiert.«

»Demontiert?«, hakte Hyeronimos interessiert nach.

»Ja, stellen Sie sich doch mal den Imageverlust vor: sitzen gelassen für eine Jüngere und wahrscheinlich unfruchtbar, denn warum haben die beiden sonst keine Kinder. Noch dazu hätte sie ihren Job verloren. Athanasia und ich hätten vielleicht etwas kürzertreten können, Fanshop und Merchandising-Produkte, so was läuft noch lange Zeit, und dann wäre er gewiss auch mal wieder aufgetreten. Irgendwann hätte es ihn ganz sicher wieder in den Fingern gejuckt, aber für Zenia gab es in diesem Konstrukt keinen Platz mehr!«

»Das ist eine mächtige Anschuldigung«, Hyeronimos verstand, worauf der Mann hinauswollte, sah sich aber gleichzeitig in der Verantwortung, ihm die Konsequenzen einer solchen Verdächtigung zu verdeutlichen.

»Ich weiß, und ich mache das nicht leichtfertig, Zenia ist ein Teil meiner Familie, und ich beschmutze meine Familie nicht unbesonnen.« Silenus klang eindringlich.

»Sie wissen, dass wir bereits eine Verdächtige haben«, pokerte Hyeronimos nun.

»Ja, die Mosaikfrau, aber mein Gefühl sagt mir, dass sie ihn nicht getötet hat«, beharrte Silenus.

»Ich nehme Ihren Hinweis sehr ernst, Herr Ariaki«, kam Hyeronimos dem aufgeregten Mann etwas entgegen, »und selbstverständlich schaue ich mir das Schreiben genau an, aber ich weiß nicht, wie ich da etwas überprüfen soll, ohne Ihrer Schwägerin zu nahe zu treten.«

Penelope sah ihn an und machte eine Bewegung, als würde sie ein Lenkrad drehen.

Er begriff sofort und war ihr dankbar für ihr Mitdenken: »Wir könnten die Navigationssysteme Ihrer Fahrzeuge auslesen und«, er wagte einen weiteren kühnen Vorstoß, »Ihre Handys überprüfen. Rufnummernnachweise, Einlogdaten, und am besten wären natürlich auch alle Messenger.«

Er hörte, wie Silenus scharf den Atem einsog und dann langsam sagte: »Ich habe nichts zu verbergen, aber es gibt Dinge, die ... nun sagen wir mal, sehr privat sind, die ich nicht gern preisgeben möchte. Aber meinen Nummernnachweis und diese Logbuchdaten, oder was Sie meinten, können Sie von mir gern haben. Die Autos gehören alle unserer Gesellschaft, daher kann ich das wahrscheinlich unkompliziert für den gesamten Fuhrpark genehmigen. Bei allem, was die Handys der Frauen betrifft, sind mir jedoch die Hände gebunden.«

»Wir schicken Ihnen Techniker zum Auslesen der Navis vorbei, und ich maile Ihnen ein Formular für die erforderlichen Genehmigungen.« Hyeronimos verdeutlichte Silenus, dass es nun eine offizielle Sache wurde.

»Das ist in Ordnung, Herr Kommissar. Mein Bruder ist tot, und ich will wissen, wer dafür verantwortlich ist.«

»Ihr Neffe ist auch tot«, bemerkte Hyeronimos bitter und dachte an den Säugling in der Plastiktüte.

»Das tut mir auch leid.« Silenus rang sich die Worte ganz offensichtlich ab. »Aber ich kannte ihn nicht und das Mädchen nur flüchtig.«

»Wir werden herausfinden, wer für den Tod dieser drei Menschen verantwortlich ist«, versprach Hyeronimos mehr sich selbst als dem Mann am Telefon, und Penelope nickte bestätigend. Dann überkam ihn der Drang, den engen Raum zu verlassen, er verabschiedete sich von Silenus und öffnete aufatmend die Tür.

Penelope schaute ihn aufgeregt an: »Wow, das ist mal eine Wendung! Endlich kommt etwas Bewegung in die Sache. Christos solltest du aber trotzdem anrufen.«

»Du bist wirklich eine nervige Person.« Er meinte, was er sagte, aber weil er sie so sehr schätzte, konnte er ihr dieses Verhalten einfach nicht übel nehmen.

Erstaunt schaute sie ihn an: »Ich bin deine Partnerin, Kapetan, in guten wie in schlechten Zeiten, und da darf ich auch mal nerven.«

»Du hast vollkommen recht«, gab er zu und hob entschuldigend die Arme.

»Wie immer!«, schob sie nach und grinste frech.

»Wir müssen ins Kommissariat und die Papiere fertig machen, kannst du die Techniker schon mal vorwarnen?«

»Das mache ich, sowie wir im Auto sind«, sagte sie geschäftig, und sie traten auf die Treppe vor dem Krankenhaus.

»Ah, jetzt ist die Welt wieder normal«, sagte er, denn am Treppenabgang lungerten einige Fotografen und Leute mit Mikrofonen herum, die mit überdimensionalen Puscheln überzogen waren, was irgendwie lächerlich aussah, obwohl das, was diese Menschen taten, keineswegs lächerlich war.

Er hob den Kopf, und auch Penelope straffte sich. Dann schritten sie selbstbewusst an dem Haufen vorbei, sagten mehrfach »Kein Kommentar!« und waren froh, sich in die Sicherheit des Autos begeben zu können.

107. Kapitel

Sie musste sich zusammenreißen, es war so leicht, Fehler zu machen, wenn man außer sich war. Das wusste sie nur zu gut. Zu oft hatte sie schon genau aus diesem Beweggrund ihre Beherrschung verloren. Nichts davon hatte sie je weitergebracht, sondern eher dazu geführt, dass sie sich immer mehr in ihrem eigenen Netz verheddert und ihre Unbeherrschtheit dann zu Eskalationen geführt hatte. Es war zu einem Sog geworden. Je unglücklicher sie sich fühlte, umso wilder tobte es in ihrem Inneren. Sie kam mit Zurückweisungen und Verlusten einfach nicht gut zurecht. Sie sah ihr Leben anders, hatte bereits in jungen Jahren gespürt, dass etwas in ihr war, was sie zu Größerem bestimmte. Doch alles hatte sich zu ihren Ungunsten entwickelt, und sie war sich sicher, dass es jeder sehen konnte, der sich die Mühe machte, genauer hinzuschauen. Sie war zerrissen und fand in ihrem Inneren nichts mehr von der Person, die sie einst gewesen war.

Damals hatte sie ihre Zukunft noch gesehen, hatte sich für bedeutend gehalten und sich eingebildet, dass ein »bis dass der Tod euch scheidet« wirklich auch bis zu diesem Zeitpunkt galt und nicht mit einem Fingerschnipsen aufgelöst werden konnte. Wenn sie sich im Spiegel betrachtete, fand sie nichts Bekanntes mehr. Alles an ihr war unecht, und sie hatte keine Erinnerungen mehr an Momente voller Glückseligkeit. Ihr ganzes Leben war zu einer Farce verkommen, und diese Frau und das Kind hatten die Demütigung nur noch endgültiger gemacht. Den Rest ihrer Selbstachtung hatte sie verloren, als er ihr nach einem besonders erfolgreichen Auftritt – die Menge hatte ihn mit Standing Ovations sechsmal zurück auf die Bühne geholt, und er hatte sich in königlicher Manier feiern lassen – mitteilte, dass er auf all den Ruhm pfeife. Er hatte bereits alles geplant: das Ende seiner Karriere, das Ende seiner Ehe, und sie hatte kein Wörtchen mitreden dürfen. Sie hätte es einfach stumm hinnehmen sollen. Er war *ihr* Meisterwerk, sie hatte ihn erschaffen und ihr ganzes Leben seinem Vorankommen gewidmet.

Dann hatte er beschlossen, dass es an der Zeit war, sie durch eine Frau zu ersetzen, die unter anderen Umständen sein Kind hätte sein können. Sie hatte entschieden, es mit Fassung zu tragen, hatte ihn um Diskretion bitten wollen, denn sie hatte gehofft, dass er der Jüngeren bald überdrüssig würde. Bilder waren durch ihren Kopf geschossen, von all den unbeschwerten Zeiten, die sie zu viert erlebt hatten – und wie sie sich alle irgendwann unaufhaltbar gefühlt hatten … großartig. Sie hatte sich an all die Momente erinnert, in denen er sie aus dem Dunkel am Bühnenrand ins Licht gezogen und sie ihre gefalteten Hände gemeinsam in den Himmel gereckt hatten. Alles war ihnen möglich erschienen, und tatsächlich war auch alles möglich gewesen. Kaum ein Kriti hatte es je geschafft, einen solchen Weltruhm zu erlangen. Und mit einem Mal hatte er all das vergessen. Subtil hatte er verdeutlicht, wie wichtig ihm die Kleine war, der Zeitungsausschnitt war wie ein Schlag in ihr Gesicht gewesen, denn er machte deutlich, dass ihr Mann vorhatte, öffentlich zu seiner Neuen zu stehen.

Den letzten Schlag hatte sie nicht kommen sehen, und dieser hatte ihr jede Würde genommen und das letzte bisschen Selbstachtung in den Staub getreten. Es gab seither keine Nacht, in der sie nicht von dem Kind geträumt hatte. Nachdem sie von der Schwangerschaft erfuhr, verlor sie zum ersten Mal komplett die Kontrolle über sich und schlug ihm so hart ins Gesicht, dass nicht nur er einen blauen Fleck davongetragen hatte. Es war befreiend gewesen, die klatschende Haut unter ihrer Hand zu spüren.

Das war der Anfang gewesen.

Je länger die Schwangerschaft vorangeschritten war, desto öfter waren auch ihre Auseinandersetzungen eskaliert. Und er wehrte sich nie. Er sollte sich wehren! Seine Teilnahmslosigkeit zeigte ihr deutlich, dass sie ihm nichts mehr wert war, und das machte sie noch wütender. Sie begann, alles über seine Mätresse wissen zu wollen, las über deren Bruder, über den Tod ihres Vaters, über ihre Mutter. Sie überlegte sich sogar, die Mutter zu kontaktieren, um zu verdeutlichen, dass Callistus bereits eine Frau hatte! Doch dann wurde ihr, während ihr Herz immer mehr gefror, deutlich, dass sie das noch mehr entwürdigen würde. Ihr war, als würden selbst ihre Knochen an der Kälte erstarren, und alle hielten sie für unbeugsam, dabei war nichts mehr von ihr übrig außer dieser leblosen Fassade. Einzig die Wut flammte immer wieder zügellos auf, unkontrollierbar – und das Bedürfnis, der Frau von Angesicht zu Angesicht zu begegnen, die das Kind unter dem Herzen trug, das eigentlich ihr gehört hätte. Die Götter schienen sich über sie lustig zu machen, und das Mädchen – sie weigerte sich, ihren Namen zu denken oder gar auszusprechen – weigerte sich ebenfalls, auf sie zu reagieren. Sie versuchte es, wollte mit ihr reden, aber sie erhielt keine Antwort.

Also bat sie Arion, sie nach Ierapetra zu fahren, dort zeigte sie sich im VIP-Bereich einer hippen Beachbar, nahm einen Drink, und dann fuhren sie über verschlungene Wege, die zufällig am Haus der Sklaventakis vorbeiführten, wieder zurück nach Hause. Der Personenschützer wusste, was sie da taten, er lebte mit ihnen und hatte Kenntnis über alles, daher war es so wichtig, dass sie ihm hier und da ein Bröckchen Zuwendung gab. Das hielt ihn bei der Stange. Ihrem Mann war es egal, dass sie mit dem Angestellten schlief, ihr auch. Sie hatte Callistus treffen wollen, es war ihr nicht gelungen, und nun war Arion eine Art Verbündeter geworden.

Sie brauchte Verbündete, denn ihr nächster Schritt würde nicht leicht werden, das war ihr schon bewusst, bevor sie Silenus vor den Kopf gestoßen hatte. Sie würde sich nehmen, was ihr gehörte und die Demütigungen wieder wettmachen. Das Kind war aus dem Weg, es wäre ja auch zu verrückt gewesen, wenn dieser Säugling einen Großteil des Vermögens bekommen hätte. Was für eine unfassbare Vorstellung, aber nun war klar, wer als Siegerin aus der Sache hervorgehen würde. Ihr kaltes Herz stach bei diesem Gedanken.

Callistus war tot. War das ein Sieg?

Entsetzt wedelte sie den Gedanken weg. Sie war die Witwe, und letzten Endes würde Silenus sich an ihre Seite stellen, dazu war ihm der Ruf der Ariakis' viel zu wichtig. Athanasia stand sowieso auf ihrer Seite. Sie wusste schon lange, dass die Schwägerin ihr sehr zugetan war, und manchmal schien es fast ein wenig obsessiv zu sein, doch dann war sie wieder nur die kreative, leicht verwirrte Künstlerin, und sie konnte ihr nicht böse sein, auch wenn sie oft unerträglich war und ihr krankhaftes Hobby, auf alles und jeden zu wetten, sie alle schon mehr als einmal in die Bredouille gebracht hatte.

Als sie sich bewegte, tat ihr jeder Muskel weh, so lange hatte sie auf das Meer gestarrt und reglos dagestanden. Endlich hatte sie wieder alle Trümpfe in der Hand.

108. Kapitel

Christos sah verblüfft auf die Nummer auf seinem Display: Der gnädige Herr Galavakis rief ihn am Sonntag in aller Frühe an, nachdem er sich am Samstag freigenommen hatte. Hyeronimos hatte also das Recht auf einen Tag ohne Belästigung, er aber nicht. Koula und er waren gerade auf dem Weg in die Kirche, und er war versucht, das Gespräch einfach zu ignorieren, doch dann schwappte das Triumphgefühl in ihm hoch, und er konnte sich ein Lächeln nicht verkneifen. Er hatte es dem arroganten Irren gezeigt und den großen Fall innerhalb kürzester Zeit aufgeklärt.

»Geh schon vor, mein Liebling«, sagte er zu seiner Frau, berührte sie leicht am Arm und deutete auf das Telefon.

Sie erwiderte sein Lächeln zufrieden, nickte ihm kurz zu und gesellte sich zu einigen Frauen, die ebenfalls gerade die Treppen hinaufstiegen. Die Kirche lag auf einer Anhöhe hinter einem sanft abfallenden Olivenhain, dessen Blätter grünsilbrig schimmerten. Wenn man auf dem Vorplatz stand, konnte man das Meer sehen und fühlte sich Gott dann einfach noch näher.

Er blieb etwas zurück und ging auf die knorrigen Bäume zu, sorgsam darauf achtend, sich die glänzend geputzten Schuhe nicht mit Staub zu beschmutzen. »Galavaki?«, fragte er knapp und ohne jede Höflichkeitsfloskel.

»Christo«, antwortete der Kollege und klang distanziert.

Stille entstand, und er wartete, dass der Anrufer sie unterbrechen würde. Meine Güte, was war nur so schwer daran, sich einfach wie ein normaler Mensch zu benehmen?

»Galavaki, was willst du?«, bellte er genervt in das Telefon, und das erhebende Gefühl war schon dabei zu verfliegen, was ihn wirklich verärgerte.

»Wir waren gerade bei Helena Malafenaki, und es haben sich Anhaltspunkte ergeben, die mich glauben lassen, dass sie Callistus nicht getötet hat.«

Christos spürte, wie Hyeronimos' Worte ihn provozierten. Selbstverständlich kam der nicht damit klar, dass er die Täterin gefunden und gerettet hatte, sodass sie für ihre schändliche Tat nun zur Rechenschaft gezogen werden konnte.

»So ein Blödsinn«, knurrte er in den Apparat, »alles ist niet- und nagelfest. Ich habe sie überführt. Sie ist schuldig.«

»Sicher sprechen einige Indizien dafür, aber auch einige dagegen, und ihre Aussage …«

Christos sah Rot, als er diese Worte von Galavakis hörte und er fiel ihm, ohne zu zögern, ins Wort. »Ihre *Aussage*! Dass ich nicht lache. Ich habe sie aus *seinem* Auto gezogen, sie wollte sich umbringen, und ihr Abschiedsbrief zeigt ihre Schuld sehr deutlich. Wie will sie das erklären? *Oh, das Auto ist mir zugelaufen, und dann wollte ich plötzlich nicht mehr leben …*« Er ließ den Hohn aus seiner Stimme tropfen und wollte dem Kollegen eigentlich nicht die Genugtuung geben, ihm zu zeigen, dass er sich aufregte. Doch es war bereits zu spät. Er regte sich auf. Und wie!

Galavakis räusperte sich so nervtötend, dass er am liebsten aufgelegt hätte.

»Ich dachte, wir können vielleicht an einem Strang ziehen.« Der Kollege klang interessanterweise sanft, und ja, mhm, fast ein wenig enttäuscht.

Christos versuchte sich zu beruhigen, doch er sah auch nicht ein, warum er sich den Ruhm rauben lassen sollte. Daher sagte er mit zuckersüßer Stimme: »Das haben wir doch getan, Hyeronimo, nur du bist eben erfolglos geblieben und ich nicht. Unser Ziel war es, die verantwortliche Person zu finden und damit zu zeigen, dass wir kein Haufen voller

Idioten sind.« Er hoffte, dass sein Unterton verdeutlichte, wen er für den größten Idioten hielt.

»Ich möchte die Telefondaten der Frau einsehen«, verlangte Galavakis, und Christos wusste, dass er ihm das nicht verweigern konnte.

Er seufzte laut und machte keinen Hehl daraus, *wie* genervt er war: »Ich weiß zwar nicht, was du dir davon versprichst, aber mein Assistent kann dir morgen den Zugang zu den Unterlagen ermöglichen – und Galavaki: Mach es nicht kaputt. Sie ist schuldig!«

Er wollte das Gespräch nun beenden, denn die Glocken begannen fordernd zu läuten, und er hörte schon die liturgischen Gesänge, doch der uneinsichtige Arbeitskollege sagte mit fordernder Akzentuierung. »Heute! Das hat keine Zeit!«

Er war sich sicher, dass der Mann sofort zu Stelios Mentakis rennen würde, wenn er jetzt auf stur schaltete, doch er würde auf gar keinen Fall nach Hyeronimos' Pfeife tanzen. »Nach der Kirche!«

Dann schaltete er das Telefon einfach aus und ging mit schweren Schritten die Treppen hinauf. Wieder einmal hatte Galavakis ihm den Tag versaut.

109. Kapitel

»Sie war nirgendwo anders! Ich war mir sicher, dass er das nicht überprüft hat.« Hyeronimos wusste nicht genau, ob er erfreut sein sollte oder verärgert.

»Kann es dafür auch einen anderen Grund geben? Was wäre, wenn sie das Handy ausgeschaltet hatte, dann loggt es sich ja in keinen anderen Mast ein«, gab Penelope zu bedenken.

»Damit liegst du nicht falsch.« Er wusste, wie abwehrend er sich anhörte, und es tat ihm leid, doch sein Instinkt sagte ihm ganz klar, dass Helena nicht ihre Täterin war. Zudem tappte er auch, was Evangelina und das Baby anging, vollkommen im Dunklen.

»Was, wenn Evangelina ihn von irgendwo angerufen und abgeholt hat? Bisher glauben wir nur zu wissen, dass die beiden zusammenleben wollten. Wie weit sind die Techniker mit ihrem Telefon?«, wollte er wissen, in der Hoffnung, mittels ihrer SMS mehr über die Art ihrer Beziehung zu erfahren.

»Ein iPhone ist nicht ganz so einfach legal zu knacken, und wir versuchen es natürlich gerichtsverwertbar zu erledigen, aber ich schätze, wir haben ihre Daten in Kürze.« Sie zwinkerte ihm zu.

»Kann er recht haben, und sie lügt einfach wie gedruckt?«, kam er auf Helena zurück und sah, dass Penelope seinem Gedankensprung folgen konnte.

»Na ja, eine echte, ehrliche Haut ist sie ja nicht gerade. Sie hat Callistus mehr oder minder belästigt, ihre Briefe sind in der Sparte bedrohlich/belästigend gelandet, und sie hat sich nach seinem Tod nicht gemeldet, um den Diebstahl zu gestehen. Dadurch ist sie wirklich verdächtig.« Penelope fasste alles realistisch zusammen.

»Aber du hattest das gleiche Gefühl wie ich im Krankenhaus?«, vergewisserte er sich noch einmal.

Sie nickte bestätigend: »Aber hin und wieder täuschen wir uns oder werden geblendet durch die Umstände.«

Er rieb sich entnervt das Gesicht – er hasste diesen Zustand und wünschte sich eine zündende Idee oder einfach nur, nach Hause gehen zu können, um auf dem Sofa lesend abzuschalten. Dieser Fall war einfach ein Desaster!

»Aber es geht nicht nur um das, was ich glaube, sondern auch um das, was machbar ist, und da frage ich mich wirklich, wie es ihr gelungen ist, ihn in den Kofferraum zu hieven und von da auch wieder heraus, denn sie wird wohl kaum mit einem Toten im Innenraum über die Insel fahren. Ein toter Mensch ist bleischwer, und Callistus hat bereits lebend rund achtzig Kilogramm auf die Waage gebracht. Und das soll sie geschafft haben, ohne eine Spur am Auto zu hinterlassen? Wir haben nichts gefunden. Gar nichts!« Sie fuhrwerkte unterstreichend mit den Händen durch die Luft.

»Das spricht dann dafür, dass wir mit unserer Intuition durchaus richtig liegen könnten, aber Intuition ist eben vor Gericht nichts wert. Wir brauchen mehr, um sie zu entlasten«, sagte er.

Sie hatten sich noch einmal eingehend mit der Wand beschäftigt, und ihm war bewusst geworden, dass sie aufgrund der Berühmtheit von Callistus, aber auch des Bildes, das die Öffentlichkeit von der Familie hatte, nicht davon ausgegangen waren, dass ein Angehöriger für die Tat infrage kam, zudem der Star ja auch das Haus verlassen hatte und ganz offensichtlich auf der Südseite der Insel gewesen war. Bei all dem, was sie in Erfahrung gebracht hatten und wie Tötungsdelikte funktionierten, war normalerweise die Familie grundsätzlich im Fokus. Er hatte sich auf deren Aussagen verlassen, auch weil das Eisen, sie anzuzweifeln, verdammt heiß war und er danach ganz sicher nicht mehr mit ihrer Kooperation hätte rechnen können. Eher wäre ihm der Zutritt zum Anwesen verwehrt worden, und er hätte stattdessen mit einem Anwalt, der pro Stunde mehr berechnete, als eine Serviererin in einem Restaurant im Monat verdiente, kommunizieren dürfen. Silenus' Kooperation war daher genau das, was sie brauchten, und auch wenn man ihm vorwerfen konnte, die Ariakis' nicht gleich ins Visier genommen zu haben, so war die aktuelle Situation doch sehr vielversprechend.

Er hatte dem Manager die notwendigen Papiere zugesandt und hoffte, dass dieser nun auf den letzten Metern keine kalten Füße bekam. Zudem hatte er, seiner Intuition folgend, weitere Mails verfasst, ohne mit jemandem darüber zu reden. Noch war nichts spruchreif, es waren noch unreife Gedanken und Indizienfetzen, die aber bei genauerer Betrachtung doch zusammenzupassen schienen, wenn man ein wenig kreativ dachte. Das hatte er getan.

Er bewegte die Maus leicht und achtete darauf, sie nicht zu sehr aus der Mitte des Mousepads zu bewegen, denn allein der Gedanke bereitete ihm schon Stress, und wenn er zu gestresst war, vergaß er die einfachsten Dinge. Dazu war jetzt nicht der passende Zeitpunkt. Jetzt musste er perfekt sein und funktionieren.

»Silenus hat alles unterschrieben, du kannst die Hunde von der Leine lassen«, forderte er Penelope auf, die sofort zu ihrem Handy griff.

Wenige Sekunden später – sie hatte die Erlaubnis mit seiner Unterschrift und dem offiziellen Stempel versehen an die beiden Techniker weitergeleitet – hob sie den Daumen: »Sie sind schon nach unserem ersten Gespräch losgefahren und passieren gerade Apokoronas, sind also gleich da. Dadurch verlieren wir tatsächlich keine Zeit.«

»Jetzt können wir nur noch hoffen, dass jemand in der fraglichen Nacht unterwegs war und auch das Navi benutzt hat, sonst stehen wir wieder am Anfang.« Er seufzte und positionierte die Maus wieder so, dass sie mittig lag und das Pad parallel zur Schreibtischkante ausgerichtet war.

Penelope hatte das Handy gerade abgelegt, als es zu jaulen begann, anders konnte er den Klingelton nicht beschreiben, und er spürte, wie ihm eine Augenbraue nach oben rutschte, während er sie ansah. Sie lächelte verschmitzt, hielt sich das Smartphone ans Ohr und bekam dann große Augen: »Ich stelle Sie jetzt laut, Konstantino, Kommissar Galavakis ist hier bei mir und hört mit.«

Die Stimme des Mannes hallte, aber er war gut zu verstehen: »Wir haben das Handy von Evangelina Sklaventaki geöffnet und sind auf einige spannende Dinge gestoßen. Es geht dabei vor allem um eine Nummer, die wir den Ariakis' zuordnen können, und um die Nummern ihres Bruders und ihrer Mutter. Auf WhatsApp und Viber hat sie in erster Linie mit einigen Frauen geschrieben, Freundinnen wahrscheinlich, aber da geht es eher um oberflächliche Dinge. Möchten Sie das alles haben?«

»Ja bitte«, sagte Hyeronimos laut und deutlich, diktierte seine E-Mail-Adresse und vergaß nicht, sich zu bedanken. Leute erwarteten so etwas immer, obwohl sie doch nur ihre Arbeit erledigten.

Penelope verabschiedete sich freundlich und kam zu ihm an den Schreibtisch, blieb neben ihm stehen und sah ihn fragend an.

»Nimm gern den Stuhl, und setz dich zu mir!« Er deutete an seine Seite, und sie nahm den Besucherstuhl bedächtig, trug ihn vorsichtig um den Schreibtisch und ließ sich mit Blick auf den Bildschirm nieder. Es gefiel ihm, wie sehr sie es respektierte, dass seine Ordnung gewahrt blieb.

Er lächelte sie an und sagte: »Danke, Pen,« dann öffnete er den ersten Anhang der Mail.

Sie überflogen den Text interessiert und bekamen eine innige Liebesbeziehung zwischen Evangelina und Callistus bestätigt. Ihre Nachrichten endeten an jenem Freitag, an dem sie das Haus ihrer Familie überstürzt verlassen hatte, von ihm waren bis in die Nacht von Samstag auf Sonntag weitere gekommen. Hyeronimos' Atem ging schneller, als er die letzten Texte laut vorlas: »Der Schlüssel meines Wagens ist weg, und ich stehe hier auf einem Parkplatz abseits des Ortes, nachdem ich diesem Fotografen endlich eine reingehauen habe. Das hat er schon lange verdient. Wo bist du nur, Liebste? Ich muss diskret von hier fort, Silenus reagiert nicht, und Athanasia ist sicher wie immer betrunken, daher bleibt mir nur Zenia, aber ich will sie nicht bitten. Ich will dich und Teris. WO BIST DU?« Dann folgte einige Zeit später noch ein Text, den Hyeronimos vorlas: »Sie kommt. Mein Akku ist leer, nicht nur der meines Handys! Du fehlst mir so. Ihr fehlt mir!!« Ein Emoji mit Herzchenaugen bildete den Abschluss.

Sie sahen sich triumphierend in die Augen, hier hatten sie genau den Hinweis, den sie benötigten. Die Nummer gehörte zweifelsohne Callistus, und Zenia würde kommen und ihn abholen. Wie demütigend musste das für beide Ehepartner gewesen sein, aber besonders für die betrogene Ehefrau.

Penelope sprach aus, was er dachte: »Es war sicher nicht einfach für ihn, seine Frau zu bitten, aber für Zenia muss das doch auch ganz schrecklich gewesen sein, ihn in der Nacht irgendwo aufzugabeln, wohl wissend, dass er sicher nicht unterwegs war, um die Natur zu genießen.«

»Wobei zwischen Abholen und Töten ja auch noch ein großer Unterschied besteht«, warf er ein.

»Sicher, aber vielleicht kam es zum Streit. Er hatte auch ein älteres Hämatom, denn diese Einblutungen waren tiefer, was wäre also, wenn wir es tatsächlich mit einer sehr *schlagkräftigen* Frau zu tun haben? Demütigung erweckt manchmal ungeahnte Seiten und auch Kräfte in Menschen.« Die Pathologin zog nachdenklich ihre Stirn kraus.

»Alles ist möglich. Menschen sind bereit, einander alles anzutun, da gibt es keine Grenzen, doch auch bei ihr stellt sich mir die Frage, wie sie ihn ins Meer bekommen hat. Gut, sie ist größer und sportlicher als Helena Malafenaki, aber trotzdem ist es kaum möglich, dass sie ihn getragen hat, und ich kann mir wirklich nicht vorstellen, dass sie einen Mitwisser hatte«, erläuterte er seine Gedanken.

»Sie hat ihn also abgeholt, die Fahrt war gewiss ätzend, und sie kommen nach Hause. Der Streit geht weiter, eskaliert. Sie ballert ihm eine, und er stürzt unglücklich, ist binnen Minuten tot, und sie dreht durch. Das Haus liegt am Meer, das Grundstück ist leicht abschüssig, es ist noch dunkel, und alle anderen schlafen. Niemand bekommt mit, dass sie ihn hinunterschafft und dem Wasser übergibt«, sie atmete tief durch, »das klingt wirklich alles zu sehr konstruiert.«

»Aber es ist möglich«, bekräftigte er, »und tatsächlich hat sie ein Motiv als betrogene Ehefrau, denn bei einer Scheidung hätte sie wahrscheinlich weniger bekommen als im Erbfall.«

Penelope fuhr auf: »O mein Gott, Hyeronimo, das Kind! Es hätte auch geerbt. Denkst du, es ist wirklich möglich, dass sie alle drei getötet hat: Callistus im Streit, Evangelina aus Eifersucht und das Baby aus Geldgier?«

»Es gibt ja auch noch den Fanbrief, der sie belastet«, griff er das bösartige Schreiben auf und ließ das Foto, das Silenus geschickt hatte, noch einmal auf dem Bildschirm aufleuchten.

»Das halte ich für eine extreme Interpretation, denn so, wie Silenus den Inhalt beschrieben hat, ist er ja gar nicht«, sie wies mit dem Finger auf die Formulierung. *»Es ist alles Deine Schuld. DU hast ihn auf dem Gewissen!* Das kann alles und auch nichts bedeuten. Ich würde hier nicht automatisch schlussfolgern, dass es jemanden gibt, der mehr weiß, denn was hätte diese Person davon? Wenn sie Zenia erpresst hätte, das wäre etwas, aber so? So bleibt es einfach nur eine recht haltlose Anschuldigung.«

Er wiegte den Kopf lange hin und her, Penelope hatte nicht unrecht, Papier war geduldig, und oft konnte man nicht nachvollziehen, was Menschen dazu brachte, sich so absonderlich zu verhalten.

»Wir machen uns am besten mal auf den Weg zu den Herrschaften Ariakis«, sagte er und druckte den Nachrichtenverlauf aus. Zu schade, dass sie Callistus' Handy nicht hatten.

»Gute Idee, ich sage meinen Leuten, sie sollen dafür sorgen, dass niemand das Anwesen verlässt, damit wir mit allen reden können. Silenus war sehr offensichtlich auch nicht ganz ehrlich zu uns, denn Callistus hat ihm ja wohl eine oder mehrere Nachrichten geschickt, und das ist keine unwichtige Info, die man mal eben zu erwähnen vergisst«, machte sie ihre Position deutlich.

»Vollkommen richtig kombiniert, Dr. Watson«, sagte er, schaltete den Computer aus, packte die Ausdrucke in eine Klarsichtfolie, nahm seine Jacke vom Haken und tat so, als würde er sich eine Kappe aufsetzen und eine Pfeife in den Mund stecken.

Sie musste lachen, nahm Tasche und Mantel und salutierte: »Ich bin bereit, den Fall zu lösen, Sherlock!«

110. Kapitel

Nereos wusste nicht mehr, was er denken sollte, es war ihm sehr schwergefallen, Evangelinas Handy an die Polizei weiterzugeben. Er hatte sich sicher viel gewünscht, was seine Schwester betraf, auch ihr Tod war manchmal dabei gewesen. Das Kind hatte er ebenfalls aus ihrer aller Leben entfernen wollen. War seine Mutter gleichfalls in ihren Gedanken so weit gegangen, bevor sie gewusst oder eher geahnt hatte, dass Callistus der Vater des Jungen war, um ihre ursprünglichen Ziele zu verwirklichen? War sie wirklich so berechnend? Er beantwortete sich die Frage mit einem leichten Kopfnicken, denn wenn es ums Geschäft ging, machte sie keine Kompromisse und zog Deals mit knallharter Hand durch, bei denen andere nur mit den Ohren schlackerten. Das hatte er von ihr gelernt und übernommen. Nur deshalb war er auch auf dem politischen Parkett so erfolgreich und schaffte es auch im Unternehmen immer wieder, für Innovation zu sorgen. Er hatte die Leiterin der Marketingabteilung, kurz nachdem sie gestern von der Identifizierung der Leichname zurückgekehrt waren, damit beauftragt, eine Kampagne zu ersinnen, die es ihnen möglich machte, Evangelinas Tod so umzumünzen, dass die Medien nicht zu viel Energie auf die Verzerrung des Geschehens verwenden würden, sondern sich auf das stürzen konnten, was die Sklaventakis' daraus machten und wovon die Bevölkerung profitieren konnte. Doch er war nicht zufrieden. Der Deal mit den Kapetanakis' war sicher geplatzt, denn auch wenn Stephanos die Zügel noch fest in der Hand hielt, so war Myron keinesfalls zu unterschätzen. Er wusste genau, wie diese Familie tickte, und war sich auch bewusst, dass dessen Mutter ganz sicher kein Fan seiner Schwester war, nachdem sie unverheiratet schwanger geworden war und noch dazu ganz offensichtlich keinen Vater hatte vorweisen können. Das stempelte sie in den Augen solch gottesfürchtiger Leute zu einem Schandfleck ab, und Evangelina hatte diese Schande über ihre Familie gebracht. Jetzt konnte er jedoch verstehen, warum sie das Kind unbedingt hatte behalten wollen: Es war ihre Fahrkarte in eine glänzende Welt voller Ruhm und unendlichen Reichtums gewesen! Selbst wenn der Star sie abgeschoben hätte, sein Sohn wäre ihr Zugang zu dieser Welt geblieben. Kurz schoss ihm durch den Kopf, dass er an ihrer Stelle ebenso gehandelt hätte, doch dann verwarf er den Gedanken wieder, denn sein Agieren war darauf ausgerichtet, die Sklaventakis' zu stärken und sie nicht der Regenbogenpresse zum Fraß vorzuwerfen.

Myron hatte ihn erneut angerufen, ungefähr fünfzehn Mal, dann hatte er aufgegeben und hatte das Gespräch angenommen. Von dem einst so jovialen Gesprächspartner war nichts mehr übrig geblieben, ein Wahnsinniger hatte in sein Ohr gezetert, Blutrache gefordert, was nun gar nicht so absurd war, denn er wusste nur zu genau, wie ernst dieses Thema von vielen Familien genommen wurde. Immer wieder kamen Menschen genau aus diesem Grund zu Tode: als Buße für eine schädigende Tat. Myron wusste, dass er kein Recht hatte, Informationen aus erster Hand zu erhalten, und er bestand darauf, dass Nereos ihn sofort in Kenntnis setzte, sowie die Polizei etwas herausgefunden hatte.

Was für ein Wahnsinn! Um ihn herum schienen in den zehn Tagen, seit Evangelina verschwunden war, alle verrückt geworden zu sein, und nur er hatte seine Sinne beisammengehalten und bei allem, was er getan hatte, das Ziel nicht aus den Augen verloren: Die Ehre der Familie ging über alles, und seine Schwester hatte darauf gespuckt, das würde er ihr niemals verzeihen, auch wenn sie ihre gerechte Strafe bereits erhalten hatte.

Vendetta, schoss es ihm durch den Kopf, und er dachte nach, wie er Myron geschickt würde lenken können, denn wenn dieser jemanden töten würde, eine Person, die er ihm unter dem Siegel der Verschwiegenheit als verantwortlich verkaufen konnte, dann wäre die Spedition erheblich angegriffen und der alte Kapetanakis für eine Kooperation vielleicht sogar mehr als dankbar. Und zwar zu Nereos' Konditionen! Ein Lächeln glitt über seine Lippen. Diese Idee würde er nicht aus den Augen verlieren.

111. Kapitel

Vielleicht können wir einfach ein Hotel in Chania beziehen«, sagte Penelope und versuchte sich auf dem Beifahrersitz lang zu machen, »dann könnten wir uns die endlose Fahrerei sparen.«

»Diese Strecke ist Zenia ebenfalls gefahren, und zwar hin und zurück«, bemerkte Hyeronimos, »das sind auch nachts rund viereinhalb Stunden.«

»Anstrengend, aber machbar. Zudem könnte ja auch Callistus zurückgefahren sein«, warf sie ein.

»Sie hätte doch auch einen Zweitschlüssel für den Toyota mitbringen können, dann wäre das Auto gar nicht dort stehen geblieben.« Der Kommissar brachte einen Aspekt zur Sprache, den sie auch schon gedanklich kurz gestreift hatte.

»Wir fragen sie das einfach, dann wird sie uns gewiss erzählen, warum, denn nachdem wir ihre Lüge entlarvt haben, ist sie hoffentlich etwas kooperativer«, hoffte sie.

»Oder sie macht noch mehr dicht und sagt ohne Anwalt gar nichts mehr. Das müssen wir echt geschickt verhindern, denn ich an ihrer Stelle hätte bereits ANWALT geschrien, seit die Techniker sich an den Autos zu schaffen machten.« Hyeronimos verzog kurz das Gesicht.

»Wir sind einfach zuversichtlich und glauben daran, dass wir nicht nur eine heiße Spur haben, sondern den Fall tatsächlich hieb- und stichfest aufklären können …« Sie blieb positiv und konnte an seinem Gesicht sehen, was er sagen wollte: »Spuck es schon aus!«

»... und nicht so voreilige Schlüsse ziehen wie andere Polizisten, nur um schnell fertig zu werden«, sagte er, und seine Faszination darüber, wie gut sie ihn kannte, war ihm ins Gesicht geschrieben.

»Mehr möchte ich davon echt nicht hören, Hyeronimo, ich hab dich wirklich sehr lieb, aber dieses Kindergartengetue zwischen euch ist mir zu viel«, sagte sie unverblümt, und es war ihr schnuppe, ob sie ihm damit auf die Füße trat. Dieses Gerangel zwischen den beiden Männern brachte nichts Gutes, egal, von wem es ausging und wer den ersten Stein geworfen hatte.

»Mein kluger Kopf weiß, dass du recht hast, aber da ist etwas in mir, das ihm dauernd auf die Nase hauen möchte«, gab er zerknirscht zu.

»Hyeronimo Galavaki! Niemals habe ich dich als prügelnden Rowdy gesehen«, sagte sie und gab dem ganzen einen leichten Klang, »du verblüffst mich immer wieder.«

Er zuckte mit den Schultern, grinste schief, und sie stellte sich vor, dass er so als Junge ausgesehen hatte, wenn man ihn beim Naschen erwischt hatte. »Hast du damit deine Yaya regelmäßig rumbekommen, wenn sie dich mit der Hand im Bonbonglas ertappt hat?«

»Der Charme der Skurrilen, damit kommt man immer durch«, sagte er lapidar, aber sie wusste, dass er es als Heranwachsender nicht leicht gehabt hatte. Kinder und Teenager gingen mit Andersartigkeit selten nachsichtig um, deshalb hatte sie lange Zeit verborgen, wie sie wirklich tickte. Umso mehr bewunderte sie Eleni dafür, wie offen und gradlinig sie war, auch wenn die Zeiten sich etwas geändert hatten; auf der Insel tickten die Uhren einfach viel langsamer.

Sie erreichten das Anwesen der Ariakis', und der bullige Personenschützer öffnete ihnen.

»Ich halte kurz an«, sagte Hyeronimos und stoppte den Wagen, »wir sollten ihm mal etwas kräftiger auf den Zahn fühlen.«

Sie nickte und stieg aus, streckte sich erst einmal und ließ den Mann dabei nicht aus den Augen. Er hatte eine bewegungslose Miene aufgesetzt, doch sie ließ sich davon nicht täuschen. Zu viele Menschen kamen in ihre heiligen Räume mit den unterschiedlichsten Motiven, die sie offen darlegten oder auch verbargen. Sie war einfühlsam genug, um Verhaltensweisen von Menschen zu durchdringen. Ganz sicher war der Typ nervös, denn sonst hätte er nicht wie eingefroren an der Stelle stehen müssen, wo er jetzt stand, sondern ganz entspannt auf sie zukommen und nachfragen können, was los war. Sie warf Hyeronimos einen kurzen Blick zu, und er nickte fast unmerklich, dann gingen sie gemeinsam auf Arion zu. Es war ein bisschen wie in *Men in Black*, nur dass sie kein Blitzdings dabeihatten, doch sie schritten im Gleichschritt und fokussierten ihn ernst. Es war ganz sicher seiner Ausbildung zu verdanken, dass er nicht zurückwich, sondern sich der vermeintlichen Bedrohung stellte.

»Arion«, sagte Hyeronimos knapp, und sie bauten sich gemeinsam vor dem Hünen auf. Penelope war fast versucht, die Arme vor dem Körper zu verschränken, um den Geisterjägern noch mehr zu entsprechen, ließ es dann aber und rief sich zur Ernsthaftigkeit auf. Sie wusste, warum sie gerade so viele Situationen so sehr überzog, denn der tote Säugling hatte sie einfach schwer erschüttert, und sie brauchte den Sarkasmus und die Situationskomik, um sich wieder zu zentrieren.

Arion nickte, und sein Gesicht blieb so starr wie sein Körper. Eine Sonnenbrille hätte ihm gutgetan, denn in seinen Augen flackerte deutliches Unbehagen.

»Bei unserem letzten Gespräch sind wir ja eher an der beobachtbaren Oberfläche geblieben«, begann Hyeronimos, »doch heute gehen wir einfach einen Schritt weiter. In Ordnung?«

Sie wusste, dass er das nur rhetorisch meinte, denn er würde so oder so weiterfragen. Arion blieb stumm und hob die Augen zum Haus, als erwartete er Hilfe von dort.

»Sie schlafen mit Zenia Ariaki, richtig?«

Die Augen flackerten immer mehr, und er blinzelte mehrfach hektisch, was ihrer Erfahrung nach immer ein Zeichen für Aufregung war. Doch er schwieg weiter.

»Wie lange läuft das schon, und wusste Callistus davon? Haben Sie beide gemeinsame Zukunftspläne? Was würden Sie alles für diese Frau tun?«, ballerte der Kommissar nun eine Frage nach der anderen heraus, und sie beobachtete die Reaktionen.

Arion wurde eine Nuance blasser und biss sich kurz auf die Unterlippe, während seine Lider flatterten wie Kolibriflügel. Hyeronimos hatte einen Nerv getroffen, doch der Bodyguard schien auf etwas zu warten und öffnete den Mund nicht, so, als seien seine Lippen versiegelt. Dann knarzte etwas, und er riss das Walkie-Talkie von seinem Gürtel. Sie konnte die Erleichterung sehen, die über sein Gesicht glitt.

»Unser Anwalt ist auf dem Weg, Arion«, tönte Zenias kühle Stimme leicht verzerrt aus dem Gerät, »du musst nicht mit der Polizei reden.«

Was im ersten Augenblick wie eine Option klang, verdeutlichte allzu sehr, dass es sich hierbei um ein Gebot handelte. Er bestätigte mit einem kurzen »Okay«, drehte sich dann einfach um und ging zu seiner Unterkunft nahe dem Eingangstor.

»So ist das, wenn man sich an jeden Befehl hält, egal, wie dumm er auch ist«, sagte sie laut zu Hyeronimos, und dieser nickte.

»Wir werden ihn so oder so befragen, das hier ist nur unnötiges Geplänkel«, bestätigte der Ermittler in hartem Ton.

Dann gingen sie wieder zurück zum Wagen und legten die Strecke zum Haus zurück, auch hier würden sie gewiss erst einmal keine Antworten bekommen, doch sie hatten handfeste Beweise, daran konnte auch der Anwalt nichts ändern. Sie hoffte, dass Silenus unter diesem Druck nicht einknicken würde.

»Silenus' Unterschrift unter den Dokumenten ist rechtssicher, richtig?«, vergewisserte sie sich, als sie auf dem Vorplatz anhielten. Der Blick auf das Meer war schlichtweg atemberaubend, und sie versuchte die Strecke abzuschätzen. »Lass uns einfach mal hinter das Haus laufen und die Gegebenheiten genauer in Augenschein nehmen. Dann kann ich mir ein Bild machen, ob es möglich ist, mit einem Toten vom Haus zur Klippe zu kommen.«

»Gute Idee, mal sehen, wann sie uns stoppt.« Hyeronimos öffnete die Tür und stieg aus, der Wind sauste durch sein Haar und zerzauste es, überrascht nahm Penelope zur Kenntnis, dass er es einfach zuließ.

Sie marschierten zielstrebig in Richtung Rückseite des Hauses, sahen die breite Fensterfront, die zum Garten führte, und die gepflegte Anlage. Das Gras war kurz und sah frisch gemäht aus, was eventuelle Schleifspuren gewiss null und nichtig gemacht hatte, Teakholz-Fliesen markierten unterschiedliche Flächen, auf denen im Sommer wahrscheinlich gemütliche Möbel standen. Wege von einer Plattform zur anderen waren ebenfalls aus dem gepflegten Holz angelegt, sodass man dort ungehindert barfuß laufen konnte – und vielleicht auch einen Körper ziehen oder ... Ihr Blick fiel auf ein hübsches Gartenhaus, und als sie näher kamen, konnte sie durch ein Fenster diverse Gartengeräte sehen und auch eine Schubkarre.

Dann war der Spuk vorbei. Eines der hohen Fenster wurde geöffnet, und Zenias Stimme schallte durch den Garten: »Sie bewegen sich unbefugt auf meinem Grundstück, das würde ich an Ihrer Stelle unterlassen!«

Hyeronimos drehte sich um und konterte hart: »Ein Teil des Anwesens gehört Ihrem Schwager Silenus, und er hat uns autorisiert.«

Erstaunt schaute sie ihn an. Da sie die Papiere nicht komplett durchgelesen hatte, war ihr das nicht bewusst. Gelassen drehten sie sich um und schlenderten gemütlich zum Haus zurück, ganz so, als wären sie im Urlaub. Sie meinte, Zenias Zähne knirschen zu hören, und war versucht, Hyeronimos ein Victory-Zeichen zu zeigen. Er war wirklich gut.

»Wir haben bereits genug gesehen, Frau Ariaki«, sagte der Mann an ihrer Seite und blieb kalt und unzugänglich. Er begegnete der Witwe genau auf ihrer Ebene. Mal schauen, wie sich das entwickelte: Entweder, es brachte sie dazu zu reden, oder sie würde vollkommen dichtmachen und den Anwalt alles regeln lassen. Sie betraten die Terrasse, deren Beplankung zu den Ebenen und Wegen im Garten passte. Unter einer Pergola standen zwei gemütliche Sessel, ein gusseisernes Tischchen mit geschwungenen Beinen und eine große Schatzkiste, in der sie die Sitzauflagen vermutete. Alles sah edel aus und blieb dem schicken Stil des Hauses treu. Hyeronimos steuerte einen der Sessel an, nahm unaufgefordert Platz und sagte: »Sie dürfen gern wieder hineingehen, wir warten hier auf Ihren Anwalt, es sei denn ...« Er ließ das Ende des Satzes offen und war weiterhin abweisend und fast unfreundlich.

Sie hielt sich weiter heraus, er verfolgte ganz offensichtlich einen Plan: Sie vermutete, dass er sie wütend machen wollte, um sie so zum Reden zu bringen. Sie bezweifelte, dass Zenia sich dadurch aus der Reserve locken lassen würde, doch sollte sie ihren Mann wirklich getötet haben, so würde sie bestimmt auch unter immensem Druck stehen, und das konnte zu einer kurzen Lunte führen.

Penelope warf sich ebenfalls auf einen Sessel und streckte die Beine von sich. Die Luft schmeckte salzig, und das Meer lockte mit dunkelblauen Wirbeln und warf jadegrüne Wellen an die Klippen, deren helle Schaumkronen das Wasser wie mit Perlen verziert wirken ließen. Jetzt noch ein Drink, dann wäre dieser Ort perfekt. Was brachte Menschen nur dazu, all dies hier aufgeben zu wollen? War es wirklich nur ein goldener Käfig? Sie liebte ihre Wohnung wirklich sehr, der Blick auf die Insel Dia war atemberaubend, aber das Anwesen der Ariakis war eine ganz andere Klasse, meilenweit entfernt von ihren vier Wänden in einem lauten Mehrfamilienhaus. Es war ein Traumgrundstück, ein Traumhaus. Ob die Menschen, die es bewohnten, einmal ebenso gefühlt hatten? Was war dann passiert? Wie hatten sie einander so sehr verlieren können, dass Callistus von Fischen angefressen in einem Hafenbecken gelandet war? Gern wollte sie all diese Fragen stellen, wartete aber auf Hyeronimos und dessen Vorgehensweise.

112. Kapitel

Sie wusste, dass es kein Zurück mehr gab. Tote ließen sich nicht mehr zum Leben erwecken. Ihre Nerven flatterten so sehr, dass sie am liebsten so viel getrunken hätte, bis eine Ohnmacht sie einlullen würde. Doch das konnte sie sich nicht erlauben. Nur kleine, beruhigende Schlucke waren möglich. Alles andere wäre zu auffällig. Also versuchte sie aufzuräumen, schleppte Dinge von hier nach dort, um sie dann wieder zurückzubringen, was dazu führte, dass ein heilloses Durcheinander entstand. Es machte sichtbar, wie sie sich fühlte, und sie befürchtete, dass es auch für andere verdeutlichen würde, wie verwirrt sie war, und das würde ungewollte Aufmerksamkeit auf sie lenken. Sie spürte das Bedürfnis, ihre Sachen zu packen und wegzufahren, doch sie musste wie immer den Schein aufrechterhalten – jetzt noch mehr als vor einigen Tagen. Wenn sie jemand ins Visier nehmen würde – sie hielt es zwar für so gut wie unmöglich –, doch wenn, dann war sie nicht sicher, ob sie einem solchen Druck standhalten konnte. Also durfte sie erst gar nicht ins Blickfeld der Polizei geraten, wobei es ja durch den Besuch des Kommissars und der Doktorin schon geschehen war. Hatte sie genügend Betroffenheit an den Tag gelegt, oder war sie teilnahmslos und gleichgültig erschienen? Sie wusste genau, wem ihre Loyalität galt, doch wussten das alle anderen auch?

Sie hatte versucht, es zu verdeutlichen, doch ihr Gefühl sagte ihr, dass sie nicht besonders erfolgreich gewesen war. Oder doch? Manchmal konnte sie ihren Sinnen nicht trauen.

Sie war einmal wer gewesen, hatte eine eigene Identität besessen, dunkel schwang diese Erinnerung in ihr und machte sie so konfus, dass sie beobachten konnte, wie ihr Körper zu flattern begann. Sie musste sich dringend beruhigen, ein weiterer schneller Schluck, diesmal direkt aus der Flasche, gab ihr etwas Sicherheit, und ihre Hände hörten auf zu zittern. Sie musste einen Ausweg finden, und dazu musste ihr Kopf einfach klar sein. In den lichten Momenten, wenn ihr Verstand so gut arbeitete wie früher, bevor sie zu dieser identitätslosen Person, diesem Anhängsel ohne eigene Bedürfnisse geworden war, hatte sie Ideen und auch Umsetzungspotenzial. Darauf musste sie einfach vertrauen.

113. Kapitel

Zacharis fühlte sich nutzlos. Seine Freundin hatte sich erkältet, das Wetter war wirklich zu kühl und feucht, und würde heute nichts mit ihm unternehmen können. Also gab es nichts, was ihn ablenkte, der Fernseher berichtete auf jedem Programm entweder über Callistus oder die junge Frau und das Kind, das nun bestätigt das seine gewesen war. Wenn es nach ihm gegangen wäre, so hätte die Öffentlichkeit aktuell noch nichts davon erfahren, doch Stelios Mentakis hatte anders entschieden. Er tigerte ruhelos in der Wohnung hin und her, bis er beschloss, ins Präsidium zu fahren und etwas Nützliches zu tun. Konnte er es wagen, seinen Vorgesetzten zu kontaktieren; schließlich war Sonntag, und Hyeronimos hatte seinen besonderen Tag hinter sich. Er wusste nichts Genaues darüber, nur das, was man so munkelte, und das mochte er nicht anhören, denn er verstand, was Privatsphäre bedeutete.

Er meldete sich ordnungsgemäß ab, hatte kurz ein schlechtes Gewissen, sie im Stich zu lassen, doch erfahrungsgemäß konnte er es ihr in solchen Situationen sowieso nicht recht machen, daher verflog das Gefühl rasch. Er schnappte seine Jacke und kletterte auf seinen Roller. Es regnete gerade nicht, und so war dieses Gefährt eine gute Wahl, um rasch durch die Stadt zu brausen.

Kurze Zeit später betrat er sein Büro, nahm verwundert zur Kenntnis, dass der Flur wirklich sehr leer war für einen Fall dieses Ausmaßes, und dachte dann daran, dass Christos sich gewiss aufplusterte wie ein Pfau auf der Balz, weil er die Verdächtige nicht nur gefunden, sondern auch noch gerettet hatte. Er fuhr seinen Computer hoch, goss sich derweil einen Tee in der Küche auf und blieb dabei vollkommen ungestört. Zurück am Arbeitsplatz, sah er erstaunt, dass Hyeronimos wohl schon in aller Frühe hier gewesen war und nun in Chania gemeinsam mit Dr. Demostaki bei den Ariakis Befragungen vornahm. Er las konzentriert die Zusammenfassung des Gesprächs mit der Verdächtigen im Krankenhaus und des Telefonats mit Silenus Ariakis sowie die Beauftragung der Kriminaltechnik, den Fuhrpark der Familie zu checken. Das waren spannende Wendungen in einem Fall, der noch gestern so klar erschienen war. In einem Nachsatz hatte sein Kapetan ihn dazu aufgefordert die vorliegenden Meldungen der Hotline zu sichten, falls sich niemand aus Christos Papadakis' Team am Sonntag blicken lassen würde. Er bemerkte, wie sich seine Augenbrauen erstaunt hoben: Woher hatte Hyeronimos gewusst, dass er heute kommen würde? Wieder einmal spürte er Respekt vor dem Mann und der Art, wie er Situationen und auch Menschen einschätzen konnte. Kein Wunder, dass er eine so hohe Aufklärungsquote hatte, und davon profitierte Zacharis als ein direkter Untergebener natürlich auch.

Er machte sich sofort daran, die Einträge aufzurufen und zu sichten. Bis vorgestern hatte sich Christos selbst beinahe ein Bein ausgerissen, um Informationen zu filtern, die verwertbar waren, dann war ihm wohl der Ruhm zu Kopfe gestiegen. Die Anrufe waren geclustert und bestimmten Segmenten zugeordnet: *Sichtung, Fahrzeug* und so weiter, sodass man sie leichter durchsuchen konnte. Er setzte bei denen an, die nach dem Fund der jungen Frau hereingekommen waren, und machte sich daran, Gespräche anzuhören und E-Mails zu lesen. Wie immer bekam er häufig wirklich unangenehme Gefühle dabei, denn manche Menschen waren mehr als übergriffig und ihre Schilderungen mit Schimpfwörtern oder harschen Beleidigungen gespickt. Es war so schlimm für ihn, dass er oft das Gefühl hatte, sich den Mund mit Seife auswaschen zu müssen, um sich wieder sauber zu fühlen, so, wie seine Mutter es getan hatte, wenn er sich als Kind einmal in der Wortwahl vergriffen hatte. Das hatte ihm diese Marotte schnell ausgetrieben und mit vielen anderen Dingen, an die er jetzt nicht denken wollte, Furcht vor ihr eingebläut. Als er gerade daran dachte, eine Pause zu machen, hörte er eine kratzige Stimme sagen: *»Hier steht seit Tagen eine verdammte Karre, vielleicht gehört die ja der toten Tussi. Man kann die Kennzeichen nicht so einfach lesen, das Ding ist vollkommen eingeklemmt zwischen zwei Containern, denn das war echt 'ne Scheißidee, da zu parken. Logisch, dass das 'ne Schnitte war.«*

Dann kam eine Buchstaben- und Ziffernfolge sowie eine Ortsbeschreibung, und der Anrufer knallte, als er damit fertig war, ostentativ den Hörer auf, das konnte man genau hören. Er hatte also nicht von einem Handy angerufen und auch keinen Namen genannt. Zacharis war elektrisiert, pausierte den Computer und sprang auf. Er hatte zwar keinen Ermittlungsauftrag, war nur ein einfacher Astinomos, aber das würde er jetzt nicht an einen Uniformierten delegieren. Er würde sich selbst vergewissern, dass es sich um das gesuchte Fahrzeug handelte, das in einem sehr kritischen Viertel Irakleios stand, und dann Hyeronimos in Kenntnis setzen. Es war die ganze Zeit direkt vor ihrer Nase gestanden, doch weil es ein im Stadtbild alltägliches Auto war und eingekeilt, hatte niemand besonders darauf geachtet.

Er schnappte sich Jacke und Schlüssel und verließ das Kommissariat. Als er die Treppe herunterkam, stellte er erschrocken fest, dass auch heute wieder Pressevertreter auf Informationen lauerten, gewiss hatten sie sich gerade irgendwo aufgewärmt, als er gekommen war, und er hatte sie daher nicht gesehen und sie ihn auch nicht. Diese Art der Aufmerksamkeit war ihm um ein Vielfaches unangenehmer als Christos', und das wollte schon etwas heißen. Er schickte ein Stoßgebet zum Himmel, in der Hoffnung, dass Gott ihn vielleicht unsichtbar machen würde, doch selbstverständlich geschah nichts dergleichen, und sie stürzten sich auf ihn wie eine Horde Zombies auf ein Gehirn. Ja, das waren sie: Untote, die andere ihres Denkapparates berauben wollten. Er senkte den Blick, versuchte seinen Roller zu erreichen, rannte beinahe, sein Haar flog. Er hasste es! Dann hatte er die schützende Sicherheit seines Helms erreicht und stülpte ihn über, bevor sie es schafften, ihm ein Mikrofon direkt ins Gesicht zu halten.

»Gibt es Neuigkeiten? Ist der Mord an unserem Nationalhelden endlich aufgeklärt? Was ist mit der Frau, die er liebte, und seinem Kind? Wieso arbeitet hier scheinbar niemand an diesem Fall?« Fragen über Fragen donnerten auf ihn ein.

»W'r, w'r«, begann er und bemerkte, wie ihm der kalte Schweiß ausbrach. Er musste einfach nur »Kein Kommentar!« sagen, das hatte Stelios ihnen allen eingeschärft.

Mühsam würgte er die Brocken hervor, um sich nicht vollkommen der Lächerlichkeit preiszugeben, atmete durch die Nase ein, damit er seine Aufregung einigermaßen kontrollieren konnte, und artikulierte die Worte: »K'n Komm't'r!«

Dann saß er auf, gab Gas und brauste davon, im Spiegel sah er sie zu ihren Autos sprinten, doch einen Roller in der Stadt ausfindig zu machen war fast unmöglich, da sie alle beinahe jede Verkehrsregel umgingen und sogar frohgemut in die verkehrte Richtung durch eine Einbahnstraße fuhren. Genauso würde er es jetzt auch halten und ihnen so entfliehen. Er nahm die nächste Kurve scharf und sah den Pick-up zu spät.

114. Kapitel

Silenus betrat die Terrasse, und Hyeronimos blickte interessiert auf. Das würde gewiss spannend werden, denn Zenia wusste durch die Vorlage der Papiere, dass er den ganzen Spuk dieser polizeilichen Untersuchungen hier genehmigt hatte, und würde daher höchstwahrscheinlich nicht gerade begeistert sein, ihn zu sehen.

»Herr Kommissar, Frau Doktor«, er nickte ihnen zu und kam näher, »ich ... also ... ich muss Ihnen etwas sagen.«

Bevor er sich äußern konnte, wurde die Terrassentür erneut aufgeschoben, und Zenia fragte mit hörbarer Frustration in der Stimme. »Was willst du hier, Silenu? Du bist für all das hier verantwortlich, ich will dich hier nicht sehen!«

Sie hob den Arm und wies mit ausgestrecktem Finger in Richtung der Hausvorderseite, doch er rührte sich nicht.

Hyeronimos beugte sich ein wenig vor, um die beiden bei ihrem Wortwechsel genau zu betrachten, diese Konfrontation war gut. Auch Penelope richtete sich etwas in ihrem Sessel auf, um die Situation umfassend im Auge zu haben. Eine Eskalation schien unvermeidbar.

»Zenia«, der Mann klang eher bittend als abweisend, »wir wohnen alle gemeinsam auf diesem Grundstück, und noch gehört dir hier gar nichts allein. Ich kann also auf diese Terrasse kommen, wann immer ich möchte, ohne dass ich deine Erlaubnis benötige.«

Die gut gekleidete Frau, wie immer cremefarben mit smaragdgrünen Akzenten, blieb im Rahmen der Tür stehen, ihr

Haar floss ihr über die Schultern und stand in einzigartigem Kontrast zu dem Outfit.

»Geh«, sagte sie erneut, und eine Welle der Bitterkeit schwang in ihrem Ton mit, so, als wäre sie es gewohnt, nicht gehört zu werden und würde auf diese Art Respekt einfordern.

Reichtum und ein tolles Anwesen am Meer machten halt nicht per se glücklich, dachte Hyeronimos, und für einen Augenblick kamen ihm seine Eltern in den Sinn, die im Vergleich hierzu eher mittellos waren, aber finanziell gut zurechtkamen. Sie waren immer voller Achtung miteinander umgegangen, taten es nach wie vor, auch wenn seine Mutter seinen Vater seit dem vermuteten Herzinfarkt ein wenig wie ein Kind oder ein zerbrechliches Gut behandelte, was ihn manchmal etwas zu entmündigen schien. Seine Eltern hatten ihm gezeigt, wie Ehepartner einander behandeln sollten, und er stellte sich vor, wie sich seine Mutter wohl gefühlt hätte, wenn sein Vater nach zweieinhalb Jahrzehnten beschlossen hätte, alles für eine andere über den Haufen zu werfen. Er war sich sicher, dass Athina dann zu einer ähnlich verhärteten Statue geworden wäre wie Zenia. Die Würde einer stolzen Griechin von Kreta war schwer handzuhaben, wenn man es einmal herausgefordert hatte, sie zu brechen. Er merkte, dass er abglitt, und konzentrierte sich wieder auf die aktuelle Sachlage.

»Ich habe mit den Herrschaften zu sprechen, schließe bitte die Tür zu *deinem* Haus von innen, denn was ich zu sagen habe, geht dich nichts an«, sagte Silenus nun mit Nachdruck und wandte ihr ostentativ den Rücken zu.

Sie stand noch einen Moment unschlüssig da, sagte dann: »Grab dir nur dein eigenes Grab!« Sie schob die Tür mit einem lauten Rumms zu, blieb aber direkt dahinter stehen, sodass das Glas ihr Gesicht sonderbar verzerrte. Oder war es einfach nur der Schmerz, der das tat?

Silenus kam näher und setzte erneut an: »Er hat mich angerufen in dieser Nacht, und ich bin nicht drangegangen, ich äh … ich war … beschäftigt. Ich habe mich geschämt und es deshalb nicht gesagt, es tut mir leid.«

Hyeronimos sah, wie Penelope das Gesicht verzog, und auch er war sich nicht sicher, ob der Mann wirklich aus Reue handelte oder ob es wohl kalkuliert war. »Er hat sich also mit einem Anruf an Sie gewandt. Gut, Sie wissen sicher, dass wir das bereits seinem Rufnummernnachweis entnommen haben. Doch seine Frau hat er nicht angerufen, wie hat er sie dann kontaktiert?«

»Zenia und er haben hauptsächlich nur noch über Viber kommuniziert, da alles andere, nun, sagen wir mal, *schwierig* war. Er könnte sie aber auch über Viber angerufen haben, das wissen Sie?« Silenus' Stimme klang etwas belegt.

»Das wissen wir«, Penelope übernahm die Antwort für ihn, denn just in diesem Moment summte sein Telefon. Hyeronimos sah den Anrufer, nickte ihr zu, stand auf und bewegte sich einige Meter außer Hörweite.

»Giorgo«, sagte er leise und begrüßte den Strömungsexperten, dem er eine kurze Mail geschrieben hatte, um sicherzustellen, dass ein Körper, der in Souda ins Meer geworfen wurde, zu jener Zeit in Chania hatte angeschwemmt werden können.

»Hyeronimo«, sagte der Mann knapp und begann von Konvektion, thermohaliner Zirkulation, Dichteabnahme durch Aussüßen des Wassers, Tiefseewirbeln und Erdrotation zu reden, sodass es auch in seinem Kopf zu rotieren begann. Doch er kannte den Wissenschaftler und wusste, dass es wichtig war, ihn reden zu lassen, sonst war er beleidigt und erläuterte nichts genauer. Dann kam die Konklusion, und er hätte beinahe laut »Bravo!« geschrien, als er die Worte hörte.

»Es liegt absolut im Bereich des Möglichen, dass der Körper am frühen Sonntagmorgen in Souda ins Wasser gefallen ist und am späten Montagabend in Chania im Hafenbecken angespült wurde.«

»Danke, Giorgo, du hast mir sehr geholfen. Hab noch einen schönen Sonntag«, verabschiedete sich Hyeronimos und schrieb Penelope eine SMS mit dieser Information, sodass sie auf demselben Wissensstand war wie er. Er warf einen Blick auf das Meer, und Callistus' Songzeile ging ihm durch den Kopf: *Die Farbe des Himmels ändert die Farbe des Meeres. Ändert sich auch deine Liebe?* Alles hatte sich geändert, und zurück blieb ein Familiendrama, was sich immer mehr abzuzeichnen begann. Er lief wieder zur Terrasse und sah Zenia winken, er kam näher, und sie öffnete die Tür: »Der Anwalt ist nun da.«

»Dürfen wir hereinkommen?«, fragte er höflich, obwohl allen klar war, dass die Frage rein rhetorisch war.

Sie nickte etwas widerwillig, wie ihm schien, machte dann aber eine einladende Handbewegung, und sie traten nacheinander in den großen Wohnraum. Silenus blieb unschlüssig hinter dem Sofa stehen, Hyeronimos und auch Penelope begrüßten den Juristen förmlich und setzten sich. Diesmal bekamen sie keine Getränke angeboten, die Stimmung war angespannt, und in der Luft flirrte etwas, was er nicht so recht greifen konnte.

»Wo ist Ihre Schwägerin?«, wandte er sich an Zenia, die zuckend die Schultern hob.

»Bitte, kann sie jemand herholen, wir müssen mit Ihnen allen sprechen«, sagte Hyeronimos bestimmt.

Silenus zückte sein Handy und erklärte kurz darauf seiner Schwester, dass sie hurtig zu erscheinen hatte, was sie wohl in unschönem Ton zu quittieren schien, denn der Mann hielt das Handy plötzlich etwas von seinem Ohr entfernt in die Luft, bevor er das Gespräch beendete.

Stille senkte sich über den Raum, während sie warteten.

Der Anwalt, von nichts anderem war Hyeronimos ausgegangen, saß entspannt in einem Sessel, trug einen maßgeschneiderten Anzug, war glatt rasiert, eine randlose Brille gab ihm einen intellektuellen Anstrich, und die feine lederne Tasche, die er vor sich abgestellt hatte, trug ein französisches Designerlabel. Seine Aura wurde beherrscht von einem kalten Rot und verdeutlichte, was seine Aufgabe hier war: Er würde sich mit seiner ganzen Macht darauf stürzen, das Ansehen dieser Menschen zu wahren und sie ohne Rücksicht auf Verluste verteidigen. Zenia hatte sich auf die Kante eines hellen Ledersofas gesetzt, das Platz für zwei bot, sie wirkte angespannt und starr, atmete nur bis ins Brustbein, was die Frequenz hektisch machte. Athanasia kam kurz darauf hereingeflattert, anders konnte er ihr Erscheinen nicht beschreiben. Sie erschien wie bei den letzten beiden Malen verwirrt und nun auch noch irgendwie verstört, machte aber den Anschein, das mit aller Kraft verbergen zu wollen, um so normal wie möglich zu wirken, was allerdings nicht gelang. Er konnte solche Verhaltensweisen sofort durchschauen, denn er kannte sie von sich selbst nur zu gut: unter allen Umständen so normal wie möglich zu wirken, obwohl man sich vollkommen bewusst darüber war, es nicht zu sein. Sie sah sich um, ihr Blick sprang von einer Person zur nächsten, und dann eilte sie zu ihrer Schwägerin und quetschte sich wieder an ihre Seite.

Hyeronimos war bereit, die Spiele beginnen zu lassen. »Jemand ist gestorben, und wir wissen durch Dr. Demostaki«, er wies mit der Hand auf Penelope, »dass der Tod unter Fremdeinwirkung geschah, beziehungsweise, dass der Körper bereits tot im Meer landete. Somit ist klar, dass jemand wusste, dass Callistus tot ist und es aus Gründen, die wir aktuell nicht kennen, verschwiegen hat. Ist diese Sachlage allen hier im Raum klar?« Er ließ seinen Blick über alle Anwesenden schweifen und wartete, bis sie es bestätigt hatten. Er sah, dass der Anwalt sich in Habacht-Position begab, denn er straffte sich ein wenig und kniff die Augen leicht zusammen.

»Zu unserer Arbeit gehört es, bei solchen Todesfällen Rufnummernnachweise zu prüfen, was wir tun konnten, und Handys auszulesen, was wir bisher nicht tun konnten. Was wir nur bei bestätigten Verdachtsmomenten durchführen dürfen, ist, Navigationssysteme von Fahrzeugen auszulesen, und dazu benötigen wir, wenn keine Genehmigung der Eigentümer vorliegt, einen richterlichen Beschluss. Richtig, Herr Anwalt?« Hyeronimos wandte sich nun gezielt an den Juristen, der zustimmend nickte.

»Wir haben die Genehmigung jedoch von Silenus Ariakis erhalten, der als Manager für die Musikfirma, auf die die Fahrzeuge angemeldet sind – also alle bis auf den Kleinwagen, der sich bereits in der Kriminaltechnik befindet, aber auch über kein solches System verfügt –, die Erlaubnis erteilen darf.«

Zenia bewegte sich etwas hin und her, ihre Atmung war weiterhin flach, und er konnte den rasenden Pulsschlag an ihrer klopfenden Halsschlagader sehen.

»Auch kürzlich gelöschte Daten lassen sich wiederherstellen, nur für den Fall, dass sie alle dies nicht wussten. Ein spezieller Chip speichert sie noch einige Tage, teilweise sogar Wochen, das funktioniert wie eine Art Staplersystem: Die neueste Information löscht die älteste und so weiter. Ich erläutere ihnen dies so genau, damit Sie verstehen, wie wir an die Informationen gekommen sind.« Penelope reichte ihm einige Papiere, und er nickte dankend. Er war ganz in seinem Element, er musste auf niemanden Rücksicht nehmen, sich nicht einfühlen oder gar sanft sein, er musste einfach nur Informationen vortragen.

»Kommen Sie doch einfach zur Sache, Herr Kommissar, wir haben nicht ewig Zeit, um Ihrem Palaver zu lauschen.« Athanasias Stimme schrillte beinahe, und ihre Hand umklammerte reflexartig die ihrer Schwägerin. Ihr Bruder warf ihr einen irritierten Blick zu, und selbst Zenia schien etwas unangenehm berührt zu sein und versuchte ein wenig von ihr abzurücken.

»Dann fangen wir doch gleich mit Ihnen an ...« Hyeronimos schaute Athanasia prüfend in die Augen, ihre Pupillen schienen schreckgeweitet. »Sie waren am vergangenen Sonntag in den frühen Morgenstunden in Irakleio in einem, sagen wir mal freundlich, besonderen Stadtteil und sind dann laut Navigation an der Küste entlanggefahren, in Richtung Rethymno. Sie haben an einem Punkt, der nur GPS-Daten hat, die Navigation unterbrochen. Können Sie bitte erklären, wo das war und was Sie an beiden Orten gemacht haben?«

Athanasias Blick suchte den des Anwalts, der leicht den Kopf schüttelte.

Hyeronimos hatte damit gerechnet: »Wir finden das auch ohne Sie heraus, wir fragen über die Presse nach, schicken Uniformierte in dem Viertel auf Fragetouren, fahren zu dem Punkt und suchen alles in der Umgebung ab. Wir machen richtig viel Wind und schauen dann, was uns vor die Füße geweht wird.« Er schaute den Anwalt an.

»Drohen Sie Frau Ariaki gerade?«, fragte der und schaute den Kommissar aus stahlharten Augen an.

Hyeronimos schüttelte den Kopf. »Ich erkläre nur, wie Ermittlungsarbeit abläuft, und wir greifen regelmäßig auf die Öffentlichkeit zurück, das dürfte Ihnen bekannt sein.«

Der Anwalt zuckte leicht mit einer Augenbraue, doch Hyeronimos ließ sich nicht provozieren. Ruhig wartete er ab, dann antwortete die Frau: »Ich habe Freunde besucht, und dann wollte ich etwas frische Luft schnappen«, stieß sie hervor.

Gott, wie konnte man diese Stimme nur dauerhaft ertragen, schoss es Hyeronimos durch den Kopf. Er zückte einen Stift und fragte: »Name und Adresse der Freunde?«

Wieder suchte sie den Blick des Anwalts, der nun leicht auffordernd nickte. Er wusste, dass sie es sowieso herausfinden würden.

»Ich ähm … also ich«, ruderte sie, während sich ihre Tonlage noch mehr in die Höhe schraubte und Hyeronimos sich an Oskar Mazerath aus der Blechtrommel erinnert fühlte, der so schreien konnte, dass Glas zersprang.

»Ich war nicht direkt bei Freunden, ich gehe da manchmal in bestimmte Lokale und trinke etwas«, gab sie zu.

Silenus verlor die Geduld, krallte die Hände in das Sofa, hinter dem er stand, und zischte: »Mein Gott, Atha, du spielst, du wettest auf jeden Dreck, und wahrscheinlich hast du an dem Morgen zugeschaut, wie zwei Hunde versucht haben, sich totzubeißen. Sag es endlich, und erspare uns dein dummes Gestottere.«

Stille breitete sich im Raum aus und legte sich wie eine dumpfe Decke über die Anwesenden. Athanasia sah erst aus, als wollte sie aufbegehren, doch dann sackte sie in sich zusammen, als hätte jemand alle Luft aus ihr gepresst und nickte beschämt.

»Auch hier brauche ich Namen und Adresse, um Ihre Aussage zu prüfen. Mir ist es erst einmal egal, ob das, was Sie da tun, illegal ist oder nicht, ich muss nur den Wahrheitsgehalt Ihrer Angaben prüfen.«

»Ich kann das nicht sagen.« Nun flüsterte sie, und es sah aus, als wollte sie sich hinter Zenia verstecken, der es aber ganz offensichtlich zu viel wurde, denn sie stand auf und stellte sich hinter das kleine Sofa.

Wollte sie damit zeigen, dass sie hinter ihrer Schwägerin stand, oder einfach nur Abstand zwischen sich und die offensichtlich verstörte Frau bringen? Er wusste es noch nicht genau. Er beschloss aber, sie erst einmal von der Angel zu lassen.

»Und nun zu Ihnen, Frau Ariaki«, wandte er sich abrupt an Zenia, »ihr Wagen weist in der Nacht von Samstag auf

Sonntag eine Adresse in Choudetsi auf, und dort war – nach Angaben zweier unabhängiger Zeugen – Ihr Mann in dieser Nacht. Was haben Sie dort gemacht?«

Zenia hatte sich gewiss bereits mit dem Anwalt abgestimmt, denn sie sagte einfach nichts.

Hyeronimos wartete, er tat nichts, bewegte sich kaum. Das waren die Momente, in denen er sich gut und vollkommen sicher fühlte, kein Stress, der ihn überkam, und nichts, was er unterbinden musste, geschah. Er wartete und ließ die schwerlastende Lautlosigkeit einfach immer mehr an Gewicht zulegen. Auch Penelope schien das nicht kalt zu lassen, denn sie rückte sich angespannt auf dem weichen Polster zurecht. Er kannte die Macht des Schweigens und wartete, wer als Erstes nicht mehr damit zurechtkommen würde.

Minuten vergingen, die Energie im Raum wurde zäh, und die Auren der Anwesenden reagierten ganz unterschiedlich: Athanasias war fast nicht mehr sichtbar, die des Anwalts knallte ihr Rot unbarmherzig in den Raum, und Zenia verschwand fast vollständig hinter dem Wabern, das bräunlich zu schimmern schien, so sehr vermischten sich das Geborgenheitsgrün und das Machtrot miteinander.

Es war wieder Silenus, der es nicht aushielt oder bereit war, sowohl seine Schwester als auch seine Schwägerin ans Messer zu liefern. »Du hast ihn getötet, Zenia, du warst es. Nach mir hat er dich gebeten, Atha würde er nie anrufen, die ist doch in den auftrittsfreien Zeiten immer besoffen oder beim Zocken. Er hat dich gebeten, ihn abzuholen, und anstatt ihm den Ersatzschlüssel hinzuwerfen, hattest du ihn mehr als zwei Stunden auf dem Beifahrersitz. Zwei Stunden, um ihn mit deinem Gift zu bespritzen, und gewiss hast du ihn auch wieder geschlagen ...« Er wandte sich an Hyeronimos. »Wussten Sie, dass sie immer mal wieder einfach zugeschlagen hat, nicht wie ein Mädchen, sondern richtig hart. Athanasia kann das bestätigen, denn sie musste den Scheiß oft genug überpinseln. Atha!«, herrschte er seine Schwester nun an, die aussah, als wollte sie in den Erdboden versinken, und dann fast unsichtbar nickte.

»Willst du jede schmutzige Wäsche hier waschen?«, zerschnitt Zenias Stimme seine Anschuldigungen.

»Das ist keine Wäsche. Egal, wie mies ich mich manchmal benommen habe: ER WAR MEIN BRUDER!«, brüllte Silenus nun, und all seine Emotionen brachen ungefiltert aus ihm hervor.

Er würde nur dazwischengehen, wenn es zu Handgreiflichkeiten kommen würde, dachte Hyeronimos bei sich und warf Penelope einen Blick zu. Er brauchte ihre Aufmerksamkeit auf den handelnden Personen im Raum, denn vier Augen sahen immer mehr als zwei. Sie nickte leicht, und er war beruhigt.

»Dein Bruder«, spuckte Zenia aus, »den du gemolken hast wie eine Ziege, um deine Gelüste nach jungen Mädchen zu befriedigen. Du warst immer eifersüchtig auf seinen Ruhm, seine Begabung und seine Schönheit, und dann wollte er seine Karriere für ein dahergelaufenes Mädchen wegwerfen und dich HÄNGEN LASSEN, Silenu! Was bist du ohne ihn? Ein Nichts! Niemand wird sich nach dir umdrehen. Niemand will dich!«

Der Anwalt stand auf, langsam, so, als wollte er die Raubtiere im Raum nicht erschrecken. Er hob die Hände und sagte: »Und jetzt beruhigen sich alle wieder und tun nicht mehr, als die Fragen des Kommissars zu beantworten, die ich gestatte!«

Silenus warf ihm einen grimmigen Blick zu: »Ich sage, was ich will! Callistus' Tod gehört gesühnt, und ich weiß, dass *ich* ihn nicht auf dem Gewissen habe. Doch was ist mit den beiden hier?«, er deutete auf Zenia und Athanasia. »Beide haben Motive und Möglichkeiten, und die Spielerin ist immer pleite, das nur mal so als Randnotiz.«

»Ich fasse einmal bis hierhin zusammen: Sie, Athanasia, waren in Irakleio und haben auf etwas Illegales gewettet und getrunken, im Anschluss haben Sie irgendwo zwischen Lavris und Latsima *Luft geschnappt.*« Sein Ton stellte die Aussage deutlich infrage. Er sah, wie Silenus zusammenzuckte und Athanasia darauf die Hände vor dem Gesicht zusammenschlug. Was hatte das zu bedeuten?

115. Kapitel

Der Pick-up kam quasi aus dem Nichts, und Zacharis musste hart in die Bremse gehen, der Roller begann zu schlingern, flitzte auf den Bürgersteig zu, und das Vorderrad schabte an dem hohen Bürgersteig entlang. Er konnte den Lenker kaum noch festhalten, geschweige denn gegenlenken. Langsam kippte das Gefährt zur Seite, Gott sei Dank hatte der Bordstein seine Geschwindigkeit schon ein wenig gedrosselt, da er zuvor extra Gas gegeben hatte, um der Presse zu entkommen. So war das, wenn man gegen alle Verkehrsregeln verstieß, man begab sich in Gefahr. Er hörte die scheltende Stimme seiner Freundin und war froh, dass er den Helmgurt richtig verschlossen und das Visier nach unten geschoben hatte. Der Roller zuckelte noch etwas weiter und blieb dann halb auf seinem Fahrer liegen. Zacharis fühlte sich benommen, und sein linker Arm, die linke Schulter und das linke Bein schmerzten sehr. Er hörte die Bremsen des Pick-ups und dann die Stimme eines Mannes, der ihn lästerlichst beschimpfte. »Malakka« war noch das freundlichste Wort in der gesamten Tirade.

Herrje, er musste doch den Wagen überprüfen. Das war wichtig. Er versuchte sich aufzurichten, doch der Schmerz war stechend, und stöhnend sank er wieder auf den Boden, dann erreichte ihn der Mann, der einen riesigen gelblichen Schnauzbart hatte und krauses, weißes Haar. Immer noch schimpfend, hob er den Roller an, und Zacharis bewegte sich vorsichtig darunter hervor.

»Es ist nicht meine Schuld, du Idiot, das ist meine Fahrtrichtung, meine Straße«, motzte der Kerl, und Zacharis versuchte zu nicken. Der Helm saß so eng an seinem Kopf, und das war beklemmend, er musste ihn abziehen. Mit einer Hand versuchte er es, doch der Kerl stoppte ihn. »Das lässt du mal schön bleiben, Bürschchen, vielleicht hat deine weiche Birne was abgekriegt, und dein breiiges Hirn platscht hier vor uns auf den Boden. Ich rufe einen Krankenwagen und die Polizei!«

»Nicht die Polizei«, wollte Zacharis rufen, doch es fühlte sich an, als habe er den Mund voller Staub, und nur krächzende Geräusche kamen hervor. Der Pick-up Fahrer zückte ein altes Nokia-Handy und tatschte mit seinen Pranken darauf herum. Zacharis nutzte den Moment, in dem der Mann abgelenkt war, und schob mit der Rechten vorsichtig das Visier nach oben. Er räusperte sich laut und vernehmlich, dann nahm er alle Kraft zusammen und sagte: »'ch bin di' Polizei!«

Der Schnauzbärtige ließ das Handy sinken, kam auf ihn zu und sagte drohend: »Wenn du mich anlügst, mein Junge…«

Zacharis nestelte an seiner Jackentasche, alles tat ihm unendlich weh, und er hatte Panik wegen des Helms auf seinem Kopf – und bei dem Gedanken an eine eventuelle Kopfverletzung. Er bekam seinen Geldbeutel zu fassen, legte ihn auf dem Schoß ab und fingerte seinen Dienstausweis heraus. Er konzentrierte sich so stark, dass er es mit der Angst bekam, dass die Anstrengung in die falsche Richtung umschlagen würde. Er wollte vollständige, verständliche Sätze formulieren. Es musste einfach klappen. Einmal tat er etwas Außergewöhnliches, und er wollte nicht, dass es schiefging und er sich dadurch zum immerwährenden Gespött zwischen den Kollegen und vor allem vor Christos machte.

»'ch bin im Dienst«, er wollte jubeln, es ging, doch er konzentrierte sich weiter, denn er war sich sicher, dass hinter der griesgrämigen Art des Mannes eine hilfreiche Person verborgen war, so wie bei vielen Kriti: raue Schale, weicher Kern.

»Das 'st ein Eins'tz, Sie müss'n mich fahr'n.« Er hatte es geschafft, man konnte ihn gut verstehen, ja, es ging noch besser, aber er sah Irritation im Gesicht des anderen, dessen Bartspitzen nun zuckten wie die Tasthaare einer Maus. Langsam beugte sich der Kerl zu ihm hinab, packte ihn vorsichtig unter der rechten Achsel und half ihm hoch: »Aber der Helm bleibt auf, Freundchen, auch wenn du ein Bulle bist, und wohin fahre ich dich? Ins Krankenhaus?«

»Dan'ch«, stieß Zacharis unter Schmerzen aus, denn er wusste, dass er ins Krankenhaus musste, sicher hatte er sich etwas gebrochen, so sehr, wie es schmerzte. Er nannte dem Mann die Adresse. Der führte ihn vorsichtig zum Pick-up, half ihm hinein, ging dann zurück zum Roller und stellte diesen so an die Seite, dass er nicht auf der Straße im Weg herumstand. Zacharis hoffte, dass das gute Stück weniger abbekommen hatte als er. Er schaffte es, den Gurt aus der Führung zu ziehen, konnte ihn aber nicht einrasten lassen, der Bärtige schnallte ihn an wie ein Kind und lenkte kurz darauf den röhrenden Wagen durch die Stadt. Interessanterweise wusste er genau, wo die Straße war, doch Zacharis beschloss, nicht zu fragen, warum er so ein Viertel so gut kannte. Es war gewiss besser, das nicht zu wissen. Sie schwiegen, und es war nicht unangenehm.

Der Bärtige machte das Radio an, warf ihm einen warnenden Blick zu: »Werd' mir ja nicht ohnmächtig, Junge!«

Aus dem Radio schallte Callistus, und Zacharis riss sich zusammen. Sein Idol war tot, und er konnte etwas tun, um den Tod seines Jungen aufzuklären, auch wenn er es nicht guthieß, dass der Star seine Frau so schändlich hintergangen hatte.

Dann bogen sie in die Straße ein, die der Anrufer beschrieben hatte. Sie war gesäumt von schäbigen Fassaden mit teilweise zerbrochenen Fensterscheiben, Müll lag gammelnd im Rinnstein, ein Münztelefon hing am Eingang eines Gebäudes, sie waren selten geworden im Stadtbild, seitdem fast jeder ein Handy zu haben schien. »L'ngsam«, stieß er hervor, und der Pick-up kroch die Straße entlang.

Da stand das Auto zwischen zwei Containern, er musste raus und es in Augenschein nehmen. Er deutete auf den Wagen und machte dem Fahrer klar, dass er aussteigen musste. Der Kerl bremste knurrend, ließ das massige Gefährt mitten auf der Straße stehen und half ihm auszusteigen. Er stützte ihn bis ans Auto, sodass Zacharis hineinschauen konnte. Der Wagen war vollkommen leer, kein Kindersitz, nichts. Das Kennzeichen passte. War die junge Mutter etwa ungeschützt mit dem Säugling über die Insel gefahren? Das war so unverantwortlich, dass er den Gedanken rasch wieder verwarf. Er zupfte sein Handy aus der Innentasche seiner Jacke und sah erschrocken, dass das Display einen Sprung hatte, doch er hatte Glück, es funktionierte noch. Er tippte auf Hyeronimos' Kontakt und informierte seinen Vorgesetzten über seine Entdeckung. Das Gespräch war kurz, denn es gab nicht viel zu sagen, und der Schmerz machte ihn noch wortkarger als sonst. Dann informierte er die Kriminaltechniker, Hyeronimos hatte Penelope gebeten, ihm eine Kurznachricht zu senden, die binnen Sekunden auf dem Display aufpoppte. Fast hätte er die Namen nicht lesen können, doch er kannte die Männer und informierte sie rasch. Er schob das Handy zurück in die Tasche, legte sein Gewicht auf den stützenden Arm und nuschelte erschöpft: »Kr'nk'nh's.«

Sein mürrischer bärtiger Begleiter fuhr ihn nicht nur bis an die Notaufnahme, er ließ es sich sogar nicht nehmen, ihn hineinzubegleiten. Dann endlich konnte er es sich erlauben, den Schmerz zuzulassen, und als ein Arzt seine ausgekugelte Schulter wieder einrenkte, schenkte ihm das Schicksal eine segensreiche Ohnmacht.

116. Kapitel

Was war nur heute am heiligen Sonntag los? Sein Telefon summte, kaum dass der Gottesdienst beendet war, erneut, und er erkannte die Nummer seines Cousins. Er spürte Unmut in sich aufkeimen, hatte er dem Mann nicht bereits genug geholfen und dabei seine Integrität und seinen Job riskiert? Entnervt entfernte er sich von dem befreundeten Paar, mit dem er und Koula gerade noch vor der Kirche gesprochen hatten. Wieder stand er an den Oliven und drückte auf das grüne Symbol auf seinem Display. Sie hatten ihr Beileid bereits gestern an Sofia gerichtet, so machte man das: Man sprach mit dem Oberhaupt der Familie, wenn etwas Furchtbares geschah, und ganz egal, wie sehr er im Taumel des Triumphs über die Festsetzung von Helena Malafenaki gewesen war, er vergaß nicht, was sich gehörte. Sonntags während der Gottesdienstzeit anzurufen gehörte sich auf jeden Fall nicht, es sei denn ...

»Cousin, ist etwas passiert?«, fragte er erschrocken, nachdem ihm diese Erkenntnis durch den Kopf geschossen war. Nereos könnte anrufen, weil erneut etwas geschehen war. »Es tut mir so leid wegen Evangelina und deinem Neffen, mein ... unser Beileid«, fügte er noch rasch an.

»Danke, Christo«, Nereos Stimme klang angespannt, »ich weiß das wirklich zu schätzen. Danke auch für deine Hilfe bisher.«

Christos grunzte leicht versöhnt und fragte erneut: »Ist etwas passiert?«

»Noch nicht«, führte Nereos an, »noch nicht! Aber ich muss einfach handeln, es bleibt mir nichts anderes übrig.«

Christos lauschte gespannt.

»Du weißt, dass Evangelina ...«, eine kummervolle Pause entstand in den Ausführungen des Cousins, »dass sie und Myron Kapetanakis in Kürze heiraten wollten?«

Christos bejahte, war jedoch auch gleichzeitig sehr verwundert, dass das Mädchen, das er als hübsch anzusehen, doch sehr introvertiert in Erinnerung hatte, für solch eine Verbindung noch infrage gekommen war.

»Myron liebte sie sehr und verliert gerade den Verstand«, wieder machte Nereos eine Pause, bevor er fortfuhr, »er will Blutrache, und wenn *ich* meine Schwester und meinen Neffen nicht räche, so will er es tun!«

Christos sog schockiert den Atem ein: »Du musst es ihm ausreden! Dieser Wahnsinn muss endlich aufhören. Du weißt, ich bin ein Vertreter von Familie und Ehre, aber für Vendetta darf in unserer Gesellschaft kein Platz mehr sein«, er hielt kurz inne. »Du denkst doch nicht etwa auch über so etwas nach, Nereo?«

»Ich?«, der Cousin wehrte lauthals ab. »Ich ganz bestimmt nicht, ich bin zwar konservativ, doch das hat mit meinen Werten nichts gemein. *Ihr* müsst ihn aufhalten, nicht ich. Das ist *eure* Aufgabe!«

»Nereo, ich habe mich für dich in den letzten Tagen mehrfach über Richtlinien und meine Integrität als Polizist hinweggesetzt. Bitte hör mir zu«, er spürte, dass der Mann ihn unterbrechen wollte, »ich habe mich für die Familie angreifbar gemacht, aber ich kann nicht aufgrund von Hörensagen eine Aktion starten. Wie stellst du dir das vor? Wir fahren dort vor und reden ihm ins Gewissen, weil wir *gehört* haben, dass er etwas tun will? Wir nehmen ihn in Sicherungsverwahrung, weil er etwas gesagt hat, als sein Herz vom Schmerz zerrissen war?« Er merkte, dass er sich in Rage redete, aber er musste dem Cousin klarmachen, dass hier nun Schluss war mit den familiären Gefallen, ansonsten würde ihn der Politiker zukünftig zu seinem hörigen Vasallen machen. Das wollte er auf jeden Fall vermeiden, jedoch ohne die Bande zu zerschneiden, denn die Sklaventakis waren einflussreich.

»All das, was wir in dieser Woche besprochen haben, ist etwas, das unter allen Umständen unter uns bleiben muss, das musst du mir zusichern«, verlangte er nun von Nereos.

Es dauerte eine gefühlte Ewigkeit, bis der Mann antwortete, und Christos fühlte sich so angespannt wie eine Sehne kurz vor dem Zerreißen: »In Ordnung, Christo. Wie gesagt: Ich weiß es zu schätzen, was du für mich, für unsere Familie getan hast. Doch im Gegenzug erwarte ich von dir, dass du Myron im Auge behältst und nicht vergisst, was ich dir heute berichtet habe.«

Diese Zusage konnte Christos ihm machen, und zusätzlich bat er ihn: »Bitte lass uns unseren Kontakt zukünftig wirklich nur auf Familiäres beschränken.« Dann verabschiedete er sich rasch, atmete mehrfach durch und war fast versucht, sich an einen der alten, knorrigen Olivenstämme zu lehnen, um etwas Kraft zu schöpfen, bevor er zu seiner Frau zurückkehrte. Es war eine Dummheit gewesen, sich auf diese ganzen Gespräche mit Nereos einzulassen.

117. Kapitel

Hyeronimos wandte sich nach dem Gespräch mit seinem Mitarbeiter erneut an die Ariakis. Athanasia verbarg ihr Gesicht nicht mehr hinter den Händen, ihr Haar schien noch wirrer abzustehen, und ihre Augen machten mittlerweile den Eindruck, als stünden sie unter Drogen, denn die riesige Pupille schien die Iris zu beherrschen.

»Aufgrund ihrer Reaktion vermute ich«, wiederholte er, »dass dieser Ort eine Bedeutung hat und nicht zufällig gewählt war!«

Silenus schnaubte wie ein Ochse, und auch die erhobene Hand des Anwalts bremste ihn nicht: »Da ist das alte Sommerhaus unserer Großeltern. Es liegt am Meer und wird mittlerweile bei jedem Regen oder höherem Wellengang überspült, deshalb benutzt es niemand mehr. Wir wollten das Grundstück eigentlich verkaufen, haben es aber schlichtweg vergessen. Wieso warst du dort, Atha?«

Seine Schwester schwieg, und Zenia schien nicht mehr geistig anwesend zu sein.

»Nun«, Hyeronimos begann auf und ab zu gehen und beschloss zu pokern, »es gibt noch eine weitere Frage zu beantworten: Als Sie Evangelina am Samstagmorgen in Irakleio getroffen haben, wie haben Sie da reagiert?«

Jetzt sprang Athanasia auf, stemmte die Arme in die Seite und kreischte: »Hören Sie mit diesen Unterstellungen auf. Ich kenne diese Frau nicht!«

Nun kamen seine Vorarbeiten zum Tragen, er hatte nicht nur dem Strömungsexperten geschrieben, sondern auch uniformierte Kollegen zu dem GPS-Punkt an der Nationalstraße entsendet, die dort auf seine weiteren Befehle warteten.

Er wandte sich an Silenus: »Wie kommt man von der Straße zu dem Haus?«

»Zu den Überresten des Hauses«, stellte der Mann richtig und erklärte ihm den Weg, der eher eine steinige Angelegenheit zu sein schien.

Er griff zu seinem Telefon und dirigierte die wartenden Polizisten an den beschriebenen Ort, bat sie, sich dort umzuschauen, und kündigte an, sich gleich wieder zu melden. Dann sah er Athanasia an, die nun einem Menschen glich, der einer Zombieapokalypse ins Auge schaute. Er konnte ihre Fluchtbereitschaft sehen und pures, nacktes Entsetzen. Sie drehte sich Hilfe suchend zu Zenia um, die nicht reagierte, dann plärrte sie den Anwalt an: »Tun Sie was! Wofür bezahlen wir Ihnen so scheiß viel Geld? Etwa dafür, dass Sie hier rumsitzen und Ihre Eier schaukeln, Sie selbstverliebtes Arschloch?«

»Das wahre Gesicht meiner Schwester«, schnaubte Silenus verächtlich.

Der Anwalt hob beschwichtigend die Hände und blieb beachtlich gelassen: »Der Kommissar macht seine Arbeit, das kann ich ihm nicht untersagen, und Ihr Bruder antwortet aus freien Stücken, ohne meiner Empfehlung zu folgen.«

Athanasia sah ihn an, und in ihren Augen glitzerte so etwas wie Mordlust. So war das also, die verwirrt erscheinende Kreative hatte ein aggressives Potenzial, das nicht zu unterschätzen war, was man auch ihrem zweifelhaften Hobby entnehmen konnte. Denn auf Tierkämpfe zu wetten war nicht nur illegal, sondern auch höchst unmoralisch, wenn nicht gar unmenschlich. Wobei er mit diesem Adjektiv vorsichtig geworden war, denn alles, was an Grausamkeit auf diesem Planeten geschah, war durch und durch menschlich.

»Möchten Sie uns jetzt vielleicht erzählen, was geschehen ist, Frau Ariaki, Athanasia«, forderte er sie erneut auf, von sich aus zu reden.

Ihre Hände fuhren nach vorn, und sie machte den Eindruck, als wollte sie sich auf Silenus stürzen, der erschrocken einen Satz nach hinten machte. Doch die Hände bewegten sich ruckartig, wie bei einem Roboter, nach oben und begannen, an ihren Haaren zu reißen, sodass sie binnen Sekunden ganze Büschel davon in der Hand hielt. Er musste etwas tun, um sie aufzuhalten, wollte sie aber nicht körperlich angehen, und mit Zenia konnte er nicht rechnen. Er warf Penelope einen Hilfe suchenden Blick zu. Die Pathologin erhob sich langsam und zeigte mit ihren nach oben weisenden Handflächen ihre friedlichen Absichten an.

»Athanasia«, sagte sie sanft und schien einer Eingebung zu folgen, indem sie wohl alle ihre Beobachtungen bezüglich dieser Frau und deren Verhalten der Schwägerin gegenüber rasch zu einem Gesamtbild zusammenfügte. »Sie lieben Zenia, nicht wahr, und Sie wollen sie nur beschützen. Ich kann die tiefe Zuneigung sehen, die Sie empfinden, und wie sehr es Sie empört, was Ihr Bruder seiner Frau angetan hat, anstatt sie wertzuschätzen!«, versuchte sie zu ihr durchzudringen. Ein schneller Blick zu Zenia zeigte, dass sie mit ihrer Vermutung nicht falschlag. Sie hatte es gespürt. Doch Zenia hatte gerade mit ihren eigenen Dämonen genug zu tun und konnte hier nicht helfen.

Penelope machte noch einen Schritt auf die Frau zu, die mittlerweile von mehreren Haarbüscheln umgeben war und weiter an den wuscheligen Locken riss.

»Sie wollten doch nur helfen, dafür sorgen, dass es Zenia gut geht, nicht wahr? Ich verstehe das sehr gut, wenn man jemanden liebt, der unerreichbar zu sein scheint.« Hyeronimos wusste, dass sie es wirklich verstand, sicher hoffte sie, dass Eleni ebenso für sie empfand, doch die junge Frau war eben Tausende Kilometer entfernt und unerreichbar.

»Man ist so voller Sehnsucht und würde alles tun, um den geliebten Menschen zu beschützen. Jedes Unrecht, das ihm widerfährt, möchte man von ihm abwenden ...« Ihre Stimme wurde noch sanfter und war von einer Sorge getragen, die man nicht faken konnte.

Sicher hörte Athanasia das auch heraus, denn sie hielt in ihrem schmerzhaften Handeln inne und schaute Penelope an. »Ja«, seufzte sie und ließ sich ohne Vorwarnung einfach auf den Boden fallen, schlug mit dem Kopf hart auf, und Blut rann in einem kleinen Rinnsal ihre Schläfe hinab. Alle standen wie erstarrt und beobachteten das Geschehen wie einen Unfall auf der Nationalstraße: Man konnte nicht hinsehen, man konnte aber auch nicht wegsehen. Penelope kniete sich neben die Frau, zückte ein Taschentuch und drückte es auf die kleine Wunde. Er konnte sehen, wie sehr sie sich dazu überwinden musste. Dann streichelte sie der Frau sanft über das malträtierte Haar. »Sie sind kein böser Mensch, es wird Ihnen besser gehen, wenn Sie uns berichten, was geschehen ist. Sie werden sich leichter fühlen. Wir hören Ihnen alle zu, ohne Sie zu verurteilen«, versprach sie, und er sah, dass sie es unterdrückte, mit den Zähnen zu knirschen. Er wusste, dass in diesem Augenblick Teris' kleiner blasser Körper vor ihrem inneren Auge auftauchte, und sie ballte plötzlich eine Faust, was ihm ihr übermächtiges Bedürfnis, die Frau zu schlagen, zeigte. Doch sie war professionell und konnte sich beherrschen.

Rasch stand sie auf und brachte etwas Abstand zwischen sich und Athanasia. Diese stöhnte leise, kroch zu einem Sessel und lehnte sich mit dem Rücken daran, dann begann sie mit tonloser Stimme zu erzählen: »Ihr müsst mir glauben, ich wollte das alles nicht. Plötzlich stand sie da, ganz früh am Morgen. In einer Straße, in der sie nichts zu suchen hatte, das Kind in so einem Sitz mit Tragebügel, stand sie an einem Münzapparat und wollte telefonieren. Ich habe sie sofort erkannt. Ich, ich war nicht so sehr betrunken, aber die

Wettspiele haben mich ganz aufgedreht gemacht, und dann habe ich sie einfach angesprochen. Sie hat mir vertraut, ich weiß nicht, warum. Wie kann man mir vertrauen? Sie hat gesagt, sie braucht Hilfe, weil ihre Familie ihr das Kind wegnehmen will, und dass sie Callistus sehen muss. Ich habe ihr versprochen, sie zu beschützen.« Sie begann leicht irre zu kichern, und im Raum hätte man eine Stecknadel fallen hören können. »Ich habe gesagt, dass ich einen sicheren Ort kenne und dass Callistus sie dann dort abholt, weil er ihn auch kennt. Sie ist einfach mit ihrem ganzen Kram bei mir eingestiegen, aus Angst, dass ihr Bruder sie findet, wenn sie das Auto weiter benutzt, weil sie wohl Verwandtschaft bei der Polizei haben. Sie hatte schon zwei Nächte in der Karre verbracht. Warum ist sie nicht in ein Hotel gegangen? Das macht sie nicht, aber mir vertraut sie. Einfach so. Sie ist eingestiegen, mit dem Baby. In mein Auto. Das Auto der Spielerin und Säuferin!« Wieder das irre Kichern.

Nach einer Pause, die so lang war, dass Hyeronimos dachte, sie würde nicht mehr weitersprechen, fuhr sie fort, lauter diesmal: »Ich hatte keinen Plan, keine Idee, nur die Mätresse meines Bruders im Auto, mit ihrer Brut. Ich wusste nicht, wohin mit denen, aber ich habe *gesungen* wie eine Sirene, und sie hing förmlich an meinen Lippen. Ich musste etwas tun, sie konnten doch nicht bis Chania in meinem Auto bleiben. Dann fiel mir das Haus ein. Teile davon sind noch erhalten geblieben wie der ins Erdreich geschlagene Keller. Also bin ich abgebogen, habe ihr schöne Geschichten von früher erzählt, und sie war auf einmal ganz entspannt. Fand mich nett. Mit Wickeltasche am Arm und dem Kind ... Also, es war in diesem Sitz. Es hatte Callistus' Augen, das hat mich ganz verrückt gemacht.« Ihre Sätze wurden unzusammenhängender. »Ich habe die Tür zum Keller aufgemacht und ihn ihr gezeigt, ihr eine Anekdote von Callistus erzählt, und dann ... ich weiß nicht, warum ... hab ich sie hineingeschubst und die Tür verriegelt. Dann bin ich zu meinem

Auto und einfach weggefahren. Ich wollte nicht mehr an sie denken, und dann war mein Bruder weg, und alle haben sich so aufgeregt wegen der Filmrechte und allem, und dann war er tot und dann ... Ich wollte sie rauslassen ... Am Mittwoch habe ich Essen und Windeln gekauft ... aber ...«

Die Stille breitete sich aus wie zäher Brei, und die Luft war plötzlich so dick, dass er kaum atmen konnte. Sie hatte eine junge Mutter und ihr Baby in ein Erdloch gestoßen und sie dort sterben lassen! Ohne Wasser, ohne Essen und in einem Areal, das immer wieder überflutet wurde. Er sah, dass alle anderen Anwesenden auf ihre Art reagierten: Penelope war so schockiert, dass sie regungslos auf dem Boden sitzen blieb. Silenus würgte mehrfach trocken, und Zenia? Zenia schien sich in elementare Moleküle aufzulösen. Sie stand zwar noch immer hinter dem Sofa, war aber fast unsichtbar und so blass, dass sie aussah, als wäre alles Blut aus ihrem Körper gewichen. Auch der Anwalt hatte seine Maske fallen lassen und sah entsetzt aus. Dann klingelte Hyeronimos' Handy, er hatte vollkommen vergessen, die Uniformierten wieder anzurufen, und der Kollege versuchte es nun bei ihm. Er nahm das Gespräch an. Es gab wohl an jenem Keller einige Fußspuren, sonst konnte man auf dem felsigen Untergrund nichts ausmachen. Der Raum wirkte, als sei er vor Kurzem voller Wasser gewesen. Er war sich sicher, dass Evangelina und Teris dort ertrunken waren, in einem dunklen Kellerloch, wo Meer- und Regenwasser ihnen die Luft zum Atmen raubten und in ihre Lungen eindrangen. Bilder einer Mutter, die versucht, ihr Kind zu retten und um sein und ihr Leben schreit, schoben sich vor sein inneres Auge, und er drohte fast daran zu zerbrechen.

Nur mühsam konnte er sich zurückholen und bat den Kollegen, die Kriminaltechniker anzurufen. Die Jungs hatten heute wahrlich einen stressigen Tag. Die Streifenpolizisten würden den Tatort so lange bewachen.

Er wollte nichts mehr sagen, fragen oder gar hören, doch seine Arbeit war noch nicht getan, denn er war hierhergekommen, um Callistus' Tod aufzuklären. Würde es ihm etwa gelingen, alle drei Fälle zu lösen? Er atmete tief durch, um sich zu sammeln, ging zu Penelope, reichte ihr die Hand und zog sie vom Boden hoch, damit sie wieder auf dem Sofa platznehmen konnte. Sie zitterte leicht, und die Berührung tat ihnen beiden gut. Sie erdete ihn, und er drehte sich um und ging auf Zenia zu.

»Es ist besser, wenn Sie jetzt reden. Ich kann Sie mit aufs Revier nehmen und Sie vierundzwanzig Stunden dort festhalten. Richtig, Herr Anwalt?« Wieder wandte er sich an den Mann, der seine Aussage bestätigte. Er sah ihm an, dass der Kerl von hier wegwollte, er hatte wohl mit einer simplen Befragung gerechnet und stattdessen plötzlich die Verantwortung für zwei Totschlägerinnen übertragen bekommen.

»Diese mitleidige Art, mit der er mich betrachtet hat. So, als wäre ich krank. Ich war eine zielstrebige, lebenslustige Frau, und dann auf einmal nur noch ein kinderloses Hindernis. Dann bittet er mich mitten in der Nacht, ihn irgendwo abzuholen, er wollte mich nicht mehr in seinem Leben haben, aber dafür war ich gut genug. Im Auto musste er sich dann anhören, was ich zu sagen hatte. Er konnte nicht einfach gehen, so, wie er es hier dauernd getan hatte. Seine Antworten waren feige. Feige und dumm.« Sie verstummte.

»Und dann haben Sie ihm eine geknallt, und er ist gefallen«, schaltete sich Penelope nun ein, und er hoffte, dass Zenia ihr das nicht übel nehmen würde.

Sie hatten ihre Theorie und würden gewiss auf dem Grundstück irgendwo Spuren finden, doch es würde ewig dauern, hier alles zu durchkämmen. Wie konnte es eigentlich sein, dass der Bodyguard von alldem nichts mitbekommen hatte, oder schwieg er, um seine Liebhaberin zu beschützen?

»Ich möchte, dass Arion zu uns kommt«, forderte er Silenus auf, der auch gleich reagierte und zu einer Art Sprechanlage ging.

»Arion muss nicht kommen, er hat nichts damit zu tun«, Zenias tiefe Stimme füllte den Raum, »es ist allein meine Sache. Callistus ist tot, und es war ein Unfall. Wir haben gestritten, die gesamte Fahrt über und auch noch hier zu Hause. Er wollte gehen, wie immer, und mich mit all meinen Gefühlen stehen lassen. Ja, ich habe manchmal nicht mehr anders gekonnt, als meine Wut herauszulassen. Fast drei Jahrzehnte! Ich habe ihn entdeckt und zu dem gemacht, was er war. Habe ihn bestärkt, wenn er schwach war, ihn angetrieben, wenn er mutlos war. Ich war immer an seiner Seite, in guten wie in schlechten Zeiten, und dann tauscht er mich aus. Gegen ein Mädchen! Und dann gründet er mit ihr die Familie, die mir zugestanden hätte! ICH DARF WÜTEND SEIN!!« Die letzten Worte brüllte sie, und ihre Fäuste ballten sich.

Mittlerweile waren sie alle empfindsam geworden, und die Emotionen, die den Raum durchwaberten, griffen nach ihnen. Er befürchtete, dass er die Befragung unter diesen Umständen würde abbrechen müssen, um sie in Irakleio fortzuführen.

Doch dann senkte Zenia die Lautstärke und sprach weiter, tief und tönend, aber wieder beherrscht: »Er wollte weg von mir, schnell. In sein Zimmer, zu ihr? Keine Ahnung, nur eben weg von mir. Ich machte zwei, drei Schritte auf ihn zu, er wich zurück von mir, stolperte und knallte mit dem Kopf dort auf den Hocker. Es knackte ganz komisch. Dann war auf einmal alles still. Ich bekam Panik, er atmete nicht mehr.« Sie spulte nun den ganzen Ablauf des Geschehens ab, als ginge es dabei nicht um sie und ihren Mann, sondern als würde sie von einem Film im Kino erzählen. »Er musste hier weg. Ich habe ihn rausgeschafft, das ist alles, was ich zu verantworten habe. Ich habe nichts getan, damit er umkommt. Er musste nur aus meinem Wohnzimmer. Ich habe die flache Schubkarre aus dem Gartenhaus geholt und ihn an die Klippe gefahren, dann habe ich gebetet und ihn ins Wasser gerollt. Ich habe nichts getan. Ich bin nicht schuld an seinem Tod!«

Sie endete abrupt und sagte nichts mehr, auch als Hyeronimos sie ansprach und wissen wollte, wann das genau gewesen war: Sie schwieg.

Er informierte die Kollegen vor Ort, denn er brauchte Fahrzeuge, um die Frauen getrennt zu transportieren. Alle im Zimmer hatten die Geständnisse gehört, nun waren es nur noch Formfragen, die es zu klären galt.

»Bitte, kommen Sie ebenfalls nach Irakleio, um Ihre Aussagen aufzunehmen«, bat er Silenus, »und bringen Sie Arion mit. Wir müssen um seiner selbst willen feststellen, was er weiß. Er kann seine Zulassung verlieren, sollte er Teil dieser Verschleierung sein.«

Silenus nickte ergeben. Der Anwalt würde ebenfalls zum Kommissariat fahren, und sie alle würden dort die nötigen Protokolle ausfüllen. Er hatte um Zivilfahrzeuge gebeten, was eigentlich nicht zulässig war, doch er wollte nicht noch mehr Aufhebens machen, als sowieso entstehen würde: Athanasia Ariaki hatte Evangelina und das Baby auf dem Gewissen und Zenia? Er glaubte nicht, dass Callistus nur durch einfaches Zurückweichen so gestürzt war. Penelope hatte ihm genau erklärt, wie ein tödlicher Genickbruch entstand und dass es dazu bestimmte Kräfte benötigte. Ein unglücklicher Sturz erschien ihm da nicht genug, doch er hatte keine Ahnung, wie sie der Frau etwas anderes nachweisen sollten: Callistus' Leichnam gab es jedenfalls nicht her.

Nachdem die Frauen abtransportiert worden waren, was selbstverständlich nicht unbemerkt geblieben war, denn ein Teil der Journalistentraube folgte nun den Fahrzeugen, während ein anderer auf sie wartete, rief er Stelios an und schilderte ihm detailliert das Geschehen. Der Chef würde ihn in seinem Büro erwarten und am Abend eine Pressekonferenz anberaumen.

»Ich bleibe hier«, sagte Penelope und holte ihn aus seinem Ermittlungstunnel.

»Warum?«, wollte er wissen.

»Ich warte auf meine Jungs. Wir müssen Spuren sicherstellen und Zenias Geschichte, die ich so übrigens nicht glaube, überprüfen, und du musst vor Ort sein. Also zisch ab, Galavaki!« Sie lächelte schief.

»Verletzte Gefühle, so viele verletzte Gefühle«, sinnierte er.

»Ja, aber da ist auch noch mehr: Athanasia hat vielleicht erst unbedacht gehandelt, aber dann hat sie gewusst, was passiert: eine Mutter und ihr Säugling, Tage und Nächte eingesperrt! Sie hat gewusst, was passiert, und es in Kauf genommen, und die Beweggründe sind dabei egal: Ob verletzte Gefühle oder Geldgier, das ist völlig unerheblich. Sie hat gewusst, dass die beiden sterben werden, und ihr dann das Kind in einer Tüte um den Hals gehängt. Damit sie auch im Tod nicht getrennt sind! Ich glaube, ich muss kotzen, Hyeronimo!«, ereiferte sie sich und wiederholte das, was Athanasia noch gesagt hatte, als sie abgeführt wurde.

Er legte ihr beruhigend die Hand auf den Arm: »Du hast mit allem recht, was du sagst. Danke für deine Hilfe!«

Sie lächelte ihn jetzt mit einem Lächeln an, das auch ihre Augen erreichte, und scheuchte ihn in sein Auto. Seine Yaya und das gemeinsame Essen fielen ihm siedend heiß ein, als er sich auf den langen Weg von Souda nach Irakleio machte. Er musste sie anrufen und ihr sagen, dass es spät werden würde.

Das Outro

118. Kapitel

Er hatte nach einem Gespräch mit Stelios die Aussagen aufgenommen und sie unterschreiben lassen. Zenia hatte sogleich wieder nach Hause gedurft, mit der Auflage, die Insel nicht zu verlassen, bei Athanasia lagen die Fakten etwas anders: Ihr wurde Totschlag zu Lasten gelegt. Es war erst einmal kein Mord, da sie nichts geplant hatte. Doch sie hatte den Tod der beiden billigend in Kauf genommen, damit kam sie nicht so leicht davon wie ihre Schwägerin mit ihrer kleinen Märchengeschichte. Er glaubte Zenia einfach nicht, doch Penelope hatte keine Beweise sicherstellen können, die etwas anderes belegten. Sie würde also damit durchkommen.

Er war müde. Die Geständnisse und seine Panikattacke vom Vortag hatten an ihm gezehrt. Er hatte Stelios gebeten, allein vor die Presse zu treten, und sich währenddessen in sein Auto geschwungen.

Er machte sich auf den Weg nach Agia Pelagia. Er würde den Schmutz des Tages im Meer abwaschen und dann seinen leeren Magen, der das Knurren mittlerweile schon frustriert aufgegeben hatte, am reich gedeckten Tisch seiner Yaya füllen. Erst hatte er überlegt, Penelope zum Essen dazuzubitten, die beiden Frauen mochten sich sehr, doch sie war ihm zuvorgekommen und hatte ihm mitgeteilt, dass sie nur noch aufs Sofa wolle und ein langes Telefonat mit Eleni führen würde. Es war gut so. Für ihn war es gut, allein im Wasser zu sein, seine Energietanks zu füllen und den Abend mit seiner über alles geliebten Großmutter zu verbringen.

Er nahm die neue Abfahrt von der Nationalstraße und konnte das Meer im Schein der Laternen glitzern sehen. Langsam fuhr er die kurvige Strecke hinunter und dachte über Liebe und Leidenschaft nach, über Eifersucht, Verletzungen und die ewige Gier nach irgendetwas. Er musste sich von diesen dunklen Gedanken befreien, bevor sie ihm noch mehr Kraft entziehen würden. Es erschreckte ihn immer wieder, was Menschen einander antaten, doch der Tod des nur wenige Tage alten Teris wollte ihn einfach nicht loslassen.

Er kam unten im Dorf an, drosselte das Tempo und bog rechts ab in die schmale Straße, in der eine wunderschöne Hotelanlage ihr träges Winterdasein fristete, dann parkte er den Wagen am Straßenrand. Er stieg aus, nahm seine Tasche vom Rücksitz, und am gegenüberliegenden Haus öffnete sich das leuchtend blaue Tor, und eine kleine hutzelige Frau trat langsam auf die Straße. Sie lächelte, und ihre Augen blitzen freudig in dem faltigen Gesicht, dann kam sie näher und schlang ihre knochigen Arme um ihn.

»Ich gehe zuerst schwimmen, Titika«, sagte er und erwiderte ihre Umarmung. Sie durfte das und kannte seine Grenzen sehr gut.

Sie ließ ihn rasch wieder los und winkte ihn herein: »Zieh dich um, mein Junge, und wenn du zurück bist, können wir essen. Alles ist fertig und wartet auf dich.«

Er roch den leckeren Auflauf und den Zimtduft, sein Magen machte sich wieder bemerkbar, aber er brauchte das Meer. Rasch schlüpfte er in seinen Neoprenanzug und machte sich auf den Weg: Neunundfünfzig Schritte waren es, dann tauchte er ein in das kühle, salzige Nass und schwamm mit kräftigen Zügen hinaus bis an die Ecke, auf der das Appartement Black Pearl der *Capsis*-Hotelanlage stand. Es war still in der Bucht, und sie gehörte ihm ganz allein. Das Wasser umgab ihn mit seiner Kraft, fühlte sich seidig an in seinen Händen, und er ließ all seine belastenden Gefühle und Gedanken in seiner Zwiesprache mit dem Ozean.

Eine Dreiviertelstunde später kehrte er erneuert zu Titika zurück, duschte ausgiebig und saß dann erwartungsvoll am Tisch. Die Dolmadakia lagen glänzend auf einer Platte, und daneben duftete die Zitronensoße. Er stibitzte sich ein gefülltes Weinblatt und schob es sich genießerisch in den Mund.

»Ganz wie früher«, sagte sie lächelnd, »Hyeronimos kann es nicht abwarten.«

Er kaute grinsend, und sie lud ihm den Teller voll, sie selbst aß nicht mehr so viel. Bald würde sie die hundert erreichen, ihre dürren Beine trugen sie noch, und sie war nach wie vor geistig fit. Er mochte nicht daran denken, wie es ohne sie sein würde, und verscheuchte auch diesen düsteren Gedanken, indem er sich mit ihr über die Nachbarn unterhielt und seinen Tag erst einmal bewusst ausklammerte. Die Moussaka war einfach göttlich, und er aß, bis er das Gefühl hatte, platzen zu müssen.

Erst beim Kaffee und den noch ofenwarmen Melomakarona berichtete er ihr von den Wendungen im Fall. Sie hatte sich die Pressekonferenz angeschaut, stellte einige Fragen und sagte dann: »Geht es dir gut, mein Junge?« Ihre dunklen Augen schauten ihn wissend an. »Es war ganz schön viel für dich in den vergangenen zwei Wochen.«

Er nickte: »Es war fast zu viel, aber es gibt dich, Penelope, Mama und Papa, das Meer und das hier.« Er breitete seine Arme über dem Tisch aus, und in Gedanken fügte er hinzu: Und es gibt Kassia!

Epilog

Während all der Monate, die bis zum heutigen ersten Prozesstag vergangen waren, hatte Hyeronimos alle Personen, die an der unsäglichen Liebesgeschichte mit tödlichem Ausgang beteiligt gewesen waren, mehr oder weniger deutlich auf seinem Radar gehabt.

Nereos Sklaventakis hatte aus dem Tod seiner Schwester mehrfach Profit geschlagen. Er hatte nicht nur die Wahl haushoch gewonnen, sondern auch mit verschiedenen Verkaufs- und Spendenaktionen seiner Schwester und seines Neffen gedacht. Seine Mutter hatte man nur selten an der Öffentlichkeit gesehen. Seinen Wahlerfolg hatte sie mit ihm gefeiert, dabei jedoch gewirkt, als sei sie fehl am Platz. Hyeronimos hatte sie als kalt und berechnend wahrgenommen, doch tatsächlich schien sie um ihre Tochter zu trauern. Wie so oft wusste man wohl erst im Nachhinein, wenn man etwas unwiederbringlich verloren hatte, welchen Wert es für einen gehabt hatte.

Es hatte keine Fusion mit den Kapetanakis' gegeben, und um die Speditionsfamilie war es ruhig geworden. Er hatte es nicht für notwendig erachtet, sie unter genauerer Beobachtung zu halten. Christos hatte während einer Nachbesprechung damals geäußert, dass Myron sehr getroffen sei und dass Menschen, die ein Verlust so sehr erschütterte, manchmal dazu neigen würden, Dummheiten zu begehen, doch nichts dergleichen war passiert.

Callistus' Beerdigung war fulminant gewesen, dazu hatte nicht nur sein Bekanntheitsgrad beigetragen, sondern auch die Tatsache, dass seine Schwester im Gefängnis auf ihren Prozess wartete und seine Frau ihrer Strafe harrte. Seine Fans hatten es ihm rasch verziehen, dass er Zenia betrogen und mit Evangelina ein Kind gezeugt hatte. Callistus und die junge Frau waren zu einer Art *Romeo und Julia* geworden, und als Silenus die Tatsache gestreut hatte, dass Callistus *Herz in der Strömung* für seine Geliebte geschrieben hatte, war es um die Fangemeinde geschehen gewesen.

Der Bruder des Stars war wie eine Katze auf seine Füße gefallen und führte das gut florierende Unternehmen allein weiter. Callistus' Musik wurde weltweit auf- und abgespielt und erklomm die Charts bis an die Spitze. Silenus Ariakis hatte das Grundstück in Souda verlassen und sein luxuriöses Appartement in Irakleio bezogen. Das Letzte, was Hyeronimos zu Ohren gekommen war, war, dass der Film über Callistus' Leben demnächst gedreht werden sollte.

Er sorgte sich weiterhin sehr um seinen Vater, denn die Ärzte hatten ihm klargemacht, dass er den Warnschuss ernst nehmen musste. Regelmäßig berichtete er Kassia von seinen Sorgen, und sie sprach ihm Trost zu, doch es beruhigte ihn eben nicht vollkommen. Er wollte sich nicht mit der Endlichkeit seiner Eltern oder gar dem Tod von Titika auseinandersetzen. Die Furcht, was das mit ihm machen würde, war groß und raubte ihm oft den Schlaf. Manchmal saß er am Andartis und versuchte, all die verrückten Knoten in seinem Kopf aufzulösen, doch er kam einfach nicht voran. Alles verhedderte sich immer wieder von Neuem.

Hyeronimos hatte versucht, sich nicht zu sehr mit der Ariakis-Geschichte zu belasten. Er hatte sich mit Penelope über den Besuch von Eleni gefreut, hatte mit den beiden bei seiner Großmutter gesessen, und obwohl er das Mädchen noch immer zu jung für seine Freundin fand, hatte er das Strahlen in Penelopes Augen gutgeheißen.

Wie bei jedem Gerichtsverfahren musste er heute aussagen. Er hatte sich Zeit gelassen bei seiner Morgentoilette und sich wie immer gewissenhaft gekleidet: nur in Sandfarben und Blau.

Die Stadt war voll, denn der Prozess erregte Aufsehen, er brauchte ewig bis zum Gerichtsgebäude und war erst kurz vor knapp da. Penelope war schon ganz hibbelig und hatte ihm mehrere Kurznachrichten geschrieben. Auch sie war heute an seiner Seite. Er war gespannt, was die Verteidigung vorbringen würde, denn Athanasias Geständnis ließ eigentlich keine besonderen Schlupflöcher zu. Er rechnete jedoch fest mit etwas so Unterirdischem wie zum Beispiel Unzurechnungsfähigkeit.

Er ließ sich durchleuchten, sprang die Treppen hinauf und betrat den Saal leicht atemlos, dann nahm er in der Reihe für die Zeugen neben der Pathologin Platz, die ihn mit einem »Na endlich!« begrüßte.

Sein Blick glitt über die gut gefüllten Bänke und blieb an Myron Kapetanakis hängen, zumindest glaubte er in dem abgemagerten Kerl den Speditionssohn zu erkennen. Er sah schlecht aus. Dann fiel ihm wieder ein, was Christos damals von seinem Cousin über den Mann gehört und dann berichtet hatte. Myron war außer sich gewesen und hatte wohl wilde Drohungen gegen jedermann ausgestoßen. Stelios hatte seinen Mitarbeiter dennoch mit einem blauen Auge davonkommen lassen, obwohl er ihm gestanden hatte, vertrauliche Informationen an Nereos Sklaventakis weitergegeben zu haben.

Hyeronimos drehte sich etwas zu dem Mann hin und behielt ihn im Auge, vielleicht war das alles nur im ersten Schmerz des Verlustes aus ihm herausgeplatzt, und er war nun hier, um den Prozess zu begleiten.

Der Tag zog sich unendlich in die Länge, und obwohl alles glasklar war, Penelopes Aussage alle schockierte, kam der

Spitzenanwalt dann tatsächlich mit einem Experten, der Athanasia eine Persönlichkeitsstörung bescheinigte. Nachdem schon Zenia nur wegen Verschleierung angeklagt und mit einer Strafe auf Bewährung davongekommen war, würde nun auch Athanasia ein Schlupfloch finden. Manchmal hasste er das marode Rechtssystem. Die Familie hatte eben genügend Geld für einen teuren Anwalt und teure Gutachter. Der Richter gab bekannt, dass er das Urteil, das die Jury und er fällten, erst morgen verkünden würde.

Gott, Hyeronimos fühlte sich so schmutzig.

»Gehst du schwimmen?«, riss ihn Penelopes Stimme aus seinen Gedanken.

»Ja, nach diesem Tag ist das mehr als nötig.« Er fuhr sich mit der Hand massierend durch den angespannten Nacken.

»Nimmst du mich mit? Ich fühle mich irgendwie auch so ... dreckig«, sagte sie, und er nickte verständnisvoll.

Dann geschah alles ganz schnell: Athanasia stand auf und bewegte sich, abgeschirmt von ihrem Anwalt und zwei seiner Vasallen, durch den Mittelgang. Myron machte einen Satz auf sie zu und fuchtelte mit etwas umher, was verdammt nach einer Waffe aussah. Wie konnte es sein, dass er bewaffnet war? Da unten stand ein Metalldetektor und durchleuchtete jeden, der das Gebäude betrat.

Hyeronimos stieß Penelope zur Seite. »Geh in Deckung«, zischte er und warf sich in den Tumult.

Myrons Gesicht war hochrot, der Anwalt und seine Mitarbeiter kauerten Deckung suchend am Boden, sie waren nicht bereit, ihre Klientin mit ihrem Leben zu beschützen, was faktisch auch nicht ihrer Aufgabe entsprach. Athanasia lag mit schreckgeweiteten Augen wie ein Käfer auf dem Rücken, während der bewaffnete Mann über ihr stand und den Lauf einer Pistole auf ihr Gesicht richtete. Alle hielten Abstand, und er sah zwei bewaffnete Polizisten, die schussbereit Position bezogen. Beschwichtigend hob er die Hand in der Hoffnung, ein Blutvergießen zu vermeiden: »Myron, tun Sie das nicht! Das ist sie nicht wert. Bitte, geben Sie mir die Waffe.«

»Sie kommt davon, das wissen Sie so gut wie ich. Diese Clowns hier lassen sie davonkommen«, stieß Myron rau aus und legte seinen Finger auf den Abzug; die Waffe war bereits entsichert. »Ich war so weit zu glauben, meine Mutter hätte Evangelina getötet, wegen des unehelichen Kindes. Weil sie nicht wollte, dass ich sie heirate. ICH WOLLTE SIE HEIRATEN!« Die letzten Worte brüllte er, und Speichel sprühte aus seinem Mund.

»Ich werde alles tun, damit wirklich Recht gesprochen wird«, versprach Hyeronimos.

»Das können Sie nicht!«

»Das alles macht Evangelina nicht mehr lebendig!«

»Ich weiß das«, stöhnte Myron, »aber ich will, dass *ihr* Blut fließt. Blut für Blut!«

Im Augenwinkel sah Hyeronimos seine Freundin beherzt den Arm heben. Penelope feuerte ihr Handy nach dem Mann, nur sie konnte auf eine solche Idee kommen, und der kurze Augenblick, in dem Myron sich erschrocken duckte, gab ihm die Chance, auf den Mann zuzuspringen und dessen Waffe nach unten zu drücken. Fast wäre alles gut gegangen, doch der Schuss löste sich und drang anstatt in Athanasias Gesicht in ihren Unterleib ein. Man konnte einen Knochen knirschen hören – Rippe oder Hüfte mutmaßte er –, dann hatte er den Schützen überwältigt.

Myron wurde abgeführt, es blieb zu klären, wie die Waffe in den Gerichtssaal gekommen war. Athanasia lag auf dem Boden, Blut breitete sich um sie herum aus, während Penelope ihre Strickjacke auf die Wunde presste.

Hyeronimos war sich nicht sicher, was er sich wünschte: nicht noch eine Tote oder ihren Tod!

Nachwort

Traditionelle Geschlechterrollen prägen das kretische Familienbild. Auch wenn die Moderne langsam Einzug hält, so ist es doch noch vollkommen normal, dass Ehen innerhalb einflussreicher Familien arrangiert werden und das Familienoberhaupt den zukünftigen Gatten auswählt. Solche Verbindungen verknüpfen häufig einflussreiche Familien miteinander und sorgen dafür, dass diese Allianz noch größere Wirkung erzielen kann, zum Beispiel bei politischen Fragestellungen und Entscheidungen. Daher ist eine Eheanbahnung wie die zwischen den Kapetanakis' und den Sklaventakis' durchaus als realistisch zu betrachten.

Die gesetzlich verankerte Mitgiftpflicht wurde zwar in den 1980er-Jahren aufgehoben, doch das hat die Erwartungshaltung, dass die Familie der Ehefrau etwas Wertiges in die Ehe mit einbringt, nicht verändert. Ein kretischer Freund formulierte es folgendermaßen: »Das macht man bei uns so!«

Je ländlicher die Gegend, umso weniger akzeptiert sind auch andere Formen des Zusammenlebens als die klassische Ehe.

Was Kinder angeht, sind die Griechen und vor allem die Kriti voller Herzenswärme, daher ist besonders die Verhaltensweise von Sofia Sklaventaki und ihrem Sohn Nereos mehr als fiktiv.

Abschließend sei noch etwas zur Blutrache gesagt: Die Vendetta gehörte bis vor wenigen Jahren noch zum ganz normalen Alltag auf der Insel, sie erscheint uns Mitteleuropäern archaisch, doch sie ist kein Phänomen der Vergangenheit, im Nahen Osten und in südlichen Regionen Europas ist sie nach wie vor gängige Praxis (mal stärker ausgeprägt und mal weniger stark).

Familie und die Familienehre sind ein hohes Gut auf Kreta, und bereits kleine Delikte wie Streitigkeiten um Land oder der Diebstahl einer Ziege können diese Ehre verletzen und dann im schlimmsten Fall zu Mord führen.

Der kretische Anthropologe Aris Tsantiropoulos hat im April 2008 eine Studie zum Thema »Collective Memory and Blood Feud: The Case of Mountainous Crete« (»Kollektives Gedächtnis und Blutfehde: Der Fall des bergigen Kretas«) veröffentlicht. Folgende zentrale Aspekte fasst er zusammen: »Wenn es zu einem Verbrechen kommt, ist die Akzeptanz mehr eine kollektive als eine individuelle, was von der Überzeugung herrührt, dass Menschen, die denselben Nachnamen haben, dasselbe Blut teilen. In diesem Rahmen ist Rache eine Form des sozialen Konflikts zwischen zwei Familien.«[1] Tsantiropoulos sieht diese Konflikte nicht nur als Momentaufnahme, denn sie können sich tatsächlich sogar über Generationen hinweg *vererben*: »Es ist nicht nur das ursprüngliche Verbrechen, das eine Reihe von Racheakten auslöst – man könnte auch sagen ein Austausch von Tod –, aber die folgenden Generationen werden auch involviert sein, mit den zwei Familien, die ihre Rollen als Täter und Opfer austauschen. Außerdem ist die Blutrache ein sozialer Konflikt, der gleichzeitig ökonomische, rechtliche, moralische, religiöse, mythologische und ästhetische Konsequenzen hat.«[2]

In der Presse kann man immer wieder Tötungsdelikte dieser Art verfolgen, so zum Beispiel 2009, 2017 oder 2020. Da-

---

1 https://idaology.gr/wp-content/uploads/2020/10/COLLECTIVE-MEMORY-AND-BLOOD-FLEUD-THE-CASE-OF-MOUNTAINOUS-CRETE-UNIVERSITY-OF-PLYMOUTH.pdf

2 Ebd.

her ist Myrons Vergeltungsakt durchaus vorstellbar, auch wenn er und Evangelina nicht das gleiche Blut teilten, so war sie ihm doch versprochen, und er liebte sie bereits viele Jahre.

Traditionen und Aberglaube spielen auf der Insel eine große Rolle, und je weiter man sich von Städten wie Irakleio, Rethymno oder Chania wegbewegt, umso eher begegnet man tief verwurzeltem Gedankengut.

Callistus Ariakis ist eine fiktive Figur, dennoch gibt es das Lied *Herz in der Strömung*, das er für Evangelina geschrieben und komponiert hat.
Musik und Gesang: Lionder
Lyrics: Nikola Vertidi
https://youtu.be/eyTyOUs_pYI

Kretische Rezepte – für 4 Personen

Titikas Dolmadakia mit Zitronensoße

Zutaten für die Weinblätter

- 35 Weinblätter
- 2 Bio-Zitronen
- 1 große Zwiebel
- 2 Schalotten
- 4 EL gutes kretisches Olivenöl
- ½ Bund Dill
- ½ Bund Petersilie
- 4 Minzblätter
- 1 Tasse Rundkornreis
- 1 Prise Meersalz
- Frisch gemahlener schwarzer Pfeffer

Zutaten für die Zitronensoße

- 2 Bio-Zitronen
- 200 ml gutes (kretisches) Olivenöl
- 1 Prise Meersalz
- Frisch gemahlener schwarzer Pfeffer

Zubereitung

1. Als Erstes die Weinblätter mit heißem Wasser 4–5 Minuten blanchieren, über einem Küchensieb abgießen, gut abtropfen und dann ausgebreitet auf einem Tuch abkühlen lassen.
2. Die Zitronen auspressen und den Saft zur Seite stellen.
3. Danach die Zwiebeln und Schalotten schälen und in feine Würfel schneiden. Die Zwiebelwürfel in einem Löffel Öl glasig anbraten, von der Flamme nehmen und mit den rohen Schalottenwürfeln vermischen.
4. Dill, Petersilie und Minze fein hacken. Kräuter und die Zwiebel-Schalotten miteinander vermischen, anschließend den Rundkornreis zufügen. Ebenfalls gut einrühren, das Öl hinzugeben, dann mit Salz und Pfeffer würzen.
5. Nun die Füllung in kleinen Portionen mit einem Teelöffel (je 1–2) mittig auf die einzelnen Weinblätter geben und anschließend aufrollen und zu kleinen Päckchen formen (8 Stück pro Person).
6. Die übrig gebliebenen Weinblätter auf den Boden eines großen Topfs legen und darauf die befüllten Weinblätter verteilen. Nun wird der Topf mit Wasser – ca. 2 Tassen – und dem ausgepressten Zitronensaft befüllt, sodass alle Weinblätter mit Flüssigkeit bedeckt sind.
7. 30 Minuten auf kleiner Flamme kochen, bis der Reis gar ist. Eventuell noch etwas Wasser nachfüllen und einige Minuten weiterköcheln.

8. Für die Zitronensoße einen halben Teelöffel Zitronenabrieb erstellen, dazu die Zitrone sanft über eine feine Reibe reiben, dann die beiden Zitronen auspressen.
9. Saft und Abrieb mit 200 ml Olivenöl in den Mixer geben und so lange mixen, bis die Flüssigkeit cremig, sämig ist. Mit etwas Salz und frischem Pfeffer abschmecken.

Tipp: Angerichtet werden die Weinblätter auf einem flachen Teller mit einer kleinen Scheibe Zitrone, und dazu wird die Zitronensoße gereicht. Im Sommer genießt man das Gericht kalt, im Winter dürfen die Weinblätter gern noch warm sein.

Καλή όρεξη! – Kalí órexi! – Guten Appetit!

Titikas Moussaka

Zutaten

- 1 kg Kartoffeln
- 1 große Aubergine (ca. 400 g)
- Gutes Meersalz
- 1 Zwiebel
- 2 Knoblauchzehen
- 4 EL Olivenöl
- Frisch gemahlener schwarzer Pfeffer
- 500 g Lamm- oder Rinderhack
- 3–4 Stiele Oregano, am besten kretischen Berg-Oregano (oder getrockneten Oregano)
- 500 g stückige Tomaten (z. B. aus der Dose)
- ½ TL gemahlener Zimt
- 1 Zimtstange
- 2–3 große Tomaten
- 2 EL und etwas Butter
- 2 leicht gehäufte EL Mehl
- 375 ml Milch
- 1 TL Gemüsefond
- 2 Eier
- 75 g Kefalotiri (griechischer Hartkäse; alternativ geht auch Parmesan)
- Außerdem: 1 quadratische Auflaufform

Zubereitung

1. Kartoffeln waschen und in leicht gesalzenem Wasser 20 Minuten kochen.
2. Aubergine waschen, gut trocken reiben, in Scheiben schneiden, auf Küchenpapier legen und leicht salzen. 15 Minuten gesalzen ziehen lassen. Das Salz entzieht den Auberginenscheiben das Wasser – so wird die Moussaka nicht ungewollt matschig.
3. Zwiebel und Knoblauch schälen und fein hacken.
4. Auberginen abtupfen.
5. 3 EL Olivenöl erhitzen (alternativ zum Braten eine Mischung aus Oliven- und Olivenkernöl benutzen) und die Auberginenscheiben portionsweise unter Wenden goldbraun braten. Durch das Anbraten bekommen die Auberginenscheiben ein intensives Aroma. Mit Pfeffer würzen und nebeneinander auf Küchenpapier legen und gut abtropfen lassen.
6. Nun die Kartoffeln abgießen und mit kaltem Wasser abschrecken.
7. 1 EL Öl in der Pfanne erhitzen. Hackfleisch darin anbraten, bis es gleichmäßig gebräunt ist. Zwiebel und Knoblauch hineingeben und kurz mitbraten. Mit Salz und Pfeffer würzen.
8. Oregano waschen, trocken schütteln, hacken und zufügen.
9. Nun die Dosentomaten einrühren, aufkochen lassen, die Zimtstange hinzugeben und ca. 10 Minuten köcheln lassen, denn so wird der Tomatengeschmack intensiver. Mit Salz, Pfeffer und Zimt abschmecken, der Zimtgeschmack sollte leicht durchkommen, aber nicht überlagern. Zimtstange herausnehmen.

10. Kartoffeln schälen und in gleichmäßige Scheiben schneiden.
11. Tomaten waschen, den Strunk entfernen und in Scheiben schneiden.
12. Für die Soße 2 EL Butter in einem Topf schmelzen. Mehl einrühren und darin hell anschwitzen. Milch, 1/4 l Wasser und Gemüsefond einrühren, aufkochen und 5 Minuten köcheln lassen.
13. Mit Salz und Pfeffer würzen, vom Herd ziehen.
14. Nun die Eier verquirlen und dann vorsichtig 4 EL der hellen Soße in die Eier einrühren, diese Mischung dann unter die restliche Soße ziehen, nicht mehr kochen lassen (nur noch einmal unter Rühren kurz aufwallen lassen, dann sofort von der Platte ziehen).
15. Vor dem Schichten die Auflaufform gründlich einfetten. Kartoffelscheiben darin verteilen, sodass der Boden gleichmäßig bedeckt ist. Dann die Hacksoße daraufgeben. Die nächste Schicht dachziegelartig abwechselnd mit Auberginen- und Tomatenscheiben belegen. Die weiße Soße darübergießen und den Käse direkt darüberreiben.
16. Die Moussaka nun im vorgeheizten Ofen (Umluft: 175 °C) ca. 40 Minuten goldbraun backen.

Καλή όρεξη! – Kalí órexi! – Guten Appetit!

Titikas Melomakarona (ergibt ca. 20 Gebäckstücke)

Zutaten für den Sirup

- 1 Bio-Orange
- 200 ml Wasser
- 300 g Zucker
- 1 Zimtstange
- 70 g Honig, z. B. Berghonig aus Kreta

Zutaten für den Teig

- 200 ml gutes Olivenöl
- 100 ml Orangensaft
- 0,5 TL gemahlener Zimt
- 1 Msp. Nelkenpulver
- 2 gestrichene TL Backpulver
- 500 g Weizenmehl
- 50 g Zucker
- 100 g gehackte Walnüsse zum Bestreuen (auch Mandeln oder Pistazien)

Zubereitung

1. Orangenschale vorsichtig mit einer feinen Reibe abreiben – möglichst ohne die weiße Haut unter der Schale.
2. Nun das Wasser mit der Orangenschale, dem Zucker und der Zimtstange zum Kochen bringen. 2–3 Minuten köcheln lassen.

3. Anschließend die Flüssigkeit vom Herd nehmen und die Zimtstange entfernen. Dann den Honig in die heiße Flüssigkeit einrühren, bis er sich aufgelöst hat, und den Sirup kalt stellen.
4. Für den Teig das Olivenöl mit dem Orangensaft, dem Zimt, dem Nelkenpulver und dem Backpulver verrühren. Dann das Mehl einsieben und den Zucker hinzufügen. Mit einem Mixer auf niedrigster Stufe kneten. Sobald die Zutaten sich gut vermischt haben, sofort mit dem Rühren aufhören.
5. Den Backofen auf 180 °C vorheizen. Das Backblech mit Backpapier auslegen.
6. Den Teig vorsichtig mit den Händen in daumengroße Stücke schneiden und diese in eine längliche Form bringen, ohne den Teig dabei zu kneten.
7. Die Melomakarona auf das Blech legen und mit einer Gabel gleichmäßig einstechen.
8. In 25 Minuten goldbraun backen.
9. In der Zwischenzeit den abgekühlten Sirup in eine flache Schüssel gießen.
10. Die Plätzchen noch ofenwarm in den Sirup tauchen und ca. 1 Minute darin liegen lassen.
11. Nun die Melomakarona auf ein Kuchengitter geben und mit den fein gehackten Walnüssen bestreuen und abkühlen lassen.

Καλή όρεξη! – Kalí órexi! – Guten Appetit!

Danksagung

Mein Dank für diesen Krimi, den dritten Band der Kreta-Reihe, gilt diesmal vor allem euch, lieben Leserinnen und lieben Lesern – denn ihr macht es möglich, dass ich weiterschreiben darf! Eure Begeisterung für Hyeronimos, Penelope und Eleni sorgt dafür. Daher ein richtig fettes **Danke** an euch alle! Ein weiteres Mal Danke an Tanja Lange, die auch diesen Band als zusätzliche Korrekturschleife gelesen hat.

Meiner Lektorin Eliane Wurzer und meiner Textredakteurin Julia Feldbaum möchte ich wie immer ganz besonders danken, denn ohne diese beiden wären meine Bücher nicht das, was sie sind …

Zu guter Letzt: Danke, Lionder! Dieser großartige junge Musiker hat aus meinem Liedtext einen Song mit kretischer Seele erschaffen. Meine Griechischlehrerin Dimitra Gemitzoglou hat den deutschen Text ins Griechische übersetzt, und Leandros (Lionder) hat ihn verfeinert, eine Melodie dazu ersonnen und gesungen. Ich kann *Herz in der Strömung* gar nicht oft genug anhören – so sehr berührt es mich. Den Link zum Song findet ihr am Ende des Nachwortes.

Und nun empfehlt meine Bücher weiter (Band 4 erscheint im Sommer 2022) und schließt meine Protagonisten in eure Herzen ein. Ich freue mich darauf, weitere Geschichten rund um Hyeronimos, Penelope und Eleni für euch zu ersinnen. Besucht mich gern mal auf der Insel, wir sitzen dann in der Bucht von Agia Pelagia und trinken bei Manolis im *Sokrates* ein Glas Wein.

Danke!!!